Sveva Casati Modignani

Das Leuchten eines Augenblicks

Sveva Casati Modignani

Das Leuchten eines Augenblicks

Roman

Marion von Schröder

Die Originalausgabe erschien 1997 unter dem Titel Caterina a modo suo
bei Sperling & Kupfer Editori S. p. A., Mailand, Italien.

*Der Marion von Schröder Verlag ist ein Unternehmen
der Econ & List Verlagsgruppe*

ISBN 3-547-76767-9

*Gesetzt aus der Aldus
bei Franzis print & media GmbH, München
Druck und Bindearbeiten: Graphischer Großbetrieb, Pößneck*

Meinem Sohn Nicola,
der mir mit Mut und Zärtlichkeit
geholfen hat zu wachsen.

1

Caterinas sonst eher mürrischer Blick erhellte sich, als er auf eine kleine Daunenfeder fiel, die um sie herumtanzte und der sie zulächelte. Die kleine Feder schwebte an jenem Sommervormittag einem schneeweißen Schiffchen gleich in der warmen Luft. Sie war aus einem Kopfkissen gefallen, das das Mädchen auf Bitten ihrer Mutter aufschütteln sollte.

»Wer selbst nichts zustande bringt, kann auch nicht kommandieren«, hatte ihr Elena, die sich eine große Zukunft für ihre einzige Tochter erhoffte, immer wieder gesagt. Die sechsjährige Caterina gehorchte nur lustlos, denn von unten im Hof hörte sie die Stimmen ihrer Freundinnen, die dort spielten.

»Ringel, ringel, reihe. Sind der Kinder dreie. Sitzen auf dem Holderbusch, schreien alle husch, husch, husch!« Am Ende des Ringelreih'ns ließen sich die Mädchen auf ihre vier Buchstaben fallen und brachen in Gelächter aus. Caterina wäre zu gern bei ihnen gewesen, statt dessen mußte sie die Hausarbeit erledigen. Zum Glück hatte die kleine weiße Feder ihre Laune umschlagen lassen. So vergaß sie die mütterliche Strenge und den Neid auf die Freundinnen. Während sie die um sich selbst drehende Feder bei ihrem Flug beobachtete, fühlte sie sich glücklich, und als diese weich auf dem Bettlaken landete, pustete sie leicht, um sie wieder aufsteigen zu lassen. Die Feder erhob sich abermals und kitzelte ihre Nasenspitze. Caterina mußte niesen und ihre Augen füllten sich mit Tränen. Der Zauber war gebrochen. Der Augenblick des Glücks hatte sich in Tränen aufgelöst.

Es war immer so, das ganze Leben lang. Eine Kleinigkeit wie eine Feder genügte, um sie glücklich zu machen. Doch kurz darauf geschah immer etwas, das den Zauber wieder zerstörte.

Caterina gelang es niemals, richtig zufrieden zu sein. In den Jahren des Heranwachsens war sie davon überzeugt gewesen, daß das Schicksal mit ihr besonders hart umgehe. Mit der Zeit hatte sich ihr Gefühl der Unzufriedenheit zu einer Depression entwickelt. Jetzt schien ihr das Leben nahezu unerträglich.

Auf der einen Seite Träumerin wie ihre Mutter, auf der anderen lebenslustig wie ihr Vater, entschlossen und willensstark, hatte sie beneidenswerte Ziele erreicht. Sie schien einem eitlen Schmetterling gleich, dessen wunderschöne Flügel ihn immer höher steigen ließen. Ein plötzliches, unerwartetes Ereignis hätte seinen Flug unterbrechen können. Doch dem war nicht so. Es waren die vielen kleinen Grausamkeiten des Lebens, die seine Flügel gestutzt hatten.

Am Vorabend ihres sechzigsten Geburtstages, einem warmen Sommerabend im Juli, kam Caterina zu dem Entschluß, daß sie bereits lang genug gelebt hatte, und daß von nun an jeder Moment recht wäre, um mit dem Leben abzuschließen. Sie beobachtete den von den letzten Sonnenstrahlen erhellten Himmel und gab sich dem gemächlichen Fluß der Gedanken hin.

Sie saß im Wohnzimmer ihrer Mailänder Wohnung. Es war ein großzügig angelegter, lichtdurchfluteter Raum mit weißen Sofas und kleinen Kristalltischen. Der teure Parkettboden war zum Teil von einem kostbaren, pastellfarbenen Aubusson-Teppich bedeckt. Ein antiker Sekretär aus Ulmenwurzelholz mit feingearbeiteten Intarsien und einige wertvolle Bilder aus dem 19. Jahrhundert vervollständigten die Einrichtung.

Sie hielt einen ihrer alten Romane in den Händen, den sie zufällig beim Ordnen des Bücherregals wiedergefunden hatte. Es war ein Erfolg gewesen. Er erzählte die Geschichte eines Straßenmädchens, und mit seiner Veröffentlichung hatte sich Caterina die Zuneigung der Prostituierten erworben, die seit Jahren vor dem Haus, in dem sie wohnte, ihrem Geschäft nachgingen. Seit damals grüßte man sich und lächelte sich zu, wenn sie am Abend allein nach Haus zurückkehrte.

»Caterina, dein letzter Roman hat mich richtig gerührt. Ich hab beim Lesen Rotz und Wasser geheult«, lobten sie die ›Damen des Gewerbes‹.

»Warum schreibst du nicht noch eine Geschichte über uns?« drängten sie sie.

Es waren Frauen um die Vierzig, die ihrer Jugend nachweinten, den Jahren, in denen sie noch nicht dem täglichen Konkurrenzkampf mit Slawinnen, Albanerinnen, Transsexuellen und Drogenabhängigen ausgesetzt waren.

Clotilde, die älteste unter ihnen, bewunderte sie. Einmal sagte sie zu ihr: »Du schreibst über so viele Frauen. Warum schreibst du nie über dich?«

Caterina sprach nicht gern über sich selbst. Sie tat es nur, wenn sie dazu gezwungen war und dann mit großer Abneigung.

Den anderen gegenüber gab sie sich als ruhige, selbstsichere und energische Frau, was allerdings nicht der Wirklichkeit entsprach.

Vor ein paar Tagen hatte sie Clotilde eins ihrer Kleider von Pucci geschenkt. Ein regelrechtes Kunstwerk aus schwarzem und pinkfarbenem Taft.

»Was ist denn mit dir los?« hatte Clotilde zögernd gefragt. »Bist du sicher, daß du es nicht mehr haben willst?« Caterina hatte gelacht und ihr dann im Verschwörerton zugeflüstert: »An einem der nächsten Tage schließe ich meine Wohnung ab und begebe mich auf eine einsame Insel. Das ist ein Geheimnis. Sag es nicht weiter.«

»Wirklich? Ich hoffe, du überlegst es dir noch einmal. Täte mir leid, dich nicht mehr wiederzusehen. Und schreibst du dann auch nicht mehr?« hatte Clotilde besorgt gefragt.

Anfang Mai hatte Caterina dem Verleger ihren achtzehnten Roman abgeliefert.

Sie hatte bereits beschlossen, den Erlös aus ihren Autorenrechten Bernardo Branzi, ihrem ersten Ehemann, zukommen zu lassen, der gerade eine schwierige Zeit durchmachte. Bernardo war ein guter Esser, starker Raucher und trank zudem noch gerne. Er hatte einen Herzinfarkt erlitten, und obgleich er schnell wieder auf die Beine gekommen war, brauchte er Pflege und vor allem ein sorgenfreies Leben.

In den Jahren zwischen 1950 und 1970 war er einer der berühmtesten und reichsten Antiquitätenhändler Europas gewesen. Später dann hatte eine Reihe von unglücklichen Spekulationen sein Vermögen erheblich schrumpfen lassen. Seit jener Zeit half Caterina ihm indirekt, indem sie ihrem gemeinsamen Sohn Robert Geld dafür gab, daß er sich um seinen Vater kümmerte.

Ein solches Opfer hätte sie keineswegs für Pierre d'Ormesson gebracht, ihren zweiten Lebensgefährten, einen Pariser Adligen, der sich als großer Theateragent wichtig tat.

In Wirklichkeit organisierte er Schönheitswettbewerbe für junge Mädchen. Auch wenn sie gemeinsam zwei Kinder in die Welt gesetzt hatten, Nicoletta und Stanis, so waren sie doch nie verheiratet gewesen. Pierre war kurz nach der Geburt ihres zweiten Kindes verschwunden. Lange hatte Caterina überhaupt nichts von ihm gehört, bis sie eines Tages einen Brief erhielt, in dem Pierre ihr schrieb, daß er sich in Kenia niedergelassen hatte, wo er wunschlos glücklich sei: eine Adresse, wo er zu erreichen sei, nannte er nicht.

Caterina hatte die beiden Kinder mit Hilfe von Bernardo aufgezogen, der sich um sie kümmerte, als wären es seine eigenen.

Auch Elena, ihre etwas weltfremd veranlagte Mutter, streng, starrköpfig und nur selten von großem Elan, hatte sich überraschenderweise und unter großer Selbstaufopferung um ihre Enkel gekümmert. Sie war jetzt achtzig Jahre alt und erfreute sich bester Gesundheit. Trotzdem warf sie ihrer Tochter vor, daß sie sie nicht persönlich umsorgte, wie es ihre Pflicht gewesen wäre, sondern statt dessen unaufmerksames Pflegepersonal mit dieser Aufgabe betraute.

Erst kürzlich war Marco Honneger, die erste und einzige große Liebe in Caterinas Leben, wieder aufgetaucht. Ihre unglückliche Liebesgeschichte hatte beider Schicksal geprägt. Es war die einzige Beziehung, die noch immer nicht geklärt war und ihr oft eine leichte innere Unruhe bereitete.

Niemand hatte Caterinas Depression bemerkt, ebenso wie sich niemand ihrer Müdigkeit und ihrer Zerbrechlichkeit bewußt werden wollte. Egoistisch wie sie waren, verlangten Freunde und Verwandte ihre Aufmerksamkeit und belasteten sie wie immer mit ihren Problemen. Ihre Kinder warfen ihr indirekt vor, eine unaufmerksame Mutter zu sein, und so fühlte sie sich schuldig für deren Mißerfolge im Beruf und in der Liebe. Wahrscheinlich wollten sie nicht erwachsen werden, obwohl sie es vom Alter her schon lange hätten sein müssen. Sie würden von der Kindheit direkt zum Alter hinübergehen, ohne jemals eine gewisse Reife erreicht zu haben. Dieser Umstand machte sie traurig.

Allein Ginevra, ihre älteste Enkelin und die einzige Tochter Robertos, machte ihr Freude. Sie ähnelte Caterinas Vater, Alcide Belgrado, der in Mailand zwischen dem Corso Venezia und der

Piazza San Babila einen Obst- und Gemüseladen gehabt hatte. In jenem Geschäft hatte Caterina ihre ersten und vielleicht auch glücklichsten Lebensjahre verbracht. Dort hatte sie Marco kennengelernt, und in der elterlichen Wohnung, oberhalb des Ladens, hatte sich die enge Freundschaft zu Lucrezia und Diana entwickelt. Inzwischen waren die drei Frauen seit fast fünfzig Jahren miteinander befreundet. Ihre Freundschaft hatte Höhen und Tiefen durchlebt, heftigen Streitereien waren tränenreiche Versöhnungen gefolgt, aber ihr Bund hatte der Zeit und den Enttäuschungen standgehalten. Sie hatten sich als junge Mädchen kennengelernt, und bei Caterina zu Hause hatten sie zusammen Schokolade genascht und geschwätzt, für die Schule gelernt, Musik gehört und sich kleine Geheimnisse anvertraut. Natürlich wurde manchmal auch wild gestritten, aber vor allem wurden Pläne für die Zukunft geschmiedet: »Wenn ich groß bin, werde ich das machen ..., wenn ich groß bin, werde ich das sein ..., wenn ich groß bin, werde ich jenes haben ...«

Im Nu waren dann die Jahre verstrichen, und keiner ihrer Wünsche war Wirklichkeit geworden. Nichtsdestotrotz hatten sie die Angewohnheit beibehalten, Zukunftspläne zu schmieden, allerdings mehr zum Zeitvertreib als aus Überzeugung.

Vor einigen Monaten jedoch hatte Caterina ihre Freundinnen, die sich wie üblich ihren Phantastereien hingaben, mit einer scharfen Bemerkung kritisiert: »Hört doch auf mit diesem Schwachsinn.«

Die darauf folgende unangenehme Stille wurde von Diana mit der Frage unterbrochen: »Was ist denn mit dir los?«

»Ist euch denn noch immer nicht klar, daß wir alt geworden sind?« hatte Caterina bitter zurückgegeben. »Wir leben doch lange genug, um begriffen zu haben, daß wir nie das machen können, was wir wirklich wollen, und auch niemals die sein werden, die wir hätten sein wollen. Unser Leben ist ein einziges Scheitern«, hatte sie traurig geschlossen.

»Willst du uns unbedingt den Tag verderben?« fragte Diana sie herausfordernd.

»Ja, wenn ich euch damit auf den Boden der Tatsachen zurückholen kann.«

Daraufhin war ein fürchterlicher Streit entbrannt.

»Das mag für dich gelten«, versetzte Lucrezia überstürzt, »aber zieh uns bitte nicht in deine persönlichen Mißerfolge hinein. Du bist diejenige, die falsche Entscheidungen getroffen hat, die schwierige Kinder hatte und die sich mehr schlecht als recht zwischen Beruf und Familie durchgeschlängelt hat. Und jetzt, jetzt fühlst du dich alt. Recht hast du: Du bist alt. Schau mich dagegen an, ich bin noch immer so gut wie faltenlos, und mein Körper läßt noch jede Zwanzigjährige vor Neid erblassen.«

Diana machte es noch schlimmer.

»Was haben wir mit deinem Scheitern zu tun? Du hast dir schon immer in der Opferrolle gefallen. Wenn du irgend etwas nicht bekommen konntest, hast du niemals gesagt: Es ist meine Schuld. Es gab immer einen Sündenbock. Und nun erwartest du, daß dich dein Alter davon befreit, weiter zu kämpfen. Wenn du die Wahrheit hören willst, du bist die einzige hier, die wirklich alt ist.« Diana hatte die letzten Worte bewußt langsam ausgesprochen.

Sofort reagierte Caterina mit einem kurzen »Ihr seid doch pathetisch. Mit Hilfe von Lifting und Silikon gebt ihr euch der Illusion hin, noch jung zu sein. Während ihr auf euren zu hohen Absätzen herumstöckelt, riskiert ihr, bei jedem Schritt zu stolpern. Was meine Mißerfolge betrifft, sind sie sicherlich nicht zahlreicher als eure.« Ihre Worte wurden dabei von dem schmerzlichen Gedanken begleitet, daß es keiner der drei Frauen gelungen war, ein glückliches, erfülltes Leben zu führen. Nur sie hatte den Mut, dies auch zuzugeben. Aber im gleichen Moment merkte sie, daß sie zu weit gegangen war. Caterina fing an zu weinen und bat um Entschuldigung. Der Schaden war jedoch bereits angerichtet.

Diana und Lucrezia nahmen sie in den Arm, um sie zu trösten, aber Caterina wußte, daß die Freundinnen sich erst einmal von ihr zurückziehen würden. Genauso war es: Sie sah sie fürs erste nicht wieder.

Caterina beschloß, den ersten Schritt zur Versöhnung anläßlich ihres Geburtstages zu tun.

Sie hatte beide Freundinnen angerufen und sie eingeladen, mit ihr den Geburtstag zu feiern. Caterina hatte ihnen versprochen: »Ich bereite uns am Sonntagabend bei mir zu Hause ein kleines Abendessen vor, mit vielen Leckereien und ein bißchen Musik von Conte, Montand, Sinatra und Presley.«

Diana hatte sichtlich erfreut noch vorgeschlagen: »Nimm doch auch die Platters und Nat King Cole dazu. Sie bringen mir die verflossenen Jahre zurück.«

Und Lucrezia hatte sogleich mit einem maliziösen Unterton in der Stimme gefragt: »Erzählst du uns dann auch von deinen Plänen mit Marco Honneger?«

Caterina versprach es ihr, auch wenn sie dieses Thema auf jeden Fall vermeiden wollte.

Es gab wirklich nichts darüber zu erzählen, dachte Caterina bei sich, während sie das Buch, das sie in den Händen hielt, wieder an seinen Platz stellte.

Sie stand vom Sessel auf und ging in ihr Schlafzimmer, wo Bijou, ihr indisches Dienstmädchen, mit ihrer angeborenen Langsamkeit gerade dabei war, die frisch gebügelte Wäsche einzuräumen. Dem mütterlichen Vorbild zum Trotz, hatte Caterina sehr wohl gelernt, ihren eigenen Haushalt perfekt zu führen, nicht jedoch, die Hausangestellten zu unterweisen.

Es war der erste Freitag im Juli. Die Hitze in der Stadt war unerträglich drückend, aber zum Glück funktionierte die Klimaanlage ihrer Wohnung aufs allerbeste.

»Du schon schlafen gehen?« fragte Bijou sie in ihrem etwas mühseligen Italienisch. Sie war erstaunt darüber, daß die Signora bereits fertig war, um ins Bett zu gehen. »Du sehr schön«, stellte sie lächelnd fest.

Caterina trug ein langes, cremefarbenes Satinnachthemd und darüber einen Morgenmantel in der gleichen Farbe. Ihr schönes klares Gesicht wurde von schwarzen Haaren eingerahmt, die von feinen silbernen Strähnchen durchzogen waren. Die weichen wohlgeformten Lippen machten ihre ansonsten eher strengen Züge freundlicher, die durch ernste große graue Augen und eine ausdrucksvolle Nase bestimmt wurden. Mit den Jahren war ihr Körper etwas rundlicher geworden, jedoch ohne dabei seine harmonischen Formen zu verlieren. Dies war nicht etwa nur das Ergebnis einer strengen Diät oder regelmäßiger Besuche im Sportstudio, vielmehr hatte Caterina das Glück, die sportliche Figur von mütterlicher Seite geerbt zu haben. Manchmal fielen ihr neidische Blicke von Frauen auf, die viel jünger waren als sie. Bijou, die klein und pummelig war, betrachtete sie gerade mit diesem Blick.

»Ich möchte nur einmal richtig ausschlafen«, erklärte sie ihrer Hausangestellten.

Doch Bijou fragte nochmals besorgt: »Dir geht es nicht gut, Signora?«

»Mach dir keine Sorgen, Bijou. Mir geht es sehr gut«, antwortete Caterina geduldig, während sie sich im Zimmer umschaute, um zu sehen, ob alles aufgeräumt sei.

Im Frühling erst hatte sie die Vorhänge ihres Himmelbettes erneuert: Sie waren aus feinstem weißem Batist und fielen sorgfältig gebügelt in leichten Falten bis auf den Boden. Die Leinenbettücher, die sie von ihrer Oma Luigia geerbt hatte, dufteten nach Lavendel. Weder auf dem Nachttischchen noch auf der Kommode im Empire-Stil, auf der eine kostbare Sèvres-Pendeluhr aus Porzellan und vergoldeter Bronze stand, war eine Spur von Staub zu entdecken.

»Also ich gehe jetzt nach Hause. Hier alles gemacht«, versicherte Bijou mit ihrer singenden Stimme.

»Hast du den Müll runter gebracht?« forschte Caterina weiter, da sie sich sicher war, Bijou auf frischer Tat ertappt zu haben.

»Kannst du das machen, Signora?« entgegnete die junge Frau schnell, »ich habe jetzt schon Einkaufstüten«, beklagte sie sich, um sich so diesem letzten Auftrag entziehen zu können. Sie hatte eine gewisse Geschicklichkeit entwickelt, sich den nicht unbedingt nötigen Arbeiten zu entziehen. Es gelang ihr aber nur dann, wenn Caterina so tat als ob sie nicht aufpassen würde. »Zuerst bringst du den Müll nach unten«, befahl Caterina kategorisch, »und dann kannst du mit deinen Taschen gehen.« Nur mit einem bestimmten Ton war es möglich, Gehorsam zu erlangen.

Bijou gab nach und verließ das Zimmer.

Caterina öffnete die Glastür eines Eckschranks, in dessen Fächern sich unnütze, aber kostbare Nippsachen drängten. Sie nahm eine kleine Dose aus Malachitstein heraus und stellte sie auf das Nachttischchen. Das Döschen enthielt Schlaftabletten, auf die sie seit einiger Zeit zurückgriff, um sich in einen tiefen Schlaf zu flüchten.

Das Telefon klingelte. Es war ihre Tochter Nicoletta, die sie aus Forte dei Marmi anrief, wo sie mit Mann und Kindern die Ferien verbrachte.

»Ciao, Mammina«, fing sie an, »möchtest du am Wochenende zu uns kommen?«

Die Einladung überraschte Caterina, die Anrede mit ihrem Kosenamen machte ihr jedoch sofort klar, daß ihre Tochter irgend etwas von ihr wollte. Wie fast alle Kinder getrennter Elternpaare, hatte auch Nicoletta früh die hohe Kunst der Diplomatie gelernt. Caterina war sich dessen bewußt und rechtfertigte sie im stillen. Auch Roberto gebrauchte diese Taktik. Nur Stanis, der jüngste ihrer drei Kinder, war direkt und offen. Er verabscheute jede Art von Scheinheiligkeit, unter der er sehr zu leiden hatte und die er mit allen Mitteln bekämpfen mußte, um so seine besondere Art zu leben verteidigen zu können.

»Was ist los?« fragte Caterina, indem sie jede einleitende Floskel überging.

»Warum greifst du mich an? Ich hatte nur Lust, dich zu sehen«, antwortete die Tochter.

Caterina entschloß sich einzulenken. »Ich weiß, mein Schatz, ich möchte dich ja auch gern sehen, aber ich habe schon etwas anderes vor. Es tut mir leid, aber schön, daß du an mich gedacht hast. Falls du ein Problem hast, mach dir keine Sorgen, wir werden es schon lösen. Genieß nur deine Ferien, und umarme die Kinder von mir.« Sie legte den Hörer auf.

Die wenigen Worte, die sie mit Nicoletta gewechselt hatte, hatten sie ermüdet und das Gefühl der allgemeinen Mattigkeit, das sie bedrückte, noch verstärkt.

Schon seit geraumer Zeit versuchte sie, ihrer Familie und ihren Freunden klarzumachen, daß sie sich nicht mehr mit all deren Problemen belasten wollte. Doch alle waren nach wie vor davon überzeugt, daß sie die Stärkste sei und niemand erkannte, daß etwas in ihr dabei war zu zerbrechen.

Bei der letzten gründlichen Untersuchung hatte der Hausarzt ihr empfohlen, einen Neurologen aufzusuchen. Caterina wußte jedoch, daß weder ein Arzt noch irgendein Medikament sie von jenem beängstigenden Gefühl der Leere und der Sinnlosigkeit befreien konnte, das sie quälte. Sie war sich klar darüber, daß nur sie allein dieses Problem lösen konnte, und dazu mußte sie endlich entscheiden, wie sie dem Rest ihres Lebens einen sinnvollen Inhalt geben könnte. Dies war allerdings leichter gedacht als getan. Zum ersten Mal in ihrem Leben fürchtete Caterina, es diesmal nicht zu schaffen.

Das Dienstmädchen erschien auf der Türschwelle.

»Ich komme Montag wieder«, sagte sie mit einem einnehmenden Lächeln, das Caterina ihr leicht so manche Unachtsamkeit verzeihen ließ.

Caterina verabschiedete sich von ihr und setzte sich auf den Rand ihres Bettes. Vom Ende des Korridors hörte man, wie die

Eingangstür laut ins Schloß fiel und wie der Schlüssel im Sicherheitsschloß mehrmals umgedreht wurde.

Caterina entspannte sich und wählte eine ihr wohlbekannte Telefonnummer. »Ciao, ich bin's«, sagte sie.

»Ciao, Belgrado«, antwortete Marco. »Wie geht es dir?«

»Sehr gut. Und dir?«

»Ich bereite mich gerade seelisch darauf vor, meinem allwöchentlichen Martyrium entgegenzutreten. Gleich werde ich den üblichen Flug nach Rom nehmen.«

»Zwei Tage vergehen im Nu. Laß dich nur nicht zu sehr in die hysterischen Anfälle deiner lieben Frau verwickeln«, ermahnte sie ihn.

»Wenn sie doch nur der Scheidung zustimmen würde! Ich kann sie kaum noch ertragen. Kannst du das verstehen?« gab er in einem unduldsamen Ton zurück.

»Ich weiß, aber hab Geduld. Wir alle haben doch Dinge getan, die noch nicht verziehen sind«, bemerkte sie.

Marco hielt einen Moment inne und fragte besorgt: »Was soll das heißen?«

Sie antwortete ihm mit einem wohlklingenden kurzen Lachen: »Es ist alles in Ordnung, mein Lieber. Du kannst mir glauben«, log sie ihn an.

»So gefällst du mir besser. Bis bald, meine kleine Belgrado«, sagte er zärtlich zu ihr.

»Bis bald«, verabschiedete sich auch Caterina und beendete so das kurze Gespräch. Sie hatte gerade aufgelegt, als das Telefon wieder zu klingeln begann. Über die erneute Ruhestörung nicht gerade erfreut, nahm sie den Hörer ab. Der Direktor ihres Verlags war am Apparat.

»Der Buchumschlag des neuen Romans ist fertig«, gab er mit freudig erregter Stimme bekannt. »Willst du ihn sehen?«

»Jetzt? Es ist Freitagabend, und ich bin schon im Nachthemd«, antwortete Caterina in leicht gereiztem Ton.

»Ich dachte, ich würde dir eine Freude bereiten«, entgegnete der Verleger mit enttäuschter Stimme.

»Aber sicher freut es mich. Wie ist er geworden?« fragte sie nach, um so indirekt um Verzeihung zu bitten.

»Wunderbar. Deswegen lag mir am Herzen, daß du ihn sofort siehst. Wenn du willst, komme ich auf einen Sprung zu dir und zeige dir den Buchumschlag«, drängte er.

»Kannst du ihn mir bis Montag warmhalten? Ich werde bei Sonnenaufgang bei dir sein. Sei mir nicht böse, aber ich bin wirklich sehr müde.«

Mit leiser Wehmut dachte sie an frühere Zeiten, als sie noch dem Moment des ersten gedruckten Buchexemplars ihrer Romane entgegengefiebert hatte.

Sie schrieb immer noch gern, hatte aber jede Begeisterung für all diese Rituale verloren, die mit der Veröffentlichung verbunden waren.

Caterina legte den Hörer neben den Apparat, um nicht mehr gestört zu werden. Sie schaute auf das Pillendöschen, das neben dem Telefon lag, und erneut stieg in ihr der düstere Wunsch auf, doch endlich Schluß zu machen. Ein vages Unwohlsein machte sich in ihrem Herzen und in ihrem Kopf breit. Die Schatten des Abends verdunkelten nicht nur den Himmel, sondern auch zunehmend ihre Seele. Das Leben erschien ihr als ein endloses Meer von Traurigkeit. Sie blickte auf das Häufchen kleiner weißer Tabletten. Sie stellten eine schier unwiderstehliche Versuchung dar. Man müßte sie nur alle auf einmal hinunterschlucken und dann einschlafen, für immer.

Sie hob ihren Arm in Richtung der Öffnung der Klimaanlage, aus der kühle Luft wehte. Ihr war die Luft jedoch noch nicht kühl genug. Sie hatte sich angewöhnt, jede Kleinigkeit genau zu beachten, um die für ihren ohnehin kurzen Schlaf besten Bedingungen zu schaffen. Caterina begab sich in den Korridor, um den Thermostat zu regulieren. Dann atmete sie zufrieden durch und ging ins Badezimmer. Nachdem sie eingetreten war, zog sie automatisch die Tür hinter sich zu.

Mit ein paar Bürstenstrichen brachte sie sich die Haare in Ordnung und gab ein wenig Parfüm auf Hals und Armbeugen. Sie füllte noch kurz ein Glas mit Wasser und wollte dann das Badezimmer wieder verlassen. Mit einer energischen Geste drückte sie den Türgriff hinunter, der jedoch im gleichen Moment plötzlich aus seiner Halterung brach und in ihrer Hand blieb.

»Verdammter Mist«, fluchte sie.

Sie stellte das Glas ab und versuchte ganz vorsichtig, die Türklinke wieder in den Stift zu stecken, um so die Feder anzuheben, aber vergeblich. Auf der anderen Seite der Tür hörte sie den Stift zusammen mit der äußeren Türklinke auf den Fußboden des Korridors fallen.

»Das ist doch nicht möglich!« rief sie wütend.

In einer kleinen Schublade fand sie eine Nagelfeile aus Metall. Mehrmals versuchte sie diese in den Ritz zwischen der Tür und dem Türrahmen zu schieben, um so das Türschloß zu öffnen. Es gelang ihr nicht, nur die Nagelfeile zerbrach.

Mit einem Mal wurde sie von Panik ergriffen. Sie fing an, mit den Fäusten auf die Tür einzuschlagen und schrie dabei um Hilfe. Aber wer hätte sie hören können? Sie wohnte im letzten Stock des Hauses, und viele Hausbewohner, auch diejenigen, die unter ihr wohnten, hatten übers Wochenende die Stadt verlassen. Es gab noch nicht einmal ein Fenster, durch das sie hätte um Hilfe rufen können, denn das Badezimmer war damals in einem fensterlosen Raum eingebaut worden. »Das Telefon!« Die rettende Idee kam ihr, als ihr Blick auf die Ablage aus rosafarbenem Marmor fiel, auf der ein kleiner Apparat in der Form einer Seeschildkröte stand. Hastig griff sie zum Hörer, aber die Leitung war tot. Im gleichen Moment fiel ihr ein, daß sie doch im Schlafzimmer den Hörer neben den Apparat gelegt hatte.

»Oh, mein Gott!« flüsterte sie und bedeckte das Gesicht mit ihren Händen. Die eigene Wohnung war ihr zum Gefängnis geworden. Lucrezia und Diana würden erst am Sonntagabend kommen. Vorher würde niemand kommen, um sie zu befreien. Ohne weiteres könnte dieses Zimmer, ganz mit Marmor und Spiegeln verkleidet, zu ihrem Grab werden.

Sie konnte schon nicht mehr klar denken. Auch wenn sie noch kurze Zeit vorher mit dem Gedanken gespielt hatte, wie schön es wäre zu sterben, erschreckte sie diese Aussicht nun aufs tiefste. Ich will nicht, daß alles so endet, dachte sie voller Angst und ließ sich schluchzend auf den kalten Boden fallen.

2

Lucrezia war dabei, sich zum Ausgehen fertigzumachen. Vor der Sommerferienzeit folgte in einem wirklich ermüdenden Rhythmus eine Einladung der anderen. Zum Glück würden sie und ihr Mann Max in einigen Tagen nach Kreta fahren, um sich dort auf der Yacht der Arlingtons einzuschiffen. Die Arlingtons waren ein älteres amerikanisches Ehepaar, mit dem sie eine lange Mittelmeerkreuzfahrt unternehmen wollten. Allerdings würde Max bereits nach einer Woche nach Italien zurückkehren, da seine Kanzlei im Sommer nicht schloß. Lucrezia dagegen würde mit den Freunden noch über Mitte August hinaus zusammen die Ferien verbringen.

Sie saß am Schminktisch im Ankleidezimmer. Mit der Hilfe eines Vergrößerungsspiegels klebte sie sich falsche Wimpern an den Rand ihrer Oberlider. Ihre großen goldenen Rehaugen waren das schönste an ihr, auch wenn Lucrezia immer wieder in melodramatischem Ton behauptete, daß sie »den Kummer eines ganzen Lebens« widerspiegelten. Glücklicherweise hatte sie in Wirklichkeit niemals echtes Leid erfahren. Vielmehr hatte sie sich oft das Unmögliche gewünscht, und die unvermeidlichen Enttäuschungen, die darauf folgten, hatten in ihr eine tiefsitzende Unzufriedenheit hervorgerufen. Oft sagte sie, daß sie ihr Leben hätte neu beginnen wollen, von dem Moment an, als sie in der Schule sitzengeblieben war und die siebte Klasse hatte wiederholen müssen. Sie hatte damals die Schule gewechselt und nicht den Mut gehabt, es ihren neuen Freundinnen zu sagen. Den schulischen Mißerfolg hatte sie als Schande empfunden, die man geheimhalten mußte. Um einen möglichen Verdacht oder peinliche Fragen zu vermeiden, hatte sie selbst ihr wahres Alter verheimlicht und erklärt, zwölf anstatt dreizehn Jahre alt zu sein. Nie hatte sie diese Lüge richtiggestellt. Sie war jetzt einundsechzig Jahre alt, zwölf Monate älter als Caterina und Diana, aber sie wäre lieber gestorben, als daß sie dies zugegeben hätte.

Lucrezia Pallavicini d'Eril behauptete felsenfest, offen wie ein Buch zu sein. Dabei war ihr Verstand ein wenig verworren, und es machte ihr Spaß zu lügen. Nach jeder Lüge jedoch war sie voller Schuldgefühle und erduldete die Ungerechtigkeiten, die sie vor allem von Maxi erfuhr, als notwendige Sühne. Sie lachte immer, auch wenn sie betrübt war, denn die Mahnung ihres Vaters: »Vergiß niemals, daß du eine Pallavicini d'Eril bist«, war ihr in Fleisch und Blut übergegangen.

Ihre Familie entstammte einem alten Adelsgeschlecht, aber das riesige, ererbte Vermögen war von den letzten beiden Generationen vollständig verbraucht worden. Das Wappen der Marchesi Pallavicini d'Eril zierte heute nur noch deren Briefpapier. Nichtsdestotrotz wogen diese zwei Nachnamen schwer wie Felsen auf ihren Schultern und schienen sie schier zu erdrücken.

Sie erinnerte sich noch zu gut an ihre erste Bestrafung. Lucrezia war sechs Jahre alt gewesen. Zu Besuch bei einer Freundin, hatte sie eine Handvoll Honigbonbons gestohlen und sie in der Tasche ihres Biberpelzes versteckt. Ihre Eltern hatten den Diebstahl entdeckt. Lucrezia hatte ihn jedoch abgestritten und geschworen, die Bonbons geschenkt bekommen zu haben.

»Eine Lüge ist ein Meineid«, hatte ihr Vater streng bemerkt. »Du mußt bestraft werden.« Rot vor Scham und in Tränen aufgelöst wurde sie zu der kleinen Freundin zurückbegleitet, um sie um Entschuldigung zu bitten und das zu Unrecht erworbene Gut zurückzugeben. Nach Meinung ihres Vaters war es nur durch diese Demütigung möglich, Lucrezia beizubringen, den Stolz des Geschlechtes hochzuhalten.

Dabei hatte sie die Bonbons doch nur genommen, weil sie zu Hause keine bekam. Wie oft hatte sie Caterina um ihre einfache Herkunft beneidet, die der Freundin harmlose Freuden erlaubte, die ihr verboten waren. Nach Meinung ihres Vaters, des Marchese Pallavicini, war die Freundin nur eine kleine, ungeschliffene Proletarierin. Dennoch hatte sich Caterina ein erfolgreiches Leben erkämpft. Während sie mit ihrem blauen Blut es weder geschafft hatte, eine sie befriedigende Arbeit zu finden, noch Kinder zu bekommen, noch einen treuen Ehemann zu haben.

Um nicht am Müßiggang zu ersticken, hatte sie sich, als sie um die Vierzig war, einen Zeitvertreib erfunden. Zusammen mit zwei Freundinnen hatte sie einen kleinen Kunsthandwerksbetrieb eröffnet, in dem sie verschiedenste Gegenstände durch die *découpage*-Technik in kleine Kunstobjekte verwandelten: Es handelte sich dabei um eine kreative Tätigkeit, die einen guten Geschmack und Stilgefühl verlangte – zwei Gaben, über die Lucrezia im Überfluß verfügte.

Aus Seidenstoff schnitt sie Blumen, die sie in geschmackvollen Farbkombinationen geschickt zusammenklebte und fixierte. Sie gestaltete daraus Bilder und dekorierte auch Tabletts und ganze Tischplatten, die sie dann an Freunde verschenkte. Doch während ihre Rehaugen damit beschäftigt waren, Stoffe auszusuchen, Blumen auszuschneiden und Farbtöne zu kombinieren, entwickelte sie im Geist neue Strategien, die ihre Ehe gegen gefährliche Rivalinnen verteidigen sollten. In diesem Punkt hatte sie jedoch weder auf die Solidarität von Diana noch auf die von

Caterina zählen können. Diana beschuldigte sie, selbst schuld an ihrem Schicksal zu sein, denn schließlich hatte sie sich ja ihren Mann ausgesucht, und niemand verbot ihr, ihn zu verlassen. Caterina tat das Gegenteil, indem sie das Problem als kaum erwähnenswert einstufte: »Du solltest deine Phantasie besser im Zaum halten«, empfahl sie ihr und fügte noch hinzu: »Maxi ist wie alle Männer. Zeig mir einen treuen Ehemann, und ich werde ihm einen eigenen Roman widmen.« Vor ein paar Jahren hatte ihr die Schriftstellerin gestanden, daß auch sie sich von Maxi hatte umwerben lassen. Sie hatte es aus Trotz gegenüber Lucrezia geschehen lassen, als sie entdeckt hatte, daß diese mit d'Ormesson kokettierte. Über die verspäteten, gegenseitigen Enthüllungen waren beide zunächst empört, dann jedoch amüsiert gewesen. Lucrezia war nun mit dem Schminken fertig, das eine ziemlich aufwendige Angelegenheit geworden war. Sie war zufrieden mit ihrem Spiegelbild. Auch mit einundsechzig Jahren war Lucrezia noch immer eine schöne Frau. Sie hatte allerdings auch keine Möglichkeit der Pflege und Konservierung ihrer Schönheit ausgelassen. Ihre Lippen verdankten ihre Fülle ein wenig Silikon. Ihr Gesicht war des öfteren mit Collagenspritzen unter die Haut behandelt worden, und das frische Aussehen ihres Teints war das Ergebnis von regelmäßigen Gesichtspeelings auf der Basis von Fruchtsäuren. Auf den ersten Blick hätte man Lucrezia für jünger als ihre beiden Freundinnen gehalten. Diese Tatsache tröstete sie. Ebenso wie sie der Gedanke an Sonntagabend erfreute, wenn sie sich alle bei Caterina treffen würden. Man wußte nie, wie sich solch ein Treffen entwickeln würde: ob sie weinen, lachen oder streiten würden. Aber sie war sicher, daß sie entspannt und heiter nach Hause zurückkehren würde.

Im übrigen bestimmte seit einigen Monaten eine ausgesprochen heitere Stimmung ihr alltägliches Einerlei. Maxi war, wie in den ersten Jahren ihrer Ehe, wieder ein kleines zutrauliches Schoßhündchen geworden, und Lucrezia war dabei zu glauben, daß die außerehelichen Abschweifungen des Advokaten Massimiliano Valli nun für immer ein Ende gefunden hatten. Denn auch wenn Maxi drei Jahre jünger war als sie, erreichte doch auch er langsam ein Alter, in dem selbst die unverbesserlichsten Schürzenjäger zur Ruhe kommen. In letzter Zeit arbeitete er so gut wie ununterbrochen. Er verließ am frühen Morgen das Haus und kehrte erst spätabends zurück. Lucrezia schaute auf sein vor

Müdigkeit eingefallenes Gesicht und fühlte sich in ihren Vermutungen bestätigt: Wenn ein Mann so sehr von seiner Arbeit in Anspruch genommen wird, dachte sie, bleibt ihm keine Zeit, seine Frau zu betrügen.

Aus ihrer Garderobe wählte sie ein enganliegendes, pinkfarbenes Seidenkleid, das farblich besonders gut zu ihren platinblonden Haaren paßte. Es hatte eine Zeit gegeben, in der die Fülle ihres leuchtend blonden Haars an die Frauenporträts des Malers Veronese erinnerte. Heute waren die goldenen Haarsträhnen ein Produkt ihres Friseurs: Das Ergebnis war jedoch ohne Zweifel exzellent.

Sie zog das Kleid an und bemerkte mit Schrecken, daß sie den Reißverschluß nicht zubekam. Noch vor wenigen Monaten hatte es ihr wie angegossen gepaßt.

Ein paar Kilo mehr würden an sich kein Problem darstellen, wenn sich das Gewicht nur gleichmäßig auf den ganzen Körper verteilen würde. Das Dumme war nur, daß, seitdem sie in die Wechseljahre gekommen war, sich das Fett vor allem um die Hüften herum und am Bauch festsetzte. Oft sprach sie mit ihren Freundinnen über dieses Kreuz.

»Man muß lernen, sich so zu akzeptieren, wie man ist, und ebenso das Alter, das man hat«, behauptete Diana, auch wenn sie wußte, daß sie log.

»Aber ich bin nicht die, die du jetzt siehst«, empörte sich Lucrezia. »Ich bin schlank wie Caterina. Mit dreißig bin ich zur Miss Eleganza gewählt worden.«

»Du sprichst als ob du eine der letzten Überlebenden wärst«, entgegnete die Freundin. »Das Alter darf nicht zur Zwangsvorstellung ausarten«, beharrte sie.

Lucrezia geriet in Wut über soviel dick aufgetragene Überlegenheit. Diana hatte einen Liebhaber, der achtunddreißig war, und Lucrezia fand diese Geschichte einfach skandalös.

»Und du, warum mühst du dich denn ab, hinter kleinen Jungs herzulaufen?« provozierte sie sie, indem sie auf ihre Beziehung zu Piergiorgio anspielte, einem sehr attraktiven Psychologen und Kollegen.

»Wenn ich ehrlich sein soll, ich finde schon einen Vierzigjährigen alt«, entgegnete sie scherzend.

»Du bist eine erfolgreiche Psychotherapeutin, und es scheint, daß du die zerrüttete Psyche der anderen ganz gut heilen kannst.

Aber deine eigene?« griff Lucrezia sie an, auch wenn sie wußte, daß sie damit ihren wunden Punkt getroffen hatte.

Diana hatte sich schon ungefähr zehn Schönheitsoperationen unterzogen. Ihre Freundinnen wußten darüber Bescheid, aber Diana wollte nicht, daß man darüber sprach.

Lucrezia dachte an all diese Dinge, während sie mit einer wütenden Geste das zu enge Kleid auszog und einen weitschwingenden Rock von Ungaro aussuchte, von dem sie sicher wußte, daß seine Falten ihren rundlichen Bauch überspielen würden. Ihr Spiegelbild bestätigte ihr die gute Wahl.

Sie hörte das Öffnen der Eingangstür und erkannte die Schritte ihres Mannes, der von der Arbeit zurückkehrte. Sie rief ihn, und er kam zu ihr ins Ankleidezimmer, um sie mit einem Kuß zu begrüßen.

»Gehen wir heute abend auf ein Fest?« fragte er zerstreut, als sein Blick auf die elegante Kleidung seiner Frau fiel.

»Es ist Freitag. Wir müssen zum Abendessen zu den Guaraldis. Hast du das vergessen?« antwortete Lucrezia, wobei sie sein von Müdigkeit gezeichnetes Gesicht bemerkte.

Seine kleine Priesterbrille baumelte an braunen Bändern auf seinem von der Hitze zerknitterten, hellblauen Hemd. In der einen Hand hielt er seine Tasche fürs Büro, in der anderen einen Stapel Akten.

»Verzeih mir, meine Liebe«, entschuldigte sich Maxi. »Es ist nur, daß ich heute abend noch einiges erledigen muß. Ich wäre dir sehr dankbar, wenn du für unsere Freunde eine plausible Entschuldigung finden könntest«, sagte er kurz, indem er in Richtung Arbeitszimmer verschwand.

Sie folgte ihm ein wenig verstört.

»Meinst du, ich sollte allein hingehen, mein Lieber?« fragte sie scheinbar gelassen nach.

»Ja, wenn du den Abend nicht zu Hause verbringen möchtest«, schlug ihr Mann zerstreut vor und betrat sein Arbeitszimmer.

Er warf seine Tasche auf den Sessel, lockerte seine Krawatte und begab sich in Richtung Bad. Lucrezia blieb ihm auf den Fersen wie ein betrübtes Hündchen, das Angst hat, sein Herrchen aus den Augen zu verlieren.

»Wie du willst, mein Lieber«, gab sie nach. »Könntest du nicht später nachkommen? Die Guaraldis würden dich sicher gerne sehen«, versuchte sie ihn zu überreden, während sie mit ihm zusammen das Bad betrat und die Kleidungsstücke aufsammelte, die er eins nach dem anderen abstreifte.

Seitdem sie davon überzeugt war, daß Maxi ein treuer Ehemann geworden war, tat Lucrezia ihr Bestes, um zwischen ihnen eine harmonische Stimmung zu schaffen.

Maxi setzte sich auf einen Hocker und zog Hosen und Strümpfe aus. Dann hob er die Arme, um sich von seinem Hemd zu befreien, ohne es aufzuknöpfen.

Im gleichen Moment entdeckte Lucrezia einen leicht geröteten Fleck auf der Haut unter den Achseln. Sofort kam ihr der Gedanke ihn zu fragen: »Was hast du da, Liebling, dort unter der Achsel?« Aber sie erriet sofort, daß diese gerötete Stelle von einem Knutschfleck herrührte. Sie entbrannte vor Zorn und hielt sich schnell die Hand vor den Mund, um nicht laut aufzuschreien: Maxi hatte sich doch wieder in eine neue Affäre gestürzt.

Sie sagte kein Wort, sondern ging mit entschlossenem Schritt in ihr Ankleidezimmer zurück. Sie zog ihren weitschwingenden Rock aus und einen leichten Morgenmantel über. Dann klingelte sie dem Dienstmädchen.

»Ich gehe schlafen«, teilte sie ihr mit. »Bring bitte die Sachen hier drinnen ein bißchen in Ordnung. Falls mein Mann nach mir fragen sollte, sag ihm, ich sei ausgegangen.«

Ester, das Dienstmädchen, arbeitete schon seit dreißig Jahren bei Lucrezia. Sie war als noch ganz junges Mädchen vom Lande zu ihr gekommen. Sie kannte die plötzlichen Stimmungswechsel der Signora nur zu gut, die glücklichen, eher seltenen Momente ebenso wie die häufigen Depressionen, die jedoch fast immer durch das Verhalten ihres Mannes ausgelöst wurden. Sie hielt zu keinem von beiden, aber mehr als einmal hatte sie inständig gehofft, daß sie sich trennen würden. Ester würde lieber für den Rechtsanwalt arbeiten, denn er war ein charmanter, herzlicher Mann, der vor allem nicht mit dem Finger über die Bilderrahmen fuhr, um zu kontrollieren, ob sie auch ordentlich Staub gewischt hätte. Aber aufgrund der ständigen Untreue ihres Mannes gestand sie Lucrezia mildernde Umstände zu.

Ein kurzer Blick auf das Gesicht der Signora reichte ihr, um zu verstehen, daß das Thermometer erneut auf Sturm stand. Der einzig tröstende Gedanke war, daß die Herrschaften in weniger als einer Woche abreisen würden und sie dann, endlich allein, das Haus hüten würde und sich entspannen könnte.

»Soll ich Ihnen das Abendessen im Zimmer servieren?« fragte sie.

»Egal, was ich jetzt essen würde, es würde sich sofort in Gift verwandeln«, entgegnete Lucrezia barsch. Die schmerzlichen Entdeckungen hatten wenigstens auch einen positiven Effekt: Sie verlor den Appetit und so auch an Gewicht.

Ester fing an, im Ankleidezimmer aufzuräumen, während sich Lucrezia in ihr Zimmer zurückzog.

Maxi und sie wohnten in einer eleganten Dachwohnung eines Hauses aus der Jahrhundertwende. Sie hatten sie von Massimilianos Eltern zur Hochzeit geschenkt bekommen. Die Wohnung hatte über zweihundert Quadratmeter, und das junge Brautpaar hatte sich den Platz aufgeteilt. Lucrezia hatte ihren Bereich mit Möbelstücken und Hausrat der Familie Pallavicini eingerichtet. Daher stammte auch die Einrichtung ihres Schlafzimmers, das Maxi am Anfang ihrer Ehe noch häufig besucht hatte.

Sie schloß die Fensterläden nur halb und legte sich auf die weiße Bettdecke. Die schon etwas ältere Klimaanlage störte sie, denn sie verursachte mehr Lärm, als daß sie erfrischte. Wieder einmal hatte eine ihrer Leidensphasen begonnen, und alles um sie herum machte sie nervös.

Sie rief die Freunde an, die sie zum Abendessen eingeladen hatten, um sich zu entschuldigen: »Ein unvorhergesehener Zwischenfall. Mein Mann und ich bitten euch, uns zu entschuldigen.«

Dann lehnte sie ihren Kopf an ein Kissen und begann nachzudenken. Sie fragte sich, wer die neue Flamme von Maxi wohl sein könnte. Der vulgäre und sie quälende Knutschfleck unter der Achsel bewies eindeutig die leidenschaftliche Natur dieser Beziehung. Es gelang ihr nicht, ihre Aufregung unter Kontrolle zu halten. Sie verfluchte sie, denn sie mußte jetzt vor allem in Ruhe nachdenken. Sie begann mit einer Atemübung, die es ihr möglich machte, sich zu entspannen. Schon nach wenigen Minuten fühlte sie sich besser und konnte damit beginnen, eine Angriffsstrategie zu entwickeln. Zuallererst, sofort nachdem Maxi die Wohnung verlassen hätte, würde sie seine Zimmer aufs genaueste untersuchen. Sie hörte ihn ins Arbeitszimmer gehen, das an ihr Schlafzimmer grenzte. Kurz darauf bemerkte sie ein leises Klicken des Telefons: Maxi war im Begriff, jemanden anzurufen. Vorsichtig hob sie den Hörer ihres Apparates ab und begann zu lauschen. Den Tonfall in der Stimme ihres Mannes verstand sie nur zu gut, er ließ die typische Verlegenheit und Unruhe des jugendlichen Liebhabers erkennen.

»Ich hatte einen schrecklichen Tag, aber ich habe immerzu an dich denken müssen«, sagte er. »Wir müssen uns unbedingt sofort treffen. Wir haben zwei Stunden nur für uns allein.«

»Nur so kurze Zeit, Spätzchen?« schnurrte die Frau am anderen Ende des Telefons wie ein kleines Kätzchen.

Lucrezia war sich sicher, diese Stimme zu kennen, ihr fiel nur nicht ein, wem sie gehörte.

»Meine Frau ist zum Abendessen zu den Guaraldis gegangen, und ich habe ihr ein halbes Versprechen gegeben, sie dort später abzuholen«, erklärte er.

»Ja dann, beeil dich, Spätzchen«, entgegnete die Frau.

Wem gehörte nur diese Stimme? Der Tonfall kam ihr mehr als bekannt vor. Plötzlich tauchte das Bild ihrer Schwägerin Benedetta Valli vor ihren Augen auf. Sie war die zweite, blutjunge Frau von Valerio, dem älteren Bruder von Massimiliano.

Sie legte den Hörer auf und zischte mit eisiger Stimme: »Dich knöpf ich mir jetzt vor.« Lucrezia konnte ihre Entrüstung nur schwer bremsen. Darüber hinaus, fand sie, war »Spätzchen« eine wirklich lächerlich und peinlich wirkende Anrede.

Am liebsten wäre sie aus ihrem Zimmer gerannt, um sich auf Maxi zu stürzen, um ihm rechts und links ein paar Ohrfeigen zu verpassen. Danach wäre sie dann auf dem schnellsten Wege zu Valerio gefahren, hätte ihm alles brühwarm erzählt und so einen schrecklichen Skandal entfacht.

»Vergiß nie, daß du eine Pallavicini d'Eril bist.« Die väterliche Ermahnung aus längst vergangenen Tagen und doch immer gegenwärtig, ließ sie ihre Wut unterdrücken. Ihr war es weder erlaubt, die soeben erfahrene Enttäuschung herauszuschreien noch die Wut an ihrem Ehemann auszulassen. Sie durfte ihm keine Szene machen und auch keine Teller zerschlagen. Dennoch brauchte auch Lucrezia jemanden, dem sie ihre Verzweiflung mitteilen konnte, um sich einigermaßen zu beruhigen. Wie sonst hätte sie sich den x-ten Angriffsplan überlegen sollen, um die neue Rivalin aus dem Weg zu räumen.

Wem konnte sie vertrauen? In solchen Augenblicken gab es niemand anderen als ihre zwei besten Freundinnen: Caterina und Diana. Sie würden ihr zuhören, sie bemitleiden oder vielleicht auch ausschimpfen, aber in jedem Fall würden sie ihr helfen sich zu beruhigen. Sie rief bei Caterina an, deren Telefon jedoch nur das Besetztzeichen von sich gab. Sie verfluchte die alte Gewohnheit der Freundin, stundenlange Gespräche zu führen. Sie legte auf und wählte die Nummer von Diana.

Niemand ging an den Apparat. Verzweifelt versuchte sie es mit der Handynummer und hatte Glück, beim zweiten Klingeln antwortete ihr Diana.

»Ich muß dich sehen, sofort«, meldete sich Lucrezia mit angespannter Stimme.

»Unmöglich, ich bin gerade dabei wegzufahren«, antwortete Diana.

»Ich bitte dich, stell dir vor, ich wäre eine deiner Patientinnen«, beharrte sie, wohl wissend, damit ins Schwarze zu treffen.

3

Auch wenn sich die Flügel des Ventilators an der Zimmerdecke mit höchster Geschwindigkeit drehten, linderten sie kaum die Schwüle jenes drückend heißen Tages. Diana konnte diese Hitze nicht vertragen, sie verlor dadurch ihren Appetit und auch an Gewicht.

Jedes Jahr, wenn sich der Sommer näherte, sagte sie zu sich selbst: »Dieses Mal werde ich mich von nichts und niemandem beeinflussen lassen, werde Vater, Liebhaber und die Arbeit zurücklassen und für zwei Monate nach Schottland fahren.« Dieser Vorsatz wurde jedoch regelmäßig durch ihr stark ausgeprägtes Verantwortungsbewußtsein über den Haufen geworfen. Es schien, als ob Patienten, Verwandte, Freundinnen und ihr neunzigjähriger Vater ganz allein von ihr abhängen würden. Vor zehn Jahren, als sie fünfzig war und noch voller Lebenslust und Hoffnungen steckte, hatte sie ein Landhaus in der Nähe von Edinburgh gekauft. Es handelte sich um ein älteres, etwas verfallenes, aber eindrucksvolles Anwesen. Der nächste Ort lag zwei Kilometer entfernt. Sie hatte es günstig erstanden und mochte es sehr.

»Was fängst du bloß mit einem Haus an, das so einsam liegt?«

hatten sie Caterina und Lucrezia gefragt und sie dabei erstaunt angeschaut.

»Es soll mein Zufluchtsort sein. Dorthin werde ich mich zurückziehen, wann immer ich will, und ihr beiden seid nicht eingeladen«, hatte sie amüsiert verkündet.

Nie hatte sie diesen guten Vorsatz in die Realität umgesetzt.

Es war Freitagabend, die Arbeitswoche war endlich zu Ende. Diana zog sich aus. Sie wollte sofort duschen, um sich von Hitze und Müdigkeit zu befreien. Ihr Tag in der Praxis, die sie gerade erst verlassen hatte, war sehr anstrengend gewesen. Sie legte sich frische, duftende Wäsche zum Wechseln auf das Bett.

Es klopfte an der Tür, und Charlie, ihr philippinischer Hausangestellter, der seit fünf Jahren bei ihnen lebte, kam herein. Er war jung, klein und stämmig. Seine Bewegungen waren anmutig, die Stimme dagegen ein wenig schrill. Er hatte eine Frau und vier Kinder in Manila zurückgelassen, denen er den größten Teil seines Lohnes schickte.

»Was willst du?« fuhr ihn Diana an.

»Entschuldigen Sie, Dottoressa. Ich wollte Ihnen sagen, daß der Herr Professore ...«, stotterte er, ohne den Satz zu beenden. Er meinte Temistocle Laperla, den Vater von Diana. »O Gott, geht es ihm schlecht?« fragte sie beunruhigt und vergaß sofort die Hitze, ihre Müdigkeit und Gereiztheit.

»Das weiß ich nicht. Aber er ist weg«, antwortete er. »Ich kann ihn nirgendwo finden«, stellte er fest und fuchtelte, wie immer, wenn etwas Unvorhergesehenes passierte, aufgeregt mit seinen Armen. Professor Laperla lebte bei Diana, oder besser gesagt, Diana lebte noch immer in der väterlichen Wohnung.

»Was soll das heißen: Er ist weg?« fragte sie ungeduldig und schob ihn zur Seite, um zum Schlafzimmer des Professors zu gehen. Es war ein großes, mit Stilmöbeln aus Mahagoni eingerichtetes Zimmer. Es existierte in ihrer Erinnerung seit sie denken konnte, ebenso wie das Bild ihrer Mutter, die mit einem Wolltuch schwungvoll über die glänzende Oberfläche dieser Möbel fuhr, die ihr ganzer Stolz gewesen waren. Das große Bett war unberührt und leer. Einige Schubladen der Kommode, über der ein großer rechteckiger Spiegel hing, waren geöffnet. Im ganzen Zimmer lagen überall verstreut Kleidungsstücke und Wäsche herum. Es fehlte der braune Koffer, der gewöhnlich oben auf dem dreitürigen Schrank lag.

Ein Stuhl, den der alte Professore an bezeichnender Stelle stehengelassen hatte, verriet jedoch, daß es ihm gelungen war, den Koffer herunterzunehmen, um ihn zu packen. Wann konnte er bloß weggegangen sein? Diana war vor einer halben Stunde nach Hause gekommen und hatte ihn noch begrüßt. Er hatte im Pyjama auf einem Sessel im Wohnzimmer gesessen. Auf ihre Begrüßung hatte er mit einem zerstreuten Gebrummel geantwortet. Er war ihr ruhig erschienen. Der Hausangestellte war nicht dagewesen, da er den Einkauf für das Abendessen hatte erledigen müssen.

»Hast du auch überall nachgesehen?« fragte sie Charlie noch immer ungläubig.

»Sicher, auch unter dem Bett und in der Abstellkammer. Der Professore ist weg«, versicherte er betrübt.

»Wo kann er nur hingegangen sein?« murmelte Diana verstört.

»Was sollen wir jetzt tun?« drängte sie der Philippine.

»Geh runter zum Portier und frag ihn, ob er ihn gesehen hat. Sieh auf der Straße nach, und frag auch in allen Geschäften hier in der Nähe. Er kann gar nicht weggegangen sein, ohne daß es jemand bemerkt hat. Ich rufe inzwischen die Polizei an«, beschloß sie entschieden.

Während ihr Hausangestellter die Wohnung verließ, ließ sie sich im Wohnzimmer in einen Sessel sinken, holte tief Luft und benachrichtigte die Polizei. Sie gab dem diensthabenden Beamten kurz die wichtigsten Informationen, die ihren Vater betrafen, und die Adresse durch.

»Haben Sie schon bei Verwandten und Freunden nachgefragt?« fragte der Polizist nach, dem diese Art von Vermißtenanzeige nicht unbekannt war. Viele ältere Leute verschwanden plötzlich aus ihren Wohnungen und wurden dann später bei einem Verwandten oder auch einfach nur in der Bar an der Ecke wiedergefunden.

»Dazu hatte ich noch keine Zeit, ich werde mich sofort darum kümmern«, versicherte sie ihm.

Sie fuhr sich mit der Hand durch ihr kupferrotes, dicht gelocktes Haar, während sie mit zusammengepreßten Zähnen raunte: »Die Verwandten! Die kann man doch wirklich vergessen, gerade die.« Es war auszuschließen, daß ihr Vater zu einer seiner anderen Töchter gegangen war. Wenn Diana ihn bei ihnen suchen würde, hätte sie sofort Vorwürfe zu hören bekommen, daß sie den armen Vater vernachlässigen würde.

Die Verwandtschaft von Diana war groß: Schwestern, Schwager, Nichten und Neffen. Aber niemand außer ihr, der sogenannten alten Jungfer der Familie, kümmerte sich um den Vater.

Professore Temistocle Laperla hatte vier Töchter. Noch sehr jung hatte er seinen Geburtsort Furore bei Salerno verlassen. Mit einem kleinen Stoffkoffer und einem Grundschullehrerexamen war er in Mailand gelandet. Es war zur Zeit des Faschismus gewesen, und er bewunderte den Duce über alles. In Mailand lernte er dann Teresa Bottero kennen, eine Lehrerin aus Piemont, die parteiintern sehr aktiv war. Nach einer kurzen Verlobungszeit heirateten der junge Lehrer und seine Kollegin. Er war zum Sekretär des faschistischen Ortsverbands aufgestiegen und hatte sich neben seiner Arbeit noch einmal an der Universität eingeschrieben. Sein Literaturstudium hatte er mit *summa cum laude* abgeschlossen, wie er immer betonte.

Trotz ihres Wunsches, dem Vaterland einen Sohn zu schenken, hatte Teresa vier Töchter zur Welt gebracht: Diana, Leda, Arianna und Berenice. Als der Faschismus zusammenbrach, beschloß der Professore, die Versuche einzustellen, einen männlichen Erben zu bekommen. Vier Mädchen aufzuziehen war der Ehre genug: Das Geld reichte hinten und vorne nicht.

Diana war die Erstgeborene und hatte immer auf die jüngeren Schwestern aufpassen müssen. Als ihre Mutter starb, mußte sie den Haushalt weiterführen, das magere Familienbudget einteilen und auch den Kontakt zu den Verwandten pflegen.

Sie war als Mädchen wunderschön gewesen. Vom Vater hatte sie die großen und tiefsinnigen Augen geerbt, von der Mutter die dichten, lockigen Haare. Sie hatte eine alabasterfarbene Haut und war stattlich gebaut, ihre Hände hatten lange, schmale Finger. Von ihrer Mutter hatte sie ebenfalls den entschlossenen Charakter geerbt. Das Lernen fiel ihr genauso leicht wie das Kuchenbacken für Gäste. Als treues Mitglied der Kommunistischen Partei war sie aktiv tätig, verleugnete jedoch nicht die faschistisch geprägte Vergangenheit ihrer Eltern. Sie machte ihren Doktor in Philosophie und bekam schnell eine feste Anstellung als Lehrerin an einem altsprachlichen Gymnasium. Obwohl sie von einer Schar von Verehrern umgeben war, verliebte sie sich unsterblich in den einzigen Mann, der sie kaum beachtete. Es handelte sich dabei um einen talentierten Maler, der zwar das freie Künstlerleben propagierte, jedoch gern an den Tischen der Reichen aß. Sie war es, die unter seine Bettdecke schlüpfte. Sie wurde dann schwanger und hatte abtreiben lassen. Kurze Zeit später verließ er sie, um die Tochter eines Industriellen zu heiraten. Diana litt schrecklich darunter und verfiel in eine tiefe Depression. Sie begann mit einer Psychoanalyse, und nach acht langen Behandlungsjahren gab sie den Lehrerberuf auf und ließ sich selbst zur Psychotherapeutin ausbilden. Die Arbeit lag ihr, und sie hatte sich schnell einen Namen gemacht.

In der Zwischenzeit hatten die Schwestern geheiratet, und sie war zu Hause beim Vater geblieben. Sie kümmerte sich mit großer Professionalität um ihre Patienten, die allen Schichten und Altersgruppen angehörten, aber auch so, als ob sie ihre Kinder wären, die sie nie bekommen hatte. Diese mütterliche Ader machte es ihr möglich, leicht Zugang zu ihren Patienten zu finden. Diana opferte sich für andere auf. Um sie sorgte sich jedoch niemand.

Als der Professore anfing, seine geistigen Kräfte zu verlieren, machte sich keine seiner Töchter deswegen Sorgen, denn schließlich gab es ja Diana, die wußte, wie dieser Situation entgegenzutreten war.

Temistocle Laperla hatte, trotz seines fortgeschrittenen Alters, eine eiserne Gesundheit. Er aß mit dem Appetit eines Jugendlichen, rasierte sich noch jeden Morgen selbst und nahm es in Hygiene- und Kleidungsfragen sehr genau. Nur sein Kopf war nicht mehr derselbe wie früher. Er lebte in der Vergangenheit. Die Gegenwart berührte ihn kaum. Manchmal behauptete er, daß seine Frau Teresa, die schon vor vierzig Jahren gestorben war, in der Schule sei, um dort zu unterrichten. Ebenso glaubte er, seine verheirateten Töchter würden den Unterricht besuchen. Diana hielt er für eine langweilige Cousine, die von Furore nach Mailand gekommen war, um ihn in seiner Ruhe zu stören.

Jetzt, wo sich Diana mit dem unerwarteten Verschwinden ihres Vaters konfrontiert sah, war sie sich einer Sache ganz sicher: Sie würde auf niemanden zählen können.

Berenice, Leda, Arianna und deren Ehemänner hingen sehr an dem Professore, regelmäßig kamen sie ihn abwechselnd besuchen. Dann schenkten sie ihm Zigaretten ohne Filter, die er weiterhin rauchte, obwohl es ihm sein Arzt verboten hatte. Sie brachten ihm auch kleine Windbeutel mit Cremefüllung mit, denen er noch nie hatte widerstehen können. Zudem überhäuften sie ihn noch mit lauter guten Ratschlägen.

»Mach kein Theater. Hör auf Diana. Iß nicht zuviel. Schlaf nicht mit brennender Zigarette ein«, rieten sie ihm sanft.

Er fertigte seine Töchter, Schwiegersöhne und Enkel gewöhnlich kurz ab und gab ihnen zu verstehen, daß er nicht weiter gestört werden wollte.

»Geht bitte weg. Ich habe zu tun. Ich muß die Lateinaufgaben meiner Schüler korrigieren. Ich habe keine Zeit, euch länger zuzuhören«, sagte er in brummigem Ton.

Keiner von ihnen hatte Diana je vorgeschlagen, den Vater wenigstens für ein paar Tage zu sich zu nehmen. Ganz im Gegenteil, ihre Schwestern und deren Männer verkündeten im festen Ton der Überzeugung: »Zum Glück ist Diana für den armen Papa da. Andererseits kann auch sie sich glücklich schätzen, daß Papa noch da ist, sonst würde sie sich am Ende noch diesen Gigolo ins Haus holen.«

Sie spielten damit auf Piergiorgio Dotti an, den achtunddreißigjährigen Sexualtherapeuten, der seit zwei Jahren Dianas Liebhaber war. Aufgrund des Altersunterschieds waren die Schwestern gegen diese für ihren Geschmack einfach skandalöse Liebesgeschichte.

Piergiorgio war verheiratet, hatte einen zweijährigen Sohn und eine sehr junge, hübsche und liebevolle Frau. Er war ebenso ehrgeizig wie träge. Er war kein Arbeitsmensch, wollte aber dennoch Karriere machen. Aber er sah gut aus und konnte sehr charmant sein, wenn er wollte. Diana lebte nicht mit ihm zusammen, pflegte jedoch diese Beziehung, denn durch ihn fühlte sie sich jung und begehrenswert.

Sie fragte sich, wo wohl Piergiorgio sei, während sie, aufgeregt durch das Verschwinden des Vaters, von einem Zimmer ins andere lief, um irgendeinen Hinweis zu finden, der diese plötzliche und mysteriöse Flucht erklären könnte. In der Hoffnung, ihren Hausangestellten mit dem Professore zurückkommen zu sehen, schaute sie ab und zu von einem der Balkone auf die Straße.

Plötzlich erinnerte sie sich an einen Satz, den ihr Vater seit Tagen wiederholte, ohne daß sie dem eine besondere Bedeutung beigemessen hatte: »Ich muß nach Rom reisen. Man hat mich wieder einmal zum Vorsitzenden der Abiturprüfungen ernannt.«

»Aber sicher, das ist es«, rief sie laut. »Er hat den Koffer gepackt, um nach Rom zu fahren.«

Sie erinnerte sich an den vergangenen Abend, als ihr Vater ihr einen Ernennungsbrief gezeigt hatte, der von vor dreißig Jahren stammte. In diesem Moment klingelte das Telefon. Die Polizeidienststelle teilte ihr mit, daß man den Professore gefunden hatte.

»Wo ist er?« fragte sie, und das Hals schlug ihr dabei bis zum Hals.

»Beruhigen Sie sich«, antwortete der Polizist kurz angebunden. »Es geht ihm gut. Er ist auf der Krankenstation des Flughafens von Linate. Sie können ihn abholen kommen. Und vergessen Sie Ihren Ausweis nicht.«

»Gott sei Dank!« flüsterte sie und ließ sich dabei auf einen Stuhl fallen. Die Anspannung verschwand, dafür machte sich bei ihr die Schwüle sofort wieder bemerkbar. »Wenn es wenigstens ein Gewitter geben würde«, flehte sie, als sie völlig erschöpft ins Badezimmer ging. Sie duschte schnell und zog sich an. Charlie, der nach Hause zurückgekehrt war, half ihr dabei, Tasche, Autoschlüssel, Portemonnaie und die Papiere zusammenzusuchen, während sie immer wieder fragte: »Wie hat er es nur geschafft, bis zum Flughafen zu kommen?«

Sie hörte nicht auf, den chaotischen Verkehr und die verstopften Straßen zu verfluchen, bis sie Linate erreicht hatte. Ihr Vater saß in einem Zimmer der Krankenstation. Er schien traumverloren wie immer und trug noch immer seinen Pyjama. Auf dem Kopf hatte er einen Panamahut, den er im Sommer trug. Neben ihm auf dem Boden stand der Lederkoffer.

So also hatte er die imaginäre Reise antreten wollen, dachte Diana, und ihr Herz zog sich vor Mitleid zusammen. »Hier ist er«, sagte der zuständige Flughafenpolizist, der ihn dorthin begleitet hatte. »Das ist mein Vater«, flüsterte sie, und wieder schossen ihr Tränen in die Augen.

Eine große, stämmige Frau in weißem Kittel trat ihr entgegen. Sie wirkte sehr maskulin und aggressiv. »In diesem Alter brauchen alte Leute Liebe und Pflege«, sagte sie und blickte sie vorwurfsvoll und mißbilligend an.

Diana fühlte sich angegriffen und gedemütigt. Seit vierzig Jahren liebte und umsorgte sie ihren Vater. Möglicherweise hatte sie ja deshalb darauf verzichtet, eine eigene Familie zu gründen, weil sie ihn nicht allein lassen wollte. Und nun sah sie sich plötzlich den Vorwürfen einer frustrierten und arroganten Ärztin ausgesetzt, die ihr etwas über Tochterliebe beibringen wollte.

Sie entschied, sie einfach zu ignorieren.

Sie beugte sich zu ihm hinunter, berührte seine magere Schulter und fragte ihn: »Papa, wie geht es dir?«

»Dieser Vollidiot verlangte, daß ich ihm die Taxifahrt bezahlen sollte«, erklärte ihr der Professore Laperla voller Entrüstung. »Ich konnte mich doch nicht mit einem solchen Typen streiten. Ich bin schließlich vom Schulamt beauftragt worden. Das Schulministerium muß bezahlen. Erklär du es ihm, du hast mehr Geduld als ich«, drängte er sie und fügte hinzu: »Der Taxifahrer ist dort draußen. Er verlangt eine horrende Summe: zweiundsechzigtausend Lire. Das ist mein Gehalt als Professore!« rief er empört.

»Ist schon gut, Papa. Ich gehe jetzt zu diesem Mann und erkläre ihm alles. Und du geh um Gottes willen bitte nicht weg von hier«, flehte sie ihn an und verließ die Krankenstation in Begleitung des Polizisten. Die Ärztin warf ihr vom Schreibtisch aus einen strengen Blick zu.

Diana gab dem wütenden Taxifahrer hunderttausend Lire und machte ihm klar, daß er einen neunzigjährigen Mann in Pyjama und Panamahut nicht hätte in sein Taxi einsteigen lassen dürfen.

Als sie ins Krankenzimmer zurückging, bemerkte sie, daß sie krampfhaft ihr Handy in der Hand hielt. Sie blieb stehen und überlegte einen Moment, dann rief sie ihre Schwester Leda an.

»Hör mir gut zu«, fing sie an. »Papa ist heute abend von zu Hause weggelaufen, aber reg dich nicht auf. Ich habe ihn gefunden und bin jetzt am Flughafen von Linate, wo man ihn aufgegriffen hat. Er wollte nach Rom fliegen, um den Vorsitz bei Abiturprüfungen zu übernehmen. Ich wollte ihn eigentlich nach Hause bringen, aber ich habe eine bessere Idee. Du wirst ihn abholen kommen und zu dir mit nach Hause nehmen, denn ich werde jetzt abreisen. Ich nehme den ersten Flug nach London und werde in mein Haus nach Schottland fahren. Ich weiß noch nicht, wann ich zurückkomme, aber ich möchte dir sagen, daß Papa von diesem Moment an dein Problem und das deiner Schwestern ist«, sagte sie in einem Atemzug, ohne Leda die Möglichkeit zu geben, etwas zu entgegnen. Dann legte sie einfach auf.

Zum Teufel mit allen, dachte sie, während sie in Richtung der internationalen Flugschalter ging, um einen bequemen Platz in der Business Class vormerken zu lassen. In London würde sie dann all das kaufen, was sie brauchte. Das Flugzeug würde in einer Stunde abfliegen. Sie würde noch auf ihre Schwester warten, um ihr den Vater anzuvertrauen.

Zum Teufel mit den Patienten, den Schwestern, den Freundinnen und zum Teufel auch mit Piergiorgio. In diesem Moment begann ihr Handy wie wild zu klingeln. Sie war versucht, es abzustellen. Sicher war es ihre Schwester, die noch Einwände erheben wollte. Am Ende antwortete sie doch. Es war Lucrezia, die sie um Hilfe bat.

Sie schaute auf ihren Flugschein, den sie fest in der Hand hielt. Dort draußen auf der Flugpiste wartete das Flugzeug auf sie. Zwei Stockwerke unter ihr saß ihr Vater in der Krankenstation und wartete auf sie. In der Stadt brauchte sie Lucrezia, ihre Freundin. Diana zögerte einen Moment. Dann kehrte sie auf den Boden der Tatsachen zurück. Schottland konnte warten.

4

Wie lange war sie schon im Badezimmer eingesperrt? Wie viele Stunden waren vergangen? Vielleicht war es schon tiefe Nacht. Vor Kälte und Angst zitternd, versuchte Caterina sich zu beruhigen und nachzudenken. Bis Sonntagabend mußte sie überleben, dann würden Diana und Lucrezia sie befreien. Sie war furchtbar hungrig geworden.

Sie öffnete die Spiegeltüren eines Schrankes in der absurden Hoffnung, etwas Eßbares zu finden. Vor ihren Augen passierte eine Parade von Parfüms und Cremedosen, daneben Fläschchen mit Gesichtswasser und Reinigungsmilch. Wer weiß, ob die Honigmaske fürs Gesicht genießbar ist? Sie probierte mit dem Finger, sie schmeckte widerlich.

In den Schubläden lagen diverse Schminkstifte, Pinsel in allen Größen, Puder in kompakter und loser Form, Lippenstifte, Bürsten und Kämme. Sie stieß auch auf Lockenwickler, drei Föne, zwei Sisalhandschuhe, Augenbrauenpinzetten und Nagelfeilen. Hinzu kamen Scheren, Kämme aus Schildpatt, Bänder und Pflaster. In dieser Art von Supermarkt der Nichtigkeiten gab es nichts, was ihr das Überleben hätte garantieren können. Das Wasser aus dem Wasserhahn war das einzige, auf das sie zurückgreifen konnte. Sie füllte schnell ein Glas mit Wasser und trank es hastig aus. Ihr Magen, der vor Anspannung völlig verkrampft war, konnte die Flüssigkeit nicht vertragen. Caterina wurde schlecht. Sie kniete sich vor die Toilette und erbrach sich. Danach setzte sie sich erschöpft auf den Boden und schloß die Augen.

In jenem Augenblick kamen ihr die weißverschneiten, ausgedehnten Felder von Modena in den Sinn, die eng mit den Besuchen bei ihrer Oma Luigia verbunden waren. Der Schnee war so weiß gewesen, daß sich himmelblaue Lichtreflexe in ihm spiegelten, und er knirschte in ihren vom Schnee geröteten Händen, die vor Kälte schmerzten.

Jetzt, mit sechzig Jahren, mitten im Juli, kamen diese seit langem versunkenen Erinnerungen wieder hoch. Sie wußte nicht, wo sie sich mit ihrem alten und müden Körper hinlegen sollte, und es fiel ihr das große Bett ihrer Oma ein, worin sie oft lange geschlafen hatte.

Ihre Oma war, nachdem sie Witwe geworden war, von Mailand nach Modena zu ihrer Schwester gezogen. Auch die Schwester war inzwischen gestorben. »Der Herr will, daß ich die letzten Jahre meines Lebens allein verbringe«, kommentierte die Oma in resigniertem Ton. Sie war glücklich, wenn ihre Tochter Elena ihr die kleine Caterina anvertraute. Ebenso glücklich war die Enkelin, wenn sie bei der Oma sein durfte.

Sie hörte wieder das Läuten der Glocken: ein Schlag für Hagel, zwei für Regen und drei für Schnee. Vor ihren Augen tauchten die blauen Schneekarren auf, die die Männer schräg nach hinten kippten, um den Schnee, den sie auf den Straßen gesammelt hatten, in die Abflußkanäle zu entleeren. Sie hörte erneut das dumpfe Fallen dieser weißen Schneeberge, die ins Wasser hinabstürzten. Einmal überraschte sie die Oma dabei, wie sie auf ein Bild des Großvaters, das sie in einem goldfarbenen Bronzerahmen in der Hand hielt, spuckte.

»Beh', hast du noch nie gesehen, wie man Glas zum Glänzen bringt?« hatte die Oma sie gefragt, als sie Caterinas Anwesenheit bemerkte. Daraufhin hatte sie einen Putzlappen genommen und energisch über das Porträt gewischt. Währenddessen lächelte sie Caterina ein wenig zweideutig zu.

Damals hörte sie die Schwestern der Oma oft an deren Ehe mit »diesem Proletarier« herummäkeln, zu der sie untereinander ihre Meinungen abgaben: »Luigia war eine ohne Schamgefühl, sie malte sich hinter dem Rücken der Mama wie ein Animiermädchen an. Und so ist dann auch die Schande passiert, und sie hat sich in diese Ehe flüchten müssen.«

Caterina wußte nicht, was diese Schande bedeuten sollte, und natürlich hatte sie sich nicht getraut, nach einer Erklärung zu fragen. Es mußte sich aber in jedem Fall um etwas sehr Verwerfliches handeln. Und doch war die Oma Luigia sympathisch; sie war liebevoll und lebhaft. Caterina hatte sie sehr liebgehabt.

Die Schwestern der Oma behaupteten ebenfalls, daß Elena, Caterinas Mutter, sich dazu herabgelassen hatte, einen »Gemüsehändler« zu heiraten. Ihr Standardsatz lautete: »*Talis mater, talis filia.* Sie hat sich der Lust hingegeben, anstatt eine gute Partie zu machen.« Was die Mutter und die Oma betraf, hatte Caterina deren Wechselfälle des Lebens erst später verstanden, als sie älter wurde. Sie hatte sich durch Tratsch und Klatsch, durch Briefe, Fotografien und manches versteckte Eingeständnis ihren eigenen Reim gemacht. Am Ende war sie überzeugt davon, daß die Verwandten ihrer Mutter, mit Ausnahme der Oma Luigia, nur vor Männern mit viel Geld und Vermögen Respekt hatten. In ihrem Größenwahn dachten sie sich das Märchen von der adligen Abstammung aus, was allerdings vollständig erfunden war.

Caterina erinnerte sich an die Großtante Erminia, wie sie mit der Hand auf der üppigen Brust behauptete: »Ich fühle das blaue Blut, das in meinen Adern fließt.« Und das alles nur, weil sie einen Nachnamen führten, der dem von irgendwelchen römischen Fürsten ähnelte, mit denen sie aber nicht im entferntesten verwandt waren. Tante Erminia war es jedoch gelungen, eine Art Familienwappen von einem Wappenforschungs-Verein zu bekommen, und sie erzählte jedem, der sie nicht kannte, eine Contessa zu sein.

Warum nur dachte sie in diesem eisigen Zimmer aus Marmor über längst vergangene Zeiten nach? Wieder hörte sie das dumpfe Geräusch der Schneemassen, die von den blauen Karren in das finstere Wasser der Kanäle herabfielen.

Plötzlich öffnete sie die Augen, und ihr wurde klar, daß der Aufschlag der Aufzug war, der auf der Höhe ihres Stockwerks angehalten hatte.

An jenem Freitagabend erwartete sie niemanden. Es war tiefe Nacht, dessen war sie sich mittlerweile sicher. Wie kam es, daß zu dieser Uhrzeit der Fahrstuhl des Hauses vor ihrer Wohnungstür hielt? Vielleicht hatte jemand aus der Familie versucht, sie zu erreichen, und da dieser jemand das Telefon dauernd besetzt gefunden hatte, kam er jetzt, um nachzusehen, ob etwas passiert sei. Endlich würden die Haustürschlüssel, die sie an eine Reihe von Leuten vergeben hatte, denn »man weiß ja nie«, zum Einsatz kommen.

Der unaufdringliche Ton der Schelle bestätigte ihre Gedanken. Caterina nahm all ihre Kraft zusammen und fing an zu schreien: »Hilfe! Ich bin im Badezimmer eingeschlossen! Hilfe!«

Nur Schweigen antwortete ihr. Sie wartete darauf, daß sich ein Schlüssel im Sicherheitsschloß drehen würde, aber es folgte kein einziges Geräusch. Sie versuchte noch einmal zu schreien, umsonst, sie schaffte es lediglich, einen schwachen Klageton von sich zu geben.

In diesem Moment bemerkte sie eine Reihe von gleichmäßigen dumpfen Schlägen. Jemand war dabei, die Panzerverkleidung der Tür aufzubrechen. Sie hielt inne, und ihre Angst wuchs. Es gab einen Knall. Der Türrahmen hatte dem Angriff nicht standgehalten. Dann vernahm sie zwei männliche Stimmen.

»Hier drin erfriert man ja. Sie haben die Klimaanlage auf das Maximum geschaltet«, sagte einer von ihnen.

»Zum Glück. Nach dieser Schwitzerei mit der verfluchten Tür kommt mir das bißchen Kälte gerade recht«, entgegnete der andere.

»Diebe!« Caterina hielt sich die Hand vor den Mund, um nicht laut zu schreien. Augenblicklich hatte sie die Situation eingeschätzt, und auch wenn sie zu Tode erschrocken war, wollte sie das Risiko eingehen. Vielleicht hatte das Schicksal die zwei nächtlichen Besucher dazu auserkoren, sie aus ihrem Gefängnis zu befreien.

Sie fing mit neuer Kraft zu schreien an.

»Holt mich hier raus! Ich bin hier drinnen eingeschlossen! Ich bitte euch, helft mir!«

Einer der Diebe fuhr seinen Kumpan an: »Du Arschloch! Du hast doch gesagt, die Wohnung ist leer.«

Der andere brachte ihn mit einem kurzen: »Halt die Klappe, ich will wissen, wer das ist!« zum Schweigen.

»Ich bin es. Die Besitzerin der Wohnung«, schrie Caterina.

»Komm, mach voran, laß uns abhauen. Diese Geschichte gefällt mir nicht«, drängte der Freund.

»Bleib bloß ruhig«, forderte ihn sein Kumpan auf, während er sich an die Badezimmertür lehnte, aus der die Stimme kam. Sein Blick ging nach unten und fiel auf die Klinke auf dem Boden vor der Tür.

»Es interessiert mich nicht, ob ihr hier seid, um zu stehlen. Nehmt, was ihr wollt, aber um Gottes willen, holt mich hier raus«, flehte Caterina sie weinend an.

»Laß sie da, wo sie ist, und hilf mir lieber«, beharrte der Freund.

»Warum holen wir sie da nicht raus? Dann hört sie mit der Quengelei auf«, argumentierte der andere.

»Sei kein Vollidiot, und mach den Sack voll. Hier liegt ein Haufen wertvolles Zeug rum, das wir mitnehmen können«, spornte ihn der Freund an.

»Mach, was du willst. Ich mach ihr auf«, entschied der andere.

Caterina hörte, wie die Klinke auf den Stift des Schlosses geschoben wurde.

»Du bist einfach ein Idiot. Wenn die dich sieht, zeigt sie dich an. Wenn du sie abmurkst, kriegen sie dich früher oder später doch, und du gehst lebenslänglich in den Knast«, warnte ihn der Kumpan.

Caterina erstarrte vor Angst. Sie hatte auf ihre Befreiung gehofft, und nun riskierte sie, umgebracht zu werden. Sie nahm ihre letzten Kräfte zusammen und griff nach einem schweren, lackierten Holzhocker, bereit, ihn auf den Dieb zu werfen, sobald dieser die Tür öffnen würde.

»Sie wird mich nicht sehen. Ich mach auf und hau ab«, sagte er zu seinem Komplizen.

Während sich der Freund aus dem Staub machte, öffnete er die Badezimmertür. Er schaffte es nicht, dem schweren Hocker ganz auszuweichen, den Caterina in ihrer Verzweiflung auf ihn warf. Der Dieb ging vor Schmerz fluchend zu Boden. Der Stuhl hatte ihn an der Schulter getroffen. Instinktiv wollte Caterina flüchten, aber der Dieb konnte sie noch am Arm packen und brachte sie ihrerseits zu Boden.

»Alte Hexe!« zischte er und drückte sie mit seinem Gewicht auf die Marmorfliesen. »Jetzt werde ich dir Benehmen beibringen.«

Caterina hatte die Augen vor Angst weit aufgerissen. Sie schaute in ein feingezeichnetes Jungengesicht mit wildgelockter, schmutziger Mähne, sein Blick war verschwommen. Er war höchstens achtzehn.

»Lauf weg«, flüsterte sie ihm zu. »Ich zeige dich nicht an, aber mach keinen Unsinn, es könnte sich gegen dich wenden und dir für den Rest deines Lebens leid tun«, fügte sie langsam hinzu.

Er lächelte etwas blöde und lockerte für einen kurzen Moment seinen Griff.

Caterina profitierte von diesem Augenblick und versetzte ihm einen fürchterlichen Schlag in den Schritt. Ihr jahrelanges Sporttraining war endlich von Nutzen.

Er schrie laut und krümmte sich vor Schmerz, während Caterina wieder hochkam und in Richtung Wohnungstür rannte. Sie stürzte die Treppe hinunter. Sie hätte schreien wollen, hatte aber keine Kraft mehr dazu.

Der Junge erreichte sie auf dem Treppenabsatz des vierten Stocks. Er packte sie an den Schultern, riß sie herum und schlug ihr brutal mit der Hand ins Gesicht.

Beide atmeten schwer, und beide hörten den Fahrstuhl kommen. Der jugendliche Angreifer begriff, daß es an der Zeit war, abzuhauen. Er versetzte ihr einen Faustschlag mitten ins Gesicht. Caterina bekam noch nicht einmal mehr mit, daß sie hinfiel. Sie schlug mit dem Kopf auf die Stufe, währenddessen verschwand der Dieb die Treppen hinunter.

5

Clotilde küßte ihren schon älteren Kunden gewohnheitsmäßig und ohne große Anteilnahme auf die Wange. Er war ein trauriger, grauer und verweichlichter Mann, der wußte, daß es einzig und allein sein Geld war, das ihm viele Vorteile verschaffte.

Sie wünschte ihm lächelnd »Gute Nacht«, während sie aus dem Auto stieg.

»Wir sehen uns nächste Woche«, versprach er ihr.

»Wann du willst. Ich arbeite zu Bürozeiten«, entgegnete die Frau.

Der Kunde startete sein Auto und fuhr weg.

Clotilde nahm ihren Spaziergang auf dem Bürgersteig, gegenüber dem Haus, in dem Caterina wohnte, wieder auf. Während der Nacht blickte sie oft zu den Fenstern des letzten Stockwerks hinauf, um zu kontrollieren, ob auch alles in Ordnung sei. Sie tat es in liebevoller Absicht, die ihr das Gefühl gab, an Caterinas Leben teilzuhaben. Sie mochte Caterina sehr gern, und es machte ihr Freude, über ihr ruhiges Leben ein wachsames Auge zu haben. Auch sie hätte gerne ein ganz normales, respektables Leben geführt und wünschte sich einen ruhigen Schlaf, weit entfernt von Raufereien, Schlägereien, Erpressungen und von all den Demütigungen ihrer Arbeit, die immer gefährlicher und elender wurde. Grund dafür waren die sich immer mehr verbreitenden Drogen und die darauf unvermeidlich folgende Kriminalität. Caterina stellte für sie all das dar, was sie niemals haben würde. Indem sie sie beschützte, verteidigte sie unbewußt ihre eigenen Träume.

Manchmal, wenn sie auf Kunden wartete, versuchte sie sich die Wohnung der Schriftstellerin vorzustellen. In ihrer Phantasie sah sie in jedem Zimmer Puppen und Spitzendeckchen verteilt. Sie waren ihre Leidenschaft, und sie stellten für sie die höchste Form von Raffinesse und Weiblichkeit dar.

Es war kurz nach Mitternacht, als sie ihre Kollegin Marinella aus dem Auto eines Kunden aussteigen sah. Sie grüßten sich.

»Wie geht's?« fragte sie nach einem zwischen ihnen üblichen Ritual.

»Total beschissen. Von neun bis Mitternacht hatte ich nur einen einzigen Kunden, während die zwei Brasilianerinnen da unten mit ihren Silikontitten das Geschäft ihres Lebens machen«, antwortete die Freundin und zeigte mit dem Finger auf das Ende der Straße. Sie zündete sich eine Zigarette an.

»Es ist das Neue, was uns überholt«, sagte Clotilde in ironischem Ton. Sie war fast vierzig und wußte, daß sie der Konkurrenz der neuen Generation nicht standhalten konnte. Einmal hatte sie ihren Zuhälter gefragt, ob sie mit diesem üblen Leben nicht aufhören könnte. Zwei ordentliche Ohrfeigen hatten sie dazu gebracht, diesen Plan fallenzulassen. »Ich tue es für dein Wohl«, hatte ihr der Mann erklärt, »du hast eine leichte Arbeit. Einen alten Kundenstamm, Leute, die du kennst und die dich nicht in Schwierigkeiten bringen. Was willst du mehr? Was würdest du zu Hause machen? Du würdest dich langweilen. Und außerdem, irgendwie müssen wir uns ja auch durchschlagen.«

Clotilde tröstete sich mit dem Gedanken, eine der letzten echten Prostituierten zu sein, die noch eine Art von Berufsehre hochhielten, wie auch ihre Kollegin Marinella. Nur wenige von ihnen folgten noch irgendwelchen Prinzipien. Außerdem durfte nicht außer acht gelassen werden, daß sie sich, im Gegensatz zu anderen Prostituierten, glücklich schätzen konnte: lebte sie doch mit ihrem Zuhälter zusammen. Ihr Leben hatte gewissermaßen einen Anschein von Ehrbarkeit behalten. Sie wagte es nicht, sich Gedanken über die Zukunft zu machen oder darüber, was aus ihr werden sollte, wenn sie zu alt für ihre Arbeit sein würde. Sie wußte, daß viele Freundinnen, nachdem sie von ihren Zuhältern verlassen worden waren, als Putzfrauen in den Stundenhotels arbeiteten, um zu überleben. Dort gab man ihnen eine warme Mahlzeit und eine Ecke zum Schlafen. Ein trauriges Ende.

Ein Wagen hielt neben Clotilde und Marinella. Sie beugten sich zum Fahrer hinunter, um mit ihm über den Preis zu verhandeln und ihm so die festen Rundungen ihrer Brüste zu präsentieren. Clotilde begrüßte ihn vertraulich, denn sie kannte ihn schon seit zwei Jahren. Er war noch relativ jung und kam öfter zu ihr, nicht unbedingt, um mit ihr zu schlafen, sondern vielmehr, um sich bei ihr über seine Frau und seinen Chef auszulassen.

»Wie geht's, Schätzchen?« lächelte sie ihm zu, während Marinella sich zurückzog.

»Komm, steig ein«, lud der Mann sie ein.

Sie war gerade dabei einzusteigen, als sie einen jungen Mann aus dem Haus von Caterina kommen sah. Mit einem großen Rucksack auf den Schultern stürzte er Hals über Kopf und ohne die Eingangstür zu schließen auf die Straße.

»Wart mal bitte, einen Moment«, sagte Clotilde zu ihrem Kunden, während sie den Unbekannten beobachtete, der sich in Windeseile entfernte.

»Was schaust du denn?« fragte der Mann ungeduldig. »Komm, mach voran«, drängte er sie.

»Diese Geschichte gefällt mir nicht«, murmelte sie leise und schloß die Wagentür wieder. Indessen sagte sie: »Tut mir leid, Schätzchen, aber ich hab was anderes zu tun. Warum kommst du nicht in einer halben Stunde wieder vorbei?« Clotilde machte sich Sorgen und lief schnell zu Marinella hinüber.

empörte sich Clotilde, als sie das geschwollene Gesicht von Caterina betrachtete. Eine Frau wie Caterina hätte einer solchen Brutalität nicht begegnen dürfen. Sie so zugerichtet zu sehen, mit geschwollenem Gesicht und zerrissenem Nachthemd, machte Clotilde hilflos, und sie fühlte sich schuldig, Caterina nicht ausreichend beschützt zu haben.

Kaum lag der Hörer auf der Gabel, begann das Telefon schon zu läuten.

Clotilde nahm den Hörer ab, und ihrer verstörten Stimme war die Bestürzung sogar anzuhören, als sie »Pronto« sagte.

»Wer spricht da?« fragte eine Frauenstimme.

»Sagen Sie mir, wen Sie wollen«, gab sie genervt zurück.

»Die Signora Belgrado. Wahrscheinlich habe ich mich verwählt«, antwortete die Frau am anderen Ende, die das »R« wie im Französischen aussprach.

Clotilde beruhigte sich. Die Frau am Telefon war sicher eine Freundin von Caterina.

»Sie haben sich nicht verwählt«, beeilte sie sich zu erwidern. »Es ist nur, daß es der Signora Belgrado schlechtgeht. Sie ist überfallen worden. Ich glaube, es waren zwei Rumtreiber. Sie haben die Wohnungstür aufgebrochen. Vielleicht hat Caterina sie nicht gehört, weil sie schon schlief. Woher soll ich das wissen? In jedem Fall sind meine Freundin und ich ihr zu Hilfe gekommen. Wir haben sie gerade aufs Bett gelegt und fragten uns, ob es besser ist, einen Arzt, die Polizei oder beide zu rufen. Caterina ist ohnmächtig geworden«, beendete sie ihren Redeschwall und verhaspelte sich dabei.

»Hören Sie mir zu. Wer Sie auch sind, rühren Sie sich nicht vom Fleck. Ich komme sofort«, erklärte die Frau am Telefon mit einer Stimme, die keinen Widerspruch duldete.

Clotilde legte den Hörer auf. In diesem Moment öffnete Caterina die Augen und stöhnte ein wenig.

»Endlich«, lächelte ihr Marinella erleichtert zu.

Clotilde beugte sich hinunter und flüsterte ihr zu: »Sie haben dich böse zugerichtet.«

Caterina erinnerte sich nur mit Mühe an das, was passiert war, erkannte aber die beiden Prostituierten. Sie versuchte sie zu fragen, wie sie denn hereingekommen waren, aber es ging ihr zu schlecht, um zu sprechen. Sie spürte brennende Stiche zwischen Wangenknochen und Kiefer, außerdem tat ihr der Kopf weh. Sie schaffte es lediglich, ihnen die Hände zu drücken, dann brach sie zitternd in Schluchzen aus.

»Beruhige dich nur. Es ist alles vorbei«, versuchte Clotilde ihr Mut zuzusprechen.

»Eine Freundin von dir, die gerade angerufen hat, ist auf dem Weg hierher«, fügte Marinella hinzu und drückte ihr dabei die Hand.

»Wir haben dich auf der Treppe gefunden. Du warst ohnmächtig geworden«, erklärte ihr Clotilde. »Ich habe einen der Diebe mit einem Rucksack auf den Schultern weglaufen sehen. Der muß eine Menge von deinen Sachen mitgenommen haben.«

Caterina beruhigte sich durch die liebevolle Fürsorge der beiden Frauen. Kurze Zeit später traten Lucrezia und Diana ins Zimmer. Sie trugen lange Leinenhosen, flache Mokassins und sportlich geschnittene Seidenblusen. Sie sahen aus wie junge Mädchen, die gerade aus der Schule kamen. Ihre Kleidung stand im Kontrast zu der der Prostituierten und ließ deren Kleider noch kürzer, noch weiter ausgeschnitten und noch vulgärer erscheinen.

Während die Freundinnen zu Caterina stürzten, schauten sich Clotilde und Marinella verlegen an. Sie hätten sich in Luft auflösen mögen, mußten aber nun diesen zwei eleganten Frauen gegenübertreten, um zu erzählen, was passiert war; aber beiden fehlten die richtigen Worte für den Anfang. Clotilde machte sich Mut, indem sie sich hinstellte und begann: »Meine Damen ... Wer sind Sie bitte?«

Damit ging das etwas konfuse und zusammenhanglose Gespräch der vier Frauen an, das jedoch ungefähr den Ablauf des Geschehens verdeutlichen konnte.

Danach gingen die Prostituierten weg, und noch während sie das Zimmer verließen, flüsterte Lucrezia schon ins Ohr von Diana: »Das ist wieder typisch Caterina. Findest du nicht? Nur sie konnte von zwei Bordsteinschwalben gerettet werden.« Dann beugte sie sich zu ihrer verletzten Freundin hinunter und eröffnete ihr: »Dein Sohn kommt gleich.«

Caterina nickte und lächelte zaghaft. In jenem Moment wünschte sie sich nichts mehr, als daß ihr Sohn Stanis, der Arzt, kommen würde.

6

»Du führst dich auf, als ob ich ein aussichtsloser Fall auf der Intensivstation wäre«, beschwerte sich Caterina und spielte damit auf die Nadel in ihrer Armbeuge an.

»Was für ein Theater um eine Infusion«, entgegnete ihr Sohn und streichelte dabei ihre Hand. Stanis war ein guter Kardiologe, und seine Patienten schätzten ihn sehr. Er war ein selbstsicherer und kompetenter Arzt.

Als sie versuchte, ihm zuzulächeln, verzog sich ihr Lächeln zu einer Schmerzgrimasse. Sie drückte fest die starke Hand ihres Jungen.

»Danke, mein Kleiner«, flüsterte sie.

»Versuch ein wenig zu schlafen«, empfahl er ihr mit einfühlsamer Stimme. Für Caterina hatte es von ihren Kindern Stanis am weitesten gebracht, auch wenn er der Sensibelste und Schutzloseste war. Aber gerade deswegen liebte sie ihn besonders.

Stanis erwiderte ihre tiefe Zuneigung und hing sehr an ihr. Es hatte niemals eine andere Frau, außer seiner Mutter, in seinem Leben geben. Caterina hatte das schon vor einigen Jahren erkannt, als er noch das Gymnasium besuchte. Damals war er der Schwarm aller Mitschülerinnen gewesen, aber anstatt stolz darauf zu sein, hatte er sich verschreckt zurückgezogen. Am Anfang hatte sie ihr Verdacht schmerzlich getroffen, und lange Zeit fragte sie sich, was sie falsch gemacht haben könnte. Sie gab mehr sich die Schuld an seiner homosexuellen Neigung, als an eine angeborene Ausrichtung ihres Sohnes zu glauben.

Wie dem auch sei, sie hatte ihn vor den Vorurteilen der Freunde und der Familie wie eine Löwin verteidigt.

»Wie geht es dir jetzt?« fragte er sie.

»Hundeelend«, antwortete sie.

»In ein paar Stunden wird es bessergehen«, versprach ihr Sohn.

»Das hoffe ich. Im Moment fühle ich mich wie die letzte Überlebende aus einem Horrorfilm«, erklärte sie. Dann wanderte ihr Blick hoch zu der Flasche, die am Infusionsständer hing und aus der Flüssigkeit in ihre Adern lief. »Was hast du in diesen Flakon getan?« wollte sie wissen.

»Viele gute Sachen: Wasser, Zucker, Mineralsalze und ein

wenig Beruhigungsmittel. Es wird dir guttun«, versicherte ihr Stanis.

»Wenn du das sagst, glaube ich dir«, sagte sie müde.

Sie schaute auf das Tischchen neben dem Bett und bemerkte, daß das Malachitsteindöschen mit ihren Schlaftabletten verschwunden war.

Sie begann sich besser zu fühlen. Es schien ihr, als ob ihr Körper in der Luft schweben würde, wie die kleine weiße Feder aus ihrer Kindheit, die ihr einen Augenblick des Glücks geschenkt hatte.

In jenem Moment erinnerte sie sich, daß sie sich schon einmal, vor vielen Jahren, ähnlich gefühlt hatte. Wann war das gewesen? Ihr kam eine weit entfernte Erinnerung in den Sinn.

Sie lag in einem Krankenhausbett mit einem weiß lackierten Eisenrahmen. Durch ein sehr großes, offenes Fenster trat Sonnenlicht herein. Sie roch den Duft der blühenden Linden aus dem Garten und hörte die Vögel singen. Sie war vier Jahre alt.

Sie befand sich in einem Zimmer, das ihr unendlich groß erschien. Lange Reihen von Betten, ähnlich dem ihren, standen sich gegenüber. Vielleicht lagen andere Kinder in jenen Betten, aber daran konnte sie sich nicht erinnern. Sie erinnerte sich jedoch an Oma Luigia, die sich zu ihr herunterbeugte. Sie hatte kurzes, graues Haar, das sie in kleine Wellen gelegt hatte. In der einen Hand hielt sie ihre blaue Tasche aus Ziegenleder mit einem Verschluß aus hellem blaugrauem Bakelit fest. Die andere Hand hatte sie auf ihre Stirn gelegt.

»Wie geht es dir, Caterina?« fragte die Oma mit leiser Stimme.

»Gut«, antwortete sie und fragte dann: »Wo sind wir?«

»Im Krankenhaus, mein Kind. Was hast du mir nur für einen Schrecken eingejagt!«

»Warum?« Sie war noch verwirrt und verstand nicht, warum sie sich in diesem riesigen Zimmer befand.

»Sag mir doch bloß, warum du diese dumme Sache gemacht hast. Weißt du, daß du hättest sterben können? Und wenn du gestorben wärst, wer hätte es deiner Mama und deinem Papa sagen sollen?« Es waren Vorwürfe, sanft hervorgebracht und voller Trauer.

»Sind wir in Modena?« fragte sie.

»Wir sind im Krankenhaus von Modena. Weißt du nicht mehr, was du angestellt hast?« beharrte Luigia.

Endlich kam Caterinas Erinnerung zurück.

Sie war im großen, warmen Bett mit der Bettwäsche, die nach Lavendel duftete, aufgewacht. Sie hatte die Oma gerufen, die sofort gekommen war und ihr eine große Tasse mit Milchkaffee und Löffelbiskuits zum Eintauchen gebracht hatte.

Das kleine Mädchen hatte sich im Bett aufgesetzt, und die Oma hatte ihr ein Lätzchen umgebunden. Sie trug ein angerauhtes Baumwollnachthemd. Es war rosa und mit weißen Blümchen und grünen Blättern bestickt. Die Oma saß auf der Bettkante und hielt ihr die Tasse.

»Gehen wir gleich spazieren?« fragte Caterina beim Frühstücken. Es gefiel ihr mit der Oma rauszugehen, denn sie trafen auf der Straße immer irgend jemanden, bei dem man stehenblieb, um ein wenig zu schwätzen. Sie amüsierte sich über das Getuschel dieser alten Frauen, die erstaunliche Nachrichten zu verbreiten hatten: Einer war die Tochter im Wochenbett gestorben, einer anderen war der Mann weggelaufen, eine dritte hatte ein Huhn, das Eier mit zwei Dottern legte. Danach begann der Tratsch über die ortsbekannten Familien, über Veranstaltungen im *Comunale*, und zu guter Letzt wurden noch die Klatschspalten der Zeitung besprochen.

»Jetzt muß ich in die Küche zurück. Kriech noch einmal unter die Decke. Draußen scheint die Sonne, aber die Luft ist noch frisch. Wenn ich fertig bin, ziehe ich dich an, und wir gehen zusammen raus«, versprach ihr die Oma.

Caterina streckte sich unter den nach Sauberkeit duftenden Laken aus und zog sich die Steppdecke bis zum Kinn hoch. Aus der Küche drang der Klang des Radios zu ihr. Eine Tenorstimme sang ein trauriges Lied: »Kleine Königin mit Goldlöckchen, weißt du noch, wie es war, als du Kind warst …«

Caterina liebte dieses Lied voller Sehnsucht und fing an mitzusingen, während sie sich mit der Melodie hin und her wiegte.

Plötzlich stellte die Oma das Radio aus, und Caterina widmete sich daraufhin ihrem Lieblingsspiel, um sich die Zeit zu vertreiben. Sie schloß ihre Augen zu Schlitzen und richtete ihren Blick auf die Zimmerdecke, die mit einer gewundenen Verzierung fein und dicht bemalt war. Schritt für Schritt nahm das dunkle, unförmige Netz die Form von großen Gewitterwolken an, die miteinander Fangen spielten. Dann nahm eine der Wolken die Gestalt eines Löwen an, aus dessen aufgesperrtem Rachen die scharfen

Zähne ragten. Er sah fast so aus wie der Löwe im Käfig, den sie im Stadtzoo gesehen hatten. In dem Moment, als sich der Löwe auf sie stürzen wollte, verwandelte er sich in eine Kathedrale mit hohen Türmchen, die von monströsen Gestalten, halb Mensch, halb Tier, umgeben waren. Ihre Blicke waren bösartig, und ihre Nägel waren scharf wie Krallen; aus ihren schrecklichen Mäulern erbrachen sie widerliche Insekten, Mäuse und Schlangen.

Caterina unterdrückte ihren Angstschrei, zog sich das Laken übers Gesicht und hörte ihr Herz, das vor Schreck raste. Ab und zu schaute sie unter dem Laken hervor, bis die Monster verschwunden waren und die Decke ihr gewöhnliches Aussehen wieder angenommen hatte. Dann schlüpfte sie aus dem Bett und fing an, barfuß im Zimmer herumzustöbern.

Sie öffnete die Türen der Nachttischchen, die einen etwas abgestandenen und stechenden Geruch ausströmten, der aus dem unteren Fach kam, wo die Oma die dickbäuchigen, weißen Keramiknachttöpfe aufbewahrte, deren Rand und Initialen aus Blattgold waren. Sie zog die Schubladen aus den Schränkchen und legte sie aufs Bett. Sie baute den gesamten Inhalt vor sich auf: Auch wenn sie jeden Gegenstand aufs genaueste kannte, hoffte sie doch jedesmal, noch etwas Neues zu entdecken.

Da war ein antiker Armreif, der ihrer Urgroßmutter gehört hatte. Sie hatte darin die braune Locke einer Tochter einarbeiten lassen, die als Kind gestorben war. Da war ein Haken mit Korallengriff, den die Oma als Mädchen benutzt hatte, um sich damit die lange Reihe von Knöpfen an ihren Stiefeln zuzuschnüren. Da waren Ohrgehänge, eine Silberbrosche und kleine Perlen. In einer Papierdose befand sich Reispuder, der das Dekolleté weiß schimmern ließ. Sie blätterte im Gebetbuch der Oma, dessen Buchdeckel aus geschnitztem Elfenbein war und dessen Seiten einen Goldschnitt hatten. Es war voll von pastellfarbenen Heiligenbildchen, deren Ränder mit Papierspitze verziert waren. Darauf waren Heilige und Madonnen mit sanften, zum Himmel blickenden Gesichtern zu sehen. Daneben lagen der Rosenkranz mit seinen Perlen aus Perlmutt und ein Päckchen Briefe, die Caterina aber noch nicht lesen konnte.

Sie fand auch das schwarze Haarnetz mit dem gerillten Baumwollrand und einer flachen Metallschnalle. Die Oma hatte ihr erklärt, daß der Großvater das benutzt hatte, wenn er ins Bett ging, damit die Haare glatt blieben. Am Morgen dann feuchtete er sie mit Brillantine an, die seine Haare glänzen und duften ließ. Es existierte noch ein Töpfchen aus Opalglas, Brillantine Marke Linetti, eine sechseckige Schachtel mit San-Pellegrino-Magnesia-Puder und ein Etui aus harter, schwarzer Pappe, in dem eine kleine Nasenbrille aufbewahrt wurde. Außerdem war da noch das Thermometer und ein Röhrchen aus bräunlichem Glas, das mit einem Korken verschlossen war. Hierin befanden sich die vom Staat verteilten Chinintabletten, die man brauchte, um Fieber zu senken. Caterina zog den Korken heraus und schüttete den Inhalt in ihre Hand. Es waren kleine gefüllte, rosarot gefärbte Kügelchen, die den Pralinen beim Konditor ähnlich sahen. Caterina hatte schon lange ein Auge auf sie geworfen, ohne allerdings zu wissen, daß es sich dabei um Medizin handelte. An jenem Morgen entschloß sie sich, an einem dieser Kügelchen zu lecken. Es war zuckersüß und schmeckte nach Mandeln und Vanille. Da steckte sie sich alle gierig in den Mund und zerkaute sie.

In diesem Moment bemerkte sie, daß unter der süßen Hülle der bittere Geschmack eines Medikaments versteckt war. Aber anstatt sie auszuspucken, schluckte sie sie alle runter. An das, was danach passierte, konnte sie sich nicht erinnern. Sie wachte in dem weißen Bett auf, und die Oma erzählte ihr von einer schnellen Fahrt zum Krankenhaus, von der Magenspülung und bemerkte ebenfalls, daß sie hätte sterben können. Caterina hörte ihr zu und hatte das Gefühl, in einem wolkenlosen Himmel zu schweben, wie eine kleine leichte Feder.

Damals hatte das Schicksal bestimmt, daß die Oma sie rettete, damit sie weiterleben konnte. Dieses Mal hatte es zwei Prostituierte gewählt, um sie vor dem Tod zu bewahren.

Lucrezia betrat das Zimmer in dem Moment, als Stanis ihren Blutdruck maß und die Infusion beendet war.

»Ist alles in Ordnung?« fragte sie den Arzt. »Alles perfekt«, bestätigte er und legte das Stethoskop in die Tasche zurück. Dann beugte er sich zu seiner Mutter hinunter, um sie leicht auf die Stirn zu küssen. »Morgen früh komme ich wieder«, sagte er mit sanfter Stimme. »Kümmere dich um sie«, bat er die Freundin, bevor er wegging. Lucrezia stellte einen Stuhl neben das Bett und setzte sich.

»Wir hatten für morgen abend ein kleines Fest geplant, erinnerst du dich?« sagte sie zur Freundin gewandt.

»Und wir werden es auch noch feiern, du wirst sehen. Es tut mir leid, daß ich dir den Abend verdorben habe.«

»Er war sowieso schon ruiniert. Wenn ich meinen Mann treffe, werd ich ihm die Augen auskratzen.«

»Was hat er denn diesmal verbrochen, der arme Maxi?«

»Es ist immer die gleiche Geschichte, die sich ständig wiederholt. Aber heute nacht bin ich außer mir vor Zorn.«

»Ein Grund mehr, eine Nacht darüber zu schlafen. Morgen wirst du die Lage mit anderen Augen betrachten«, empfahl ihr Caterina.

»Botschaft verstanden. Du willst allein sein. Ich gehe, aber Diana bleibt bei dir«, sagte Lucrezia schon auf der Türschwelle.

Caterina wollte ausruhen und war schon halb eingeschlafen, als Diana zu ihr kam.

»Wo hast du die Schachtel mit meinem Schlafmittel hingetan?« fragte Caterina sie, denn sie hatte Verdacht geschöpft.

»Ich habe sie verschwinden lassen«, sagte die Freundin und fügte hinzu: »Wenn es dir bessergeht, sollten wir, du und ich, uns ein wenig unterhalten.«

»Laß mich in Ruhe, ich bitte dich«, antwortete Caterina müde und fragte Diana: »Wie sieht mein Gesicht aus?«

»Eine Katastrophe. Aber mach dir keine Sorgen. In weniger als einer Woche wirst du deine kleine süße Schnute wiederhaben wie eh und je«, versicherte sie ihr.

»Ich hab dich lieb«, flüsterte Caterina. »Und ich hab auch Lucrezia sehr gern. Ihr seid die Schwestern, die ich nie gehabt habe. Wie lange kennen wir uns schon?« fragte sie.

»Im Oktober werden es achtundvierzig Jahre sein. In zwei Jahren feiern wir die goldene Hochzeit unserer Freundschaft.«

»Es ist viel Zeit vergangen«, murmelte Caterina und lächelte Diana dabei an. Sie schmiegte ihren Kopf ins Kissen, und ihre Gedanken schweiften in die Vergangenheit zurück.

1948

1

Lucrezia erschien mitten am Vormittag in der Klasse, als die Lehrerin Francesca Damiani, frischgebackene Grammatiklehrerin und zur Aushilfe an der Schule, gerade die Präposition »in« in der Satzanalyse erklärte.

»Ich bin ›in‹ der Stadt«, erklärte sie mit deutlicher Stimme, »ist ein Dativobjekt. Ich gehe ›in‹ die Stadt ist demgegenüber ein Akkusativobjekt. Also, wenn ihr nun ins Lateinische übersetzt, müßt ihr auf das Objekt achten. Im ersten Fall benutzt ihr ›in‹ mit dem Ablativ, im zweiten ›in‹ oder ›ad‹ mit dem Akkusativ.« Mit den Worten: »Ich schreibe jetzt zwei Beispiele an« verließ sie das Lehrerpult und ging zur Tafel.

Die Mädchen der zweiten Mittelschulklasse der Schule in der Via Rossari beteten diese junge Aushilfslehrerin geradezu an, die sich immer nach der Mode kleidete, die sich geschickt schminkte und die, im Gegensatz zu anderen Lehrern, die mit Wasser und Seife auf wenig vertrautem Fuß zu stehen schienen, einen sanften Duft von *Arpège* um sich verbreitete. Die eigentliche Lehrerin der Klasse war im Mutterschaftsurlaub, und die Mädchen wünschten sich, daß Signorina Damiani für das ganze Schuljahr bei ihnen bliebe.

An jenem Oktobermorgen trug die Lehrerin einen leichten bonbonrosa Kaschmirpullover mit Rollkragen. Er war eng anliegend geschnitten und hob die volle Brust und die schmale Taille hervor. Ihr perlgrauer Rock aus Vikunjawolle wurde zu den wohlgeformten Waden hin glockig, wo hauchdünne Seidenstrümpfe zu sehen waren. An den Füßen trug sie Schuhe nach französischem Stil.

Lucrezia, die vom Schuldirektor Temistocle Laperla begleitet wurde, betrat die Klasse. Zweiunddreißig Mädchen richteten neugierig die Blicke auf sie. Lucrezia trug, ebenso wie die anderen Schülerinnen, eine schwarze Schuluniform mit einem gestärkten weißen Pikeekragen. Ihr Kragen war allerdings aus Seidensatin anstatt aus Baumwolle. Auch die weißen Kniestrümpfe waren aus Seidengarn, und die schwarzen Lackschuhe glänzten. Die blonden, lockigen Haare wurden im Nacken von einer Schildpattspange zusammengehalten. Sie hatte das Gesicht einer launischen Puppe, den stolzen Blick und das hochmütige Verhalten von jemandem, der sich eine Handbreit über dem Rest der Menschheit wähnt.

Der Schuldirektor sprach mit gedämpfter Stimme kurz mit Signorina Damiani, während die Schülerinnen steif und still dastanden und warteten.

Caterina schaute Lucrezia an und fragte sich, ob Diana Laperla, die Tochter des Schuldirektors, die in der Bank hinter ihr saß, etwas mehr über den Neuankömmling wüßte. Beide saßen an diesem Tag allein in ihrer Bank, weil ihre Banknachbarinnen krank zu Hause waren. Caterina hoffte, daß die Lehrerin das blonde Mädchen neben sie setzen würde.

»Ich stelle euch Lucrezia Pallavicini vor«, sagte Signorina Damiani, als der Schuldirektor die Klasse verlassen hatte. »Sie kommt von einer anderen Schule. Versuchen wir, dafür zu sorgen, daß sie sich wohl fühlt.« Dann wandte sie sich an Lucrezia: »Such dir einen Platz aus, der dir gefällt.«

Caterina lächelte ihr zu und zeigte auf den freien Platz neben sich. Lucrezia übersah sie, schritt an ihr vorbei und setzte sich neben Diana.

Der Unterricht ging weiter. Ab und zu wandte Caterina den Kopf nach hinten, um die beiden zu beobachten, und sie sah, daß sie das Grammatikbuch teilten und einander zulächelten. Während der Pause schwärmten die Mädchen über den Flur, und Caterina ging auf die neue Klassenkameradin zu, die mit Diana tuschelte.

»Ciao. Von welcher Schule kommst du?«

Lucrezia schenkte ihr einen abweisenden Blick: »Was geht dich das an?«

Die kleine Belgrado fühlte sich gedemütigt, erklärte aber trotzdem mit einem Lächeln: »Ich wollte dir nur meine Freundschaft anbieten. Du bist so anders als wir.«

Diana schaute sie voller Mitleid an.

»Bist du vielleicht lesbisch?« stichelte Lucrezia.

»Kann schon sein. Was bedeutet lesbisch?« fragte Caterina neugierig.

»Vergiß es, Belgrado«, riet ihr Diana. Dann wandte sie sich an Lucrezia: »Sie ist die Tochter eines Gemüsehändlers. Sie geht nur auf diese Schule, weil sie in der Gegend hier wohnt.«

Lucrezia wandte sich ab und ließ die beiden allein.

»Hast du gesehen? Du hast sie vertrieben. Wie kannst du nur so plump sein?« warf ihr Diana vor.

Die erlittene Demütigung löste eine Welle der Wut in Caterina aus, die auf ihre eigene Weise reagierte. Impulsiv versetzte sie Diana mit dem Handrücken eine Ohrfeige. Dann lief sie zu Lucrezia, die an ein Fenster des Ganges gelehnt stand, drehte sie mit einem Griff am Arm zu sich herum und ohrfeigte auch sie.

»Und jetzt geht nur und erzählt es Signorina Damiani und dem Schuldirektor«, forderte sie sie auf.

Einige Klassenkameradinnen, die die Szene mit angesehen hatten, kommentierten das Geschehen mit Ausrufen der Verwunderung, mit Getuschel und Gelächter. Caterina kehrte in die verlassene Klasse zurück, setzte sich in ihre Bank, atmete vor Erleichterung auf und öffnete das Wörterbuch unter dem Begriff: *lesbisch*. Sie las: »Aus Lebos, eine Frau von Sitten, wie sie den Bewohnerinnen jener Insel zugeschrieben werden.«

Sie war genauso klug wie zuvor. Wo zum Teufel lag diese Insel? Und was waren die Sitten ihrer Bewohnerinnen? »Warum weiß ich bloß so wenig?« fragte sie sich, während sie mit einer verärgerten Geste das Wörterbuch »zum Gebrauch in den Mittelschulen« schloß. Tränen stiegen ihr in die Augen. Sie ballte die Fäuste vor der Stirn und wäre am liebsten vom Erdboden verschwunden, so frustriert fühlte sie sich.

Die Pause war zu Ende. Die Klassenkameradinnen kehrten langsam in die Klasse zurück. Auch die Lehrerin kam wieder rein. Caterina wartete darauf, zum Pult gerufen und getadelt, womöglich auch vom Unterricht ausgeschlossen zu werden. Nichts dergleichen geschah. Im Gegenteil, zu ihrer großen Überraschung setzte sich die neue Klassenkameradin neben sie. »Wie hast du noch gesagt, ist dein Name?« fing Lucrezia das Gespräch an.

»Ich habe ihn gar nicht gesagt«, antwortete Caterina unhöflich.

Lucrezia nahm sich eines ihrer Hefte und las: »Belgrado Caterina«. Sie lächelte ihr zu und sagte: »Weißt du nicht, daß man zuerst den Vornamen und dann den Nachnamen schreibt? Ich sehe schon, daß ich mich um dich kümmern muß.«

»Bist du nicht wütend auf mich?« fragte Caterina sie.

»Ich habe dich herausgefordert. Jetzt sind wir quitt. Jeder versucht, auf seine Weise und mit seinen Waffen klarzukommen. Du benutzt die Hände. Ich den Blick und die Worte. Ich weiß nicht, was am Ende wirksamer ist«, sagte Lucrezia.

Caterina antwortete: »Hör zu, dein gewähltes Gerede beeindruckt mich überhaupt nicht. Ich kenne Leute wie dich nur zu gut. Ich komme jeden Tag in ihre Wohnungen, fast immer durch den Hintereingang. Ich bringe ihre Einkäufe. Normalerweise spreche ich mit den Dienstboten. Aber wenn ich den Herrschaften begegne, scheinen sie mir alle gleich zu sein, alle gleich hochnäsig und anmaßend. Ich würde sie am liebsten ohrfeigen.«

»Also ein Kind aus dem Volk und noch dazu Kommunistin«, stellte Lucrezia fest.

»Also, Mädchen, wollt ihr jetzt bitte still sein?« wurden sie von Signorina Damiani gemahnt, die fortfuhr: »Nehmt das Geschichtsbuch und öffnet es beim Kapitel über das Ende des Oströmischen Reiches.«

Als die Glocke läutete, die das Ende des Unterrichts anzeigte, steckte Caterina die Bücher in ihre Schultasche und begab sich zur Klassentür. Lucrezia und Diana kamen ihr nach. »Ciao«, sagte die eine.

»Bis morgen«, stimmte die andere ihr bei.

Auch die Klassenkameradinnen um sie herum verabschiedeten sie herzlich.

Caterina ging nachdenklich nach Hause. Sie betrat den Laden ihres Vaters, warf die Schultasche auf die Ladentheke und näherte sich Alcide, um ihm einen Kuß auf die stoppelige Wange zu geben.

»Meine kleine Signorina scheint mir heute schlechte Laune zu haben«, bemerkte der Gemüsehändler.

Sie kletterte auf den Hocker hinter der Theke, schaute ihn an und fragte: »Papa, bist du Kommunist?«

Alcide war dabei, die Körbe voller Obst und Gemüse vorzubereiten, die den Kunden gebracht werden mußten. Er hob den Blick zu seiner Tochter und antwortete: »Ich bin Alcide Belgrado. Ich bin ein anständiger Mensch. Nichts anderes.«

»Einverstanden. Aber wenn du wählen gehst, bist du dann Kommunist, Christdemokrat oder Sozialist?« beharrte Caterina.

»Hast du mich jemals über Politik reden hören?« fragte er sie. Caterina schüttelte den Kopf.

»Ich kann dir nur sagen, daß ich mein Bestes tue, um ein guter Bürger zu sein. Die Politik interessiert mich nicht, und ich verstehe sie nicht. Als ich Kriegsgefangener der Deutschen war, wußte ich ganz sicher, daß der Nazismus und der Faschismus eine schlechte Sache waren. Ich hoffe, daß sie niemals mehr zurückkommen. Ich wähle die Sozialisten. Mehr aus Gewohnheit als aus Überzeugung. Pietro Nenni ist ein Mann vom Land, wie ich, und er ist mir sympathisch. Frag mich nicht weiter, denn ich bin nur ein armer, ungebildeter Gemüsehändler«, erklärte Alcide.

»Papa, sind die Armen alle ungebildet?« bestand Caterina mit ernster Miene auf ihren Fragen.

»Wenn ich dir von der Unbildung der Reichen erzählen wollte, käme ich zu keinem Ende«, gab der Vater zur Antwort.

»Wenn die Armen unwissend sind und die Reichen genauso, welches sind dann die gebildeten Personen?« drängte Caterina weiter.

»Diejenigen, die etwas lernen, so wie du es tust. Geld hat nichts mit Wissen zu tun. Ist die Befragung nun zu Ende?« wurde er ungeduldig.

»Noch nicht. Erklär mir, warum meine reichen Klassenkameradinnen auch gebildet sind, während ich arm und unwissend bin«, brachte Caterina es auf den Punkt.

»Zuerst sagst du mir, warum du so schlecht gelaunt bist. Wer ist denn diese reiche und gebildete Klassenkameradin?«

»Diana Laperla, zum Beispiel. Die Tochter des Schuldirektors.«

»Also, wenn wir ganz offen sind, sage ich dir, daß dein Schuldirektor, wenn er sich an den Tisch setzt, Brot und Spucke ißt. Hier habe ich angeschrieben, was er an Obst und Gemüse kauft und seit drei Monaten nicht bezahlt; die Rechnung steigt von Woche zu Woche. Weißt du, warum er nicht zahlt? Weil er kein Geld hat. Weißt du, wann er bezahlen wird? Zu Weihnachten, weil er dann das Weihnachtsgeld bekommt. Und weißt du, was ich machen werde? Ich werde ihm einen Nachlaß geben, weil er dein Schuldirektor ist und weil er ärmer ist als wir. Wie du siehst gehen Geld und Wissen nicht immer zusammen«, bekannte ihr Vater.

»Wirklich nicht?« fragte Caterina ungläubig und fühlte sich ein bißchen beruhigt. Dann beeilte sie sich fortzufahren: »Wir haben eine Neue in der Klasse. Sie heißt Lucrezia Pallavicini. Sie ist reich und sehr gebildet. Sag nicht, daß das nicht wahr ist, denn ich weiß, wie sie sich anzieht und wie sie spricht. Papa, die Pallavicini hat Sachen zum Anziehen ... unglaublich. Und sie spricht, als wäre sie eine Lehrerin.«

»Das glaube ich. Sie ist die Tochter des Marchese Pallavicini d'Eril. Sie sind Kunden von uns. Sie haben keine Schulden. Die Tochter ist aber jetzt in deine Klasse gekommen, weil sie sitzengeblieben ist. Kann sein, daß sie gebildet ist, aber sie ist bestimmt keine fleißige Schülerin«, verriet Alcide.

»Donnerwetter! Was für Sachen bekommt man als Gemüsehändler alle zu hören!« rief Caterina aus. Das Sitzenbleiben von Lucrezia glich die Demütigung viel mehr aus als die Ohrfeige, die sie ihr gegeben hatte.

»Jetzt beeil dich. Du mußt eine Lieferung abgeben. Es ist dringend«, forderte Alcide sie auf.

»Ich habe Hunger. Kann ich nicht erst nach oben gehen und essen?« protestierte Caterina.

»Später. Zuerst bringst du diese Kiste Obst zur Storti.«

»Na gut«, gab Caterina nach, ergriff die Kiste und verließ rasch den Laden.

Sie ging gerne zur Storti, die in der Via della Spiga wohnte. Die Storti war eine schöne junge Frau. Sie hieß Liliana mit Vornamen und hatte viele Bewunderer, die ihre Wohnung mit Blumen füllten. Sie war Tänzerin bei Wanda Osiris und konnte tanzen, singen und schauspielern. Sie hatte immer gute Laune. Sie trug Morgenröcke, die so flattrig waren wie ihre Träume, und an den Füßen trug sie Pantoffeln, die mit Straußenfedern geschmückt waren. Sie hatte eine Hausangestellte: eine alte und umgängliche Frau. Wenn Caterina mit dem Obstkorb die Küche betrat, erklang aus dem Inneren der Wohnung die Stimme von Liliana Storti, die fragte: »Ersilia, wer ist da?«

»Die Kleine vom Gemüsehändler, Signora«, antwortete die Hausangestellte.

»Danke ihr für ihr Kommen«, sagte die Tänzerin, und das bedeutete, daß Caterina ein Trinkgeld bekommen würde.

Es geschah auch, daß die Storti wie ein Windstoß in die Küche gefegt kam und ein paar Worte mit Caterina wechselte. Sie nannte sie »Caterinaschatz«, und sie schenkte ihr häufig Pralinenschachteln, manchmal volle, manchmal leere, aber sie waren in jedem Fall wunderschön. Es kam bisweilen auch vor, daß sie ihr Blumen schenkte. »Ich weiß nicht mehr, wohin damit. Bring sie deiner Mama«, sagte sie zu ihr.

Wenn sie sich alleine fühlte, lud sie sie ein, ins Wohnzimmer oder ins Schlafzimmer zu kommen. Sie zeigte ihr alte Theaterkostüme und schillernde Kleider.

Einmal sagte sie zu ihr: »Caterinaschatz, was für einen bedeutenden Namen haben sie dir gegeben. Es hat eine Caterina von Siena gegeben, die eine Heilige war, und eine Caterina von Rußland, die ein Teufel war. Es gibt keinen Mittelweg. Eines Tages wirst du dich entscheiden müssen, auf welcher Seite du stehst.«

Sie erwartete keine Antwort, keinen Einwand, keine Bemerkung. Sie beschränkte sich darauf, mit Händen und Worten in der Luft herumzuflattern wie ein Schmetterling.

Wenn sie in ihr Schlafzimmer kam, hatte Caterina immer nur Augen für dieses ganz in Weiß gehaltene Zimmer, mit Spitzen und Stoffen, die um ein wunderbares Himmelbett herum schwebten. Es war ein so wunderschönes Bett, daß es nicht wirklich zu sein schien. Es war aus vergoldetem, geschnitztem Holz. Das Kopfteil wurde von zwei geflügelten Schwänen getragen, während das Fußteil von zwei blütenüberquellenden Füllhörnern gestützt wurde. Oben trug ein Kranz, der von einem Adler gekrönt wurde, den Betthimmel, von dem weiße, feinbestickte Schleier herabfielen, die sich bei jedem Luftzug bauschten.

»Dir gefällt mein Bett, nicht wahr?« bemerkte Liliana. »Joséphine Bonaparte hat darin geschlafen. Das behauptet zumindest der Antiquitätenhändler, der es mir verkauft hat. Man muß ihm glauben, immerhin ist Branzi aus der Via Manzoni ein seriöser Händler. Meinst du nicht?«

Es handelte sich um das prunkvolle Geschenk eines Liebhabers. »Ein wundervoller Mann, Caterinaschatz. Und er liebt mich bis zum Wahnsinn. Weißt du, er hat mich gebeten, ihn zu heiraten. Aber er will, daß ich das Theater verlasse. Das wird für mich ein großes Opfer sein, denn ich bin mit Feuer in den Adern geboren, mit der Leidenschaft für die Kunst. Aber für die Liebe ist eine Frau bereit, auf alles zu verzichten. Verstehst du das?« sagte sie.

An jenem Tag öffnete sie selbst die Tür. Das flatternde Hausgewand und die straußenfedergeschmückten Pantoffeln paßten nicht zu dem übernächtigten Gesicht, zu den rotgeweinten Augen und den zerzausten roten Haaren. »Oh, Caterinaschatz, du bist es. Komm herein, Liebes. Stell die Kiste auf den Tisch. Komm, komm«, forderte sie sie auf, während sie sie Richtung Schlafzimmer führte.

Sie ließ sich in das Meer von Spitzen und Schleiern fallen und begann zu schluchzen. »Ich bin dem Selbstmord nahe«, erklärte sie zwischen den Schluchzern.

»Das tut mir leid. Sagen Sie so etwas nicht«, flüsterte Caterina, die von dem theatralischen Weinen ganz benommen war.

»Mein Glück ist zerplatzt wie eine Seifenblase«, fuhr die Tänzerin fort, wobei sie sich mit einem Seidentüchlein die Augen tupfte.

»Das kommt vor«, erwiderte Caterina, die nicht im geringsten von ihrem Drama beeindruckt war. Sie hatte Hunger und wollte schnell nach Hause zurück. Sie sah voller Bewunderung das wunderschöne Himmelbett an und sagte sich, daß es mit solch einem Bett doch ganz unmöglich war, unglücklich zu sein.

»Er hat mich verlassen. Verstehst du? Das Schwein, die Sau, der schmutzige Verräter hat mich verlassen!« schluchzte sie, ließ einen Arm kreisen und führte die Hand zur Stirn. »Und ich war dabei, auf meine Kunst zu verzichten, aus Liebe zu ihm! Ich bin zerstört. Heute abend kann ich nicht auftreten. Woher soll ich die Lust zum Lächeln nehmen, zum Singen, zum Tanzen? Caterinaschatz, ich stürze in einen bodenlosen Abgrund.«

Bereits ein Jahr zuvor hatte Caterina sie in einer ähnlichen Situation gefunden, und bereits nach wenigen Tagen war sie so flatterhaft wie eh und je gewesen.

»Du weißt, wie das ist«, hatte Liliana gelächelt, »wenn ein Papst stirbt, kommt der nächste.« Das alte Bett aus Kirschholz war von dem Wunder mit Baldachin ersetzt worden. Deshalb war Caterina sicher, daß die Tänzerin sich auch dieses Mal glänzend erholen würde.

»Das geht vorbei«, sagte sie zu ihr. »Sie werden schon in ein paar Tagen einen anderen Verlobten finden, und er wird bestimmt besser als dieser, der Sie verlassen hat.«

»Ah, die glückliche Unschuld. Aber verstehst du denn nicht, daß die Jahre auch für mich vergehen? Ich bin schon achtundzwanzig Jahre alt. In zwei Jahren werde ich dreißig. Und wer wird mich dann noch heiraten?«

»Ist es denn unbedingt notwendig zu heiraten?« fragte das Mädchen.

»Aber sicher doch, Caterinaschatz. Ein Mädchen wie ich muß zu einem bestimmten Zeitpunkt heiraten. Und zwar einen reichen Mann. Reichtum ist ganz wichtig. Verstehst du? Wärst du nicht auch gerne reich?«

»Ich wäre vor allem gerne gebildet«, antwortete Caterina. Und fügte hinzu: »Jetzt muß ich aber gehen.«

»Geh nur, geh nur, meine Liebe. Ich muß mit meinem grenzenlosen Schmerz alleine bleiben«, rief Liliana mit tragischer Stimme, erhob sich vom Bett und begleitete Caterina zur Tür. Aber in dem Moment, in dem Caterina endlich hinausschlüpfte, wurde sie von der Tänzerin zurückgerufen.

»Caterinaschatz, ich muß dir unbedingt etwas schenken. Komm wieder herein.«

»Schon gut, Signora, nicht so wichtig. Ein anderes Mal. Trotzdem vielen Dank«, versuchte das Mädchen auszuweichen.

»Heute oder nie«, erklärte die Frau, ergriff ihre Hand und zerrte sie in die Wohnung zurück, mit einer Energie, die man ihr bei der vorher gezeigten Geziertheit nicht zugetraut hätte.

»Ich schenke dir mein Himmelbett, das dir doch so gut gefällt«, erklärte sie, während sie mit federndem Schritt ins Schlafzimmer zurückging. Sie stieg auf einen Stuhl und begann, die Schleiervorhänge abzunehmen. »Ich kann kein einziges Mal mehr in diesem Bett schlafen, dem Geschenk eines Verräters«, erklärte sie, während sie sich bemühte, den Stoff zu lösen. Caterina schaute sie verblüfft und ungläubig an. »Steh nicht so da wie eine Statue. Hilf mir«, wurde sie aufgefordert.

»Das ist doch ganz unmöglich«, wehrte das Mädchen ab. »Das ist ein Geschenk, das ich nicht annehmen kann. Außerdem könnten Sie diese Geste noch vor heute abend bereuen. Vielen Dank, Signorina Storti. Von Herzen Dank«, sagte Caterina und ging rückwärts, Richtung Tür.

Die Soubrette fuhr derweil fort, mit energischen Handgriffen die Bettvorhänge abzunehmen.

»Ruf mir sofort den Hausmeister. Er soll mir behilflich sein. Dieses Bett muß unverzüglich aus meiner Wohnung verschwinden. Von diesem Verräter darf keine Spur zurückbleiben, nichts. Außer den Juwelen und den Pelzen. Die behalte ich. Das Bett gehört dir, Caterinaschatz«, bestimmte sie.

So kam es, daß an jenem Tag in der kleinen Wohnung über dem Obst- und Gemüseladen das gewaltige Möbelstück Einzug hielt. Liliana Storti ließ es mit allem Drum und Dran abliefern: Matratze, Kissen, Schleiervorhänge, gestickte Bettwäsche. »Das ist doch nicht möglich«, fuhr Elena auf. »Das ist das Bett der Sünde. Ich kann es doch nicht in das Zimmer dieses unschuldigen Kindes stellen. Wir müssen es sofort wieder loswerden«, widersetzte sie sich.

Alcide lächelte statt dessen amüsiert. »Das ist ein Bett für eine Prinzessin«, gab er zurück. »Die Schwäne aus feinstem Gold, die Blumenvasen, der Baldachin mit dem Adler. Es ist bestimmt mehr als hunderttausend Lire wert. Ich bin ganz sicher, daß keine der Schulkameradinnen meiner Tochter solch ein Bett besitzt.«

»Es gefällt mir sehr, Papa«, flüsterte Caterina ihm zu. »Mama, bitte, laß es mir doch«, flehte sie, zu Elena gewendet.

»Laß es ihr«, drängte Alcide. »Es ist doch ein Geschenk. Es gehört ihr.«

Elena verzog den Mund zum Zeichen äußerster Mißbilligung. Aber indessen wurde das wunderbare Himmelbett in Caterinas Zimmer aufgebaut. Danach blieb kein Platz mehr, weder für ihr kleines Bett noch für die Ottomane, auf der die Großmutter Luigia schlief, wenn sie aus Modena zu Besuch kam.

»Die Oma wird hier schlafen, mit mir. Und sie wird glücklich darüber sein«, entschied das Mädchen. Am nächsten Tag in der Schule ergab sich eine Gelegenheit, sich während der Pause den Klassenkameradinnen Laperla und Pallavicini zu nähern.

»Ich habe ein Himmelbett. Es heißt, daß es Joséphine Bonaparte gehört hat«, verkündete sie. Und sie fügte hinzu: »Aber jetzt schlafe ich darin.«

2

»Belgrado!« rief Lucrezia, als die Schule aus war.

Caterina drehte sich um und sah die schöne Klassenkameradin fragend an.

»Wenn du willst, können wir heute die Hausaufgaben zusammen machen«, schlug Lucrezia vor. »Natürlich bei dir zu Hause. Auch die Laperla würde kommen.«

»Wollt ihr etwa mein Himmelbett sehen?« fragte Caterina mit unschuldigem Gesicht und einem Anflug von Bosheit.

»Du hast es uns ja so angepriesen!« sagte Diana, die sich zu ihnen gesellte.

»Na ja, ich weiß nicht«, wich Caterina aus. »Ich muß meine Mutter fragen«, erklärte sie dann unschlüssig.

»Alles klar, Belgrado. Wir haben verstanden«, lächelte Lucrezia und wechselte einen Blick des Einverständnisses mit Diana. Ihre Blicke sagten: Die Ärmste, sie hat die Geschichte von dem Bett Joséphine Bonapartes nur erfunden, um sich interessant zu machen. Man muß sie bemitleiden.

»Gebt mir eure Telefonnummer. Wenn Mama es erlaubt, werde ich euch Bescheid geben«, sagte Caterina.

»Habt ihr Telefon?« fragte Diana. Im Hause Laperla gab es noch keins, obgleich seit Monaten darüber diskutiert wurde, ob es sich lohnte, die Ausgabe auf sich zu nehmen.

»Wir haben eins im Laden. Wegen der Kunden. Sie geben oft per Telefon Bestellungen auf«, erklärte das Mädchen einfach.

»Ist schon gut. Vielleicht verabreden wir uns morgen«, machte Diana kurzen Prozeß.

Caterina ging allein nach Hause, mit triumphierender Miene. Sie zweifelten daran, daß sie tatsächlich ein Himmelbett hatte, und sie war fest entschlossen, sie noch eine Weile in diesem Zweifel zu belassen. Sie selbst konnte es nicht glauben, daß dieses Wunder tatsächlich ihr gehörte. Sie beschleunigte den Schritt, von plötzlicher Angst ergriffen. Wenn Fräulein Storti es sich anders überlegt und jemanden in den Laden geschickt hatte, um ihr Bett zurückzufordern? Wenn die Mama sich entschlossen hatte, dieses Bett der Sünde loszuwerden? Sie ging noch nicht einmal kurz in den Laden, um den Vater zu begrüßen. Sie stürzte direkt in die Wohnung, stieß die Tür ihres Zimmers auf, und erst dann fand sie zu einem Seufzer der Erleichterung. Das Himmelbett war immer noch da, riesig, wunderschön, und nahm drei Viertel des Zimmers ein. Caterina ließ die Schultasche fallen, zog den Pullover aus und ging in die Küche. Sie ging zu Elena und gab ihr einen Kuß.

»Was hat diese Herzlichkeit zu bedeuten?« fragte die Frau argwöhnisch.

»Ich bin glücklich«, antwortete Caterina.

»Strohfeuer brennen rasch herunter«, zitierte Elena, um die

Leichtigkeit der Tochter zu kritisieren, die sich zu sehr über das Bett begeisterte.

»Kann sein. Aber die Tochter des Schuldirektors und die Tochter des Marchese d'Eril haben mich gefragt, ob sie mit mir die Hausaufgaben machen können, hier, zu Hause«, stieß Caterina hervor.

Elena war dabei, ein Spinatomelett in der Pfanne zu wenden. Sie blieb mit der Pfanne in der Luft hängen und sah die Tochter ungläubig an.

»Darum haben sie dich gebeten?« fragte sie.

»Sie sind meine Freundinnen«, erklärte Caterina.

»Warum? Bist du besser in den Hausaufgaben als sie? Oder hast du ihnen die Geschichte von dem Himmelbett verraten?«

»Mama, kann ich sie einladen?«

»In diese Wohnung? Niemals. Sie kommen aus hochgestellten Familien. Ich will nicht, daß sie sehen, wie wir leben. Und erst recht nicht dieses schreckliche Bett, das gar nicht hierher paßt«, erklärte Elena. Trotz dieser abweisenden Antwort erschien auf ihren noch immer weichen und vollen Lippen die Andeutung eines Lächelns.

»Bitte, Mama, laß mich sie doch einladen. Sie glauben sonst nie, daß ich so ein schönes Bett habe, wenn sie es nicht sehen«, protestierte das Mädchen.

»Also ist es doch wegen des Bettes«, beharrte Elena. Und sie fuhr fort: »Na gut. Sollen sie ruhig kommen. Aber nicht vor nächster Woche. Ich muß die Fenster putzen und die Fußböden bohnern, die Gardinen auswechseln, für Blumen sorgen. Ich werde auch zum Friseur gehen, um keine schlechte Figur abzugeben.«

»Aber Mama, sieh mal, es sind doch nur Mädchen wie ich. Du lädst doch nicht deine Tanten ein«, mahnte Caterina sie vernünftig.

»Was meine Tanten betrifft, kannst du beruhigt sein: Ich werde sie schon wissen lassen, was für Freundinnen meine Tochter hat«, kündigte Elena an.

»Ich stelle mir das Gespräch vor: Meine Caterina hat die Tochter des Schuldirektors und die kleine Marchesa Pallavicini eingeladen«, trug Caterina vor, wobei sie den Salonton Elenas nachmachte.

Sie entging um ein Haar einer Kopfnuß und verzog sich in ihr Zimmer. Sie hockte sich auf den Fußboden, neben das Bett, und streichelte den Hals eines der Schwäne, wobei sie mit dem Finger die Schnitzereien im vergoldeten Holz nachfuhr. Sie kostete bereits jetzt das Staunen der beiden Klassenkameradinnen aus, die sie sich in dem Augenblick vorstellte, in dem jene ihr Bett sehen würden. Die Belgrado waren weder von der Herkunft noch von der Bildung her etwas Besonderes, aber aufgrund dieses Himmelbettes würde sie wie ein Stern glänzen.

Und genauso kam es. Als die beiden Klassenkameradinnen schließlich endgültig zu dem Schluß gekommen waren, daß die Tochter des Gemüsehändlers eine Aufschneiderin war, bekamen sie die Einladung, einen Nachmittag zu Hause bei Caterina zu verbringen.

Sie kamen pünktlich, unter dem Arm die Schultaschen und im Gesicht ein nachsichtiges Lächeln, das dem Lächeln der Tante Maria Gusmaroli zum Verwechseln ähnlich war. Beide ließen den Mantel im Vorraum, während Elena, die Caterinas Position stärken wollte, aufmerksam und lächelnd zur Verfügung stand. Sie bemerkte Lucrezias feines Kleid und sagte nichts, nahm sich aber sofort vor, ihrer Tochter etwas Ähnliches zu kaufen. Sie bemerkte auch die Jacke Dianas. Es gelang ihr nicht, eine Bemerkung zurückzuhalten, die Tante Marias würdig gewesen wäre: »Hat deine Mutter diese geschickten Hände?« fragte sie mit honigsüßem Lächeln, da die Jacke aus einer Militärdecke gemacht und mit bunten Wollstickereien verziert worden war.

»Sie muß sie schon haben«, ließ Diana sie auflaufen. »Wir können uns keinen Luxus leisten. Mama kann auch alte Mäntel wenden«, erklärte sie voller Stolz.

Caterina rettete die Freundinnen vor der lästigen Aufmerksamkeit und führte sie in die Küche. Auf der Anrichte standen auf einem spitzengesäumten Deckchen Gläser, Kekse und eine Flasche Coca-Cola.

»Guckt, an diesem Tisch lerne ich, Mama bügelt oder putzt das Gemüse, Papa liest oder macht die Abrechnungen. Wir haben eigentlich kein Wohnzimmer«, erklärte sie mit der gleichen Einfachheit Dianas.

»Ihr könnt euch setzen«, sagte Elena. »Bedient euch selbst, wenn ihr etwas essen oder trinken wollt. Ich gehe hinunter in den Laden.«

Die Mädchen setzten sich an den Tisch und zogen Notizblöcke und Hefte aus den Schultaschen.

»Fangen wir sofort mit den Aufgaben an?« fragte Lucrezia mit verdrossener Miene. Ebenso wie Diana schaute sie gierig nach der Flasche Coca-Cola.

»Wollt ihr etwas trinken?« fragte Caterina.

»Nur ein bißchen, nur so zum Probieren«, antworteten sie im Chor. Lucrezia fügte hinzu: »Kauft dir deine Mutter immer Coca-Cola?«

»Natürlich. Was ist daran so seltsam?« wunderte sich Caterina.

»Mama würde sie mir niemals kaufen. Und das, obwohl ich sie so gerne trinke«, bekannte die kleine Marchesa.

»Auch meine nicht. Also, dürfen wir?« fragte Diana zögernd.

Caterina schien soviel Begeisterung über ein Getränk unangebracht, das sie selbst jeden Tag bekam. Daher kam ihr der Gedanke, daß die Verbote, die für ihre Freundinnen galten, eine wunderliche Idee der Reichen und Gebildeten sein mußten. Sie hatte wirklich noch viele Dinge zu lernen. Sie bemerkte auch, daß die Neugier auf ihr Bett angesichts der Anziehungskraft, die die Coca-Cola ausübte, zweitrangig geworden war.

Die Mädchen leerten die Flasche, stopften sich mit Keksen voll und erinnerten sich endlich an den Grund, aus dem sie zu Caterina nach Hause gekommen waren.

»Zeigst du uns jetzt dein berühmtes Bett?« fragte Diana.

»Vielleicht ist es besser, wenn wir erst die Übungen für Latein und Französisch machen«, schlug Caterina vor. »Wenn uns danach noch Zeit bleibt, zeige ich euch mein Zimmer.« Sie merkte, daß die Freundinnen ihr ins Netz gegangen waren und daß das Himmelbett als Köder nicht mehr nötig war. Die Coca-Cola hatte genügt, um sie einzufangen.

Als sie mit den Übungen fertig waren, blieben noch einige Fächer zu wiederholen und die französischen Vokabeln auswendig zu lernen.

»Französisch wiederhole ich zu Hause«, erklärte Lucrezia. »Ich habe jahrelang eine *mademoiselle* gehabt, die mich mit ihrer Sprache verfolgt hat.«

»Ich würde gerne deine Aussprache lernen«, drängte Caterina. Sie wartete auf ein Angebot, das aber nicht kam. Also fuhr sie fort: »Lernen wir doch die Vokabeln in meinem Zimmer. In meinem Himmelbett.«

Die Gesichter von Diana und Lucrezia erhellten sich. Caterina ging ihnen voraus zu ihrem Zimmer, öffnete die Tür und trat zur Seite, damit sie eintreten konnten. Sie sah, wie sie die Augen aufrissen. Die kleine Marchesa und die Tochter des Schuldirektors waren sprachlos.

Lucrezia war die erste, die die Worte wiederfand.

Sie ging zum Bett, strich über den Flügel eines Schwans und erklärte: »Es ist höchst wahrscheinlich, daß dieses Bett Joséphine von Beauharnais gehört hat. Letzten Sommer bin ich mit meinen Eltern in Frankreich gewesen. Wir haben Malmaison besucht, und ich muß gestehen, daß die Möbel der Kaiserin diesem Bett wirklich sehr ähnlich waren.«

»Woher hast du es eigentlich?« fragte Diana.

»Es ist ein Geschenk«, antwortete Caterina, absichtlich vage.

Die beiden Freundinnen hielten es nicht für angebracht, weitere Fragen zu stellen.

»Dann zieht euch die Schuhe aus, und wir können aufs Bett steigen und zu lernen anfangen«, forderte sie die kleine Hausherrin auf.

»Meinst du das ernst?« Lucrezia war verblüfft.

»Natürlich«, sagte Caterina, während sie schon die Schnalle ihrer Pantoffeln öffnete.

»Bist du sicher, daß deine Mutter nichts dagegen hat?« fragte Diana.

»Das Bett gehört mir. Wir können alles machen, was wir wollen. Auch Purzelbäume und Kissenschlachten«, versicherte Caterina ihnen, schon mit den Füßen auf dem Bett. Sie tat mit gestreckten Armen einen Sprung, um mit den Händen den Betthimmel zu berühren. Die beiden Freundinnen ließen es sich nicht zweimal sagen, und sie machten einen solchen Krach, daß plötzlich Elena im Zimmer auftauchte.

»Seid ihr denn durchgedreht?« schrie sie, um ihr Geschrei zu übertönen. »Man hört euch bis in den Laden.«

»Ich hab es dir gesagt«, flüsterte Lucrezia, die sofort vom Bett stieg und vor Caterinas Mutter Haltung annahm.

»Spielt nur weiter«, beruhigte sich die Frau. »Ich bitte euch nur, nicht so viel Krach zu machen.«

»Entschuldige, Mama. Ich war es, die übertrieben hat. Ich verspreche dir, daß wir jetzt ganz brav sind«, mischte sich Caterina ein.

Aber der Zauber war verflogen.

»Ich muß nach Hause«, kündigte Diana an.

»Für mich ist es auch schon Zeit«, schloß Lucrezia sich ihr an.

»Du hast versprochen, mir die Französischvokabeln beizubringen«, erinnerte Caterina.

»Ich habe dir gar nichts versprochen. Und wenn schon, vielleicht ein anderes Mal«, machte die kleine Marchesa kurzen Prozeß.

»O nein. Du wirst jetzt mit mir lernen«, beharrte die kleine Hausherrin.

»Ich nehme nur von meinen Eltern Befehle entgegen«, bemerkte Lucrezia in ihrem gewohnten hochmütigen Ton.

Caterina raunte ihr ins Ohr: »Paß auf, sonst sage ich Diana, daß du sitzengeblieben bist.«

Sie sah Lucrezias Erröten, während sie den Schlag einsteckte.

»Ich hab schon verstanden. Ich bin überflüssig. Ihr habt schon Geheimnisse miteinander«, sagte Diana, während sie sich die Schuhe zuschnürte.

»Was für Geheimnisse denn. Ich muß nur mein tägliches gutes Werk tun und diesem Kind des Volkes ein wenig Schliff geben«, gab Lucrezia ironisch zurück.

Sobald sie alleine waren, ging sie dennoch voller Wut auf Caterina los.

»Wer hat dir gesagt, daß ich sitzengeblieben bin?«

»Niemand«, log Caterina, »ich habe nur geraten.«

»Na dann hast du eben falsch geraten. Wag es nur nicht, noch einmal so etwas über mich zu verbreiten«, griff Lucrezia sie an. »Sonst ...«

»Sonst würdest du von Worten zu Taten übergehen?« forderte Caterina sie heraus.

»Höchstwahrscheinlich«, bestätigte Lucrezia.

»Dann würdest du ja genau das Gegenteil von dem tun, was du mir so schön über gewisse Unterschiede erzählt hast. Diejenige von uns, die handgreiflich wird, bin doch ich: das Kind des Volkes. Du, die Aristokratin, benutzt doch den Blick und die Worte! Genau das hast du doch behauptet«, sagte Caterina spitzfindig.

»Was willst du eigentlich von mir und der Laperla?« fragte Lucrezia und sah sie mißtrauisch an.

»Ihr gefallt mir. Ihr gehört zu einer Welt, die mich anzieht«, gestand die Tochter des Gemüsehändlers mit treuherzigem Blick.

»Mach dir bloß keine Illusionen. Ich frage mich nur, warum

sie dich auf die Mittelschule geschickt haben, anstatt dich zum Arbeiten zu bringen«, bemerkte die andere bissig.

»Vielleicht, weil ich gerne lerne und nicht so dumm bin, wie du glaubst. Und ganz bestimmt, um nicht vor den Tanten meiner Mutter schlecht dazustehen, die so einfache Leute sind wie wir, aber solche Vorstellungen haben wie du. Wirst du mir jetzt die französische Aussprache beibringen?«

Lucrezia kam der Aufforderung nach, und sie begannen wieder zu lernen, aber Caterina wurde seit Tagen von einer Neugier geplagt, die sie nicht mehr zurückhalten konnte.

»Verrätst du mir, was es bedeutet, lesbisch zu sein?« fragte sie auf einmal.

»O du liebe Güte, da sind wir wieder soweit. Guck doch ins Wörterbuch«, gab Lucrezia ungeduldig zurück.

»Ich habe schon gesucht: Da steht: aus Lesbos. Frau mit Gewohnheiten, wie sie den Frauen jener Insel zugeschrieben werden. Was sind denn die Gewohnheiten von diesen Frauen?«

»Lesbische Gewohnheiten eben. Weißt du nicht, daß Lesbos die Heimat von Sappho war?«

»Ich weiß nicht, wer Sappho ist, und du nimmst mich nur auf den Arm«, ärgerte sich Caterina.

»Sappho war eine Dichterin. Sie hatte einen ganzen Schwarm von Anhängerinnen um sich herum, mit denen sie die sapphische Liebe pflegte oder lesbische Liebe, wenn man will«, erklärte Lucrezia.

»Und?« Caterina verstand nicht.

»Belgrado, bist du so dumm, oder tust du nur so?« wurde sie geneckt.

»Pallavicini, geh doch zum Teufel. Du bist schlimmer als mein Wörterbuch. Du benutzt Wörter, die du selber nicht verstehst«, sagte sie ungeduldig.

»Lesbisch ist eine Frau, die es mit Frauen tut anstatt mit Männern. Klar?«

»Gibt es wirklich Frauen, die es mit Frauen tun?« wunderte sich Caterina.

»Arme Belgrado, was bist du naiv«, wurde sie von der Freundin bemitleidet.

»Wenn es um solche Schweinereien geht, ist mir das ganz lieb«, empörte sich Caterina. Und fügte hinzu: »Im übrigen, nenn mich bloß nie wieder so!«

»Ach, ihr Kommunisten seid alle gleich. Immer kommt ihr gleich mit Drohungen. Wer hat denn gesagt, daß eine Frau, die andere Frauen liebt, zu verurteilen ist?«

»Keiner hat das gesagt. Aber die Sache selbst gefällt mir nicht. Außerdem hast du ja das Wort benutzt, um mich zu beleidigen. Und was die Kommunisten betrifft, weißt du genau, daß sie Kinderfresser sind. Also, reiz mich nicht, sonst werden sie dich auch fressen«, warnte Caterina sie. Sie ergriff ein Kissen bei den Ecken und warf es Lucrezia an den Kopf. Die Freundin nahm als Antwort ein anderes und warf es zurück. Beide Mädchen brachen in Geschrei und Gelächter aus. Ein Kissen platzte auf und erzeugte ein Schneegestöber aus weißen Federn. Die beiden Mädchen lachten und schrieen und spielten mit den Federn, die herumschwebten, als plötzlich eine energische Hand Caterina beim Nacken faßte.

»Wenn man dir den kleinen Finger gibt, nimmst du gleich die ganze Hand.« Elena war wirklich ärgerlich über das Durcheinander, das ihre Tochter und deren Freundin im Zimmer angerichtet hatten.

Caterina errötete vor Scham, weil sie im Beisein der Freundin, die ihr sehr wichtig war, bestraft wurde. Trotzdem bemühte sie sich zu lächeln, obwohl ihre Augen voller Tränen standen, und sagte: »Hast du gesehen, Pallavicini? Das Glück ist wie eine Feder. Es dauert nur wenige Augenblicke und verläßt dich dann sofort.«

Heute

1

Marco Honneger war mit seinen siebzig Jahren noch immer ein sehr gutaussehender Mann. Er hatte seine Figur aus der Zeit behalten, in der er als ganz junger Mann in die olympische Schwimmannschaft aufgenommen worden war. Er war groß, hatte breite Schultern, und sein Körper war noch immer schlank und muskulös. Seine blonden Haare, ein Erbstück seiner schweizerischen und flämischen Vorfahren, waren inzwischen weiß wie Schnee geworden. Die Züge seines breiten und kantigen Gesichts erinnerten an den Stammvater Giovanni Honneger, der im 18. Jahrhundert aus Flandern ausgewandert war, um in Rom eine Weberei zu gründen.

Die Brokatteppiche und Gobelins mit der Signatur des flämischen Meisters schmückten noch immer die päpstlichen Besitztümer und die Palazzi der Adligen. Ihre außergewöhnliche Schönheit hatte der Familie Geld und Ehre eingebracht. Die Weberei, seit Generationen in Familienbesitz, hatte den Honnegers eine sichere Position unter den vornehmen Familien der Hauptstadt geschaffen. Der Niedergang fing zu Beginn des zwanzigsten Jahrhunderts an, als das Familienvermögen aufgrund der zahlreichen Erbteilungen erheblich zusammengeschrumpft war und die letzten Honnegers wenig Talent fürs Geschäft gezeigt hatten.

Seit dem Ende des Zweiten Weltkriegs hatte Marco sein Bestes versucht, um zumindest einen Teil der Arbeit seiner Vorfahren zu retten. Es war ihm gelungen. Im Moment frühstückte er ruhig auf der Terrasse seiner römischen Wohnung, die sich im letzten Stockwerk des prunkvollen Palazzo Honneger befand. Das ganze Gebäude war sofort nach dem Krieg verkauft worden, um die restlichen Schulden zu begleichen. Marco war es jedoch gelungen, Eigentümer des obersten Stockwerks zu bleiben.

Von der Terrasse seiner eleganten Dachwohnung aus blickte er auf die rötlich schimmernden Dächer und deren Gärten, auf Kuppeln und Glockentürme dieser einzigartigen und wunderbaren Stadt. Aber Marco fühlte sich hier nicht wohl. Er hielt Rom für einen großen chaotischen Zirkus, ein Klatschnest voller Intrigen und fürchterlichem Neid, einen Übungsplatz für alle, die um jeden Preis schnell Karriere machen wollten, einen Ort geprägt von Vulgarität und Korruption.

Er kehrte jede Woche nach Rom zurück, um zwei Tage mit seiner Frau, Francesca Damiani, zu verbringen, und die häuslichen vier Wände waren ihm ebenso verhaßt wie die Stadt. Ihm gefiel Mailand.

Er gab zu, daß Mailand gegenüber Rom nur ein großes Dorf in der Provinz war. Seine Einwohner hatten von den Langobarden den groben Umgangston und den verschlossenen Charakter bekommen. Nur wenige hatten Sinn für Humor, oft waren sie langweilig und phantasielos oder hingen am Geld und versteckten sich hinter einem übertriebenen Spießbürgertum. Das Resultat all dieser Beschränkungen faszinierte ihn jedoch an dieser Stadt. Marco liebte die herbstlichen Nebel und die drückend heißen Sommer, die stille Zurückhaltung der eleganten Straßen, die schwachen Lichter der Nacht, die ihn an nordische Städte erinnerten. Er mochte den überwältigenden Blick auf die Alpen bei klarer Sicht. Mailand paßte besser zu ihm, zu seinem zurückhaltenden und verbindlichen Charakter, den er von väterlicher Seite und auch von der Mutter, die eben aus Mailand kam, geerbt hatte.

Aus all diesen Gründen hatte ihm vor zwanzig Jahren die Wahl seiner Frau leid getan, die sich für ein Leben in der Hauptstadt entschlossen hatte. Sie mochte die Stadt und ihre eleganten Salons, zu denen sie durch den berühmten Namen ihres Mannes und als erfolgreiche Frau leicht Zugang gefunden hatte.

Francesca hatte Rom ebenfalls gewählt, um so zumindest die örtliche Entfernung zwischen ihrem Mann und Caterina, auf die sie sehr eifersüchtig war, zu vergrößern. Das Resultat war allerdings enttäuschend: Er verbrachte mit seiner Frau lediglich das Wochenende, das auf diese Weise für beide zur Qual wurde.

Marco nippte an seinem Orangensaft, nachdem er von einer faden Scheibe Mischbrot abgebissen hatte. Währenddessen ließ er den Blick über die Stadt schweifen, ohne dabei dem Blick seiner Frau zu begegnen, die ihm gegenübersaß und nur auf irgendeinen Vorwand wartete, damit sie ihn grob anfahren konnte.

Viele Jahre ihres Ehelebens war sie, trotz des erlittenen Unrechts, eine geduldige Partnerin gewesen. Die Krankheit von Marco hatte in ihr jedoch eine Kettenreaktion entfesselt: Vom Opfer war sie zur Tyrannin geworden.

In jenem Augenblick provozierte sie ihn zum Beispiel ganz offen, indem sie vor seinen Augen genüßlich von einem mit Butter und Honig bestrichenen Brötchen abbiß, wohl wissend, daß Marco eine strenge Diät einhalten mußte. Sie genoß in kleinen Schlückchen ihren starken Kaffee mit viel flüssiger Sahne, der Marco nicht erlaubt war. Francesca war, wie ihr Mann, siebzig Jahre, wirkte aber zwanzig Jahre jünger. Sie war die Gesundheit in Person, und die Zeit hatte ihrer weißen Haut, die wie polierter Alabaster wirkte, nichts anhaben können.

Vor drei Jahren wäre Marco fast an einem Nierenversagen gestorben. Seit damals hing sein Leben an einem seidenen Faden, und die Beziehung zu Francesca war zur Hölle geworden.

Ihre Verbindung war nie eine der glücklichsten gewesen, aber zeitweise war es ihnen gelungen, wie gute Freunde zusammenzuleben. Seit dem Moment, als er krank geworden war, hatte Francesca begonnen, ihrem lang angestauten Groll freien Lauf zu lassen.

Jener sonnige Samstagmorgen, an dem eine leichte Brise wehte, hätte auch den unglücklichsten aller Menschen seine Sorgen vergessen lassen, nur das alte Ehepaar grübelte weiter über längst vergangene Enttäuschungen nach. Die Atmosphäre zwischen ihnen war so voller Feindseligkeit, daß selbst die Hausangestellten ihre Nähe zu meiden versuchten.

Das Telefon klingelte. Francesca griff sofort zum tragbaren Apparat auf dem Tischchen und warf ihrem Mann einen herausfordernden, eisigen Blick zu.

Endlich schaute Marco sie an. Sie war noch immer eine gutaussehende Frau. Ihre großen jadegrünen Augen erhellten ihre leicht sonnengebräunten, zarten Gesichtszüge. Die seidigen Haare waren zu einem dichten, weichen Knoten gebunden, der die Eleganz ihres Ausschnittes betonte. Ihren Körper verhüllte ein leichtes Kleid aus gelber Seide. Die schmalen Lippen und das spitze Kinn ließen jedoch ihren schwierigen Charakter erkennen.

Das Telefon klingelte weiter. Sie hielt den Apparat fest in der

Hand, ohne den Hörer abzunehmen, und blickte ihren Mann scharf an.

»Soll ich antworten?« entschloß er sich in mildem Ton zu fragen.

»Das würdest du wohl gern, nicht wahr?« zischte sie boshaft. »Du weißt ganz genau, wer am Samstag um diese Uhrzeit anruft.«

Damit spielte sie auf Caterina an, die ihn normalerweise anrief, um zu erfahren, ob es ihm gutginge. Marco zuckte mit den Schultern und fuhr fort, die Aussicht zu betrachten. Francesca nahm endlich den Hörer ab und bellte mehr als daß sie sprach ein »Pronto« in den Apparat. Ihre Stimme hätte selbst den entschlossensten Gesprächspartner entmutigt, noch etwas zu sagen. Wie vorauszusehen war, legte die Person am anderen Ende der Leitung auf, wer immer es auch gewesen sein mochte. Sie legte das Telefon wieder hin.

»Es war deine Prostituierte, wie immer«, erklärte sie.

Sie hatte den Namen Caterinas nie ausgesprochen. Die Eifersucht auf die Schriftstellerin quälte sie schon seit vierzig Jahren, seit dem Moment, als sie ihre Fotografie auf dem Armaturenbrett von Marcos Auto gefunden hatte. Damals waren sie noch nicht verheiratet gewesen. Erst später war ihr klargeworden, daß Marco sie nur aus Pflichtgefühl geheiratet hatte und daß er, wenn er sich der Verpflichtung hätte entziehen können, die er durch ihr Zusammenleben eingegangen war, sich für immer an die Tochter des Gemüsehändlers vom Corso Venezia gebunden hätte.

Marco hatte ihr mehr als einmal geschworen, daß die Geschichte mit Caterina vor ihrer Hochzeit zu Ende gewesen war. Aber er hatte sie nie wirklich davon überzeugen können. Das starke, unerschütterliche Gefühl für Caterina hatte immer zwischen ihnen gestanden. Francesca war sich dessen bewußt und hatte die zahlreichen Seitensprünge ihres Mannes toleriert, da sie sie als Untreue gegenüber der »Prostituierten« bewertete. Caterina hatte den Kontakt zu Marco erst nach seiner Krankheit wieder aufgenommen. Damit hatte sich die Aggressivität von Francesca erheblich gesteigert.

»Ich bitte dich«, flehte er sie an, »ich komme nur zwei Tage in der Woche nach Rom. Können wir sie nicht wie zivilisierte Menschen verbringen?« fragte er. Sofort danach bereute er es wieder, denn so hatte er seiner Frau Gelegenheit geboten, einen Streit vom Zaun zu brechen.

»Du redest von zivilisiertem Benehmen? Wie kannst du es wagen?« entgegnete sie ihm. »Ausgerechnet du, der du dich dein ganzes Leben jeglicher Verantwortung entzogen hast, du hast mich zur Zielscheibe des Spotts der ganzen Stadt gemacht, und jetzt beschuldigst du mich, unzivilisiert zu sein? Wie kannst du es wagen?« rief sie aus, und ihre Jadeaugen funkelten ihm wie Blitze entgegen.

»Ich beschuldige dich überhaupt nicht, ganz im Gegenteil, entschuldige bitte. Seit Jahren schon bitte ich dich mindestens einmal in der Woche um Entschuldigung. Reicht dir das nicht? Was soll ich deiner Meinung nach tun? Soll ich mich umbringen?« erregte er sich und fühlte bereits das Blut in den Schläfen hämmern, denn sein Blutdruck war bedenklich gestiegen.

»Du bist viel zu feige. Selbstmord paßt nicht zu dir. Du hast weder den Mut noch das Rückgrat dazu«, provozierte sie ihn weiter.

»›Ich liebe dich, weil du ein Held bist‹, sagtest du zu mir, als wir fünfundzwanzig Jahre alt waren. Ich war nie ein Held. Ich war lediglich ein Überlebender, und Gott allein weiß, zu welchem Preis. Ich bin nie eine außergewöhnliche Person gewesen, aber dir machte es Spaß, mich in den Salons herumzuzeigen. Unter der Bedingung, daß wenn wir unter uns waren, du nie über meine Vergangenheit sprechen wolltest. Und wie sehr habe ich mir damals jemanden gewünscht, dem ich alles hätte erzählen können, um mich von den erlittenen Grausamkeiten zu befreien. Ich hätte eine Frau gebraucht, die mir hätte zuhören wollen. Aber all das hat dich nicht interessiert. Du sagtest: ›Vergiß alles, mein Lieber. Es ist lange vorbei.‹ Und dann noch: ›Rühr nicht die schrecklichen Dinge der Vergangenheit wieder auf. Schau in die Zukunft.‹ So ist es gewesen. Ich habe mit niemandem mehr darüber gesprochen. Aber in mir drinnen ist alles noch da, die ganze Brutalität dieser schrecklichen Erfahrung. Und ich leide auch heute noch darunter. Wie dem auch sei, jetzt bin ich es, der dir sagt: ›Francesca, vergiß, was geschehen ist. Laß uns alles begraben.‹ Ich bin doch nur ein alter, kranker Mann. Mittlerweile weißt du, von all den Frauen, die ich kennengelernt habe, habe ich nur Caterina wirklich geliebt. Und ich liebe sie immer noch. Muß ich deswegen bestraft werden? Wir haben zwei Töchter und vier Enkelkinder. Warum können wir nicht ihnen unsere Liebe schenken, anstatt uns bis ans Ende unserer Tage zu zerfleischen?« schloß er mit einer Frage ab, die fast eine flehende Bitte war. Gleichzeitig schluckte er eine Pille, um seinen Blutdruck unter Kontrolle zu halten. Francesca hatte ihn sprechen lassen, während in ihr der Zorn loderte.

»Ich kann nicht vergessen«, erwiderte sie eisig. »Dir haben deine Feinde die Folterstrafe verhängt. Ich habe sie vom Vater meiner Töchter ertragen müssen. Hast du dich nie damit aufgehalten, darüber nachzudenken, wie ich mich wohl gefühlt habe, mit einem Ehemann, der mich nie geliebt hat und der mich mit dreiviertel meiner weiblichen Bekannten betrogen hat? Hast du dich niemals gefragt, wieviel Kraft es mich gekostet hat, in der Öffentlichkeit zu lächeln, während ich zu Hause bittere Tränen weinte? Jedesmal, wenn ich schwanger war, schworst du mir ewige Treue, und jedesmal, wenn ich das Kind zur Welt gebracht hatte, bist du ins erstbeste Bett gekrochen. Ich wünschte mir immer, daß meine Schwangerschaften neunzig, anstatt neun Monate dauern würden, denn nur während der Schwangerschaften warst du ruhiger und nah bei mir. In jenen Zeiten verschwand sogar das Geisterbild deiner Prostituierten. Ich bin achtmal schwanger gewesen, aber nur zwei Kinder habe ich bis zur Geburt austragen können. Es ging mir damals sehr schlecht, aber diese Leiden empfand ich als Segen, weil sie dich zu mir brachten. Auch wenn ich dir ehrlich sagen muß, daß es für mich mit dir im Bett kein besonderes Vergnügen war. Auch nicht, als wir jung waren und die Hormone und der Reiz des Verbotenen stimulierend wirkten. Bei mir warst du niemals ein betörender Liebhaber«, warf sie ihm mit bissigem Ton vor.

»Auch dafür bitte ich dich um Entschuldigung. Ich habe nie besonderen Wert darauf gelegt, ein Ausbund an Manneskraft zu sein, auch nicht bei den anderen Frauen, mit denen ich ins Bett gegangen bin. Und wenn ich ehrlich sein soll, ich weiß noch nicht einmal, warum ich mich so angestrengt habe, den Frauenröcken hinterherzulaufen. Das einzig Positive, das ich aus dem Alter und der Krankheit gewonnen habe, ist die Erkenntnis, daß man die Frauen für das schätzen soll, was sie sind, und nicht für das Vergnügen, sie zu besitzen«, entgegnete ihr Marco.

»Ich dagegen hatte mit den Jahren das Glück zu entdecken, wie befriedigend es sein kann, mit einem Mann zu schlafen. Dieser Mann bist natürlich nicht du«, verriet sie ihm.

»Das freut mich für dich. Ich wußte nichts davon«, kommentierte Marco, den dieses späte Geständnis keineswegs verwirrte.

»Jetzt weißt du es«, sagte Francesca zufrieden und präzisierte sofort: »Allerdings war ich niemals so geschmacklos wie du, meine Liebhaber mit nach Hause zu bringen. Du warst so unverfroren, die Frau, mit der du kurz vorher geschlafen hattest, zu uns zum Abendessen einzuladen. Das werde ich dir nie verzeihen. Niemals!« schrie sie mit hysterischer Stimme.

»Willst du, daß ich weggehe?« fragte Marco müde.

»Darauf habe ich gewartet, bravo. Lauf nur zu deiner Prostituierten, die ja noch nicht einmal den Mut hat zu sprechen, wenn sie meine Stimme am Telefon hört«, schrie sie.

Marco wußte, daß die gemeinsamen Wochenenden gewöhnlich ein solches Ende nahmen, hoffte jedoch jedesmal, wenn er nach Rom zurückkam, daß Francesca sich beruhigt hätte. Es wurde dagegen immer schlimmer mit ihr.

»Diese Frau hat mein Leben ruiniert«, fing Francesca wieder an. »Bevor sie aufgetaucht ist, warst du ein anderer Mann. Ich fand sie sogar sympathisch, als ich ihre Lehrerin war. Dabei ist sie eine Schlange. Sie hat dich verhext und meine Ehe zerstört«, erklärte sie mit lauter Stimme.

»Deine Ehe war bereits ruiniert, bevor sie geschlossen wurde. Das weißt du genau. Du wolltest, daß ich dich heirate. Ich habe es getan, mein Pech. Und jetzt ist es genug!« schrie nun auch er und schlug dabei mit der Faust auf den Tisch, daß das Geschirr zitterte und das Glas mit dem Orangensaft sich auf die ungelesene Tageszeitung ergoß. Er versuchte die Seiten mit einer Serviette zu trocknen, machte es dadurch aber noch schlimmer. Francesca läutete nach dem Hausangestellten.

Auch wenn ihr gemeinsames Leben so gut wie immer eine Katastrophe gewesen war, war es jetzt ein schäbiges Drama geworden. Nach solchen vulgären Streitgesprächen waren beide am Boden zerstört. Marco fühlte sich jedesmal wie ein Boxer, der vom stärkeren Gegner fast k. o. geschlagen wurde, sich aber trotz der Niederlage nicht ergeben wollte.

Seine Rolle als Oberhaupt der Familie und der Firma war nur noch Fassade. Er hatte auf alles verzichtet und Francesca die ganze Macht an sich reißen lassen. Seine Frau hatte sogar die namhafte Marke »Giovanni Honneger« an sich gerissen und sie in »Francesca Honneger Damiani« umgewandelt. Mit diesem Markenzeichen hatte sie in der ganzen Welt eine neue Linie kostbarer Stoffe auf den Markt gebracht. Ihre Stoffe aus Brokat, Damast, Leinen und Seide brachten nicht nur ein neues elegantes Flair in die Häuser der Reichen von New York und der Stars von Hollywood, sondern auch die Emire von Saudi-Arabien und die Aristokraten an der Sol Levante ließen sich mit ihren Stoffen ihre Residenzen dekorieren.

Marco hatte die Millionenverträge mit einer Reihe namhafter Hotelketten abgeschlossen, aber Francesca erschien in den Illustrierten und im Fernsehen als Vertreterin des feinen italienischen Geschmacks.

Ihre Töchter hatten zusammen mit den Ehemännern die Geschäftsleitung der Ausstellungsräume in den europäischen, amerikanischen und asiatischen Hauptstädten übernommen. Marco hatte man eine Art Verwaltungsposten gelassen: die Leitung der Seidenspinnerei in Como. Diese Aufgabe rechtfertigte für die Außenstehenden seine ständige Präsenz in Mailand. Francesca war immer sehr darauf bedacht, den Schein zu wahren.

So gewann sie auch ihre ruhige, normale Ausstrahlung sofort in dem Moment zurück, als der Hausangestellte zu ihnen auf die Terrasse trat.

»Stelio, räum bitte den Tisch ab«, sagte sie, als ob nichts geschehen wäre.

Marco zog sich in sein Zimmer zurück und dachte, wenn schon der Samstag mit einem solchen Unwetter begonnen hatte, würde der Sonntag noch schlimmer werden. Er beschloß, sofort nach Mailand zurückzukehren.

Vor drei Jahren, als sein Gesundheitszustand als dramatisch zu bezeichnen war und er in der Poliklinik lag, war seine Frau in Tränen aufgelöst gewesen.

»Noch bist du keine Witwe«, hatte er mit Ironie gesagt. »Hab Vertrauen, und du wirst sehen, es muß nur der richtige Moment kommen, dann tu ich dir diesen Gefallen.«

Allen Voraussagen zum Trotz hatte er sich wieder gut erholt. Mit Francesca hatten die Ärzte ein ernstes Wort gesprochen: »Ihr Mann muß von nun an ein ruhiges Leben führen. Die Krise ist überwunden, aber Ihr Mann bleibt ein Risikopatient. Das bedeutet, daß er sich weder aufregen noch sich mit Sorgen und zu viel

Arbeit belasten darf.« Sie hatten ihr geraten, ihn mit Liebe zu verwöhnen und ihm Ruhe zu schenken.

»Ich werde für ihn Krankenschwester und Betreuerin sein und immer für ihn da sein«, versprach sie. »Ich werde ihn von jeder Arbeit und jeder Verantwortung befreien«, hatte sie noch hinzugefügt.

Sie war ihm keine Krankenschwester gewesen, hatte aber vortrefflich den zweiten Teil ihres Vorsatzes erfüllt. Die langen Monate der Genesung hatte sie dazu genutzt, ihm Stück für Stück die Kontrolle über die Geschäfte zu entziehen. Marco durchschaute ihr eigennütziges Spiel, war aber von der Krankheit zu geschwächt gewesen, um es zu unterbinden. Er hatte sogar beschlossen, ihr die Leitung der Firma ganz offiziell anzuvertrauen, um ihr so seine Achtung zu zeigen und sie für die begangenen Fehler um Verzeihung zu bitten. Schuldgefühle hatten ihn seit seiner Kindheit verfolgt, und er war sich darüber im klaren, daß sie ihn dazu gebracht hatten, die schwersten Fehler seines Lebens zu begehen.

Er zog seinen Hausmantel aus, um zu duschen. Er wußte nicht, was für Pläne Caterina an diesem Wochenende hatte, aber er war fest entschlossen, zu ihr zu fahren. Er rechnete sich aus, daß er das Flugzeug nach Mailand um zwölf Uhr erreichen könnte, wenn er sich beeilte.

Während er sich die Krawatte band, erschien Francesca auf der Schwelle zu seinem Zimmer. Sie hielt ihm die mit Orangensaft befleckte Tageszeitung hin.

»Deine Prostituierte hat bekommen, was sie verdient«, verkündete sie mit einem befriedigten Lächeln. Dann warf sie die Zeitung aufs Bett und ging hinaus. Marco suchte beunruhigt seine Brille, setzte sie mit zitternden Händen auf und las unter einer Reihe von Schlagzeilen:

»Schriftstellerin wurde Opfer von zwei Räubern. Caterina Belgrado wurde in ihrer Mailänder Wohnung beraubt und niedergeschlagen.« Darauf folgte ein knapper, dramatischer Bericht.

Marco fühlte jegliche Energie schwinden. Er setzte sich auf den Bettrand und fing leise an zu weinen.

2

Stanis wollte Marco die Nachricht vom Überfall auf seine Mutter mitteilen, bevor er es aus den Zeitungen erfahren würde. Er rief ihn in Rom an. Als er jedoch die unfreundliche Stimme von Francesca hörte, verging ihm die Lust zu sprechen, und er hängte ein. Er hatte dabei ganz gefühlsmäßig gehandelt. Außerdem kündigte sein Notrufpiepser genau in diesem Moment in durchdringendem Ton an, daß ihn jemand brachte. Die Notaufnahme rief ihn, wo gerade ein kleiner Junge mit schwerer Atemnot eingeliefert worden war.

Er verließ sein Büro in der Abteilung für Kardiologie und fuhr ins Erdgeschoß hinunter. Dort sah er eine Frau, die verzweifelt ein Kind an sich preßte, während der Pfleger Grigorij zu ihr herabgebeugt war und mit ihr sprach. »Nicht so, Signora«, sagte er zu ihr mit sanfter Stimme, die einen starken ausländischen Akzent hatte. »Wenn Sie ihn so fest an sich drücken, nehmen Sie ihm jede Möglichkeit zu atmen.« Dann streckte er ihr die Arme entgegen, und die junge Mutter übergab ihm in Tränen aufgelöst ihren Sohn. »Jetzt können Sie sich beruhigen. Es wird nichts Schlimmes sein«, sagte er, während er den Kleinen auf eine Tragbahre legte. Dann bemerkte er Stanis, der auf sie zukam, und fügte noch hinzu: »Ihr Kind hat Glück. Dort kommt gerade der beste Arzt der Welt. Er wird ihn gesund machen«, versprach er.

Die Frau trocknete sich die Tränen und deutete ein hoffnungsvolles Lächeln an. Der Krankenpfleger Grigorij Ulianov war in einem Dorf in der Nähe von Moskau geboren. In der sowjetischen Hauptstadt hatte er seine Berufsausbildung abgeschlossen und dann ein Stipendium für die Medizinische Fakultät in Mailand bekommen. So war er vor zwei Jahren in Italien gelandet und besserte sich das geringe Studiengeld mit der Arbeit im Krankenhaus auf. Er war dreiundzwanzig Jahre alt. Seine eindrucksvolle Statur machte es unmöglich, ihn zu übersehen. Er hatte das wilde und vom Leid geprägte Gesicht der Zigeuner, tiefe, dunkle Augen und einen großen schwarzen Lockenkopf. Er hatte eine freundliche und höfliche Art mit Menschen umzugehen, und seine natürliche Sanftheit wirkte beruhigend auf die Ängste der Kranken.

Er schien aus einer Erzählung Tschechows entsprungen zu

sein. Grigorij strahlte Kraft und Zuversicht aus. Die Ärzte hatten ihm den Spitznamen »russisches Bäuerchen« gegeben und spielten damit auf seine beruhigend geduldige Art an, mit Fleiß zu arbeiten.

Stanis d'Ormesson war sein Freund, und sie verstanden sich sehr gut. Grigorij hatte einen offenen Charakter, war stark und selbstsicher; Stanis dagegen war ein schüchterner, nachdenklicher Mensch von zurückhaltender Vornehmheit. Ihre Beziehung war ausgeglichen und stabil. Seit einigen Monaten lebten sie zusammen. An ihrer Geschichte hatte niemand Anstoß genommen, da sie sehr zurückhaltend und ohne falsche Scham zusammenlebten.

Gemeinsam kümmerten sie sich jetzt um den kranken Jungen, und es gelang ihnen schnell, sein Leiden zu lindern. Dann übergaben sie das Kind den Schwestern, die es auf die Station bringen würden, und sie machten es möglich, daß die Mutter bei ihm bleiben konnte. Stanis setzte sich an den Schreibtisch, um die Aufnahmeformulare auszufüllen. Schließlich hob er den Kopf und schaute seinen Freund verwundert an.

»Was machst du eigentlich um diese Zeit hier?« fragte er den Krankenpfleger, denn er wußte, daß sein Dienst schon vor einer Weile beendet gewesen war.

»Ich habe auf dich gewartet. Nach dem, was mit deiner Mutter passiert ist, und der durchwachten Nacht im Krankenhaus hättest du mich brauchen können«, entgegnete Grigorij in aller Einfachheit.

»Gut, dann laß uns Caterina besuchen fahren«, entschied Stanis. »Sie wird froh sein, dich zu sehen«, fügte er hinzu, während sie das Krankenhaus verließen. »Fahr du bitte«, sagte er und gab ihm die Autoschlüssel.

Stanis ließ sich in den Autositz sinken und schloß seine Augen, die vor Müdigkeit brannten. Die Erschütterung über den Überfall auf seine Mutter steckte noch in ihm. Dann sprach er aus, was er dachte: »Wenn ich den verfluchten Kerl, der sie geschlagen hat, in die Hände bekommen könnte, ich würde ihm die Zähne einschlagen«, sagte er wütend.

»Den kriegen sie. Früher oder später werden diese Gauner doch gefaßt«, stellte Grigorij fest.

»Das ist nicht gesagt. Die Wahrscheinlichkeit ist groß, daß man sie nicht kriegt. Meine Mutter sagt, daß der Angreifer möglicherweise ein Drogenabhängiger war. Sie werden die Beute schon gegen ein paar Spritzen Heroin eingetauscht haben«, überlegte Stanis laut, »und jetzt werden sie auf irgendeiner Parkbank liegen und ihren Rausch genießen.«

In der Wohnung von Caterina war die gewaltsam geöffnete Tür bereits repariert worden. Es begrüßte sie Lucrezia.

»Vor wenigen Minuten sind die Carabinieri noch einmal zurückgekommen. Es scheint so, als ob sie zwei Verdächtige festgenommen haben. Sie würden gern mit deiner Mutter sprechen. Diana hat sie ins Wohnzimmer geführt«, berichtete Lucrezia in einem Atemzug.

»Wie geht es Mama?« fragte Stanis, auf dem Weg zu Caterinas Zimmer.

»Warte, geh nicht zu ihr hinein. Sie ist gerade erst eingeschlafen«, hielt ihn Lucrezia zurück.

Der Arzt betrachtete das blasse Gesicht von Lucrezia. Er konnte sich vorstellen, daß Diana wohl ebenso aussah. Er hatte die Freundschaft, die die drei Frauen verband, immer schon sehr geschätzt.

»Ich glaube, daß auch ihr, du und Tante Diana, ein wenig schlafen solltet«, schlug er vor.

»Ich bitte dich! Wir haben uns abgewechselt und sind überhaupt nicht müde«, erwiderte sie, um ihn zu beruhigen. Das Unglück von Caterina hatte ihre Probleme wie ausgelöscht. »Geh und sprich mit den Carabinieri«, riet sie und schob ihn in Richtung Wohnzimmer. Grigorij folgte ihnen.

Der Oberleutnant Somenzato und der Gefreite Miceli, zwei junge Angehörige der Armee, brachten gute Nachrichten: Es waren zwei Drogensüchtige festgenommen worden, in deren Besitz sich Dinge befunden hatten, die der Beschreibung der gestohlenen Gegenstände entsprachen.

»Sie sind in eine Sperre geraten. Sie fuhren ein gestohlenes Auto, und im Kofferraum haben wir in einem Rucksack Silber und einige Schmuckstücke gefunden. Sie stehen der Signora Belgrado in unserer Kaserne zur Verfügung«, informierte sie der Oberleutnant. Dann führte er weiter aus: »Ein Kollege von uns wäre fast von ihnen mit dem Wagen überfahren worden. Die beiden sind nicht vorbestraft. Als sie festgenommen wurden, haben sie erklärt, daß sie mit dem Überfall auf die Signora nichts zu tun haben. Sie haben den Autodiebstahl zugegeben, schwören aber, daß die im Kofferraum gefundenen Dinge schon dort drin waren.«

»Die Prostituierte, die meiner Mutter zu Hilfe gekommen ist, hat einen von ihnen gesehen und könnte ihn vielleicht identifizieren«, schlug Stanis vor.

»Wir haben sie schon befragt. Sie sagt, es wäre zu dunkel gewesen, um das Gesicht zu erkennen. Ich glaube, in Wirklichkeit will sie nicht in Erscheinung treten. Sie hat Angst auszusagen. Wie die Sache passiert ist, ist auf jeden Fall klar. Die waren zu zweit. Sie haben die Tür aufgebrochen. Einer hat soviel zusammengerafft, wie er konnte, und ist abgehauen. Der andere hat Ihre Mutter, während sie fliehen wollte, gepackt und niedergeschlagen. Durch das Kommen der beiden Prostituierten aufgeschreckt, ist er geflohen. Ihre Mutter hat den jungen Mann gesehen, der sie angegriffen hat. Nun brauchen wir ihre Zeugenaussage«, erklärte der Carabiniere.

»Ist das wirklich nötig?« fragte der Arzt und wandte ein: »Sie hat schon einen Schock erlitten. Es wird ihr nicht guttun, den Angreifer wiederzusehen.«

»Es würde reichen, wenn sie ihn auf den Fahndungsfotos wiedererkennt«, beharrte der Oberleutnant. Er legte eine Reihe typischer Polizeifotos auf den Tisch. Grigorij, der bis jetzt dem Bericht zugehört hatte, beugte sich darüber, um sie genau zu betrachten.

»Ohne die Zeugenaussage der Signora Belgrado werden diese beiden wieder freigelassen, sie werden weiter in Wohnungen einbrechen und wehrlose Frauen mißhandeln«, drängte Oberleutnant Somenzato.

Er machte den Eindruck eines ruhigen jungen Mannes, der fest entschlossen war, für Ruhe und Ordnung zu sorgen. Im vorliegenden Fall hatte Diana ihm über einige Details Auskunft gegeben. Von ihr hatte er erfahren, daß die Schriftstellerin normalerweise die Alarmanlage einschaltete, bevor sie ins Bett ging. An jenem Abend hatte sie sich jedoch unfreiwilligerweise im Badezimmer eingeschlossen. Ebenso hatte er von Diana erfahren, daß Caterina den Hörer neben das Telefon gelegt hatte, um nicht mehr gestört zu werden. Diese Informationen hatte der Carabiniere in der Nacht von Dritten bekommen. Jetzt aber wollte er mit der Schriftstellerin persönlich sprechen.

»Ich würde sie jetzt wirklich gerne sehen, auch wenn es nur für einen Moment ist«, beharrte er.

»Einverstanden«, gab Stanis nach. »Aber stellen Sie Ihr bitte nicht zu viele Fragen und bedenken Sie, daß meine Mutter noch immer unter Schock steht«, ergänzte er und begleitete ihn zum Schlafzimmer.

Caterina war wach. Ihr Jochbogen war geschwollen und schimmerte bläulich. Sie schien ruhig zu sein.

»Mama, fühlst du dich stark genug, um einige Fragen der Carabinieri zu beantworten?« fragte sie der Arzt und fühlte ihr dabei den Puls. Der Schlag war normal.

»Nein«, antwortete sie, »aber ich werde es trotzdem tun, wenn ich muß.«

»Ich möchte Ihnen nur einige Fotos von zwei jungen Männern zeigen, die wir letzte Nacht festgenommen haben. Und ich möchte, daß Sie mir sagen, ob Sie jemanden wiedererkennen«, sagte Somenzato.

Caterina setzte sich die Brille auf, die ihr Grigorij hinhielt. Sie betrachtete aufmerksam die Fotos, und am Ende zeigte sie auf das hübsche Gesicht eines jungen Mannes mit zerzausten Haaren.

»Ich glaube, es könnte dieser hier sein«, sagte sie, »aber beschwören kann ich es nicht. Ich war völlig verwirrt und zu Tode erschrocken«, fügte sie hinzu.

»Signora Belgrado, erinnern Sie sich bezüglich Ihres Angreifers an etwas Besonderes?« fragte der Carabiniere.

»An sein jugendliches Alter«, antwortete Caterina.

»Sie sind mir aber keine große Hilfe«, bemerkte der Oberleutnant.

»Ich verstehe Sie, und es tut mir leid. Aber es ist mir nicht möglich, einen Menschen zu beschuldigen, wenn ich mir nicht völlig sicher bin, daß er es war«, entschuldigte sie sich.

Der Gefreite Miceli hatte die wenigen Worte Caterinas mitgeschrieben, und der Oberleutnant zeigte sie ihr nun. »Können Sie bitte hier unterschreiben? Montag morgen werde ich die beiden dem Richter vorführen«, sagte Somenzato.

Als die beiden Carabinieri sich verabschiedet hatten, begleitete Grigorij sie zur Tür.

»Ist es möglich, am Montag beim Verhör dabeizusein?« fragte er.

»Die Verhandlung ist öffentlich«, antwortete Somenzato, überrascht von der außergewöhnlichen Gestalt, die ihn weit überragte. Er wollte ihn etwas fragen, aber dann schüttelte er den Kopf und ging mit seinem Kollegen in Richtung Fahrstuhl davon.

Grigorij kehrte ins Zimmer von Caterina zurück. Stanis untersuchte sie gerade und schien besorgt.

»Mama, hast du schon versucht aufzustehen?« fragte er eben.

»Sicher«, antwortete sie.

»Ist dir dabei schwindelig geworden?« forschte er weiter.

»Mir ist oft schwindelig«, gab Caterina zu.

»Wie oft?« beharrte er.

»Woher soll ich das wissen, ich achte schon gar nicht mehr darauf.«

»Hast du Kopfschmerzen?«

»Mir tun der Nacken und der Wangenknochen weh«, erklärte sie. Dann wandte sie sich an den russischen Freund: »Grigorij, tu mir einen Gefallen. Bring bitte diesen Jungen, der vor Müdigkeit umfällt, nach Hause, leg ihn ins Bett und laß ihn acht Stunden durchschlafen. Sein Aussehen gefällt mir überhaupt nicht.«

Stanis lachte. Er küßte die Mutter auf die Stirn und ging mit seinem Freund zusammen weg.

Diana schaffte es, auch Lucrezia wegzuschicken, denn sie wollte mit Caterina allein sein.

»Jetzt, wo alle weg sind, spielen wir das Spiel der Wahrheit, wie damals, als wir junge Mädchen waren. Erinnerst du dich?« scherzte sie und rückte einen Stuhl neben das Bett der Freundin.

»Ich hab keine Lust dazu«, wehrte sich Caterina. »Und außerdem haben wir immer alle gelogen, vor allem Lucrezia.«

»Ich nicht. Ich war immer ehrlich«, protestierte Diana.

»Du warst eine Meisterin im Ausweichen. Wenn dir eine Frage nicht gefiel, hast du sie einfach verdreht und auf etwas ganz anderes geantwortet«, erinnerte sich Caterina.

»Damals ging es um dumme Liebesgeschichten. Jetzt ist der Spieleinsatz eine Schachtel mit Schlaftabletten«, machte Diana geltend und beobachtete sie aufmerksam.

»Schau mich nicht so an. Ich sehe aus wie ein Monster«, beschwerte sich die Freundin und drehte das Gesicht zur Seite.

»Du brauchst gar nicht versuchen, dem Gespräch auszuweichen. Ich will wissen, was mit dir los ist«, sagte sie entschieden.

»Auch wenn ich es dir sagte, es würde nichts ändern. Es gibt Probleme, die auch die beste Psychotherapie nicht lösen kann.«

»Ein bißchen Unterstützung kann dir helfen, die Probleme zu klären«, beharrte Diana.

Caterina hatte aber nicht die geringste Absicht mit der Freundin über ihre Depressionen zu sprechen.

»Ich bin noch nicht bereit für die Gesprächsanalyse«, erklärte sie.

»Ich schon. Ich habe viel Zeit«, sagte Diana, die wußte, wie sie das Schweigen ihrer Patienten brechen konnte.

3

Nach jener schrecklichen Nacht kehrte die Ruhe zurück. Caterina bemerkte mit Erstaunen, daß der erlittene Schock ihr die Freude am alltäglichen Leben wiedergegeben hatte. Ihre Familie und zahlreiche Freunde waren von Diana und Lucrezia beruhigt worden, die geduldig auf deren aufgeregte Fragen geantwortet hatten. Sie selbst war noch ein wenig benommen, aber die Angst war verschwunden, und die Schmerzen, die durch die Schläge hervorgerufen worden waren, gingen langsam zurück. Sie hatte lange mit Marco telefoniert und den Vorfall dabei heruntergespielt. »Du darfst nichts auf die Berichterstattung der Zeitungen geben. Sie übertreiben immer«, hatte sie ihn beruhigt.

»Ich bin nach Mailand zurückgekehrt. Kann ich sofort zu dir kommen?« hatte er gefragt.

»Ich möchte jetzt ein wenig allein sein. Aber du kannst mich anrufen, wann immer du willst«, hatte sie geantwortet. Sie wollte auf keinen Fall, daß Marco sie mit dem geschwollenen Gesicht sah.

Sie duschte, schminkte sich sorgfältig und versuchte dabei, die Blutergüsse im Gesicht unter Make-up zu verstecken. Sie zog ein leichtes Baumwollkleid über und erschien dann im Eßzimmer.

Diana hatte den Tisch mit Silberbesteck, bayrischem Porzellan und Kristallgläsern fein gedeckt. Sie hatte reichlich Salat und eine Pastasciutta mit aromatischen Kräutern vorbereitet. Der Tisch war mit Blumen geschmückt, und in seiner Mitte stand ein Korb mit duftendem Obst.

Wieviel Zeit war vergangen, seitdem jemand sich mit solch liebevoller Hingabe um sie gekümmert hatte? Ihr Sohn Stanis hatte sie als Kind mit ähnlichen Aufmerksamkeiten beglückt. Sie war gerührt.

»Für wen ist dieses Fest?« fragte sie Diana, die gerade aus der Küche kam, um ein silbernes Körbchen mit gerösteten Brotscheiben hereinzutragen.

»Natürlich für dich. Wenn mein Geist noch nicht vollständig verwirrt ist, begehst du heute deinen sechzigsten Geburtstag. Hast du das vergessen?« fragte sie und küßte sie leicht im Vorbeigehen auf die Wange. »Herzlichen Glückwunsch«, ergänzte sie und lud sie ein, sich zu setzen. »Es sind Blumen von Lucrezia und deinen Kindern für dich gekommen. Es gibt auch eine Reihe von Glückwunschtelegrammen, und ich habe schließlich das Telefon abgestellt, denn der Draht wäre sonst heißgelaufen. Marco hat dir einen Strauß weiße Pfingstrosen geschickt, und dein Verleger eine Silberschale voller Rosen. Alles befindet sich im Vorzimmer«, führte Diana weiter aus.

»Was habe ich denn Schlimmes getan, womit habe ich das alles verdient?« versuchte Caterina zu scherzen. Sie war gerührt und sagte: »Ich fühle mich noch ganz wirr im Kopf. Ist heute Samstag oder Sonntag?«

»Was interessiert es dich? Hör dir lieber diese Musik an«, riet ihr Diana, während sie ihr die Pastasciutta vorsetzte. Die Stereoanlage verbreitete die Musik von *Love me tender*. Die unverkennbare Stimme von Elvis Presley war wie eine Liebkosung.

»Elvis«, flüsterte Caterina, »das war 1954. Ich war achtzehn Jahre alt und glücklich, ohne es zu wissen.« Ihre Stimme war voller Sehnsucht. »Ich war jung und fühlte mich ständig am Rand der Verzweiflung. Jetzt bin ich alt und habe nah am Wasser gebaut.«

»Wir alle sind einmal achtzehn gewesen. Jetzt sind wir sechzig und gerührt von den Liedern von damals«, versuchte die Freundin die Worte zu entschärfen.

»Dieses Lied von Presley war auf einer Single, die mir Marco aus Amerika mitgebracht hatte. Er war damals bei der *Ed Sullivan Show* gewesen und erzählte mir von der Mädchenmenge in Ekstase, weil sie Elvis sahen«, erinnerte sich Caterina.

»Dieses Lied haben wir damals fast bis zum Erbrechen gehört«, entgegnete Diana.

»Mein Vater hatte mir einen tragbaren Plattenspieler geschenkt. Die Nadel kratzte und ruinierte die Rillen«, ergänzte Caterina. »Glaubst du, daß sich auch Lucrezia an *Love me tender* erinnert? Manchmal scheint sie mir so ein bißchen ... ich würde sagen zerstreut«, bemerkte sie.

»Die Ärmste hat schon wieder Probleme mit Maxi. Es ist immer dasselbe«, informierte sie Diana.

»Ich bitte dich, erzähl mir den neuesten Klatsch«, sagte Caterina und lebte zusehends auf.

»Später. Laß uns erst zu Ende essen.«

Während sie weiter der Musik lauschten, aßen sie langsam und mit Genuß.

»Hör mal auf den Text«, sagte Caterina irgendwann. »Marco flüsterte ihn mir zu, indem er Elvis auf ziemlich komische Art imitierte: ›*When at last my dreams come true ...*‹ Leere Worte, an die ich ganz fest glaubte.« Ihr Blick verdunkelte sich, und man sah ihr an, daß sie mit Bedauern an längst vergangene Zeiten dachte, als die Welt für sie noch ein Schrein voller Kostbarkeiten war, die es zu entdecken galt, und die Zukunft voller glücklicher Versprechungen schien.

»Ich glaubte an diese Dummheiten«, gab Diana zu.

Daraufhin fuhr Caterina fort: »Ich war noch träumerischer veranlagt als du. Erinnerst du dich an die Platters, Sinatra, Nat King Cole? Cole sang *Unforgettable*. Ich hatte ein Heft, in dem ich alle Liedtexte aufschrieb, um sie dann mitsingen zu können. Ich sehe noch heute Lucrezia vor mir, wie sie versucht, die richtigen Akkorde auf der Gitarre zu finden, und wir verträumt den amerikanischen Musicalstars nachtrillern.«

»Wir träumten von einem gutaussehenden jungen Mann, der uns am Abend in einem weißen Sportwagen nach Hause begleiten und vor der Tür im Mondschein küssen würde«, seufzte Diana.

»Was waren wir nur für Unschuldslämmer! Wir sahen die Welt durch eine rosarote Brille«, flüsterte Caterina.

»Ich glaube, daß die Welt damals wirklich noch in Ordnung war. Es gab Regeln. Jeder versuchte, die ihm zugedachte Rolle aufs beste zu erfüllen. Heute scheint alles ein großes Durcheinander zu sein«, beklagte sich Diana.

»Erinnerst du dich, als wir die Fotografien von Schauspielern gesammelt haben? Sie waren in Schwarzweiß und hatten Postkartenformat. Wir kauften sie immer im Schreibwarenladen in der Via Bagutta. Wer weiß, wo sie hingekommen sind?« fragte sich Caterina. »Ich war unheimlich neidisch auf Lucrezia, die sich, da sie mehr Geld hatte, viel mehr als wir kaufen konnte«, gab Diana zu. »Weißt du, was ich gemacht habe? Sonntags steckte ich einige ins Gebetbuch hinein, und in der Kirche schaute ich mir dann die faszinierenden Gesichter an und malte mir aufregende Geschichten aus, anstatt dem Gottesdienst zu folgen. Ich war unsterblich in Clark Gable verliebt. Manchmal betrog ich ihn allerdings mit Errol Flynn oder Robert Taylor. Ich hätte gern wie Lana Turner oder Liz Taylor ausgesehen. Ich stellte mir eine Welt voller Flitter vor, mit Champagner, großen Orchestern, Kleidern aus Voile und Limousinen groß wie Überseedampfer«, sagte Caterina. »Erinnerst du dich, daß wir das Geld für das Schulfrühstück sparten, um dann davon ins Kino zu gehen?« erwiderte Diana.

»Ich träumte von Amerika, von Hollywood und der großen Liebe. Ich glaubte die Geschichten, die uns John Ford, Cecil B. De Mille, Henry King, George Cukor und Billy Wilder erzählten, sie waren doch viel amüsanter als die realistischen Kinofilme, die darauf folgen sollten. Ich erinnere mich noch gut an einen Herbsttag bei mir zu Hause, als ich mit dir und Lucrezia zusammen versuchte, den Steptanz wie Ginger Rogers und Fred Astaire zu tanzen. Lucrezia konnte viel besser tanzen als wir beide. Irgendwann habe ich dann die Gardine vor dem Fenster zurückgezogen und meinen Vater, der auf dem Fahrrad gerade von seiner Warenausfuhr zurückkam, auf der regennassen Straße gesehen. Auf dem Kopf trug er einen Jutesack, um sich vor dem Regen zu schützen. In jenem Moment empfand ich den Unterschied zwischen meinen Träumen und der Wirklichkeit ganz stark. Ich hörte aber nicht auf zu träumen, sondern änderte nur meine Ziele.

Wenn ich nicht wie Liz Taylor werden konnte, um mich von Peter Lawford küssen zu lassen, wollte ich Heilige werden«, sagte Caterina.

»Ich erinnere mich nur zu gut an deine mystische Zeit. Du wolltest nichts essen und nur noch beten«, stimmte Diana ihr zu. »Du sagtest, daß Gott deine Nahrung sei, und schenktest mir deine Sammlung von Schauspielerfotos. Deine Mutter war verzweifelt und zwang dich, geschlagenes rohes Eigelb mit Zucker zu essen. Du spucktest alles wieder aus.«

»Mir war damals eine Cousine eingefallen, die an Schwindsucht gestorben war. Sie hieß Eva und war eine Heilige. Ich hatte beschlossen, wie sie zu werden. Ich wollte die heilige Caterina von Mailand werden. Ich hatte die Idee so verinnerlicht, daß ich einmal sogar eine Vision hatte. Ich hielt einen Haufen Kartoffeln für einen Triumphbogen aus Kuchenteig.«

»Und so endete deine mystische Zeit, und ich mußte dir alle Schauspielerfotos wieder zurückgeben«, schloß Diana.

Beide lachten; durch das Hervorholen der lang zurückliegenden Zeit verwandelten sie sich wieder in die Mädchen von damals. Dann verschwand das Lachen.

»Jetzt habe ich keine Ziele mehr. Ich habe keine Wünsche mehr«, sagte Caterina leise.

Es trat Stille zwischen ihnen ein.

Diana dachte an Piergiorgio. Ihr junger Liebhaber suchte sie, und sie entzog sich. Sie floh auch vor ihrer Schwester Leda, die nicht wußte, wie sie mit dem Vater umgehen sollte, der ihr anvertraut worden war. Sie dachte auch an das Drama von Lucrezia, die mit der hartnäckigen Verzweiflung eines Don Quichotte einen verlorenen Kampf gegen die Seitensprünge ihres Mannes führte. Lucrezia und sie hatten noch immer etwas und jemanden, für den sie leben und kämpfen mußten. Caterina hatte weder Ziele noch Wünsche, das hatte sie verstanden.

»Sollen wir jetzt schlafen gehen?« schlug Diana vor, um ihre Freundin aus ihren trüben Gedanken hervorzuholen.

»Ich danke dir für alles, auch für das wunderbare Essen. Ich gehe gern ins Bett zurück«, sagte Caterina und erhob sich vom Tisch.

Diana half ihr, ins Bett zu gehen, richtete ihr mit einer mütterlichen Geste das Kissen, strich ihr übers Haar und ließ die Rolläden herunter, um das Licht zu dämpfen, das durchs Fenster kam. Dann legte sie sich auf die *Dormeuse* am Fußende des Himmelbettes.

»Versuch zu schlafen, Caterina. Ich werde es auch versuchen«, flüsterte sie ihr zu.

»Ich bin mir gar nicht sicher, ob ich dich noch bei mir zu Hause haben will«, protestierte die Schriftstellerin schwach. »Es geht mir schon besser, und durch deine Anwesenheit fühle ich mich wie eine Invalidin, die Hilfe braucht.«

»Du müßtest mich sowieso beherbergen, denn ich wüßte gar nicht, wohin ich gehen sollte«, entgegnete Diana. »Ich habe meiner Schwester den Professore aufgezwungen. Wenn ich nach Hause gehe, erwartet mich dort Piergiorgio, und ich habe keine Lust, ihn zu sehen. In mir ist der Wunsch erwacht, etwas Ordnung in mein Leben zu bringen. Ich war im Begriff, nach Schottland abzureisen, aber dann ist Lucrezia in eine Krise geraten, und die letzte Nacht hat mich hierher geholt«, erzählte sie.

»Was hättest du in Schottland gemacht?« wunderte sich Caterina.

»Weißt du nicht mehr? Ich habe dort ein kleines Haus.«

»Ich dachte, du hättest es verkauft.«

»Ich denke nicht im Traum daran. Es wird mein Refugium im Alter sein. Ich stellte mir gerade vor, mit dir zusammen dorthin zu fahren, sobald du dich wieder sehen lassen kannst«, schlug sie vor und spielte dabei auf Caterinas von blauen Flecken übersätes Gesicht an.

Caterina richtete sich in ihren Kissen auf.

»Erzählst du mir, warum du dir die Lippen hast künstlich voller machen lassen? Mir gefallen diese geschwollenen Lippen wie Arafat sie hat überhaupt nicht«, griff sie die Freundin unvermittelt an.

»Sie passen nicht zu einer Frau von sechzig Jahren. Man sieht sie dir nicht an, aber du bist so alt.«

»Ich muß dir gestehen, ich habe mir auch die Pobacken anheben lassen«, gab Diana zu.

»Um dich am Strand mit einem dieser Minibikinis zur Schau zu stellen, die aus Zahnseide gemacht zu sein scheinen?« fragte Caterina ironisch.

»Ich habe immer noch Illusionen«, rechtfertigte sich die Freundin.

»Die mit der Schönheitschirurgie eng verbunden sind. Das alles ist deiner unwürdig«, stellte Caterina fest.

»Willst du mich ausruhen lassen oder möchtest du lieber streiten?« entgegnete Diana.

»Ich weiß nicht mehr, was ich will. Vielleicht wußte ich es noch nie«, flüsterte sie. Dann hielt sie inne und fing leise an zu weinen. Diana bewältigte jeden Tag diese Probleme ihrer Patienten. Sie wußte, daß unter den psychischen Krankheiten die Depression eines der heimtückischsten Leiden war. Die Gründe für Caterinas Schwermut waren tief verwurzelt und in der Vergangenheit zu suchen.

»Caterina, welche alten Probleme belasten dich?« fragte sie vorsichtig.

»Frag mich lieber, wie viele es sind. Es sind unendlich viele. Eine lange Reihe von ausgesprochenen und nicht ausgesprochenen Worten, schlecht gemachte oder gar nicht erst begonnene Sachen, falsche Entscheidungen, ungelöste Beziehungen. Einzeln betrachtet haben sie keine Bedeutung, aber in all den Jahren angesammelt, haben sie mich aufgerieben. Weißt du Diana, ich bin überzeugt, mir selbst mein schlimmster Feind gewesen zu sein. Ich habe mich immer selbst in die größten Schwierigkeiten gebracht, weil ich nie verstanden habe, was ich wirklich wollte. Nimm nur meine Geschichte mit Marco. Mir hat sie damals das Herz zerrissen. Ich habe nie darüber sprechen wollen, denn in dieser Geschichte steckt der dramatischste Teil meines Lebens.«

Diana dachte, daß sich die Freundin nun dem wunden Punkt nähern würde. Man durfte sie nur nicht drängen und mußte ihr Zeit lassen.

Caterina hörte auf zu weinen. Sie schloß die Augen und fühlte, wie die Lider vor Müdigkeit schwer wurden.

Während sie ein Gähnen unterdrückte, kam ihr das alte Lied *Stand by me* in den Sinn. Sie hatte es zum ersten Mal 1961 gehört. Ihr Sohn Roberto war damals noch ein Baby gewesen, das sie in ihren Armen schaukelte. Es schien, als ob die Worte speziell für sie geschrieben worden wären, um sie ihm vorsingen zu können.

»Herzlichen Glückwunsch, Caterina«, flüsterte ihr Diana zu.

»Trotz allem glaube ich, daß dies wirklich der schönste Geburtstag meines Lebens gewesen ist«, entgegnete ihr Caterina mit schläfriger Stimme. Und sie erinnerte sich noch an einen anderen, weit zurückliegenden Geburtstag. Sie hörte das etwas tonlose Stimmchen von Eva, ihrer Cousine, die ihr sagte: »Herzlichen Glückwunsch, Caterina.«

Vor ihren Augen tauchten die weiten Maisfelder auf und der schmächtige Arm von Eva, die ihr eine Krone aus noch grünen Maiskolbenblättern reichte. Sie fühlte auf ihrer Haut die sonnige, warme Landluft und erinnerte sich an das Zirpen der Grillen in den ausgetrockneten Akazien. »Auch das war damals ein schöner Geburtstag«, flüsterte sie noch, während sie sanft in den Schlaf hinüberglitt.

Der Krieg
1943–1944

1

Die Stadt war halb leer. Die verlassenen Straßen schienen viel breiter als sonst. Wer ein Auto besaß, hatte es im Stall oder unter Heuhaufen verborgen, damit es nicht beschlagnahmt wurde. Fahrräder waren kostbar. Diejenigen, die zu sehen waren, waren häßlich und alt. Neue wurden nicht mehr gebaut. Sie waren bevorzugte Beute der Diebe. Diese stahlen auch Dreiräder mit einem Kastenaufbau hinten, die sie für fünfhundert Lire weiterverkaufen konnten. Pferde waren wieder hoch im Kurs, deren zerzauste Mähnen flatterten, während sie sich mit den viel zu schweren Lasten voranmühten.

Die Leute verließen die Stadt, um auf dem Land ein bißchen Sicherheit zu finden. Diejenigen, die blieben, richteten die Augen zum Himmel, immer in der Furcht, Flugzeuggeschwader auftauchen zu sehen, mit der unvermeidlichen Folge von Maschinengewehrbeschuß und Bombenangriffen.

Alcide Belgrado hielt hartnäckig seinen Laden auf, da dieser, obgleich die Kundenzahl sich beträchtlich verringert hatte, die einzige Einkommensquelle für ihn, Elena und die kleine Caterina darstellte, die in diesem Sommer acht Jahre alt würde. Aufgrund der Bombardierungen war er jedoch entschiedener als je zuvor, sich von seiner Frau und der Tochter zu trennen.

»Versuch doch mal nachzudenken, Elena. Du und das Kind könnt nicht länger in der Stadt bleiben«, sagte Alcide.

»Ich bringe es nicht übers Herz, mich von dir zu trennen, zu wissen, daß du alleine jeden Tag dein Leben riskierst«, gab Elena zur Antwort, während sie sich abmühte, den Holzboden des Ladens zu bohnern.

»Auch mir tut es leid, mich von meinen Frauen zu trennen, aber was sollen wir sonst machen?« fragte er sie.

»Wenn wir uns in Sicherheit bringen und du unter einer Bombe endest, was ist das denn für eine Rettung?« warf sie ihm vor. »Unser Kind hat das Recht zu leben, und unsere Pflicht ist es, sie in Sicherheit zu bringen. Da deine Verwandten so engstirnig sind, bleibt uns nichts anderes übrig, als auf die Gastfreundschaft meiner Familie zu zählen. Sie werden dir zwar selbst die Luft vorwerfen, die du atmest, aber wenigstens wird Caterina in Sicherheit sein, und du mit ihr.«

»Was hast du gesagt?« fragte Elena, während sie aufhörte zu bohnern und ihrem Mann einen alarmierten Blick zuwarf.

»Morgen fahren wir. Ich bringe euch nach Sacile«, erklärte er mit einer Miene, die deutlich machte, daß er keine weitere Zeit damit verlieren wollte, über etwas zu reden, das für ihn schon beschlossene Sache war.

»Die Bomben sind mir lieber als Sacile«, erklärte die Frau. Sie erinnerte sich an den einzigen Besuch bei der Familie ihres Mannes, als sie gerade geheiratet hatten: ein Alptraum.

»Sag so etwas nicht«, ereiferte sich Alcide, wobei er einen Korb Kartoffeln umstieß, die über den eben gebohnerten Boden kullerten. »Es wird gemacht, was ich sage.«

»Niemals!« widersetzte sich Elena. »Ich habe nicht die geringste Absicht, mein Kind mit diesem Haufen von Wilden leben zu lassen!«

»Wenn das so ist, wird Caterina mit mir abreisen, und du bleibst hier und wartest auf die erste Bombe, die dir auf den Kopf fallen wird«, erklärte er. Seine Entscheidung war unwiderruflich.

Die Ausgangssperre brach an, und die Dunkelheit senkte sich über die Stadt. Kurze Lichtkegel leuchteten im Dunkeln auf, wenn ein Kunde den Laden betrat oder ihn verließ. Die Verdunkelungsanordnungen wurden streng befolgt. Caterina saß zusammengekauert unter der Ladentheke. Sie preßte die Handflächen auf die Ohren, um nicht die erregten Stimmen ihrer Eltern zu hören.

Sie wäre gerne in Modena gewesen, bei Oma Luigia, aber ihr Vater hatte sie nicht dorthin schicken wollen, weil er behauptete, daß man nur auf dem Land vor dem Krieg sicher sei.

Zwei Wochen zuvor hatte Elena einen flehenden Brief an Tante Maria geschrieben, die reiche Schwester ihrer Mutter, die die Stadt schon vor einiger Zeit verlassen hatte. Sie bat sie nur für Caterina um Gastfreundschaft und unterstrich, daß nicht nur

Gott sie dafür belohnen würde, sondern daß sie, Elena, sobald der Krieg vorbei wäre, schon einen Weg finden würde, diese Schuld zu begleichen. Trotz der unsicheren Zeiten war die Antwort umgehend eingetroffen. Mit ihrer winzigen, geneigten, flatternden Schrift setzte die Tante mit einem »Angebetete Elena« ein und schloß mit »Deine Dich herzlich liebende Tante«. Zwischen diesen sieben Worten stand die trockene Weigerung, die Tochter Alcides aufzunehmen, weil »die Ärmste« sich nicht mit ihren Cousins verstehen würde. Hingegen wäre ihr sicher der Umgang mit den Verwandten väterlicherseits »wesensnäher«, die auf dem Land in einer Gegend lebten, die noch sicherer war als die Brianza, wohin Tante Maria sich mit ihrer Familie geflüchtet hatte.

»Verflixt, warum habe ich dich bloß geheiratet!« schrie Elena, aufgebracht über die Starrköpfigkeit ihres Mannes und warf ihm einen eisigen Blick zu. Aber gleich darauf wurde der Ausdruck ihrer Augen weich. Ihr Alcide war doch ein gutaussehender Mann. Er besaß die Unschuld eines Kindes und die Kraft eines Athleten. Sie hatte sich sofort in ihn verliebt, als sie ihn kennengelernt hatte.

Sie erinnerte sich an die Manöver der Schwestern ihrer Mutter, der Tanten Maria und Erminia, die für sie das geplant hatten, was sie eine »gute Partie« nannten. Elena war damals zwanzig Jahre alt. Der Mann, mit dem sie sie verheiraten wollten, war der Inhaber eines Tabakgeschäfts in der Via Agnello, der jeden Sonntag in den Dom zur Messe ging.

Zu jener Zeit war Elena Lehrling in einem berühmten *atelier de couture* in der Galleria von Mailand. Die Lehrzeit dauerte bereits einige Jahre, jedoch, wie ihre *première* zu sagen pflegte, hört die Lehrzeit einer Schneiderin niemals auf. Elena nähte gerne, auch weil dabei Zeit für Träumereien und amüsantes Geschwätz mit den Kolleginnen war.

An einem schönen Sommermorgen ging sie raschen Schrittes in Richtung der Schneiderei, als sie von den Farben und den Düften angezogen wurde, die von einem Obst- und Gemüseladen im Corso Venezia ausgingen. Sie sah einen Korb rosiger und gelber samtiger Pfirsiche, und das Wasser lief ihr im Munde zusammen. Sie griff nach ihrer Geldbörse, nahm ein paar Münzen heraus und betrat den Laden.

»Ich hätte gerne einen Pfirsich«, sagte sie zu dem jungen Gemüsehändler und reichte ihm das Geld mit den Fingerspitzen.

»Bedienen Sie sich, Signorina«, forderte er sie auf.

»Ich hätte gerne diesen hier.« Elena deutete auf den größten und einladendsten.

»Nehmen Sie ihn ruhig. Er ist schon gewaschen. Sie können ihn sofort essen«, erwiderte der junge Mann, der so gut aussehend war, daß es Elena den Atem verschlug.

Elena biß in den Pfirsich, und der süße Saft floß ihr über das Kinn. Er reichte ihr ein fleckenloses Taschentuch.

»Danke«, murmelte Elena und senkte den Blick, während sie den Bissen hinunterschluckte. Sie fühlte den eindringlichen Blick des schönen jungen Mannes auf sich ruhen und errötete.

»Aber ich bitte Sie, Signorina. Ich wäre selbst gerne dieser Pfirsich und würde gerne von einem Mund angebissen wie dem Ihren«, antwortete er galant.

Elena lief verwirrt aus dem Laden. Er folgte ihr.

»Ich sehe Sie jeden Morgen vorbeigehen«, gestand er ihr und fügte hinzu: »Heute ist mein Glückstag, weil ich endlich mit Ihnen sprechen kann.«

»Lassen Sie mich gehen, ich bitte Sie. Die Leute schauen uns schon hinterher«, sagte Elena mit dem Herzen in Aufruhr.

Am folgenden Tag beschleunigte sie den Schritt und versuchte, Haltung anzunehmen, als sie in der Nähe von Alcides Laden war. Der Gemüsehändler stand auf der Schwelle, als ob er auf sie gewartet hätte.

»Signorina, ich habe meinen schönsten Pfirsich für Sie ausgewählt«, sagte Alcide, während er ihr entgegenkam und ihr die Frucht reichte.

»Danke, nein«, antwortete Elena mit stolzer Miene. Dann blieb sie stehen, sah ihn mit weichem Blick an und fügte hinzu: »Ich bedauere. Ich bin ein anständiges Mädchen.«

»Auch ich bin ein anständiger junger Mann«, erwiderte er sogleich und bat: »Verraten Sie mir wenigstens, wie Sie heißen.«

»Finden Sie es selbst heraus, wenn Sie Wert darauf legen«, forderte sie ihn auf und setzte ihren Weg fort, kerzengerade, das Herz überquellend vor Glück.

In der Mittagspause schüttete Elena der ersten Schneiderin ihr Herz aus.

»Aber das ist doch Alcide, ich kenne ihn. Ich bin eine Kundin von ihm. Er ist aus der Provinz Venetien, ich weiß nicht genau, aus welchem Dorf. Ein ausgezeichneter junger Mann, und gut aussehend dazu. Ein tüchtiger Arbeiter. Wenn er dir so gut gefällt, provozier ihn doch ein bißchen«, riet ihr die Frau.

»Damit mir meine Mutter das Fell über die Ohren zieht! Sie und ihre Schwestern haben schon einen Mann für mich im Auge«, beklagte sich Elena.

»Kennst du ihn? Gefällt er dir?« forschte die *première* nach.

»Ich hab ihn noch nie gesehen. Aber das zählt nicht. Hauptsache, daß er ihnen gefällt, besonders Tante Maria«, erklärte das Mädchen.

»Das ist ja wie im Mittelalter«, seufzte die Frau.

Einige Tage später fand sich Elena beim Verlassen der Schneiderei Auge in Auge mit Alcide.

»Jetzt weiß ich alles über Sie, Fräulein Elena«, begann der Gemüsehändler. Und fuhr fort: »Wenn Sie es mir erlauben, möchte ich Ihnen von mir erzählen, auch wenn es recht wenig zu erzählen gibt. Ich glaube, daß ich Ihnen nicht ebenbürtig bin. Ich weiß, daß Sie mit den Gusmaroli verwandt sind, einer Familie, die mit der Kurie in enger Beziehung steht.«

»Ach, hören Sie doch nicht auf das Gerede, Herr Alcide«, gab Elena zurück, womit sie zu erkennen gab, daß sie seinen Namen kannte. »Die Gusmaroli sind Händler, so wie Sie. Nur, daß sie Heiligenbildchen und Kirchengerät verkaufen und das zu einem weit höheren Preis als Sie Ihr Obst und Gemüse.«

Während sie sprach, ging sie schnellen Schrittes, wobei sie um sich schaute und inständig hoffte, nicht der schrecklichen Tante Maria oder der dünkelhaften Tante Erminia zu begegnen. Wenn diese sie in Begleitung eines jungen Mannes gesehen hätten, hätten sie sie sofort für ein Mädchen ohne Anstand gehalten.

Der junge Mann aus Venetien gefiel ihr sehr, und sie war glücklich, daß er ihr den Hof machte. Sie hätte sich sofort, hier in der Galleria, eine Umarmung von ihm gewünscht, ungeachtet der Leute, von denen sie umgeben waren.

Dieses war das erste einer Reihe von kurzen, verlegenen Treffen, während derer sie sich weiterhin siezten. Eines Tages schlug Alcide ihr vor, den Sonntag gemeinsam zu verbringen.

»Dafür müssen Sie mit meiner Mutter sprechen«, sagte Elena. Alcide ließ sich das nicht zweimal sagen. Er ließ geduldig das demütigende Verhör über sich ergehen, dem er nicht nur von der Mutter Elenas, sondern vor allem von ihren Schwestern unterzogen wurde, die eigens zu dieser Gelegenheit erschienen waren.

Keine von ihnen erwähnte Gefühle oder sprach gar von Liebe. Statt dessen erkundigten sie sich eingehend nach der Familie Belgrado: Wer waren sie, woher kamen sie, was machten sie. Und er, hatte er ein Guthaben bei der Bank oder bei der Post? Wieviel trug ihm der Laden ein, der, was sie ihm großzügig zugestanden, einer der schönsten der Stadt war? Wie war das Verhältnis zum Pfarrer seines Dorfes? Konnten der Gemeindearzt und der Carabinierimarschall für ihn bürgen? Alcide antwortete geduldig auf alle ihre Fragen.

Am Ende holte Tante Maria tief Luft, streckte die Brust nach vorne und klopfte nervös mit dem Fächer auf die Handfläche. »Meine Nichte könnte eine Ehe mit einem jungen Mann eingehen, der ihrem sozialen Rang eher entspricht«, erklärte sie. »Es handelt sich um einen wohlhabenden, gottesfürchtigen Mann. Außerdem ist er Mailänder, so wie wir alle. Im Augenblick sagen wir Ihnen weder ja noch nein. Sie werden eine Antwort bekommen, sobald wir genauere Auskünfte über Sie erhalten haben. Bis dahin bitten wir Sie, das Mädchen nicht weiter zu belästigen. Sie ist Halbwaise, und wir müssen ihren Ruf schützen.«

Als Alcide verabschiedet worden war, wagte es Elenas Mutter, ihre Meinung zu sagen.

»Ich denke, die Entscheidung liegt nicht bei uns, sondern bei meiner Tochter. Wenn sie und dieser junge Mann einander gefallen, warum sollen wir sie nicht heiraten lassen?« bemerkte sie schüchtern.

»Halt du den Mund. Reichen dir die eigenen Fehler nicht? Dieser Gemüsehändler ist ein hübscher Junge, das bestreite ich gar nicht, aber seine Stellung ist nicht so gut wie die des Tabakladenbesitzers. Außerdem kommt er aus Venetien, das heißt: ein armer Schlucker aus dem Norden. Gott schütze uns vor ihnen, wie vor den armen Schluckern aus dem Süden«, fällte Tante Maria ihr Urteil.

»Dabei sagst du immer, daß wir vor Gott alle gleich sind«, wies ihre Schwester Luigia sie zurecht.

»Aber nicht vor den Menschen. Dieser Kerl ist ein junger Landfalke. Man sieht es ihm gleich an«, beharrte Tante Erminia. Mit Landfalke meinte sie einen groben, ungebildeten und armen Bauern. »Ich mit meinem blauen Blut schäme mich an Stelle meiner Nichte, wenn sie sich an ihn binden will«, schloß sie.

»Ach ja, euer blaues Blut«, sagte Elenas Mutter ironisch, und fügte hinzu: »Davon redet ihr beiden ja immer. Ich habe nie verstanden, woher all dieser Adel kommen soll, wo doch unser Vater ein bescheidener Beamter war und unsere Mutter Hosenschneiderin.«

Die beiden Frauen gingen nicht auf die Provokation der jüngsten Schwester ein. Wenn es nach ihnen ging, zählte Luigia überhaupt nicht.

»Wir müssen die Sache mit den Eltern des Tabakladenbesitzers beschleunigen«, überlegte Tante Maria laut.

Es war Sommer, und in der kleinen Wohnung der Witwe und ihrer Tochter war es heiß. Die reiche Tante fächerte sich mit ihrem Seidenfächer nervös Luft zu, während sie fortfuhr, ihren Plan darzulegen.

»Heute abend werde ich mit meinem Mann über die Angelegenheit reden. Er pflegt die Beziehungen mit der Familie des Tabakladenbesitzers. Ich werde dafür sorgen, daß sie nächsten Sonntag hierherkommen, um sich vorzustellen. Du wirst in der Zwischenzeit jeden Morgen deine Tochter zur Arbeit begleiten und abends wieder abholen. Wir wollen keine weitere Schande in der Familie«, schloß sie mit Anspielung auf die Verfehlungen Luigias.

Auf ihrer Oberlippe zeichnete ein dichter Flaum einen dunklen Schatten auf den Alabasterton des Fleisches. Tante Maria war im Gegensatz zu ihren Schwestern wohlbeleibt und stattlich anzusehen. Elenas Mutter fragte sich nach dem Grund für diese Unförmigkeit und kam zu dem Schluß, daß der Wahn ihres blauen Blutes die Ursache war. Sie stimmte zwar schließlich dem Gebot ihrer Schwestern zu, tat dann aber doch, was das Gefühl ihr eingab.

Am Abend sprach sie in aller Offenheit mit ihrer Tochter. »Dieser Alcide Belgrado scheint mir ein tüchtiger Junge zu sein«, sagte sie ruhig. »Wenn ihr euch liebt, dann heiratet. Es ist schon ein guter Anfang, wenn man vor dem Altar steht und neben sich einen Menschen hat, den man liebt. Ich habe dieses Glück nicht gehabt. Was den Rest betrifft, ist es nicht nötig, daß er reich ist. Mir ist es egal, daß er aus Venetien stammt und Bauer ist. Und schließlich: Der Mensch denkt, und Gott lenkt.«

»Und der Tabakladenbesitzer?« fragte Elena besorgt.

»Um ehrlich zu sein, ich habe ihn kennengelernt. Ich bin einmal unter dem Vorwand, ein Kilo Salz zu kaufen, in seinen Laden gegangen. Er ist häßlich und unsympathisch«, stieß Luigia hervor und fuhr fort: »Außerdem habe ich die Nase voll von diesen adeligen Damen, meinen Schwestern. Der Tabakladenbesitzer ist reich, das weiß ich. Das Haus, wenn auch ein bißchen heruntergekommen, gehört seiner Familie. Aber ich wünsche dir nicht, mit solch einem Mann das Bett zu teilen«, erklärte sie mit einer Einfachheit, die ihre Tochter erröten ließ.

So kam es, daß Elena und ihre Mutter den Schutz der Tanten verloren. Vor allem den von Tante Maria, die diese Rebellion niemals vergaß. Aber trotz allem hatte ein Teil ihrer auf die Etikette bedachten Verhaltensweisen auf Elena abgefärbt. Jedesmal, wenn sie eine Entscheidung treffen mußte, überlegte sie, wie wohl die Tanten gehandelt hätten. Mit den Jahren begann sie, sich ihnen schmeichlerisch zu nähern, in der Hoffnung, ihr Wohlwollen zurückzuerobern. Die Tanten hingegen behandelten sie weiterhin mit Überheblichkeit und ließen sie die eigene Überlegenheit spüren.

Elena tröstete sich mit dem Gedanken, daß ihre Tanten solche Freuden, wie sie ihr aus der Intimität mit diesem sanften und leidenschaftlichen Mann erwuchsen, niemals erlebt hatten. Jetzt aber, nach den langen Kriegsjahren voller Entbehrungen und Ängste, da auch Lebensmittel ein Luxus wurden und das Überleben ein Glücksfall war, überlegte Elena, daß sie eine weniger unsichere Zukunft gehabt hätte und die Möglichkeit, ihre Tochter besser zu schützen, wenn sie den von den Tanten gewählten Mann geheiratet hätte.

Sie sah ihren gutaussehenden Mann an, der so wütend und entschlossen war, der ihr befahl, nach Venetien zu flüchten, nach Sacile: einem entsetzlichen Ort, mit schrecklichen Menschen.

»Hast du wirklich den Mut, mir meine Tochter wegzunehmen und sie deiner Familie anzuvertrauen? Ja, den hättest du. Aber das werde ich dir nicht erlauben. Meine Tochter gehört mir, mir, mir! Hast du mich verstanden?« schrie sie, wobei sie sich mit der Faust an die Brust schlug.

Alcide brach in Gelächter aus und zeigte dabei sein strahlendes Gebiß. Er umarmte sie und preßte den Körper gegen den seiner Frau.

»Und du gehörst mir, mir, mir! Hast du mich verstanden?« erwiderte er. Er näherte seinen Mund ihrem Ohr und murmelte: »Und du wirst machen, was ich sage.«

Elena erschauerte vor Lust beim Kontakt mit seinem Körper. Aber sie wollte nicht nachgeben.

»Du erweichst mich nicht mit deinen Zärtlichkeiten«, erwiderte sie mit schmollender Miene, begann aber bereits, an seinem Ohrläppchen zu knabbern.

Alcide knöpfte ihr die Bluse auf und steckte eine Hand zwischen ihre Brüste. Er entblößte sie und beugte sich herab, um eine Brustwarze zwischen die Lippen zu nehmen.

»Du riechst nach Vanille«, murmelte er.

»Du machst mich verrückt«, stöhnte Elena.

Ihr Mann drängte sie gegen die Ladentheke. Mit einer Hand hob er ihren Rock hoch und zog ihren Slip herunter.

»Bist du verrückt? Es könnte jemand hereinkommen«, protestierte Elena schwach. Aber sie begehrte ihn und versuchte, die Hosen Alcides aufzuknöpfen.

»Ich habe abgeschlossen«, versicherte er ihr, wobei er vor Lust erschauderte.

Caterina, die zusammengekauert unter der Theke saß, hörte keine aufgebrachten Stimmen mehr. Sie nahm die Hände von den Ohren und hörte den gedämpften Seufzern zu, die plötzlich von einem Ausruf der Mama unterbrochen wurden: »O Gott, das Kind!«

»Wo ist das Kind?« fragte Alcide mit erstickter Stimme.

»Ich bin hier«, antwortete Caterina zögernd.

Elena brachte ihre Kleider in Ordnung, ging um die Ladentheke, beugte sich herab und sah sie auf dem Boden, die Knie bis unter das Kinn gezogen, mit traurigem Gesicht.

»Ist dir bewußt, was wir getan haben?« fragte sie ihren Mann erschrocken.

»Du bringst mich einfach um den Verstand«, entschuldigte sich Alcide noch ganz benommen.

»Wenn ihr noch nicht fertig seid mit Streiten, halte ich mir wieder die Ohren zu«, sagte die Kleine und begann leise zu singen: »Kleine Königin mit goldenen Locken ...«

2

»Da sind also die Herrschaften aus der Stadt«, kündigte Evarista spöttisch an. »Endlich haben sie sich dazu herabgelassen, die armen Bauern zu besuchen.«

Alcides Mutter stand wie ein Fels in der Mitte der Tenne und sprach in einem Dialekt, den Caterina nur mit Mühe verstand. Sie war eine hochgewachsene Alte mit breiten, knochigen Schultern, ausladenden Hüften und riesigen Händen mit breiten, knotigen Fingern. Das Gesicht, auf dem nur noch der Schatten einer längst vergangenen Schönheit zu sehen war, war von der Sonne verbrannt. Eine bohnengroße Warze stach zwischen Lippen und Nase hervor. Die Augen waren die Alcides: hell und tief. Die breiten und dünnen Lippen öffneten sich über immer noch starken und gesunden Zähnen.

Sie trug eine Art weiten Kittel aus grauem Kattun, der ihr bis zu den Knöcheln reichte und die Arme mit den fast männlichen Muskeln freiließ. Die grauen Haare waren im Nacken zu einem kleinen Knoten zusammengebunden. Schwere Ohrringe aus goldgefaßten Granaten, die sie in den letzten vierzig Jahren nie herausgenommen hatte, hatten die Ohrläppchen herabgezogen und entstellt.

»Kommt herbei, Leute!« fuhr sie im Ton eines Marktschreiers fort, der von seinem vollbeladenen Wagen herab die Aufmerksamkeit der Menge auf sich ziehen will.

Instinktiv klammerte Caterina sich an die Hosen des Vaters, der einen schweren Fiberkoffer trug, welcher von einem Lederriemen zusammengehalten wurde. Das war also ihre Großmutter. Eine Großmutter, die sie noch nie zuvor gesehen hatte und die so anders als Oma Luigia war, die sie so sehr liebte. Caterina entschied sofort, daß diese Großmutter ihr nicht gefiel.

Auch Elena machte sich ganz klein, um hinter dem Rücken ihres Mannes Schutz zu finden.

Das Benehmen der Bäuerin war ein klares Zeichen der Autorität, die sie in der Familie hatte. Sie hielt einen Besen aus Tamariskenreisig in den Händen wie eine Waffe, so daß man gleich sah, was für einen Charakter sie hatte. Und sie schwang diesen Besen fast als wolle sie die unerwünschten Gäste von der Tenne verscheuchen.

»Ihr seid gerade richtig zum Essen gekommen«, fuhr sie mit ihrer scharfen Zunge fort, während sie ihren Sohn anblickte, als ob sie ihn durchbohren wollte. »Hauptsache, wir kriegen irgendwie alle die Beine unter den Tisch. Was für zwölf reicht, reicht wohl auch für fünfzehn.«

Elena hörte aus ihren Worten etwas anderes heraus; es schien ihr, als wäre gesagt worden: »Bis jetzt habt ihr euch nicht um mich gekümmert. Nun, da magere Zeiten angebrochen sind, kommt ihr her, um euch an meinem Tisch satt zu essen. Ihr seid keine willkommenen Gäste. Geht dahin zurück, woher ihr gekommen seid.«

Die Alte stand kerzengerade in der Mitte der regendurchweichten Tenne und schien ihnen wirklich das Mittagessen vorhalten zu wollen, bevor sie es ihnen überhaupt angeboten hatte. Sie machte keinen Schritt auf sie zu. Alcide, seine Frau und das Kind wagten nicht weiterzugehen. Vor Hunger und Müdigkeit waren sie völlig erschöpft. Sie waren einen Tag und eine Nacht unterwegs gewesen, um hier anzukommen. Der Zug hatte sie mit nervenaufreibender Langsamkeit bis nach Verona gebracht. Bis Venedig waren sie dann mit dem Bus gefahren. Die Entfernung zwischen Venedig und Sacile hatten sie teils zu Fuß, teils auf knarrenden, alten Fuhrwerken zurückgelegt. Während dieses letzten Stücks waren sie schließlich von einem heftigen Unwetter durchnäßt worden. Es war ein mühseliges Wandern gewesen, auf schlammigen Wegen und Feldern, die zu Morast geworden waren. Sie waren bis zu den Knien schlammbedeckt.

Noch einmal dachte Elena: Hätte ich doch den Tabakladenbesitzer geheiratet. Sie sagte: »Alcide, bitte laß uns gehen.«

Ihr Mann hörte nicht auf sie. Er ging direkt auf seine Mutter zu, riß ihr den Reisigbesen aus der Hand und schleuderte ihn in die Höhe wie ein Fahnenschwenker seine Fahne wirbeln läßt. Dann begann er zu lachen. Er ergriff die Frau an den Hüften, hob sie empor und wirbelte sie herum.

»Laß mich runter, Taugenichts«, schrie Evarista und hieb ihm mit den Fäusten auf den Rücken. Im Hofeingang wurden die abgezehrten und schmutzigen Gesichter von Kindern sichtbar, die der Szene neugierig zusahen. Langsam kamen die anderen Verwandten in den Hof.

Elena und Caterina standen abseits und klammerten sich

aneinander. Sie fühlten sich angesichts dieser großen Familie, deren Feindseligkeit sie spürten, verzweifelt und allein.

Alcide ging auf seinen Vater Quintino zu, der mit einer Schaufel auf der Schulter von den Feldern kam. Er nahm seinen Hut ab und begrüßte ihn mit Respekt. Dann wurde er von seinen Brüdern und Schwestern, von Schwagern und Schwägerinnen umringt, die ihm auf die Schultern klopften und verlegen lächelten.

Elena sah auf Caterina hinab.

»Hier will ich nicht bleiben«, flüsterte sie ihr zu. »Lieber die Bomben als diese Räuberhöhle.«

»Warum schauen sie uns nicht an? Warum begrüßen sie uns nicht?« fragte die Kleine.

»Weil wir ihnen völlig egal sind«, antwortete die Mutter.

In diesem Augenblick schien der Clan der Belgrados sich ihrer bewußt zu werden.

»Das ist also meine Frau Schwiegertochter. Sie ist noch dünner, als ich sie in Erinnerung habe«, sagte Evarista ohne eine Spur von Mitgefühl. Dann warf sie einen Blick auf Caterina.

»Die hier kenne ich nicht. Was für einen Namen haben sie dir gegeben? Ich erinnere mich nicht mehr. Aber wie elegant sind wir! Hier auf dem Land haben wir noch nie ein so elegant gekleidetes Kind gesehen. Sprichst du unsere Sprache, oder kennst du nur das gespreizte Gerede von Mailand?« zog sie sie auf. Ihr Spott und ihre aufreizenden Fragen erwarteten keine Antwort. Caterina fühlte sich immer verwirrter und erschreckter. Sie flüchtete sich zu ihrem Vater und begann zu weinen. Alcide nahm sie in den Arm und tröstete sie. »Du brauchst keine Angst zu haben. Hunde die bellen, beißen nicht«, erklärte er ihr.

»Ich will meine richtige Oma«, schluchzte Caterina.

»Auch das hier ist deine Großmutter. Sie ist nur ein bißchen anders als die andere. Du wirst dich schon an sie gewöhnen«, machte der Vater kurzen Prozeß.

»Dann kommt mal rein. Wenn ihr euch dazu herablaßt, die Gastfreundschaft von uns armen Bauern anzunehmen«, sagte Quintino und wies auf die Haustür.

Evarista trug einen großen Topf voller Polenta mit gebratenem Speck auf und kippte ihn auf ein großes Holzbrett aus, das auf dem Tisch lag. Es gab keine Teller. Jeder löffelte direkt von dem gelben, dampfenden Berg. Die Männer waren mit dem Vollstopfen schneller als die Kinder, so gelang es ihnen, das meiste zu essen. Und das war auch richtig so, denn sie waren es, die die schwersten Arbeiten machten. Elena und Caterina rührten das Essen kaum an, obwohl sie großen Hunger hatten. Alcide bemerkte das.

»Hier herrscht das Recht des Stärkeren. Wenn ihr nicht lernt, mitzuhalten, werdet ihr verhungern«, warnte er sie.

»Warum seid ihr hierhergekommen?« fragte Evarista endlich, wobei ihre Stimme eine gewisse Besorgnis verriet.

»Mama, seid nicht so kleinlich«, gab ihr Sohn zurück. »Ihr habt genau verstanden, daß wir wegen der Bombenangriffe hier sind.«

»Wie lange wollt ihr bleiben?« fragte sie mit fast sadistischem Vergnügen.

»Meine Frau und das Kind bleiben hier, wenn es euch nicht zuviel ausmacht, und zwar so lange, bis dieser verdammte Krieg vorbei ist. Ich kehre nach Mailand zurück. Ich muß mich um den Laden kümmern, der zwar in diesen Zeiten wenig einbringt, aber das ist immer noch besser als gar nichts. Natürlich werde ich euch für die Unannehmlichkeiten bezahlen«, betonte ihr Sohn ausdrücklich.

Die Kinder, die in einer Schar an einem Ende des Tisches saßen, beobachteten die Cousine aus Mailand neugierig und unter Geflüster und Gelächter. Caterina merkte, daß sie sie bewundernd anschauten und gleichzeitig auslachten, und fühlte sich unbehaglich.

»Wenn sie die Absicht hat, an unserem armseligen Leben teilzunehmen, muß die Frau Schwiegertochter ihre schönen Seidenkleider ausziehen und bei der Arbeit mithelfen. Hier gibt es genug Arbeit für alle, und wir wollen keine unnützen Esser«, erklärte Evarista.

Elena wäre dieser groben und geizigen Frau, die sie so vor allen beschämte, am liebsten ins Gesicht gesprungen, aber sie spürte die Hand ihres Mannes, der ihren Arm drückte, wie um sie zu warnen, nicht die Ruhe zu verlieren. Dann warf Alcide einen Umschlag auf den Tisch vor den Teller seiner Mutter. »Meine Frau wird arbeiten, was sie schafft und wenn sie Lust dazu hat. Wir bezahlen für Essen und Unterkunft«, sagte er mit fester Stimme.

Evarista verzog die Lippen zu einem breiten Lächeln und nickte, wobei ihre schweren Ohrringe hin- und herbaumelten.

»Wenn das so ist«, erklärte sie und steckte den Umschlag in eine Tasche ihrer Schürze, »dann sehe ich kein Problem. Die Frau Schwiegertochter und das Kind sind die Herrschaften in unserem Haus.«

Die Kinder begannen zu spielen, kniffen und pufften einander, während Caterina sie schüchtern beobachtete. Sie fühlte sich ausgeschlossen, und die wilde Horde schien nicht die Absicht zu haben, sie zu akzeptieren. Unter den Gesichtern fiel ihr eines ins Auge: das bleiche Gesicht eines Mädchens mit großen schwarzen Augen. Sie hustete und kratzte mit dem Löffel auf dem Tisch herum, als wolle sie etwas in ihn einkerben. Als ihre Blicke sich kreuzten, nahm Caterina ihren Mut zusammen und deutete ein Lächeln an. Auch das Mädchen lächelte. Dann rutschte sie von der Bank und bedeutete Caterina, ihr zu folgen. Sie gingen hinaus.

»Ciao«, sagte das Kind und hielt sich die Hand vor den Mund, um einen Hustenanfall zu ersticken.

»Ciao«, antwortete Caterina.

»Ich heiße Evarista, wie die Großmutter. Aber ich werde Eva genannt.« Sie schämte sich dieses Namens ein wenig, den sie häßlich fand.

»Ich heiße Caterina. Wessen Tochter bist du?«

»Von Armida, der Schwester deines Vaters. Ich habe die Schwindsucht«, bekannte sie einfach. »Sie sagen, daß ich den Winter nicht überleben werde, aber sie übertreiben immer. Besonders die Großmutter.«

Caterina nickte, ohne zu verstehen.

»Hier«, sagte Eva und zog aus der Schürzentasche einen Keks. »Die Großmutter gibt mir immer Kekse, weil ich krank bin. Ich esse sie aber nicht, weil ich keinen Hunger habe. Du hast keine Polenta gegessen, vielleicht magst du ihn.«

Es war ein steinharter Zwieback. Caterina fand ihn köstlich.

»Du bist aber elegant. Du siehst aus wie eine Prinzessin«, ergänzte Eva bewundernd.

Caterina hätte ihr gerne erklärt, daß ihr Kleid nur im Vergleich zu den Lumpen, die den abgezehrten Körper Evas bedeckten, elegant wirkte.

»In der Stadt seid ihr alle gut angezogen, oder?« fragte das Kind weiter.

»Vielleicht sind wir sauberer«, korrigierte Caterina, »obwohl, ich bin im Moment nicht gerade sauber. Meine Strümpfe und meine Schuhe sind ganz verdreckt.«

»Wenn du dich waschen willst, bringe ich dich zum Bach«, bot ihr das Kind an.

»Ich muß erst Pipi machen«, gestand Caterina. »Wo ist die Toilette?«

»Welche Toilette? Komm mit«, befahl ihr Eva und ging in Richtung der Felder.

»Caterina, wo gehst du hin?« rief Elena, die mit Alcide aus der Haustür kam.

Caterina gab keine Antwort.

»Laß sie gehen. Unsere Tochter beginnt, sich an diese Leute und an ihre Art zu leben zu gewöhnen«, bemerkte Alcide.

»Aber das Kind ist krank. Weißt du nicht, daß Schwindsucht ansteckend ist? Ich will nicht, daß Caterina mit diesem armen Kind spielt«, wandte Elena alarmiert ein und wollte den beiden Mädchen hinterhergehen.

»Sie ist unsere Nichte. Sie heißt Eva. Ich verspreche dir, daß Caterina nichts geschehen wird, wenn sie mit ihr spielt, genauso wie allen anderen Kindern«, versuchte er sie zu beruhigen und umfaßte ihre Taille.

Elena riß sich brüsk los.

»Bleib mir vom Leib, Alcide«, sagte sie drohend. »Ich wollte nicht hierherkommen. Was sind das für Leute! Sie sind noch schlimmer, als ich sie in Erinnerung hatte.« Sie hielt nur mit Mühe die Tränen zurück.

»Armes Küken«, murmelte ihr Mann. »Du bist wehrloser als unsere Tochter. Siehst du nicht, wie sie mit dem Landleben vertraut wird? Es wird ihr nur guttun, hier zu leben. Und es wird auch dir guttun, amore mio.«

»Mir ist schon alles vergiftet. Riechst du denn nicht, wie sie nach Stall stinken?« wehrte sie ab und fügte hinzu: »Von dieser Polenta wird mir schon beim Anschauen übel. Ich verhungere lieber, als sie zu essen. Und außerdem, wo sollen wir denn schlafen? Und wo können wir uns waschen?« Elena war außer sich, bis Alcide sie sanft in ein Feld mit hohem, nach Sonne duftendem Gras schob, wo er sich niederließ.

»Elena, riechst du den Duft der Erde? Findest du ihn unangenehm? Schau dir die Farben der Wiesen an, die den Sommer erwarten. Ist das alles so häßlich? Denk doch mal an unsere bombengequälte Stadt. Denk an die Sirenen, die uns aus dem Schlaf reißen, an die Flucht in den Keller, mitten in der Nacht, immer mit der Furcht, wie Ratten verschüttet zu werden. Vielleicht hat letzte Nacht, als wir unterwegs waren, eine Bombe unser Haus getroffen, und wir wären unter den Trümmern begraben worden. Heute ist das Wichtigste das Überleben, verstehst du? Was wäre, wenn alle Männer meines Jahrgangs eingezogen würden? Was würdest du und das Kind machen, wenn ich in den Krieg ziehen müßte? Bist du noch immer davon überzeugt, daß deine heiligen Tanten dir helfen würden?«

Alcide hatte recht, aber Elena gelang es nicht, die neue Situation anzunehmen. Wenn die Verwandten ihres Mannes doch nur weniger grob und geizig gewesen wären! Sie hatte schon begriffen, daß es die alte Evarista war, die im Haus die Hosen anhatte. Den Unterhaltungen beim Essen hatte sie entnommen, daß die Schwiegermutter an allem sparte, um Eier, Hühner, Fleisch und Würste auf dem Schwarzmarkt zu verkaufen.

Sie setzte sich neben ihren Mann und begann zu weinen, in dem Bewußtsein, daß sie nach Alcides Abreise ganz allein den feindseligen Verwandten entgegentreten mußte.

»Ich weiß, daß die Schwestern meiner Mutter durchtrieben sind. Sie knien sich in der Kirche hin, voller Demut und Nächstenliebe, die nur geheuchelt sind. Sie glauben, mit Gott verwandt zu sein, und schauen auf uns herab, als wären wir Bettler. Ihrer Meinung nach ist unsere Tochter nicht würdig, ihren Cousinen und Cousins zu begegnen. Ich weiß genau, daß sie meine Tochter als armes Bauernmädchen betrachten. Aber eines Tages wird Caterina reich und berühmt sein, und ich werde mir ins Fäustchen lachen, wenn meine Tanten vor Ärger platzen«, stieß sie schluchzend hervor. Alcide ließ sie ihrem Herzen Luft machen und unterbrach sie nicht.

»Denk nicht mehr daran«, sagte er schließlich und streichelte ihren Arm mit einer Blüte.

»Bleib bei uns, Alcide«, flehte sie ihn an, während er ihr mit den Fingerspitzen die Tränen trocknete. »Geh nicht weg!«

»Ich fahre bald. Aber ich kenne dich, ich weiß, daß du stark bist. Du wirst dich und Caterina verteidigen«, antwortete ihr Mann in ruhigem und entschiedenem Ton. »Glaubst du, daß es mir nicht weh tut, mich von dir zu trennen? Ich liebe dich sehr, das weißt du.«

»Ich dich auch«, flüsterte Elena und klammerte sich an seine Schultern.

»Ich werde dir jeden Tag schreiben«, versprach Alcide und näherte seinen Mund dem seiner Frau. Er schob seine Zungenspitze zwischen ihre Lippen, die sie öffnete, um seinen Kuß zu empfangen.

Der nahe Abschied fachte das Verlangen in ihr an. Sie begann, die Hose ihres Mannes aufzuknöpfen. Dann nahm sie ihn in sich auf. Die Hoffnung durchfuhr sie, sie möge schwanger werden, um in sich das Kind des Mannes wachsen zu spüren, der ihr so unendlich gefiel. Sie hatten sich niemals zuvor in einer Wiese geliebt. Danach waren sie so erschöpft und glücklich, daß sie Caterina und die kranke Cousine vergaßen.

Die beiden Mädchen waren nicht weit von ihnen weg, aber sie hatten andere Gedanken im Kopf. Sie waren dabei, sich kennenzulernen.

»Guck, wenn du Pipi machen mußt, hockst du dich so auf die Erde«, erklärte das kranke Mädchen und beobachtete dabei das eifrige Tun eines Ameisenheeres.

Sie befanden sich in der Nähe eines Wassergrabens, auf dem stolze Wildenten mit schillernden Federn schwammen. Weiße Calla auf langen Stielen säumten das Ufer. Caterina befolgte die Lehren Evas.

Nachdem sie von ihrem Problem erlöst war, schaute sie um sich.

»Es ist schön hier«, rief sie aus.

»Das ist mein Lieblingsplatz«, erklärte Eva und klemmte sich einen Schilfhalm zwischen die Lippen. Sie hielt ihn fest zwischen den Fingern und ließ einen feinen Ton erklingen. »Hörst du? Ich lasse das Schilf singen«, sagte sie. »Das kannst du auch lernen.« Sie reichte der Cousine den Halm. Dann besann sie sich eines anderen: »Besser, du berührst mit dem Mund nicht den Halm, den ich berührt habe. Pflück dir einen eigenen.« Sie zeigte ihr die richtigen Halme, die grün, lang und dünn waren.

Caterina versuchte, es ihr nachzumachen. Von ihren Lippen kam jedoch nur ein kratzender Ton.

»Nicht so. Du bläst zu stark. Es genügt ein Hauch, so wie ich es mache. Schließ die Augen, denk an die Madonna und blase ganz leicht. Du wirst das Schilf singen hören. Ich denke immer an die Madonna. Manchmal sehe ich sie«, erklärte Eva und schaute weit weg, jenseits des Grabens und der windzerzausten Baumwipfel der riesigen Akazien.

»Wirklich?« wunderte sich Caterina, die diese Behauptung nicht bezweifelte.

»Auch jetzt sehe ich sie«, flüsterte Eva. »Schau doch, gegen die Sonne, in der Astgabel.«

»Ich sehe gar nichts. Und die Sonne blendet mich«, antwortete Caterina verärgert, weil ihre Augen durch die Anstrengung, in das helle Sonnenlicht zu sehen, zu tränen begonnen hatten. Es schien, als hörte Eva gar nicht zu. Sie sah mit ekstatischer Miene in das blendende Licht, während sie mit zusammengelegten Händen den Halm durch die Lippen zog und ihm einen melodiösen und seltsamen Ton entlockte.

»Sag mir wenigstens, wie die Madonna aussieht, die du siehst«, sagte Caterina ungeduldig. Eva schloß die Augen, warf den Grashalm weg und kniete nieder. Sie hatte einen entrückten Ausdruck im Gesicht.

»Sie ist ein schönes Mädchen. Sie hat dicke, schwarze Zöpfe, so wie du. Sie hat ein gelbes Kleid an, mit drei Volants, und gelbe Blumen in den Haaren. Sie winkt mir zu, daß ich zu ihr kommen soll«, sagte sie leise.

Caterina schaute die kniende Cousine an: »Wenn ich ein paar Tage übe, kann ich vielleicht auch die Madonna sehen«, sagte sie in entschlossenem Ton.

3

»Hört ihr die Flugzeuge?« fragte Evarista. Ein dumpfes Dröhnen, das sich gen Westen entfernte, ließ die Luft erzittern. »Sie sind mit Bomben beladen. Gleich werden sie sie wie Hagelkörner abwerfen«, fuhr die Großmutter fort.

Die Männer waren zu einem anderen Bauernhof gegangen, wo sie tranken und Karten spielten. Die Frauen und Kinder saßen unter dem Rauchfang des gewaltigen Kamins um das schwach brennende rötliche Feuer. In einem großen Kessel, der an der rußgeschwärzten Kette hing, kochten die Kartoffeln für die Schweine.

Caterina hätte für ihr Leben gern eine dieser innen weißen, mehligen Kartoffeln gehabt, aber Evarista wachte darüber, daß die Kinder mit ihrem unstillbaren Hunger den Tieren nicht das Futter stahlen.

Das furchterregende Grollen der Flugzeuggeschwader, das die Bauern gleichgültig ließ, erschreckte Caterina, die vor Angst am liebsten geschrien hätte, aber sie beherrschte sich und hielt sich nur die Ohren zu, um nichts zu hören. Sie schaute ihre Mutter an, als wollte sie sie um Hilfe bitten. Elena saß auf einer Bank nahe der Tür und säuberte Haselnüsse. Sie mußte die getrocknete Hülse um die Nuß entfernen. Sie weinte still.

Seit eineinhalb Jahren waren sie nun in Sacile: achtzehn lange Monate trostlosen Lebens. Der Krieg schien kein Ende zu nehmen.

»Vor Sonntag noch werden andere Flüchtlinge eintreffen«, sagte die Großmutter voraus, die sich innerlich darüber freute, denn die Familien, die die Städte verließen, bedeuteten für sie eine neue Geldquelle.

»Die Bomben fallen, die Häuser stürzen ein, die Leute flüchten und kommen zu uns armen Bauern, um uns das Brot wegzuessen«, log Evarista und tat so, als sei sie ärgerlich darüber, während sie hingegen bereits an den Profit dachte, den sie machen würde.

Die Großmutter ließ sich alles, was sie verkaufte, gut bezahlen, und wenn die Flüchtlinge kein Geld hatten, ließ sie sich auch auf Tauschhandel ein: Gold, Gemälde, Silberzeug, Hausrat, die sie gegen Lebensmittel eintauschte und im Kornspeicher anhäufte.

Zwei Frauen bekreuzigten sich kurz. Sie tuschelten und näherten sich der Feuerstätte. Caterina schmiegte sich an ihre Mutter.

»Meinst du, die Großmutter sieht mich, wenn ich eine Nuß stehle?« flüsterte sie ihr ins Ohr.

»Sie sieht und hört alles. Sie hat hundert Augen und hundert Ohren«, antwortete Elena. Dann öffnete sie vorsichtig ihre Tasche, um Caterina zu zeigen, daß das Vergehen schon begangen war: In der Tasche befand sich eine gute Handvoll Nüsse. Caterina bemerkte, daß ihre Mutter feuchte Augen hatte.

»Warum weinst du?« fragte sie sie sanft.

»Du weißt genau, daß Frauen, so wie du und ich, immer nahe am Wasser gebaut haben«, antwortete Elena. Sie wollte durch diese Schmeichelei den Strom von Fragen eindämmen, der schon in Caterina hochstieg.

In der Tat stieß Caterina jetzt einen Seufzer aus, wie eine bekümmerte Frau.

»Stimmt«, bestätigte sie und setzte sich hinter Elenas Rücken hin. Sie erfand sich einen Zeitvertreib: Mit einem kleinen Kamm begann sie, die braunen Locken ihrer Mutter zu kämmen. Das war eine Beschäftigung, die ihr Spaß machte. Seit zwei Wochen erhielt Elena keine Post von ihrem Mann. Dieses Schweigen beunruhigte sie. Sie hatte sich dem Leben auf dem Bauernhof ergeben, aber nicht angepaßt. Jeder Bissen, den die Schwiegermutter ihr mit einem spöttischen Lächeln anbot, blieb ihr fast im Hals stecken.

»Mama, wann können wir nach Hause zurück?« fragte das Kind.

»Wenn der Krieg vorbei ist«, antwortete Elena.

Caterina wußte nicht, wie die Welt ohne Krieg war, denn ihre Erinnerungen setzten mit seinem Beginn ein. Es gefiel ihr aber die Vorstellung eines heiteren oder düsteren Himmels, je nachdem ob das Wetter sonnig oder regnerisch war, aber ohne die düsteren Schatten der Flugzeuggeschwader.

»Und wann hört der Krieg auf?« fragte sie noch ungeduldiger.

»Wenn unsere Gebete so hoch steigen, daß Gott sie hören kann. Je mehr du betest, um so eher hört der Krieg auf«, versicherte die Mutter.

»Dann bete ich ganz viel«, versprach Caterina und fügte hinzu: »Ich hab solche Lust, Papa zu sehen.«

»Ich auch«, murmelte die Frau und gab einen Seufzer von sich, der fast ein Schluchzen war.

Aus dem Hintergrund des Raums, vom Fuß der Treppe, ertönte ein leises Klagen, das sofort von einem trockenen, gereizten Hustenanfall erstickt wurde.

»Eva geht es schlecht«, sagte Caterina.

Trotz der Voraussagen der Familie hatte die kleine Cousine den Winter und seine klirrende Kälte überstanden. Sie hatte sich im Frühjahr erholt, und im Sommer war es ihr sogar gutgegangen. Jetzt, im Herbst, überkam sie wieder die Schwäche. Aber während dieser ganzen Monate hatten Eva und Caterina Zeit gehabt, Freundschaft zu schließen. Sie wurden einander nicht müde und redeten miteinander in einem ungestümen Wortschwall. Sie erzählten sich ihre Gedanken und erfanden wunderbare Geschichten. Nun, da es Eva schlechtging, fühlte sich Caterina sehr allein.

»Sie sollten einen Arzt rufen«, sagte Elena. »Aber sie sind so knauserig und ignorant!«

»Könnte ein Arzt sie denn gesund machen?« fragte Caterina.

»Leider nicht«, antwortete Elena. »Aber er könnte es ihr erleichtern. Im übrigen muß man immer den Arzt rufen, wenn jemand krank ist.«

»Darf ich zu ihr gehen?« fragte Caterina, die das Verbot, sich der Cousine zu nähern, nicht länger aushielt.

»Du kennst die Antwort schon«, machte ihre Mutter kurzen Prozeß.

»Ich gehe nicht zu nah ran. Die anderen Kinder sind immer bei ihr, und keiner sagt ihnen etwas. Warum darf ich nicht zu ihr gehen?« beharrte Caterina.

»Die anderen sind stärker als du«, sagte die Mutter. »Sie leben in diesem Schmutz und werden nie krank.«

»Ich bin auch stark«, brüstete sich Caterina und fügte hinzu: »Wenn Gott es nicht will, wird man nicht krank. Jeder hat sein Schicksal.«

»Was redest du denn?« Ihre Mutter sah sie überrascht an.

»Das hat mir Eva beigebracht. Sie weiß viel mehr als alle anderen hier.«

Elena musterte ihre Tochter aufmerksam. Sie war seit dem letzten Jahr in die Höhe geschossen. Aber sie war auch dünn geworden. Sie aß nicht genug, obwohl sie die karge Kost von Großmutter Evarista auf ihre Weise ergänzte: Sie und ihre Cousinen und Cousins schlugen sich den Magen mit Obst voll, das sie in den Gärten der Nachbarhöfe stahlen.

»Also, Mammina, darf ich zu Eva gehen?« bat sie Caterina noch einmal.

»Wenn morgen gutes Wetter ist und die Sonne scheint und Eva auf den Hof gehen kann, dann darfst du mit ihr spielen«, versprach Elena.

Das Kind kehrte zum Herdfeuer zurück, und ihre Mutter überließ sich wieder ihren Gedanken.

Als Alcide sie verlassen hatte, um zurück nach Mailand zu fahren, hatte sie gehofft, schwanger zu werden. Das Erhoffte war aber nicht eingetreten, und jetzt war sie fast froh darüber. Die Zeiten waren zu schwierig, um Kinder in die Welt zu setzen. Die Nachrichten aus Mailand wurden immer unerfreulicher. In den langen Briefen, die Alcide ihr schrieb, erzählte er jedes Mal von den neuen Wunden, die die Bomben der Stadt zugefügt hatten. Einige Gebäude im Corso Venezia waren zerstört worden. Diejenigen Bewohner, die es sich leisten konnten, waren geflüchtet, und der Verkauf war entsprechend zurückgegangen. Er konnte inzwischen nur noch auf Laufkundschaft zählen. Außerdem mühte er sich ab, um ein wenig Obst und Gemüse zu finden, das er im Laden verkaufen konnte.

»In einigen Tagen werde ich den Rolladen herunterlassen und zu dir kommen«, hatte er in seinem letzten Brief geschrieben. Wenn Alcide etwas versprach, dann führte er es auch durch. Daher hatte sich Elena an diesen tröstlichen Satz geklammert und hoffte weiterhin, daß ihr Mann irgendwann einfach auf dem Hof auftauchen würde. Die Einsamkeit war ihr zur unerträglichen Last geworden. Mit den Schwägerinnen war sie nicht recht warm geworden. Nach all diesen Monaten betrachteten sie sie weiterhin als Eindringling, mit Mißtrauen und Verachtung. Elena hätte gerne ihr Können beim Nähen gezeigt, nicht nur, um die Kinder ordentlich einzukleiden, sondern auch um zu beweisen, daß sie etwas Schönes und Nützliches bewerkstelligen konnte. Evarista aber hatte bestimmt, daß man von schönen Kleidchen nicht satt wird, und eine Sicherheitsnadel war ebensogut wie ein Flicken.

»Nadel und Faden sind ein Luxus für Damen. Die Armen müssen sich darum sorgen, wie sie im Schweiße ihres Angesichts ihr Brot verdienen, sie haben keine Zeit, an Stickereien zu denken«, hatte sie sich ein für allemal entschieden.

Elena und ihre Tochter waren in Sacile zwar vor dem Krieg sicher, aber sie waren auch weit entfernt von jedem Schimmer von Zivilisation und guten Manieren. Die Männer waren handgreiflich, die Kinder grob und wild, die Frauen streitsüchtig und unterwürfig. Elena fragte sich bisweilen, wieso Alcide so anders als der Rest seiner Familie war.

Die Männer kamen nach und nach zurück nach Hause. Der eine oder andere schwankte, weil er zu tief ins Glas geschaut hatte. Evarista stand von ihrem Platz am Herdfeuer auf, um sie mit Beschimpfungen zu überschütten.

»Ich sauf euch eins!« brüllte sie. »Jeden Abend die gleiche Geschichte!«

»Halt den Mund, Frau! Geh mir nicht auf den Sack«, befahl ihr ihr Mann, warf die Jacke auf eine Bank und streifte die Hosenträger ab.

»Wenn es nach dir und deiner Trunksucht ginge, wäre dieser Hof schon längst ruiniert«, schalt ihn Evarista aus.

Niemand beachtete Elena, die noch immer auf der Schwelle saß und Nüsse enthülste.

»Los jetzt, alle ins Bett. Für heute ist Schluß«, tönte die Großmutter und riß den Nußkorb mit einer brüsken Bewegung weg.

Elena dachte an die Abende in der Stadt zurück: Nachdem sie gemeinsam mit ihrem Mann den Laden aufgeräumt hatte, stiegen sie in die darüberliegende Wohnung hoch, müde und zufrieden. Sie stickte und hörte Radio, Alcide las einen seiner Mantel-und-Degen-Romane. Wie schön hätte das Leben doch ohne den Krieg sein können.

Evarista schloß mit einem Knall die Haustür und legte den eisernen Riegel vor. Dann folgte sie Quintino, der mit einer Petroleumlampe in der Hand die Treppe emporstieg.

Die Küche leerte sich. Nur Eva schlief hier auf einem Sack voller Maisblätter, und ihre Mutter blieb bei ihr. Die Küche war der größte und wohnlichste Raum des Hauses, und die Kranken wurden immer hier untergebracht.

Caterina und ihre Mutter gingen in ihre Kammer: ein Raum, in dem im Winter Äpfel, Kartoffeln, Maiskolben und getrocknete Tomaten gelagert wurden.

Ihr Bett bestand aus einigen Brettern, die auf Eisenböcke gelegt worden waren. Sie besaßen eine Roßhaarmatratze, die Evarista als besonderen Luxus für die Damen aus der Stadt gerühmt hatte.

Elena stellte das Licht auf eine Konsole und begann, das Kind zu entkleiden.

»Der Krieg wird enden«, sagte sie mit einem Blick auf seine mageren Glieder, »und auch diese Notzeiten werden vorbeigehen. Dann werde ich dich erst mal herausfüttern. Ich werde dir weiches, weißes Brot zu essen geben, mit Butter bestrichen und mit Zucker bestreut. Du wirst schon sehen, das wird dir schmecken«, versprach sie.

»Wie ist denn weißes Brot?« fragte Caterina. Sie kannte nur Maisbrot und Roggenbrot.

»Es schmeckt lecker. Du hast es gegessen, als du ganz klein warst, vor dem Krieg und den ganzen anderen Teufeleien.«

»Ich kann mich nicht daran erinnern. Aber Maisbrot mag ich

auch, besonders, wenn ich es in Milch tunke. Mama, warum reden wir immer vom Essen? Warum kommt uns Papa nicht besuchen? Warum weinst du immer?«

»Warum, warum ist die Banane krumm! Du kannst wohl nur fragen! Ab ins Bett, und zwar schnell«, gebot Elena.

Caterina schlüpfte zwischen die rauhen Laken. Elena holte den Koffer unter dem Bett hervor, öffnete ihn und strich mit der Hand liebevoll über die Seidenwäsche ihrer Aussteuer, über ihre Stadtkleider, über die Schachtel mit den wenigen goldenen Schmuckstücken.

Wenn sie eine Kette verkaufen könnte, dann hätte sie genug Geld, um ein paar neue Schuhe für ihre Tochter zu kaufen, die jetzt nur mit Holzschuhen herumlief, weil ihr die alten Schuhe nicht mehr paßten. Sie brauchte auch einen neuen Bleistift, ein Schreibheft und Briefmarken. Sie legte die Kette auf die Konsole neben das Licht und schloß den Koffer wieder. Am nächsten Tag wollte sie nach Sacile gehen, zu einem Händler, der einen ehrlichen Preis zahlte. So würde sie zu etwas Geld kommen. Sie nahm den Bleistiftstummel und das alte Heft, in dem nur noch wenige Blätter übrig waren. Sie befeuchtete die Spitze des Bleistifts mit der Zunge und begann zu schreiben: »Mein lieber Mann …«

Von der Küche her war der trockene Husten Evas zu vernehmen. Es war eine Qual, ihn mit anzuhören.

»Mama, Eva geht es schlecht«, flüsterte Caterina.

»Das weiß ich. Aber wir können nichts machen. Ihre Mutter ist ja bei ihr. Und bei dir ist deine Mutter, die dir jetzt sagt, daß du schlafen sollst«, antwortete Elena ungeduldig.

Caterina hatte sich mit keinem ihrer Cousinen und Cousins angefreundet, außer mit Eva. Die anderen spotteten über die beiden Mädchen und nannten sie »die Verlobten«, weil sie immer zusammensteckten und mit leiser Stimme miteinander sprachen, um von keinem verstanden zu werden.

Sie erinnerte sich an Caterinas achten Geburtstag. Er fiel in den Sommer, und Elena war es gelungen, zur Feier des Tages eine Tüte Zucker zu besorgen. Sie hatte ihn in einer Pfanne zusammen mit Aprikosensamen schmelzen lassen. Es war ein köstlicher Krokant daraus geworden, den Caterina gerecht mit den Cousinen und Cousins geteilt hatte. Dann hatte Eva ihr errötend ein Geschenk überreicht: eine kleine lackierte Medaille mit dem

Bild der Madonna. »Ich habe sie von meinem eigenen Geld gekauft«, hatte sie ihr gesagt. »Steck sie an deine Bluse und behalte sie immer bei dir.«

»Und wenn ich sie verliere?« hatte Caterina besorgt gefragt.

»Man verliert Dinge nicht, die einem wichtig sind«, hatte Eva erwidert. Dann hatte sie begonnen, in prophetischem Ton zu sprechen: »Du wirst schon bald von hier weggehen und in die große Stadt zurückkehren. Du wirst eine berühmte Frau werden. Du wirst die ganze Welt bereisen. Du wirst viele Frauen und Männer kennenlernen. Viele werden dich lieben. Aber du wirst niemals ein glücklicher Mensch sein. Das ist gut so. Man sollte nie zu glücklich sein, sonst ärgern sich die bösen Geister und strafen dich. Hör auf den Rat deiner Mutter, auch wenn du ihr nicht glaubst, und bleibe bei ihr. Versuch nicht, zu schnell erwachsen zu werden. Du hast es immer eilig. Schau doch die Pflanzen an: Diejenigen, die im Handumdrehen groß zu werden scheinen, scheinen auch die Schöneren zu sein, aber beim ersten Windhauch fallen sie um. Oder es kommt ein Pilz über sie, bedeckt sie mit Schimmel, und sie sterben. Die Pflanzen, die langsamer wachsen, werden stärker und fallen nie um. Caterina, denk ab und zu an die Madonna, die unser aller Mama ist. Sieh die Bäume, wenn die neuen Triebe schießen: Diejenigen, die nah bei der Mutterpflanze herauskommen, wachsen üppig, diejenigen, die weiter weg sind, werden abgeschnitten, denn sie schwächen die Pflanze. Denk dran, daß es acht Monate dauert, bis das Gras auf einer Wiese für die Mahd hoch genug ist; es dauert neun Monate, bis ein Kind reif ist, um geboren zu werden. Alles braucht seine Zeit. Überstürze nichts, Caterina. Sei ruhig und achte darauf, wohin du gehst. Ich weiß, was ich dir sagen will, doch ich habe nicht die richtigen Worte, um es auszudrücken. Aber du verstehst mich trotzdem.«

»Du bist zu intelligent, Eva. Ich verspreche dir, daß ich mich niemals von dem Medaillon trennen werde, das du mir geschenkt hast«, hatte Caterina versichert, obwohl sie in Wirklichkeit nicht alles verstanden hatte, was die Cousine zu ihr gesagt hatte. Aber sie war froh darüber, eine Freundin wie sie zu haben. Sie würde die Erinnerung an jenen sonnigen Tag, an den guten Geschmack des Krokants und an die mysteriösen Worte Evas immer in ihrem Herzen bewahren. Jetzt, da sie die Cousine ununterbrochen husten hörte, fühlte sie Mitleid mit ihr und hätte ihr gerne die Schmerzen gelindert.

»Mama, beten wir heute abend denn nicht?« fragte sie.

»Siehst du, mit deiner Fragerei hast du mich ganz durcheinandergebracht«, antwortete Elena. Sie war so in Sorge um ihren Mann, daß sie dieses wichtige Ritual ganz vergessen hatte. Sie ließ den Brief liegen, den sie gerade schrieb, und bekreuzigte sich. Caterina tat es ihr umgehend gleich.

»Engel Gottes, du mein Schutzengel, ich bitte dich, mach, daß meine Cousine gesund wird, und mach, daß der Krieg sofort vorbei ist, damit ich meinen Papa wiedersehen kann«, sagte sie auf und fügte hinzu: »Mach, daß ich die Schweinekartoffeln essen und bald weißes Brot mit Butter und Zucker probieren kann. Mach meine Mama glücklich und die ganze Welt auch.«

»Amen«, schloß Elena unvermittelt und begann wieder zu schreiben.

»Mama, wie ist mein Schutzengel eigentlich?« fragte das Kind.

»Er ist wie alle Engel Gottes, gut und streng«, antwortete sie ungeduldig und fuhr fort: »Ich schreibe gerade an Papa. Laß mich in Ruhe und schlaf.«

»Ich würde gerne wissen, wie er aussieht. Ob er blond oder dunkel ist, ob er schön ist. Ja, bestimmt ist er wunderschön. Ob er mich so lieb hat, wie ich ihn liebhabe. Warum kann ich ihn nicht sehen, wenn er mir immer nahe ist?« bohrte Caterina.

»Engel sind alle blond. Sie haben große Flügel, um die guten Kinder zu beschützen. Dein Schutzengel kümmert sich um dich, und das ist alles«, erklärte Elena.

»Eines Tages werde ich ihn sehen. Ich bin ganz sicher«, sagte Caterina mit Gewißheit. Sie gähnte und war im nächsten Augenblick schon eingeschlafen.

Sie wurde von einem kalten Luftzug geweckt. Sie richtete sich im Bett auf. Es war tiefe Nacht. Die Fensterläden waren geschlossen, und das Zimmer war warm. Woher war dieser eisige Wind gekommen, der sie erschauern ließ? Sie lauschte. Es herrschte eine fast irreale Stille. Auch die Hunde schwiegen.

Sie schlüpfte aus dem Bett. Tastend gelangte sie zur Tür und öffnete sie vorsichtig, so daß die Angeln nicht knarrten, um die Mama nicht zu wecken. Langsam ging sie in die Küche, die von einer Petroleumlampe, die am Deckenbalken hing, schwach erleuchtet wurde. Evas Mutter schlief auf einer Bank und schnarchte leise.

»Caterina«, murmelte die Cousine mit schwacher Stimme.

Das Kind näherte sich dem ärmlichen Lager.

»Ich bin froh, daß du hier bist. Ich habe so gehofft, daß du kommst.«

»Wie geht es dir?« fragte Caterina liebevoll.

»Ich fühle mich ganz leicht. Ich habe mich noch nie so wohl gefühlt«, murmelte die Kranke.

Caterina dachte an die mütterlichen Hinweise und wagte es nicht, sich ihr zu sehr zu nähern.

»Dann bist du gesund geworden. Ich habe so viel für dich gebetet«, antwortete sie.

»Ich sterbe, Caterina. Ich fühle die Madonna, die mich ruft.«

»Ich will nicht, daß du mich verläßt«, sagte Caterina mit Tränen in den Augen.

»Sei nicht traurig um mich. Ich bin glücklich«, gab Eva mit einem Lächeln zur Antwort.

Caterina beugte sich über sie und ergriff ihre Hand. Sie war fieberheiß.

»Wenn ich begraben werde, geh zum Graben und schau nach oben in die höchsten Zweige der Robinien. Du wirst mich neben der Madonna sehen. Auch ich werde dich sehen«, sagte sie mit dünner Stimme. »Jetzt geh schlafen. Ich hab dich lieb, Caterina.«

Eva starb beim Morgengrauen.

Caterina wollte nicht mit zum Begräbnis gehen. Als die Sonne schon hoch am Himmel stand, ging sie zum Graben, riß einen Grashalm ab, spannte ihn sorgfältig zwischen den Fingern und hob die Hände an die Lippen. Sie versuchte, einen Ton zu blasen. Zu ihrer Verwunderung gelang es ihr, eine so melodiöse Note erklingen zu lassen, wie es sonst nur Eva konnte. Sie schöpfte Mut und blies sanft weiter, bis sie eine Melodie erklingen hörte, die der Wind zu singen schien. Sie sah in Richtung der windzerzausten Baumwipfel der Akazien, zwischen zwei sich verzweigende Äste. Die Sonne explodierte mit schmerzhaften Stichen in ihren Augen, aber sie schloß sie nicht. In einem irisierenden Flimmern sah sie zwei weibliche Figuren auftauchen. Sie waren jung und hielten ihre Taillen gegenseitig umfangen. Eine hatte dunkle, blumendurchwirkte Haare und trug ein gelbes Kleid mit drei gekräuselten Volants. In der anderen erkannte Caterina Eva, die sie lächelnd ansah und die ihr zuwinkte. Sie trug ein Kleid von der gleichen hellblauen Farbe wie die Blumen, die ihre Zöpfe schmückten: Sie war wirklich so schön wie nie zuvor.

Die Vision dauerte so lange, bis Caterina betäubt die Augen vom gleißenden Sonnenlicht abwandte. Dann ging sie zum Hof zurück.

Niemand war zu sehen, außer den Hunden und den anderen Hoftieren. Die Belgrados waren noch nicht vom Friedhof zurück. Caterina hatte Hunger, aber sie konnte nicht ins Haus gehen und nach Brot suchen, weil die Tür verschlossen war. Sie ging zum Hühnerhof. Als sie mit dem Blick suchend über die Hühnerschar streifte, sah sie einige Eier auf dem Stroh. Sie nahm eines. Es war warm. Mit der Anstecknadel, an der das Medaillon hing, das Eva ihr geschenkt hatte, machte sie ein Loch hinein. Dann begann sie, diesen dickflüssigen und warmen Nektar zu schlürfen.

Eine knochige Hand packte sie bei der Schulter, und eine grobe Stimme sagte: »Hab ich dich erwischt, Taugenichts. Da wissen wir ja, wer die Eier meiner Hühner austrinkt.«

Caterina sah die Granatohrringe der Großmutter, die wütend an den entstellten Ohrläppchen hin- und herschwangen. Die Bäuerin hob eine Hand, um sie zu schlagen. Caterina machte sich in Erwartung der Bestrafung steif und stieß plötzlich einen Schrei aus. Sie schrie und schlug um sich, vor Angst, vor Hunger und vor Schmerz über den Tod Evas.

Da spürte sie zwei feste Hände, die sie ergriffen und der Gewalttätigkeit der Großmutter entzogen.

Sie fand sich in den Armen ihres Vaters wieder. Sie hörte sofort auf zu schreien und brach in Tränen aus.

»Meine Kleine«, murmelte Alcide und hielt sie ganz fest, »wir kehren zurück nach Hause.«

4

Elena war glücklich. Sie hatte ihre kleine Familie wieder und war dabei, nach Mailand zurückzukehren. Sogar der Krieg erschien ihr weniger schreckenerregend.

»Du hast mir schrecklich gefehlt«, sagte sie zu ihrem Mann.

»Das habe ich aus euren Briefen gemerkt, daß es euch hier schlechtging«, sagte er lächelnd und streichelte ihr Gesicht.

»So etwas habe ich doch nie geschrieben«, gab Elena zurück.

»Die Gedanken, die zwischen den Zeilen stehen, verraten viel mehr, als das, was ausgesprochen wird«, bemerkte er. Beide wußten, daß sie mit der Rückkehr nach Mailand ein großes Risiko eingingen, aber wie alle hofften sie, daß der Krieg bald enden würde. Das Land war mittlerweile völlig zermürbt, und die Alliierten, die in Sizilien an Land gegangen waren, würden früher oder später auch den Norden der italienischen Halbinsel befreien.

»Es war nicht einfach, hier zu leben. Caterina und ich brauchen dich wirklich«, gestand Elena.

»Ich brauche euch genauso«, erklärte er. Und da Caterina weiterhin an seinem Hals hing, fügte er hinzu: »Unter der Bedingung, daß dieses kleine Mädchen mich wenigstens atmen läßt.«

Seine Tochter gab ihm einen Kuß auf die stoppelige Wange. »Du bist ganz stachelig«, beklagte sie sich. »Weißt du, Papa, daß sich Großvater Quintino und die Onkel nur sonntags rasieren? Auch Großmutter Evarista rasiert sich. Wußtest du das nicht? Sie hat so einen Schnurrbart, daß sie aussähe wie ein General, wenn sie sich nicht rasierte.«

Sie war jetzt glücklich, da sie um den Vater herumspringen konnte. Elena und Alcide lächelten amüsiert.

Sie saßen auf dem Bett in der kleinen Kammer über der Küche. Caterina hatte alles Schlimme vergessen und wußte nicht, wie sie ihre Freude beherrschen sollte.

»Papa, ich habe viel an dich gedacht. Ich habe jeden Abend vor dem Einschlafen an dich gedacht, und auch an meine Schulkameradinnen. Hier habe ich einen Lehrer gehabt. Er hat mir nicht so gut gefallen. Er setzte den Kindern, die ihre Hausaufgaben nicht machten, Eselsohren auf. Aber mir kein einziges Mal«, sagte sie.

»Ich weiß. Das hast du mir in deinen Briefen geschrieben.«

»Papa, was passiert mit den Gedanken, wenn man sie denkt, aber dann nicht aufschreibt?«

»O du liebe Güte, da sind wir wieder«, klagte Elena. »Die arme Eva hat sie angesteckt. Hoffentlich nicht die Lunge. Aber ganz sicher den Kopf.«

»Eva ist bestimmt ein ganz besonderes Mädchen gewesen, wenn ich nach dem gehe, was Caterina mir geschrieben hat. Ich kann mich noch nicht einmal an ihr Gesicht erinnern. Aber wenn sie ihr beigebracht hat, sich Fragen zu stellen, hat sie für ausgezeichnete Anregungen gesorgt«, sagte Alcide.

»Papa, du hast mir nicht geantwortet. Was passiert mit den Gedanken?« beharrte Caterina.

»Das ist eine schwierige Frage. Ich muß erst nachdenken, bevor ich dir eine Antwort geben kann«, scherzte der Vater.

»Kann ich denn bis dahin in den Hof gehen?« fragte sie glücklich.

Sie hatte eine Hand auf die Brust gelegt und plötzlich gemerkt, daß das Medaillon, das Eva ihr geschenkt hatte, nicht mehr da war. Sie erinnerte sich, daß sie die Anstecknadel dazu benutzt hatte, das Ei anzustechen, und dachte, es wäre ihr in dem Moment, als die Großmutter sie packte, vielleicht auf die Erde gefallen. Sie wollte es suchen gehen, bevor es im Mist verlorenging.

Alcide blieb allein mit seiner Frau. Er näherte sich ihr, küßte leidenschaftlich ihre Lippen, während von seinen Lenden ein unbezähmbares Verlangen aufstieg.

»Du hast mir gefehlt«, sagte er zu ihr.

»Es ist nicht gerecht, daß der Krieg die Menschen voneinander trennt, die sich lieben«, erwiderte sie mit einem Seufzer.

»Ich werde dich nie mehr verlassen«, versprach er.

Sie sprachen über den Krieg und die Liebe, während sie einander mit Verlangen umarmten und ihre nie vergessene Lust wiederfanden.

Elena schaute zur Tür, die Caterina halb offengelassen hatte.

»Es könnte jemand kommen«, warnte sie. »Alle sind im Haus.«

»Keiner wird uns stören«, versuchte er sie zu beruhigen.

»Da wäre ich nicht so sicher. Hier drin gibt es keine Zurückhaltung.« Elena entzog sich der Umarmung ihres Mannes und brachte ihre Haare in Ordnung.

»Aber ich will dich«, protestierte Alcide und hielt sie fest.

»Ich dich genauso. Aber wir müssen warten, bis wir alleine sein können«, antwortete Elena kurz.

»Hast du dich ihnen so unterworfen?«

»Ich hatte keine andere Wahl, wenn wir überleben wollten. Das siehst du doch selbst. Unser Kind wäre fast geschlagen worden, weil es ein Ei genommen hat. Deine Mutter denkt nur daran, Lebensmittel und Geld zusammenzuraffen«, sagte sie.

»Na gut. Sprechen wir nicht mehr darüber«, entschied ihr Mann und verließ das Zimmer.

Sie gingen gemeinsam in die Küche hinunter, wo die Familie schon um den Tisch mit dem Mittagessen zu Ehren Evas saß. Die

Augen von Armida, ihrer Mutter, waren rot geweint, ihr Mann versuchte sie zu trösten und reichte ihr ein Glas Wein.

Evarista hatte zum Gedenken ihrer Enkelin einem ihrer besten Hühner den Hals umgedreht und stellte das gekochte Huhn gerade in die Mitte des Tisches.

Auf das Paar, das die Treppe herunterkam, richteten sich anzügliche Blicke, die nach verräterischen Zeichen suchten. Elena erwiderte sie mit einem stolzen Blick, aus dem man ihr ganz anderes Wesen erkennen konnte. Sie hätte sagen mögen: »Ich bin kein Tier, so wie ihr. Ich kann meine Gefühle beherrschen.«

»Los, steckt die Beine unter den Tisch«, drängte Evarista, die zu dieser Gelegenheit sogar Teller aus Steingut aufgedeckt hatte. Sie fuhr fort: »Damit ihr die Reise nicht mit leerem Magen antretet. In diesen Zeiten weiß man immer, wann es losgeht, aber nie, wann man ankommt.«

»Ich habe keinen Hunger«, log Elena, obwohl sie das ganze Huhn am liebsten alleine verspeist hätte. Sie war sehr wütend auf die Schwiegermutter, die ihre Tochter beinahe geschlagen hätte.

»Ich aber«, erklärte Caterina, die eben auf der Schwelle erschien. Sie hatte ihr Medaillon vergeblich gesucht und entschieden, es nach dem Essen weiterzusuchen.

Elena verließ die Küche und ging in den Hof hinaus. Sie ließ den Blick über die Weite der Felder schweifen. Das Land, das die Schwiegermutter mit den Jahren erworben hatte, reichte bis zum Horizont. Das Land war schön, auch wenn sie es haßte.

Der Hof und seine Bewohner, ihre Verwandten, würden für sie immer Roheit, Unbildung, Geiz, Zynismus und vor allem Hunger bedeuten. Und dennoch wurde ihr bewußt, daß sie hier die Sicherheit zum Überleben gefunden hatte, während sie nicht wußte, was aus ihr selbst, ihrem Mann und ihrem Kind würde, sobald sie in die Stadt zurückgekehrt waren.

Sie setzte sich auf eine Bank neben dem Stall und fragte sich, ob es wohl richtig war, die Provinz in dieser Zeit zu verlassen.

Ein Schauer überlief sie. Der Herbst stand vor der Tür, und die Luft wurde schon kühl.

Sie bemerkte Evarista, die schweren und entschiedenen Schrittes aus der Küche auf sie zukam. Sie hielt einen dampfenden Teller in der Hand und stellte ihn vor sie hin.

»Iß«, befahl sie in barschem Ton.

»Ich habe Euch gesagt, daß ich keinen Hunger habe«, wehrte Elena ab.

Ihre Schwiegermutter stand vor ihr wie ein dunkler und bedrohlicher Berg.

»Entweder du bist krank, und dann bringen wir dich ins Krankenhaus, oder du bist launisch, und dann sollte dich jemand in den Hintern treten«, platzte die Schwiegermutter heraus.

»Ich erlaube Euch nicht, so mit mir zu sprechen«, protestierte Elena, rot vor Wut, während sie emporfuhr, bereit, es mit ihr aufzunehmen.

»Was willst du mir denn schon verbieten, du!« höhnte die Alte. »Deine Allüren beeindrucken mich nicht. Du hast meinen Alcide geheiratet, und ich weiß, daß du ihn liebst. Deshalb habe ich dich ausgehalten. Wenn du mich fragst, bist du nicht viel wert, aber du mußt schon deine Qualitäten haben, wenn mein Sohn dich liebt. Darum wünsche ich euch, daß ihr die Bomben und die Deutschen und die Alliierten und was weiß ich noch alles übersteht.« Sie steckte die Hand in die Schürzentasche, zog ein Bündel Geldscheine heraus, die von einem Faden zusammengehalten wurden, und warf sie Elena hin. »Nimm das«, sagte sie zu ihr.

»Was soll das heißen?« fragte Elena verwirrt.

»Das ist das Geld, das Alcide mir gegeben hat, als er dich letztes Jahr hierhergebracht hat. Für den Unterhalt von euch beiden«, antwortete die Frau mit mürrischer Miene.

»Das ist aber viel, viel mehr«, bemerkte Elena, während sie die Scheine in der Hand wog.

»Ja, es ist viel mehr«, bestätigte Evarista. »Wenn ich es Alcide gebe, dann nimmt er es nicht. Aber ich habe den Eindruck, wenn ich ihm die Taschen umkehren würde, würde keine Lira herausfallen. Aber in diesen Zeiten braucht ihr das Geld, um zu überleben. Deshalb, behalt du es und verwalte es gut.«

»Das ist doch nicht möglich«, staunte Elena. »Ihr ... Ihr seid doch so geizig ...«

»Ich merke schon, daß du mich nicht kennst. Im übrigen interessiert es mich nicht, was du von mir denkst.«

»Tut mir leid. Ich kann dieses Geld nicht annehmen«, erklärte Elena und versuchte, es ihr zurückzugeben.

»Natürlich kannst du. Das ist der Ertrag meiner Mühen, der Entbehrungen der ganzen Familie. Du sagst, daß ich geizig bin.

Das ist wahr. Aber ich habe gespart, um meinen Kindern etwas geben zu können.«

»Aber Ihr behandelt sie so schlecht!«

»Taten sind das eine. Gefühle sind etwas anderes. Also steck das Geld weg, und wehe, wenn du darüber redest«, schloß sie. Sie drehte sich auf dem Absatz um und kehrte in die Küche zurück.

Elena steckte das kleine Vermögen immer noch ungläubig in die Tasche und begann gierig, das Essen zu verschlingen, das ihr die Schwiegermutter gebracht hatte.

5

Im Zug, der Richtung Verona fuhr, malte sich Caterina das neue Leben aus, das sie erwartete. Die Luft war erfüllt von dem beißenden Rauch der Lokomotive, die mit Kohlen angetrieben wurde. Caterina beobachtete neugierig die Gesichter der Unbekannten, die mit ihr auf den Holzbänken der dritten Klasse saßen.

Durch die staubigen Fenster konnte man den heiteren Himmel sehen. Die Reisenden klammerten sich an die Hoffnung, ohne Maschinengewehrangriffe und ohne plötzliche Anschläge von seiten der Deutschen oder der Faschisten, die nun gleichermaßen als Feinde angesehen wurden, in Verona anzukommen.

Die Reisegefährten waren freundlich und boten den wenigen Proviant an, den sie bei sich hatten. Auch die Familie Belgrado teilte Wurst und hartgekochte Eier mit den anderen.

Bei dem Gedanken an das Geld, das ihre Schwiegermutter ihr so unerwarteterweise geschenkt hatte, fühlte Elena sich erleichtert. Sie hatte es unter dem Mieder verborgen, ohne ihrem Mann etwas davon zu verraten.

Alcide behielt seine Besorgnis angesichts einer ungewissen Zukunft für sich und fragte sich, wie er eine einträgliche Arbeit finden könnte, da der Laden nichts mehr einbrachte.

Caterina suchte im Himmel nach der kleinen, geheimnisvollen und glücklichen Eva, die zur Madonna heimgegangen war. Der Gedanke an zu Hause, ihre Klassenkameradinnen, die alte Lehrerin, ihr Zimmer mit dem Fenster zum Hof tröstete sie. In die Arme ihres Vaters geschmiegt hörte sie den Gesprächen der

Großen zu und träumte glücklich beim Ruckeln des Zuges vor sich hin.

»Warum seid Ihr nicht im Krieg? Ihr seid doch noch jung!« fragte eine Frau Alcide.

»Ich habe Glück gehabt«, antwortete er lächelnd. »Den Ersten Weltkrieg habe ich nicht mitgemacht, weil ich im Jahr 1901 geboren bin. Damals wurden die Jungen aus dem Jahr 1899 einberufen. Auch diesmal haben die Männer aus meinem Jahrgang keine Einberufung bekommen.«

»Wirklich ein großes Glück. Mein Mann ist jünger als Ihr, und er ist an die Front geschickt worden. Wer weiß, ob er zurückkommen wird«, sagte sie resigniert. »Ich sehe zu, wie ich durchkomme. Wißt Ihr, ich habe drei Kinder großzuziehen.« Dann sprach sie mit leiser Stimme über den Schwarzmarkt. Sie fuhr mit dem Zug oder sonstigen Verkehrsmitteln, die sich ihr boten, in Venetien herum, um ihren Handel zu treiben, der zwar verboten war, den aber niemand verurteilte.

Ein bärtiger Mann betrat das Abteil und setzte sich Alcide gegenüber. Die Frau verstummte. Der Mann mit dem Schnurrbart steckte sich eine Zigarette an und reichte das Päckchen dann herum, aber die anderen Männer lehnten ab.

Der Zug hatte Vicenza ohne Zwischenfälle passiert und fuhr nun schneller weiter. Eine alte Frau mit einem schwarzen Kopftuch begann zu erzählen: »Ich fahre nach Verona zu meiner Tochter, die ein Kind erwartet.« Sie fuhr fort: »Ich bringe ihr Windeln und Hemdchen, alles Ware von vor dem Krieg, haltbarer Stoff, um es genau zu sagen.«

»Die italienische Wirtschaft wird wieder blühen. Bald wird die Geheimwaffe Hitlers eingesetzt werden, und dann wird der Krieg bald zu Ende sein«, behauptete der bärtige Mann mit großer Sicherheit.

»Glaubt Ihr das wirklich?« fragte Alcide verwundert.

»Warum, Ihr etwa nicht?« gab der neue Mitreisende zurück.

Wie sehr Alcide sich auch bemühte, es gelang ihm nicht, sich vorzustellen, daß es eine neue Waffe gäbe, die der ganzen Kriegsmacht der Alliierten eine Niederlage beibringen konnte.

»Na ja, ich habe da meine Zweifel«, erwiderte er. »Allerdings zählt meine Meinung ja nicht. Aber ich wüßte gerne, was das für eine Geheimwaffe sein soll. Ihr seid ja vielleicht besser darüber informiert als ich.«

»Wenn ich es wüßte, würde ich bestimmt nicht im Zug darüber reden.«

»Ihr habt recht. Man sieht, daß Ihr ein intelligenter Mensch seid. Ihr würdet niemals solch einen Fehler begehen.« Alcides Stimme verriet einen Hauch von Ironie, die seinem Gegenüber nicht entging.

»Wollt Ihr mich etwa zum Besten halten?« fragte er wütend.

»Gott behüte.«

»Solche wie Ihr sollten besser an die Front geschickt werden.«

»Aber ich kämpfe schon in vorderster Linie. Ich kämpfe Tag für Tag ums Überleben«, erklärte der Gemüsehändler und wurde ernst dabei. »Wir leben in einem Land, das nur durch ein Wunder noch nicht zusammengebrochen ist. Wir sind doch von Not und Hunger umgeben. Was wollt Ihr denn noch hören?«

»Ich weiß nicht. Sagt Ihr es mir doch!« forderte ihn der Reisegefährte heraus.

»Nun, um mal ganz offen zu sein, sage ich Euch, daß der Krieg mir und allen Leuten zum Hals heraushängt«, sagte Alcide mit müder Stimme.

»Ihr würdet Italien also unseren Feinden überlassen?«

»Wenn ich mich nicht irre, haben sie Italien schon fast ganz in der Hand, ohne um Erlaubnis gefragt zu haben. Im übrigen, von welchen Feinden sprecht Ihr denn? Ich glaube, die schlimmsten Feinde der Italiener sind die Italiener selbst.«

»Werdet deutlicher«, forderte ihn der andere neugierig auf.

»Ihr habt ganz gut verstanden, was ich sagen wollte«, gab Alcide ungeduldig zurück.

An diesem Punkt mischte sich die alte Frau ein, die vorher das Wort ergriffen hatte.

»Wenn Euch ein Spitzel hört, könnte er Euch anzeigen«, sagte sie besorgt.

»Anzeigen? Wofür denn?«

»Wegen Defätismus«, sagte der bärtige Mann langsam. »Ihr habt schwerwiegende Dinge gesagt. Ich weiß nicht, ob Euch das bewußt ist.«

Stille machte sich unter den Reisenden breit. Der Reiseproviant verschwand ebenso wie die Flasche Wein, die für Stimmung gesorgt hatte. Elena erschrak. Ihr Mann, der den Mund nicht halten konnte, hatte sich in eine gefährliche Lage gebracht, wenn der Mann mit dem Schnurrbart tatsächlich ein Spitzel der Faschisten war. Für sie waren nicht alle Faschisten gleich. Sie hatte viele kennengelernt, die in gutem Glauben handelten. Menschen, die an den Duce glaubten, so wie Kinder an den Weihnachtsmann. Bereit, für ihr Ideal zu sterben, und dennoch hätten sie nie jemandem ein Leid angetan. Elena nahm jedoch die Feindseligkeit des Mannes wahr, der ihren Alcide jetzt besonders aufmerksam ansah.

»Hoffentlich sind wir bald zu Hause«, sagte sie und streichelte ihrem Mann den Arm.

»Und bis dahin versuchen wir, fröhlich zu sein, ohne über Albernheiten zu reden«, gab er zur Antwort.

»Den Krieg und das heldenhafte Verhalten der Soldaten und des Duce, das alles nennt Ihr Albernheiten?« bohrte der Mann nach.

»Legt mir keine Worte in den Mund. Ich habe meine Meinung über den Krieg gesagt, der mir nicht gefällt und der Millionen von Toten fordert, während es im Vaterland den Bach hinuntergeht. Ich bin einer von denen, die hier Hunger leiden«, gab Alcide heftig von sich.

»Alle müssen wir für den Sieg des faschistischen Ideals Opfer bringen«, gab der andere zurück.

»Ach ja? Ich habe es satt, Opfer zu bringen. Ich wünschte, daß auch diejenigen, die immer die Befehle geben, ein paar Opfer bringen. Aber die leben im Luxus und haben immer den Bauch voll«, erklärte Alcide mit deutlichem Blick auf den hervorquellenden Bauch seines Gegenübers. Dann wandte er sich an seine Frau: »Was dich betrifft, hör auf, mir Rippenstöße zu geben. Ich sage nur das, was ich denke und alle Italiener mit mir.«

»Möchtet Ihr vielleicht etwas von unserer Wurst probieren?« fragte Elena den Mann mit dem Schnurrbart. Sie war zu allem bereit, um ihren Mann, dieses Großmaul, aus dem Schlamassel zu ziehen.

»Ich würde ein bißchen mehr Treue gegenüber dem Vaterland vorziehen«, antwortete er unwillig. Er erhob sich und verließ das Abteil mit einem wütenden Blick auf Alcide.

Caterina, die aufmerksam der Unterhaltung der beiden Männer zugehört hatte, hatte die Bedeutung all dessen, worüber sie sprachen, nicht recht verstanden, aber es hatte ihr gefallen, daß ihr Vater sich nicht hatte einschüchtern lassen.

Die folgende Stille war sprechender als jedes weitere Wort.

Dann aber ließ die Frau, die von ihren Schwarzmarktgeschäften erzählt hatte, ihrem Protest freien Lauf.

»Diebes- und Mörderbande«, stieß sie hervor.

Ein Alter unterstützte sie.

»Wir haben noch nicht einmal mehr die Freiheit zu sprechen. Nur Hungers zu sterben und bombardiert zu werden. Und die da oben fressen sich voll und haben die Taschen voller Geld«, sagte er mit lauter Stimme, da der Mann mit dem Schnurrbart ihn nicht mehr hören konnte.

Caterina war glücklich über die Wertschätzung, die ihrem Vater entgegengebracht wurde, aber da war etwas, das sie nachdenklich machte. Sie näherte die Lippen seinem Ohr.

»Papa«, fragte sie. »Ist es wahr, daß du ein Defätist bist?« Sie kannte die Bedeutung dieses Wortes nicht, das ihr aber sehr gefiel.

Alcide wollte ihr gerade antworten, als Elena dazwischenging. »Versuchen wir doch, ein bißchen ruhig zu sein«, flehte sie ihn an, obwohl sie selbst nicht ruhig war.

Der Zug fuhr schnaufend in den Bahnhof von Verona ein, in dem es von Soldaten wimmelte.

»Bis hier sind wir gekommen. Das ist schon ein Erfolg. Hoffen wir, daß wir jetzt einen anderen Zug finden, der sofort nach Mailand fährt«, sagte Alcide.

Eine Menge Deutscher lief auf den Bahnsteigen herum. Sie brüllten unausgesetzt Befehle.

»Papa, warum schreien sie so?« fragte Caterina, während Alcide sie auf den Arm nahm, um ihr aus dem Zug zu helfen.

»Wer unrecht hat, schreit immer lauter als der, der recht hat«, antwortete er.

Elena reichte ihrem Mann vom Zug aus den Koffer und die Lebensmittel, die sie aus Sacile mitgebracht hatten. Evarista verkaufte zwar Lebensmittel an die Flüchtlinge, aber sie war an ihre Vorräte gegangen, um ihrem Sohn etwas mitzugeben, da sie wußte, wie kostbar Lebensmittel in der Stadt waren.

In diesem Moment baute sich vor ihnen der Mann mit dem Schnurrbart auf. Hinter ihm erschienen zwei deutsche Soldaten mit der Kennmarke der Feldgendarmerie und ein Offizier. Einer von ihnen hatte an einer Leine einen Wolfshund bei sich.

»Da ist er«, sagte der bärtige Mann und deutete mit anklagendem Finger auf Alcide, der erbleichte. Elena hielt sich die Hand vor den Mund, um einen Schrei zu unterdrücken. Caterina klammerte sich mit beiden Armen an den Vater.

»Ihre Ausweise, wenn ich bitten darf«, sagte der Offizier.

Die Hände Alcides zitterten, während er seinen Personalausweis und die Fahrkarten aus der Jacke zog. »Es hat alles seine Ordnung«, versuchte er zu erklären.

»Das entscheiden wir«, gab der Offizier in gebrochenem Italienisch zurück.

Vor ihnen auf dem Bahnsteig hielt ein langer Güterzug mit Waggons, wie sie für den Tiertransport benutzt werden und deren Türen mit Eisenstangen verrammelt waren. Durch die Spalten hörte man Stimmen und Klagen.

Die Reisenden, die mit der Familie Belgrado im gleichen Zug gereist waren und jetzt an ihnen vorbei mußten, wagten es nicht, den Blick zu heben. Sie gingen rasch mit gesenktem Kopf vorbei.

»Ihr habt öffentlich gesagt, daß unser Krieg Euch nicht gefällt«, sagte der Offizier, und mit einem ironischen Grinsen: »Das bedeutet, daß auch Ihr an der Seite der deutschen Kameraden arbeiten werdet, um die Feinde unseres Führers zu besiegen.«

Alcide erwiderte nichts. Er hatte Angst, aber er wollte sie seiner Frau und seiner Tochter nicht zeigen.

Instinktiv hob Caterina eine Hand zur Brust und tastete nach dem Medaillon, das Eva ihr geschenkt hatte. Aber sie fand es nicht und erinnerte sich daran, daß sie es doch verloren hatte. Sie wußte, daß ihr Vater in Gefahr war und suchte entsetzt nach den richtigen Worten, um die Madonna anzuflehen, ihn doch zu retten.

»Folgt mir«, befahl der Offizier und reichte seinem Untergebenen Alcides Papiere.

»Wohin? Warum?« fragte er.

Elena trat mit dem Mut der Verzweiflung zwischen ihren Mann und die Deutschen.

»Wir müssen nach Mailand zurück, nach Hause. Ihr könnt uns nicht aufhalten«, flehte sie.

»Ihr, Signora, könnt hier warten. Euer Mann kommt für einige Kontrollen mit uns.«

Es war offensichtlich, daß Alcide keinerlei Möglichkeit des Widerstands hatte.

Caterina klammerte sich an seine Beine. Einer der Soldaten

trennte sie von Alcide. Er faßte ihn am Arm und zwang ihn, dem Offizier zu folgen, der auf das Bahnhofsgebäude zuging.

Während sie ihn wegbrachten, drehte Alcide sich um und rief: »Paßt auf euch auf, ich bitte euch!«

Elena lehnte sich erschöpft an einen Gepäckwagen. Sie war schweißgebadet und zitterte, als hätte sie hohes Fieber.

Da fühlte sie eine Hand auf ihrer Schulter und drehte sich um. Neben ihr stand die alte Frau, die mit ihnen im Abteil gesessen hatte. Sie schaute sie voller Mitleid an.

»Faßt Euch ein Herz«, raunte sie ihr zu. »Am Ende werden sie alle sterben, diese Henkersknechte. Erinnert Euch, Töchterchen, daß der Allmächtige alles sieht und am Ende zu Gericht sitzen wird.«

Elena sah sich nach Caterina um. Das Kind war verschwunden. »Caterina!« schrie sie mit gequälter Stimme.

»Da ist sie, seht doch!« beruhigte sie die Frau und wies auf eine Nische zwischen zwei Zementblöcken.

Caterina hatte ihre Gepäckstücke zusammengesucht und sich daraufgesetzt. Elena lief zu ihr.

»Was machst du denn da?« fragte sie verwirrt und umarmte sie fest.

»Ich warte auf Papa«, antwortete das Kind.

Sie warteten lange, eng aneinandergeklammert. Die Dämmerung brach schon an, als Elena ihren Namen rufen hörte. Es war Alcide, dessen Stimme sie mit einem gequälten Ruf erreichte. Einige deutsche Soldaten schoben ihn mit Gewalt in einen Güterwagen voller Gefangener. Elena rannte über die Gleise zu ihm.

»Alcide!« schrie sie.

»Sie schicken mich in ein Arbeitslager nach Deutschland«, rief er, während er in den Waggon gepfercht wurde.

»Das ist nicht wahr! Das kann nicht wahr sein«, schluchzte Elena und streckte die Arme nach ihm aus.

»Elena! Elena!«

Die Stimme ihres Mannes erreichte sie gedämpft aus dem Inneren des Waggons, der hinter ihm geschlossen worden war.

»Alcide, amore mio«, schrie Elena und schlug mit einer Kraft wie eine Wahnsinnige mit den Fäusten gegen das morsche Holz des Waggons.

»Ich liebe dich. Ich liebe dich sehr«, schrie sie und ließ sich schluchzend auf die Knie fallen.

Ihre Schreie wurden von dem langen Pfeifen der Lokomotive übertönt, die sich schnaufend in Bewegung setzte und die lange Reihe der Waggons voller Verzweifelter hinter sich herzog.

Als sie sich wieder erhob, war der Zug verschwunden, neben ihr war jedoch Caterina und weinte.

»Sie haben ihn uns weggenommen«, murmelte sie, noch immer ungläubig.

»Sie haben ihn uns weggenommen«, wiederholte Elena.

»Und wir? Was machen wir jetzt?« fragte das Kind unter Tränen.

»Ich weiß nicht«, antwortete Elena verloren.

Sie nahm die Kleine bei der Hand und ging in Richtung der Stelle, wo sie ihr Gepäck gelassen hatten. Es war verschwunden.

»Sie haben alles geklaut«, erschrak das Kind.

»Das ist jetzt nicht mehr wichtig«, murmelte Elena. Ihr war jetzt gar nichts mehr wichtig. Nicht einmal das Geld, das sie in ihrem Mieder verbarg und das ihr bei ihrer Abreise aus Sacile so viel Sicherheit gegeben hatte.

6

Das Wetter schlug plötzlich um, und ein heftiges Gewitter entlud sich.

Elena und Caterina hatten in einer bescheidenen Pension in der Nähe des Bahnhofs Unterkunft gefunden. Es war ihnen gelungen, etwas Grießbrei als Abendessen zu bekommen, und sofort danach hatten sie sich in ihr Zimmer geflüchtet. Das Zimmer war nur grob gesäubert worden und zeigte deutliche Spuren von Schmutz, der sich mit den Jahren angesammelt hatte. Elena öffnete das Fenster, um den abgestandenen Geruch zu vertreiben, der im Zimmer hing.

Caterina schlüpfte erschöpft ins Bett und schlief ein. Die Frau begann, unruhig im Zimmer auf und ab zu gehen, als wäre sie ein gefangenes Tier.

Auf den letzten Donnerschlag des Gewitters folgte das dumpfe Dröhnen eines einzelnen Flugzeugs. Es war eins der unerbittlichen Aufklärerflugzeuge, die die Gabe hatten, überall zur gleichen Zeit zu sein. Es überflog die Stadt mit der Aufgabe, Störaktionen zu begehen. Elena hoffte, daß es ihm gelingen würde, den Zug anzuhalten, der ihren Mann nach Deutschland brachte.

Sie sah ihre Tochter an, die friedlich schlief, und überlegte, ob sie zum deutschen Stützpunkt gehen sollte, um eine Erklärung des Vorgefallenen zu verlangen. Ihr Mann war das Opfer eines unrechtmäßigen Übergriffes geworden, er hatte doch nichts Schlechtes getan.

Aber als sie weiter nachdachte, wurde ihr klar, daß das nichts genützt hätte. Der Krieg löscht alles aus, auch die Grundrechte des Individuums. Wie viele Frauen mochten sich in der gleichen Situation befinden? Wie sie hätten Tausende von ihnen Jahre ihres Lebens hingegeben, um ihre Männer zurückzubekommen.

Plötzlich ereignete sich eine gewaltige Explosion und weckte Caterina.

»Mama, was ist passiert?« fragte das Kind.

»Vielleicht ist das noch ein Donnerschlag«, beruhigte Elena sie, während sie die Fensterläden schloß. Sie machte die Lampe an, die an einem Kabel von der Mitte der Zimmerdecke hing. Ein schwaches Licht erhellte das armselige Zimmer. »Weißt du, daß ich noch nicht gebetet habe?« sagte Caterina und setzte sich im Bett auf.

»Du bist sofort eingeschlafen, als du dich ins Bett gelegt hast. Ich habe es nicht übers Herz gebracht, dich zu wecken«, sagte Elena und streichelte ihr übers Haar.

»Wenn man nicht betet, kann die Madonna einem nicht helfen«, wandte ihre Tochter ein. Sie rutschte aus dem Bett und kniete sich hin.

»Liebe Madonna«, begann sie ihr Gebet aufzusagen, »wir hatten so viele gute Dinge zu essen, und sie sind uns gestohlen worden. Ich hatte einen Papa, und die Deutschen haben ihn mir weggenommen. Machen wir einen Pakt: Ich werde ganz brav sein, und du sorgst dafür, daß morgen früh mein Papa und unsere Sachen wieder da sind.«

»Mit dem Himmel schließt man keinen Pakt«, ermahnte Elena sie. »Bete mit mir: O Herr, laß etwas Gutes geschehen für uns und alle, die leiden. Laß die Deutschen vom Angesicht der Erde verschwinden, und gib mir den Vater meiner Tochter zurück.« Die letzten Worte sprach sie voller Zorn.

»Wenn der Herr gut zu allen ist, kann er doch nicht böse auf die Deutschen sein«, wandte Caterina ein.

Elena fühlte sich ertappt und suchte nach einer Rechtfertigung: »Er ist gut zu den Guten und streng zu den Bösen.«

»Es gibt keine bösen Menschen. Es gibt nur unglückliche Menschen«, erklärte ihre Tochter.

Elena schaute sie überrascht an. Hatte sie recht verstanden? »Wer hat dir denn das gesagt?«

»Die arme Eva«, antwortete Caterina. »Sie hat mir viele Dinge beigebracht. Einmal hat sie gesagt, daß jemand, der anderen Böses tut, danach so leidet wie ein Tier, das zum Schlachthof geführt wird. Nicht Gott ist es, der sie bestraft, sondern das Böse, das sie getan haben.«

»Deine Cousine fehlt dir, oder?«

»Ja, sehr. Aber mein Papa fehlt mir noch mehr. Eva ist im Himmel, und sie ist glücklich, da bin ich ganz sicher.«

Elena nickte nachdenklich und fügte hinzu: »Während wir beide unglücklich sind. Wobei ich nicht glaube, daß wir besonders böse gewesen sind. Oder vielleicht doch? Ich verstehe gar nichts mehr. Vielleicht war es schlecht von mir, daß ich mich nicht darein schicken wollte, bei deiner Großmutter zu leben. Wer weiß. Jetzt geh aber wieder schlafen.« Sie deckte Caterina zu und legte sich neben sie. Sie fuhr in ihren Gebeten fort, bis die Sirenen zu heulen begannen, die einen Luftangriff ankündigten.

Caterina schlief nach all den Aufregungen tief und fest vor Müdigkeit.

Elena hörte aufgeregte Stimmen, eilige Schritte von jemandem, der an die Türen klopfte, um die Gäste zur Eile zu drängen, weil sie in den Luftschutzkeller hinabsteigen sollten. Das Licht blieb weg, und jemand klopfte auch an ihre Tür.

»Schnell, raus hier. Der Schutzraum ist im Nachbarhaus«, befahl eine gebieterische Stimme.

Elena tastete nach den Streichhölzern, um die Kerze anzuzünden, die sie auf dem Nachtschränkchen gesehen hatte.

Sie näherte die Flamme dem Gesicht Caterinas. Das Kind schlief so tief, daß nicht einmal der Bombenlärm sie geweckt hätte. Da stellte Elena die Kerze auf das Nachtschränkchen, bekreuzigte sich und legte sich wieder dicht neben ihre Tochter, als könne sie ihr Kind so schützen und gleichzeitig aus seiner vertrauensvollen Hingabe Sicherheit schöpfen.

Am dumpfen Dröhnen der Motoren hörte man, daß die sich nähernden Flugzeuge schwer mit Bomben beladen waren. Kurz darauf ging ein furchterregendes Pfeifen einer Reihe schrecklicher Explosionen voraus, die die Fensterscheiben zum Klirren und zum Bersten brachten. Es schien, als würde in der Welt um das kleine, schmutzige Zimmer herum das Unterste zuoberst gekehrt. Elena wartete ergeben darauf, daß ihnen eine Bombe auf den Kopf fiele. Sie wäre mit ihrer Tochter in den Armen gestorben. Sie dachte daran, daß ihr Alcide, wenn er das deutsche Arbeitslager überlebte, sicher vor Verzweiflung sterben würde, wenn er von ihrem Ende erfuhr. Sie dachte an ihre Mutter, die ganz allein in Modena lebte. Wer würde sich um sie kümmern? Sie dachte an ihre Schwiegermutter, die sie, wenn sie von dem Los ihres Sohnes erführe, vielleicht verfluchen würde, denn sie war es gewesen, mit ihren Launen einer »Adeligen«, die schuld an dem Unglück war. Sie fühlte sich für das Schicksal ihrer Lieben verantwortlich. Es hing nur von ihr ab, Caterina aufzuwecken, sie in die Arme zu nehmen und zum Schutzraum zu laufen. Sie konnte hier liegenbleiben oder flüchten. Aber sie besaß in jenem Augenblick keinen Willen mehr. Sie beschloß, sie beide ohne Gegenwehr dem Willen Gottes zu überlassen.

Durch das Fenster, dessen Läden von der Gewalt der Explosionen aufgerissen worden waren, sah man Brände lodern. Die Scheinwerfer durchkreuzten das Dunkel des Himmels mit starken Lichtbündeln, während eine nutzlose Flakartillerie vergeblich versuchte, die Flugzeuggeschwader zu treffen, die die Stadt verwüsteten.

Elena rückte noch enger an ihr Kind und flüsterte wie im Gebet: »Alcide mio, verzeih mir. Ich sollte in einen Schutzraum gehen. Aber ich habe keine Kraft mehr, um zu fliehen.«

Nach einer Zeitspanne, die Elena nicht mehr einschätzen konnte, hörte sie die Entwarnung. Sie und Caterina lebten noch, lagen umschlungen in diesem schmutzigen Bett. Durch das Fenster drang Tageslicht. Caterina erwachte.

»Heute nacht war der Weltuntergang«, sagte Elena zu ihr.

Als Antwort gähnte das Kind. Sie war ausgeruht, fröhlich. Auf der Straße hörte man Stimmen von einem Schutthaufen zum andern. Die Sirenen der Krankenwagen und der Feuerwehrwagen übertönten einander. Bis zu ihnen herauf reichten das Weinen und die verzweifelten Flüche der Überlebenden.

»Ich habe gar nichts gemerkt«, wunderte sich das Kind.

Im Zimmer war ein kleines Waschbecken, aber aus dem Wasserhahn kam kein Wasser.

»Wir können uns noch nicht einmal waschen«, sagte Elena.

»Und wir können nicht trinken«, gab Caterina zurück.

Sie zogen sich an und gingen zur Treppe. Breite Risse waren in den Wänden und im Verputz zu sehen, der von der Decke bröckelte. Sie hörten Männerstimmen am Fuß der Treppe. Dann sahen sie einige Zivilisten, die am Arm die Binde der UNPA trugen, der Luftangriffsschutztruppe. Die Männer schauten um sich, und einer von ihnen prüfte mit einer Hacke die Festigkeit einer Außenmauer.

»Es ist ein Wunder, daß dieses Haus noch steht«, sagte ein Mann.

»Sehen wir in den Zimmern nach, ob vielleicht jemand dageblieben ist«, antwortete ihm ein anderer.

»Wir sind noch hier«, machte Elena sich bemerkbar und erschien auf dem Treppenabsatz. In ihrer Hand hielt sie fest die kleine Hand Caterinas.

»Habt ihr hier die Nacht verbracht?« fragte derjenige, der der Verantwortliche zu sein schien.

Elena nickte und fragte: »Wo ist der Gastwirt?«

»Er ist unter den Trümmern im Luftschutzkeller, der zusammengebrochen ist und die Gäste dieser Pension unter sich begraben hat. Sie sind alle tot. Warum seid ihr nicht in den Schutzraum gegangen?« fragte der Mann.

»Der Herr hat es so gewollt«, antwortete die Frau, erschüttert von dieser Nachricht.

»Ihr seid durch ein Wunder gerettet worden. Ist Euch das bewußt?« mischte sich jemand aus der Hilfstruppe ein und fragte: »Wo ist Euer Mann?«

»Das wüßte ich auch gerne. Und ich hätte auch gerne eine Tasse Milch für mein Kind.« Sie wollte nicht von der Deportation Alcides erzählen, weil sie befürchtete, das könnte Schwierigkeiten auslösen.

»Das Gebäude ist einsturzgefährdet. Ihr müßt es sofort verlassen«, befahl der Verantwortliche der UNPA.

Mutter und Tochter fanden sich in den Straßen einer unbekannten Stadt wieder, bestürzt und ungläubig angesichts der Verheerungen, die sie um sich herum sahen. Das Schicksal hatte gewollt, daß sie überlebten. Da entschied Elena, daß sie Mailand und ihr Zuhause wiedersehen müßten, um jeden Preis.

7

In einer Straße in der Stadtmitte fanden sie einen offenen Milchladen. Die Besitzerin war eine junge, dunkelhaarige Frau mit üppigen Formen und höflichem Benehmen. Der kleine Raum war vollgestopft mit Menschen. Dennoch fanden sie einen kleinen freien Tisch, wo sie sich setzten und gierig Maisbrot mit verbrannter Kruste aßen, das sie in zwei große Tassen Milchkaffee tunkten.

»Das schmeckt mir«, sagte Caterina mit vollem Mund, während ihr die Milch das Kinn herunterlief.

»Iß und sei ruhig«, befahl ihr Elena, die nicht von den Plänen abgelenkt werden wollte, die sie ausarbeitete und dabei den Gesprächen der anderen Gäste zuhörte.

Sie sprachen über die Bombardierung durch die Engländer, über die Raubzüge der Plünderer in den bombardierten Häusern, über die Verletzten, die in den Krankenhäusern keinen Platz fanden, über die Familien, die aufs Land flüchteten und ihre Häuser den Dieben überließen, über den Mangel an Nahrungsmitteln, über die Unsicherheit des Versorgungsnachschubs, über die Aussichten auf einen neuen, schrecklichen Kriegswinter.

»Ich muß eine Ladung Koks nach Mailand bringen, zum Hotel *Continental*«, sagte ein junger Mann, der Brot und Speck aß.

Elena horchte auf. Das Hotel *Continental* war ganz in der Nähe von ihrer Wohnung.

»Jetzt, wo bald der Winter einbricht, wollen die vom deutschen Kommando im Warmen sitzen«, grinste er mit Anspielung auf die Tatsache, daß das berühmte Mailänder Hotel fast gänzlich von hohen Nazioffizieren besetzt war.

»Und nach Möglichkeit gut essen und noch besser trinken«, warf die Milchverkäuferin ein. »Uns schickt die Molkerei Kannen mit verwässerter Milch. Ihnen statt dessen die gute Vollmilch, mit drei Fingerbreit Sahne obendrauf. Wo bleibt da die Gerechtigkeit? Gestern habe ich mit eigenen Augen einen Lastwagen gesehen, der zentnerweise Weißmehl vor der Kaserne der Deutschen ablud.«

»Entschuldigt, wenn ich mich einmische«, hob Elena an und näherte sich ihnen. »Ich habe gehört, daß Ihr nach Mailand fahrt«, fuhr sie schüchtern, aber entschlossen fort. »Ich muß auch dorthin, aber die Züge fahren nicht. Könnt Ihr mir einen Rat geben?«

Der Lastwagenfahrer musterte die schöne junge Frau, die ihn so voller Anmut und Höflichkeit fragte.

»Da bringe ich Euch doch gerne hin«, lächelte er und steckte einen Zahnstocher in den Mund, während er sie wohlgefällig betrachtete.

»Wirklich? Das wäre ein großes Glück für uns«, erwiderte Elena.

»Wer ist wir?« forschte der Fahrer nach.

»Ich reise mit meiner Tochter. Wir waren über ein Jahr in Sacile. Jetzt wollen wir nach Hause zurückkehren.«

»Das ist doch verrückt. Ihr solltet aufs Land zurück fahren. Mailand ist in diesen Tagen eine wahre Hölle. Genau wie Verona«, erklärte er ihr.

»Das weiß ich auch. Mein Mann hat mich gewarnt. Aber ich kann nicht anders«, antwortete sie, ohne weitere Erklärungen zu geben.

Caterina beobachtete ihre Mutter mit der ruhigen Heiterkeit der Kinder, die den Erwachsenen ihr Schicksal anvertrauen, ohne sich weiter Fragen zu stellen.

»Dann werde ich Euch also nach Mailand bringen, bella Signora«, versprach der junge Mann in galantem Ton.

»Natürlich werde ich Euch für die Unannehmlichkeit bezahlen«, betonte Elena. »Wieviel soll ich Euch geben?«

»Das hat keine Eile. Wir werden uns schon auf der Reise einig werden«, beschwichtigte er sie mit pfiffigem Blick.

»Klare Verhältnisse, lange Freundschaft. Sagt mir sofort, wieviel Ihr wollt, dann entstehen keine Mißverständnisse«, beharrte Elena.

Caterina verließ ihren Tisch und stellte sich neben ihre Mutter. Die Art, in der der junge Mann ihre Mutter ansah, hatte in ihr einen Anflug von Eifersucht ausgelöst.

»Mama, meinst du, wir können diesem Herrn vertrauen?« fragte sie leise.

Der Lastwagenfahrer und die Milchverkäuferin hatten sie gehört und brachen in Gelächter aus.

»Ganz schön helle, Eure Kleine«, bemerkte die Frau und fügte hinzu: »Seid ganz beruhigt. Bepi ist ein braver Junge. Das garantiere ich Euch, und ich kenne ihn, seit er ein kleiner Junge war.«

»Wir sind auch anständige Leute«, erwiderte Elena, erleichtert durch die Versicherungen der Frau.

»Sagen wir, wenn wir Mailand erreichen, dann bezahlt Ihr mir das Benzingeld dafür, daß ich Euch mitnehme. Einverstanden?« schlug der Fahrer vor.

In der Dämmerung desselben Tages kletterten Elena und ihre Tochter von dem Lastwagen voller Eierkohlen und standen vor ihrem Laden im Corso Venezia. Elena reichte dem jungen Mann das Geld, mit dem sie während der mühsamen und nicht enden wollenden Reise eine Art Freundschaft geschlossen hatte.

»Ich will kein Geld«, wehrte er ab. »Ihr habt schon zuviel Pech gehabt. Wenn Ihr Geld habt, bewahrt es für Euch selbst auf. Wenn der Krieg zu Ende ist, werde ich Euch besuchen kommen, und dann wird auch Euer Mann zurück sein, und ich werde ihm Komplimente für seine schöne und weise Frau machen.«

Elena schaute sich um. Nur mit Mühe erkannte sie die Straßen wieder, die sie vor wenigen Jahren noch in modischen Kleidern entlanggegangen war, um die Schneiderei zu erreichen.

Sie erinnerte sich an die Reihe von eleganten Läden, an geschäftige Leute, an glänzende Autos, an klingelnde Straßenbahnen. Sie sah in Erinnerung die Schaufenster der Modistinnen und die überquellenden Lebensmittelläden. Sie roch wieder den feinen und durchdringenden Duft von Puder und Kölnisch Wasser, der in der Nähe der Parfümerien in der Luft lag. Sie dachte an die leuchtenden Farben der taufrischen Früchte, die vor dem Laden ihres Mannes ausgestellt waren.

Als alles noch so war, wie sie es jetzt in der Erinnerung durchlebte, war sie zwanzig Jahre alt gewesen, verliebt, und das Leben schien ihr ein Fest ohne Ende zu sein.

Jetzt sah sie halbzerstörte Gebäude, abgesperrte Häuser, dunkle Fenster. Die heil gebliebenen Läden hatten die Gitter heruntergelassen, so wie ihr eigener Laden auch. Wo war bloß das Glück vergangener Tage geblieben! Wo war nur ihr Alcide! Tränen standen ihr in den Augen, als sie dem Lastwagenfahrer die Hand reichte.

»Danke«, sagte sie zu ihm. »Wir sehen uns wieder, wenn der Krieg zu Ende ist. Mein Mann und ich laden Euch zum Mittagessen ein.«

»Der Krieg sollte schon seit einiger Zeit zu Ende sein, denn Hitler hat ihn schon längst verloren. Aber keiner hat den Mut, ihm das zu sagen«, raunte der junge Mann ihr zu und verabschiedete sich. Elena sah, wie der Lastwagen sich entfernte und bezweifelte, daß der Tag käme, an dem sie diesen ehrlichen und großzügigen jungen Mann wiedersehen würde. Sie nahm ihre Tochter bei der Hand, überquerte die verlassene Straße und hielt vor dem verschlossenen Laden an.

»Aber ist das auch ganz sicher unser Zuhause?« fragte Caterina mit unsicherer Stimme.

Elena nickte, während sie sich niederkniete, um das Vorhängeschloß zu öffnen, das das eiserne Gitter am Boden sicherte. Mit einem kräftigen Ruck riß sie das Rollgitter nach oben, und sie betraten den Laden. Der süßliche Geruch von verwelktem Gemüse schlug ihr entgegen. Der Verkaufsraum war dunkel, leer und verlassen. Von einem Haken hing traurig der Barchentkittel herab, den Alcide immer im Laden getragen hatte. »Was für ein Elend«, rief Elena aus, während sie sich niedergeschlagen auf einen Stapel leerer Körbe fallen ließ.

»Wenn Papa da wäre, würdest du das nicht sagen«, ermahnte sie Caterina. »Was machen wir jetzt?«

»Wir müssen nur versuchen zu überleben«, antwortete Elena und streichelte ihrer Tochter das Gesicht. »Und weil wir alleine sind, mußt du mir helfen. Wir haben noch eine Stunde Zeit bis zur Verdunkelung. Mach die Tür weit auf und das Licht an, und dann hoffen wir auf ein paar Kunden. Wenn wir die Sachen hier heute nicht verkaufen, müssen wir sie morgen wegwerfen.«

Caterina musterte die halbleeren Regale und erinnerte sich an die Zeiten, als in ihnen Gläser mit Oliven und eingelegtem Gemüse gestanden hatten, mit farbigen Bändern geschmückte Körbchen voller Nüsse, Flaschen mit aromatisiertem Essig, Gläser mit Quittenmus, das ihre Mutter zubereitet hatte.

»Da ist nicht mehr viel«, bemerkte sie.

»Jetzt müssen wir beide dafür sorgen, daß der Laden läuft. Wir haben harte Arbeit vor uns, Caterina. Wir werden uns daranmachen, ohne uns zu beklagen. Krieg oder kein Krieg, diese Regale werden wieder gefüllt sein. Morgen bei Sonnenaufgang gehe ich zum Markt und werde alles aufkaufen, was ich finde«, versprach sie, während sie die Tür zum Hof öffnete, um zu kontrollieren, ob der Dreiradwagen von Alcide noch da war: Er war unerläßlich, um die Ware vom Markt zum Laden zu transportieren. Sie fuhr fort: »Ich gehe in den Keller hinunter, um nachzusehen, wie es dort aussieht. Kümmer du dich um den Laden.« Sie ging um den Ladentisch herum, hob die Bodenluke an und stieg die kurze Treppe hinunter. Dort gab es einen kühlen Raum, der von zwei kleinen Fenstern, die sich zum Hof hin öffneten, erhellt wurde.

»Mama, was soll ich sagen, wenn ein Kunde reinkommt?« fragte das Kind, das sich so ganz allein in dem armseligen Laden unbehaglich fühlte.

»Das, was Papa immer gesagt hat: ›Guten Abend. Was wünschen Sie bitte?‹« schlug Elena vor, während sie mit einem Blick die spärlichen Vorräte maß.

Auf einer Bank lag vergessen ein dickes Buch. Elena las den Titel: *Antonio Adverse* von Herven Allen. Es war ein Roman, den der Verlag Mondadori für die Reihe *Omnibus* herausgegeben hatte. Er hatte vierzig Lire gekostet. Es war einer der vielen Abenteuerromane, die Alcide ihr und dem Kind abends vor dem Zubettgehen vorgelesen hatte. Neben dem Buch lagen auch ein Kerzenstummel und eine Schachtel Streichhölzer. Offensichtlich hatte ihr Mann sich das Buch während eines Luftangriffs mit in den Keller genommen, der auch als Schutzraum diente, um durch die Lektüre die Angst zu besiegen. Ihr traten Tränen in die Augen. »Was wird wohl aus ihm?« fragte sie sich voller Angst. Sie setzte sich auf die Bank und strich über den bunten Buchdeckel mit der gleichen Zärtlichkeit, mit der sie das Gesicht Alcides gestreichelt hätte.

Caterina schaute hinter der Ladentheke hervor und sah einen Engel vor sich. Das war zumindest der Eindruck, den sie bekam, als sie das Gesicht des hochgewachsenen, mageren jungen Mannes sah, der sie mit seinen großen Augen anschaute, die von langen, gebogenen Wimpern beschattet wurden. Die lockigen Haare waren blond mit rötlichem Schimmer. Er trug graue Hosen und einen schönen, goldgelben Pullover.

»Guten Abend, Signorina«, wandte er sich mit einer Baritonstimme und einem freundlichen Lächeln an sie.

Caterina wagte kein Wort zu sprechen. Sie schaute ihn einfach weiter ungläubig und verwirrt an.

»Meint Ihr mich?« fragte sie schließlich. Niemand hatte sie jemals so genannt. Sie war doch erst neun Jahre alt.

»Ich sehe keine anderen Signorinas hier«, gab der junge Mann zur Antwort.

Caterina dachte an ihr erbärmliches Aussehen. Das Kleidchen, noch vom vergangenen Jahr, war ihr zu kurz und zu eng. Ihre Zehen lugten aus den Schuhen hervor. Ihr Vater hatte mit einem kleinen Messer die Spitze abgeschnitten, damit sie sie noch anziehen konnte. Ihre Haarbänder waren verblichen. Sie errötete vor Scham.

»Der Herr wünscht?« fragte sie in dem Versuch, Haltung anzunehmen.

»Ich hätte gern etwas Obst«, sagte er mit einem verwunderten Blick auf den Zustand der Ware und fügte hinzu: »Was könnt Ihr mir empfehlen?«

»Das, was Ihr vor Euch seht. Schrumpelige Äpfel, steinharte Birnen, Mispeln, ein paar blaue Weintrauben. Was haltet Ihr von einem Kilo? Ich werde gut wiegen und Euch einen guten Preis machen«, spielte sie mit Mühe ihre Rolle und überwand so ihre Verwirrung. Sie war noch nie einem so schönen und feinen jungen Mann begegnet.

»Abgemacht«, antwortete er mit einem Lächeln. »Wenn Ihr mir wirklich all diese schönen Dinge einpackt.«

Caterina stand nämlich wie angewachsen hinter der Ladentheke und wagte nicht, sich zu rühren.

»Sofort, Signore. Aber ich bin nur ein Kind. Nennt mich nicht Signorina. Ich heiße Caterina«, sagte sie leise. Sie hätte hinzufügen mögen: »Das müßtest du doch wissen, du bist doch mein Schutzengel! Ich wußte, daß du dich mir eines Tages zeigen würdest.« Statt dessen senkte sie den Kopf und errötete.

»Gut, Caterina. Ich heiße Marco«, lachte er.

Auf der Ladentheke lag ein Stapel Zeitungsblätter. Der junge Mann nahm eins, rollte es trichterförmig zusammen und faltete die Spitze einige Male, um so eine Tüte zu erhalten, die er dem Kind reichte. »Was wollen wir hier hineintun? Harte Birnen oder schrumpelige Äpfel?« sagte er lächelnd.

Caterina nahm die Tüte dankbar entgegen. Sie hätte es nicht geschafft, ein Blatt auf diese Weise zu falten.

»Ich werde die schönsten auswählen«, versprach sie.

In diesem Moment tauchte Elena aus dem Keller auf.

»Gut gemacht«, sagte sie, als sie das Mädchen bei der Arbeit sah. Dann wandte sie sich an den Kunden: »Verzeiht uns die geringe Auswahl, die wir bieten können. Wir sind gerade aus Venetien zurückgekommen. Wenn Ihr morgen wiederkommt, werden wir Euch besser bedienen. Das hoffe ich wenigstens. Es hängt davon ab, was ich auf dem Markt finde.«

»Ich bin auch gerade zurückgekommen«, sagte Marco.

Elena sah ihm aufmerksam ins Gesicht und fragte sich, ob dieser junge Mann wohl auf der Flucht vor etwas oder vor jemandem wäre.

»Hier, ein Kilo Obst«, machte sich Caterina bemerkbar. Dann wandte sie sich an ihre Mutter: »Ich habe versprochen, ihm einen guten Preis zu machen. Was macht es, Mama?«

Elena schrieb Zahlen auf ein Stück Papier, dann reichte sie dem Kunden die Rechnung. »Kommen Sie bald wieder«, fügte sie hinzu.

»Ganz bestimmt«, versprach er.

An diesem Abend kamen noch andere Kunden vor Ladenschluß.

Elena und ihre Tochter waren zufrieden. Sie hatten praktisch alles verkauft, was sich noch in den Regalen befunden hatte. Als sie schließlich alleine in der Stille der kleinen Wohnung über dem Laden waren, setzte sich Elena an den Küchentisch. Sie schrieb einen Brief an ihre Schwiegermutter, um ihr von Alcides Verhaftung zu berichten. Einen zweiten Brief schrieb sie an ihre Mutter, um sie zu bitten, nach Mailand zu kommen.

»Ich habe deine Hilfe dringend nötig«, schrieb sie. »Caterina und ich sind schrecklich allein, und wir wissen nicht, wie wir alleine mit der Wohnung und dem Laden zurechtkommen sollen.«

Caterina hatte sich in der Zwischenzeit in ihr Bett geflüchtet und angefangen zu beten. »Mein Engel Gottes, du mein Schutzengel ...«

Endlich hatte der Engel ein Gesicht, einen Namen, ein Lächeln, das ihr den Atem raubte.

8

»Dem Himmel sei Dank, daß du da bist!« rief Elena aus und umarmte ihre Mutter. Luigia war fünfundfünfzig Jahre alt, hatte immer noch eine ansehnliche Figur, ein lächelndes Gesicht und einen unschuldigen Blick. Sie war aus einem Auto gestiegen, das auf dem Dach zwei große Methangasflaschen hatte, den üblichen Kraftstoff in jenen Kriegsjahren. Der Fahrer lud das Gepäck ab und brachte es in den Laden.

»Ein Glück, daß Mütter noch zu etwas gebraucht werden«, sagte Luigia, die die langen, einsamen Monate müde war und die Einladung ihrer Tochter mit Begeisterung angenommen hatte.

»Ich schaffe einfach nicht alles: die Wohnung, der Laden, das Kind, die Kunden«, machte Elena ihrem Herzen Luft. »Caterina hilft ja, wo sie kann, aber sie ist doch noch ein Kind! Außerdem ist sie ja ganz alleine, denn ihre Freundinnen haben alle die Stadt verlassen.«

»Und ich habe es in Modena nicht mehr ausgehalten. Es gibt mehr Deutsche und Republikaner als Ratten dort. Die Faschisten liegen ständig auf der Lauer, immer zu ihren sogenannten Säuberungsaktionen bereit, um die Leute in Arbeitslager nach Deutschland zu schicken oder um ein paar Pechvögel einzusperren, die dann erschossen werden, wenn sie eine Vergeltungsmaßnahme für nötig halten«, erzählte die Großmutter.

»Hier ist die Lage auch nicht anders«, antwortete Elena. »Aber die Stadt ist groß, und manche Bosheiten fallen da nicht so auf.«

»Hast du etwas von deinem Mann gehört?«

»Nein, gar nichts. Hoffentlich kommen die Deutschen und wer sie erfunden hat alle in die Hölle«, rief Elena aus.

Der Kummer, die Erschöpfung, die Sorgen ließen ihr keine Ruhe.

Sie war müde und deprimiert, aber zum Glück hatte sie noch nicht resigniert.

»Hast du seine Verwandten informiert?«

»Ich habe an seine Mutter geschrieben und mich auch bei ihr entschuldigt. Wenn ich nicht so zimperlich und nicht so überheblich gewesen wäre, dann wäre ich jetzt noch bei ihnen auf dem Land und Alcide wäre hier im Laden. Statt dessen habe ich das hier alles angerichtet«, brach es aus Elena heraus, und sie begann zu weinen.

»Tränen nützen jetzt nichts. Jetzt müssen wir versuchen, uns heiter der Zukunft zu stellen. Wo ist denn meine Kleine?« fragte sie nach der Enkelin.

»Oben. Sie macht die Betten«, antwortete Elena. »Sie versucht, sich nützlich zu machen, wo sie kann, und es gelingt ihr auch. Aber es ist zu traurig. Auf dem Land hatte sie immer Hunger. Hier ißt sie kaum etwas. Sie hat niemanden, mit dem sie spielen kann. Zum Glück fängt in ein paar Tagen die Schule wieder an.«

»Jetzt kümmere ich mich um sie. Ich gehe sofort nach oben«, entschied Luigia.

Als Caterina sie sah, richtete sie einen langen, ungläubigen Blick auf sie, dann warf sie sich buchstäblich auf sie, hielt ihre Taille umschlungen und brach schließlich in Tränen aus. Auch Luigia war gerührt, aber es gelang ihr, die Tränen zurückzuhalten. Sie hielt die Kleine fest in den Armen und klopfte ihr beruhigend auf die Schultern.

»Ab heute wird alles anders«, sagte sie zu ihr. »Als erstes drehen wir den Tränenhahn zu. Und ich werde für eine Menge Arbeit und eine Menge Vergnügen sorgen«, als ob es in jenen Jahren noch Zeit zum Lächeln gäbe.

Caterina trocknete sich das Gesicht mit dem Handrücken und schaute sie voller Zuneigung an.

»Ich bin so froh, daß du hier bist«, erklärte sie.

»Dann geht es uns beiden gleich. Ich konnte es nicht erwarten, ein bißchen bei dir zu sein. Weißt du, daß ich dich seit anderthalb Jahren nicht mehr gesehen habe? Laß dich mal anschauen. Du bist gewachsen. Aber du bist zu dünn. Jetzt werde ich erst mal dafür sorgen, daß du etwas ißt. Ich werde dir die Suppe mit Kohl und Kartoffeln kochen, die du so gerne magst. Und Apfelpfannkuchen und Pastetchen mit Marmelade. Ich werde dich mästen wie ein Schweinchen«, versprach Luigia.

»Du schläfst auf der Ottomane. Guck mal, Oma, wie ich alles vorbereitet habe. Nachts sind wir ganz dicht nebeneinander. Ich hab dir so viel zu erzählen.« Caterina wollte fröhlich sein, aber statt dessen fing sie wieder an zu weinen.

Die Oma begann, sich Sorgen zu machen. Sie setzte sich neben sie auf die Ottomane und redete ihr sanft zu.

»Ich sehe schon, daß die Freude, deine alte Oma wiederzusehen, dich zum Weinen bringt. Aber jetzt ist es doch langsam genug. Möchtest du mir nicht sagen, was mit dir los ist?«

»Ich weiß nicht. Ich weiß nur, daß ich immer weinen möchte«, sagte Caterina.

»Wegen deinem Papa?«

»Auch, aber nicht nur.«

»Also warum dann?« bohrte die Oma weiter.

Das Kind schwieg.

»Eben hast du mir noch gesagt, daß du mir viel zu erzählen hast, und jetzt willst du den Mund nicht aufmachen. Was sind denn das für Geschichten?«

»Es ist nicht leicht, darüber zu reden«, verteidigte sich Caterina.

»Ist deine Mama zu streng? Oder fühlst du dich alleine? Oder machst du dir Gedanken über den Schulanfang? Heiliger Himmel, Caterina, laß mich doch nicht so im dunkeln tappen. Wenn du so viel weinst, muß es doch einen ernsten Grund dafür geben«, wurde die Oma ungeduldig.

»Ich denke an ihn, und schon steigen mir die Tränen in die Augen«, flüsterte das Kind.

»Wer ist er?« fragte Luigia, neugierig geworden.

Caterina näherte die Lippen dem Ohr der Oma und flüsterte: »Er, Marco. Er ist mein Engel. Ich denke immer an ihn, und dann muß ich weinen.«

»Dein Engel? Wer ist dieser Marco?« fragte die Oma erstaunt nach.

»Er ist ein wunderschöner junger Mann, Oma. Du kannst dir einfach nicht vorstellen, wie schön er ist. Er ist blond, groß, elegant, er hat eine Stimme, die mir Herzklopfen macht. Er ist sehr freundlich. Jeden Abend kommt er in den Laden, um etwas zu kaufen. Wenn ich ihn sehe, stockt mir der Atem, und ich kann noch nicht einmal mehr etwas sagen«, gestand Caterina. »Wenn er mir zulächelt und mich Signorina nennt, werde ich rot wie eine Tomate.«

»Du hast dich verliebt. Das ist es«, entschied die Oma in betont feierlichem Ton.

»Ich weiß nicht, was es heißt, verliebt zu sein.«

»Es bedeutet, ganz außer sich zu sein, so wie es mit dir geschieht. Neun Jahre scheinen mir allerdings ein bißchen früh für dieses Gefühl. Weiß deine Mama davon?«

»Machst du Witze? Es ist ein Geheimnis!« antwortete Caterina alarmiert.

»Die Zeiten ändern sich natürlich, und die Kinder werden schneller groß, aber als ich so alt war wie du, hatte ich nur Spielen im Sinn. An Jungen dachte ich überhaupt nicht.«

»Ich habe auch keine Jungen im Sinn. Ich denke nur an Marco. Er ist mein Engel«, betonte Caterina.

»Ich verstehe«, sagte die Oma mit einem amüsierten Lächeln. »Ich würde bloß mal gerne dieses Kerlchen sehen, das meiner Enkelin so gut gefällt.«

»Du wirst ihn schon sehen. Er kommt jeden Abend, um Obst zu kaufen. Ich glaube, er ißt es unheimlich gerne. Du wirst sehen, wie schön er ist. Das sagt Mama auch. Er hat so große Augen wie grüne Weintrauben und lange, blonde Wimpern, die nach oben gebogen sind. Seine Haare glänzen so, als hätte er ein Licht auf dem Kopf. Du mußt ihn dir einfach anschauen, Oma«, redete Caterina sich in Hitze.

»Du bist ja völlig aufgedreht, und du läßt mich auch noch den Kopf verlieren. Alles zu seiner Zeit. Jetzt schließen wir das Kapitel des blonden Marco erst einmal ab und widmen uns dem viel ernsteren des Überlebens. Ich warne dich, Kleine: Wir haben einen schwierigen Winter vor uns, und du mußt auch deinen Teil dazu beitragen, damit wir ihn überstehen. Gott stehe uns bei.«

Nachdem sie ihr Herz ausgeschüttet hatte, war es Caterina sofort viel froher zumute. Während Elena im Laden war, kümmerten sich Oma und Enkelin um die Wohnung.

Kurz vor der Verdunkelung stiegen sie beide in den Laden hinab.

»Ich habe eine Gemüsesuppe mit Speck gemacht«, verkündete Luigia ihrer Tochter. »Sie ist noch auf dem Herd. Jetzt kannst du nach oben gehen und dich ausruhen. Wir beide kümmern uns um die letzten Kunden und schließen den Laden.«

Elena war erleichtert. Sie war an jenem Morgen früh aufgestanden. Mit dem Dreiradwagen war sie zum Großmarkt gefahren, um Vorräte einzukaufen: Kartoffeln, Kohl, Karotten, Spinat, gelbe Kürbisse, weiße und rote Rüben, Äpfel und Birnen. Sie hatte die beste Ware aufkaufen können, da die meisten Läden mittlerweile nicht mehr geöffnet waren.

Für sie war es nun eine Frage der Ehre, den Laden ihres Mannes geöffnet zu halten. Fast jede Nacht wurde die Stadt bombardiert, aber nachdem sie die Schreckensnacht in Verona überlebt hatte, hatte Elena das Gefühl, daß sie unsterblich war. Sie wußte nicht, ob der Krieg von den Faschisten oder von den Alliierten gewonnen würde, aber sie war überzeugt, daß der Faschismus ihrer aller Unglück war. Sie haßte die deutschen Soldaten, die ihr ihren Mann weggenommen hatten, genauso wie die Spitzel, die Unschuldige denunzierten und verhaften ließen.

Oft betraten deutsche Soldaten den Laden, die vom Obst angelockt wurden, das Elena ausstellte. Sie waren freundlich, feilschten nicht um den Preis und nahmen alles, was sie ihnen anbot, mit begeisterten Ausrufen. Einige erzählten ihr von ihrer Familie, andere zeigten ihr Fotos von ihren Frauen, ihren Kindern, ihren Eltern, ihrer Verlobten. Diese Deutschen waren sogar höflicher als manche Faschisten, die die Anmaßung der Verzweiflung zur Schau stellten. Manchmal träumte Elena, daß die Soldaten in Deutschland so wären, wie diejenigen, die in ihren Laden kamen, und daß ihr Mann so möglicherweise gesund und sicher nach Hause zurückkäme. Wenn sie alleine mit Caterina war, stellte diese ihr unangenehme Fragen über den Krieg.

»Wenn es stimmt, daß Hitler und Mussolini Freunde sind, warum hat Mussolini dann erlaubt, daß Hitler uns Papa wegnimmt?«

Auf diese und ähnliche Fragen wußte Elena keine Antwort.

»Mama, sag doch, daß sie schlecht sind«, bestand das Kind auf seiner Meinung. »In Verona hast du gesagt, daß Gott deshalb nicht auf ihrer Seite sein kann.«

»Und du hast eingewendet, daß es keine schlechten Menschen gibt, sondern nur unglückliche«, erinnerte Elena sie.

»Aber ich will wissen, auf wessen Seite das Gute und das Schlechte sind. Das hast du mir nicht erklärt.«

»Weil ich es nicht weiß. Ich habe keine Sicherheiten mehr. Verstehst du das?«

»Die Bomben, die uns auf den Kopf fallen, sind von den Amerikanern und von den Engländern. Dann sind die auch nicht so gut«, argumentierte das Kind.

In jenen Momenten bedauerte Elena, daß die kleine Eva nicht bei ihnen war. Sie war sicher, daß es ihrer Tochter geholfen hätte, auch die komplizierteren Probleme zu verstehen, wenn sie darüber mit ihrer Cousine gesprochen hätte.

Jetzt schaute sie ihre Tochter an, die durch die Anwesenheit der Oma einen Anflug von Heiterkeit zurückgewonnen zu haben schien, und sie war froh darüber.

»Gut, dann gehe ich nach oben«, schloß sie. Sie öffnete die Schublade mit den Einnahmen des Tages und leerte sie bis auf etwas Kleingeld, dann steckte sie das Geld in die Tasche und ging.

Die Oma setzte sich hinter den Ladentisch. Caterina hielt von der Ladenschwelle aus Ausschau.

»Wie spät ist es?« fragte sie.

»Fast fünf«, antwortete die Oma.

»Gleich kommt er«, versicherte Caterina. »Ich werde ihn bedienen. Du darfst nichts sagen. Verstanden?«

»Natürlich wirst du ihn bedienen. Ich wüßte noch nicht einmal, wo ich anfangen sollte.«

Caterina liebte das Komplizenhafte der Oma, die gleichzeitig ihre Freundin und Vertraute war. Sie verglich damit die schwerfällige Aggressivität der Großmutter Evarista und dachte an den Abgrund, der die beiden Frauen trennte.

Die Großmutter aus Sacile war aber vielleicht doch nicht so schrecklich. Zumindest hatte die kleine Eva, die so viel vom Leben wußte, einmal zu ihr gesagt: »Großmutter Evarista schämt sich, gut zu sein, aber sie sorgt sich um alle. Sie schreit und spottet immer, aber sie hat ein gutes Herz. Wenn du sie streichelst, knurrt sie und gibt dir einen Stoß, weil sie Angst davor hat, schwach zu scheinen.«

Caterina verstand das, aber sie fürchtete sie dennoch und zog Oma Luigia vor, die überschwenglich, gesprächig und liebevoll war und sich nicht im geringsten darum sorgte, anders zu erscheinen, als sie war.

»Da ist Marco. Er überquert gerade die Straße«, rief sie aufgeregt, als sie den jungen Mann auf der anderen Straßenseite entdeckte.

Die Oma schaute aus der Tür. Die Beschreibung Caterinas, die sich hinter ihr versteckt hatte, stimmte genau. Sie sah einen schönen jungen Mann von heiterem Aussehen und edlen Gesichtszügen.

»Du hast recht, meine Kleine«, flüsterte sie ihr zu. »Er scheint ein Prinz zu sein.«

»Ein Engel«, wurde sie von Caterina berichtigt, die hinter ihr hervorlugte.

»Warum zögert er? Vielleicht wartet er auf jemanden«, vermutete Luigia, die sah, daß der junge Mann um sich schaute, ohne die Straße zu überqueren. Dann bemerkte sie zwei Männer in der Nähe des Ladens, die ihn beobachteten.

»Er sieht sehr mißtrauisch aus, dein Marco«, stellte die Oma fest.

»Engel sind nicht mißtrauisch«, erklärte Caterina entschieden.

Einen Augenblick später sahen sie, wie Marco in Richtung der Piazza davonging.

»O nein!« sagte das Kind bekümmert. »Er ist nicht gekommen. Warum nur?«

Die beiden Männer folgten Marco mit Blicken, wechselten ein paar Worte miteinander und betraten schließlich den Laden. Caterina und ihre Oma wichen zurück, um sie eintreten zu lassen.

Sie waren jung, aber nicht so jung wie Marco. Und sie waren überhaupt nicht schön. Einer von ihnen hatte einen dünnen, gepflegten Schnurrbart. Sie hatten helle Regenmäntel an und trugen dunkle Hüte mit breiter Krempe, die ihr Gesicht beschatteten.

»Was wünschen die Herren?« fragte Caterina enttäuscht. Die beiden würdigten sie keines Wortes. Der eine suchte zwei Äpfel aus und reichte einen davon dem anderen. Er warf eine Münze auf den Ladentisch, und sie verließen den Laden ohne zu grüßen. Auch sie steuerten auf die Piazza zu.

»Die beiden gefallen mir kein bißchen. Und dir?« fragte Caterina.

»Vulgäres Pack«, sagte die Oma.

»Genau. Sie sind nicht so fein wie Marco«, entschied das Kind.

»Hör zu. Jetzt muß ich dir erst mal was erklären«, ermahnte sie die Oma. »Dieser schöne Junge, der dir so gut gefällt, ist ein Mann. Wahrscheinlich hat er eine Verlobte, die in seinem Alter ist. Du bist nur ein Kind. Ich kann nicht verhindern, daß du an ihn denkst, aber ich muß dir sagen, daß es keinen Sinn hat, wenn ein kleines Mädchen sich in einen Mann verliebt. Verstehst du das? Du kannst auch ganz beruhigt sein: Es wird bald vorbeigehen.«

»Nie und nimmer!« gab Caterina mit dramatischem Nachdruck in der Stimme zur Antwort; dieser Ausdruck hatte ihr sehr gefallen, seitdem sie ihn in einer Erzählung gelesen hatte. »Ich werde mein ganzes Leben an ihn denken, auch wenn ich ihn niemals mehr wiedersehen sollte. Er ist mein Engel.«

Die Oma lächelte und kniff sie in die Wange, während sie ausrief: »Glückliche Unschuld!«

9

In den darauffolgenden Tagen ließ Marco sich nicht sehen. Er schien vom Nichts verschluckt. Caterina war sehr traurig.

»Er wird abgereist sein«, vermutete die Oma. »In diesen Zeiten kommen und gehen die Leute, als ob es nichts Besonderes wäre, wie verrückt gewordene Ameisen.«

»Meinst du nicht, er hätte sich von mir verabschieden müssen?« bemerkte Caterina.

»Denkst du etwa, daß ein Mann, den du kaum kennst, an dich denken sollte? Du bist doch nur ein Kind!« spottete die Oma gutmütig.

»Ich bin kein Kind«, begehrte sie auf. »Ich bin Caterina, und er ist Marco, mein Engel.«

»Ach natürlich, ich vergesse immer, daß du ein ganz besonderer Mensch bist, der eine ganz besondere Beziehung zu den Engeln hat.«

»Offenbar ist es doch nicht so, auch wenn es schön wäre«, antwortete Caterina mit betrübter Stimme.

Sie betrachtete vom Fenster aus den heiteren Oktoberhimmel. Das Fenster ging auf den engen Hinterhof hinaus, aus dem schon lange nicht mehr die Stimmen ihrer Freundinnen zu ihr heraufdrangen, um sie zum Spielen zu rufen.

Marco war verschwunden, und die beiden Männer in den hellen Regenmänteln waren Stammkunden geworden. Sie kamen bei Sonnenuntergang, kauften etwas Obst und gingen wieder.

In den darauffolgenden Tagen dachte Luigia, daß es nötig wäre, ihre Enkelin ein bißchen abzulenken, um sie daran zu hindern, sich in ihrer Traurigkeit zu verkriechen. Sie hatte aus Modena einen Ballen Rohwolle mitgebracht, den sie selbst versponnen hatte.

»Der Winter steht vor der Tür. Ich werde dir etwas stricken

müssen: Unterhemden, Unterkleider, Kniestrümpfe, Mützen, Schals, Handschuhe und Pullover. Laß uns zunächst einmal die Wolle färben. Du kannst die Farben aussuchen«, kündigte sie eines Tages an, als Caterina aus der Schule kam.

Sie breitete auf dem Küchentisch eine Reihe Farbschachteln aus. Caterina las die Namen der Farben: Blauviolett, Altrosa, Bananengelb, Frühlingsgrün, Korallenrosa, Aschviolett.

»Ich möchte Bananengelb«, kündigte sie an. »Ich möchte einen Pullover in dieser Farbe, weil er dem Pullover von Marco ähnelt.«

»Du bist wirklich verbohrt«, sagte die Oma mit einem resignierten Seufzer. Dann lächelte sie jedoch und stimmte zu: »Du wirst deinen gelben Pullover bekommen.«

»Mit Perlmuster und zwei Zöpfen auf den Ärmeln«, präzisierte das Kind. Sie glaubte, wenn sie einen Pullover tragen würde, der dem von Marco so ähnlich war, würde sie sich weniger allein fühlen.

Sie gingen in den Hof hinunter. Mit Holzkohle zündeten sie das Feuer in dem gußeisernen Ofen an. In einem großen Emailtopf brachten sie Wasser zum Kochen. Dann löste die Oma das Farbpulver darin auf und rührte mit einem großen Stock um. Schließlich tauchte sie die Wolle hinein. Zum Fixieren der Farbe mußten sie einige Stunden warten, und die Oma beschloß, die Enkelin mit einer neuen Unterhaltung zu zerstreuen.

»Ich werde dich zum Kino-Theater *Puccini* bringen«, kündigte sie an. »Dort läuft ein schöner Film: *Die zwei kleinen Waisen.* Es gibt auch ein Varieté.«

»Was ist ein Varieté?« fragte Caterina.

»Hast du noch nie davon gehört? In was für einer Welt lebst du denn?« tat die Oma erstaunt. »Aber das kann man nicht erklären. Du wirst schon selbst sehen.«

»Können wir das Mama erzählen?« fragte Caterina. Sie wußte, daß Elena gegen Kino war, das sie für eine sinnlose und teure Nichtigkeit hielt.

Die Oma überlegte einen Augenblick.

»Wir werden es ihr danach sagen«, schloß sie das Thema ab, denn sie kannte ihre Tochter und ihren Hang zum Moralisieren, das sie von den Tanten gelernt hatte. Sie fuhr fort: »Jetzt müssen wir uns aber richtig feinmachen. Wir werden wie zwei wirkliche Damen ins Kino gehen.«

Es wurde ein unvergeßlicher Nachmittag. Caterina weinte alle ihre Tränen um das Schicksal der beiden kleinen Waisen, und sie lachte wie schon lange nicht mehr über die Späße der Clowns. Sie überließ sich bei den Kunststücken der Zauberer ganz dem Staunen, bewunderte die paillettenglitzernden Kleider der Tänzerinnen und überlegte, wie wohl die Kunststücke der Akrobaten nachzumachen wären.

Als sie aus dem *Puccini* kamen, zitterte Caterina vor Aufregung. Sie wunderte sich, daß die Welt außerhalb des Theaters immer noch so grau und traurig war.

»Wenn ich groß bin, möchte ich Tänzerin werden«, kündigte sie an.

»Warum nicht Akrobatin?« schlug die Oma vor und ging auf das Spiel ein.

»Ich habe mich entschieden: Ich will Enrichetta sein, die vom Pech verfolgte Waise, die am Ende für ihre guten Gefühle belohnt wird. Ich hätte gerne diese Kleider an, die bis zum Boden reichen, ich würde gerne in einer Kutsche reisen und Diener und Verehrer haben. Und eine Schwester, die sich um mich sorgt. Ich hätte so gerne eine Schwester. Warum ist Eva bloß gestorben? Sie war wie eine Schwester.«

»Du wirst noch viele Freundinnen haben, die dich liebhaben, du wirst schon sehen«, tröstete sie die Oma.

»Aber ich will Enrichetta sein, wenn ich groß bin«, beharrte sie.

»Das ist doch eine erfundene Figur. Die ganze Geschichte ist erfunden. Du könntest Schauspielerin werden, dann wärst du an einem Tag Enrichetta und am nächsten Katherina von Rußland.«

»Wer ist diese Katherina?«

»Eine große Herrscherin, die in der ganzen Welt von sich reden gemacht hat.«

»Hieß sie wirklich so wie ich?«

»Habe ich dich jemals angelogen?«

»Dann habe ich ja einen wichtigen Namen. Eines Tages werde ich auch berühmt sein. Oma, wie wird man eine wichtige Person?«

»Das weiß ich nicht. Einer macht etwas, und nichts passiert. Ein anderer tut die gleichen Dinge, und ihm passiert alles mögliche. Ich glaube, es hängt vom Schicksal ab. Für den Moment mußt du dich damit abfinden, daß du so bist, wie du bist: ein braves Mädchen, das anfängt, die Welt kennenzulernen. Schade, daß du sie gerade im schlechtesten Moment kennenlernst.«

»Wie ist die Welt denn im besten Moment?«

»Jetzt würde ich dir gerne sagen, daß es dann weniger Bosheit gäbe und weniger Übergriffe, aber ich bin da nicht so sicher. Ich würde sagen, daß die Leute dann nicht so oft vor Furcht zittern, und vor allem siehst du, wenn du dann nach oben schaust, die Schwalben fliegen und keine bombenbeladenen Flugzeuge. Und an den Straßen sind Blumenbeete anstatt dieser Trümmerberge. Was den Rest betrifft, sind die Menschen immer gleich, und die Gefühle, die sie bewegen, sind auch die gleichen seit ewigen Zeiten.«

»Du weißt so viel, Oma. Ich rede gerne mit dir. Das ist wie bei meinem Papa, wenn er mir vorlas. Glaubst du, daß mein Papa bald zurückkommt?«

»Er wird zurückkommen, wenn der Krieg zu Ende ist.«

»Aber wann ist er endlich zu Ende? Wenn der Herbst zu Ende ist, kommt der Winter, wenn die Schule zu Ende ist, fangen die Ferien an, wenn die Sonne untergeht, wird es Nacht. Warum kann man nicht wissen, wann der Krieg zu Ende ist?«

»Caterina, genieß doch jetzt erst mal diesen schönen Nachmittag, den wir gerade zusammen verbracht haben«, wurde die Oma ungeduldig.

»Das Schlimmste an den schönen Dingen ist, daß sie so schnell zu Ende gehen«, sagte Caterina betrübt, während sie raschen Schrittes an der Seite der Oma weiterging.

Sie waren am Stadtpark angekommen.

»Lauf nicht so schnell. Ich habe nicht mehr so junge Beine wie du. Ich bin schon alt und habe tausend Gebrechen«, klagte die Oma.

»Wir müssen uns beeilen. Mama wird sich schon Sorgen um uns machen«, bemerkte Caterina.

»Und du willst sehen, ob dein Engel zurück ist«, brummelte die Oma, die den wahren Grund für diese Eile erkannt hatte.

Als sie den Laden betraten, war Marco da. Er kaufte ein. Caterina blieb ungläubig, wie angewurzelt an der Schwelle stehen. Sie schmiegte sich an die Oma und zwickte sie vor Aufregung in die Seite. Luigia warf ihr einen warnenden Blick zu, um ihr zu vermitteln, daß sie schon verstanden hatte und daß die Enkelin nicht so aufgeregt sein sollte.

»Da sind ja die beiden Rumtreiberinnen«, begann Elena mit einem Seufzer der Erleichterung. Sie wog gerade eine Handvoll Nüsse ab.

»Wo seid ihr gewesen?« fragte sie.

»Das erzählen wir dir später. Warum gehst du nicht erst mal nach oben? Wir kümmern uns schon um diesen Herrn«, antwortete die Oma und stellte ihre Tasche auf den Ladentisch.

»Guten Abend Caterina«, sagte Marco mit einem Lächeln.

»Guten Abend Signore«, antwortete sie, ihren ganzen Mut zusammennehmend. Sie war froh, daß sie gut angezogen und gekämmt war.

An diesem Abend trug der junge Mann nicht den üblichen gelben Pullover, sondern einen grauen, mit hohem Kragen, unter einer braunen Samtjacke. Caterina sah auf seiner Stirn zwischen den Augenbrauen eine senkrechte Falte, die die Heiterkeit seines Gesichtes überschattete.

In jenem Moment wurde die Ruhe des nahen Sonnenuntergangs vom Heulen der Sirenen zerrissen.

»Du liebe Güte, ein Bombenangriff«, rief Elena aus und sprang zur Tür, um mit einem energischen Griff den Rolladen herabzuziehen.

»Ein Glück, daß ihr rechtzeitig nach Hause zurückgekommen seid«, fügte sie an ihre Mutter und ihre Tochter gewendet hinzu. In diesem Augenblick bemerkten die drei, daß der junge Mann mit ihnen im Laden eingeschlossen war.

»Sie wollen doch jetzt nicht gehen«, sagte Elena.

»Unser Keller ist ganz sicher«, ergänzte Caterina, die fürchtete, daß Marco sie bitten könnte, noch hinausgelassen zu werden.

»Hier oder woanders, das ist für mich das gleiche«, sagte er.

Elena hob die hölzerne Bodenluke hinter der Ladentheke und ging den anderen voran die Treppe hinunter.

Von draußen hörte man das dumpfe Grollen einer sich nähernden Flugzeugstaffel.

»Ich hab dir doch gesagt, daß er nicht weggefahren ist«, flüsterte Caterina ihrer Oma ins Ohr. Ihr Herz schlug wie verrückt, nicht nur aus Angst vor den Bomben, sondern aufgrund der Anwesenheit Marcos.

Im Keller gab es zwei Holzbänke, die sich gegenüberstanden. Das Mädchen setzte sich neben ihre Mutter, so daß sie Marco und ihre Oma gegenüber hatte.

Gleich darauf hörten sie das Pfeifen der Bomben, die auf die Stadt niedergingen. Elena holte den Rosenkranz aus der Schürzentasche und begann ihn herunterzubeten. Alle fielen mit ein, auch Marco.

Jedesmal, wenn mit einem schrecklichen Krachen eine Bombe explodierte, wurde das Gebet unterbrochen.

»Ich habe meine Tasche im Laden vergessen«, sagte Marco auf einmal besorgt. Caterina erinnerte sich, sie neben der Waage auf dem Boden gesehen zu haben.

»Die wird schon keiner klauen. Der Laden ist geschlossen«, bemerkte Elena.

»Wenn Ihr wollt, gehe ich nach oben und hole sie«, bot Caterina an.

»Du rührst dich nicht von hier weg«, befahl Elena.

»Danke, Caterina«, sagte der junge Mann lächelnd. »Deine Mutter hat recht. Im Moment kann meine Tasche da bleiben, wo sie ist.«

»Was machen Sie eigentlich beruflich, Signor Marco?« fragte die Oma, auch um das Herunterbeten des Rosenkranzes zu unterbrechen.

Sogleich schien es ihr jedoch, daß sie zu indiskret war, und sie fügte hinzu: »Ich frage nur, um uns ein bißchen abzulenken und nicht ständig daran zu denken, ob die nächste Bombe nicht unser Haus treffen wird.«

Er antwortete: »Ich heiße Marco Continolo. Ich sollte eigentlich Architektur studieren, aber die Universität ist geschlossen. Deshalb arbeite ich, mein Büro ist gleich hier gegenüber.«

»Sie scheinen nicht aus Mailand zu sein.«

»Meine Mutter ist von hier. Meine Familie lebt aber in Rom. Der Vormarsch der Alliierten hat mich von ihnen abgeschnitten, und ich kann sie im Moment nicht erreichen. Momentan wohne ich bei Freunden«, erklärte er lakonisch, als ob er nicht gerne über sich selber redete.

Caterina nahm ihren Mut zusammen und fragte: »Wie ist eigentlich Rom?« Sie hatte die Vorstellung einer wundervollen Stadt, in der der Papst wohnte und der Palast des Königs stand.

»Vor dem Krieg war es eine sehr angenehme Stadt«, gab Marco zurück.

Ganz in der Nähe schlug eine Bombe ein. Sie spürten eine starke Erschütterung. Die Kellerwände bebten, und durch die Fenster drang beißender Staub herein, Mörtelstücke fielen auf sie herab und in der gewölbten Kellerdecke öffnete sich ein Riß.

»Das war haarscharf«, flüsterte Elena und bekreuzigte sich.

»Wahrscheinlich ist die Bombe auf das Gebäude gegenüber gefallen«, sagte Marco.

Als der Bombenalarm vorüber war, saßen Caterina und ihre Mutter aneinandergeklammert und völlig verschreckt da, während Marco mit einem Arm die Schultern der Oma umfaßt hielt. Sie schauten sich beim Licht der Kerzen ungläubig an. Ein weiteres Mal waren sie auf wunderbare Weise dem Tod entronnen.

Einige Augenblicke lang war es ganz wirklich still, so wie immer nach einem großen Lärm. Dann hörten sie über ihren Köpfen ein dumpfes Geräusch und anschließend Schritte.

»Ich traue mich nicht, hinaufzugehen. Wer weiß, was uns erwartet«, sagte Elena.

»Der Laden war doch zu. Aber da oben geht jemand herum«, bemerkte die Oma.

»Wartet hier. Ich gehe zuerst hinauf«, entschied Marco.

Er stieg die Treppe rauf, hob die Bodenluke an und befand sich im Laden. Der Luftdruck der Bombe hatte das eiserne Rollgitter aus dem Rahmen gerissen. Ein Regal war umgekippt, und sein Inhalt lag auf dem Boden.

Elena tauchte hinter Marco auf.

»Was für ein Anblick!« rief sie aus und schlug die Hände vor das Gesicht.

»Meine Tasche ist nicht mehr da!« rief Marco alarmiert. »Ich hatte sie hierhin gestellt!« Er deutete auf eine Stelle neben dem Ladentisch unter der Waage. Caterina und die Oma kamen herauf. Sie waren bleich, und aus ihren Augen sprach noch der Schrecken.

»Jemand ist hereingekommen und hat sie mitgenommen«, fuhr Marco fort. Er war fürchterlich erregt.

»Das tut mir leid«, sagte die Oma. »War ihr Inhalt denn so wichtig?«

»Wichtiger als Ihr Euch vorstellen könnt«, antwortete er. Er atmete heftig und schien entsetzt zu sein. »Habt Ihr ein Telefon?« Sie hatten keins mehr. Draußen war die Nacht hereingebrochen. Man hörte die ersten Krankenwagen und Feuerwehrautos. Das Gebäude gegenüber, in dem Marcos Büro gewesen war, war völlig zerstört.

»Ich muß sofort gehen«, sagte Marco fast entschuldigend und lief hinaus.

Er war gerade verschwunden, als auf der Schwelle des Ladens der Schatten eines Mannes im hellen Regenmantel auftauchte.

Caterina erkannte ihn. Sie versuchte, hinter ihm seinen Freund zu erspähen, aber dieses Mal war der Mann allein. In der Hand hatte er eine schwarze Ledertasche.

»Da ist ja die Tasche von Marco«, rief sie aus.

»Genau«, sagte der Mann. »Kennst du ihn?«

»Er ist ein paar Mal hier hereingekommen, um etwas Obst zu kaufen«, mischte sich Elena ein, besorgt über Caterinas Ausruf.

»Wohin ist er gegangen?« fragte der Mann. »Ich will sie ihm zurückgeben.«

»Er ist gerade weggegangen«, antwortete das Kind. »Dort entlang.«

Sie deutete in Richtung auf den Stadtwall. Der Mann führte eine kleine Trillerpfeife zum Mund und blies hinein. Auf diesen Pfiff hin tauchte von irgendwoher sein Freund auf. Caterina stand auf der Ladenschwelle und sah ihnen nach, während sie fortliefen.

Heute

1

Caterina hatte tief und lange geschlafen. Sie öffnete die Augen und blickte auf die blütenweißen Vorhänge ihres Bettes. Das Ticken der Pendeluhr auf der Kommode betonte das friedliche Verstreichen der Zeit. In einem der Zimmer ihrer Wohnung lief ein Fernseher, von dem ein eindringlicher Dialog bis zu ihr drang, er wurde von lauter Musik untermalt.

Sie stand auf, verließ das Zimmer und ging den Korridor entlang. Sie sah die Tür zum Gästezimmer offenstehen. Ihre Freundin Diana schlief tief und fest, der Lärm des Fernsehers schien sie nicht im geringsten zu stören.

Auf Caterinas Gesicht erschien ein zärtliches Lächeln. Sie ging auf Zehenspitzen ins Zimmer, nahm die Fernbedienung und stellte den Apparat aus. Dann zog sie beim Hinausgehen die Tür hinter sich zu. Sie ging ins Badezimmer, um sich ein wenig frisch zu machen und den Zustand ihres Gesichts im Spiegel zu überprüfen.

»Du siehst fürchterlich aus«, murmelte sie ihrem Spiegelbild zu. Sie tauchte einen Pinsel aus Dachshaar in die Puderdose und strich sich damit über ihre Wangenknochen. Das Ergebnis war allerdings enttäuschend. Es machte ihr aber nicht sehr viel aus. In der Tiefe ihrer Seele hatte sie blaue Flecken, die sehr viel mehr schmerzten. Aber zum Glück konnte man die nicht sehen.

Sie betrat die Küche. Sie war auf Hochglanz poliert. Diana hatte gründlich saubergemacht, sehr viel besser als Bijou. Sie nahm aus dem Kühlschrank eine Flasche Heidelbeersaft und goß sich ein Glas davon ein. Dann trat sie auf die große Terrasse hinaus, um die sie ihre Freunde beneideten. Vor Jahren hatte sie diese Wohnung wegen der riesigen Terrasse gekauft, die sie mit kleinen Obstbäumen und Pflanzen hergerichtet hatte, die der Reihe nach von Januar bis Dezember Blüten trugen. Unter einem großen weißen Sonnenschirm hatte sie Korbsessel und -sofas mit weichen Kissen gruppiert.

Am Nachmittag lag die Terrasse im Schatten, und es genügte ein leichter Windzug, um den Aufenthalt dort auch in der heißesten Jahreszeit angenehm zu machen. Sie streckte sich auf einem Sofa aus und begann, an ihrem erfrischenden Saft zu nippen. Von einem Tischchen voller Bücher griff sie ein beliebiges heraus. Sie las den Titel: *Ausflug zum Leuchtturm* von Virginia Woolf. Im Lauf der Jahre hatte sie diesen Roman schon oft in die Hand genommen, und genausooft hatte sie ihn wieder, nach einer kurzen Lektüre, gelangweilt und irritiert beiseite gelegt. Diese komplizierte und neurotische Art zu schreiben rief in ihr jedes Mal die Sehnsucht nach der Einfachheit der großen Autoren hervor, die die Herzen der Leser durch Bescheidenheit gewannen. Sie dachte an Shakespeare und an Cervantes, an Flaubert und an Tschechow, die den Leser rührten, ihn zum Lachen und zum Überlegen brachten. Caterina verstand das Lesen als eine gute Medizin, die man auch in großen Dosen zu sich nehmen konnte: Sie tat dem Geist und der Seele immer gut. Noch einmal schlug sie den Roman auf und begann zu lesen. Schon nach wenigen Seiten wurde ihr klar, daß es vergebliche Liebesmüh war. Sie schloß das Buch mit einer grimmigen Geste und gab sich ihren Gedanken hin. Sie dachte, daß es gut wäre, ein wenig Ordnung in ihr Innenleben zu bringen, so wie sie es bei ihren Erzählungen tat, während sie Stück für Stück eines Mosaiks zusammensetzte. In ihrem Innern jedoch verstrickten sich Recht und Unrecht, Schuld mit Unschuld, wie die Fäden eines unauflösbaren Strangs. Sie fühlte sich nicht in der Lage, den Problemen eins nach dem anderen zu begegnen und sie eingehend zu durchdenken, denn einem Gedanken folgte sofort der nächste, und am Ende verlor sie den Faden ihrer Reflexionen. Sie war immer schon eher emotional als rational veranlagt gewesen. Als sie noch um einige Jahre jünger gewesen war, hatte sie versucht, mit ihrer Freundin, die schließlich Psychologin war, darüber zu reden.

»Sieh mal, Diana, wenn ich mich entschließe, ein Problem, das mir sehr am Herzen liegt, zu analysieren oder darüber nachzudenken, verliere ich irgendwann den Faden. Es kommen mir Situationen und Überlegungen in den Sinn, die mit dem Problem gar nichts zu tun haben. Die Gedanken gehen in alle Richtungen und überschlagen sich zu einem einzigen unsinnigen und nervtötenden Chaos. Am Ende geht es mir nur schlecht, und ich bin zu keiner Lösung gekommen. Ich habe so weder etwas analysieren noch verstehen können«, hatte Caterina ihr zu erklären versucht.

»Es handelt sich dabei um eine weitverbreitete Störung. Auch Marilyn Monroe litt darunter«, hatte die Freundin gescherzt. »Willst du den medizinischen Ausdruck dafür wissen?«

»Ich werde ihn sowieso vergessen, und außerdem tröstet es mich kaum, in guter Gesellschaft zu sein. Ist es schlimm?«

»Man überlebt«, hatte Diana lakonisch geantwortet. Als die Monroe dann gestorben war, hatte Caterina das Thema noch einmal angeschnitten.

»Hat Marilyn sich umgebracht, weil sie mit ihrem inneren Chaos nicht mehr leben konnte?« hatte sie die Freundin besorgt gefragt.

»Red doch keinen Unsinn. Sie hat sich umgebracht, weil sie drogenabhängig und Alkoholikerin war. Du rührst keinen Tropfen an und nimmst noch nicht einmal ein Aspirin, wenn du Kopfschmerzen hast«, hatte ihr Diana vorwurfsvoll geantwortet.

Wie so oft in den vergangenen Monaten dachte sie jetzt von neuem über ihr Scheitern und ihre Schuldgefühle nach, die ihr das Leben so schwergemacht hatten.

Sie sagte sich, daß Diana in letzter Zeit ihr Bestes gegeben hatte, um sie zum Sprechen zu bringen. Sie kam aber zu dem Schluß, daß sie noch nicht bereit dazu war. Sie sah eine Amsel, die sich im Birnbaum auf der Terrasse ein Nest gebaut hatte und gerade losflog, um Insekten zu fangen.

Ein Windzug ließ die Blätter an den Bäumen rascheln und brachte nach vielen Jahren die Erinnerung an Eva zurück, als ob sie da sei, direkt neben ihr. Die mystische Ader der kleinen Cousine hatte sie fasziniert, auch wenn Caterina nach deren Tod vor allem mit der Lösung von Problemen rein weltlicher Natur beschäftigt gewesen war. Ich habe dich aus den Augen verloren, meine kleine Freundin, dachte sie sehnsüchtig. Während der Himmel in der Erwartung eines Gewitters anfing, sich tiefblau zu verfärben, erinnerte sie sich wieder an das kindliche Stimmchen der Cousine, die sagte:

»Du wirst kreuz und quer durch die Welt reisen und wirst Leute aus allen Nationen kennenlernen, denn du wirst eine berühmte Frau werden. Zwar wirst du nie ein glücklicher Mensch sein, aber das ist richtig so. Man darf nicht zu glücklich sein, denn sonst werden die bösen Geister wütend und tun dir etwas Böses an.«

Sie betrachtete den Himmel, der immer dunkler wurde, und dachte, daß Eva recht behalten hatte. Sie war eine berühmte Person geworden, aber sie hatte es nicht geschafft, ihrem Leben einen Sinn zu geben. Im Grunde genommen war sie niemals glücklich gewesen. Das Glück war in kleinen Stücken erschienen, Augenblicke, die kurz wie die Blitze waren, die in jenem Moment den Himmel erhellten, und bald darauf war es wieder verschwunden.

Ein kalter Windstoß ließ sie erschaudern. Die Leinenbespannung des Sonnenschirms bewegte sich heftig im Wind. Die Zweige der Bäume beugten sich, und das Rascheln der Blätter verwandelte sich in ein geheimnisvolles Flüstern. Ein starker Donnerschlag zerriß die Luft und ließ Caterina zusammenfahren, wie damals im Krieg, als die Bomben explodierten.

Sie erinnerte sich an das schöne und freundliche Gesicht von Marco, an seinen gelben Pulli mit dem doppelten Zopfmuster, an seine steile Falte zwischen den Augenbrauen. Seit damals waren mehr als fünfzig Jahre vergangen. Das Alter war so schnell gekommen, daß es sie völlig unvorbereitet getroffen hatte. Sie flüchtete von der Terrasse ins Haus. Dort war Marco. Lächelnd hielt er ihr einen großen Strauß weißer Pfingstrosen entgegen.

»Warum bist du gekommen?« sprach sie ihn mit einem leichten Vorwurf in der Stimme an und ging ihm entgegen.

»Weil ich dich brauche«, antwortete er liebevoll.

»Wo ist Diana?«

»Sie ist gerade weggegangen. Sie sagte, daß sie heute abend wieder kommt.«

Caterina schaute in Marcos Gesicht, das von Zeit und Krankheit gezeichnet war. In seinen Haaren war keine Spur mehr von seinen einst goldblonden Wellen zu entdecken. Seine Baritonstimme war ein wenig brüchig geworden. Er war alt und müde, genau wie sie.

Instinktiv führte sie die Hände vors Gesicht.

»Schau mich nicht an. Ich sehe wie ein Monster aus«, bat sie ihn.

»Für mich wirst du immer die Schönste sein«, flüsterte Marco und umarmte sie.

2

»Wie geht's Caterina?« fragte Grigorij.

»Nicht gut, auch wenn sie es nicht zugeben möchte. Die Medikamente, die ich ihr verschrieben hatte, haben den Blutdruck kaum gesenkt. Vielleicht sind die erhöhten Werte auch dem Streß zuzuschreiben. Soweit ich weiß, hat meine Mama noch nie Probleme mit dem Blutdruck gehabt«, erklärte Stanis. »Auf jeden Fall habe ich ihr heute morgen erst einmal Blut abgenommen und ins Labor geschickt. Ich werde sehen, was die Blutuntersuchung ergibt.«

Es war Nacht. Die schwüle Luft im Aufenthaltsraum für das Personal der Kardiologischen Abteilung wurde durch eine alte Klimaanlage, die ununterbrochen brummte, erträglich gemacht.

»Möchtest du einen Eistee?« bot ihm der Krankenpfleger an.

»Ich muß sofort zur Notaufnahme runter. Ich bin nur einen Augenblick hochgekommen, um dich zu sehen«, sagte Stanis und streichelte ihm mit einer zärtlichen Geste über die kurze, dunkle Mähne.

Die Patienten der Abteilung schliefen alle ruhig, zumindest im Augenblick. Keine Klingel schellte. Stanis genoß die Ruhe im Zimmer. Es hätte ihm Spaß gemacht, die Nacht plaudernd mit dem Freund zu verbringen. Er schaute auf die kleine Valeria, die vor dem leise gestellten, laufenden Fernseher eingewickelt in eine Wolldecke in einem Sessel schlief.

Valeria war neun Jahre alt und litt unter Herzrhythmusstörungen. Wenn Grigorij Nachdienst hatte, nahm er sie zu sich. Er lernte, und die kleine Krankenhauspatientin schlief.

Der Arzt bemerkte auf dem Schreibtisch die Notizen für die Anatomieprüfung. Eines Tages würde Grigorij die Universität abgeschlossen haben und ein guter Arzt werden, und vielleicht würde er ihn dann verlassen.

»Ich mag dich sehr«, flüsterte Stanis ihm zu.

»Ich dich auch«, sagte der Krankenpfleger.

»Wir sehen uns morgen früh«, setzte Stanis beim Hinausgehen noch hinzu.

»Ich glaube nicht. Ich hab noch einige Dinge zu erledigen. Warte nicht auf mich«, kündigte er an, ohne sich mit langen Erklärungen aufzuhalten.

Stanis schaute ihn verwundert an, wagte aber keine Fragen zu stellen. Der Krankenpfleger setzte sich wieder an den Schreibtisch und fuhr mit seinem Studium der Anatomie fort.

Ab und zu schaute er auf das blasse und eingefallene Gesicht der kleinen Patientin. Das Leiden der Kinder zerriß ihm das Herz. Er liebte diese zarten und wehrlosen Wesen.

Wenn er sich persönlich um Valeria kümmerte, schien es ihm, daß das Mädchen weniger litt. Die Asthmakrisen beruhigten sich, und sie schaffte es sogar zu lächeln. Aus diesem Grund hatte er es sich angewöhnt, sie zu sich zu nehmen, wenn er Nachtdienst hatte. Das war gegen die Bestimmungen, aber in den Krankenhäusern wurden viele Ausnahmen gemacht. Dies war zumindest eine gute Tat. Auch wenn die Zeitungen und das Fernsehen nur schlecht über die medizinische Versorgung berichteten, Korruption und Diebstahl meldeten, das Pflegepersonal als arrogant bezeichneten und von einer allgemeinen Unterversorgung der Kranken sprachen, wurden die Patienten in der Krankenhausabteilung, in der Stanis arbeitete, mit viel Menschlichkeit behandelt. Wenn Grigorij an die Krankenhäuser seiner Heimat dachte, mußte er schließlich immer zugeben, daß das italienische Gesundheitssystem im Vergleich dazu fast vollkommen war. Als er noch ein Junge gewesen war, war seine Mutter ins Krankenhaus der Provinzhauptstadt eingeliefert worden, sechshundert Kilometer von Moskau entfernt. Damals hatte er ihr von zu Hause Decken und Bettwäsche bringen müssen.

Um sechs Uhr morgens war sein Dienst zu Ende, und gleichzeitig öffnete Valeria die Augen.

»Ich habe wirklich gut geschlafen«, verkündete sie.

»Das ist eine schöne Nachricht. Dann bring ich dich jetzt in dein Bettchen zurück«, entgegnete der Krankenpfleger.

»Das ist eine schlechte Nachricht«, brummte das Mädchen.

»So ist das Leben, meine kleine Freundin. Ich kann dich nicht bei mir behalten.«

Er nahm sie auf die Arme, und sie küßte ihn zärtlich auf die Wange.

»Wenn ich gesund werde, heiratest du mich dann, wenn ich groß bin?« fragte sie und schaute ihn dabei mit ihren großen Augen an, unter denen tiefe Schatten lagen.

Der Krankenpfleger wußte, daß Valeria wenig Aussicht hätte, groß zu werden, wenn sie nicht in kürzester Zeit operiert würde.

»Du kümmer dich darum, gesund zu werden. Dann werden wir weitersehen«, antwortete er, während er sich mit dem kleinen Bündel von Mensch auf den Weg machte.

»Du bist gut, und ich hab dich sehr lieb«, sagte sie und fügte noch hinzu: »Du und mein Vater, ihr seid sogar die besten Menschen auf der Welt.«

»Ich bin gar nicht so gut, wie du denkst«, entgegnete der Krankenpfleger, während er sie aufs Bett legte.

Valeria lachte.

»Sagst du mir, wann du böse wirst?« fragte sie, um so seine Gegenwart an ihrer Seite zu verlängern.

»Zum Beispiel, wenn jemand die Schwachen angreift«, erklärte er und streichelte ihr dabei über den Kopf. Er verabschiedete sich von der Kleinen, und während er sich von ihr entfernte, dachte er an die Angreifer von Caterina. Auch sein Vater kam ihm in den Sinn.

Er war ein Riese wie er gewesen, doch Dummheit und Wodka hatten ihn grausam werden lassen. Er kam immer betrunken nach Hause und schlug seine Mutter, seine Schwestern und ihn bis aufs Blut.

»Weiberhaufen«, brüllte er mit nach Alkohol riechendem Atem und schloß darin auch Grigorij ein.

Seine Mutter, Arina Petrowna, war klein und mager und arbeitete auf ihrem ärmlichen Landgut unter härtesten Bedingungen. Das Haus, in dem sie wohnten, war eine Art Hütte, dunkel, eng und dreckig. Die Wände waren schwarz vom Ruß und voller Fliegen. Der Ofen war verstopft, die Mauern schief und krumm. Es schien, als ob alles im nächsten Moment zusammenbrechen würde.

Die Gegend drumherum dagegen war schön. Es gab große Bäume, saftige grüne Wiesen, einen Fluß mit glasklarem Wasser und einen von Seerosen bedeckten Teich. Grigorij erinnerte sich an die Gänse, wie sie sich eine hinter der anderen mit wiegendem Schritt dem Teich näherten. Er dachte an den langen Weg, der das Haus mit dem Dorf verband und der im Frühjahr voller Schlamm, im Winter vereist und im Sommer staubig gewesen war.

Wenn der Rausch des Vaters vorbei war, bat er seine Familie um Verzeihung und schwor, daß es nicht seine Schuld sei, daß nur der Wodka ihn böse werden ließ.

Grigorij unterbrach das Lernen oft, um seiner Mutter beim

Umgraben des Feldes zu helfen. Seine zwei Schwestern standen bei Maria Akimowna im Dienst, der reichsten Frau der Umgebung. Sie standen um fünf Uhr morgens auf, wenn die ersten Sonnenstrahlen auf die Gipfel der hohen Bäume fielen. Ivan Ulianow schnarchte auf dem Fliesenboden in der Küche, neben dem kalt gewordenen Ofen aus Lehm.

Wenn die Sonne die Felder erhellte, machte sich Grigorij schnell auf den Weg ins Dorf. Bei seinem Vorbeigehen erhoben sich Vogelschwärme von den Ästen, die dann am wolkenlosen Himmel kreisten. Grigorij erreichte die Schule schwer atmend. Er lernte gern. Der Spott seiner Mitschüler über seine Kleider aus Lumpen, Spuren von Schlägen auf dem ehrlichen und guten Gesicht, seine von Erde schwarzen Fingernägel und seine gewaltige Statur berührte ihn nicht.

Er war der Beste in allen Fächern. Der Direktor hatte ihm versprochen, daß er einen Antrag nach Moskau einreichen würde, um für ihn beim Schulministerium um ein Stipendium zu ersuchen. Seit vielen Monaten wartete der Junge nun schon vertrauensvoll, daß das Versprechen eingehalten würde.

Eines Tages dann kam der Direktor in die Klasse und sprach mit leiser Stimme mit dem Klassenlehrer, danach wurde Grigorij nach vorne zum Pult gerufen. »Sie haben dich angenommen«, gab der Direktor bekannt. »Im August wirst du nach Moskau abreisen.«

Zum ersten Mal in seinem Leben war Grigorij glücklich. Er vergaß die ihm vom Vater zugefügten Demütigungen, und nichts konnte die helle Freude jenes Augenblicks trüben, noch nicht einmal der Gedanke an die Mutter und die Schwestern, die er bei dem gewalttätigen Mann zurücklassen mußte. Im Laufschritt rannte er strahlend vor Glück nach Hause.

»Mama, Mama«, schrie er, als er das Haus betrat. »Sie haben mich genommen. Ich gehe nach Moskau, um weiter zu lernen.«

Arina Petrowna saß mit einem durch Schläge geschwollenen Gesicht neben dem Ofen. Die Haut über ihrer Augenbraue war aufgeplatzt und blutete noch. Sein Vater saß ruhig am Tisch. Er tunkte eine Scheibe Schwarzbrot in die Kartoffelsuppe. Die Flasche Wodka neben der Schüssel war halb leer.

Das Glück des Jungen war mit einem Mal vorbei. Er ließ seine Bücher auf den Fliesenboden fallen und ballte die Hände zu Fäusten, während er die Wut in sich hochsteigen fühlte, daß ihm die Brust schmerzte. Er konnte nicht wegfahren. Er würde nie nach Moskau gehen können und so die Frauen im Gewahrsam dieses Monsters zurücklassen.

»Warum hast du sie geschlagen?« fragte er mit leiser Stimme.

Als einzige Antwort griff sein Vater zur Wodkaflasche, setzte sie an die Lippen und trank sie in einem Zug leer. Dann stand er vom Tisch auf und gab einen gewaltigen Rülpser von sich, während er Grigorij mit geröteten Augen beobachtete.

»So, so, der junge Herr geht nach Moskau«, lallte er und zog dabei eine abfällige Grimasse.

»Warum hast du die Mama geschlagen?« beharrte der Junge mit fester Stimme.

»Willst du auch Schläge bekommen, du Frauchen?« entgegnete der Mann und untermalte seine Drohung mit den zarten Bewegungen eines Ballettänzers.

Grigorij konnte sich nicht daran erinnern, seinen Vater jemals nüchtern gesehen zu haben, noch hatte er je gearbeitet. Er erinnerte sich weder an eine freundliche Geste noch an ein nettes Wort von ihm. Er haßte ihn von ganzem Herzen.

Er sah die blitzschnelle Bewegung der Hand des Vaters, der zum Hosengürtel griff, der auf dem Tisch lag. Mit diesem Gürtel hatte er kurz vorher seine Frau ausgepeitscht. Damit wollte er jetzt auch ihn schlagen. Wladimir Ulianow war jedoch nicht auf die Reaktion seines Sohns vorbereitet, denn er war es gewöhnt, ihn zu schlagen, ohne daß er darauf reagierte. In dem Moment, als der Gürtel durch die Luft peitschte, um auf Grigorij zu knallen, wich dieser geschickt aus und schlug mit geballten Fäusten auf den Kopf des Vaters ein. Der Gürtel landete auf dem Küchenschrank und brachte eine kleine Gipsfigur der Jungfrau Maria und das brennende Lichtlein neben ihr zu Fall. Wladimir Ulianow verdrehte die Augen und fiel auf den Boden, wie eine Marionette, der die Fäden abgeschnitten wurden.

Arina Petrowna schlug die Hand vor den Mund, um einen Schrei zu unterdrücken, stand jedoch nicht vom Stuhl auf, um ihrem Mann zu Hilfe zu eilen. Sie konnte es nicht: Der Mann hatte ihr Knie mit einem starken Tritt übel zugerichtet. Grigorij war sicher, den Vater umgebracht zu haben und kalte Angst stieg in ihm hoch. Aber er hatte ihn nicht getötet, der Schlag hatte nur eine Gehirnerschütterung verursacht.

Arina und ihr Mann wurden ins Krankenhaus der Provinzhauptstadt eingeliefert. Arina wurde durch die Pflege ihres Sohnes in zwei Monaten wieder gesund. Wladimir erholte sich in wenigen Tagen. Von dem Moment an wagte er es nicht mehr, die Hand gegen Frau und Kinder zu erheben. Da Arina nicht mehr den Acker bearbeiten konnte, verkam er. Grigorij fuhr nach Moskau, und seine Mutter fand eine Anstellung im Hause des Schuldirektors. Sein Vater starb im gleichen Winter. Auf dem Nachhauseweg wurde er, noch betrunkener als gewöhnlich, von einem Schneesturm überrascht, und man fand ihn erfroren am Ufer des Teichs.

Während der russische Pfleger seinen Nachtdienst im Krankenhaus beendete und in der Bar ausgiebig frühstückte, dachte er an jene Tage, die noch gar nicht so lange zurücklagen. Dann fuhr er zum Gericht, wo Caterinas Angreifer dem Richter vorgeführt werden sollten.

Die Mutter von Stanis war freundlich zu ihm gewesen. Sie hatte ihn herzlich empfangen, als er ihr von ihrem Sohn vorgestellt worden war. Die zarten und schönen Züge der Schriftstellerin erinnerten ihn an Arina Petrowna. Diese Ähnlichkeit hatte seine Zuneigung zu ihr noch erhöht.

Während er die Treppen hochging, traf er auf den Oberleutnant Somenzato und den Gefreiten Miceli, die herunterkamen.

»Kennen Sie mich noch, Herr Oberleutnant?« fragte der Russe und grüßte die Carabinieri.

»Sie sind ein Mensch, den man schlecht übersehen kann«, antwortete der Mann.

»Ich wollte dem Verhör der beiden Verdächtigen beiwohnen«, erklärte Grigorij. »Aber wie es scheint, bin ich zu spät dran. Sind sie ins Gefängnis gekommen?«

Die beiden schüttelten den Kopf.

»Für das Gesetz sind sie niemals in der Wohnung der Signora Belgrado gewesen, haben keine Tür aufgebrochen, nichts gestohlen und sie auch nicht geschlagen«, erklärte der Oberleutnant mit bitterer Stimme.

»Aber Sie wissen doch, daß das nicht wahr ist«, wandte der Russe ein.

»Wir wissen es, und auch der Richter weiß es. Aber um gegen jemanden Anklage zu erheben, braucht man Beweise. In diesem Fall haben wir keine, um sie zu beschuldigen. Folglich gilt ihr Wort. Es besteht die Anklage wegen Autodiebstahls und Widerstands gegen die Staatsgewalt, der Prozeß dafür wird in drei bis vier Jahren stattfinden. In der Zwischenzeit sind sie frei und können weitere Verbrechen begehen«, schloß der Oberleutnant seine Ausführungen.

Man merkte, daß er seiner Verbitterung Luft machen wollte. So fuhr er denn auch weiter fort: »Unser Beruf ist frustrierend. Manchmal frage ich mich, warum ich überhaupt noch weitermache. Wir nehmen die Verbrecher fest, und das Gesetz läßt sie wieder frei. Und als ob das noch nicht reichen würde, stellen sie sich, einmal auf freien Fuß gesetzt, vor unsere Kaserne und verspotten, beleidigen und bedrohen uns. Es ist eine ständige Demütigung. Trotzdem glaube ich weiterhin an die Gerechtigkeit. Typen wie denen bleibe ich auf den Fersen. Das nächste Mal kommen sie nicht so davon. Und es gibt immer ein nächstes Mal. Sie machen einen Fehler und landen im Gefängnis. Oder sie sterben, wenn sie untereinander abrechnen oder an einer Überdosis. Man muß nur warten können. Ich habe viel Zeit und Geduld.«

»Da sind sie«, sagte der Gefreite und zeigte auf das Ende der Treppe, von wo eine Gruppe junger Männer herunterkam. Alles an ihnen, ihre Art sich zu bewegen, ihre Kleidung und ihre Gesichtszüge waren Ausdruck ihres verkommenen Lebens. Sie lachten laut, voller Stolz, es wieder einmal geschafft zu haben. Sie schlugen sich gegenseitig auf die Schultern und fühlten sich wie Könige.

Der Oberleutnant zeigte auf die zwei Schurken in der Gruppe, die Caterina angegriffen hatten. Grigorij schaute sie sich genau an, als sie an ihm vorübergingen. Der Oberleutnant bemerkte das.

»Was geht Ihnen im Kopf herum?« fragte er. »Seien Sie vorsichtig, denn hier ist es keinem erlaubt, Selbstjustiz zu üben.«

»Davon bin ich überzeugt«, erwiderte der Pfleger mit unschuldiger Miene und ging grüßend davon.

Draußen vor dem Gerichtsgebäude wartete er, daß sich die Gruppe von jungen Männern entfernte, um ihnen unbemerkt folgen zu können. Euphorisch gestimmt, machten sie viel Lärm und trieben ihren Spott mit den Passanten. Dann betraten sie eine Bar. Er wartete draußen. Mit Bierdosen in den Händen kamen sie wieder heraus und stiegen in einen Autobus. Er verlor sie nicht aus den Augen. Am Hauptbahnhof stiegen sie aus und gingen zum gegenüberliegenden Platz.

Die Hitze des späten Vormittags wurde immer drückender. Unter dem staubigen Laub der Bäume lagen, ausgestreckt zwischen Zigarettenstummeln, leeren Dosen, Flaschen und Plastiktüten, Emigranten, Alkoholiker, Drogenabhängige und Stadtstreicher.

Da Caterinas Angreifer den Ort gut kannten, schufen sie sich völlig unbefangen zwischen all diesem Abfall Platz. Sie setzten sich mit den Freunden ins Gras, tranken Bier und schluckten irgendwelche Drogen.

Grigorij setzte sich einige Meter von ihnen entfernt auf eine Bank. Die jungen Leute bemerkten ihn jetzt zum ersten Mal und warfen ihm einen zerstreuten Blick zu, um dann mit ihrem schwachsinnigen Lachen über dumme, obszöne Witze fortzufahren.

Auf dem Stück Straße, das an die kleine Grünanlage grenzte, hielt ein Auto an. Aus dem Fenster beugte sich ein braungebrannter junger Mann mit zweideutigem Blick. Er drückte kurz auf die Hupe. Der junge Mann mit den Locken, den Caterina als ihren Angreifer wiedererkannt hatte, stand auf und bewegte sich mit schwingenden Hüften auf den Autofahrer zu. Die Freunde beobachteten einen kurzen Wortwechsel, dann stieg er ins Auto und fuhr weg.

Grigorij erhob sich von der Bank, und während er sich streckte, fühlte er die ganze Müdigkeit der durchwachten Nacht. Er ging zum Taxistand an den Arkaden des Bahnhofs. Jetzt wollte er nur noch nach Hause und schlafen. Er wußte nun, wo er die zwei Schurken finden und wie er an sie herankommen konnte.

3

Lucrezia schlief tief und fest. Die aufgeregte Stimme ihres Mannes riß sie aus dem Schlaf.

»Lucrezia, wach auf!« wiederholte Massimiliano mehrmals.

Nach mehreren Versuchen, sich dieser Aufforderung zu widersetzen, schaute sie ihn mit weit aufgerissenen Augen an, hatte aber in wenigen Sekunden ihren Verstand voll wiedergewonnen.

»Was machst du denn in meinem Zimmer?« rief sie erstaunt.

»Welche Ehre«, fügte sie ironisch hinzu, während sie dem unverbesserlichen Betrüger offen ins Gesicht blickte.

Sofort im nächsten Moment erinnerte sie sich, daß der Überfall auf Caterina sie bis jetzt daran gehindert hatte, ihren Angriff auf die neueste der unzähligen Rivalinnen in die Tat umzusetzen. Trotz seines Alters war Maxi noch immer ein attraktiver Mann, der ihr gefiel. Das weiße Polohemd unterstrich seinen wohlgeformten Oberkörper. Die Leinenhose betonte seine schmalen Hüften. Wenn da nicht die kleine Brille an seinem Hals baumelte, die seine Altersweitsichtigkeit verriet, hätte Maxis durchaus noch mit einem Vierzigjährigen konkurrieren können.

»Endlich bist du wach«, sagte er, ohne dabei weiter auf die Provokation einzugehen.

»Wieviel Uhr ist es?« fragte Lucrezia, ohne eine Antwort zu erwarten. Maxi antwortete auch nicht.

»Was sind das für Nachrichten über Caterina?« erwiderte er dagegen, während er ihr eine Seite der Tageszeitung vor die Augen hielt.

»Wenn du die Zeitung schon gelesen hast, warum fragst du mich dann?« entgegnete sie gelangweilt.

»Weil du die Nacht bei ihr verbracht hast«, stellte er mit vorwurfsvoller Stimme fest.

»Auch diese Einzelheit steht in der Zeitung?« fragte Lucrezia ironisch.

»Ich habe es von Ester erfahren«, entgegnete er und meinte damit ihre Hausangestellte.

»Willst du mir bitte erklären, warum du dich so aufregst?« fragte Lucrezia, während sie sich aus dem Bett gleiten ließ und einen Hausmantel überzog.

»Es gefällt mir überhaupt nicht, wenn ich Dinge, die dich betreffen, aus der Zeitung erfahre«, platzte er los.

»Wenn wir, wie alle Ehepaare, zusammen in einem Bett schlafen würden, müßtest du nicht in den Zeitungen oder bei Ester nach den Geheimnissen meines Doppellebens forschen«, machte sie ihn in ruhigem Ton aufmerksam. Sie hatte bereits als Kind gelernt, ihre wahren Gefühle zu unterdrücken, und hatte es mittlerweile zur Meisterin darin gebracht. Ihr Mann folgte ihr nicht auf dieses gefährliche Terrain, sondern fuhr mit seinen Vorwürfen fort.

»Hier steht geschrieben«, präzisierte er und zeigte dabei auf die Tageszeitung, »daß Caterina Belgrado von zwei guten Freundinnen, die nicht genannt werden wollen, aus der Gewalt der Diebe befreit worden ist. Man vermutet jedoch, daß die beiden dem Rotlichtmilieu angehören. Da in unseren Kreisen alle wissen, daß die zwei besten Freundinnen von Caterina Diana Laperla und Lucrezia Valli heißen, schmeichelt es mir nicht gerade zu hören, daß du dem Rotlichtmilieu angehören sollst.«

»Oh, oh, Rechtsanwalt Valli ist um seinen guten Ruf besorgt«, lachte Lucrezia, die die Sache jetzt zu amüsieren anfing.

»Auch um deinen, meine Liebe, er hätte noch keine Schramme abbekommen, wenn du mit weniger schwatzhaften Leuten verkehren würdest«, präzisierte ihr Mann.

»Was bist du nur für ein Mensch!« Ihr Lachen ging in Empörung über.

»Meine beste Freundin ist ausgeraubt und zusammengeschlagen worden, und du sorgst dich wegen ein paar Dummheiten, die die Zeitungen schreiben?«

»Weißt du, wie sehr mich deine Freundin interessiert? Ich persönlich habe sie noch nie ertragen können. Auch dein Vater, der Marchese, duldete sie nur mit Mühe. Sie gehört absolut nicht zu unseren Kreisen. Wer weiß warum, aber wo sie auch erscheint, tauchen irgendwelche Schwierigkeiten auf«, entgegnete er im vollsten Ton der Überzeugung.

»Das hat dich jedoch nicht daran gehindert, ihr den Hof zu machen«, warf seine Frau ihm vor und spielte damit jetzt nach zwanzig Jahren auf eine Sache an, von der Maxi glaubte, sie wäre damals unentdeckt geblieben.

Befriedigt über ihren Schuß ins Schwarze setzte Lucrezia sich in einen Sessel und amüsierte sich dabei, die offensichtliche Verwirrung ihres Mannes zu beobachten. »Das ist nun wirklich die Höhe!« reagierte er und wurde dabei rot. »Das ist eine unerhörte Lüge, eine unglaubliche Unterstellung. Ich soll diese unsägliche Autorin von Romanen für geistig Zurückgebliebene umworben haben? Du bist ja vollkommen verrückt geworden.«

Er war gänzlich verstört und überschüttete seine Frau und Caterina, die er für diese peinliche Enthüllung verantwortlich machte, mit Beleidigungen. Seine Bemerkungen wurden immer giftiger, da er sich vorstellte, daß Lucrezia und Caterina sich hinter seinem Rücken über ihn lustig gemacht hätten.

»Ich wäre nie auf eine Kaufmannstochter hereingefallen, die

ihren Beruf vom Vater, dem Obst- und Gemüsehändler gelernt hat: Er verkaufte für eine bestimmte Summe Artischocken, und sie verkauft schwachsinnige Gefühle für eine bestimmte Summe pro Seite.« Er schrie und fuchtelte mit der Zeitung wild herum, als ob er lästige Insekten verscheuchen wollte. »Maxi, ich bitte dich, jetzt reicht es aber«, sagte Lucrezia bestimmt. Sie war über den Zynismus ihres Mannes empört. »Wie kannst du nur eine so klägliche Figur abgeben, indem du eine Frau beleidigst, der du einmal den Hof gemacht hast? Du möchtest sie verletzen, weil sie dich nicht gewollt hat, als du für sie schwärmtest wie ein verliebter Gymnasiast. Du solltest dich was schämen!«

»Du bist wirklich verrückt«, brauste er auf und stritt weiter alles ab. »Weißt du, warum du dich so gut verstehst mit dieser Federfuchserin und mit der anderen, dieser billigen Psychologin? Weil sie genauso verrückt sind wie du. Ihr bildet ein Trio von Wahnsinnigen. Nicht einmal im Alter schafft ihr es, euch wenigstens den Anschein von Ausgeglichenheit zu geben.

»Du magst recht haben«, erwiderte Lucrezia mit honigsüßer Stimme. »Andererseits schaffst du es auch nicht, ausgeglichen zu sein, trotz deines Alters, Spätzchen«, schlug sie zurück, indem sie ihn bei dem lächerlichen Spitznamen nannte, den ihre Schwägerin Benedetta benutzt hatte.

Das aufgeregte, rote Gesicht des Rechtsanwalts Massimiliano Valli erblaßte von einem Moment zum anderen. Er schien zu schwanken und suchte Halt, indem er sich am Kopfende des Bettes seiner Frau anlehnte. Sie gab ihm keine Zeit, ihr etwas zu entgegnen.

»Und jetzt, raus!« zischte sie und zeigte dabei mit dem ausgestreckten Arm auf die Tür. Massimiliano, dieser attraktive und selbstsichere Mann, der Star im Gerichtssaal, der mit seinen amüsanten und leidenschaftlich vorgetragenen Schlußplädoyers alle Aufmerksamkeit auf sich zog und der überall Anklang fand, verließ das Zimmer mit der Schnelligkeit einer Katze, die sich in Sicherheit bringt.

Als Lucrezia das Wort »Spätzchen« ausgesprochen hatte, war ihm nicht nur die Lächerlichkeit dieses Namens bewußt geworden, sondern auch die großen Schwierigkeiten, die ihn erwarteten, wenn Lucrezia von seiner Geschichte mit Benedetta erfahren würde.

Aus zwei Gründen hatte er, indem er den Zeitungsartikel als

Vorwand benutzte, seine Frau angegriffen: Zum einen wollte er einen Streit vom Zaun brechen, um nicht mit ihr nach Kreta, zu den Arlingtons, fahren zu müssen; zum anderen mußte er sich wegen eines Vorfalls, der morgens im Golfclub passiert war, abreagieren. Einige seiner Freunde hatten ihn, in einem wohlwollenden Ton, wie er oftmals kollegiale Beziehungen kennzeichnet, auf den Bericht über Caterina Belgrado aufmerksam gemacht und dabei heimtückisch den Satz unterstrichen: »Der Schriftstellerin eilten zwei Freundinnen zur Hilfe, die möglicherweise dem Rotlichtmilieu angehören.«

Ein junger Staatsanwalt hatte dann auch noch unterstellt: »Sind nicht deine Frau und Diana Laperla sehr eng mit der Belgrado befreundet?«

Ein anderer Freund hatte versucht, den Schlag abzufangen, indem er korrigierte: »Es ist klar, daß es sich nicht um die beiden handelt, aber um Personen, mit denen die Belgrado gewöhnlich verkehrt. Trotz ihres Erfolges hat sie sich von der Welt, aus der sie stammt, noch nicht befreien können.«

Maxi fehlte jeder Sinn für Humor, er hatte alle zum Teufel gejagt. Dieser Zwischenfall hatte jetzt jedoch an Wichtigkeit verloren, denn es drohte die Gefahr, daß Lucrezia auf irgendeine Weise die Beziehung mit der Schwägerin entdeckt haben könnte.

In jenem Moment wog er die Gefährlichkeit der Geschichte ab, in die er sich vor einigen Wochen kopfüber gestürzt hatte.

Und wenn sie nun auch von seinem Bruder Valerio, dem Mann von Benedetta, entdeckt worden wäre? Er dachte zurück und erinnerte sich, daß Valerio ihm am vergangenen Abend wirklich sehr schlecht gelaunt erschienen war. Maxi hatte kurz den Kopf durch die Tür seines Büros gesteckt, um sich zu verabschieden, und Valerio hatte noch nicht einmal den Kopf gehoben, um ihn anzuschauen. Er hatte sich darauf beschränkt, einsilbig etwas zu murmeln, und dabei weiter in seinen Papieren gelesen.

Anwalt Valli schloß sich in seinem Arbeitszimmer ein und ließ sich auf den Sessel fallen. Seinen Kopf in die Hände gestützt, nannte er sich einen Idioten, und über sich selbst erbost, versuchte er, sich seine eigene Schwäche zu erklären, die ihn zu solch kindischem Benehmen verleitete. Er malte sich den Skandal aus, der ausbräche, wenn sein Bruder vom Ehebruch seiner Frau Benedetta erfahren würde. Seine Beziehung zum Bruder würde für immer einen Knacks bekommen, und vielleicht würde Valerio die

Gelegenheit nutzen, um ihn aus der gemeinsamen Kanzlei herauszuwerfen. Er sah sein Leben ruiniert. Auch Lucrezia würde ihn verlassen. Wenn das geschehen würde, welchen Sinn hätte sein Leben dann noch, ohne Frau und Familie? Er schrieb die Schuld an dem Dilemma seiner Unfähigkeit zu, sein Verhalten von der Art eines alten Don Giovanni zu kontrollieren. Zwischen Selbstmitleid und Selbstbeschuldigung hin und her gerissen, hielt er sich für das Zentrum des Universums.

Nicht einen Augenblick lang dachte er an die Schwierigkeiten, denen seine Geliebte entgegentreten müßte. Benedetta war die zweite Frau von Valerio. Sie war jung, attraktiv und ein wenig exzentrisch. Aber sie war auch eine liebevolle Mutter. Wenn ihr Mann von ihrem Seitensprung erführe, würde er ihr die Tochter wegnehmen, die sie zärtlich liebte.

Maxi zog einzig und allein seine persönlichen Probleme in Betracht und scherte den Rest der Welt über einen Kamm. Er war dermaßen selbstverliebt, daß es ihm unmöglich war, sich lange mit Selbstzweifeln zu quälen. Auch jetzt fand er eine Ausflucht, um sich nicht von der Angst überwältigen zu lassen. Er dachte, daß es keineswegs sicher war, daß Lucrezia und Valerio etwas wüßten. Dieses »Spätzchen«, zufällig ausgesprochen, reichte nicht, um seine Schuld zu beweisen. Wichtig war nur, immer alles zu leugnen, sagte er sich. Niemals eine Schuld zugeben: War dies nicht eine seiner Verteidigungstaktiken vor Gericht?

Am Ende atmete er erleichtert auf. Alles würde gut werden. Es traf ihn nur, daß Lucrezia ihm jetzt, nach zwanzig Jahren, vorgehalten hatte, Caterina den Hof gemacht zu haben. Aus dieser Episode war er schwer beschädigt hervorgegangen, denn die Schriftstellerin hatte ihn kalt abblitzen lassen, während er sehr in sie verliebt gewesen war. Aufgrund dieser Enttäuschung ließ er seit zwanzig Jahren keine Gelegenheit aus, schlecht über sie zu sprechen. Auf diese Art hoffte er, die Wunde in seinem Männerstolz zu heilen. Er beschloß, sich weiter keine Gedanken darüber zu machen. Die Sache gehörte der Vergangenheit an. Er wollte jetzt lieber versuchen, darüber nachzudenken, wie er Lucrezias Zorn beschwichtigen konnte, da sie ihn mit dem für die Pallavicini d'Eril kennzeichnenden Stolz vor die Tür gesetzt hatte. Als erstes mußte er den Grund für soviel Wut herausfinden. War sie böse gewesen, weil er sie aus ihrem tiefen Schlaf gerissen hatte oder weil er ihre beste Freundin angegriffen hatte? Oder wußte sie vielleicht doch von Benedetta?

Die Gedankengänge seiner Frau waren für ihn schon immer ein Mysterium gewesen. Sie lebten seit fast vierzig Jahren zusammen, und Lucrezia blieb für ihn weiterhin die undurchsichtigste Frau, die er jemals kennengelernt hatte. Sie konnte so gut lügen, daß es ihn manchmal wirklich verblüffte. Er war sich noch nicht einmal sicher, ob sie ihm immer treu gewesen war, wie sie fest behauptete. Vielleicht übte diese Eigenschaft eine unvergleichliche Faszination auf ihn aus. Lucrezia schaffte es, ihn fest an sich zu binden, ähnlich einem kleinen Hündchen an der Leine seines Herrchens. Hierin zeigte sich die Stärke der Pallavicini d'Eril, zwei Namen, die nicht nur einen seit Generationen weitergegebenen Stolz einschlossen, sondern die auch für eine feine, gefährliche Heimtücke standen, zu der nur bestimmte Adelige fähig waren. Massimiliano fürchtete sich vor ihr, so wie er sich früher vor seinem Schwiegervater, dem Marchese Pallavicini gefürchtet hatte.

Er erinnerte sich mit Schaudern an die Geschichten seines Schwiegervaters, die dieser über antike Giftmorde erzählt hatte. Er behauptete damals, daß Gift die bevorzugte Waffe seiner Ahnen gewesen wäre, um sich von einem Feind zu befreien oder eine Untreue zu rächen. Jedesmal, wenn Lucrezia einen seiner Seitensprünge entdeckte, fürchtete Maxi, sie würde ihn aus Rache vergiften.

Dann lachte er über diese irrationalen Ängste und beschloß, seine Schwägerin anzurufen.

»Hast du heute nachmittag schon etwas vor?« fragte er sie.

»Im Moment bin ich gerade bei der Massage«, antwortete Benedetta.

»Ich erwarte dich in der Mansarde«, kündigte er an.

»Ich komme so bald wie möglich nach«, zwitscherte sie.

Die Kanzlei der Gebrüder Valli hatte eine kleine Dachwohnung in einem luxuriösen Apartmenthotel auf dem Corso Venezia gemietet. Es handelte sich um eine Gästewohnung für Berater, die von auswärts kamen. Wenn sie frei war, benutzte Massimiliano sie als Liebesnest. Dort würde er Benedetta erwarten. Da ihm der Schrecken noch in den Knochen steckte, entschied er, daß dies ihr letztes Treffen sein sollte.

Er verließ sein Arbeitszimmer, um Lucrezia zu suchen. Er wollte sehen, wie sie gelaunt war, und versuchen, sich wieder mit ihr zu versöhnen. Er blieb vor der geschlossenen Tür ihres Zimmers stehen. Er hob die Hand um anzuklopfen, aber der Mut verließ ihn wieder. Dann ging er in die Küche. Ester war dabei Karottensaft zuzubereiten. Er lächelte ihr zu.

»Soll ich Kaffee kochen, Signore?« fragte sie ihn mit gewohnter Freundlichkeit.

»Nein danke, ich gehe aus. Hast du die Signora gesehen?« forschte er gleichgültig nach.

»Wollen Sie wissen, wie sie gelaunt ist?« fragte die Hausangestellte. Maxi nickte.

»Sie strahlt vor Glück. Sie hat mir sogar diese Bernsteinkette geschenkt. Wie steht sie mir, Signore?« fragte sie ihn und streckte ihm dabei ihren recht fülligen Busen entgegen, um das neue Geschenk zu zeigen.

»Liebe Ester, an dir wird selbst der einfachste Schmuck wertvoll«, trug der Anwalt mit dem Lächeln eines großen Schauspielers vor. Dann fügte er hinzu: »Wenn ich also zu ihr gehe, wird sie mich nicht zerfleischen?«

»Die Signora hat gerade das Haus verlassen«, informierte ihn die Frau.

»Wie das? Gerade war sie doch noch im Bett«, wunderte er sich und fragte weiter: »Hat sie dir gesagt, wohin sie wollte?«

»Der Signore weiß doch nur zu gut, daß die Signora mir selten sagt, wohin sie geht. Ich muß raten. Ich glaube, sie wollte zur Signora Belgrado gehen. Das versteht sich doch von selbst; nach all dem, was passiert ist, will die Signora in ihrer Nähe sein. Die arme Frau. Sie hätte umgebracht werden können. Signore, wir leben in einer schlechten Welt. Früher sagten meine alten Eltern, die Welt wäre voller Gefahren für eine alleinstehende Frau und nur zur Hause wäre man sicher. Aber heute beschützen uns noch nicht einmal mehr die eigenen vier Wände. Signore, ich muß es Ihnen frei heraus sagen: Wenn Sie und Ihre Frau nach Kreta fahren, will ich nicht allein in dieser Wohnung bleiben. Ich möchte lieber in mein Dorf fahren, zu meiner Schwester. Bis gestern noch dachte ich anders, aber jetzt habe ich wirklich Angst«, erklärte sie.

Massimiliano, dessen Gedanken ganz woanders waren, stimmte ihr bedenkenlos zu. In Wirklichkeit dachte er mit Erleichterung an die strahlend gute Laune seiner Frau. Wenn Lucrezia glücklich war, fühlte er sich in Sicherheit. Die Ängste, die ihn kurz vorher noch beunruhigt hatten, schienen ihm nun unsinnig zu sein. Er verließ das Haus und machte sich trotz der unerbittlichen Julisonne mit der Unbeschwertheit eines kleinen Jungen zu Fuß auf den Weg.

Aus alter Gewohnheit blieb er vor dem Eingang des Gebäudes stehen und schaute sich um. Er sah den Wagen der Schwägerin auf der gegenüberliegenden Seite des Corso stehen. Sie ist also schon da, dachte er.

Er betrat die Eingangshalle, rief den Fahrstuhl und fuhr bis zum letzten Stockwerk hoch. Er steckte den Schlüssel ins Schloß und öffnete die Tür. »Ciao, Amore. Entschuldige die Verspätung«, machte er sich vom Vorzimmer aus bemerkbar, da er im Schlafzimmer Licht gesehen hatte.

Massimiliano Valli betrat mit einem Lachen, das einem Filmschauspieler alle Ehre gemacht hätte, das Zimmer. Benedetta lag zusammengekauert auf dem Bett. Sie weinte leise vor sich hin. Lucrezia erwartete ihn, bequem im Sessel sitzend. Sie stand auf und kam ihm entgegen, wobei sie sein Lachen erwiderte und ihm gleichzeitig mit dem Handrücken eine kräftige Ohrfeige auf die Wange knallte. Ihre mit Ringen geschmückten Finger zogen scharlachrote Furchen auf Massimilianos gebräuntem Gesicht.

4

Das Gewitter hatte die Stadt von der Schwüle befreit. Caterina und Marco saßen im Wohnzimmer und tauschten Worte und Gedanken aus, ohne sich dabei aus den Augen zu lassen. »Du solltest nicht mehr allein leben«, sagte Marco.

»Das denken alle«, antwortete sie. »Aber niemand versteht, daß ich nie vollkommen alleine bin. Die Vergangenheit läßt mich nicht los, sie beschäftigt mich mehr als mir lieb ist«, stellte Caterina fest.

»Spiel nicht die Schriftstellerin mit mir«, ermahnte er sie.

»Als ich achtzehn war, hast du mich wie eine Erwachsene behandelt. Jetzt, wo ich sechzig bin, behandelst du mich wie ein kleines Mädchen«, protestierte sie.

»Belgrado, ich bitte dich, keine Schläge unter die Gürtellinie«, entgegnete Marco.

»Womit wir beim Thema wären. Ich bitte dich also um Entschuldigung. Ich glaube, du hast deinen Teil schon von Francesca abbekommen.«

»Genauso ist es. Die gute Frau ist vollkommen verrückt geworden«, gestand Marco.

»Sie hat vierzig Jahre lang ihre Wut hinunterschlucken müssen. Ich an deiner Stelle würde versuchen, ein für beide Seiten ehrbares Abkommen zu schließen«, riet Caterina.

»Seitdem wir uns wieder treffen, lehnt Francesca jede mögliche Übereinkunft ab. Du kannst dir nicht vorstellen, wie sehr unsere Freundschaft sie erschüttert«, gestand Marco.

»Also gut, dann sehen wir uns nicht mehr. Ich habe dir nie das Leben komplizieren wollen. Das müßtest du doch wissen.« Um Marco ein friedliches und ruhiges Leben zu ermöglichen, war sie zu einem neuen Opfer bereit.

»Seitdem ich dich wiedergetroffen habe, bin ich glücklich. Ich will dich nicht mehr verlieren, meine kleine Belgrado.«

Caterina erinnerte sich an einen traurigen Wintertag vor drei Jahren. Sie war mit Lucrezia zum Einkaufen gewesen. Irgendwann hatten sie sich dann in eine Bar geflüchtet, um sich bei einem Tee aufzuwärmen. Sie hatten über Gott und die Welt geredet, als Lucrezia plötzlich ein ernstes Gesicht bekommen hatte.

»Hast du das von Marco Honneger erfahren?« fragte sie sie.

»Was gibt es denn da, was man wissen muß?« entgegnete Caterina.

»Er liegt im Sterben«, eröffnete sie ihr brutal.

Caterina wurde kalkweiß, und die Tasse in ihrer Hand fing an zu zittern.

»Es tut mir leid, Caterina. Vielleicht hätte ich es dir nicht sagen sollen. Nach so vielen Jahren hatte ich keine Ahnung … ich Dummkopf!« entschuldigte sich Lucrezia.

Caterina kehrte nach Hause zurück und rief sofort ihren Sohn an.

»Stanis«, begann sie, »du mußt mir einen Gefallen tun. Marco Honneger liegt in deinem Krankenhaus. Es scheint ihm sehr schlechtzugehen«, sagte sie voller Sorge.

»Ich habe verstanden, Mama. Beruhige dich und sage mir, in welche Abteilung er eingeliefert wurde«, bat er.

»Ich weiß es nicht. Lucrezia hat von Marcos Frau erfahren, daß es sich um ein Nierenversagen handelt. Geh ihn besuchen. Sprich mit deinen Kollegen. Bring etwas darüber in Erfahrung, ich bitte dich.«

»Würdest du ihn gerne sehen?« informierte sich der Arzt.

»Nein, das auf keinen Fall. Nenn nicht meinen Namen, niemals. Ich will nur wissen, ob das, was Lucrezia mir erzählt hat, wahr ist«, erklärte sie.

Einige Tage später berichtete ihr Stanis von einem Wunder: Marco war außer Gefahr.

»Gott sei gedankt«, flüsterte Caterina. Wenn ihn die Krankheit hätte sterben lassen, wäre es für sie so gewesen, als hätte sie den wichtigsten Teil ihrer selbst verloren. Jetzt mußte sie ihn sehen, um ihm zu sagen, daß sie nie aufgehört hatte, ihn zu lieben.

Es vergingen einige Wochen. Durch ihren Sohn erfuhr sie, daß Marco dabei war, für die Zeit der Rehabilitation nach Genf in eine Privatklinik überzuwechseln. Da entschloß sich Caterina, ihn zu besuchen.

Der Aufenthaltsort von Marco machte eher den Eindruck einer vornehmen Villa als den einer Klinik. Sie lag inmitten eines großen Parks, der bis zum Seeufer reichte. Auf den zartgrünen Wiesen blühten blaue Krokusse, und wohlriechende Hyazinthen und Narzissen verströmten ihren Duft. Dann sah Caterina ihn. Er saß in der Sonne auf einer Steinbank neben einem Brunnen. Sie blieb im Schatten einer Platane stehen, um ihn in Ruhe anschauen zu können; ihr zitterten die Knie vor Aufregung.

Marco war in ein Buch vertieft. Er trug eine sportliche blaue Jacke und darunter einen gelben Pullover, der genauso aussah wie der, den er vor fast einem halben Jahrhundert getragen hatte, damals zu Kriegszeiten, als er zwanzig gewesen war. Er war genauso mager wie damals. Seine lockigen Haare waren immer noch voll. Allerdings waren sie inzwischen weiß wie Schnee geworden.

Auf den Alleen der Parks waren auch andere Patienten. Einige gingen allein oder zu zweit spazieren, andere noch am Arm einer freundlich lächelnden Krankenschwester.

Caterina konnte sich nicht entschließen, ihren schützenden Ort zu verlassen und sich ihm zu zeigen. Sie hatte fast Angst ihm zu begegnen. Nach all den vielen Jahren schien es ihr keinen Sinn zu haben, nun plötzlich vor ihm zu stehen, vielleicht freute er sich nicht einmal, sie zu sehen. Sie war fast soweit, wieder wegzugehen. Dann erinnerte sie sich an die vergangenen Wochen, die sie in großer Sorge um sein Schicksal verbracht hatte. Wenn sie jetzt nicht die Gelegenheit wahrnahm, würde es so sein, als wenn sie all das, was zwischen ihnen gewesen war, für null und nichtig erklären würde.

Sie nahm ihren Mut zusammen und trat aus dem Schatten hervor. Dann überquerte sie die Allee und setzte sich neben ihn auf die Steinbank. Sie trug ein graues Kostüm der Marke *prince de Galles*, das zum Teil von einem weiten, korallenroten Cape aus Wollstoff bedeckt wurde.

»Ciao, Marco«, sagte sie leise.

Sein Blick blieb auf das Buch gerichtet und er schüttelte einfach nur den Kopf.

»Du bist nur eine Sinnestäuschung«, entgegnete er. »Sie treten bei mir jetzt häufiger auf, bei all dem Gift, das ich hier schlucken muß.«

»Mein Lieber, ich bin es wirklich«, beharrte sie mit trauriger Stimme.

»Ich glaube es nicht. Wenn ich jetzt die Augen hebe, um dich anzuschauen, wirst du im Nichts verschwinden. Diesen Scherz hast du schon manch anderes Mal mit mir gemacht«, bekräftigte Marco seine Behauptung.

Caterina streckte eine Hand aus und berührte seinen Arm. Da erst schloß Marco das Buch, drehte sich zu ihr um und lächelte.

»Herzlich willkommen, schön, daß du wieder da bist, kleine Belgrado«, flüsterte er mit müder Stimme, und Tränen stiegen ihm in die Augen. »Verzeih mir. Seit einiger Zeit habe ich nah am Wasser gebaut«, entschuldigte er sich. »Das liegt wohl am Alter.«

Caterina sah ihn seit vielen Jahren zum ersten Mal wieder. Er war als junger Mann wunderschön gewesen, jetzt war er ein schöner alter Mann.

»Endlich bist du hier«, wiederholte er noch einmal. Er nahm die Hand von Caterina und führte sie an seine Lippen, um sie zu küssen. Er hoffte seit langer Zeit, daß sie sich wieder einmal begegnen würden. »Manchmal erhört der Himmel unsere Gebete«, fügte er hinzu.

Caterina nickte. Sie konnte nicht sprechen, denn auch ihr liefen die Tränen die Wangen herunter. Marco reichte ihr ein Taschentuch. Sie trocknete ihre Tränen und putzte sich geräuschvoll die Nase, und dann, endlich, lachte sie ihn an.

»Kleine Belgrado«, wiederholte Caterina. »Wieviel Zeit ist vergangen, seit mich zum letzten Mal jemand so genannt hat«, seufzte sie. »Aber jetzt solltest du dir einen neuen Spitznamen ausdenken. Ich bin nun schon eine alte Dame von siebenundfünfzig Jahren. Ich habe drei Kinder und mehrere Enkelkinder.«

»Du bist noch sechsundfünfzig. Dein Geburtstag ist im Juli. Glaub nur nicht, daß ich ihn vergessen hätte. Und du bist eine wunderschöne Frau«, unterstrich er, während er ihre samtweiche Haut, ihren lebhaften Blick und ihre schlanke Figur betrachtete. »Du bist noch genauso wie in unseren besten Zeiten. Zumindest für mich.«

»Und du bist ein großer Redner, der genau weiß, wie man die Frauen verzaubern kann«, scherzte Caterina. »Wie geht es dir?« fragte sie zögernd.

»So, wie du mich siehst. Aber von diesem Moment an, das schwöre ich dir, werde ich mich in einen Löwen verwandeln. Weißt du, noch vor einer Minute hatte ich keine besondere Lust zu leben.«

»Also solltest du jetzt schnellstens gesund werden, damit wir ein wenig die verlorene Zeit aufholen können. Ich habe dir soviel zu erzählen.«

Sie erhoben sich gemeinsam von der Bank und gingen eingehakt in Richtung einer von Blumen gesäumten Allee davon, dabei lachten und sprachen sie schon miteinander, als ob sie sich nie verlassen hätten.

Jetzt im Wohnzimmer wiederholte Marco noch einmal, daß er sie nicht verlieren wolle. Währenddessen verzog sich das Gewitter.

»Schon einmal habe ich die falsche Entscheidung getroffen, indem ich dich verließ. Ich will den gleichen Fehler nicht noch einmal begehen«, sagte er.

»Und denkst du gar nicht an deine Frau? Sie wird dir weiterhin das Leben schwermachen«, bemerkte Caterina.

»Ich weiß. Es wird nicht einfach sein. Aber wir haben das Recht, daß man unsere Gefühle respektiert«, entgegnete Marco.

»Deine Frau denkt immer noch, daß wir uns in Leidenschaft verzehren. Und in einem gewissen Sinn hat sie recht. Es ist ohne Bedeutung, daß wir nicht mehr miteinander schlafen. In unserem Alter hat man vielleicht diese Wünsche nicht mehr. Aber die Leidenschaft, Liebster, ist noch genauso lebendig wie damals, als wir jung waren. Man könnte es eine ewige Sehnsucht nennen, nach dem, was geschehen ist und sich niemals wiederholt. In jedem Fall vereint sie uns noch immer. Francesca weiß das. Und aus diesem Grund wird sie dir keine Ruhe lassen«, schlußfolgerte Caterina.

»Am Ende ist diese Frau, wenn es nach dir geht, immer im Recht«, sagte er ungeduldig.

»Und bis in alle Ewigkeit, Amen«, deklamierte sie mit einem wehmütigen Lächeln.

Es läutete an der Tür, und Marco ging öffnen. Es war Stanis mit seinem Arztköfferchen in der Hand.

»Ich muß meine Lieblingspatientin untersuchen«, begann er und begrüßte Marco dabei mit einem festen Händedruck.

»Das ist eine gute Idee«, flüsterte Marco. »Deine Mutter wirkt niedergeschlagen. Sie braucht unbedingt eine Spritze voll Optimismus. Hast du so etwas dabei?« fragte er, während er zum Wohnzimmer vorging.

»Ich habe alle Arten von Medizin. Sie nennen mich Arzt, aber in Wirklichkeit bin ich ein Hexenmeister, der Wunder vollbringt«, scherzte Stanis.

»Gut, dann vertraue ich sie dir an«, entgegnete Marco. »Ich war im Begriff zu gehen.« Das entsprach keineswegs der Wahrheit, aber er fühlte sich überflüssig, wenn Caterina mit ihren Kindern zusammen war. Außerdem bedrückte ihn die Einsamkeit Caterinas in ihrer großen Wohnung. Es war ihm klar, daß er nicht genug Einfluß auf sie hatte, um sich durchzusetzen, aber er wußte, daß es die beste Lösung wäre, wenn sie zusammenziehen würden. So könnte sich einer um den anderen kümmern. Ihre Jugend hatten sie weit hinter sich gelassen, und der erste Lack war ab, aber zusammen konnten sie noch ein schönes Leben führen. »Ich komme heute abend wieder«, versprach er Stanis. Caterina verabschiedete ihn mit einem Handzeichen, während sie sich schon auf dem Sofa ausstreckte.

»Bist du müde?« fragte sie ihr Sohn.

»Ich habe mich hingelegt, damit du mir den Blutdruck messen kannst«, antwortete sie in rauhem Ton. »Bist du nicht deswegen gekommen?«

»Also gut, geh in dein Zimmer und leg dich aufs Bett«, befahl er.

Caterina kam seiner Aufforderung ohne Protest nach. Sie war müde, auch wenn sie es nicht zugeben wollte.

Stanis untersuchte sie, ohne dabei zu sprechen, dann gab er ihr einen Klaps auf die Wange.

»Willst du mir nicht sagen, wie es mir geht?« fragte sie ihn.

Um ihr darauf zu antworten, setzte er sich auf die Bettkante und stieß einen tiefen Seufzer aus.

»Wie viele glückliche Träume habe ich neben dir in diesem Bett geträumt«, sagte er ein wenig melancholisch.

»Und im Traum hast du die Ecken des Lakens angenuckelt. Dein Bruder Roberto dagegen kaute an den Vorhängen. Und Nicoletta zerkratzte mit ihren Nägeln die Goldverzierungen am Holz. Ich hatte drei nervöse Kinder. Offensichtlich habe ich es nicht geschafft, ihnen Sicherheit zu geben«, überlegte Caterina laut.

Der Sohn strich ihr übers Haar.

»Du weißt genau, daß das nicht wahr ist. Aber du weißt nicht, wie eifersüchtig ich auf dein Bett gewesen bin, vor allem, wenn du dich mit deinen Freundinnen zusammen darin verkrochen hast. Ich fand eure Vertraulichkeit abscheulich. Dachtest du, ich hätte Diana und Lucrezia gemocht? Ich haßte sie. Ich versteckte mich hinter der Tür und spionierte euch nach. Ihr habt die ganze Zeit gesprochen und gelacht. Ich habe weder eure Gespräche noch eure Freude verstanden. Ich war so verängstigt, daß mir die Tränen kamen«, gestand der Sohn.

»Das hast du mir nie gesagt«, wunderte sich Caterina.

»Dafür sage ich es dir jetzt. Ich fühlte mich wie ein zurückgewiesener Liebhaber. Ich habe Lucrezia und Diana erst viel später schätzen gelernt, als ich schon erwachsen war«, gestand er.

»Das tut mir wirklich leid. Wenn ich an meine begangenen Fehler denke, erschrecke ich. Aber du bist immer schon ein Experte darin gewesen, mich in Verlegenheit zu bringen und mich zu beunruhigen«, antwortete sie brummig.

»Das ist alles deiner Phantasie entsprungen. Du bist mit einer starken Tendenz zur Selbstquälerei geboren. Ich gestehe dir meine kindliche Unvernunft und du baust dir gleich ein Luftschloß auf. Warum entspannst du dich nicht? Warum versuchst du nicht, das Leben so zu nehmen, wie es gerade kommt?«

Caterina rückte ein Stück von ihm weg, um ihn besser anschauen zu können.

»Jetzt machst du mich aber wirklich wütend«, sagte sie. »Du wirfst mir vor, unsensibel zu sein, und das ist nun wirklich nicht wahr.«

»Ich werfe dir gar nichts vor. Du hast mir immer nur aus vollen Händen gegeben und nie etwas dafür verlangt. Du bist die beste Mutter der Welt. Ich versuche dir nur klarzumachen, daß ich erwachsen bin und du dir keine Sorgen mehr um mich zu machen brauchst. Siehst du? In diesem Moment schaust du mich nicht an. Aber du beobachtest mich genau, um zu erfahren, ob ich ausgeglichen oder traurig bin, ob alles in Ordnung ist oder ob ich Probleme habe. Ich weiß, daß du bei dem Gedanken zitterst, daß Grigorij mich eines Tages verlassen könnte.«

»Ja, das ist eine Vorstellung, die mich beunruhigt. Na und? Willst du mich deswegen ausschimpfen?« forderte sie ihn heraus. Dabei war sie sich bewußt, daß ihr Sohn ins Schwarze getroffen hatte.

»Keine Verbindung ist für die Ewigkeit, Mama. Und falls die Geschichte mit ihm zu Ende gehen sollte, wäre es mein Problem und nicht deins«, wies er sie zurecht.

»Schade, daß du keine Kinder haben kannst, sonst würdest du die Dinge besser verstehen«, forderte sie sein Mitleid ein.

»Dein Liebesleben ist auch nicht gerade einfach gewesen. Hat sich die Oma je Sorgen um dich gemacht?«

Caterina gab keine Antwort darauf. Sie dachte an Elenas Strenge ihr gegenüber. Ihre Mutter gehörte noch zu jener Generation, die viel Wert auf den äußeren Schein legt und für die Gefühle, jenseits des gesunden Menschenverstands, doch nur eine alberne Spielerei bedeuteten.

»Ich weiß, daß das Verhältnis zwischen dir und Oma nie sehr vertraulich gewesen ist«, brachte es Stanis auf den Punkt und fuhr fort: »Mir ist allerdings nie zu Ohren gekommen, daß sie sich in dein Leben eingemischt hätte.«

»Und doch hat sie es getan«, entgegnete Caterina. »Ein einziges Mal, und das war auch genug. Danach habe ich es ihr nie wieder erlaubt. Aber unsere Beziehung war ganz anders als meine zu dir. Ich bin dir eine Freundin. Sie hat sich immer für einen Richter gehalten«, stellte sie traurig fest.

»Entschuldige, Mama. Ich hatte nicht im geringsten vor, dich zu quälen«, sagte er und umarmte sie.

»Es gibt keinen Grund, sich zu entschuldigen«, entgegnete Caterina und gab sich Mühe, ihm zuzulächeln. »Und gib nichts auf meine Übertreibungen.«

Seit einiger Zeit schon hatte Stanis ihre Zerbrechlichkeit, die Widersprüchlichkeit ihres Charakters und ihren inneren Zwiespalt bemerkt. In seinem und in dem Leben seiner Geschwister hatte die Mutter eine Doppelrolle eingenommen; sie hatte sowohl die mütterliche als auch die väterliche Seite vertreten müssen, dabei war es ihr nicht möglich gewesen zu zeigen, wer sie selbst wirklich war. Manchmal dachte er, daß der Einfluß von Großmutter Evarista doch größer gewesen war als der von Oma Luigia. Diese freche, grantige und harte Bäuerin hatte in Caterinas Charakter eine tiefe Spur hinterlassen.

»Ich hab dich lieb, kleine Mama«, sagte er aufmunternd. »Du bist der einzige Mensch, mit dem ich stundenlang reden kann, ohne mich zu langweilen«, schmeichelte er ihr und meinte es grundsätzlich auch so.

»Auch ich hab dich sehr gern. Deswegen möchte ich, daß du auf meine Frage antwortest: Wie geht es mir?« fragte sie.

»Besser als gestern«, antwortete er lakonisch.

»Und weniger gut als morgen«, fügte sie amüsiert hinzu. Sie sprach weiter: »Ich kenne dich gut, Stanis. Du machst dir Sorgen um mich. Ich möchte dich beruhigen. Es kann sein, daß mein Gesundheitszustand nicht der allerbeste ist, aber ich garantiere dir, ich fühle mich sehr gut. Ich bin so gut in Form, daß ich für uns beide gern ein gutes Abendessen zubereiten würde«, sagte sie voller Überschwang, während sie ihr Bett verließ.

Stanis folgte ihr in die Küche.

»Wo sind deine Freundinnen?« fragte er sie.

»Dem Himmel sei's gedankt, sie sind weggegangen. Ich hoffe, daß ich mir jetzt meine Freiheit zurückerobern kann. All diese Fürsorge bringt mich in Verlegenheit«, erklärte sie, während sie auf einer Servierplatte dünne Scheiben Bündnerfleisch und frischen Rucola anrichtete.

»Ich möchte wissen, was du tätest, wenn sie dich nicht mehr beachten würden«, forderte er sie heraus.

»Darunter leiden, denn ich liebe sie wie Schwestern«, erklärte Caterina.

Stanis trat nah an sie heran, umfaßte ihre Schultern und drückte ihr einen zärtlichen Kuß auf den Nacken.

»Mama, wie kann ich mich nützlich machen?« fragte er.

»Beziehst du dich aufs Essen oder auf den Rest meines Lebens?«

»Der Gedanke, daß du allein bist, begeistert mich nicht gerade. Diese Schurken, die dich angegriffen haben, waren ein ernst zu nehmendes Vorzeichen. Ich weiß, daß du ein festes Hausmädchen ablehnst. Würdest du mich akzeptieren?«

»Würdest du deinen Freund verlassen? Wäre das richtig?« fragte sie ihn.

»Grigorij sehe ich in letzter Zeit gerade mal im Krankenhaus«, gestand ihr der Sohn.

»Habt ihr euch gestritten?« fragte Caterina, schon ängstlich alarmiert.

»Es ist schwer, mit ihm zu streiten. Er ist so gutherzig und zuvorkommend.«

»Also bist du nur eifersüchtig?« schlußfolgerte die Mutter.

»In meiner Lage ist die Eifersucht ein Luxus, den ich mir nicht erlauben will«, sagte er und fuhr fort: »In jedem Fall ist er ein ehrlicher Freund. Wenn er mir nicht sagen will, wohin er geht oder mit wem er zusammen ist, wird er seine guten Gründe dafür haben«, spielte er seine Sorge herunter. Er war beunruhigt, aber er wollte nicht, daß seine Mutter es bemerkte.

5

Grigorij kannte die Herumtreiber und Außenseiter der Gesellschaft gut, die täglich in der Notaufnahme des Krankenhauses auftauchten. Menschliche Wracks landeten dort in ihrer Verzweiflung zu jeder Tages- und Nachtzeit: junge Leute im Drogenkoma, schwerverletzte Opfer erbarmungsloser Abrechnungen und abgedriftete Alkoholiker.

Manchmal kamen sie in Begleitung von Verwandten: mit Müttern, die der Schmerz schier zu zerreißen schien, ungläubigen Ehefrauen oder völlig verstörten Vätern. Die Ärzte brachten sie wieder auf die Beine, wenn auch nur für kurze Zeit, denn manchmal starben sie wenige Stunden später oder nach einigen Tagen, wie ausgestoßene Hunde auf einer Parkbank oder an einer Straßenecke. Grigorij hegte eine instinktive Abneigung gegen die Drogenabhängigen, auch wenn er ihnen zu Hilfe kam. Sie erinnerten ihn an seinen sadistischen und gewalttätigen Vater, der alles, aber auch alles für eine Flasche Wodka eingetauscht hatte. Er wußte, daß diese am Leben Gescheiterten sich Alibis erfanden, um so ihr Verhalten als unausweichlich und erklärbar darzustellen. Sie beschuldigten das Gesellschaftssystem, nie sich selbst. Noch schlimmer war es, wenn sie sich mit ihren kriminellen Handlungen rühmten: Die Diebe prahlten mit ihrer Geschicklichkeit, die Mörder mit ihrer Grausamkeit und die Wahnsinnigen mit ihren Perversionen. Sie kehrten die Werte von Gut und Böse einfach um.

Seit einigen Abenden nun besuchte Grigorij die kleine Parkanlage vor dem Hauptbahnhof. Sie war der bevorzugte Treffpunkt aller jungen Leute, die dabei waren, sich selbst zugrunde zu richten. Es waren menschliche Larven, die sich aus ihrer durch Drogen hervorgerufenen Abgestumpftheit nur aufrafften, um sich das nötige Geld für den nächsten Schuß zu besorgen. Unter ihnen befanden sich auch die beiden jungen Männer, die Caterina überfallen hatten.

Sie bewegten sich immer zu zweit. Grigorij kannte ihre Namen nicht. Er hatte ihnen die Spitznamen Chrysantheme und der Schielende gegeben: einer schielte und der, der Caterina angegriffen hatte, verdankte seinen Namen den zerzausten Haaren, deren zusammengedrehte Spitzen an die Blütenblätter dieser novemberlichen Blume erinnerten. Der Schielende und Chrysantheme behielten ihn im Auge. Am ersten Tag hatten sie ihn für einen Polizisten gehalten. Später dann kamen sie zu der Überzeugung, daß es sich wahrscheinlich um einen schüchternen oder verängstigten Homosexuellen handeln müsse.

Wenn er ankam, setzte er sich immer an die gleiche Stelle, auf den Rand einer Parkbank. Neben sich stellte er eine Plastiktüte voll mit gut gekühlten Bierdosen, die er an alle verteilte, die danach fragten.

So manches Mal passierte es, daß einer der Gestrauchelten sich zu ihm setzte und ihn um ein Bier bat, um ihm schließlich sein ganzes Leben in den buntesten Farben zu schildern. Der Russe hörte geduldig zu und nickte ab und zu, während er darauf wartete, daß auch die beiden Schurken zu ihm kamen.

An jenem Abend hatten die beiden sich dazu entschlossen. Der schielende junge Mann schien selbstsicherer zu sein als der andere.

»Hast du ein bißchen Kleingeld?« fragte er ihn gleichgültig.

»Das kommt darauf an«, antwortete Grigorij. Er nahm eine Dose Bier, öffnete sie und trank in aller Ruhe.

»Du bist einer, der nicht drückt. Warum bist du hier?« fragte der Junge mit den lockigen Haaren.

Der Russe reichte jedem von ihnen eine Dose Bier. Sie nahmen an.

»Vielleicht, weil ich mich einsam fühle«, antwortete er wortkarg.

»Wenn du mir hunderttausend Lire bietest, leiste ich dir Gesellschaft«, schlug der Schielende mit einladendem Lächeln vor. Auch Chrysantheme lächelte. Grigorij konnte sich nur schwer zurückhalten. Diese zwei waren einfach widerlich. Nichtsdestotrotz lächelte auch er zurück. Der Schielende rülpste und beobachtete ihn dabei mit stumpfsinnigem Blick.

»Der Freund hat kein Geld«, sagte er. Dann spitzte er die Lippen und spuckte ins Gras.

»Bist du blank?« fragte Chrysantheme.

»Das kommt darauf an«, sagte der Russe ohne eine Miene zu verziehen.

»Komm, laß sein«, schlug der Schielende vor.

»Alter, ich brauch Geld«, beharrte Chrysantheme.

Der Russe hob den Rand seines T-Shirts hoch und zeigte so zwei Hunderttausend-Lire-Scheine, die im Gürtel der Jeans steckten.

»Die sind für dich«, sagte er zu ihm, »wenn du einen Platz weißt, wo wir ein bißchen zusammensein können.«

»Komm mit«, entschied der Junge.

»Ich hab keinen Wagen«, präzisierte Grigorij. Er hatte die beiden öfter in den Autos von Gelegenheitskunden wegfahren sehen.

»Das interessiert mich einen Dreck. Ich hab einen Zug«, erwiderte der Junge, der scharf auf das Geld war. »Willst du auch meinen Freund?« fragte er.

Der Russe schüttelte den Kopf. Chrysantheme ging mit schnellem Schritt in Richtung Bahnhof. Der Schielende holte ihn rennend ein.

»Paß bloß auf«, riet er. »Dem hier traue ich nicht«, erklärte er und spielte damit auf Grigorj an, der ihnen folgte.

»Geh mir nicht auf den Sack. Wir sehen uns nachher«, forderte ihn sein Freund auf, während er ihn mit der Hand wegstieß.

»Beschwer dich aber nachher nicht, ich hätte dich nicht gewarnt. Das hier ist wie die Geschichte mit der beschissenen Alten. Ich hab ein Gespür dafür, wann es Zeit ist abzuhauen«, beharrte er.

Chrysantheme hörte nicht auf ihn. Er brauchte dieses Geld unbedingt. Er betrat das Bahnhofsgebäude, stellte sich auf die Rolltreppe und drehte sich um, um zu kontrollieren: Der Russe blieb ihm auf den Fersen. Der Schielende dagegen entfernte sich und stieß dabei wütende Schimpfwörter aus. Besser so, dachte Grigorij. Der andere hatte Caterina nicht geschlagen.

Sie durchquerten nebeneinander die große obere Halle. Zusammen gingen sie durch ein Tor, das zu den letzten Gleisen führte. Sie bogen nach links ab und gingen einen dunklen, einsamen Bahnsteig entlang, dessen Ende nicht zu erkennen war. Danach gelangten sie auf ein Stück Kopfsteinpflaster, von dem aus ein Netz von Gleisen abzweigte. Hier waren die alten, ausrangierten Waggons der zweiten Klasse abgestellt. Der junge Mann verlangsamte seinen Gang.

»Hierher kommen wir, wenn es nichts Besseres gibt«, erklärte er dem Russen mit einer Miene, die zeigte, daß er nur zu gut Bescheid wußte.

»Und die Polizei?« fragte Grigorij.

»Hält Abstand. Wenn sie nicht gerade den Befehl haben, eine Razzia zu machen, tun sie so, als ob sie uns nicht sehen würden«, fügte er dreist hinzu.

Der Russe schaute sich um. Keine hundert Meter entfernt erhob sich eins der besten Hotels der Stadt. Gleich daneben, wo er sich befand, war die Hölle. Man brauchte nicht viel Phantasie, um sich die menschlichen Wracks jeder Nationalität und jeden Alters in den verlassenen Waggons vorzustellen: Einwanderer, vom Elend gezeichnete Landstreicher, Drogenabhängige kurz vorm Ende und vom Heroin zerstörte Prostituierte. Auch wenn sich Grigorj seiner körperlichen Stärke bewußt war, hatte er Angst.

Der Junge bemerkte es und lachte befriedigt, während er die Stufen zu dem Waggon hochkletterte.

»Nicht dort drinnen«, sagte Grigorij und machte einen Schritt zurück.

»Mein Gott, hier ist keiner. Und auch wenn hier jemand wäre, würde er uns nicht stören«, erklärte er.

Grigorj machte einen weiteren Schritt zurück.

»Tut mir leid. Nichts zu machen«, versteifte er sich.

Der Schurke kam von den Stufen herunter und führte ihn zu einer Art Einschnitt entlang einer Einbettung, die zu einer Brücke hin abfiel. Auf der einen Seite befanden sich die dunklen Waggons, in denen sich das Elend breitgemacht hatte und auf der anderen Seite eine Betonbrüstung, von der aus man auf eine vielbefahrene Straße blickte. Dazwischen war ein steiniger Weg, und über ihnen lag der matte, glanzlose Himmel einer von Smog und Schwüle vergifteten Julinacht.

»Paßt dir dieser Ort besser?« fragte Chrysantheme spöttisch.

Der Russe nickte.

»Hast du ein Präservativ dabei?« drängte ihn der Junge jetzt mit rauher Stimme. Er war nicht homosexuell veranlagt. Er ließ sich auf diese Art von Sex nur ein, wenn er keine andere Möglichkeit hatte, an Geld zu kommen.

Grigorij schaute ihm in die Augen und hoffte dabei, trotz allem einen Schein von Menschlichkeit zu erblicken. Er bemerkte jedoch nur einen stumpfsinnigen Ausdruck, der keinerlei Gefühl erkennen ließ.

»Weißt du, meine Mutter wird sauer, wenn ich mich nicht in acht nehme«, grinste der Junge.

Für einen Augenblick sah Grigorij das hagere und leidgeprüfte Gesicht seiner Mutter Arina vor sich. Er versuchte sich das Gesicht der Frau vorzustellen, die diesen Jungen, der vor ihm stand, zur Welt gebracht hatte. Vielleicht ähnelte er ihr.

»Laß deine Mutter aus dem Spiel«, zischte Grigorij mit brüchiger Stimme.

»Schwul und auch noch Mamas Liebling«, warf ihm der Junge ins Gesicht und steckte dabei eine Hand in die hintere Tasche seiner Jeans. Eine Sekunde später leuchtete in seiner Faust eine scharfe Klinge auf. Ihm blieb jedoch nicht die Zeit, den Arm zu heben, denn Grigorij ergriff sein Handgelenk und drehte es fest herum. Der Junge machte eine halbe Drehung um sich selbst, während er versuchte, den Russen mit der anderen Hand zu schlagen. Er fand sich bewegungsunfähig mit dem Kopf auf der Betonbrüstung wieder. Vor Schmerz stieß er einen lauten Schrei aus.

»Ja, ich bin ein Schwuler«, sagte Grigorij. »Aber keine Sekunde habe ich daran gedacht, mich mit dir einzulassen. Du ekelst mich an«, zischte er atemlos.

»Leck mich am Arsch!« schrie der Junge, vom Schmerz überwältigt.

»Du wirst nicht mehr rumlaufen und Leute mit dem Messer angreifen und auch keine Frauen mehr schlagen, die sich nicht wehren können«, sagte Grigorij. Er schlug auf ihn ein, bis der Junge nach Luft schnappend auf das Kopfsteinpflaster fiel und ohnmächtig wurde.

Der Russe schaute sich um. Er sah niemanden. Dann kletterte er über die Brüstung der Brücke und lief auf einer flachen Betonmauer bis zur Böschung, die er hinuntersprang und zu Füßen eines Brückenpfeilers landete, der die Straße überragte.

Er blieb stehen, um nach Luft zu schnappen. Dann hielt er ein Taxi an und ließ sich zum Krankenhaus fahren. Er hätte bereits vor einer halben Stunde seinen Dienst antreten müssen.

Er entschuldigte sich bei seinem Kollegen, der ihn bereits ungeduldig erwartete.

»Habt ihr in Rußland keine Uhren? Meine Frau steht da unten schon eine ganze Weile und wartet auf mich«, brummte er.

»Entschuldige. Wenn du willst, löse ich dich morgen abend eine Stunde früher vom Dienst ab«, schlug er vor, um ihn zu besänftigen.

»Ist in Ordnung«, akzeptierte der Kollege und sagte zu ihm: »Doktor d'Ormesson hat dich gesucht. Woher kommst du eigentlich? Du bist ja ganz naßgeschwitzt«, bemerkte der Krankenpfleger.

»Ich erzähl's dir ein anderes Mal«, antwortete Grigorij, während er sich seiner Sachen entledigte und seine Arbeitskleidung anzog.

»Übrigens, auch die kleine Valeria hat nach dir gefragt«, hinterließ ihm der Kollege, bevor er den Fahrstuhl betrat.

6

Grigorij sah Stanis, der ihm mit der kleinen Valeria im Arm auf dem Weg zum Aufenthaltsraum des Pflegepersonals entgegenkam.

»Das ist heute meine Glücksnacht«, rief das Mädchen aus, als sie ihren Kardiologen erblickte. »Grigorij und Stanis zusammen. Leistet ihr mir beide Gesellschaft?« fragte sie lächelnd.

Wie alle schwerkranken Kinder hatte Valeria eine außergewöhnliche Sensibilität und eine tiefe Anhänglichkeit gegenüber den Personen entwickelt, die sich um sie kümmerten.

»Du wirst dich mit Grigorij zufriedengeben müssen. Was mich betrifft, kann ich dir einen Lutscher anbieten«, sagte der Arzt und fischte dabei ein Holzstäbchen mit einer bunten Zuckerkugel aus der Tasche seines Kittels. Er hatte immer etwas Süßes für seine kleinen Patienten dabei.

»Danke, Stanis«, sagte sie.

Er lächelte sie an und blickte dann geradewegs in die Augen des Freundes. Er hätte ihn nach dem Grund seiner Abwesenheit in den letzten Tagen fragen wollen, aber die Ruhe und Ausgeglichenheit, die sein Freund ausstrahlte, schien jede indiskrete Unterstellung zu unterbinden. Er fragte nur: »Ist alles in Ordnung?«

»Alles in Ordnung«, bestätigte der Russe, während er die Kleine auf den Sessel legte und sie mit einer Wolldecke zudeckte. »Um so besser«, entgegnete der Arzt.

»Im Kühlschrank steht noch Obstsalat. Möchtest du davon etwas haben?« bot Grigorij ihm an.

»Gern«, sagte Stanis, während er sich auf einen Hocker vor eine Art Tresen setzte, auf dem alle Krankenblätter aufgereiht waren. Valeria leckte an ihrer Zuckerkugel und schaute Fernsehen. Sie genoß die Gegenwart der beiden Männer, die leise miteinander sprachen. Stanis betrachtete die breiten Schultern des Riesen, der am Kühlschrank hantierte. Sollte er vielleicht an seiner Treue zu zweifeln beginnen?

Grigorij stellte einen Plastikbecher mit kleingeschnittenem Obst auf den Tresen. Dann legte er Stanis seine kräftige Hand auf die Schulter. »Es ist wirklich alles in Ordnung«, versicherte er ihm.

»Das höre ich gern«, nickte der Arzt und steckte einen Löffel voll Obstsalat in den Mund.

»Wie geht es deiner Mutter?« fragte der Krankenpfleger.

»Sie ist nicht gerade in Hochform. Ich mache mir ein wenig Sorgen um sie. Warum besuchst du sie nicht mal?« schlug er ihm vor und betrachtete ihn dabei voller Zuneigung. Er dachte daran, wie einsam sein Leben sein würde, wenn nicht dieser Freund aus der Ferne gekommen wäre. Als sie sich das erste Mal trafen, hatten sie sich sofort gefallen.

Damals hatte dann ein langes und schüchternes Umwerben von beiden Seiten begonnen.

Stanis hatte bereits einen festen Freund gehabt. Er war Journalist gewesen, und er hatte ihn im Hause seiner Mutter kennengelernt. Manchmal dachte er, daß seine Mutter es absichtlich so eingerichtet hätte, daß es zu dieser Begegnung gekommen war. Er war intelligent und sehr kultiviert gewesen. Seine homosexuelle Veranlagung hatte er nie richtig akzeptieren können und versuchte ohne Erfolg, sein Unbehagen darüber im Alkohol zu ertränken. Sie hatten einige glückliche Jahre miteinander verbracht. Dann starb der Journalist bei einem Verkehrsunfall. Ein paar Monate später hatte er Grigorij kennengelernt.

Stanis hatte kurz vorher eine Wohnung ganz in der Nähe seiner Mutter bezogen. Er richtete sie dann zusammen mit seinem neuen Freund ein.

Es war ein Vergnügen gewesen, in Antiquitätengeschäften kleine, geschmackvolle Dinge auszusuchen, um damit der Wohnung, in der sie zusammen leben würden, eine persönliche Note zu geben.

Grigorij war ein passionierter Blumen- und Pflanzenliebhaber und wußte alles über die Zusammensetzung der Blumenerde, über Mineralien, Dünger und Hormone, die man den Pflanzen geben mußte. Außerdem beschnitt er die Blumen, veredelte die Sorten und dünnte die Wurzeln aus. Er besaß eine kleine Gerätschaft von Gartenwerkzeugen, die er eifersüchtig hütete.

In der Küche war er eine Katastrophe. Er konnte gerade einmal ein hartes Ei kochen. Stanis dagegen hatte von seiner Mutter viele kleine kulinarische Geheimnisse gelernt und konnte ziemlich gut kochen.

Sie hatten sich Räumlichkeiten und Aufgaben geteilt. Im Schlafzimmer schlief Stanis, das Gästezimmer war für Grigorij reserviert. In Meran, in Obermais, wo Caterina seit Jahren ein kleines Haus besaß, hatten sie sich zum ersten Mal geliebt. Sie waren erschöpft und glücklich von einer langen Fußwanderung zurückgekehrt. Sie waren sofort unter die Dusche gesprungen und hatten sich dabei lachend und scherzend wie zwei kleine Jungen gegenseitig geärgert. Dann hatten sie sich umarmt, und dabei waren Lachen und Lust miteinander verschmolzen.

»Ich werde dich immer lieben und beschützen«, hatte der Russe versprochen.

»Es muß nicht für immer sein. Wichtig ist nur, daß du jetzt bei mir bist. Nur um eines bitte ich dich, wenn du mich eines Tages verlassen willst, sag es mir offen und ehrlich. Lüg mich nie an.«

Seit damals fühlte sich Stanis in den kräftigen und zugleich zärtlichen Armen des Freundes geborgen. Aber es genügte eine Kleinigkeit, um erneut die Angst vor der Einsamkeit aufsteigen zu lassen.

Er stellte seine Homosexualität weder zur Schau, noch war er hysterisch veranlagt. Liebesabenteuer interessierten ihn nicht. Er versuchte, seine Andersartigkeit so normal wie möglich zu leben. Grigorij stellte das Ziel seiner Wünsche dar.

Nun, nach all den Tagen voller Zweifel und Ungewißheit, war er sich sicher, ihn nicht verloren zu haben. Es interessierte ihn auch nicht, wer oder was ihn von ihm ferngehalten hatte. Jetzt war er wieder da. Er schaute ihm lachend in die Augen.

»Morgen werde ich deine Mutter besuchen«, versprach Grigorij.

Der Notrufpiepser meldete sich. In der Notaufnahme wurde ein Kardiologe gebraucht.

»Wir sehen uns später«, sagte Stanis und verließ das Zimmer. Er ging zum Fahrstuhl, um ins Erdgeschoß zu fahren. Der Pfleger machte eine Runde durch die Krankensäle. Er wechselte einige Worte mit den Patienten, versuchte, den unter Schmerzen Leidenden Mut zuzusprechen, und warf ein wachsames Auge auf die wenigen, die ruhig schliefen. Dann kehrte er in den Aufenthaltsraum des Personals zurück, setzte sich an den Tisch und öffnete einen mächtigen Medizinband. Er begann mit dem Studium. Ab und zu hob er den Blick, um Valeria zu betrachten, die ruhig im Sessel schlief.

Er dachte an den Schurken zurück, an dem er all seine Wut ausgelassen hatte, die ihn seit Tagen gequält hatte. Es tat ihm leid, ihn mit solch einer Brutalität zusammengeschlagen zu haben, aber er hatte sich verteidigen müssen. Der Junge hätte das Messer nicht ziehen dürfen. Auf jeden Fall hatte er die Strafe verdient, schon wegen des Überfalls auf Caterina. Er versuchte, sich selbst von dieser Meinung zu überzeugen, aber es gelang ihm nicht. Er war nicht gerade stolz auf sich.

Die Nacht verging, und der Morgen kündigte sich durch den gewöhnlichen Verkehrslärm und das Läuten der Patienten an. Um sieben war sein Dienst zu Ende. Grigorij ging zur Notaufnahme hinunter. Stanis war dabei, ein Elektrokardiogramm durchzuführen. Bei dem Patienten handelte es sich um einen jungen Mann, den die Bahnpolizei eingeliefert hatte. Er war noch nicht ganz zu Bewußtsein gekommen. Er stöhnte.

»Hast du noch viel zu tun?« fragte Grigorij den Freund.

»Ich mache diese Untersuchung zu Ende, dann bin ich fertig«, antwortete der Arzt.

Der Krankenpfleger ging neben das Krankenbett und erkannte Chrysantheme.

»Er ist ziemlich übel zugerichtet«, kommentierte er mit dumpfer Stimme und beobachtete ihn dabei.

»Es ist nicht so schlimm, wie es aussieht«, entgegnete Stanis. »Er hat den rechten Arm verrenkt und bekommt deswegen einen Gips. Eine Wunde über der linken Augenbraue und verschiedene Blutergüsse. In ein paar Tagen ist alles vergessen. Die Blutanalysen haben jedoch ergeben, daß er drogenabhängig ist«, fügte er hinzu, während er das Herzdiagramm zusammen mit den Röntgenaufnahmen und den Ergebnissen der Blutuntersuchungen zum Krankenbett legte. Er trug seine eigenen Untersuchungsergebnisse ein und rief einen Krankenpfleger.

»Orthopädieabteilung«, sagte er. Dann wandte er sich Grigorij zu. »Was für eine Nacht. Bitte, bring mich nach Hause.«

In diesem Moment öffnete der junge Mann die Augen und sah den Russen über sich gebeugt. Er brauchte einige Sekunden, um ihn wiederzuerkennen. Dann stieß er in tiefer Verzweiflung einen Schreckensschrei aus.

Stanis trat an die Krankenbahre heran.

»Na, was ist denn mit dir los?« fragte er.

Der Krankenpfleger, der dabei war, ihn wegzufahren, schüttelte nur den Kopf.

»Es sind manchmal die Drogen, die solche Ausbrüche verursachen«, spielte er den Vorfall herunter.

»Schreist du wegen der Schmerzen im Arm?« fragte ihn Stanis.

Der Junge antwortete nicht, sondern starrte zitternd vor Angst auf Grigorij.

»Herr Doktor, was soll ich machen? Soll ich ihn in die Orthopädie bringen?« fragte der Pfleger, der ihn wegfahren sollte.

Der Junge hörte auf zu zittern und brach in Schluchzen aus. »Der Sozialarbeiter ist dabei, die Familie ausfindig zu machen; das wird nicht einfach sein, denn in seinen Papieren ist kein fester Wohnsitz verzeichnet«, überlegte Stanis laut und fügte hinzu: »Vielleicht kann jemand aus der Familie ihm helfen.« Dann wandte er sich dem Krankenpfleger zu und wies ihn an: »Bring ihn weg.«

Kurz darauf verließen Stanis und Grigorij das Krankenhaus. Während der Arzt, der am Steuer saß, sich auf den Verkehr konzentrierte, brach Grigorij das Schweigen: »Du hast ihn wiedererkannt, nicht wahr?«

»Es ist der, der meine Mutter angegriffen hat«, antwortete Stanis und fügte hinzu: »Er könnte denjenigen anzeigen, der ihn so zugerichtet hat.«

»Möglich«, murmelte Grigorij.

»Bei uns ist es nicht erlaubt, Selbstjustiz zu üben. Weißt du das?« bemerkte Stanis.

»Warum sagst du mir das?« fragte der Russe und tat überrascht.

»Damit du darüber nachdenkst.«

»Hab ich schon getan. Laß uns jetzt schlafen gehen, mein Lieber«, sagte Grigorij.

7

Diana wachte auf, als sie gerade im Begriff war, aus dem Bett zu fallen. Der Mann, der neben ihr schlief, hatte sich auf dem ganzen Bett breitgemacht und sie so an den äußersten Rand der Matratze gedrückt.

Die sich leise drehenden Flügel des Ventilators waren nicht in der Lage, die Hitze im Zimmer zu mildern.

Sie stand auf, und mit einer grimmigen Geste griff sie nach dem Laken, das auf den Boden gerutscht war. Diese brüske Bewegung verursachte ihr einen schmerzhaften Stich in den Halswirbeln. Sie fluchte auf das fortgeschrittene Alter, das sich vor allem in ihren Gelenken bemerkbar machte. Sie band sich das Laken um, um ihren durch Schönheitsoperationen in Form gebrachten nackten Körper zu bedecken. Diese chirurgischen Eingriffe hatten sie viel Geld und Schmerzen gekostet. Sie dachte an all die Dummheiten, die Leute wie sie über die innere Schönheit der reifen Frauen verbreiteten. Caterina hatte diesbezüglich oft scharfe Kritik geübt, und im Grunde genommen mußte sie ihr recht geben. Sie verließ das Zimmer, ging ins Bad und hoffte, daß Piergiorgio noch lange weiterschlafen würde.

Vor dem Spiegel begann sie eine erbarmungslose Selbstanalyse. Insgesamt betrachtet machte sie noch einen recht guten Eindruck; die feinen Narben der chirurgischen Nähte würde jedoch jedes Kind bemerken können. An dem Tag, an dem sie aufhören würde, sich solch kostspieligen Quälereien zu unterziehen, würde der endgültige Zusammenbruch eintreten. Zum x-ten Mal fragte sie sich, wie es möglich war, daß ein junger, psychisch ausgeglichener Mann eine Sechzigjährige lieben konnte. Nur ein Verrückter wie Piergiorgio konnte Lust haben, mit ihr zu schlafen. Sie stellte sich unter die Dusche und ließ sich von dem warmen, harten Strahl den Körper massieren. Sie wollte jede Spur der vergangenen Nacht, die sie mit diesem Mann verbracht hatte, vernichten, indem sie ihn als einen Fremden betrachtete, der seit Jahren ihr Bett und ihr Leben in Beschlag genommen hatte.

Es überkam sie fast eine Art Ekel gegenüber diesem jungen und attraktiven Mann, um den sie viele ihrer Freundinnen beneideten. Während sie sich mit einem rauhen Handschuh den Körper abrieb, bemerkte sie, daß ihr die Tränen herunterliefen. Ihr wurde plötzlich klar, daß sie, die so gut auf die Probleme der anderen eingehen konnte, an ihre eigenen gerührt hatte. Der Moment war gekommen, ihnen mit einer gründlichen Selbstanalyse entgegenzutreten. Sie drehte die Wasserhähne der Dusche ab, hüllte sich in einen Bademantel ein und trocknete sich Körper und Tränen ab. Sie hatte keine Lust mehr auf Sex. In ihrem Alter wurde das Verlangen nach körperlichem Vergnügen langsam peinlich, und mehr als einmal war es nicht mehr als ein schwaches Aufblitzen gewesen, das blasse Wogen hervorgerufen hatte.

Es war in nichts zu vergleichen mit dem heißen Begehren, das sie als Zwanzigjährige gefühlt hatte, als die Liebe sie wie eine Krankheit ergriff und die Leidenschaft ihr Kraft und Atem raubte. Die wilden Zeiten ihrer Jugend hatten sich für immer beruhigt.

Sie war immer noch schön, und durch ihre Reife faszinierte sie die Männer, die nicht aufhörten, sie zu umwerben. An jenem schwülen Sommervormittag wurde Diana klar, daß sie die Männer überhaupt nicht mehr interessierten. Sie fühlte sich von einer Art Untertänigkeit befreit, die sie von Jugend an verfolgt hatte.

Viel zu lange hatte sie sich von den Männern beeinflussen lassen, als ob sie Götter wären, denen man huldigen mußte, um so die Gnade eines Komplimentes, eines liebevollen Gedankens oder einer freundlichen Geste zu erflehen. Wie oft hatte sie bei der Vorstellung gezittert, ihren aktuellen Liebhaber zu verlieren, dem sie Jahre ihres Lebens geopfert hatte und für den sie Tränen und Demütigungen heruntergeschluckt hatte? »Warum sind wir Frauen nur so dumm? Warum machen wir seit Jahrhunderten den gleichen Fehler?« fragte sie sich an jenem Morgen.

Sie erinnerte sich an ihren Großvater väterlicherseits, der in seiner schwerfälligen, bäuerlichen Sprechweise zu wiederholen pflegte: »Die Frau paßt gut ins Hochzeitsbett und ins Grab.«

Eines Tages hatte ihre Mutter, eine gutaussehende und energische Piemontesin, darauf geantwortet: »Ins Grab, hoffe ich, nach Euch zu kommen. Was das Hochzeitsbett betrifft, würde ich gern mehr Zeit darin verbringen. Statt dessen muß ich schuften, weil das, was Euer Sohn, der Professore, nach Hause bringt, gerade mal reicht, um die Miete der Wohnung zu bezahlen.«

Die junge Signora Laperla hatte in der Gegenwart der ganzen Familie gesprochen, und alle waren danach zu Eis erstarrt. »Mein armer Sohn«, hatte der Schwiegervater bitter kommentiert und dabei den Kopf geschüttelt.

Und trotzdem hatte ihre Mutter nie aufgehört zu wiederholen: »Eine Frau braucht einen Ehemann, um von den Leuten respektiert zu werden. Es ist ohne Belang, falls sie dann Witwe wird. Ganz im Gegenteil, manchmal ist es besser, wenn der Mann stirbt.«

Diana erinnerte sich noch gut daran, wie sich die Familie am ersten Sonntag im Frühling den Luxus erlaubte, zum Mittagessen ins Restaurant zu gehen. Das Ziel war immer dasselbe: ein Lokal mit Garten in der Altstadt. Seine Besonderheit waren zwei lebensgroße Kellner, die auf Sperrholz gemalt waren und zu beiden Seiten des Eingangs an der Straße standen. Diana erinnerte sich an ihre leicht gebeugte Haltung: ein Arm war angewinkelt, um das Tablett zu halten, der andere ausgestreckt, um auf den Eingang des Restaurants zu zeigen. Sie trugen einen schwarzen Frack mit Schwalbenschwänzen und hatten rot angemalte Wangen. Dieses alljährliche Essen war ein großes Ereignis, und die Frauen der Familie Laperla fingen schon einen Monat vorher an, sich darauf vorzubereiten. Die Ehefrau und die vier Töchter des Professore begutachteten die Kleider des vergangenen Frühjahrs. Sie machten Anproben und berieten sich gegenseitig. Manchmal entdeckten sie mit Bedauern, daß die Kleider zu kurz oder zu eng geworden waren oder nicht mehr der Mode entsprachen. Dann verbrachten sie die Abende damit, Säume und Nähte aufzutrennen, um sie zu verändern. Die Signora Laperla erneuerte sie durch einen aufgesetzten Kragen mit einem Schleifchen, das eine sichtbare neue Naht versteckte, und mit kleinen Blumensträußchen aus Organza, die den Kleidern ein frühlingshaftes Aussehen gaben. Sie brachte ihr altes Hütchen zur Modistin, um es auffrischen zu lassen, und lieferte den Borsalino des Professore beim Hutmacher ab, damit er das Futter und das innere Hutband erneuerte. Zu dieser Gelegenheit schenkte sie jeder ihrer Töchter eine kleine Flasche Lavendelwasser von Atkinson, die sie bei Baratti kaufte. Wenn die Frauen der Familie Laperla, ihnen voran der Professore, das Restaurant betraten, merkte man ihrem Schreiten die Einzigartigkeit dieses Ereignisses an, von dem man in der darauffolgenden Zeit noch oft sprechen würde: »Im Restaurant haben wir gegessen … haben wir getroffen … hat man uns gezeigt …« Sofort kam ihnen die Besitzerin des Lokals, Signora Gianna, entgegen. Sie war eine dunkelhaarige, üppige Frau um die vierzig, die aus der Toskana stammte. Ihr Gesichtsausdruck variierte: Bei den Kunden hatte sie immer ein Lachen auf den Lippen, beim Personal machte sie ein finsteres Gesicht.

Sie hatte das Lokal von ihrem Mann geerbt, dessen goldgefaßtes Farbporträt sie auf der Brust trug. Ihre eindrucksvolle Statur und das finstere Gesicht der »guten Seele« verunsicherten die Kunden, die keine Stammgäste waren. Signora Laperla hegte eine große Bewunderung für sie, die fast an Neid grenzte.

Wenn sie vertraulich mit den Töchtern zusammensaß, wiederholte sie oft: »Ein wohlhabender Ehemann, der auch guten Geschmack zeigt und früh stirbt, wäre die ideale Lösung für alle Frauen.« Diese zynische Betrachtung, die jedes Gefühl von vornherein ausschloß, bestürzte die Mädchen Laperla. Eines Tages fragte Diana ihre Mutter: »Möchtest du vielleicht, daß Papa stirbt?«

»Was hat das mit deinem Vater zu tun? Er ist nicht wohlhabend. Wenn er nicht mehr da wäre, ginge es uns allen sehr schlecht, denn es würde uns auch noch sein Gehalt fehlen. Ich sage das für euch, Mädchen, für eure Zukunft.«

»Aber wenn Papa nun reich wäre, würdest du dann gerne Witwe sein?« beharrte Diana.

»Ich wäre sehr traurig darüber und würde Tag und Nacht weinen. Aber ich würde nicht den Schwierigkeiten hinterherweinen, die ein Mann im alltäglichen Leben mit sich bringt. Die Männer sind aufdringlich und schlecht erzogen. Sie machen Dreck, aber sie putzen nicht, werfen alles herum und räumen nicht auf. Du mußt sie wie Paschas bedienen und sie von jeder praktischen Sorge befreien, denn bei den noch so banalsten Problemen erschrecken sie sich wie kleine Kinder. Ein Mann kann nicht allein leben. Zuerst braucht er die Mutter und dann die Ehefrau. Wir Frauen sind sehr viel selbständiger und finden uns in jeder Situation zurecht.

Wenn ich nicht gewesen wäre, würde dein Vater immer noch als Grundschullehrer arbeiten. Ich habe ihn dazu gebracht, den Universitätsabschluß zu machen, ich habe mich bemüht, damit er Rektor wurde. Ich habe ihn vor der Wut der Partisanen gerettet, als sie ihn wegen seiner faschistischen Vergangenheit hinrichten wollten. Er, der Professore, hätte sich allein aus Faulheit erschießen lassen. Diana, du kannst es mir glauben: Die Männer legen einem nur Steine in den Weg.«

»Wenn du so denkst, warum hast du dann geheiratet? Und warum hast du Papa genommen?« wollte die Tochter wissen.

»Weil er mir gefiel. Wenn du jung bist und ein Mann dich anzieht, schaust du nicht so genau auf die Feinheiten. Erst nachher bemerkt man ihre Fehler. Aber in der Zwischenzeit bist du seine Sklavin geworden und kannst dich nicht mehr aus dem Joch befreien; befreist du dich, bedeutet es den Ruin der Familie.«

Die Signora Laperla starb einige Jahre später. Diese Worte, die für Diana damals blasphemisch geklungen hatten und die sie mit Bestürzung gehört hatten, beeinflußten ihr ganzes Leben. Es ging sogar so weit, daß sie als Erwachsene die grundlegende Wahrheit dieser harten und recht zynischen Reden anerkannte: Mit zwanzig willst du einen Partner, und der Rest der Welt ist dir egal, mit sechzig brauchst du den Rest der Welt, und der Partner wird überflüssig. »Vor allem, wenn er darauf besteht, dich weiterhin als erotisches Objekt zu betrachten«, dachte sie.

Sie zog den Bademantel aus, einen leichten Morgenmantel über und steckte die langen kupferroten Haare zu einem Knoten zusammen. Die Wohnung, in der sie seit ihrer Kindheit lebte, erschien ihr jetzt, da ihr Vater fehlte, groß und leer. Auch der philippinische Hausangestellte war nicht da, er hatte Urlaub. Der große verchromte Wecker auf dem Kühlschrank zeigte sieben Uhr. Diana nahm aus dem Obstkorb eine Handvoll Aprikosen, wusch sie, schnitt sie klein und gab sie zusammen mit einem Joghurt und Honig in eine Schüssel. Sie bereitete sich auf ein einsames Frühstück vor.

Sie genoß die Stille ihrer Wohnung. Die Anwesenheit des Fremden jedoch, der immer noch in ihrem Schlafzimmer schlief, störte sie. Sie fing an, langsam das Obst zu kauen, und erinnerte sich an den Tag, an dem Piergiorgio in ihr Leben getreten war.

Es war während eines Psychotherapie-Kongresses passiert. Diana hatte mit einem brillanten Vortrag über die Heilung von Magersucht daran teilgenommen. Sie hatte eine Reihe von Fällen vorgestellt, bei denen sie exzellente Heilerfolge erzielt hatte, und dafür große Anerkennung erhalten. Nach dem Vortrag waren viele Kollegen gekommen, um ihr zu gratulieren. Piergiorgio war unter den jungen Fachleuten gewesen, die sich mit großer Bewunderung um sie geschart hatten. Er war Diana nicht nur wegen seines guten Aussehens aufgefallen, das an die Schönheit eines romantischen Helden erinnerte, sondern auch wegen seiner strengen, sehr englischen Kleidung, seiner geistreichen und offensiven Art sich auszudrücken und wegen einer auffälligen Erkältung, die ihm die Nasenspitze und die kleinen, lebendigen Augen gerötet hatte.

»Es handelt sich um eine lästige Allergie gegen Blütenstaub«, hatte der junge Mann erklärt und hinzugefügt: »Zu dieser Jahreszeit geht es mir nur in geschlossenen Räumen besser.«

»Das ist ein klarer Fall. Wenn du nach draußen gehst, wartet dort ein Elf, der dich angreift«, hatte Diana gescherzt.

»Erzähl mir diese Geschichte«, hatte Piergiorgio sie aufgefordert.

»Kennst du nicht die Elfenlegende? Es sind kleine Luftgeister voller Geheimnisse, die die Mythologie der nordischen Länder bevölkern. Manchmal sind sie gut, aber sie können auch schrecklich frech werden«, hatte sie erklärt.

»Das weiß ich. Was ich allerdings nicht verstehe, ist, was die Elfen mit meiner Allergie zu tun haben sollen«, hatte er amüsiert entgegnet.

»Es reicht nicht, die Märchen zu kennen. Du mußt sie interpretieren, denn sie bieten eine wundervolle Zusammenfassung der Probleme, die uns plagen. Lies sie genau, und du wirst erkennen, daß die bösen Geister unseres Unterbewußtseins in den Märchen sehr gründlich und eingehend behandelt werden. Deine Allergie hat vielleicht gar nichts mit dem Blütenstaub zu tun, sondern erklärt sich allein durch die kleinen Elfen in dir selbst. Möglicherweise gefällt ihnen irgend etwas an dir nicht, und deswegen bestrafen sie dich«, hatte Diana gefolgert.

Am Tag darauf hatte Piergiorgio sie in ihrer Wohnung besucht.

»Erinnerst du dich noch an mich?« hatte er an der Eingangstür begonnen.

Diana war überrascht und irritiert.

»Was willst du?« Sie war fest entschlossen, ihn nicht hereinzulassen.

»Ich bin hungrig.«

»Geh in die Küche und mach dir ein Brötchen«, hatte sie sich ergeben.

Der junge Mann war kurze Zeit später mit einem Tablett in der Hand, auf dem Brötchen und Bier waren, ins Wohnzimmer zurückgekehrt. Er setzte sich neben sie aufs Sofa.

»Willst du mit mir diese Mahlzeit teilen?« hatte er gefragt.

»Ich habe immer noch nicht verstanden, was du hier suchst?« bemerkte Diana.

»Ich suche dich. Du bist die faszinierendste Frau, die ich jemals getroffen habe. Ich will alles von dir lernen, was es über unseren Beruf zu lernen gibt. Willst du mein Meister sein?« hatte er vorgeschlagen.

»Unsere Kreise sind voll mit jungen Frauen, die schön und intelligent sind. Wende dich an eine von ihnen«, hatte sie gesagt, auch wenn seine Worte ihr schmeichelten.

»Ich kenne sie. Es handelt sich um einen Haufen besessener Selbstdarstellerinnen, die außerdem noch unsensibel und dumm sind. Mit ihren Banalitäten, die die Briefkastenrubrik für Liebesprobleme füllen könnten, richten sie nur Schaden an, und eingebildet wie sie sind, bemerken sie es noch nicht einmal.«

»Mir gefällt dein Benehmen gegenüber unseren Kollegen nicht«, hatte sie bemerkt und dabei versucht, sich nicht von ihm beeindrucken zu lassen. »Unter uns gesagt, es gibt erstklassige Frauen darunter. Ich kenne viele persönlich und könnte sie dir vorstellen«, hatte Diana ohne viel Überzeugung geantwortet.

Auf diese Art und Weise hatte ein anstrengendes Spiel der Verführung begonnen, mit dem sie ihn gefesselt hatte. Um ihm weiterhin zu gefallen, hatte sie sich überaus qualvollen Schönheitsbehandlungen unterzogen. Sie hatten zusammen einen Aufsatz über Magersucht geschrieben und publiziert. Als sie bei der Buchvorstellung, die vom Verleger organisiert worden war, die Frau von Piergiorgio kennengelernt hatte, wäre sie vor Eifersucht fast gestorben.

Sie hatte es zugelassen, daß er von ihrem Leben, ihrer Arbeit und ihren Gefühlen Besitz ergriff. Der Vater von Diana, der den Grund seiner ständigen Anwesenheit nicht verstand und dem es unmöglich war, in ihm den Geliebten seiner Tochter zu sehen, war überzeugt, es handle sich um einen Schüler.

»Ich kenne Sie«, sagte er jedes Mal, wenn er ihn in der Wohnung sah. »Sie sind der Sitzenbleiber, der mit der *consecutio temporum* Probleme hat. Aber es ist hoffnungslos; von Ihnen einen Anschein von Intelligenz zu erwarten, ist so, als ob man den Mond verlangen würde.«

Piergiorgio spielte mit. Er ließ sich testen und antwortete auf seine Fragen, in dem vergeblichen Versuch, seine Billigung zu erhalten. Professore Laperla konnte ihn jedoch nicht ertragen, und jedesmal, wenn er ihn sah, hielt er ihm anklagend seinen Stock entgegen.

»Sitzenbleiber!« beschimpfte er ihn voller Verachtung.

Diana hätte sich die Gegenwart ihres Vaters weniger aufdringlich gewünscht. Aber jetzt, wo der Professore nicht da war, erschien ihr diese lang ersehnte Freiheit ohne jede Attraktivität.

Sie aß ihre Schale mit Obst leer und machte sich mit der neapolitanischen Kaffeemaschine ihres Vaters Kaffee. Während die heiße Flüssigkeit langsam durch den Filter tropfte, zeigte sich Piergiorgio an der Küchentür.

»Was für ein Duft! Mein Schatz hat an mich gedacht. Meine Frau kommt nie auf solch wunderbare Ideen«, fing er an und kam zu ihr, um sie auf den Hals zu küssen.

Er war nackt und stellte seinen perfekten Körper zur Schau. Diana ließ sich nicht aus der Fassung bringen. Sie machte sich weder Gedanken um ihr kupferrotes Haar, das am Ansatz weiß durchschimmerte, noch um ihr ungeschminktes Gesicht. Es kümmerte sie nicht, daß man ihr in diesem Zustand möglicherweise die sechzig Jahre ansah. Zum ersten Mal hatte sie das Gefühl, daß sie ihm nicht mehr zu gefallen brauchte.

»Den Kaffee habe ich für mich gemacht«, entgegnete sie und schob ihn dabei zur Seite. »Wenn du welchen willst, koch ihn dir. Aber um Gottes willen, zieh dich an.«

»Die Nacht ist schon eine ganze Weile vorbei, aber du hast ja immer noch schlechte Laune. Wie kommt das denn?« fragte er sie mit einem Lächeln auf den Lippen, bei dem jede andere dahingeschmolzen wäre.

»Bitte, geh«, murmelte Diana.

Piergiorgio behielt die Fassung.

»Willst du mich rausschmeißen?« fragte er in fester Überzeugung, daß dies nicht möglich war.

»Praktisch betrachtet, ja. Ich muß meinen Vater abholen fahren.«

»Warum? Es ist viel angenehmer ohne diesen alten Brummbären.«

»Ohne ihn ist diese Wohnung leer«, korrigierte sie, während sie mit einer Tasse Kaffee in der Hand die Küche verließ. Sie wollte sie in aller Ruhe im Wohnzimmer trinken.

Der Mann hielt sie auf, indem er ihre Schultern umarmte. »Habe ich richtig verstanden, Liebling? Möchtest du mich etwa loswerden?« fragte er mit einem scherzhaften Lachen.

»Es versteht sich von selbst, meinst du nicht?« entgegnete Diana in schneidendem Ton.

»Aber warum? Was hab ich dir getan?« fragte er verblüfft.

»Nichts. Wirklich nichts, ganz ehrlich. Und genauso offen und ehrlich sage ich dir, daß unsere Geschichte hiermit, jetzt an dieser Stelle, beendet ist.«

8

Marco dachte an seine letzte Begegnung mit Caterina zurück. In ihrem wie gewöhnlich zärtlichen Umgangston hatte er eine unterschwellige Verstimmung entdeckt.

Er kannte sie seit ihren Kindertagen, er hatte ihre Augen voller Lebensfreude strahlen sehen, und jetzt bemerkte er einen Schatten, den er sich nicht erklären konnte. Einer Sache allerdings war er sich sicher: Caterina brauchte mehr denn je seine Hilfe.

Er wußte nicht, wieviel Zeit ihm noch im Leben blieb, aber er war entschlossen, keine Kompromisse mehr einzugehen. Für zu lange Zeit hatte er dem Willen anderer entsprochen. Ab jetzt würde er nur noch seinen Neigungen folgen. Der erste Schritt war, sich von seiner Frau zu befreien. Das gleiche galt für all die Leute, die ihn umgaben und die von seiner Frau beauftragt worden waren, ihm nachzuspionieren.

Als er an jenem Morgen im Büro ankam, drückte er den Schalter der Sprechverbindung mit dem Vorzimmer und es antwortete ihm Grace, seine Sekretärin.

»Verbinden Sie mich bitte mit dem Advokaten Baraldi«, befahl er ihr barsch.

Kurz darauf sprach er mit dem Anwalt.

»Wie geht's«, begann Marco das Gespräch.

Schnell hatten sie die üblichen Höflichkeiten ausgetauscht, und ein unmißverständliches »Klick« signalisierte, daß Grace heimlich mithörte. Das war nichts Neues, aber dieses Mal ergriff Marco die Gelegenheit, um sich von einem der Spione seiner Frau zu befreien.

»Grace, legen Sie den Hörer auf, suchen Sie Ihre Sachen zusammen, und verlassen Sie sofort das Büro. Sie sind entlassen«, befahl er.

Die Frau legte blitzschnell auf und wurde dabei bis über beide Ohren rot. Sie kam hinter ihrem Schreibtisch hervor und öffnete die Tür zu Marcos Büro.

»Das können Sie mit mir nicht machen«, erklärte sie entschieden. »Ich bin sicher, wenn ich das der Signora Damiani berichte, wird sie damit nicht einverstanden sein.« Dann drehte sie sich auf dem Absatz um und verließ das Zimmer.

»Du bist aber heute nicht gerade versöhnlich gestimmt«, mischte sich der Anwalt Baraldi ein, der immer noch in der Leitung war.

»Ich habe mich entschieden, eine härtere Methode anzuwenden. Ich hoffe nur, ich erinnere mich noch daran, wie man das macht. Ich habe mich bei dir gemeldet, um dir meinen Scheidungsprozeß anzuvertrauen«, erklärte Marco.

»Es tut mir leid, aber ich kann das nicht übernehmen, denn deine Frau hat mich bereits engagiert«, informierte ihn der Anwalt.

Marco brach in unwiderstehliches Lachen aus.

»Habe ich richtig verstanden? Francesca hatte die gleiche Idee wie ich? Aber das ist ja phantastisch!« erklärte er, noch immer ungläubig.

»Ich weiß nicht, ob das phantastisch ist, aber ich weiß, daß du dir einen anderen Anwalt suchen mußt«, sagte Baraldi.

»Das erste Mal in unserem Leben sind Francesca und ich dabei, ein und dieselbe Sache zu tun; wenn auch nicht gerade aus Liebe, so doch wenigstens in Übereinstimmung«, schlußfolgerte Marco.

»Ich bin froh, daß du das so siehst«, freute sich der Anwalt, der ihn seit vielen Jahren kannte. Dann fuhr er fort: »Aber im Namen der Freundschaft, die uns verbindet, möchte ich dir raten, die Angelegenheit etwas ernster zu betrachten. Paß auf, deine Frau ist nicht zu Scherzen aufgelegt.«

»Ist sie das jemals gewesen? Sie hat keinen Sinn für Humor und keinen Funken Großzügigkeit«, kommentierte Marco bitter.

»Ich rate dir, einen erfahrenen Anwalt zu suchen«, empfahl ihm der Freund.

»Hast du jemand Bestimmten im Sinn?« fragte Marco.

»Massimiliano Valli. Er ist absolut der beste«, garantierte der Anwalt Baraldi.

»Danke, Alberto. Ich weiß von seinem guten Ruf. Ich werde deinem Vorschlag folgen«, verabschiedete sich Marco.

Währenddessen fragte er sich bereits nach den Gründen, die seine Frau nun endlich zu dieser Entscheidung getrieben hatten, der sie sich seit Jahren widersetzte.

In Anwaltskreisen hatte Massimiliano Valli den Beinamen ›der Bulldozer‹ bekommen. Seine aggressive Vorgehensweise ließ den Gegnern keinen Ausweg, und sie fürchteten ihn fast genauso, wie ihn die Klienten bewunderten. Als Anwalt vertrat er die schwierigsten Fälle. Marco kannte ihn seit zirka zwanzig Jahren. Sie waren keine Freunde im engeren Sinne, aber sie trafen sich gelegentlich bei gemeinsamen Bekannten, waren Mitglieder des gleichen Clubs, und manchmal sah man sich auf dem Golfplatz.

Als Marco die Kanzlei Valli anrief und seinen Namen nannte, stellte ihn die Sekretärin augenblicklich durch.

»Was ist passiert?« begann Massimiliano in freundschaftlichem Ton.

»Ich habe ein Problem«, antwortete Marco.

»Mit dieser wundervollen Signora, die deine Frau ist?« fragte Maxi.

»Du kannst Gedanken lesen«, gab Marco zu.

»Manchmal gelingt es mir«, scherzte der Anwalt.

»Kannst du mir helfen?« beschränkte er sich zu fragen.

»Das ist mein Beruf. Außerdem sind es solche Klienten wie du, die unserer Kanzlei Glanz verschaffen«, erklärte er.

»Danke für das Kompliment. Womit soll ich anfangen?« fragte Marco.

»Wir sollten uns sehen und darüber sprechen.«

»Sag mir wann und wo. Ich habe nichts vor.«

»Paßt es dir um eins im Club?« schlug Maxi vor.

Der Rechtsanwalt Valli folgte zu Beginn eines Auftrags immer dem gleichen Schema. Wenn es sich um Freunde handelte, fand das erste, informelle Treffen immer während eines Essens im Clubhaus statt. Dem Klienten wurde so die Möglichkeit gegeben, sich zu entspannen, was ihm wiederum erlaubte, die Situation besser bewerten zu können.

Also traf man sich bei einem gegrillten Seehecht und einem frischen Salat. Marco erzählte dabei von seinen vierzig schwierigen Ehejahren.

»Ich habe Francesca aus Pflichtgefühl geheiratet, aber ich war in Caterina Belgrado verliebt. Sie ist die einzige Frau, die ich in meinem Leben geliebt habe. Meine Frau hat das immer gewußt und hat mir deswegen das Leben schwergemacht«, gestand er.

»Habe ich richtig verstanden? Seit vierzig Jahren seid ihr, du und Caterina …«

Marco ließ ihn den Satz nicht zu Ende sprechen.

»Vollkommen falsch. Nachdem ich geheiratet hatte, haben wir uns nicht mehr gesehen. Wir haben uns das erste Mal vor drei

Jahren wiedergetroffen, nach meiner Krankheit. Aber diese Umstände haben nicht verhindert, daß ich immer an sie gedacht habe«, schloß Marco seine Ausführung.

Er erzählte, daß er aus Mailand geflüchtet war, als er erfuhr, daß Caterina Bernardo Branzi heiraten wollte. Er war nach Amerika zu seiner Schwester Celeste zurückgekehrt. Dort hatte er zwei Monate mit berühmten und unbekannten Schauspielerinnen in den Schlafzimmern Hollywoods verbracht, um sich zu betäuben. Der schöne Italiener, Schwager des legendären Stars Peter Lawson, war eine begehrte Beute der einsamen und gelangweilten Kalifornierinnen gewesen. Er hatte gehofft, Caterina vergessen zu können, aber es war ihm nicht möglich gewesen. Er war nach New York gefahren, um Kelly Arlington wiederzusehen. Mit ihr, einer ehemaligen Helferin der amerikanischen Armee, hatte er direkt nach Kriegsende eine kurze, wundervolle Liebesgeschichte erlebt. Aber nichts und niemand hatte es geschafft, ihn Caterina vergessen zu lassen.

Mit einem wütenden Telefonanruf hatte ihn Francesca nach Italien zurückgerufen.

Nach Mailand zurückgekehrt, hatte er sich als erstes vor der Wohnung von Caterina auf die Lauer gelegt in der Hoffnung, sie zu sehen. In der darauffolgenden Zeit hatte er oft zu dieser List gegriffen. Es hatte ihm dabei genügt, ihr Profil hinter den Gardinen der Wohnung der Familie Branzi erraten zu können oder sie mit einem ihrer Kinder herauskommen zu sehen. Manchmal war es auch passiert, daß sie sich im Theater, auf einem Empfang oder bei einer Ausstellung getroffen hatten. Er hatte ihr dann zugelächelt, was sie mit einem leichten Kopfnicken erwidert hatte. Niemals mehr.

»Das alles hat die aussichtslose Lage von Francesca verschärft. Eine so anhaltende Leidenschaft verletzt eine Frau mehr als hundert Seitensprünge. Das muß bedacht werden«, bemerkte der Anwalt.

Als er die Verabredung im Club mit ihm getroffen hatte, war er sich nicht sicher gewesen, die Verteidigung im Scheidungsprozeß Honneger-Damiani übernehmen zu wollen. Jetzt, da er die Schwierigkeit des Falls erahnte, entschied er sich anzunehmen.

»Trotz alledem wollte meine Frau bis vor einer Woche nicht über Scheidung sprechen. Jetzt auf einmal ist sie es, die sie einreichen will«, erklärte Marco verwundert.

»Offensichtlich hält sie ein As in der Hand und hat sich an Baraldi gewandt, der für mich einen zu fürchtenden Gegner darstellt«, überlegte Maxi laut.

»Wie sehr zu fürchten?«

»Das werden wir zusammen festlegen, du und ich. Aber du mußt mir alles von dir, von Francesca und auch von Caterina erzählen«, sagte Maxi.

»Caterina kennst du doch gut«, bemerkte Marco.

»Nein, ganz im Gegenteil, nur oberflächlich. Sie ist die beste Freundin meiner Frau«, präzisierte der Anwalt und erinnerte sich dabei an die beleidigenden Worte, die er während des Streits mit Lucrezia gegen sie ausgesprochen hatte. »Welcher Art ist im Augenblick eure Beziehung? Du weißt, was ich meine«, ergänzte er.

»Wir sind nur Freunde, wenn es das ist, was du wissen willst«, antwortete Marco.

»Ihr habt niemals den Gefühlen nachgegeben? Entschuldige, wenn ich so darauf beharre, aber ich muß alle Einzelheiten wissen«, insistierte Maxi.

»Das Alter lebt von Zärtlichkeiten. Es reicht ein Blick, eine liebevolle Geste, um glücklich zu sein. Nichts weiter.«

»Man kann also sagen, daß die Beziehung zu Caterina auf Milde und Sanftheit basiert«, faßte Maxi nachdenklich zusammen.

»Auf der anderen Seite steht Francesca, die mir grollt und mir keine Ruhe gönnt«, fuhr Marco fort.

Massimiliano Valli dachte in jenem Moment an die heftige Szene mit Lucrezia zurück, die mit der Erpressung geendet hatte: Die Geschichte mit Benedetta mußte sofort aufhören, sonst würde sie alles der Familie erzählen. Maxi hatte sich beeilt ihr zu gehorchen.

»Ich kenne diese Art von Strategie. Man weiß nicht, wie man sich verteidigen soll. Man muß es ertragen, um nicht zu unterliegen«, sagte er.

»Ich glaube, daß Francesca ein anderes Ziel ins Auge gefaßt hat. Da es ihr niemals gelungen ist, mich zu besitzen, will sie mich zerstören, indem sie endgültig mein gesamtes Vermögen an sich reißt. Ihr Wunschtraum wäre es, mich von der Krankheit niedergeworfen und gedemütigt in einem Sanatorium für Pflegefälle zu sehen. Sie weiß aber nicht, daß ich gerade jetzt wie nie zuvor einen starken Lebens- und Kampfwillen entwickelt habe. Als ich krank war, habe ich ihr alle nötigen Vollmachten unterschrieben, damit sie mich bei Geschäftsangelegenheiten vertreten konnte. Als ich die Arbeit wieder aufgenommen hatte, bemerkte ich die vorgenommenen Veränderungen, einschließlich der Einstellung von Personen, die jede meiner Bewegungen beobachteten, um sie ihr dann zu berichten. Ich habe geschwiegen, um die Situation nicht noch weiter zu verschlimmern. Jetzt will ich zum Gegenangriff schreiten. Wirst du mir helfen?« fragte er abschließend.

»Ich habe schon damit begonnen. Es sollte ein informelles Treffen sein. Von diesem Moment an ist es ein Arbeitstreffen. Bereite dich seelisch auf eine gesalzene Honorarforderung vor. Ich garantierte dir, ich werde sie mir hart verdienen.«

»Gut, dann fang an. Ich habe keine Zeit zu verlieren«, sagte Marco lächelnd und schob dabei die kaum berührte Fischplatte von sich weg.

»Komm heute abend in mein Büro. Bring die Kopien aller Vollmachten mit, die du deiner Frau ausgestellt hast. Ich möchte alle nötigen Papiere haben, um einen Überblick über die Firmensituation und das Vermögen zu gewinnen. Für den Augenblick reicht mir das«, erklärte der Anwalt.

»Um wieviel Uhr soll ich kommen?« fragte Marco.

»Nach dem Abendessen. Ich lebe im Büro und schlafe auch dort, seit mich Lucrezia vor die Tür gesetzt hat«, gestand er.

»Warum suchst du dir keinen guten Anwalt?« scherzte Marco.

»Ich würde nie in eine Scheidung einwilligen. Was für einen Sinn hätten meine Seitensprünge denn ohne meine Frau?« sagte Maxi ernst.

»Es würden legitime Beziehungen werden«, stellte Marco fest.

»Genau. Es wäre das Ende des Vergnügens. Ohne Lucrezia fehlt mir der Ansporn, verstehst du?« sagte Massimiliano. »Vorwände zu erfinden, Heimlichtuereien benutzen und kleine Lügen, das alles ist Teil eines sehr lebendigen Spiels. Es gibt Leute, denen es Spaß macht, ihr Vermögen im Kasino zu verspielen, oder solche, die auf Eisberge klettern oder sich mit schnellen Autos amüsieren. Kommt dir meine Art der Zerstreuung denn so verwerflich vor?« fragte Maxi, der es kaum hatte abwarten können, sich endlich bei jemandem Luft zu machen.

»Ich muß dir gestehen, viele Jahre lang habe ich auch diesen Part gespielt. Folglich steht es mir nicht zu, darüber zu urteilen«, hielt sich Marco zurück. »Es würde mir albern erscheinen, mein damaliges Verhalten rechtfertigen zu wollen. Ich könnte dir sagen, daß ich meine Frau betrogen habe, um mich zu betäuben und nicht an Caterina zu denken. Die Wahrheit ist, daß mir die Frauen immer gefallen haben. Als Junge war ich sehr schüchtern. Und ich habe niemals den Mut gehabt, ein Freudenhaus zu betreten. Die erste Frau, mit der ich geschlafen habe, war eine Freundin meiner Mutter, ich war zwanzig. Dann erst sind all die anderen gekommen. Aber die einzig wirklich aufregenden Augenblicke habe ich mit Caterina erlebt. Im Vergleich mit ihr verblaßten die schönsten Frauen zu Schatten«, sagte er voller Überzeugung.

»Vielleicht ist es wahr, daß es die eine richtige Frau gibt, nur eine im Leben eines jeden Mannes. Wenn ich Lucrezia verlöre, würde ich verzweifeln«, gestand Maxi. Dann gewann jedoch seine Professionalität wieder die Oberhand: »Erzähl mir noch mehr von dir«, sagte er, »und auch von Caterina. Ich glaube, ich habe ihren Wert nie richtig erkannt, so wie sie es verdient hätte.«

»Sie ist der Mittelpunkt, um den sich die ganze Angelegenheit dreht«, fing Marco an. »Sie war neun Jahre alt, als ich sie kennenlernte. Sie war ein aufgewecktes Mädchen, voller Neugier. Es war im Krieg, im September 1944. Zu jener Zeit war ich in Mailand und arbeitete für den Widerstand. Ich fälschte Papiere: Personalausweise, Passierscheine und Pässe. Endlich konnte ich meine Begabung fürs Zeichnen ausnutzen. Ich war sehr gut. Die gefälschten Papiere schienen authentischer als die echten zu sein. Außerdem verwaltete ich das Geld, das dazu benutzt wurde, die Faschisten zu bestechen und Entlassungen von Gefangenen zu veranlassen. Der Mittelsmann zwischen meiner Gruppe und den Führern der Republik von Salò war eine wunderbare Frau. Sie hieß Marta Maggi.«

»Die Witwe des Bankiers Carlo Maggi«, unterbrach ihn der Anwalt. »Ich habe sie vor vielen Jahren kennengelernt. Ich wußte nicht, daß sie eine Rolle im Widerstand gespielt hat. Ich habe immer gedacht, sie wäre Faschistin gewesen.«

»Ihr Mann war einer. Sie benutzte Carlo als Deckmantel. Es waren schwere Zeiten. Ich arbeitete mit dem Anwalt Giuliani zusammen«, fuhr Marco fort.

»Dem Märtyrer des Widerstands?« fragte Maxi, der begann, Marco Honneger in einem ganz neuen Licht zu sehen.

»Genau. Ihn haben die Faschisten der Villa Triste umgebracht.«

»Wie lange warst du damals schon in Mailand?« fragte Maxi.

»Aus Rom war ich 1943 geflohen. Sie hatten mich in Regina Coeli eingesperrt, wegen einer Studentendummheit. Mein Vater bemühte alle seine Beziehungen, um mich herauszuholen. Dann half mir meine Mutter, eine neue Identität anzunehmen, und schickte mich zu Freunden nach Mailand. Die Idee meiner Eltern war damals, mich in die Schweiz zu schicken. Ich bin aber nie dorthin gefahren. Ich lernte den Anwalt Giuliani kennen und trat dem Widerstand bei. Er ließ mich als Angestellter in einer Maschinenfabrik arbeiten, die ich nie sah. Irgend jemand stempelte die Stechkarte für mich. Ich verbrachte meine ganze Zeit in der Kanzlei von Giuliani auf dem Corso Venezia, um Papiere zu fälschen. Gegenüber dem Haus, in dem ich arbeitete, war ein Obst- und Gemüseladen. Die kleine Belgrado wohnte dort. Eines Abends, ich hatte die Tasche voller Papiere und Geld, entschloß ich mich, vor der Übergabe bei ihr im Geschäft etwas einzukaufen. Bombenalarm brach aus. Wir konnten uns vor den schrecklichen Angriffen in den Keller unter dem Geschäft flüchten. Allerdings vergaß ich in dem Durcheinander dort meine Tasche. Zu jener Zeit lebte Caterina mit ihrer Mutter und ihrer Großmutter zusammen. Ihr Vater war nach Deutschland deportiert worden. Die drei Frauen, die allein und verängstigt waren, rührten mich. Als wir aus dem Keller wieder heraufkamen, war die Tasche nicht mehr da. Um uns herum schien die Welt unterzugehen. Das Haus, in dem ich bei Giuliano arbeitete, war ein einziger Trümmerhaufen, und die Rolläden des Geschäfts waren herausgerissen worden. Jemand hatte meine Tasche weggenommen. Ich steckte bis zum Hals in Schwierigkeiten. Ich mußte unbedingt Marta Maggi erreichen, um sie über das Geschehen zu informieren. Es wurde ein fürchterliches Rennen gegen die Zeit.« Marco schwieg für einige Sekunden. Dann nahm er seine Erzählung wieder auf: »Das, was danach passierte, ist eine lange Geschichte und hat wenig mit einem Scheidungsprozeß zu tun.«

»Das zu beurteilen, solltest du mir überlassen. Aber ich verstehe es, wenn du jetzt nicht weitersprechen willst.«

Sie verabredeten ihr Treffen für später, im Büro von Maxi, und verabschiedeten sich mit einem freundschaftlichen Händedruck.

Als Marco sich auf den Weg nach Hause machte, nahmen ihn die Erinnerungen gefangen, an denen er kurz vorher gerüttelt hatte.

Das Lager
1944–1945

1

Marco fühlte das ganze Gewicht der drohenden Tragödie auf sich lasten. Die verschwundene Tasche hatte gefälschte Dokumente enthalten, die, wenn sie in die Hände der Faschisten gerieten, sein und das Leben anderer Menschen kosten würden. Warum war er nur so dumm gewesen, den Laden des Gemüsehändlers zu betreten? Wenn er sofort zu Marta nach Hause gegangen wäre anstatt sich aufzuhalten, um Birnen und Äpfel zu kaufen, würde er jetzt nicht in solchen Schwierigkeiten stecken.

Er mußte sich umgehend mit Marta und Giuliani in Verbindung setzen, um das Vorgefallene zu beichten. Er erinnerte sich an die Worte, die Giuliani immer wieder zu ihm gesagt hatte: »Wenn du alle Vorsichtsmaßnahmen getroffen hast, mußt du immer noch einen Spielraum für das Unvorhergesehene lassen.«

Das Unvorhergesehene war der Bombenangriff gewesen. Und in dem Schutzraum unter dem Laden im Corso Venezia war es seine einzige Sorge gewesen, diese drei kleinen, verschreckten Frauen zu beruhigen, wobei er seine Pflichten als Widerstandskämpfer völlig vergessen hatte.

Auf der Straße herrschte ein großes Durcheinander, und aus den von Bomben getroffenen Häusern stieg ein Funkengestöber in den dunklen Himmel. Er entdeckte ein Schild für ein Telefon an der Ecke Corso Venezia und Via Salvini. Er betrat das Lokal, eine Weinschänke, in die sich viele Leute geflüchtet hatten, um bei einem Viertel Rotwein den Schrecken des Abends zu verdauen. Die Luft war verräuchert, und lange, schwarze Satinvorhänge hinderten das Licht daran, nach draußen zu dringen.

Er ließ sich eine Telefonmünze geben und betete innerlich, daß die Leitung nicht aufgrund der Bombardierung gestört wäre.

Als er die Stimme seines Vorgesetzten hörte, sagte er: »Hier ist Marco. Ich habe die Tasche verloren.«

Giuliani stellte keine Fragen.

»Geh sofort zum Nordbahnhof. Nimm den nächsten Zug nach Como. Bleib bei den Freunden und warte auf Nachricht von mir.« Nach kurzem Zögern fuhr er fort: »Was auch immer passiert, verlier nicht den Kopf. Du weißt gar nichts. Du kennst nur mich.« Dann legte er auf.

Marco hängte den Hörer ein, öffnete die Tür der Telefonzelle, durchquerte das Lokal und trat auf die Straße hinaus.

»Sind Sie Marco Continolo?« fragte ein Mann im hellen Regenmantel mit harter Stimme.

Im ersten Moment wollte Marco leugnen, aber dann wurde ihm klar, daß er in der Falle war. Er erinnerte sich, den Mann bereits in der vorangegangenen Woche zusammen mit einem Begleiter gesehen zu haben. Sie waren ihm aufgefallen, als er aus Giulianis Büro gekommen war. Sie standen auf der anderen Straßenseite auf dem Bürgersteig, in der Nähe des Ladens, wo Marco Obst und Gemüse hatte kaufen wollen. Sein Instinkt hatte ihm geraten, erst einmal unterzutauchen. Während einiger Tage war er zu anderen Zeiten erschienen und hatte dann keine Spur mehr von den beiden entdeckt. Am Ende war er überzeugt, daß sein Verdacht unbegründet gewesen war. Jetzt wußte er, daß er sich geirrt hatte. Angst überkam ihn. Er versuchte, ruhig zu wirken.

»Ja, das bin ich«, antwortete er und fragte sich, ob der Mann wußte, daß die Identität falsch war. »Und Sie, wer sind Sie?« fragte er dann seinerseits.

»Das wirst du schon sehen«, sagte der Mann, wobei der Tonfall seiner Stimme drohend wurde.

Vor der Weinschänke stand ein Auto. Die Scheinwerfer waren von Blenden verdeckt, durch deren Schlitze nur ein schmaler Lichtstreifen den Asphalt erhellte. Auf dem Corso Venezia fuhren Krankenwagen und Feuerwehrwagen hin und her, die nur mühsam zwischen den Trümmerhaufen der Häuser vorankamen. Der Mann faßte ihn am Arm, öffnete die hintere Tür des Wagens und stieß ihn hinein. Marco dachte keinen Augenblick an Flucht. Er war unfähig zu reagieren. Er fühlte sich willenlos wie eine Stoffpuppe. Er spürte, daß sie ihm Handschellen angelegt hatten, als das Auto sich bereits in Bewegung gesetzt hatte. Am

Lenkrad erkannte er den Begleiter des Mannes, der ihn verhaftet hatte.

»Was wollen Sie von mir?« fragte er mit dünner Stimme.

Als Antwort schlug ihn der Mann, der neben ihm saß, brutal ins Gesicht.

»In deiner Lage stellt man keine Fragen«, zischte er.

Das Blut floß Marco aus der Nase. Er versuchte, die gefesselten Hände anzuheben, um sich das Blut abzuwischen, und der Mann schlug ihn erneut, dieses Mal mit der Faust in den Magen. Marco blieb die Luft weg. Er öffnete den Mund und schnappte nach Luft, als er seine Tasche auf dem Vordersitz sah. Sie war geöffnet worden. Die falschen Papiere waren noch da, das Geld war verschwunden. Sicher hatten die beiden es eingesteckt und würden es mit keinem Wort mehr erwähnen. Sie waren bösartig, gierig und korrupt. Das war Marco klar. Als er wieder zu Atem gekommen war, warf er einen Blick aus dem Fenster, um zu sehen, wohin sie ihn brachten. Aber es war zu dunkel, um den Weg zu erkennen. Mit Sicherheit brachten sie ihn nicht ins Polizeipräsidium, denn das Gewirr kleiner Straßen mit vielen Kurven schien darauf hinzudeuten, daß sie sich vom Stadtzentrum entfernten.

Da kam ihm ein furchtbarer Verdacht, der bestätigt wurde, als das Auto vor einem eisernen Tor anhielt, das sich in einer langen Mauer befand. Kurz darauf öffnete sich das Tor, und das Auto fuhr den kiesbestreuten Weg eines Gartens entlang. Vor sich sah Marco den dunklen Umriß einer Villa auftauchen.

»Villa Triste«, murmelte er mit zusammengebissenen Zähnen und spürte, wie es ihn vor Angst eiskalt überlief. Es war ein unheimlicher Ort, über den die Mailänder mit Schaudern sprachen, so wie die Römer die Via Tasso fürchteten und die Genueser das Haus der Studenten. Villa Triste war von den Polizisten der Bande Koch und ihren Geliebten sowie von Faschisten mit sadistischen Tendenzen besetzt. Hier verkehrten Schauspieler, Sänger, Musiker und Tänzerinnen. Es war ein Treffpunkt für Perverse, die in den oberen Stockwerken Feste ausrichteten, auf denen große Mengen von Drogen und Champagner konsumiert wurden. In den Kellern wurden die politischen Gefangenen und die Juden festgehalten, die verhört und gefoltert werden sollten. Diejenigen von ihnen, die überlebten, wurden in andere Schreckenshäuser des Regimes gebracht.

Marco wurde aus dem Auto gestoßen. Sein Gesicht brannte, und der Magen tat ihm weh.

Ein anderer Polizist übernahm ihn.

»Werft ihn in eine Zelle«, befahl der Mann, der ihn verhaftet hatte. »Wir werden ihn morgen verhören.«

Der andere nickte und sagte:

»Der Kommissar wartet schon auf euch. Oben ist gerade ein Empfang mit vielen hübschen Gästen.« Er grinste und zwinkerte ihnen zu.

»Danke für den Hinweis. Aber heute nacht haben wir zu viel zu tun, um uns zu amüsieren. Entschuldigt uns beim Kommissar«, bekam er zur Antwort, während der erste wieder ins Auto stieg.

Marco wurde zu einer Steintreppe gezerrt, die ins Untergeschoß führte und taghell erleuchtet war. An ihrem Ende öffnete sich eine Eisentür. Sie überquerten die Schwelle und befanden sich in einem langen Flur, dessen feuchte Luft nach Schimmel und Exkrementen roch. Hinter den Türen, die sich nebeneinander an der Wand des Flures befanden, hörte man Wehklagen. Man hörte auch die gedämpften Klänge eines Straußwalzers, die von den oberen Stockwerken her nach unten drangen.

Ein Faschist mit einem Maschinengewehr im Arm öffnete eine Tür. Derjenige, der ihn bis hierher gebracht hatte, nahm ihm die Handschellen ab und bedeutete ihm, in die Zelle zu gehen. Marco machte zwei Schritte in den halbdunklen Raum. Er unterschied einige Männer, die auf Strohsäcken lagen. Er zählte acht Personen. Während die Tür sich hinter seinem Rücken schloß, blieb er aufrecht stehen und versuchte, sich an die Dämmerung und den ekelerregenden Gestank in der Zelle zu gewöhnen.

»Willkommen im Grand Hotel«, empfing ihn eine düstere Stimme, deren Ton im Gegensatz zur Ironie der Worte stand. »Genügt dem Herrn ein Einzelzimmer, oder möchte er lieber eine Suite?«

»Los, Dummkopf, steh nicht so wie angewachsen da. Komm her«, forderte ihn ein alter Mann auf und rückte zur Seite, um ihm neben sich auf der Pritsche Platz zu machen. Trotz der Kälte und der Feuchtigkeit war Marco schweißgebadet. Er nahm sein Taschentuch und hielt es sich vor die weiterhin blutende Nase. Er war noch nicht einmal durchsucht worden. Wenn er eine Waffe gehabt hätte, hätte er sich in diesem Augenblick umgebracht.

Er setzte sich auf die Pritsche und vergrub das Gesicht in den Händen.

»Haben sie dich schon verhört?« fragte der Alte.

Marco schüttelte den Kopf.

»Versuch bloß nicht, stark zu bleiben, wenn sie dich holen. Das schafft sowieso keiner. Sag ihnen alles, was du weißt. Und danach kannst du nur noch beten«, riet ihm ein dritter, der unter der Glühbirne saß und dadurch ein gespenstisches Aussehen hatte. In einer Ecke lag ein Mann und röchelte schwach. Marco sah genauer ihn. Er war fürchterlich entstellt. Auf dem Kopf, wo ihm die Haare ausgerissen worden waren, war eine große Blutkruste. Das Gesicht war so geschwollen, daß die Augen nicht zu sehen waren. Er hatte keine Fingernägel mehr, sondern nur noch schwärzliche Löcher. Er fieberte und hatte Schüttelfrost. Neben ihm saß ein Junge, der ihm den Arm streichelte und ihm zuraunte: »Schlaf, mein Freund. Denk nicht an den Schmerz. Denk an das schöne Mädchen, von dem du mir erzählt hast. Stell dir vor, daß sie hier ist, hier neben dir.«

»Sie haben ihn vor zwei Stunden wieder heruntergebracht, nach dem Verhör. Er ist seit einer Woche hier, und jeden Abend foltern sie ihn ein bißchen mehr. Sie sind Spezialisten darin, dich zu quälen, ohne dich sterben zu lassen. Diesmal glaube ich nicht, daß er die Nacht überlebt«, raunte der alte Mann.

Marco fühlte sich verloren.

»Wird man auch gefoltert, wenn man redet?« fragte er.

»Kommt drauf an. Kann sein, daß sie dich dann sofort erschießen. Vielleicht schicken sie dich auch nach San Vittore, vielleicht verhören sie dich überhaupt nicht. Ich bin seit zehn Tagen hier und mache mir vor Angst jedesmal in die Hose, wenn sich die Zellentür öffnet, weil ich denke, daß ich dran bin. Aber sie haben mich noch nicht verhört«, sagte ein magerer Junge, dessen Zähne hervorstanden, wie die eines Kaninchens.

»Sprich nicht mit ihm. Er ist ein Spitzel«, sagte der alte Mann. »Und heute nacht versuch zu schlafen. Die da oben lassen es hoch hergehen, und morgen werden sie einen Riesenkater haben. Für eine Weile lassen sie uns dann in Ruhe.«

»Wo ist die Toilette?« fragte Marco und sprang auf.

»Bitte, mein Herr. Links von Euch«, witzelte der Mann von vorher wieder. Mit einer ausladenden Geste deutete er auf einen Eimer, der mit Zeitungspapier bedeckt war.

Marco war schon in Rom im Gefängnis gewesen. Er dachte, daß er dort das Schlimmste erlebt hatte. Jetzt merkte er jedoch, daß es immer noch etwas Schlimmeres gibt. Auch im römischen Gefängnis Regina Coeli hatte es diesen stinkenden und ekelerregenden Eimer gegeben, und Marco hatte es riskiert, daß seine Blase platzte, um ihn nicht benutzen zu müssen. Dieses Mal entschied er, daß es sich nicht lohnte, deshalb zu leiden.

»Woher kommst du?« fragte der magere Junge mit den Kaninchenzähnen.

»Aus Perugia«, antwortete Marco, der sich an seine falsche Identität erinnerte.

»Erzähl ihm bloß nichts«, riet ihm der Alte. »Denk dran, daß er ein Spitzel ist.«

»Ach, leck mich doch«, erwiderte der Junge ungehalten. Der gefolterte Mann stöhnte, der Junge, der ihm beistand, flüsterte ihm weiterhin ins Ohr. Marco dachte, daß alle hier zu viel reden. Er kehrte zu der Pritsche zurück und streckte sich aus, deckte einen Arm über die Augen und versuchte, an nichts zu denken. Aber der Schrecken beherrschte seine Gedanken.

Wenn es ihm gelungen wäre, Giuliani oder Marta oder einen der Freunde aus dieser Zeit zu benachrichtigen, daß er verhaftet worden war, dann hätte er sich besser gefühlt, denn dann hätte er gewußt, daß sie alles Mögliche getan hätten, um ihn zu befreien. Statt dessen war er hoffnungslos allein, in der Hand eines sadistischen und gnadenlosen Feindes.

Aus dem Garten, den man durch ein kleines Fenster sah, drangen die Geräusche von Schritten, ankommenden oder abfahrenden Autos und erregten Stimmen zu ihnen. Von den oberen Stockwerken klang moderne Musik und eine traurige Frauenstimme, die »Lili Marlen« sang, zu ihnen herab.

Als Gegensatz kamen ihm die Noten der Mondscheinsonate in den Sinn, wie sie von seiner Mutter am Klavier gespielt wurde. Er sah sie vor sich, in ihrem langen, puderweißen Chiffonkleid, mit einer Perlenkette, die vom Hals bis auf den Schoß reichte, mit ihren blonden Haaren, die in einem schweren Knoten im Nacken zusammengehalten wurden. Die Hände mit den langen, schlanken Fingern schienen über die Tasten zu fliegen. Sie nahm den Beifall der Gäste mit einem bescheidenen Lächeln entgegen.

Er erinnerte sich an die Salongespräche, die noch vor wenigen

Jahren die heiteren Abende im Palazzo Honneger ausfüllten. »Diese Faschisten sind zu vulgär, als daß man sie ernst nehmen könnte. Andererseits haben wir Italiener eine große Tugend: Wir machen niemals etwas mit Ernsthaftigkeit, noch nicht einmal den Krieg. Ich glaube, alles wird sich in Nichts auflösen«, prophezeite seine Mutter gleichgültig.

Marco war damals ein schüchterner und in sich gekehrter Gymnasiast. Er beobachtete seine Schwester Celeste, die einen berühmten Dichter mit eigensinnigen Bemerkungen über einige seiner Werke unterhielt.

»Da gibt es nichts zu verstehen, Celeste«, sagte der Dichter brummig. »Ein Gedicht ist kein Rätsel. Hör doch nur auf die Musikalität der Worte, und wenn diese dir ein Bild eingeben oder ein Gefühl oder einen Gemütszustand, dann bedeutet es, daß du gute Verse liest.«

Der Mangel an bestimmten Gütern hatte schon begonnen, und da es keinen richtigen Kaffee mehr gab, wurde im Palazzo Honneger je nach Jahreszeit heißer oder eisgekühlter Hibiskustee serviert.

Schriftsteller und Intellektuelle waren ständige Gäste bei den Honnegers. Ein Journalist, der gerade von einem Besuch in Berlin zurückkam, erzählte von den Luftschutzkellern, die von den Nazis in den Untergeschossen der großen Hotels eingerichtet wurden.

»Ihr könnt euch gar nicht vorstellen, wie gut sie ausgestattet sind«, erzählte er. »Es gibt Gemälde und Bilder im Überfluß, kostbares Porzellan und Silbersachen. Und die Schutzkeller sind bombensicher.«

Sein Vater hörte zu und schüttelte den Kopf, weil er weder wußte, was er sagen noch, welche Schlußfolgerungen er daraus ziehen sollte. Seine Mutter riß ungläubig die großen, sanften Augen auf.

»Mir gefallen die Deutschen gar nicht. Sie sprechen nicht, sie brüllen nur«, hatte Celeste bemerkt, während sie mit ihren langen Zöpfen mit den roten Samtbändern spielte.

»Man darf nicht verallgemeinern, mein Kind«, hatte ihr Vater eingewendet. »Vergiß nicht, daß Goethe und viele andere anständige Menschen auch Deutsche sind.«

»Eben. Sie sind wundervolle Ausnahmen«, hatte Celeste hartnäckig behauptet.

Seine Schwester war das amüsanteste Mädchen, das Marco kannte. In all dem Schrecken der Gefängniszelle gelang ihm bei dem Gedanken an sie ein Lächeln. Im gleichen Atemzug erinnerte er sich auch an die kleine Caterina Belgrado, die Tochter der Gemüsehändlerin. Sie hatte den gleichen aufgeweckten und geistreichen Blick wie seine Schwester.

Ein Gewirr von Stimmen und Schritten riß ihn aus diesen tröstlichen Gedanken. Kurz darauf flog die Tür auf, und ein Mann wurde in die Zelle gestoßen. Jetzt waren sie zehn Personen in einem Raum, der kaum für vier gereicht hätte. Im bläulichen Licht der Lampe erkannte Marco den Neuankömmling und fuhr zusammen.

Fast hätte er seinen Namen gerufen, aber der Mann, der ihn ebenfalls bemerkt hatte, sah ihn mit vielsagendem Blick an.

Erst nach einigen Stunden, als alle zu schlafen schienen, schlich Marco zu ihm.

»Guido!« flüsterte er dem Avvocato Giuliani zu.

»Sie haben dich geschlagen«, stellte der Mann fest, in dessen Händen die Fäden der Geheimorganisation zusammenliefen.

Marco hatte eine geschwollene Lippe.

»Es ist nichts Schlimmes«, bagatellisierte der junge Mann und fügte hinzu: »Es ist alles aus, oder?«

»Wenn du an Gott glaubst, dann bete. Nur ein Wunder kann uns hier herausholen«, sagte Giuliani.

2

Marco flüchtete sich in die Arme des Freundes, als sei dieser sein Vater.

»Alles ist meine Schuld«, stieß er schluchzend hervor. »Ich habe dein Vertrauen nicht verdient. Kochs Männer haben meine Tasche. So haben sie dich gefunden.«

»Beruhige dich, Marco«, raunte Giuliani mit kaum hörbarer Stimme. »Jetzt nützt es nichts zu verzweifeln. Außerdem ist es nicht gesagt, daß es schlimm ausgehen muß. Denk doch an all die Menschen, denen wir in den letzten Monaten geholfen haben, hier herauszukommen. Vielleicht hilft jetzt auch uns jemand.

Bevor sie in mein Haus eingedrungen sind, ist es mir gelungen, jemanden zu benachrichtigen.«

Marco hätte beinahe gefragt: »Hast du Marta benachrichtigt?«

Aber der Freund kam ihm zuvor und legte einen Finger auf die Lippen.

»Nenn keine Namen. Hier könnte auch ein Spitzel sein.«

»Gerade hast du gesagt, uns könnte nur noch ein Wunder retten«, erinnerte ihn der junge Mann.

»Eben. Wir haben noch einen Beschützer. Also bete«, sagte Giuliani mit dem Gedanken an Marta Maggi. Die Frau hatte enge Beziehungen zu einigen wichtigen Personen bei der Polizei. Gegen hohe Geldsummen war es ihr gelungen, eine ganze Reihe Antifaschisten freizubekommen.

Es gab eine Kette der Solidarität, in der jedes Glied nur das vorige und das ihm folgende Glied kannte. Freundschaften und Geld wirkten in jenen Zeiten wahre Wunder.

»Wenn sie mich vor dir verhören, sage ich alles«, erklärte Marco. Der Gedanke an die Folterungen war niederschmetternd für ihn.

Giuliani nickte.

»Zum Glück weißt du nur wenig. Im Grunde genommen weißt du gar nichts. Ich habe dich immer über unsere Pläne im dunkeln gelassen, für genau den Fall, der jetzt eingetreten ist. Und jetzt hör auf zu jammern und laß mich schlafen.«

Alle anderen schliefen inzwischen. Jemand schnarchte. Der Mann, der gefoltert worden war, stöhnte nicht mehr. Der Junge neben ihm war eingeschlafen und hielt noch die Hand des Gefolterten in der seinen.

Eine Maus lief im Zickzack zwischen den Beinen der Gefangenen durch die Zelle. Niemand kümmerte sich darum. Marco beobachtete zwei langsam dahinkrabbelnde Kakerlaken. Er hatte Hunger und Durst und war müde, aber es gelang ihm nicht einzuschlafen. Entfernte und frische Erinnerungen überkamen ihn und ließen ihm keine Ruhe, und über allen Bildern herrschte ein tröstlicher Gedanke: Dieses Mal würden seine Mutter, sein Vater und seine Schwester nicht um ihn leiden, denn sie wußten gar nicht, in was für einer Klemme er steckte. Ihre Gesichter wurden von denen seiner Freunde überlagert, seiner Kameraden des Tasso-Gymnasiums, der Universität, des Golf dell'Acquasanta. Lächelnde und glückliche Gesichter, trotz des Krieges und des Nazismus. Sie alle waren jung und fühlten sich unsterblich. Sie gehörten einer privilegierten Klasse an, die über den Parteien stand. Gelegentlich geschah es, daß sich Kinder wichtiger Parteigrößen in ihre Gruppe einschlichen. Dann zogen sich Marco und seine Freunde immer zurück, bestürzt über ihre Plumpheit und ihre zur Schau gestellte Arroganz. In ihrer vertrauten Gruppe fühlten Marco und die anderen sich geschützt.

Wenige Monate zuvor hatte die Gruppe sich jedoch aufgelöst, in der Folge eines harmlosen Festes. Die ersten Schwierigkeiten waren aufgetaucht, und mit ihnen war ein neues Bewußtsein herangereift.

Mit achtzehn Jahren war Marco verpflichtet worden, sich in einen Kurs für Offiziersanwärter einzuschreiben, der von der freiwilligen faschistischen Miliz abgehalten wurde. Rot vor Scham gegenüber seiner Schwester und seinen Eltern hatte er das schwarze Hemd angezogen.

»Du siehst aus wie unser Kohlenhändler. Der trägt auch ein schwarzes Hemd«, hatte sein Vater kommentiert.

»Genau. Er zieht sich schwarz an, um den Kohlenstaub zu tarnen. Und du, Brüderchen, was hast du zu verbergen?« hatte Celeste gestichelt.

»Meine Seele, die noch schwärzer ist als Kohle«, hatte Marco ironisch erwidert, ohne ein Lächeln dafür zu erhalten.

»Richtig«, hatte die Schwester genickt. »Genau wie Mama sagt: Schwarz überdeckt alles. Aber ich werde niemals auf die Versammlungen der jungen Faschisten gehen. Ich weigere mich, mich unter diese Gänse mit Hühnergehirn zu mischen, die den Duce so vergöttern.«

Ihre Eltern beobachteten die beiden, hörten ihnen zu und schwiegen. Sie waren selbst verwirrt und wußten nicht, wofür sie sich entscheiden sollten.

Die Familie mütterlicherseits lebte in Como und verwaltete die Seidenspinnerei, die jetzt nur noch Stoffe für die Regierung produzierte. Die Großeltern und die Onkel und Tanten aus Como und aus Mailand sandten Briefe, in denen sie zur Vorsicht rieten und sie aufforderten, zu ihnen zu kommen.

»Und wenn wir zu deiner Familie ziehen würden?« schlug Giovanni Honneger seiner Frau manchmal vor. Fast alle ihre Freunde hatten die Hauptstadt verlassen und waren in die Schweiz geflüchtet.

»Hier in Rom stockt die Produktion unserer Fabrik«, sagte er mit Anspielung auf die alte Gobelinweberei, die aus Mangel an Garn nicht mehr aktiv war. »Warum sollen wir noch bleiben?«

»In Como habe ich keine Freunde. Hier sind die Schule und meine Freunde«, wehrte sich Marco.

»Aber deine Großeltern da oben haben noch eine Menge zu essen. Hier haben wir nur Kohlsuppe und Brotfrikadellen«, hob Celeste hervor.

Marco wandte jedoch ein: »Im Norden ist die Situation auch nicht besser.«

Er war in den Bergen gewesen und erst vor kurzem nach Rom zurückgekehrt. Beim Skilaufen war er gefallen und hatte sich den Fuß gebrochen. Er war eingegipst worden und Marco hatte die erzwungene Untätigkeit gesegnet, die ihn ans Bett fesselte, wo er das schwarze Hemd nicht tragen mußte. Eines Tages rief ein Freund von der Universität an, Manfredo Renda. »Meine Cousine Paola ist aus Amantea gekommen«, sagte er. »Sie möchte dich wiedersehen. Ich habe ein Fest organisiert. Du bist auch eingeladen.«

»Mit einem Gipsfuß kann ich nicht tanzen. Ich kann nicht kommen«, wehrte Marco ab. Die Anwesenheit Paolas, die er in den Bergen kennengelernt hatte, und in die er sich verliebt hatte, ohne den Mut zu einem klärenden Wort zu finden, hätte ihn verlegen gemacht.

»Meine Cousine besteht aber darauf. Wenn du nicht tanzen kannst, kannst du uns doch mit deinen erheiternden Imitationen unterhalten.«

Marco besaß die instinktive Fähigkeit, dabei die groteskesten Seiten der Mächtigen des Regimes hervorzuheben, und er stellte sie gerade deshalb an den Pranger, um die Angst vor ihnen zu vertreiben. »Na gut, ich komme«, entschied er schließlich.

Das Fest war denkwürdig. Manfredo hatte im Keller zwei Flaschen Arzente Borsari ausgegraben, die den jungen Leuten halfen, in Stimmung zu kommen. Marco improvisierte Reime, in denen die schwarzen Stiefel, der Entengang der Nazis, die Reden Hitlers und Mussolinis lächerlich gemacht wurden. An jenem Abend besiegten seine Imitationen die Angst, in einer düsteren und geschlagenen Stadt zu leben.

Als das Fest seinem Ende zuging, hatte Paola ihn zur Seite gezogen. Aus einem Impuls heraus küßte sie ihn plötzlich.

»Ich kann es nicht fassen«, hatte Marco benommen und eingeschüchtert ausgerufen.

»Du gefällst mir«, hatte sie errötend erwidert. Sie hatte eine ungezwungene und direkte Art.

»Auch du gefällst mir. Aber ich hätte nie den Mut gehabt, es dir zu sagen«, gestand Marco und zog sie an sich.

Mit neunzehn Jahren war Marco noch nicht mit einer Frau zusammengewesen, teils aus Schüchternheit, teils, weil die Mädchen sich nicht leichtfertig hingaben. Jetzt fühlte er, daß eine wirkliche, tiefe, sehr intime Beziehung im Entstehen war. Er wagte es, ihre Brust zu berühren und Paola streifte den Träger des Unterkleides zur Seite, damit er sie küssen konnte.

Beide waren wie betäubt von diesen mutigen Umarmungen.

»Morgen fahre ich nach Amantea zurück. Versprich mir, daß du mich besuchen kommst, sobald sie dir den Gips abgenommen haben. Ich will im Frühling mit dir zusammensein. Wir werden ans Meer fahren und Purzelbäume im Wasser schlagen. Versprich mir, daß du kommst«, hatte das Mädchen noch einmal gesagt.

»Ich schwöre es«, hatte er voller Glück geantwortet.

Er konnte seinen Schwur nicht halten. Am darauffolgenden Morgen wurde er zusammen mit anderen Freunden verhaftet, die auch an dem Fest teilgenommen hatten. Jemand hatte weitergegeben, daß sie sich über das Regime lustig gemacht hatten. Die Polizisten, die ihn festnahmen, brachten eine lächerliche Anschuldigung vor: »Ihr habt in Kriegszeiten getanzt, während das Vaterland um seine Gefallenen trauert«, war die Begründung gewesen. Marco wurde ins Gefängnis Regina Coeli gebracht. Dort blieb er nur wenige Tage. Seinem Vater gelang es mit Hilfe einflußreicher Freunde, ihn freizubekommen. Seine Freunde wurden in die Verbannung geschickt, er jedoch kehrte nach Hause zurück, mit der Begründung, daß er »mit einem gebrochenen Bein ja nicht hatte tanzen können«.

Unmittelbar darauf wurde er jedoch aus der faschistischen Partei ausgeschlossen.

»Ich will nicht, daß du noch länger in Rom bleibst«, hatte seine Mutter entschieden und ihn unter Tränen umarmt.

»Ich bin sehr stolz auf dich, Brüderchen«, hatte Celeste ausgerufen.

In den in der Zelle verbrachten Tagen hatte Marco endlich verstanden, auf welche Seite er sich schlagen sollte. Während sie mittags ihre tägliche Ration Kohlsuppe aßen, hatte Marco zu erzählen begonnen.

»Im Gefängnis haben sie mir gesagt, daß Dollmann, der Chef der SS, die Leute in der Via Tasso foltern läßt. Priebke und Kappler sind sein langer Arm. Er hingegen spielt den Ehrenmann, aber er ist ein Sadist. Diese Sachen können wir nicht mehr hinnehmen. Ich habe Kameraden kennengelernt, die im Untergrund kämpfen. Sie haben die Aktionspartei gegründet und sie drucken eine Zeitung, die versucht, das schlafende Gewissen der Italiener zu wecken.«

Seine Mutter, die in römischen Adelskreisen verkehrte, wußte viel mehr über die Brutalitäten, die an politischen Dissidenten, an Juden und an vielen Unschuldigen verübt wurden. Sie wußte von Männern, denen Priebke mit einem Faustschlag den Brustkorb eingedrückt hatte, von Menschen, denen die Fingernägel ausgerissen worden waren, von Frauen, die mit glühenden Eisen gequält worden waren. Das Blutbad in den Ardeatinischen Gräben als Vergeltungsmaßnahme auf ein Attentat in der Via Rasella war für niemanden ein Geheimnis. Die Mutter Marcos hatte immer geschwiegen, in der Hoffnung, daß dies alles schnell vorüberginge und Marco sich nicht entschlösse, in den aktiven Widerstand zu gehen. Jetzt hatte sie Angst um ihn.

»Dieses Mal wirst du sofort nach Como fahren«, entschied sie. Ihr Ton ließ keinen Widerspruch zu.

»Nein«, widersetzte sich Marco. »Ich werde meinen Teil beitragen, wie so viele andere, weil das meine Pflicht ist. Bis jetzt habe ich immer nur den kleinen Jungen gespielt. Ich schäme mich dafür. Jetzt muß ich kämpfen.«

Seine Mutter war verzweifelt, aber sie gab nicht auf.

»Du mußt fortgehen, Marco. Durch deinen Kampf werden die Dinge sich auch nicht ändern.«

Wenige Tage darauf, als Marco der Gips abgenommen wurde, entschied die Regierung der Republik von Salò die Einberufung seines Jahrgangs.

»Und was machst du jetzt?« fragte ihn seine Mutter herausfordernd. »Willst du für die Deutschen und für Mussolini kämpfen?«

»Ich muß mich verstecken«, entschied er.

Sie gab ihm einen Ausweis, in dem die Fotografie das einzig Echte war.

»Von heute an heißt du Marco Continolo. Du bist in Perugia geboren, bist Maschinenbauzeichner und gehörst nicht zum einberufenen Jahrgang«, sagte sie zu ihm.

Es handelte sich um einen gefälschten Ausweis, der jedoch täuschend echt aussah. Marco war erstaunt. Er hätte einen derartigen Unternehmungsgeist nie von seiner Mutter erwartet. »Woher hast du den denn?« fragte er.

»Denk nicht daran. Je weniger du weißt, desto besser ist es«, machte sie kurzen Prozeß. »Ich habe deine Reise bis nach Mailand vorbereitet. Du wirst zu meiner Freundin Marta Maggi gehen, und sie wird entscheiden, ob du nach Como zu meinen Eltern gehen wirst. Von jetzt an mußt du vergessen, daß du Honneger heißt. Du kannst Marta vertrauen so wie mir. Kümmere dich nicht darum, daß ihr Mann Faschist ist. Ich glaube, jetzt habe ich dir alles gesagt, Marco. Gott weiß, wie schwer es mir fällt, mich von dir zu trennen, aber wir haben keine Wahl.«

»Ihr bleibt hier alleine. Wer wird euch beschützen?« fragte er.

»Wie du siehst, kommen wir auch ohne Hilfe zurecht«, antwortete sein Vater.

Seit jenem schmerzlichen Abschied waren erst wenige Monate vergangen, aber jene Momente schienen ihm weit weg und für immer verloren. Jetzt hoffte Marco, daß Marta in dieser armseligen Zelle auftauchte, um ihn vor einem schrecklichen Schicksal zu retten. In jener Nacht der Angst war ihm der Kampf gegen den Faschismus völlig gleichgültig. Er wollte nur leben und zu seiner Familie zurückkehren.

Schließlich drang das Tageslicht durch das vergitterte Fenster, das auf den Garten hinaus ging.

Die Luft in der Zelle war stickig. Die Zellengenossen lagen in stillem Schmerz zusammengekrümmt. Der Gefolterte war gestorben. Guido Giuliani saß mit dem Kopf auf eine Schulter gesunken und schlief. Schritte näherten sich auf dem Gang, und man hörte ein lautes Stimmengewirr. Einige Zellen wurden geöffnet.

Der Mann mit dem Kaninchengebiß bekreuzigte sich instinktiv. »Sie sind nach ihrem kleinen Fest eher als vorausgesehen wach geworden. Sie fangen an, einige nach oben zu bringen, um sie zu verhören«, sagte er und spuckte nach einem Kakerlaken. Der Junge, der die ganze Nacht die Hand des toten Mannes gehalten hatte, erhob sich und trat in einer hysterischen Krise gegen die Zellenwände, wobei er schrie und mit den Fäusten gegen sie schlug.

»Macht auf, macht auf! Hier drin ist ein Toter. Ihr habt ihn umgebracht!«

Marco ging auf ihn zu, ergriff ihn bei den Schultern und zog ihn von der Tür weg.

»Provoziere sie nicht«, riet er ihm mit sanfter Stimme.

»Früher oder später wird jemand kommen. Hoffen wir, daß es nur ist, um den Toten abzuholen, und nicht, um uns zum Verhör zu bringen.«

Als Antwort auf die Schreie öffnete sich die Tür. Zwei Kerle mit erhobenen Waffen traten auf die Seite. Zwei Männer in Zivil und ein Alter betraten die Zelle. Sie wechselten scherzhafte Bemerkungen, die sie zum Lachen brachten. Dann las einer von ihnen eine Namensliste vor. Jeder der Aufgerufenen in der Zelle antwortete »Hier« mit einem Angstschauer. »Giuliani Guido«, rief der Mann. Der Freund Marcos hatte bei all diesem Lärm weitergeschlafen, mit halb geöffnetem Mund und leisem Schnarchen. Marco hätte ihn fast gerufen, unterließ es dann aber.

»Giuliani Guido«, wiederholte der Mann in Zivil, der den Anwalt ausgemacht hatte.

Und da Giuliani weiterschlief, ging der Mann zu ihm und versetzte ihm einen Tritt in die Leiste. Guido riß die Augen auf und stieß einen gequälten Schrei aus. Marco wollte ihm zur Hilfe eilen, aber dieses Mal war es der junge Mann mit den Kaninchenzähnen, der ihn davor zurückhielt, einen verhängnisvollen Fehler zu begehen.

Während der Alte den Eimer hinausbrachte, wurde Giuliani auf die Füße gestellt.

»Raus«, befahl der Kerkermeister und gab ihm einen weiteren Tritt.

Trotz allem gelang es Guido, Marco für einen Sekundenbruchteil einen Blick voller Freundschaft zuzuwerfen.

»Rinaldi Penati«, rief der Mann in Zivil den nächsten auf.

»Er ist tot«, antwortete der Alte, der den Eimer ausgetauscht hatte.

Guido Giuliani und der Tote wurden weggebracht.

Die Tür wurde wieder geschlossen und die Gefangenen blieben allein.

»Auch für heute ist es gutgegangen«, sagte der Mann mit dem Schnurrbart.

Marco ließ sich auf den Strohsack fallen. Er zitterte wie Espenlaub. Er fühlte, daß er den Freund nicht wiedersehen würde. Die Aussicht auf Hilfe von außen wurde immer unwahrscheinlicher. Er mußte sich darauf einstellen, verhört und gefoltert zu werden. Er mußte sich darauf einstellen, auf die allerschlimmste Art zu sterben.

3

»Sie können dich nicht nur mit körperlicher Folter zerstören«, sagte der Junge, der dem Sterbenden beigestanden hatte. Er sprach mit ruhiger Stimme, als ob er ruhig mit Freunden über ein Thema von allgemeinem Interesse diskutieren würde.

»Sie geben dir weder zu essen noch zu trinken. Es ist schrecklich. Aber das Schlimmste ist, auf die Schritte zu hören und dich zu fragen, ob sie sich unserer Zelle nähern, ob jemand die Tür öffnen wird, um dich abzuholen, nach oben zu bringen und dich abzuschlachten. Die einzige Sicherheit ist, daß niemand dir zur Hilfe kommen wird.«

»Du weißt noch nicht einmal mehr, wie viele Bombenangriffe es gibt, tags oder nachts. Auf dieses Museum des Schreckens fällt niemals eine Bombe und verwandelt es in Staub«, mischte sich der Alte mit untröstlicher Miene ein.

Der Mann mit der unheimlichen Stimme setzte sich neben Marco. »Und warum bist du hier?« fragte er.

»Keine Ahnung«, log der junge Mann.

»Das sagen alle«, warf der Alte ein. »Mich haben sie geschnappt, weil ich ein jüdisches Ehepaar auf dem Dachboden versteckt hatte. Zwei sanftmütige alte Leute. Seit einem Jahr hielt ich sie versteckt. Jemand hat davon erfahren und mich verraten. Die beiden hielten sich immer bei der Hand und schauten einander in die Augen, als ob sie wunderschön wären und als ob sie sich gerade erst kennengelernt hätten. Ein schöner Anblick. Wer weiß, ob sie sich jetzt immer noch bei der Hand halten und in die Augen schauen.«

»Wahrscheinlich sind sie schon tot«, meinte Marco.

»Ich bin bei einer Razzia gefaßt worden. Vor vier Tagen«, erzählte ein Junge mit Tränen in den Augen. Er war wohl kaum sechzehn Jahre alt.

»Und du weinst immer noch?« spottete der Alte.

»Ich weine, weil meine Mutter nach mir sucht, und ich habe sie noch nicht einmal umarmen können.«

Den einfachen und betrübten Worten des Jungen folgte eine lange Stille.

Nach einer Weile fragte der Mann mit der unheimlichen Stimme aufs neue.

»Heute nacht habe ich gehört, wie du mit dem Mann geredet hast, den sie nach oben gebracht haben. Er schien eine wichtige Persönlichkeit zu sein. Auch du scheinst jemand Wichtiges zu sein«, sagte er mit Nachdruck. »Man sieht sofort, daß du kein armer Kerl bist, so wie wir.«

»Du hast dich geirrt. Ich habe mit niemandem gesprochen«, stritt Marco ab. Er dachte an die wenigen Worte, die er mit Giuliani gewechselt hatte. Graues Licht drang durch die Gitterstäbe vor dem Fenster. Dann begann es zu regnen. Am späten Vormittag kam der Alte zurück, der den Eimer geleert hatte. Mit ihm kamen die Wächter. Er brachte zwei Flaschen mit Wasser und schwarzes Brot.

»Das Mittagessen ist serviert«, verkündete der Alte. Die Flaschen gingen reihum und jeder aß ein Stück Brot. Dann hörten sie Schmerzensschreie und einige bekreuzigten sich. Der Gedanke an ein Verhör fuhr fort, Marco zu quälen. Er dachte an die Worte des Mannes, der ihn festgenommen hatte: »Wir werden ihn morgen verhören.« Es waren jedoch schon zwei Tage und zwei Nächte vergangen, ohne daß etwas geschah. Andere Verhaftete betraten die Zelle, und neue Leidensgenossen traten an die Stelle der alten. Guido war nicht zurückgekehrt, und langsam wurde der Gedanke zur Sicherheit, daß er ermordet worden war.

Eines Nachts, als er in einem von Alpträumen geplagten Schlaf lag, wurde Marco von einem Tritt in den Rücken geweckt. Zwei Polizisten befahlen ihm aufzustehen. Marco wußte, daß seine Stunde gekommen war.

Sie stießen ihn auf den Gang hinaus und er fand sich vor einem eleganten Herrn mit kahlen Schläfen, der eine Zigarette von exotischem Duft rauchte. Das Gesicht kam ihm bekannt vor, aber er konnte es keiner ihm bekannten Person zuordnen und erinnerte sich auch nicht, wo und wann er ihm bereits begegnet war.

Der Mann sagte: »Bist du Marco Continolo?«

Marco nickte.

Der Mann lächelte und ließ eine Reihe weißer Zähne sehen. Er umarmte ihn und drückte ihn an sich, wobei er seine Lippen Marcos Ohren näherte und flüsterte: »Viele Grüße von Marta Maggi«.

Dann gab er den Wachen ein Zeichen, die Marco zurück in die Zelle stießen. Er fand sich im Dunkeln wieder und fragte sich verwirrt, ob das, was gerade geschehen war, nur ein Traum gewesen war. Er hockte sich auf den Fußboden, massierte seinen schmerzenden Rücken und stieß einen Seufzer der Erleichterung aus. Marta Maggi, Freundin von Guido Giuliani und von seiner Mutter, die Frau, die bereits seit Monaten den Widerstandskämpfern half, hatte ihm eine beruhigende Nachricht gesandt. Zu diesem Zweck hatte sie sich eines guten Freundes bedient, in dem Marco schließlich nachträglich den Schauspieler Osvaldo Pieri erkannte.

»Er ist korrupt«, wurde über ihn gesagt.

»Er ist lediglich kokainabhängig«, behauptete Marta. »Er hat sich auf die Seite der Deutschen geschlagen, weil sie ihm Drogen verschaffen. Aber in Wirklichkeit steht er nicht auf ihrer Seite.«

Marco hatte ihn in Filmrollen im Kino gesehen und auf den Titelseiten der Zeitungen, die ihn mitsamt einer Schauspielerin, seiner Lebensgefährtin, abbildeten. Als er noch in Rom war, hätte Marco ihn einige Male beinahe persönlich getroffen, weil sie in den gleichen Kreisen verkehrten und Osvaldo von den Frauen sehr umschwärmt wurde. Zu verschiedenen Gelegenheiten hatte Marco aber Osvaldos Hunde getroffen, ein paar exzellente Pointer-Exemplare, die vom gleichen Ausbilder trainiert wurden, wie die Hunde der Honnegers. In jener Zeit sprach man von Osvaldo als von einem großzügigen Menschen. Das faschistische Regime hatte jedoch viele Dinge geändert. Wahrscheinlich glaubten der Schauspieler und seine Lebensgefährtin an die Vorgehensweisen des Faschismus, an die im übrigen Millionen von Italienern geglaubt hatten, die von der Rhetorik Mussolinis mitgerissen wurden, während ihr nachgiebiger Herrscher sich mehr für seine Sammlungen antiker Münzen interessierte als für das Schicksal des Landes. In der Familie Marcos brachte man dem

Königshaus lediglich einen formellen Respekt entgegen. Marcos Großvater väterlicherseits murmelte ihm manchmal zu: »Die Familie der Savoyer! Treulose Gesellen, möge Gott mir verzeihen.«

Jetzt war der feigherzige König auf der Flucht, die Alliierten rückten vom Süden her mit nervenzerrüttender Langsamkeit vor, Mussolini hatte das Gesicht genauso verloren wie seine Fähigkeit, die Massen aufzuwiegeln, die Deutschen und die Republikaner spielten die Herren. Es gab sogar manch einen, der hartnäckig auf ihrer Seite stand. Marco dachte über diese Dinge nach, während in ihm dank der Nachricht Martas eine schwache Hoffnung keimte.

Am nächsten Morgen, als der Alte wie immer den Latrineneimer leerte, wurde Marco ins Erdgeschoß der Villa hinaufgeführt. Ein Polizist gab ihm einen Aufnehmer und einen Eimer Wasser und befahl ihm, den Boden zu wischen. Marco begab sich in die Halle und erblickte sein Bild in einem großen Spiegel mit Barockrahmen, der über einer Marmorkonsole hing. Er erschrak. Vor sich sah er ein ausgezehrtes Gesicht mit wirrem, ungepflegtem Bart und großen, erschreckten Augen, das ihn an die Darstellung eines byzantinischen Christus in seinem schmerzensreichen Märtyrertum erinnerte. Er fühlte das ganze Gewicht der Angst, die wie ein Mühlstein an ihm hing und ihn von einem stolzen Widerstandskämpfer in ein Gespenst verwandelt hatte, ein Opfer der stumpfsinnigen und grausamen Macht. Erschaudernd wandte er sich von dem Spiegel ab, nur um sich einem noch größeren Schrecken gegenüberzusehen. In einer Ecke saß zusammengekauert auf einem Stuhl ein Mann und sah ihn mit den gleichen Augen an, wie er sie gerade noch bei sich selbst im Spiegel gesehen hatte. Sein Schädel war voller Schürfwunden und blutverkrustet.

»Marco«, sagte der Mann mit schwacher Stimme.

»Andrea«, rief dieser aus und ging auf ihn zu. Er hatte ihn wiedererkannt. Es handelte sich um einen Journalisten, der für den *Corrierre della Sera* arbeitete. »Was haben sie mit dir angestellt?«

»Ein wunderschöner Eisenring. Sie haben ihn mir um den Kopf gespannt, auf Stirnhöhe, bis ich glaubte, daß mir die Augen aus den Höhlen gepreßt würden«, brachte der Mann mit Mühe heraus.

Marco machte Anstalten, sich neben ihn zu knien, während er sich fragte, was er tun könne, um ihm zu helfen.

»Bleib weg von mir«, hielt der Freund ihn zurück. Dann fügte er mit müder Stimme hinzu: »Heute nacht ist ein deutscher Offizier getötet worden. Jetzt treffen sie alle Vorbereitungen für eine Vergeltungsaktion. Bleib deiner Zelle fern, wenn du kannst.«

Die Hoffnung, die im Laufe der Nacht herangewachsen war, brach angesichts dieser Nachrichten zusammen. Marco tauchte den Lappen ins Wasser und begann, die Bodenplatten zu wischen. Er versuchte, klein und unauffällig zu erscheinen. Schwarze Stiefel marschierten über den Boden, den er soeben gewischt hatte. Er zog sich, auf allen vieren kriechend, langsam unter die Treppe zurück und blieb mehrere Stunden dort sitzen. Er sah, daß seine Zellengenossen in den Garten hinausgeführt wurden. Und nach mehreren Stunden sah er sie zurückkommen. Keiner fehlte. Er kroch gerade aus seinem Versteck hervor, als ein Polizist ihn entdeckte.

»Besuch für dich«, sagte er.

Er führte ihn in einen kleinen Raum, der früher einmal romantischen Treffen gedient haben mußte. An den Wänden hingen noch die ursprünglichen Tapeten aus rosa Seide mit weißen Blumen und blaßgrünen Blättern. Einzige Möbelstücke waren ein Metallschreibtisch und vier Bürostühle. Marta Maggi wartete dort auf ihn. Der Mann ließ sie allein.

Marta hatte den Schleier ihres kleinen Hutes aus schwarzem Samt zurückgeschlagen und rauchte nervös. Ein heller Mantel mit Pelzbesatz schützte sie vor der Kälte. Etwas Zigarettenasche fiel auf den Schreibtisch, während sie ihn musterte.

»Ich sehe schlimm aus, das weiß ich«, sagte Marco. Sein Zittern hatte wieder begonnen. Er fühlte sich verunsichert und glücklich. Es schien ihm, daß von dieser vertrauten Frauengestalt ein neues Licht ausginge.

»Es gibt Schlimmeres«, sagte Marta, die ihre Fassung wiedergewonnen hatte. Sie hatte nicht erwartet, diesen Jungen, der ihr so nahestand wie ein Sohn, in solch bedauernswerter Verfassung zu finden. Die zwei Wochen in der Zelle hatten genügt, ihn völlig zu verändern.

»Ich habe deine Nachricht erhalten«, sagte er leise.

»Ich habe dir eine Tafel Bitterschokolade besorgt, die du so gern magst«, sagte sie und zog die Tafel aus der Tasche. »Iß sie, während wir uns unterhalten, und koste sie ganz aus.«

»Wie hast du es geschafft, bis hier herein zu kommen?« fragte er sie, während er nach der Schokolade griff, die Marta ihm reichte.

»Hör mir gut zu«, flüsterte sie und näherte ihr Gesicht dem Marcos. »In der Stadt passieren eine Menge Dinge. Die Deutschen haben jetzt Angst. Die Faschisten sind verunsichert. Die Zahl der Andersdenkenden steigt mit jedem Tag. Sie nimmt zu und schwillt an wie ein Bach bei Hochwasser. Koch und seine Bande werden in Kürze festgenommen werden. Ich habe Hoffnung. Und auch du mußt sie haben.« Marco genoß die Schokolade, atmete den Duft Martas ein, die nach Maiglöckchen roch, und schaute die weichen, glänzenden Lippen der Frau an, die sanfte Worte sagten.

»Es ist mir gelungen, mich mit deinem Vater in Kontakt zu setzen. Er weiß, daß du hier drin bist. Er hat mir alles Geld gegeben, das er zur Verfügung hatte. Das ist der Grund, aus dem ich hierherkommen konnte«, erklärte sie.

»Was ist mit Guido?« fragte er plötzlich.

»Sie haben ihn umgebracht«, antwortete sie.

»Wie?« fragte er mit schwacher Stimme.

»Ein Schuß in die Schläfe, aus nächster Distanz. Das ist alles, was ich für ihn erreichen konnte. Sie haben ihn verhört und er hat geredet. Sein Netz ist aufgeflogen. Ich habe rechtzeitig diejenigen gewarnt, die den Funkkontakt mit den Alliierten hielten. Jetzt muß alles von neuem aufgebaut werden, und das Geld reicht nie«, erzählte sie.

»Was ist aus dem Diamanten geworden, den du am Ringfinger getragen hast?« fragte Marco. Marta betrachtete ihre Hand und spreizte die Finger.

»Ist es wirklich nötig, daß ich dir das sage?« fragte sie seufzend.

Es war offensichtlich, daß sie ihn verkauft oder versetzt hatte, um ihren Freunden zu helfen.

»Warum tust du das alles?« fragte der junge Mann sie und schaute ihr in die Augen.

Marta war vierzig Jahre alt und noch immer schön und begehrenswert. Sie hätte ein weniger gefährliches Leben führen können. In ihrem Blick brannte jedoch das Feuer unbefriedigter Wünsche, vergangener und gegenwärtiger Enttäuschungen. Sie war eine unglückliche Frau. Marco erinnerte sich einer Bemerkung seiner Mutter: »Das Schicksal ist mit Marta ausgesprochen geizig gewesen. Und dabei ist sie selbst so großzügig!«

»Das Leben muß doch auch einen Sinn haben. Glaubst du nicht?« lächelte sie, während sie sich eine weitere Zigarette anzündete.

Der Wächter trat in den Raum ohne anzuklopfen.

»Die Zeit ist vorbei«, verkündete er mit barscher Stimme. »Ich komme sobald wie möglich wieder«, versprach sie und reichte Marco die Hand. Er beugte sich über sie und küßte sie.

Als er in die Zelle zurückkam, umhüllte ihn noch immer ihr Maiglöckchenparfüm und er sah der Wiederkehr Martas mit einer angstvollen Erwartung entgegen, die seinen Herzschlag beschleunigte und ihn allen Hunger und Schmutz vergessen ließ.

4

Marta kehrte zurück. Seit dem ersten Besuch war eine Woche vergangen. In der Zwischenzeit war etwas geschehen, das die Hoffnungen Marcos und der anderen Gefangenen in der Villa wiederaufleben lassen hatte.

Im fahlen Morgengrauen eines Novembertages war das Gebäude von Einheiten der italienischen Polizei umstellt worden, die alle Mitglieder der Bande Koch verhaftet hatten, die sich hier als Herren aufspielten. Die Folterknechte wurden in eine Zelle gesperrt, die neben derjenigen lag, in der Marco und seine Zellengenossen saßen.

In den verschreckten Blicken der Gefangenen zeigte sich ein neues Licht. Marco hatte auch die beiden üblen Gestalten, die ihn verhaftet und geschlagen hatten, in Handschellen vorbeigehen sehen.

Hier und da waren im Gebäude Siegesrufe ertönt. Der Tag der Befreiung konnte schon nahe sein.

In tiefster Nacht wurde Marco aus seiner Zelle geholt. Marta erwartete ihn im gleichen Raum wie beim vorigen Mal. Der Wächter beachtete die Umarmung zwischen dem jungen Mann und seiner Besucherin nicht und ließ sie allein.

»Sie haben Pietro Koch und seine Bande vor Gericht gestellt«, erklärte Marta sofort.

»Das war auch an der Zeit«, sagte Marco.

Dieser sadistische Mörder in der Verkleidung eines Ehrenmannes, der sich sogar Doktor nennen ließ, hatte einen Haufen Perverser um sich geschart und es geschafft, in dem Moment mächtig zu werden, in dem der Faschismus am Boden lag.

»Sie werden bald erschossen werden«, fuhr Marta fort. »Und das nicht nur, um sie für ihre Missetaten zu bestrafen, sondern auch und vor allem, weil sie unbequem werden könnten, wenn der Krieg erst mal zu Ende ist. Die Menschen sind am Ende. Die Widerstandskämpfer reagieren.«

»Auch hier drin sieht es anders aus. Die Wächter laufen fast auf Zehenspitzen herum. Sie schreien nicht mehr. Oben gibt es keine Feste mehr, und hier unten keine Verhöre«, teilte Marco ihr mit.

Dann sah er einen kleinen Korb neben dem Stuhl Martas auf dem Boden stehen.

»Sind da drin die Notrationen?« fragte er mit hungrigem Blick.

»Obst, und was ich noch aufgetrieben habe. Ein paar Kekse. Ein Omelett, das ich gemacht habe. Ein Glas Marmelade und ein bißchen Schokolade«, zählte Marta auf während sie den Korb auf den Schreibtisch stellte. »Iß nur. Du bist so schrecklich mager.« Im letzten Satz klang die Besorgnis einer Mutter mit.

Marco verschlang alles bis auf die Tafel Schokolade, die er in die Tasche steckte.

In diesem Moment hörten sie das unheilvolle Heulen der Sirenen.

»Ein Bombenangriff. Komm«, sagte Marta schon auf dem Weg zur Tür.

»Gehen wir in den Garten«, drängte sie und griff nach seiner Hand.

»Bist du verrückt? Gleich regnet es Bomben und du willst rausgehen?« schreckte Marco zurück.

»Was haben wir denn schon zu verlieren? Wenn eine Bombe auf die Villa fällt, retten uns die stinkenden Keller auch nicht«, argumentierte Marta, während sie die Eingangshalle durchquerten.

Die Wächter liefen herum, um auf den Treppen und Fluren die Lichter zu löschen.

»Wo wollt ihr beide denn hin?« fragte ein Polizist.

»Wir machen einen Mondscheinspaziergang«, lachte Marta, während sie die Stufen zum Garten hinablief.

»Ihr seid vielleicht lustig«, brummte der Mann, als er sie in Richtung der kiesbestreuten Allee gehen sah. Aber er hielt sie nicht an.

Marta lief in Richtung des Eingangstores; mit einer Hand hielt sie ihren Hut fest, mit der anderen hielt sie ihren Mantel zu.

»Hilf mir«, rief sie Marco zu, als sie mit ihren schwindelerregend hohen Absätzen auf dem Kies ins Stolpern kam.

Auch die Straßenlampen waren gelöscht worden, und sie befanden sich allein in der tiefen Dunkelheit. Marco atmete die feuchte Novemberluft, während das Dröhnen der sich nähernden Flugzeuge lauter wurde.

»Wo gehen wir denn hin?« fragte der junge Mann, während er die Frau stützte.

»Ich weiß es nicht. Ich hoffe nur, daß wir dieses Tor aufkriegen«, sagte Marta im Laufen.

Das Tor öffnete sich. Draußen stand das Auto von Martas Ehemann.

»Steig ein«, befahl sie und setzte sich ans Steuer des Wagens.

Die Scheinwerfer der Fliegerabwehr begannen, den Himmel abzusuchen und erhellten die Umgebung. Es war ein beeindruckendes Schauspiel. Vom Boden aus begann die Fliegerabwehr zu schießen, während die ersten Bomben zum unheimlichen Licht der Bengalischen Feuer fielen. Marta ließ den Motor an und das Auto setzte sich im Dunkeln in Bewegung. Die nervöse Spannung ließ nach und Marco brach in ein hysterisches Lachen aus.

»Was ist denn so witzig?« fragte Marta, die blindlings drauflos fuhr.

»Ich bin frei! Das merke ich erst jetzt. Du bist so außergewöhnlich, Marta! Wie hast du das gemacht?«

»Ich schwöre dir, daß das nicht in meinen Plänen lag. Es hat sich einfach so ergeben«, antwortete sie nervös.

Im Weltuntergangslärm der Bomben schienen sie wie unter einer wundersamen Schutzglocke zu fahren.

Marco dachte an seine Kameraden, die noch in den Zellen der Villa Triste eingeschlossen waren. Er hoffte, daß eine Bombe auf das Gebäude fiele, daß die Freunde sich retten konnten und flüchteten, und daß die Mörder der Bande Koch wie glühende Scheite im Feuer verbrannten.

Die Luft war vom beißenden Geruch des Staubs und des Sprengstoffes erfüllt. Die Flugzeuge zogen ab. Sie fuhren eine schmale Straße entlang, die auf beiden Seiten von alten Häusern aus dem neunzehnten Jahrhundert gesäumt wurde.

»Wer weiß, was sie bombardiert haben«, fragte sich Marco.

»Scher dich den Teufel drum«, antwortete sie, während sie den Wagen anhielt.

»Wo sind wir?« fragte er.

»Scher dich den Teufel drum«, wiederholte Marta. Sie wurde immer nervöser.

Sie schellte an der Tür eines kleinen Hauses. Im ersten Stock wurde ein Rolladen hochgezogen und Marta rief sofort mit lauter Stimme, um gehört zu werden: »Ich bin es, Elena. Mach auf!«

Der Rolladen wurde wieder herabgelassen und kurz darauf öffnete sich die Tür, die in den Angeln quietschte. Eine dicke, nicht mehr junge Frau ließ sie eintreten. Sie hielt eine Kerze in der Hand, mit der sie recht und schlecht die Eingangshalle eines kleinen Hotels erleuchtete, das einen Anschein von Modernität zu erwecken versuchte.

»Bei jedem Bombenangriff fällt der Strom aus«, klagte Elena. »Aber, Gott sei Dank, auch dieses Mal haben wir überlebt.«

»Auch wir haben Glück gehabt«, sagte Marta, während sie sich in die Hände hauchte, um sie zu wärmen. »Hast du ein Zimmer für meinen Freund?«

Die Frau ging in die Rezeption und nahm einen Schlüssel. »Zimmer sechs.« Als weitere Erklärung fügte sie hinzu: »Im ersten Stock.« Und zu Marta, mit gesenkter Stimme: »Dein Freund braucht dringend ein Bad.«

»Und Sie haben vielleicht auch heißes Wasser«, sagte Marco, der das gehört hatte, und dem nach nichts anderem verlangte, als sich waschen zu können.

»Ich habe den Holzbadeofen wieder angeworfen. Er macht mir weniger Probleme als der mit Gas betriebene. Du wirst so viel kochendes Wasser haben, wie du willst.«

»Hast du noch andere Gäste?« fragte Marta. Die beiden Frauen sprachen miteinander, als wären sie alte Freundinnen. »Niemand, der euch stören könnte«, garantierte sie und reichte Marco eine andere brennende Kerze. »Geht nach oben und tut so, als wäret ihr zu Hause«, forderte sie sie gutmütig auf.

Als sie die mit Matten bedeckten Stufen hinaufstiegen, lehnte Elena sich unten an das Geländer.

»Und macht bloß nicht zu viel Lärm!«

Marta antwortete mit einem Lächeln.

In Zimmer sechs, in dem ein leichter Geruch nach Brillantine hing, stand auf einem Ständer unter einem enormen Keramikwaschbecken ein weißes Emaillebidet. An den Wänden waren kühne Jugendstildrucke zu erkennen.

Marco nahm die kleine Tafel Schokolade aus der Hosentasche, wickelte sie aus und streckte sie Marta hin.

»Möchtest du?« fragte er.

»Vorher solltest du dich besser waschen«, antwortete sie und nahm sie ihm aus der Hand. »Jetzt zeige ich dir das Badezimmer. Zieh dich aus. Während du in der Wanne bist, werde ich deine Sachen waschen und sie Elena geben, damit sie sie zum Trocknen aufhängt.«

»Ist deine Freundin auf seiten der Widerstandskämpfer?« fragte Marco.

»Frag nicht so viel. Die einzige Methode, um manche Wahrheiten nicht zu verraten, ist, sie gar nicht erst zu kennen«, mahnte sie ihn und führte ihn durch den Flur ins Bad.

Das Wasser floß in eine große, gußeiserne Wanne und stieg in bläulichen Dämpfen auf. Das heiße Wasser, in das Marco sich sinken ließ, führte bei ihm zu einem angenehmen Schwindelgefühl. Er dachte, daß in dieser Nacht ein Wunder geschehen war und daß vielleicht noch weitere folgen würden. Als er in ein großes Leinenlaken gehüllt ins Zimmer zurückkam, lag Marta zusammengekauert im Bett unter der schweren Steppdecke. Sie schien zu schlafen. Er ließ das Laken fallen und hob die Steppdecke, um sich neben sie zu legen. Im flackernden Kerzenlicht sah er den nackten Körper Martas.

»Komm her und deck dich zu«, befahl sie.

»Hast du nicht schon geschlafen?« fragte Marco.

»Ich hab es versucht, bis du gekommen bist«, klagte sie.

»Entschuldige«, flüsterte er bedauernd.

»Komm her«, flüsterte sie sanft, »und entspanne dich.«

Marco überließ sich den Armen der Frau. Ihr Körper war weich, warm, einladend. Es schien ihm, als könne er fliegen.

»Das ist schwierig«, flüsterte er und wurde rot, während die Lust in ihm aufstieg.

»Nah bei mir zu sein, oder dich zu entspannen?«

»Beides«, gestand er.

Sie küßte ihn zärtlich auf den Hals.

»Du riechst gut, ganz sauber«, sagte sie.

»Ich bin noch nie mit einer Frau zusammengewesen«, gestand er. Marta streichelte ihn, dann ließ sie sanft ihre Fingerspitzen in seine Leistengegend gleiten. Sie fühlte ihn erschauern. Marco suchte ihre Lippen und küßte sie, während seine Lust unhaltbar explodierte.

Die Figur Martas wurde von dem fröhlichen und jungfräulichen Bild Paolas, der Cousine Manfredos überlagert. Das durchdringende Maiglöckchenparfüm wurde vom sanften Jasminduft überdeckt. Er sah eine vom Gold des Ginsters gesäumte Gebirgsstraße und am Horizont die blaugrüne Weite des Meeres.

»Es tut mir leid«, flüsterte Marco. »Ich bin noch nicht einmal dazu gekommen, dich zu berühren.«

Marta lächelte. »Wir werden versuchen, dieser Schande abzuhelfen«, versprach sie.

In jener Nacht verlor er seine Unschuld und wurde zum Mann, in den Armen eines Geschöpfes, das er niemals mehr vergessen hätte. Draußen herrschte Krieg, die Welt ertrank im Blut, und er fühlte sich wie im Paradies. Er war so glücklich, wie er es niemals zuvor gewesen war. In diesem Meer des Glücks verlor er sich schließlich und schlief ein.

Das erste, was er sah, als er die Augen wieder öffnete, war ein Fenster mit beiseite gezogener Gardine in der Morgensonne. Dann sah er Marta. Sie war angezogen und stand neben dem Bett. Mit nachdenklicher Miene sah sie ihn an.

»Ciao, freier Mann«, wünschte sie ihm guten Morgen.

»Bin ich das denn wirklich?« fragte er sie und streckte einen Arm unter der Decke hervor, um ihren Rock zu streicheln.

»Ich würde sagen, in diesem Moment bist zu ziemlich weit von deiner Zelle entfernt.«

»Und keiner wird mich holen?«

»Das kann ich dir nicht versprechen.«

»Meinst du, ich kann rausgehen, ohne Gefahr zu laufen?«

»Für den Augenblick wäre es besser, wenn du hierbliebest. Meine Freundin Elena wird sich um dich kümmern«, versprach sie, während sie ihren Pelzmantel anzog.

»Und du? Wohin gehst du denn?« fragte Marco.

»Nach Hause«, antwortete sie, und der Ton ihrer Stimme war hart.

»Ich will dich begleiten«, sagte er und stand auf.

»Mach mir das Leben nicht noch schwieriger. Ich muß jetzt gehen«, antwortete sie kurz angebunden und ging zur Tür. Marco lief ihr nach und faßte sie beim Arm. Sie drehte sich um und hob das Gesicht zu ihm. Ihre Augen standen voller Tränen.

»Was willst du denn noch, Nervensäge?« fragte sie mit schwankender Stimme.

»Dir danken«, flüsterte Marco und umarmte sie.

»Du könntest mir sagen, daß du mich liebhast«, warf sie ihm vor und unterdrückte ein Schluchzen, während sie sich ihm entwand.

»Aber ich liebe dich wirklich«, sagte er, während sie schon die Treppe hinunterging. Er sah, wie sie durch die kleine Eingangshalle lief und die Tür öffnete, die auf die Straße ging.

5

Marco kehrte in das eiskalte Zimmer zurück. Er fühlte sich ausgelaugt, übermüdet und erschöpft. Er flüchtete sich ins Bett und schlief wieder ein. Ein Geräusch an der Tür weckte ihn. Jemand hatte geklopft. In wenigen Sekunden erinnerte er sich an den Bombenangriff, an die Flucht mit Marta, die Liebesnacht in ihren Armen und den behaglichen Zufluchtsort unter Elenas Schutz. Jetzt näherte sich die Frau seinem Bett. »Hier sind deine Kleider.« Sie legte die Kleidungsstücke auf einen Stuhl.

»Wie spät ist es?« fragte sie.

»Es ist Abend«, antwortete sie ausweichend. »Marta müßte bald zurückkommen. Ich habe dir etwas zu essen gemacht. Wenn du angezogen bist, komm in die Küche.« Nach diesem letzten Befehl zog sie sich zurück.

Marco zog sich an. Seine Kleider waren sauber und einigermaßen gebügelt. Er verließ das Zimmer und stieß in der Eingangshalle erneut auf seine Gastgeberin. »Danke für alles«, sagte er zu ihr und übergab ihr den Zimmerschlüssel. Sie sah ihn bestürzt an.

»Du willst doch nicht etwa rausgehen!« sagte sie alarmiert.

»Genau das werde ich tun«, antwortete Marco in entschiedenem Ton.

»Du bist ja völlig verrückt. Ich habe dir doch gesagt, daß Marta gleich kommt«, sagte sie.

»Ich will nur ein bißchen frische Luft schnappen. Ich gehe schon seit Wochen nicht raus«, rechtfertigte er sich.

»Ich verstehe dich ja, aber denk dran, daß dort draußen blutrünstige Wölfe herumlaufen, die nur darauf warten, dich in die Fänge zu bekommen«, warnte sie ihn.

»Die kenne ich schon«, war seine Antwort, indem er bereits die Tür öffnete.

Er hatte kein Ziel, aber er wollte einfach ein paar Schritte tun. Der Gedanke an Marta, an ihren zärtlichen und weichen Körper begleitete ihn. Er dachte an seine Familie, an seine Freunde, an die Jahre, in denen die Welt um sie herum nur aus Sicherheiten und wahrhaftigen Gefühlen zu bestehen geschienen hatte. Sorglose und glückliche Zeiten, die der Krieg für immer zur Vergangenheit gemacht hatte. In der verlassenen Gasse, durch die er ging, sah Marco den Laden eines Gemüsehändlers. Da sah er wieder das frühreife und feine Gesicht eines Mädchens vor sich, das ihn mit aufgerissenen Augen ansah, während es Obst auf die Waage legte.

Er kaufte einen Apfel, rieb ihn am Jackenärmel blank und biß hinein. Er war herb und saftig. Als er weiter an Caterina und ihre schmale Gestalt dachte, sagte er sich, daß die Kinder, alle Kinder, bessere Tage verdienten als diese schrecklichen, in denen sie lebten. Man mußte etwas tun, damit die Dinge sich änderten. Mittlerweile waren es viele, die für eine bessere Welt kämpften.

Er streifte durch die Straßen, ohne sich zu fragen, in welchem Teil der Stadt er sich überhaupt befand. Als er um eine Ecke bog, sah er plötzlich, wie sich vor dem düsteren Novemberhimmel der unheilvolle Schatten der Villa Triste abzeichnete. Das Tor war offen und auf der Allee erkannte er seine Zellengenossen. Sie standen aufgereiht vor dem Gebäude und stampften mit den Füßen, um sich zu wärmen. »Was machen sie bloß da draußen?« fragte er sich, während er versuchte, sich hinter einer Mauer zu verbergen.

Er kauerte sich am Boden nieder, während er sich fragte, wie es hatte geschehen können, daß er am Ende wieder an diesen entsetzlichen Ort geraten war.

Wenn er überhaupt eine Fluchtmöglichkeit hatte, dann mußte er sofort handeln, bevor er noch entdeckt wurde. Die gastliche Pension, wo er von der Freiheit geträumt hatte und die Liebe kennengelernt hatte, schien ihm jetzt eine Verlockung, die er sogleich zu erreichen versuchen mußte. Er stand auf, machte zwei Schritte eng an die Mauer gedrückt und fand sich wieder mit dem Lauf eines Maschinengewehrs in der Seite.

»Wo wolltest du denn hin, Jüngelchen?« fragte die spöttische Stimme eines Polizisten.

Er wurde zur Gruppe seiner Kameraden gestoßen. Alle waren in Handschellen. Die Handschellen schlossen sich auch um seine Handgelenke.

Ein Lastwagen stand bereit. Und dort waren auch Soldaten mit dem Gewehr im Arm. »Wo hast du dich denn versteckt?« fragte einer der Gefangenen.

»Ich bin während des Bombenangriffs geflohen«, flüsterte Marco.

»Und du bist zurückgekommen? Du mußt verrückt sein«, mischte sich ein anderer ein.

Wie konnte er ein so unvernünftiges Verhalten erklären, das jenseits aller Logik war? Marco war bestürzt.

»Ich habe versucht, wieder abzuhauen, aber es war zu spät. Der Polizist hatte mich schon gesehen«, versuchte er, sich zu rechtfertigen.

»Sie bringen uns nach San Vittore«, teilte ihm ein alter Mann mit, als er zusammen mit den anderen von zwei Gendarmen des neuen italienischen Heeres auf den Lastwagen gestoßen wurde. Marco schaute sich um. Sie waren nur zu fünfzehnt. »Und die anderen?« fragte er seinen Nebenmann.

»Einige haben sie heute morgen freigelassen. Kann sein, daß sie uns auch freilassen, wenn wir in San Vittore angekommen sind«, sagte der Gefährte.

»Kann sein. Aber das glaube ich nicht«, antwortete Marco verzweifelt.

»Die Faschisten sind ja mittlerweile erledigt. Es ist eine Frage von einigen Tagen, und wenn uns diese Stinker nicht freilassen, kommen die Alliierten und befreien uns«, versprach ihm der andere.

Sie wurden in eine Zelle des Gefängnisflügels gebracht, der den Gefangenen vorbehalten war, die für den Transport nach Deutschland bestimmt waren.

»Hier verbringen wir wenigstens nicht die Minuten damit, uns zu fragen, wann sie uns zum Verhör abholen«, bemerkte Marco, der seine Verzagtheit bekämpfen wollte.

»Dafür könnten sie uns auf einen Zug laden und uns auf die andere Seite der Grenze schicken«, argumentierte der Alte. »In diesem Flügel sind wir ungefähr hundert. Viele sind schon seit Monaten hier. Es ist nicht gesagt, daß es losgeht«, sagte ein anderer. Am Tag darauf wurde Marco in den Besucherraum geführt. Marta erwartete ihn schon. Sie packte ihn beim Kragen seiner Jacke und schüttelte ihn heftig, während sie schrie: »Warum bist du bloß zurückgegangen? Du warst draußen, so frei wie ein Vogel. Warum bist du zurückgekehrt? Warum, warum, warum?« Sie schlug ihm heftig ins Gesicht und dann brach sie in Tränen aus.

»Vergib mir«, war alles, was er herausbrachte.

»Nein, ich kann dir nicht vergeben«, schluchzte sie. Dann beruhigte sie sich, ihr Blick wurde weich und sie begann wieder zu sprechen.

»Du bist eine schöne Seele, Marco. Aber in diesen Zeiten ist es besser, schlau zu sein als ehrlich. Ich kann keine andere Erlaubnis bekommen, um dich zu besuchen. Vermutlich ist dies das letzte Mal, daß wir uns sehen. Also hör gut zu, was ich dir sage. Wenn du noch mal die Gelegenheit zur Flucht bekommst, nutze sie. Aber wenn es dir nicht gelingen sollte zu fliehen, klammere dich mit allen deinen Kräften an das Leben. Vielleicht gelingt es dir, aus all diesen Sachen herauszukommen. Die Tage des Faschismus sind wirklich gezählt, Carlo« – hierbei bezog sie sich auf ihren Mann – »versucht, sich in Sicherheit zu bringen, um den unvermeidlichen Vergeltungsmaßnahmen zu entgehen, die mit Sicherheit folgen werden. Ich werde bei ihm bleiben. Er ist Faschist, aber er hat nie jemandem etwas Böses getan. Paß auf dich auf, du dummer Junge«, befahl sie ihm, bevor sie ihn verließ.

Marco war dabei, das Besuchszimmer zu verlassen, als sie ihn zurückrief und ihm ins Ohr flüsterte: »Wenn sie dich nach

Deutschland bringen, wirst du im Gefängnis von Bozen Aufenthalt haben. Dort wirst du Amilcare treffen. Das ist der Deckname eines Freundes von Guido Giuliani. Er wird alles tun, was er kann, um dir zu helfen. Ich werde dafür sorgen, daß er eine Nachricht erhält.«

»Du bist die wunderbarste Frau, der ich jemals begegnet bin«, sagte Marco zu ihr und umarmte sie. »Was immer geschehen mag, ich werde dich niemals vergessen.«

»Ich habe doch deiner Mutter versprochen, daß ich über dich wachen werde«, sagte Marta betrübt.

In den darauffolgenden Tagen wurden einige Zellengenossen Marcos freigelassen, weil die Polizei nichts zu ihren Lasten herausgefunden hatte. Andere, die eng mit dem Widerstand verbunden waren, wurden auf politischer Ebene ausgetauscht und verließen das Gefängnis. Am Ende blieben von den alten Bekannten der Villa Triste nur Marco und Saronni zurück, die auf die Listen der »freien Arbeiter« gesetzt wurden, die nach Deutschland geschickt werden sollten.

An einem Morgen gegen Ende November fand sich Marco in einem Bus wieder, dessen Ziel Bozen war.

Das Gefängnis in dieser Stadt hatte noch härtere Regeln als dasjenige Mailands. Die Deutschen spielten sich als Herren auf. Die Zellen hatten keine Pritschen. Das Essen war sehr schlecht und knapp. Die Wachen schlugen die Gefangenen ohne Grund. Marco versuchte, im Schlaf den Leiden zu entfliehen. Eines Nachts wurde er von seinem Freund Saronni, der die Zelle mit ihm teilte, mit einem Ellbogenstoß geweckt. »Da ruft dich einer«, sagte er, als Marco die Augen öffnete. Der junge Mann sprang auf die Füße, näherte sich dem Gitter und lauschte. Aus der Nebenzelle ertönte ein Flüstern.

»Bist du Continolo aus Mailand?« fragte eine Stimme.

»Das bin ich. Und du, wer bist du?« fragte er.

»Amilcare. Eine Freundin hat mich von deiner Ankunft unterrichtet.«

»Sie hat mir gesagt, daß ich dich hier finden würde«, flüsterte Marco.

»Morgen werde ich dafür sorgen, daß du in meine Zelle kommst«, versprach Amilcare.

Das war eine gute Nachricht. Mit einem Lächeln auf den Lippen schlief Marco auf dem Steinfußboden wieder ein.

6

Am folgenden Morgen, als die Gefangenen für den Appell aus den Zellen geholt wurden, nahm ein Häftling den Platz Marcos ein, während er zurückging, bis er sich neben einem kleinen, bis zum Skelett abgemagerten Mann befand. Der runde, glänzende Schädel saß auf einem langen und dünnen Hals. Die düsteren Augen wurden von dichten Augenbrauen beschattet.

»Ich bin Amilcare«, flüsterte er und schaute geradeaus.

»Ich bin Continolo«, sagte Marco.

Amilcare war der Deckname von Professor Alessandro Granelli, einem bedeutenden Intellektuellen, der in Spanien gegen Franco gekämpft hatte.

Er war in den ersten Jahren des zwanzigsten Jahrhunderts in Pavia geboren worden. Ohne gläubig zu sein, hatte er mit großem Eifer das Collegio Ghislieri besucht. Daran anschließend hatte er in Padua Literatur und Philosophie studiert und seinen Doktor gemacht.

Das war in den Zeiten von Mussolinis Marsch auf Rom. Alessandro hatte sich offen gegen den Faschismus ausgesprochen und war deshalb in ein kleines Dorf der Region Basilicata verbannt worden. Bei erster Gelegenheit war er geflohen, um nach Spanien zu gehen und dort zu kämpfen. Er wurde von den Milizen Francos gefangengenommen und es gelang ihm, noch einmal zu fliehen. Er gelangte nach Paris, wo er Carlo Maggi und dessen Frau Marta kennenlernte. Carlo war von faschistischer Rhetorik durchdrungen und seine französischen Freunde hatten ihm den Spitznamen *le vainqueur*, der Sieger, gegeben. Carlo Maggi und Alessandro stritten leidenschaftlich über ihre Ideen.

»Ich liebe die Ordnung. Ich bin überzeugt, daß Hitler und Mussolini diesem alten und verschlafenen Europa gemeinsam eine neue Ordnung geben werden«, sagte Carlo.

»Ich liebe die geistige Ordnung. Was ihr wollt ist aber die Ordnung eines Gefängnisses. Ihr wollt die politische Opposition ausrotten, die Juden, die Zigeuner und alle, die nicht so denken, wie ihr. Das ist keine Ordnung, das nennt man Intoleranz. Eure Ideologie wird Europa zerstören und nicht zum so viel besungenen Glanz bringen.« Ein leichtes Stottern gab seinen Worten noch größeren Nachdruck. Carlo hörte ihm zu und gab ihm recht. Als sie nach Italien zurückkehrten, setzten sie sich ein, um die heimliche Rückkehr des Professor Alessandro Granelli nach Mailand zu begünstigen. Nach dem 8. September nahm dieser den Decknamen Amilcare an. Es gelang ihm, gemeinsam mit Guido Giuliani einen Kern von Widerständlern zu organisieren, als der Widerstand erst am Anfang war. Die Gestapo jedoch entdeckte und verhaftete ihn.

»Aber ich kenne dich doch«, sagte Marco, als sie gemeinsam in der gleichen Zelle waren, und rief ungläubig aus: »Du bist Granelli, der Professor!«

Er erinnerte sich, ihm in Rom zusammen mit Marta begegnet zu sein. Er war ihm als ein harmloses Männchen erschienen, der den Ruf genoß, ein Frauenheld zu sein.

»Viele kennen mich. Deshalb bin ich hier«, sagte der Mann mit ironischem Unterton.

»Wie hast du in diesem Gefängnis eine Nachricht von Marta bekommen können?« forschte der junge Mann nach.

»Einige Wachen sind auf unserer Seite«, erklärte er. »Sie bekommen die Nachrichten von Freunden, die bei der Bahn arbeiten und die sie wiederum von anderen Kollegen erhalten. So funktioniert das Informationsnetz.«

Weitere Einzelheiten waren nicht notwendig. Marco kannte die Fähigkeiten der Männer, die im Widerstand arbeiteten. Amilcare genoß eine bevorzugte Behandlung. Er hatte einen Strohsack zum Schlafen und es war ihm sogar erlaubt zu lesen. »Schicken sie uns wirklich nach Deutschland?« fragte Marco. »Darauf kannst du wetten. Das Wichtige ist, unsere Abfahrt hinauszuzögern, zum Nachteil anderer Kameraden«, erklärte Amilcare.

»Ist das gerecht?« fragte Marco.

»Unter der Sonne gibt es keine Gerechtigkeit«, sagte der Professor. »Heute nacht wird eine Gruppe Gefangener nach Deutschland geschickt. Du warst auf der Liste. Jemand hat deinen Namen gestrichen. Meinen aber nicht.«

»Warum deinen nicht?« fragte Marco.

»Alessandro Granelli ist ein Name, den man nicht mit Leichtigkeit austauschen kann. Du bist irgendein Continolo. Aber glaube nicht, daß du dem Lager entkommst. Du wirst noch ein oder zwei Wochen die Gastlichkeit dieses Hotels genießen, wer weiß. Und das ist auf jeden Fall besser als da oben.«

Amilcare fuhr fort: »Manchmal bedeuten ein oder zwei Tage den Unterschied zwischen Leben und Tod.«

»Ist das Leben in den deutschen Arbeitslagern wirklich so schrecklich?«

»Es ist wie der Tod. Keiner ist zurückgekommen, um davon erzählen zu können. Das, was wir wissen, sind nur Gerüchte, die von weit her kommen. Und es sind üble Gerüchte, mein Sohn.«

»Warum bist du so gelassen?«

»Weil mich die Hoffnung aufrecht hält. Das Vorrücken der Alliierten könnte schneller geschehen als wir denken. Heute nacht werde ich abfahren, und morgen könnten die Engländer oder die Russen in Deutschland einfallen. Oder die Widerstandskämpfer könnten dieses Gefängnis stürmen und uns vor der Abfahrt befreien. Siehst du, Marco, der Optimismus ist wichtig, wenn man in der Klemme steckt.«

»Und wenn nichts von alledem geschieht?«

»Wir müssen weiter daran glauben, daß es geschieht. Es ist die einzige Möglichkeit zum Überleben.«

»Ich habe einen Freund in der Nebenzelle. Er heißt Saronni. Wenn er mit dir fährt, paß auf ihn auf«, bat Marco. Amilcare nickte.

»Wenn dein Moment kommt«, fuhr er fort, »denk dran, daß die Gefangenen den Arbeitslagern auf Grund dessen zugewiesen werden, was sie wissen und können. Die Deutschen brauchen dringend Arbeitskräfte. Denk dir einen Beruf aus. Was kannst du?«

»Ich kann zeichnen«, antwortete Marco im Gedanken an das Architekturstudium, das er schon seit langem abgebrochen hatte. Er erinnerte sich an die Kinder- und Jugendtage, die er in der römischen Wandteppichfabrik und in der Seidenfabrik in Como verbracht hatte.

»Ich kenne mechanische Webstühle und kann sie nötigenfalls reparieren«, ergänzte er.

»Dann sag ihnen, daß du Mechaniker bist«, schlug Amilcare kurz und bündig vor.

In jener Nacht fuhr er ab. In seine Zelle wurden andere Gefangene gesteckt. Der Dezember kam und die Kälte wurde unerträglich. Die Kleidungsstücke, die Marco seit seiner Festnahme im Oktober trug, genügten nicht, um ihn vor der Kälte zu schützen. Aber mehr noch als die Kälte quälte ihn der Hunger. Er verbrachte die Tage auf Tuchfühlung mit anderen fröstelnden und hungrigen Männern, die sich königliche Mahlzeiten mit Pastasciutta und Kuchen aller Art erträumten. Marco fehlte vor allem Schokolade. »Denkt doch an den Genuß eines Stücks Bitterschokolade, das auf der Zunge zerläuft, dem Gaumen mit seiner weichen Cremigkeit schmeichelt, ganz langsam die Kehle hinabläuft und ein Gefühl von Fülle, von totaler Befriedigung gibt, das sich über den ganzen Körper verteilt«, erklärte er den neuen Zellengenossen. Das Verlangen wurde so drängend, daß er am Ende am liebsten geschrien hätte. Statt dessen brach er in Tränen aus, wenn er an die verschwundenen Freunde dachte, diejenigen, die nach Deutschland gebracht worden waren, diejenigen, die in der Villa Triste gefoltert worden waren, und diejenigen, die an den Alleebäumen in den Städten aufgehängt worden waren, die er auf der Busfahrt von Mailand nach Bozen durchfahren hatte.

An den langen, kalten Tagen gab es nichts außer Tränen und Erinnerungen. Jeder hatte eine Geschichte zu erzählen. Alle kannten Amilcare und fühlten sich geehrt, in der Zelle eingeschlossen zu sein, die die seine gewesen war. Für viele von ihnen war Amilcare ein Mythos. Um ihn rankten sich Legenden. Ein Gefangener erzählte eine Anekdote, die ihn betraf.

»Als bekannt wurde, daß man ihn festnehmen wollte, organisierte ein Freund für Amilcare die Flucht nach Neapel, das schon von den Alliierten befreit worden war. Man hatte ihm von einem U-Boot erzählt, das jede Woche im offenen Meer vor der Küste von Ligurien wartete. In Mailand versuchten die Freunde, Amilcare dazu zu bewegen, nach La Spezia zu fahren. Dort warteten andere Freunde auf ihn, um ihn an Bord des U-Bootes zu bringen, das ihn nach Neapel gebracht hätte. Er nahm die Gelegenheit nicht an.«

»Warum?« fragte Marco.

»Er glaubte nicht daran. Er sagte, daß das alles ein Märchen sei.«

»Stimmte das?«

»Woher soll ich das wissen? Er ist nie nach La Spezia gefahren.«

»Das hätte ich auch nicht getan«, gab Marco zu.

»Deshalb bist du auch hier. Er ist von der Gestapo geschnappt worden, und du von denen von der Bande Koch. Aber mach dir keine Gedanken. Er ist Amilcare, und du bist ein Niemand. Keiner hätte dich an Bord des U-Bootes gehen lassen.«

Eines Nachts rissen die Deutschen die Zellen auf, weckten sie mit Fußtritten, luden sie auf einen Lastwagen und luden sie am Bahnhof wieder ab. Dort stand ein langer Güterzug mit Viehwaggons. Marco wurde mit den anderen in einen Wagen gepfercht, der schon voller Gefangener war.

7

Sie wurden mit Tritten, Faustschlägen und Stößen in den Wagen getrieben. Eine unnötige und grausame Gewaltanwendung, die genausogut hätte vermieden werden können. Die SS-Leute schlugen die Gefangenen mit der eindeutigen Entschlossenheit, ihnen Schmerzen zuzufügen. Als jeder Waggon bis an die Grenzen des Möglichen vollgestopft war, wurden sie von außen verriegelt.

Im Waggon, in den Marco geklettert war, befanden sich achtundsechzig Menschen. Wer einen Platz an der Wand hatte, versuchte, durch die Schlitze nach draußen zu sehen. Es gab keinen Platz, um sich auszustrecken. Die Männer schrien, die Frauen beteten und die Kinder weinten. Im Morgengrauen setzte sich der Zug in Bewegung. Alle hatten nur das Notwendigste bei sich: ein Stück Brot, eine Flasche Wasser, eine Tasche mit alten Fotografien und ein paar Kleidungsstücken. Marco hatte eine Dose Kondensmilch und einige Zwiebäcke bei sich. Während der Zug an Geschwindigkeit gewann, berechnete er in Gedanken, wie er den Proviant einteilen sollte. Er wußte, daß ihr Ziel Mauthausen war, aber er hatte keine Ahnung, wann sie dort ankommen würden.

Sie alle waren zusammengequetscht, und hier und da versuchte jemand, durch Ellbogenstöße ein wenig Platz zu gewinnen. Die Aggressivität wuchs mit dem Verstreichen der Zeit. Eine Frau entdeckte ein rundes Loch im Boden des Wagons. Es hatte den Durchmesser eines Tennisballs. Da keine Latrineneimer vorhanden waren, wurde dieses Loch als Abtritt benutzt. Im Innern des Waggons breitete sich von Zeit zu Zeit eine Stille aus, die nur vom Weinen der Kinder unterbrochen wurde.

Nach vielen Stunden hielt der Zug an. Der Morgen graute, und durch die Ritzen drang Licht hinein, das hohle Gesichter, verzweifelte Blicke, vom Durst ausgedörrte Lippen erhellte. Einige Soldaten sprangen vom Zug und gingen an den Waggons vorbei. Sie sprachen miteinander und kontrollierten mit dem Gewehrkolben die Verriegelungen. Um sie herum erstreckte sich die endlose Weite des Schnees, die bis zu den Feldern und dem Gebirge reichte.

»Wasser. Gebt uns Wasser«, flehten die Gefangenen, als die deutschen Soldaten vorbeigingen.

»Eine Handvoll Schnee für mein Kind«, flehte eine Frau. Marco tröstete sich mit dem Gedanken, daß eine Nacht vergangen war. Er zerbrach einen Zwieback und führte ihn zum Mund. Aber das Schlucken gelang ihm nicht, weil er keinen Speichel hatte. Da öffnete er die Dose Milch und schlürfte sparsam diesen Nektar. Ein wenige Jahre altes Kind, dick eingemummelt, sah ihn an und streckte beide Hände nach ihm aus. Marco konnte nicht widerstehen und reichte ihm die Dose. Das Kind begann, still zu saugen, mit geschlossenen Augen und die Hände um die kleine Dose geschlossen.

»Eine Handvoll Schnee für mein Kind«, flehte die Frau immer noch.

Die ersten Sonnenstrahlen zeichneten die Schatten eines kleinen Grüppchens von Bauern auf den Schnee, die die Waggons umringten und Worte des Mitleids und der Solidarität an die Gefangenen richteten. Sie sprachen den Dialekt der österreichischen Täler, und wenn es auch nicht möglich war, die Bedeutung jedes einzelnen Wortes zu verstehen, verstand man doch klar den Sinn. Eine alte Frau reichte einen Eimer Milch zu einem Fenster hinauf, der in der kalten Luft dampfte. Ein Soldat ergriff den Eimer und schüttete die Milch in den Schnee. Andere Soldaten verjagten die Bauern unter Flüchen und mit angelegtem Gewehr.

Der Zug fuhr wieder an. Ohne zu wissen, wie es geschehen war, fand Marco das Kind, das seine Kondensmilch getrunken hatte, in seinen Armen. Der Kleine hielt sich an seinem Hals fest und Marco teilte mit ihm auch seinen kleinen Vorrat an Zwieback.

Am nächsten Tag starb ein wenige Monate altes Mädchen an Erfrierung. Seine Mutter schaukelte es noch drei Tage und drei Nächte.

Marco wollte nicht daran denken, was geschehen würde, wenn

die Reise einmal zu Ende wäre. Er hielt den Kleinen fest und versuchte zu schlafen. Ab und zu wechselte er ein paar Worte mit ihm. So erfuhr Marco, daß das Kind Davide hieß. Er erzählte ihm, daß die Mamma »in den Himmel geflogen« war, als sie im Konzentrationslager Bozen waren. Er reiste zusammen mit seinem Vater und seinen Großeltern. Der Vater erklärte er, war Arzt. Jetzt sollte er die Kranken in Deutschland heilen.

Davide nahm alles hin: Kälte, Hunger, Durst, Unbequemlichkeiten, und das, ohne sich zu beklagen, so wie es auch seine Verwandten machten, die sich dicht beieinander hielten und sich nur sprechende Blicke zuwarfen. Eines Nachts hielt der Zug an einem kleinen Bahnhof. Die Waggons waren bis zu diesem Moment auch nicht einmal geöffnet worden, man hatte ihnen weder zu essen noch zu trinken gebracht. Es war der Abend des vierundzwanzigsten Dezember 1944. Die Viehwaggons wurden aufgerissen und man hieß die Insassen aussteigen. Nach fünf Tagen erzwungener Unbequemlichkeit gelang es ihnen kaum, sich auf den Beinen zu halten und sie bewegten die Beine nur mit Mühe. Der kleine Davide hielt sich noch immer am Hals Marcos fest, während sein Vater seinen Eltern beim Aussteigen half. Als der Arzt die Arme hob, um seinen Sohn zu nehmen, versetzte ihm eine Soldat einen Schlag mit dem Gewehrlauf auf die Unterarme, so daß er vor Schmerzen schrie.

Der Bahnhofsvorplatz wurde von großen Lampen erhellt. Marco sah ein Schild mit einer Aufschrift in deutscher Schrift und las: Mauthausen. Erst viele Jahre später erfuhr er, daß diese Stadt eigentlich ein lieblicher Ort im Tal der Donau war, mit Märchenhäusern, unter deren Fenstern üppige Geranien in Tonvasen blühten.

In jener Nacht erfaßte sein Blick nur ein Meer von erschöpften Gefangenen und eine Schar von SS-Leuten, die von Wolfshunden begleitet wurden. Die Soldaten brüllten Befehle in schlechtem Italienisch.

Sie befahlen den Gefangenen, ihr Gepäck stehenzulassen. Die Frauen, die in den Koffern die Windeln für die Neugeborenen hatten, versuchten zu protestieren. Sie wurden geschlagen und zum Schweigen gebracht. Schließlich befahlen sie den Gefangenen, am Bahnsteig entlangzugehen, der von Soldaten mit Maschinengewehren im Arm überwacht wurde. Ein alter Mann stolperte und stürzte. Sein Nachbar bückte sich instinktiv, um ihm zu helfen, wieder aufzustehen. Er wurde von einer Wache geschlagen und stürzte seinerseits hin. In der Zwischenzeit trennten andere SS-Leute die Frauen von den Männern, die Juden von den politischen Häftlingen. Mit Tritten jagten sie sie auf eine Straße, die zum Lager führte und taghell erleuchtet war.

Vom Zug bis zum Lager waren es fünfhundert Meter, die die Häftlinge unter großer Mühe zurücklegten: sie kämpften gegen den Schnee, waren vom Hunger, dem Schlafmangel und der Austrocknung geschwächt.

Marco erkannte neben sich Saronni, seinen Zellengenossen. Er hatte nicht gewußt, daß er mit der gleichen Gruppe gekommen war. Sie sahen sich an und hatten nicht die Kraft, einander zu grüßen. Keiner war mehr in der Lage, zu denken oder zu handeln.

Die Tore des Lagers waren weit geöffnet und die Gefangenen fanden sich dicht gedrängt auf einem Platz wieder, der von Holzbaracken umgeben war. Hier erhielten sie den Befehl, alle ihre Kleider, auch die Schuhe, abzulegen. Sie hielten sich nur aus Angst, geschlagen oder getötet zu werden, noch aufrecht. Alle gehorchten. Während er sich auszog, fühlte Marco, wie die Hölle ihn verschlang: er sah das Meer sich bewegender, nackter Körper, die gnadenlos von starken Lampen beleuchtet und mit Gleichgültigkeit von den SS-Leuten beobachtet wurden, die sie mit dem Gewehr im Arm bewachten. Einige Bilder von Hieronymus Bosch kamen ihm in den Sinn, die er in einem Museum in Amsterdam bewundert hatte. Er dachte, daß der verrückte Maler Jahrhunderte im voraus jene schreckliche Wirklichkeit erahnt und sie in all ihrer gespenstischen Perversion abgebildet hatte. Ihrer Kleider beraubt hatten die Häftlinge jeden Rest menschlicher Würde verloren. Es war, als ob sie auch ihrer Seele beraubt worden wären.

Marco schien es, als ob er sich in einer eisigen und stillen Vorhölle befände, und er erinnerte sich an einen Tauchgang im Meer als Heranwachsender, vor der Küste von Capo Palinuro. Er hatte über sich den drohenden Schatten eines großen Fisches gesehen. Er war erstarrt, nicht so sehr aus Angst, sondern aus Verwunderung und Ungläubigkeit. Das gleiche Gefühl hatte er auch jetzt.

Einige Männer näherten sich, die Spanisch sprachen. Sie ließen die Häftlinge in kleinen Gruppen in eine Baracke eintreten. Dort wurden sie völlig kahlgeschoren. Dann wurden sie in einen großen, schmutzigen, gekachelten Raum getrieben. Am Boden stand eine Handbreit eisiges Wasser. Die Tür schloß sich hinter ihrem Rücken. Sie wußten nicht, was sie dort drin erwartete.

Einige von ihnen fanden zum ersten Mal, seit sie aus dem Zug gestiegen waren, den Mut, einander ins Gesicht zu schauen und miteinander zu sprechen, mit vor den Unterleib gehaltenen Händen. Marco fand sich wieder neben Saronni und einem anderen Zellengenossen.

»Wozu sind wir geworden?« flüsterte Saronni. Die Tränen standen ihm in den Augen.

»Zu nichts. Vielleicht waren wir einmal Personen. Jetzt sind wir noch nicht einmal mehr Gegenstände«, antwortete Marco. »Was werden sie noch mit uns anstellen?« fragte der zweite. Es handelte sich um einen Ingenieur aus Triest. Im Gefängnis von Bozen hatte er eine Karte Italiens an die Zellenwand gezeichnet, mit einer Demarkationslinie für die Front. Jeden Tag verbreitete das Tamtam des Gefängnisses Nachrichten über das Vorrücken der alliierten Linien und den Rückzug der Deutschen. Der Ingenieur brachte die Karte jedesmal auf den neuesten Stand. Die Nachrichten entsprachen nicht immer der Wirklichkeit. Öfter noch wurden sie einzig und allein von dem Bedürfnis diktiert, die Deutschen hinweggefegt zu sehen. Deshalb fand Marco auf diese Frage den Mut zu antworten: »Ich weiß nicht, was sie mit uns machen werden. Es kommt darauf an.«

»Worauf?« fragte der Triestiner.

»Wohin du heute deine Linie auf der Karte gemalt hast«, sagte Marco.

In diesem Moment ergossen sich plötzlich von der Decke Ströme von heißem Wasser. Diese Wärme war eine Überraschung, die sie sprachlos ließ. Einige hoben das Gesicht und öffneten den Mund, um zu trinken.

»Trinkt nicht, oder ihr holt euch die Ruhr. Das Wasser ist verseucht«, schrie jemand am Ende des Raumes.

Genauso, wie er begonnen hatte, hörte der Wasserstrahl wieder auf und die Häftlinge mußten einzeln in die Kälte hinaustreten. Vor der Tür der Baracke stand ein Barackenvorsteher, der saubere Kleidungsstücke verteilte: Hemd, Tuchhose, Schuhe mit Holzsohle.

So naß, wie sie waren, mit den Kleidungsstücken, die sie vor der Brust hielten, wurden sie alle über den Platz zu den Quarantänebaracken getrieben, wo die Häftlinge Tage, manchmal Wochen blieben, bevor sie an andere Orte gebracht wurden, in andere Lager, wo ihre Arbeitskraft gebraucht wurde.

Marco und Saronni wurden in zwei unterschiedliche Baracken geschickt. Nicht die SS-Männer erteilten die Befehle, sondern die ›Kapos‹, die noch perverser waren, als die Soldaten. Um den Häftlingen jeden Trost zu nehmen, sogar den der Freundschaft, trennten sie die Haftgenossen voneinander. Marco wurde einer Gruppe von Polen, Slawen und deutschen Kriminellen zugewiesen, die sich untereinander haßten und die Italiener verabscheuten, die sie als Verräter betrachteten. Marco begann, sich anzuziehen. Es war Militärkleidung aus zerlumpter Baumwolle, die noch aus der Zeit vor dem Ersten Weltkrieg stammte. Den Zwangsarbeitern wurde es nicht zugestanden, sich vor der Kälte zu schützen. Die Baracke war voller Doppelstockbetten, eng wie Grabnischen. Die Mitgefangenen verhöhnten ihn. Marco beschloß, sie zu ignorieren. Er fand einen Platz auf dem Boden, neben der Tür. Dort streckte er sich aus und schlief ein.

Er träumte, ein Kind in einem dunklen Wald zu sein, wo die Bäume sich drohend über ihn neigten, mit Greifästen, die ihn zerrissen. Er geriet in Panik, schrie und erwachte. Ein polnischer Barackenvorsteher schlug ihn mit einem Ochsenziemer. Die Mithäftlinge schauten zu und grinsten. Marco erhob sich und merkte, daß seine Füße nackt waren. »Wo sind deine Schuhe?« fragte der Barackenvorsteher auf Deutsch.

Marco erinnerte sich daran, sie angezogen zu haben, bevor er sich auf den Steinboden gelegt hatte.

»Man hat sie mir gestohlen«, antwortete er verwirrt.

Er erwartete, daß der Wächter den Schuldigen ausfindig machen würde. Statt dessen begann er, ihn nun auch noch auf die Füße zu schlagen.

»Jetzt aber raus«, gebot er ihm und zeigte auf die Tür der Baracke. Marco schaute hinaus auf den Platz und sah die Männer in langen Reihen aufgestellt. Es war, als hätte er das Nichts gesehen.

»Hier geht man vor die Hunde, ohne Schuhe«, sagte der Kapo voller Verachtung. Er versetzte ihm einen Tritt, Marco fiel und rollte die Stufen hinab bis auf den vereisten Schnee. Saronni war mit den anderen draußen und hatte ihn fallen sehen. Er stürzte herbei, um ihm zu helfen, aber ein anderer Kapo schlug ihn auf den kahlrasierten Schädel. Auch er fiel zu Boden.

Gemeinsam standen sie wieder auf und folgten den anderen Häftlingen, die zu einer Baracke geführt wurden, wo sie fotografiert werden sollten. Sie standen in der Kälte und warteten darauf, daß die Reihe an sie kam. Marco war der einzige ohne Schuhe in jener Ansammlung von Verzweifelten. Plötzlich rief jemand seinen Namen und deutete auf das Fotolabor. Marco setzte sich mühsam in Bewegung. Er war voller blauer Flecken, Abschürfungen und Wunden. Der Fotograf war der gleiche Spanier, der ihn in der vergangenen Nacht mehr recht als schlecht rasiert hatte. »Continolo Marco, bist du das?« fragte er, und deutete auf die Stelle, wohin er sich stellen sollte, um fotografiert zu werden.

Der junge Mann nickte.

»Du hast dir die Schuhe klauen lassen«, stellte der Spanier fest, während er ihn durch die Kamera anvisierte. Marco sagte nichts.

»Ich werde mal sehen, was ich für dich tun kann«, fügte der andere leise hinzu.

Marco glaubte ihm nicht und erwartete eine neue Bestrafung. Aber der Spanier fuhr fort: »Du hast einen Freund, der dich beschützt. Geh zur Baracke sechs und sag, daß dich Alvaro schickt.«

Der junge Mann erinnerte sich an ein Hotelzimmer in Mailand, das die gleiche Zimmernummer hatte. Dies schien ihm ein gutes Omen zu sein, obwohl er keinen Grund hatte, auf etwas Positives zu hoffen.

Er betrat die von dem Spanier angegebene Baracke. Dort traf er Amilcare. Er saß hinter einem wackeligen Schreibtisch, der über und über mit Papieren beladen war. Er schien noch kleiner zu sein, als Marco ihn in Erinnerung hatte. Der Hals ragte lang und mager aus dem grauen Arbeitsanzug, wie eine Zeichnung von Modigliani. Die Wangen waren hohl.

»Schau mich nicht so an, als hättest du die Madonna vor dir«, witzelte der Freund. »Die Spanier lieben mich und haben mich zum Blocksekretär gemacht.«

»Man hat mir die Schuhe geklaut«, sagte Marco.

»Das sehe ich. Schuhe sind die Grundlage des eventuellen Überlebens. Ohne sie bist du angeschmiert«, erklärte er, erhob sich und öffnete ein Schränkchen hinter sich. Er wühlte in einem Haufen der unterschiedlichsten Gegenstände herum und drehte sich dann zu Marco um, wobei er ihm ein Paar Schnürstiefel ohne Schuhbänder hinhielt.

»Sie haben eine Gummisohle, die noch in gutem Zustand ist. Wenn du kein Band hast, nimm einen Hemdsaum, um dir Bänder zu machen. Die sind auch wichtig.«

»Danke«, sagte Marco. »Wenn ich auf den Füßen bleibe, habe ich es dir zu verdanken.«

»Ich tue, was ich kann. Und das ist nur allzu wenig. Ich werde dafür sorgen, daß du ein paar Tage in Quarantäne bleibst und dann nach Linz gehst, wo es eine Waffenfabrik gibt. Da geben zum Glück die Spanier den Ton an, und sie sind viel anständiger als die Deutschen, die Russen oder die Slawen.« Marco sah das Stück eines Apfels, das auf einem Stapel Blätter lag. Mit der Spitze einer Feile teilte Amilcare es in zwei Teile und bot ihm eins an. »Das ist seltene Ware«, erklärte er. »Ich habe ihn vor drei Tagen bekommen, und ich teile ihn mir immer noch auf.«

Marco steckte das Stück in den Mund, ohne es zu wagen, richtig zu kauen. Er wendete es zwischen Zunge und Gaumen hin und her, als wäre es ein Bonbon, und kostete den süßen Saft aus. »In meiner Baracke sieht es übel für mich aus«, sagte er.

»Das weiß ich. Aber es gibt Orte, wo es einem noch schlechter geht, Söhnchen. Beiß die Zähne zusammen und gib die Hoffnung nicht auf«, ermahnte Amilcare ihn.

»Glaubst du, daß die Alliierten bald kommen werden?«

»So früh es auch ist, es wird ohnehin zu spät sein«, antwortete er mit Bitterkeit.

Marco lernte jeden Tag viele kleine Tricks, um in jener Hölle zu überleben. Nach einer Woche wurde er mit anderen auf einen Lastwagen geladen und in das Lager nach Linz gebracht. Amilcare war auch dabei. Die Spanier, für die er gekämpft hatte, hatten es geschafft, die Verlegung zu erreichen. »Morgen gehen wir in die Fabrik zur Arbeit«, teilte der Freund ihm mit. »Auch hier sterben die Häftlinge wie die Fliegen, deshalb ist Arbeitskraft knapp und sie brauchen immer weitere Arbeiter. Die Deutschen haben sogar ihre Gefängnisse geleert und die Kriminellen freigelassen, um sie in den Fabriken arbeiten zu lassen. Es gibt keine Kleidung, um sich vor der Kälte zu schützen, noch gibt es Kohle, um die Baracken zu heizen, und auch keine Lebensmittel, um die Häftlinge zu ernähren. Sie wissen, daß der Krieg verloren ist, und trotzdem lassen sie nicht locker und produzieren weiter Waffen. Hier stellen sie Panzer her. Die Alliierten werfen in diesem Gebiet häufig Bomben ab. Aber sie haben es weder geschafft, die Fabrik, noch das Lager zu treffen«, erklärte Amilcare.

Marco wußte nicht, woher er all diese Informationen erhielt. Und es war ihm auch nicht wichtig, es zu wissen. Er beschränkte sich darauf zuzuhören, auch weil er nicht ausdrücken konnte, was er fühlte.

Die Baracken von Linz waren denen von Mauthausen ähnlich. Beim Morgengrauen mußten sie sie verlassen und sich auf dem Platz versammeln, wo sie in der Kälte fast eine Stunde unbeweglich ausharren mußten, bevor jemand den Appell vornahm. Dann setzten sie sich, von den Soldaten geführt, in Richtung der Fabrik in Bewegung.

Es war ein Marsch von drei Kilometern. Am ersten Morgen gab es einen Schneesturm. Die Deutschen kamen nur mühsam voran, obgleich sie bis über die Ohren eingepackt waren. Viele Häftlinge fielen hin. Sie wurden mit Peitschenhieben traktiert, um sie zum Wiederaufstehen zu bringen. Einigen gelang dies nicht, und sie wurden am Straßenrand zurückgelassen. Marco sah ihre Körper zwölf Stunden später auf dem Rückweg. Sie waren kleine Haufen unter der schneeweißen Decke, die sich bis zum Horizont ausdehnte. Er war der Kontrolle der Panzertürme zugewiesen worden. Er ging in der Montageabteilung herum und prüfte mit einem kleinen Hammer den Zustand bestimmter Schweißnähte. Es war eine Idiotenarbeit, die es ihm ermöglichte, sich schweren Arbeiten zu entziehen. Als Arbeiter in der Fabrik erhielt er auch ein Abendessen: ein Stück Schwarzbrot und eine Scheibe ranziger Wurst. Es gelang ihm, wochenlang zu überleben, ohne jemals krank zu werden. Ende März ließ die Kälte endlich nach. Die endlosen Tage des Hungers und der Mühen wechselten ab mit Nächten voller unruhiger Träume. Das völlige Fehlen einer Intimsphäre, selbst für die persönlichsten Bedürfnisse, war nervenzerrüttend. Keiner der Häftlinge war jemals allein, in keinem Augenblick des Tages oder der Nacht.

Eines Morgens wurde Marco zum Leiter der Abteilung gerufen. Er betrat sein Büro. Der Leiter war nicht da. Er näherte sich dem Fenster und sah draußen ein kleines, grünes Beet, auf dem gelbe und blaue Krokusse wuchsen. Vor Staunen sperrte er den Mund auf, mit seinen von der Kälte und dem Vitaminmangel rissigen Lippen. Ihm schien es, als sähe er ein Wunder vor sich, und ihm wurde klar, daß er in den vielen Monaten der Haft das Wunder der Farben vergessen hatte. Das war ein solch starkes Erlebnis, daß sein Herzschlag schneller wurde. Zum erstenmal seit Monaten dachte er an sein Zuhause, seine Familie, seine Freunde, die Liebe zu Paola, die Lust in den Armen von Marta. Die ganze Zeit bisher hatte er an nichts und niemanden mehr gedacht.

Der Leiter fand ihn so, unbeweglich, am Fenster, mit den Augen voller Tränen.

»Sie haben uns fünfhundert fehlerhafte Stücke zurückgeschickt«, warf er ihm vor. »Du hast deine Arbeit nicht gut gemacht.«

Marco neigte den Kopf und bereitete sich darauf vor, eine Strafe zu bekommen, die den anderen als Warnung dienen sollte. Wahrscheinlich würden sie ihn erschießen. Das war der Grund, der ihm die Kraft zu sprechen gab.

»Ich mache immer ein Kreidekreuz auf die Stücke, die ich kontrolliere. Wenn die Stücke gekennzeichnet sind, habe ich meine Arbeit schlecht gemacht. Wenn nicht, bezweifle ich, daß sie in dieser Fabrik zusammengebaut worden sind«, sagte er mutig.

Der Mann schien aus dem Konzept gebracht. Niemand hatte ihm von diesem Zeichen erzählt. Er begann zu argwöhnen, daß er seinerseits Opfer seiner Vorgesetzten geworden war. Es gab große Aufregung und Mißstimmung unter den Deutschen. Sie begannen, Angst zu haben, weil sie wußten, daß ihr Krieg mittlerweile verloren war.

»Ich werde den Fall überprüfen«, fertigte er Marco ab. Am Abend kehrte Marco ins Lager zurück. Es ging ihm schlecht. Eine Wange war geschwollen und er hatte Fieber.

Er bat, mit dem Barackenvorsteher sprechen zu können. Am nächsten Morgen wurde er, anstatt in die Fabrik, in die Krankenstube geschickt. Ein Häftling mit den Aufgaben eines Arztes untersuchte seinen Mund.

»Der Weisheitszahn«, sagte er. »Er muß gezogen werden.«

Er hatte die Diagnose noch nicht zu Ende ausgesprochen, als er den Zahn bereits herausgezogen hatte. Marco fühlte keinen Schmerz. Aber das Fieber sank nicht. Nach einigen Wochen wurde er von einer anderen, im Lager sehr verbreiteten Krankheit ergriffen: der Ruhr.

Er wurde in die Stube der Ruhrkranken geschickt, die der Vorraum des Todes war. Es gab keine Behandlung für sie. Allerdings war es warm in der Stube, weil der Ofen funktionierte.

Marco streckte sich auf dem Steinboden hinter dieser unverhofften Wärmequelle aus. Ein ausgezehrter Häftling mit struppigem Bart und Schorf im Gesicht und auf den Händen näherte sich ihm. Er war aus einer Art Lumpenlager am Ende der Stube hervorgekommen und bewegte sich mit der Steifheit einer Puppe, wobei er gleichzeitig die Schultern und die Beine bewegte. Er hatte violett geschwollene Füße.

»Durchfall, oder?« fragte er mit müder Stimme auf Italienisch.

Es war das erste Mal, daß Marco ein Wort auf Italienisch hörte, seitdem er Amilcare verlassen hatte.

Er nickte.

Der Mann nahm aus der Tasche des Arbeitsanzugs eine Prise schwarzes Pulver.

»Das ist Kohle«, sagte er. »Iß sie. Sie bewirkt etwas. Ich esse sie seit Wochen, und es funktioniert.«

Marco steckte die Kohle in den Mund. Es gelang ihm noch nicht einmal, sich zu bedanken. Er mußte hinauslaufen und sich erleichtern. Als er zurückkam, war der Mann noch immer da, als ob er auf ihn gewartet hätte.

»Was hast du denn?« fragte Marco.

»Tuberkulose«, antwortete er. »Seit zwei Wochen geht es mir schlecht.«

»Seit wieviel Monaten bist du hier?«

»Sechs. Vorher war ich ein freier Mann. Sie haben mich auf dem Bahnhof von Verona festgenommen. Ich war mit meiner Frau und meiner Tochter auf Reisen. Sie haben mich von ihnen weggerissen, so wie man eine Zecke von einem Hund reißt. Und du?«

»Ich habe in Mailand gearbeitet. Ich war bei den Widerstandskämpfern«, sagte Marco.

»Ich heiße Alcide Belgrado. In Mailand hatte ich eine Wohnung und einen Gemüseladen. Wer weiß, ob ich meine Frau und unsere kleine Caterina jemals wiedersehe.«

8

»Caterina«, wiederholte Marco. Dieser Name erweckte in ihm das neugierige Gesicht eines kleinen Mädchens mit lebhaftem Blick. Er erinnerte sich an die kleine Gemüseverkäuferin vom Corso Venezia, die für ihn die besten Äpfel auf die Waage gelegt hatte.

»Ich habe ein kleines Mädchen kennengelernt, das so heißt«, flüsterte er.

»Wann?« fragte Alcide.

»Vor langer Zeit«, antwortete er und wand sich aufgrund einer erneuten Schmerzensattacke im Bauch. Er schleppte sich zur Latrine. Als er zurückkam, hatte er weder Lust zu sprechen, noch, sich zu erinnern. Alcide zog ihn hoch, obwohl er selbst ganz schwach war, und legte ihn auf eine Pritsche, auf der schon ein anderer Kranker lag.

Marco schlief ein, und Alcide wachte bei ihm. Er saß auf dem Holzfußboden, der von den Häftlingen mit Margarine poliert wurde, die von ihren Rationen abgezweigt war. Der Boden war das einzig Saubere in der Krankenstube. Abgesehen davon waren die Strohsäcke voller Wanzen, die Kranken waren voller Ungeziefer und Läuse, und Ratten und Kakerlaken gab es überall. Während Marco schlief, starben zwei Kranke und wurden hinausgetragen. Der Geruch der Kohlsuppe weckte ihn schließlich. Er mühte sich von der Pritsche und streckte sein Eßgeschirr hin, um seine Ration zu erhalten. Er hatte keinen Hunger, aber der Instinkt sagte ihm, daß er sich unbedingt ernähren müsse. Daher würgte er die Suppe und das Schwarzbrot hinunter, worauf es ihm noch schlechter ging.

»Du mußt mit der Kohle weitermachen«, riet Alcide ihm und schüttete ihm eine gute Portion in die Schale mit Kaffeeersatz. »Zumindest desinfiziert die Kohle«, bestand er darauf.

Für den Augenblick schien der junge Mann Nutzen daraus zu ziehen.

Deshalb setzte er sich mit dem neuen Freund an den Ofen. Marco bemerkte an einer Stelle der Wand die Kohlezeichnung einer jungen Frau von üppigen Formen und so spärlicher Bekleidung, daß sie der Vorstellung keinen Platz mehr ließ. Oben auf dem Blatt prangte ihr Name: Vittoria dei Rossi, ein Wortspiel mit dem italienischen Vornamen Vittoria, der auch »Sieg« bedeutet, und dem in Italien verbreiteten Nachnamen »Rossi«, »die Roten«. Zusammen gelesen konnte die Bedeutung des Namens also auch »Sieg den Roten« sein.

»Wer ist das?« fragte er.

»Das ist Italien. Ich ziehe sie sozusagen aus, so wie die Deutschen sich nach und nach zurückziehen. Wie du siehst ist sie fast völlig ausgezogen. Die Deutschen sind überzeugt, daß es sich um eine Soubrette handelt. Aber in Wirklichkeit ist es der Sieg der Roten über die Schwarzhemden.

»Bist du Kommunist?«

»Ich weiß nicht. Bevor sie mich hierher gebracht haben, wollte ich mich nicht um die Politik scheren. Ich kümmerte mich um meinen Laden, um meine Frauen und glaubte, mit der Gerechtigkeit im reinen zu sein. Ich war nicht im Krieg, habe nicht am Widerstand teilgenommen, ich bin kein Jude, ich bin kein Dieb. Ich bin nie irgend etwas gewesen. Und trotzdem haben sie mich in ein Konzentrationslager gebracht. Also habe ich angefangen nachzudenken, und ich habe verstanden, daß die Ideale des Faschismus nur Rhetorik waren, daß Mussolini seine Fahne nach dem Wind hängt, und daß man die Leute nicht dazu zwingen kann, für etwas zu kämpfen, an das sie nicht glauben. Hier im Lager habe ich, bevor ich krank geworden bin, lange mit einem Spanier gesprochen. Er hieß Pablo. Er liebte Stiere, den Flamenco und sein Dorf in Andalusien. Er war Kommunist und er hat mir die Augen und den Verstand geöffnet. Dann hat er die Flucht versucht. Sie haben ihn zusammen mit anderen sechs Genossen genau da draußen auf dem Platz aufgehängt, damit sie als warnendes Beispiel dienen. Da habe ich angefangen, Vittoria dei Rossi zu zeichnen. Es ist eine Art zu protestieren, ohne mich umbringen zu lassen. Die Deutschen sind zu dumm, um den Sinn zu verstehen. Wenn sie meine Zeichnung sehen, lachen sie, und sagen: Ja, gut. Schönes Fräulein.« Er begann zu husten und konnte nicht mehr sprechen. Marco streckte einen Arm aus und legte ihm eine Hand auf die Stirn. Sie glühte. Als der Hustenanfall vorüber war, war Alcide so schwach, daß er noch nicht einmal den Kopf aufrecht halten konnte.

Alcide hatte eine Pritsche für sich allein. Marco geriet ins Schwitzen, als er ihn dorthin brachte. Der Mann war erschöpft, aber als er merkte, daß Marco sich entfernte, hielt er ihn mit einer Handbewegung zurück.

»Was brauchst du?« fragte ihn der junge Mann.

»Caterina«, flüsterte er. »Heute morgen hast du gesagt, daß du ein Mädchen mit diesem Namen gekannt hast. Erzähl mir von ihr«, bat er.

»Sie lebte mit ihrer Mutter und ihrer Großmutter zusammen. Sie kümmerten sich um ihren Obst- und Gemüseladen in Mailand, im Corso Venezia. Ich ging dorthin, um einzukaufen. Zum letzten Mal habe ich sie im vergangenen November gesehen. Ich bin verhaftet worden, nachdem ich ihren Laden verlassen habe«, erzählte er.

»Ging es ihnen gut?« fragte Alcide mit gebrochener Stimme.

»Sind sie deine beiden Frauen?« fragte Marco.

»Die Welt ist klein«, murmelte Alcide, während die Tränen sein Gesicht überströmten. Er hätte gerne viele Fragen gestellt, aber die Kraft fehlte ihm und es gelang ihm nicht zu sprechen. Marco war bewegt und beschrieb den Laden, die wenigen Dinge, die es noch gab, die Geschicktheit Elenas beim Besorgen der Ware in so schwierigen Zeiten, die Anmut des Mädchens beim Bedienen der Kunden. Er erzählte ihm von dem Bombenangriff, der sie im Keller versammelt hatte. Er ließ keine Einzelheit aus.

»Danke«, flüsterte Alcide am Ende. Und er lächelte. In der Stube machte sich Stille breit. Marco schleppte sich zu seiner Pritsche, aber jetzt lagen darin zwei Kranke. Da streckte er sich auf dem Boden aus und schlief ein. Nach einigen Tagen drang wie ein frischer Windhauch die Nachricht ins Lager, daß die russischen Soldaten ihr Lager in der Entfernung von zehn Kilometern aufgeschlagen hatten. Am nächsten Morgen merkte Marco, als er erwachte, daß sein Mitschläfer während der Nacht gestorben war. Marco und Alcide hatten selbst zusammen nicht mehr die Kraft, ihn aus der Stube zu tragen. Ein anderer Kranker kam ihnen zu Hilfe, aber er war so schwach, daß es ihm nicht gelang, ihn hochzuheben. Er war Russe und zwanzig Jahre alt. Er hatte alle Zähne verloren, und die blauen Augen, groß und melancholisch, waren der letzte Schimmer von Vitalität in dem ausgezehrten und fleischlosen Gesicht.

Acht deutsche Soldaten stürmten mit angelegtem Gewehr in die Baracke. Sie brüllten die Kranken und Sterbenden an, sofort die Betten zu verlassen. Sie zwangen sie, aus der Baracke zu kommen und versammelten sie im Duschraum. Es waren etwa vierzig. Die Soldaten verrammelten die Tür von außen. Sofort darauf wurden die Kranken von einem heftigen Guß eiskalten Wassers getroffen. Die Dusche dauerte eine halbe Stunde. Marco war sicher, daß sie nicht mehr lebend dort herauskommen würden. Aber dann wurden die Wasserhähne geschlossen, die Tür wurde wieder geöffnet und es gelang ihm, sich mit den anderen wieder in die Krankenstube zu schleppen. Sie fielen auf die Pritschen. Marco verlor das Bewußtsein. Kurz darauf wurde das Lager schwer bombardiert, aber niemand von ihnen bemerkte es.

Während der Nacht erhob Marco sich. Er näherte sich dem Fenster und schaute hinaus. Er sah eine Bombe vor der Baracke, die zur Hälfte im Erdreich steckte. Sie war nicht explodiert. Das wertete er wie einen Wink des Schicksals. Er würde das Vernichtungslager überleben.

Nach dem Bombenangriff begann die Nachricht herumzugehen, daß das Lager evakuiert würde. Die Waffenfabrik war zerstört worden. Die Deutschen, so wurde gesagt, hatten den Krieg nunmehr verloren und flohen.

»Sie werden eine Kollektiverschießung vornehmen«, kündigte ein Pole an, der aus der Kommandantenbaracke kam und eine Diskussion zwischen den Lagerleitern mit angehört hatte. »Sie werden uns alle in ein anderes Lager bringen, im Landesinnern, weit weg von den Linien des Feindes«, widersprach ihm ein anderer Häftling.

»Das ist das Ende«, schloß Alcide mit Bitterkeit. »Der Krieg scheint jetzt zu Ende zu sein, und, Ironie des Schicksals, für uns ist es zu spät.«

In der Baracke des Kommandanten gab es ein großes Kommen und Gehen der Wachen. Dann fuhren der Kommandant und einige Offiziere mit einem Wagen weg. Die Wachen ließen die Häftlinge in Reih und Glied antreten und verließen mit ihnen das Lager, auf einem Fußmarsch in Richtung auf ein unbekanntes Ziel. Sie ließen die Tore offen. Die Kranken und die Sterbenden wurden in der Krankenstube vergessen, sich selbst überlassen, ohne Medikamente, ohne Wasser, ohne Lebensmittel.

Marco, Alcide und wenige andere, die sich noch aufrecht hielten, verließen die Baracke und setzten sich auf die Holzstufen, um die Sonne zu beobachten, die über dem Dach der Kommandantenbaracke aufging.

An jenem Aprilmorgen herrschte eine Stille, die anders war als sonst. Der Stacheldraht, der das Lager umgab, hatte das drohende Aussehen verloren, und Marco sah ihn mit neuen Augen an.

Jetzt schien er nur ein langes Gewirr von dornigen Ranken zu sein. Die Schreie, die Schüsse, die Klagen, die Peitschenhiebe schienen schon weit entfernt.

»Das ist nicht möglich«, rief er mit müder Stimme aus.

»Was ist nicht möglich?« fragte Alcide.

»Alles. Das, was vorher passiert ist, und das, was jetzt geschieht«, sagte er, während er dachte, daß er, wenn er nur genügend Kraft gehabt hätte, die Baracke des Kommandanten hätte erreichen können, wo er wahrscheinlich Lebensmittel und Medikamente gefunden hätte. Aber seine Beine hielten ihn nicht genügend lange aufrecht, um ihm zu gestatten, den Platz zu überqueren.

Das Echo rascher Maschinengewehrsalven erreichte ihn. Das erste, was Marco dachte, war, daß die Deutschen die Häftlinge erschossen hatten, die vor kurzem das Lager verlassen hatten. Später erfuhr er, daß das Gegenteil der Fall war. Die Häftlinge hatten sich am Ende gegen ihre Peiniger aufgelehnt, sie überwältigt und getötet. Dann hatten sie die Flucht ergriffen.

»Sie werden zurückkehren, um auch uns umzubringen«, sagte Alcide, der die Gedanken der anderen las.

Da hörten sie die Geräusche sich nähernder Fahrzeuge. Jenseits der Umzäunung sahen sie vor dem Hintergrund des Waldes, wie sich Wolken weißen Staubes erhoben. Kurz darauf kamen durch die geöffneten Tore etwa zehn Jeeps in das Lager gefahren, in denen amerikanische Soldaten saßen.

Marco sah zum Dach der Kommandantenbaracke. Die Sonne stand hoch und erhellte das ganze Lager. Dann schaute er die Helme der amerikanischen Soldaten an. Er fand die Kraft, sich von den Stufen zu erheben und sich taumelnd dem ersten Jeep zu nähern, der mit quietschenden Bremsen vor ihnen gehalten hatte. Die Amerikaner sahen einen spindeldürren, halbnackten jungen Mann, der nur mit einer zerfetzten Decke bekleidet war, völlig kahlgeschoren, skelettartig, mit irrem Blick, und sie sahen auch die anderen Skelette, die sich langsam hinter seinem Rücken bewegten. Ein entsetzliches Schauspiel.

»Sind wir frei?« fragte Marco auf Englisch.

»Ihr seid seit dem fünfundzwanzigsten April frei«, antwortete ein Sergeant und fügte hinzu: »Heute ist der fünfte Mai.« Marco begann zu weinen, während hilfreiche Hände ihn mit einer Sanftheit stützten, die er vergessen hatte.

9

»Eine weitere Woche Gefangenschaft, und Sie wären gestorben«, sagte der französische Arzt, der die Kranken im Feldkrankenhaus in Linz behandelte, zu Marco. Er wohnte jetzt in einer Zeltstadt, die Hunderte italienischer und französischer Soldaten beherbergte, die der Grausamkeit der Konzentrationslager entronnen waren. Trotz des guten Willens der Krankenpfleger waren die hygienischen Verhältnisse prekär und die Medikamente unzureichend, aber es gab Wasser und Lebensmittel im Überfluß und vor allem Pflege, Respekt und Verständnis. Endlich in einem sauberen Bett schloß Marco die Augen und durchlebte noch einmal den Augenblick, in dem er an Bord eines Rotkreuzbusses endlich die Lagertore hinter sich gelassen hatte.

Alcide Belgrado saß neben ihm und weinte. Die Tränen der Rührung schienen das Gewicht zu erleichtern, das auf ihm lastete.

»Wenn diese verdammte Tuberkulose mich nur noch ein bißchen leben läßt«, wiederholte er fast zwanghaft, »dann werde ich meine Frau und mein Kind wiedersehen.«

»Sie haben uns befreit, Alcide. Nichts und niemand kann dich mehr von ihnen trennen. Nicht einmal die Krankheit«, versicherte Marco ihm.

»Meinst du wirklich?«

»Ich bin ganz sicher«, hatte er geantwortet. Dabei dachte er an seine Mutter, an seinen Vater, an Palazzo Honneger, an die mit blühendem Ginster bedeckten Berge Kalabriens. Nach einem Monat Krankenbett begann er, Kontakt zur Wirklichkeit aufzunehmen, die ihn umgab. Die erste Farbe, die er wahrgenommen hatte, war das Rot der Coca-Cola gewesen. Die erste Frau, die sich um ihn gekümmert hatte, war eine französische Rotkreuzschwester gewesen. Sie hatte alabasterweiße Haut, rosige Lippen und lachende grüne Augen. In diesem Augenblick beugte sie sich über ihn und strich ihm über die Stirn.

»Kann ich etwas für Sie tun?« fragte sie sanft.

»Ich möchte an meine Familie schreiben«, sagte Marco.

Sie besorgte ihm Papier und Bleistift.

»Momentan sind wir knapp an Federn und Tinte«, entschuldigte sie sich bedauernd.

Marco begann zu schreiben. Er hatte das verzweifelte Bedürfnis, seine Familie wissen zu lassen, daß er lebte und bald zurückkehren würde. Er blieb fast immer im Bett und döste oft. Wenn jemand neben ihn trat, fuhr er im Erwachen auf, wobei er die Hände über den Kopf hob, um sich vor einem Angriff zu verteidigen. Er war ständig in Angst. Als er soweit war, daß er zu dem Saal gehen konnte, wo das Essen ausgegeben wurde, zögerte er, bevor er die Hand nach dem Teller ausstreckte, weil er sich noch nicht daran gewöhnt hatte, nicht geschlagen zu werden. Er verlor seinen Freund, den Gemüsehändler, aus den Augen.

Als er nach ihm fragte, wurde ihm gesagt, daß er in ein nahes Krankenhaus gebracht worden war.

Die Tage vergingen und Marco, der langsam wieder zu Kräften kam, streifte zwischen den Zelten umher und versuchte, die Italiener ausfindig zu machen, die er im Lager kennengelernt hatte.

Er fragte nach Amilcare, nach Saronni und nach vielen anderen Freunden, mit denen er Hunger und Leiden in den ersten Gefängnissen in Mailand und Bozen, und in den Lagern von Mauthausen und Linz geteilt hatte.

Im Vergleich zu anderen ruhrkranken Häftlingen erholte Marco sich recht schnell.

»Die Kohle, die Ihr Freund Ihnen gegeben hat, hat Ihnen das Leben gerettet«, erklärte der französische Arzt.

Eines Morgens wurde er von einem stechenden Schmerz in der Brust geweckt. Der Schmerz war so stark, daß er sich für einige Augenblicke nicht bewegen konnte und nur mühsam atmete.

Eine Krankenschwester rief den Arzt, der ihn sorgfältig untersuchte.

»Könnte es Tuberkulose sein?« fragte Marco und dachte, daß er vielleicht von Alcide angesteckt worden war.

»Das werden wir bald wissen«, sagte der Arzt und füllte eine Reihe von Formularen aus. »Ich werde Sie im Krankenwagen in die Radiologie des Linzer Krankenhauses bringen lassen.« Es war Anfang Juni. Der Sommer war in all seiner Pracht ausgebrochen. Marco war es gleichgültig, ob er die Schwindsucht hatte. Ihm war seine Menschenwürde zurückgegeben worden, er sah, daß die Kranken mit Mitgefühl betreut wurden, er entdeckte, daß die Krankenhausbetten fleckenlos waren, bewunderte die Blumen in den Vasen und konnte ihren Duft riechen, er war frei, in den Fluren umherzustreichen, um einen Freund zu suchen. Was wollte er mehr. Dann bekam er heraus, daß Alcide Belgrado in diesem Krankenhaus lag. Er fand ihn am Ende eines Krankensaals mit vierzig Betten, und er schien ein anderer Mensch zu sein. »Die machen ja einen anderen aus dir«, sagte Marco.

»Na klar. Sie mästen mich. Jeden Tag werde ich gewaschen und rasiert. Aber du, warum bist du denn hier?« fragte der Freund, der in dem gutaussehenden, blonden jungen Mann kaum den spindeldürren und ausgezehrten Menschen von vor einem Monat wiedererkannte.

»Vielleicht habe ich die Schwindsucht. So wie du. Ich bin geröntgt worden und warte auf die Ergebnisse«, erklärte Marco.

»Ich hoffe, daß du nichts hast. Aber ich habe erfahren, daß die Amerikaner ein Medikament haben, das die Tuberkulose sofort heilt. Es heißt Penicillin. Nur, es ist nicht einfach, dranzukommen«, erklärte Alcide.

»Aus welchem Grund?«

»Sie haben selbst wenig davon. Das haben mir die Ärzte in diesem Krankenhaus erklärt.«

»Hast du gesagt, daß es Penicillin heißt? Ist das sicher, daß es wirkt?« fragte Marco nach.

»Das behaupten sie. Meine Röntgenaufnahmen zeigen, daß es meinen Lungen nicht so schlecht geht, wie denen der anderen Kranken. Mit diesem Medikament könnte ich vollständig gesund werden«, sagte Alcide.

»Dann werde ich es für dich besorgen«, versprach Marco.

»Aber sie werden mich in weniger als einer Woche nach Italien zurückschicken. Ich habe schon ein Telegramm von meiner Frau bekommen. Übrigens, ihr und Caterina geht es gut. Sie werden zum Bahnhof kommen. Ich kann es kaum erwarten, sie zu umarmen«, erklärte er, stammelnd vor Bewegung bei dem Gedanken, seine Familie wiederzusehen. In diesem Augenblick waren seine Frauen wichtiger als das wunderkräftige Medikament, das ihn heilen konnte.

Eine Krankenschwester rief Marco.

»Ihre Röntgenaufnahmen sind fertig«, kündigte sie ihm an. Marco kehrte in die Radiologieabteilung zurück, wo ein Arzt ihm das Ergebnis übergab.

»Signor Honneger, Sie haben nichts an den Lungen«, garantierte er ihm. »Ihre Schmerzen kommen von den Rippen her. Ihr körperlicher Zustand ist nach dem, was Sie durchgemacht haben, wirklich ausgezeichnet.«

Marco verließ das Krankenhaus und ließ sich zum amerikanischen Quartier bringen. Er erinnerte sich an den Namen des Sergeants, der ihm im Lager zuerst geholfen hatte. Er fragte nach ihm und fand ihn in einem Proviantzelt. Er trank Bier und flirtete mit einer blonden Helferin. Sein Name war Frank Caruso, er war Italoamerikaner. Von der Sprache seiner Eltern kannte er nur wenige, formelhafte Sätze und viele Flüche. Zum Ausgleich sprach Marco korrekt Englisch.

»Ciao Frank«, sagte er zu ihm. »Erinnerst du dich an mich?« Der Sergeant erkannte ihn nicht wieder. Marco war nur schwer mit dem Skelett vergleichbar, dem er bei seiner Ankunft im Lager von Linz begegnet war.

»Aber klar doch, mein Freund. Wie geht es dir?« log der Sergeant und klopfte ihm auf die Schulter.

»Viel besser als damals, als du mich das erste Mal gesehen hast. Du hattest ein Mikrofon und eine Filmkamera dabei und hast darauf bestanden, daß ich etwas sagte. Ich habe eine Art Rede gehalten«, erinnerte Marco ihn.

Das Gesicht des Sergeants erhellte sich.

»Oh, it is you!« rief er ungläubig aus. Er erinnerte sich an die kurzen, erschütternden Erklärungen des italienischen Häftlings, die in die Archive der Geschichte eingegangen waren, um der Zukunft von den Naziverbrechen zu berichten. Der Film war in den Vereinigten Staaten gesendet worden, und Millionen Menschen hatten ihn gesehen. Frank musterte Marco befriedigt, erklärte der schönen Helferin, wer er war, und stellte ihn ihr vor. Dann fragte er: »Willst du Zigaretten, Schokolade, Dosenfleisch, Coca-Cola? Sag mir, was du möchtest, und ich besorge es dir.«

»Ich brauche Penicillin«, sagte Marco und zeigte ihm den Umschlag des Krankenhauses, der seine Röntgenaufnahmen enthielt.

»Tuberkulose?« fragte der Sergeant.

Marco nickte. Wenn er ihm gesagt hätte, daß es für einen Mithäftling war, hätte der Amerikaner ihm vermutlich geantwortet, daß es unmöglich sei. Da es sich aber um den Exhäftling handelte, dem er als erster geholfen hatte, antwortete er: »Das ist schwierig.«

»Das weiß ich. Sag mir, wie ich es am schnellstmöglichen bekommen kann.«

»Ich könnte dich in ein amerikanisches Krankenhaus bringen«, überlegte Frank, während er an einen Ausweg dachte, um dem jungen Italiener zu helfen.

Die Helferin, die bei ihm war, lächelte Marco zu.

»Ich bin Kelly Randall«, stellte sie sich vor.

»Ich bin Marco Honneger«, antwortete er.

»Vielleicht kann ich etwas tun«, sagte sie. Sie hatte ausgezeichnete Beziehungen zu einem Arzt, der Major war. Marco sah die schöne und gesunde Helferin mit ihren üppigen Formen, der rosigen Haut und der unkomplizierten Art an. »Du bist ein Engel, Kelly«, freute sich der Sergeant, der eine schwierige Aufgabe vor sich gesehen hatte. Das Mädchen wandte sich an Marco: »Ich erwarte dich heute abend im Café Mozart. Ich werde dich zu Linzer Torte einladen und dir sagen, ob ich bekommen habe, was du brauchst.«

Marco kehrte ins Zeltlazarett zurück. Eine Rotkreuzschwester besorgte ihm angemessene Kleider und ein paar Dollar. An jenem Abend bekam Marco im Café Mozart eine riesengroße Portion Schokoladentorte, zehn Fläschchen Penicillin und die schriftliche Anweisung von einem amerikanischen Arzt im Grade eines Leutnants, um in Italien eine genügende Menge des Medikaments zu bekommen, um die Behandlung zu beenden. An diesem Punkt fühlte er sich verpflichtet, die Situation mit der tüchtigen Helferin zu klären.

»Ich bin es eigentlich nicht, der krank ist«, gestand er ihr. »Es handelt sich um einen Freund, der im Lager viel für mich getan hat.«

Kelly Randall belohnte ihn mit einem breiten Lächeln.

»Das ist aber eine gute Nachricht«, rief sie mit einem Gefühl der Erleichterung aus. »Da es dir also ganz gutgeht, scheint es mir sinnlos, weitere Zeit mit Höflichkeiten zu verschwenden. Ich bin in einem kleinen, wirklich entzückenden Hotel untergebracht. Ich glaube, wir könnten einen angenehmen Abend miteinander verbringen.« Sie nahm ihn bei der Hand und führte ihn zum Ausgang.

10

In jenen Tagen genoß Marco das Leben und ließ den Zufall für sich entscheiden. Es gelang ihm noch nicht, daran zu glauben, daß er die Hölle im Lager von Linz überlebt hatte. Der schwierigste Augenblick war der des Übergangs vom Wachzustand zum Schlaf. Auf jener mysteriösen Grenzlinie tauchten die Gespenster der jüngsten Vergangenheit wieder auf und ängstigten ihn.

Er sah die Reihen von erhängten Häftlingen wieder vor sich, die Kameraden, die erschöpft in den Schnee fielen, um sich nicht mehr zu erheben, das unschuldige Lächeln des kleinen Davide, der sich in dem stinkenden Viehwaggon an ihn kuschelte, der sie nach Mauthausen brachte, die junge Frau mit den riesengroßen und zärtlichen Augen, die ihr an Unterkühlung gestorbenes Baby an die Brust drückte. Er hörte wieder die Schreie der Gefolterten, fühlte auf der Haut noch die Peitschenhiebe, die Faustschläge und Tritte, die er hatte ertragen müssen. Er erinnerte sich mit Schrecken an den Raum, in dem die Ruhrkranken lagen und an den jungen Mann, neben dem er eine ganze Nacht geschlafen hatte, ohne zu merken, daß der andere tot war. Er wußte jetzt, daß nur durch eine Laune des Schicksals aus den Duschen, unter denen er mit den anderen Häftlingen gestanden hatte, Wasser anstatt tödliches Gift gekommen war. Und er wußte, daß in denselben Duschen Tausende von Männern und Frauen, Erwachsene wie Kinder erstickt waren. Diese Bilder nahmen im Dunkel und in der Stille der ersten Friedensnächte eine neue Bedeutung an, die noch schrecklicher als die ursprüngliche war.

In solchen Momenten wurde Marco von einem unkontrollierbaren Zittern ergriffen, er begann zu schluchzen und preßte den Mund in das Kissen, um nicht zu schreien.

Am Tag dagegen fühlte er sich ruhiger. Bisweilen fand er wieder zu seiner früheren Heiterkeit, und die Stunden, die er in Gesellschaft der jungen amerikanischen Helferin verbrachte, schienen ihm ein wunderbares Geschenk zu sein.

»In einigen Tagen werden wir nach Innsbruck versetzt. Ich werde dich mitnehmen«, kündigte Kelly an. »Wenn ich dich hierließe, würdest du noch weitere zwei Monate in deinem Zeltlazarett bleiben.«

Sie sagte die Wahrheit. So gern Marco auch seine Familie wiedersehen wollte, unternahm er doch nichts, um seine Rückkehr zu beschleunigen. Die Wahrheit war, daß er keine Antwort auf die zahlreichen Briefe erhielt, die er abschickte, und er fürchtete, daß seine Familie den Krieg nicht überlebt hatte. Daher verfaßte und sandte er weiter kurze Nachrichten nach Rom und unterdrückte die Ungeduld, sie endlich wiederzusehen.

Zwei Wochen zuvor hatte er Alcide Belgrado zum Bahnhof von Linz gebracht. Er hatte ihm in den Lazarettzug geholfen, der ihn nach Italien zurückbrachte, hatte sich davon überzeugt, daß ihm von den Krankenschwestern eine Penicillinspritze verabreicht wurde und ihm den offiziellen Antrag überreicht, damit er von der Präfektur von Mailand die notwendigen Mengen des Medikaments erhielt. Außerdem forschte er weiter nach dem Verbleib der anderen Freunde. Er hatte erfahren, daß Amilcare nach Rom zurückgekehrt war. Dagegen hatte er die Spur von Saronni verloren. Man sagte ihm, er sei vermutlich in eine andere Stadt im besiegten Deutschland geschickt worden.

Am Abend, bevor er Kelly im Café Mozart traf, das ihr Treffpunkt geworden war, schlenderte er durch die Straßen von Linz, vorbei an Trümmern, halbzerstörten Häusern, in denen die Menschen weiterhin lebten, und wo streunende Katzen und Menschen in den Abfällen nach Essen und anderen Dingen wühlten. Er sah kleine Mädchen, die sich für eine Tafel Schokolade oder ein Paar Nylonstrümpfe prostituierten. Frauen und Männer, die auf der Straße zum Tausch gegen Lebensmittel ihre letzten Habseligkeiten anboten; eine silberne Kaffeekanne, ein Bild, Wiener Spitze, eine Geige. Der Nazismus verschlang sich selbst, nachdem er Tod und Schrecken gesät hatte. Marco gefiel es, mit Kelly zu schlafen, weil er in jenen Momenten alles vergaß. Die schöne Helferin, mit ihrer energischen Art und ihrem eisernen Willen, war die beste Medizin, um ins Leben zurückzukehren. Marco bemerkte dies, und er war ihr dankbar dafür.

Kelly war mit Bob Andrew Arlington III verlobt, einem New Yorker Anwalt, der in der angesehenen Familienkanzlei arbeitete. Sie war nicht sicher, ob sie ihn heiraten sollte, und hatte sich zum Militär gemeldet, auch um herauszufinden, was sie wirklich aus ihrem Leben machen wollte. Sie hatte beantragt, nach Italien geschickt zu werden, wo sie als Kind gewesen war. Italien und die Italiener gefielen ihr. Statt dessen war ihr ein Posten in Deutschland zugewiesen worden, und jetzt versuchte sie, nach

Rom zu kommen. Innsbruck war die erste Reiseetappe. »Ich habe ein Auto für dich besorgt. Du kannst nicht mit mir reisen. Ich werde im Hotel Drei Löwen auf dich warten. Von da aus werden wir zusammen über den Brenner fahren, und dann bringe ich dich nach Rom«, hatte sie zu ihm gesagt.

Sie hatte ihm einen Audi Front besorgt. Die Karosserie war in schlimmer Verfassung, aber der Motor brummte noch, und die Reifen waren in gutem Zustand. Marco versammelte fünf Exhäftlinge um sich, die mit ihm zurückkehren wollten, und gemeinsam fuhren sie los, hängten sich an eine Karawane von Lastwagen, Karren, Sidecars, Bussen und ein Sammelsurium der verschiedensten Transportmittel. Über aufgeworfene Straßen durchquerten sie zerstörte Städte und Dörfer, kleine Wasserläufe, fuhren weite Umwege, wenn Brücken unpassierbar waren. Viele Eisenbahngleise waren bombardiert worden und schraubten sich nun in den Himmel wie riesige Korkenzieher. Die Julisonne beleuchtete gnadenlos eine apokalyptisches Szenario, das Marco und seine Reisegefährten mit der Erschütterung der Überlebenden betrachteten.

Kelly hatte den Kofferraum des Autos mit allen Arten von Lebensmitteln vollgestopft, und während der langen Reisepausen, die mit der mühseligen Suche nach Kraftstoff ausgefüllt waren, verteilte Marco an die ausgehungerte Zivilbevölkerung Dosen mit Fleisch, Suppe, Kakao und Kondensmilch.

Als er in Innsbruck ankam, waren die Lebensmittel aufgebraucht und Kelly Randall war im besten Hotel der Stadt abgestiegen. Bob Andrew Arlington III war im Flugzeug aus den Vereinigten Staaten gekommen, um sie nach Hause zu holen.

Der junge Anwalt war ein typisches Mitglied des gehobenen New Yorker Bürgertums; groß, blond, voller Entschlossenheit und reich. Marco gegenüber benahm er sich ausgenommen höflich. Er lud ihn sogar zum Abendessen ein. Marco lehnte dankend ab, und Bob ließ ihn und Kelly, unter dem Vorwand eines dringenden Telefonats, an dem Kaffeehaustischchen auf dem Hauptplatz der Stadt allein, damit sie sich verabschieden konnten.

»Es tut mir leid, Marco«, sagte das Mädchen zu ihm. »Ich habe so gehofft, daß ich mit dir nach Rom kommen und noch ein paar Monate bei dir bleiben könnte.«

»Ist schon gut. Ich kann dir niemals genug danken für all das, was du für mich getan hast«, erwiderte er. »Eines Tages werde ich nach New York kommen, und wir werden wieder zusammensein, wenn du das dann noch willst.«

»Dann werde ich Frau Arlington sein«, gestand Kelly mit einem bitteren Blick.

»Bist du wirklich sicher, daß du ihn heiraten willst?« fragte er. Er war nicht verliebt in sie, aber er hatte sie gern und hätte es bedauert, wenn sie eine falsche Entscheidung getroffen hätte.

»Du magst Bob nicht. Warum?« fragte sie.

»Ich bin nicht derjenige, der ihn mögen muß«, wehrte Marco ab.

»Manche Sachen kann man sich aussuchen, und zu manchen ist man gezwungen. Wir haben wunderbare Tage miteinander verbracht. Jetzt muß ich nach Hause zurückkehren und heiraten. Das ist die Spielregel. Und Bob ist doch nicht verabscheuungswürdig. Ich werde lernen, eine respektable Ehefrau zu sein, und ich werde eine gute Mutter sein. Das hoffe ich zumindest«, erklärte sie.

Sie hätte gerne hinzugefügt, daß sie bereit gewesen wäre, alle ihre Pläne über Bord zu werfen, wenn sie nur die Sicherheit gehabt hätte, daß Marco in sie verliebt war. Aber sie wollte ihn nicht in eine schwierige Situation bringen. Und genausowenig wollte sie ihm einen Verdacht gestehen, der mittlerweile zur Gewißheit geworden war: Kelly war schwanger, und Bob Andrew Arlington hatte nicht das Geringste damit zu tun. Deshalb reichte sie Marco die Hand, die dieser küßte.

»Paß auf dich auf«, flüsterte er ihr zu.

Das Mädchen antwortete mit einem zärtlichen Blick. Marco reiste am selben Abend allein weiter. Seine Weggefährten hatten sich anderen Reisenden angeschlossen. In dieser Nacht, in den Haarnadelkurven der Berge, übermannte ihn der Schlaf. Glücklicherweise rammte sein Audi Front eine Leitplanke, die so stabil war, daß sie den Wagen bremste. Marco stieg benommen aus und sah im bleichen Mondlicht den Abgrund vor sich liegen, in den er gestürzt wäre, wenn das Auto nicht zum Stehen gekommen wäre. Er brach in ein befreiendes Lachen aus. Die Vernichtungslager der Nazis zu überleben, nur um dann in einer Schlucht zerschmettert zu werden, das wäre der Gipfel der Ironie gewesen. Der Audi war nun unbrauchbar. Lastwagen, Karren und Autos kämpften sich langsam die Berge hinauf. Es gelang ihm, eine Mitfahrgelegenheit bis zum Brenner zu bekommen. Von dort aus nahm er einen Zug bis nach Bozen. Dann reiste er mit den unterschiedlichsten Verkehrsmitteln in Richtung Rom weiter: Busse, Züge, Autos, Motorräder, Bauernkarren. Jede Nacht schlief er in einer anderen Stadt: Verona, Parma, Modena, Bologna, Florenz. Er meldete sich in den Sammelzentren der Rückkehrer, die in den Kasernen und Militärschulen eingerichtet worden waren. Dort konnte er sicher sein, ein Bett und eine warme Mahlzeit vorzufinden. Er hatte Linz am zweiten Juli verlassen. Achtzehn Tage später kam er in Rom an. Als er aus dem Bahnhof Termini trat, sah er einen alten Freund: Manfredo Renda. Das feucht-fröhliche Fest kam ihm in den Sinn, auf dem er, gemeinsam mit anderen Freunden, Spottverse auf das Regime gedichtet hatte. Damit hatte alles seinen Anfang genommen. Manfredo war in die Verbannung geschickt worden, und er war im Gefängnis gelandet. Jetzt sah er ihn hier wieder, auf dem Bürgersteig vor dem Bahnhof. Manfredo schien gealtert und müde zu sein. Marco hatte Angst, sich ihm zu erkennen zu geben. Er hätte sowieso nicht gewußt, was er ihm sagen sollte. Deshalb entfernte er sich rasch.

Er ging die Via Nazionale entlang aufs Stadtzentrum zu. Er sah die Trümmer, die die Stadt verunstalteten, in der die Soldaten der Befreiungsarmee sich als Herren aufspielten. Es war Abend, und in der Luft lag eine große Euphorie. Das Lachen der Mädchen war zu hören, die fahrenden Stornellisänger, das Lärmen der Hupen. Die endlich nach so vielen Jahren der Verdunkelung erleuchteten Straßen und Plätze waren voller Menschen, die spontan zu tanzen begannen. Eine Freude, die nichts mit Glücklichsein zu tun hatte, sondern vielmehr mit dem Bedürfnis, die Ruinen, die Not, dic Wunden eines geschlagenen Volkes zu vergessen.

Marco wußte weder, ob seine Angehörigen noch lebten, noch, ob ihr Haus den Bombenangriffen standgehalten hatte. Als er die eindrucksvolle Fassade des Palazzo Honneger vor sich sah, blieb er stehen, um sie zu betrachten.

Die Fenster des Obergeschosses waren erleuchtet. Hinter den Vorhängen sah man sich bewegende Schatten.

Er versuchte, sich an die Atmosphäre seines Zuhauses zu erinnern, an die Einrichtung, die Farben, die Stimmen, die ihm vertraut waren. Er hoffte, die Noten der Mondscheinsonate zu hören, die von seiner Mutter am Klavier gespielt wurde. Aber aus dem Innern drang kein Laut hervor.

Er überquerte den Bürgersteig. Das Portal des Palazzos war nur angelehnt. Er drückte gegen den Knauf und befand sich in der Halle. Sie lag verlassen da. Noch nicht einmal der alte Hausmeister war da. Er begann, die Freitreppe emporzusteigen, eine Stufe nach der anderen, langsam, als würde er ein fremdes, vielleicht feindselig gesinntes Haus betreten. Er klingelte, und einen Augenblick darauf öffnete sich weit die Tür. Auf der Schwelle stand seine Mutter. Sie war gealtert und hatte tiefe Ringe unter den Augen. Sie schaute ihn verwirrt an, als ob sie ihn nur mit Mühe wiedererkannte. »Mama«, sagte Marco endlich.

Sie breitete die Arme aus, um ihn zu umarmen. Sie brachte nicht ein einziges Wort heraus. So standen sie auf der Schwelle, der eine an den anderen geklammert.

11

»Willkommen zu Hause, mein Sohn«, sagte sein Vater. Er war hinter seiner Frau in der Diele erschienen. Marco erinnerte sich nicht daran, daß er so alt ausgesehen hatte.

»Da bin ich wieder«, murmelte er. Wie in Trance streckte er ihm die Hand hin, die der alte Mann voller Wärme drückte.

»Wir haben dich erwartet«, fügte seine Mutter hinzu. »Wir haben deine Briefe vor einer Woche erhalten. Davor wußten wir nicht, daß du noch am Leben bist. Wir haben deine Spur in Bozen verloren, im letzten November.«

Nun tauchten auch voller Scheu die Bediensteten des Hauses auf: Esterina, das Zimmermädchen seiner Mutter, Ennio, der Diener seines Vaters, Zita, die Haushälterin, und Giovanni, das Faktotum. Marco begrüßte jeden einzeln mit einer Umarmung. Sie weinten, und er war gerührt darüber. »Und wo ist Celeste?« fragte er endlich, fast zögernd, in der Angst, eine schlechte Nachricht zu erhalten.

»Deiner Schwester geht es gut. Ich erzähle dir später alles«, wehrte die Mutter ab und schob ihn in Richtung des Wohnzimmers.

Vom Eßzimmer her drang das Geräusch klappernder Teller: Ennio deckte den Tisch für das Abendessen.

»Willst du dich nicht ein wenig frisch machen? Im Schrank sind saubere Kleider«, schlug seine Mutter vor.

Sie hatten sich zu viele Dinge zu erzählen, und niemand wußte, wo er anfangen sollte.

Als er ins Eßzimmer hinüberging, wurde Marco von einem Gefühl der Müdigkeit, der Einsamkeit und der Verwirrung ergriffen. Dieser große Palazzo, in dem er aufgewachsen war und den schon die Urgroßeltern und die Großeltern bewohnt hatten, besaß nichts mehr von seinem einstigen Glanz. Die Vorhänge waren geflickt, die Tapeten hätten gereinigt werden müssen, die Holzfußböden knarrten bei jedem Schritt. Gobelins, Teppiche, das Familiensilber, sogar der Bechsteinflügel seiner Mutter waren verschwunden. Er erinnerte sich an die Tage, als das Haus von frohen Stimmen, gelehrten oder belanglosen Unterhaltungen, vom Kommen und Gehen der Gäste erfüllt gewesen war. Der letzte Vorhang, der das Ende einer Vorstellung anzeigt, schien gefallen zu sein. Vielleicht würde eine andere, völlig neue Vorstellung anfangen. Aber einstweilen zeigte die Stille die Wartezeit an.

Die Diener servierten Lasagne in Tellern aus feinem Porzellan, während die drei Tischgenossen eine angestrengte Konversation führten.

»Celeste speist heute abend auswärts«, sagte seine Mutter, um das Schweigen zu brechen.

»Sie hat einen Verlobten«, fügte sein Vater hinzu. »Er ist Amerikaner. Er heißt Peter Soundso. Ich erinnere mich nie an seinen Nachnamen.«

»Lawson. Peter Lawson«, warf seine Mutter ein. »Er ist eine Art Schauspieler. Es sieht so aus, als ob er Theateraufführungen für die Armee organisiert. Clownerien.«

»Ist er ein richtiger Verlobter oder nur eine Art Verlobter?« fragte Marco. Er dachte an Kelly Randall. Auch sie war eine Art Verlobte gewesen. Aber es schien ihm, wer weiß warum, als könne seine Schwester keine solchen Erlebnisse gehabt haben. »Das mußt du sie selbst fragen. Ich weiß, daß er versucht, sie in die Vereinigten Staaten mitzunehmen, in ein Pappmachédorf, das sich Hollywood nennt«, antwortete sein Vater.

»Werdet ihr sie gehen lassen?« erkundigte er sich. Die Idee schien ihm nicht so schlecht zu sein. Es gab Schlimmeres im Leben, und er konnte das gut beurteilen. Er merkte aber, daß seine

Eltern an diesem Thema festhielten, weil sie nicht den Mut hatten, ihm Fragen zu stellen.

»Haben wir dich jemals daran gehindert, das zu tun, was du wolltest?« fragte seine Mutter, und in ihren Worten lag auch ein lange zurückgehaltener Vorwurf. Sie hatte ihn von Rom fortgebracht, damit er in die Schweiz ging. Statt dessen war er in Mailand geblieben, um zum Widerstand zu stoßen.

»Ich vermute, daß du schlimme Zeiten durchgemacht hast«, bemerkte sein Vater schließlich.

Es wurden Baisers mit heißer Schokoladensauce serviert.

»Es ist eine unbeschreibliche Erfahrung gewesen«, war alles, was er sagen konnte. »Aber wenn ich am Ende hierher zurückgekommen bin, und wenn ich solche Baisers serviert bekomme, dann muß ich doch versuchen, einiges zu vergessen. Und während er den letzten Bissen zum Mund führte, überfiel ihn ein nur wenige Augenblicke dauernder Schlaf.

»Das Honneger-Syndrom«, stellte seine Mutter fest und wandte sich an ihren Mann. »Woher habt ihr nur diese Fähigkeit, in den unglaublichsten Momenten von einem Augenblick auf den anderen einzuschlafen?«

Marco nahm die Gelegenheit wahr, um sich ins obere Stockwerk, in sein Appartement zurückzuziehen.

Er legte sich ins Bett, mit den besten Vorsätzen, sich nicht von den Erinnerungen übermannen zu lassen. Auf dem Nachttischchen lag immer noch das Buch, das er erst halb gelesen hatte, als er aus Rom geflohen war. *Die Stadtentwicklung zur Römerzeit.*

Er schlug es an der Stelle auf, an der das Lesezeichen steckte. »Die Grundmauern«, las er, »wurden nach Regeln gebaut, die jahrzehntelang erprobt worden waren. Die Grundmauer mußte eine Dicke von eineinhalb Mal der darauf ruhenden Mauer haben, und noch mehr, wenn die Mauer außergewöhnliche Belastungen aushalten mußte.«

Er schloß den schweren Band. Diese Begriffe, die ihn einmal interessiert hatten, hatten jegliche Bedeutung für ihn verloren. Die Gegenwart verursachte ihm ein Schwindelgefühl, und der Gedanke an die Zukunft erschreckte ihn.

Er wollte gerade das Licht löschen, als Celeste in sein Zimmer stürmte.

»Ciao, großer Bruder«, rief sie, ließ sich auf sein Bett fallen und umarmte ihn.

»Ciao, Schwesterchen«, erwiderte er, während er versuchte, ihre stürmische Begrüßung zu bremsen.

»Du hast dich verändert«, sagte sie, nachdem sie ihn aufmerksam gemustert hatte.

»Du bist gewachsen«, stellte er fest, als er das sorgfältige Make-up, die ausgesuchte Frisur, das leuchtendgrüne Seidenkleid bemerkte, das ihre Weiblichkeit unterstrich.

»Vor zwei Monaten haben wir erfahren, daß du in Linz im Lager gewesen bist. Professor Granelli ist gekommen, um uns das zu sagen«, sagte Celeste.

»Amilcare hat sich an mich erinnert«, sagte Marco verwundert. Er war überzeugt gewesen, daß er ihn vergessen hatte.

»Ich dachte, er heißt Alessandro«, bemerkte das Mädchen.

»Amilcare war sein Deckname«, erklärte er.

»Granelli ist in die Politik gegangen. Mama sagt, daß er das Charisma eines Anführers hat«, fuhr Celeste fort.

»Seitdem er zu uns gekommen ist, haben wir angefangen, auf deine Rückkehr zu hoffen. Anfang Mai ist Marta dann völlig verzweifelt bei uns hereingeschneit. Am 25. April haben diejenigen, die in allerletzter Minute zu den Partisanen gestoßen sind, ihren Mann ermordet. Sie wollten Marta dann als Deutschenfreundin an den Pranger stellen. Zum Glück haben die Freunde aus dem Widerstand klargestellt, welche Rolle sie gespielt hat. Sie hat uns erzählt, daß du im Dezember noch im Gefängnis von Bozen warst. Von da an hatte sie deine Spur verloren.«

Celeste hätte gerne von ihrem Kummer erzählt, der dem vieler anderer Familien glich, die lange Zeit nichts von ihren Angehörigen erfahren hatten. Aber ihr Bruder hatte nicht die geringste Lust, etwas davon zu hören oder die Monate seiner Gefangenschaft wieder aufleben zu lassen.

»Wie geht es Marta?« fragte er.

»Sie ist auf Capri. Es geht ihr sehr schlecht. Sie hat ihren Mann sehr geliebt. Du solltest sie anrufen und sie besuchen. Ein bißchen Meeresluft täte dir auch gut. Du bist leichenblaß«, bemerkte sie.

Sie hatte sich aufs Fußende seines Bettes gehockt und überschüttete ihn mit Worten. Dann brach sie plötzlich in Tränen aus und fragte: »Was haben sie dir angetan?«

»Alles. Und noch mehr«, antwortete Marco flüsternd. »Und was haben sie euch getan?« fragte er fast gegen seinen Willen.

»Alles. Und noch mehr«, antwortete Celeste, die von krampfhaften Schluchzern geschüttelt wurde.

»Erzähl doch«, forderte er sie auf. »Mama und Papa haben nichts gesagt.«

»Als du geflohen warst, sind die Faschisten dich suchen gekommen. Sie haben uns die schönsten Sachen weggenommen und die Gobelins angezündet. Den Bechstein von Mama haben sie aus dem Fenster geworfen. Sie haben unsere Werkstätten zerstört und ...« schluchzte sie.

»Und was noch?« bohrte Marco nach.

»Sie haben Mama vergewaltigt. Und mich auch«, gestand sie leise und senkte den Blick, um die Reaktion ihres Bruders nicht zu sehen.

Es war, als wäre ihm eine Klinge aus Eis ins Herz gedrungen. Auf einmal gab es nichts mehr zu sagen.

Celeste trocknete sich mit dem Handrücken die Tränen. Sie erhob sich und ging rasch mit gesenktem Kopf auf die Tür zu. Ihr Bruder warf sich hastig einen Hausmantel über und eilte ihr nach.

»Gehen wir in den Hof hinunter«, sagte er zu ihr, während er ihre Hand ergriff. »Es ist so heiß hier drin.«

Sie gingen über den gepflasterten Hof und setzten sich an den Springbrunnen, aus dem nur ein dünner Wasserstrahl in das Becken floß, in dem grünliches Moos wuchs. Die Sichel des abnehmenden Mondes leuchtete zwischen blassen Sternen. Hier draußen war die Nacht voller Stimmen und Gesang. Celeste öffnete ihre Tasche, nahm eine Camel und steckte sie zwischen ihre Lippen.

»Du rauchst?« fragte Marco verwundert.

»Ich rauche«, antwortete sie ausdruckslos. Zwischen ihren Fingern, deren Nägel blutrot lackiert waren, sah er ein goldenes Dunhill-Feuerzeug. Sie zündete die Zigarette an und nahm einen tiefen Zug.

»Du wirst damit fertig werden«, sagte Marco.

»Womit. Mit dem Rauchen oder der Vergewaltigung?« gab das Mädchen zurück.

»Mit allem«, sagte Marco voller Überzeugung.

»Glaubst du, daß du damit fertig wirst?« fragte Celeste.

»Ich habe die Deutschen überlebt, weil ich leben wollte. Ich glaube, ich will immer noch leben.«

»Marco, ich will weg von hier. Ich kann weder in Rom noch in diesem Haus leben. Ich will die Freunde von früher nicht mehr sehen. Ich will an einen Ort gehen, wo es nichts gibt, was mich an die Vergangenheit erinnert«, gestand Celeste.

»Hollywood?« fragte Marco.

»Wenigstens das haben sie dir gesagt«, bemerkte Celeste. »Ja, ich gehe nach Hollywood. Die Alliierten haben die Seidenspinnerei von Como bombardiert. Wir haben nichts mehr. Papa hat das Land und die Villa in der Brianza verkauft. Mama hat das Haus in Fregene und alles andere verkauft«, teilte sie ihm mit.

»Und er, Peter Lawson, was ist er für ein Mensch?« fragte ihr Bruder.

»Einer, dem es gelingt, mich zum Lächeln zu bringen. Und das ist nicht wenig, glaube mir«, sagte Celeste. »Und was wirst du tun?«

»Auch ich werde fortgehen. Ich habe daran gedacht, das Architekturstudium abzuschließen. Und dann werde ich mir eine Arbeit suchen. Ich will in Mailand leben. Dort oben habe ich Freunde. Sie werden mir helfen, Fuß zu fassen.«

Celeste warf die Zigarette in den Springbrunnen. Sie trat zu Marco und umarmte ihn.

»Ich wünsche dir, daß du glücklich wirst, großer Bruder«, flüsterte sie.

»Ich werde mein Bestes tun. Das schwöre ich dir. Wirst du mir aus Hollywood schreiben?«

»Ich werde dich nach Amerika einladen. Peter hat ein riesiges Haus. Er sagt, daß es Mary Pickford gehört hat. Ich werde eine Menge Filmstars kennenlernen und von einem Fest zum anderen gehen, bis ich ganz betäubt bin.«

»Das scheint mir ein guter Plan zu sein. Und jetzt, Schwesterchen, gehen wir schlafen.«

Während sie den Hof durchquerten, sahen sie an einem Fenster im ersten Stock ihre Mutter. Sie schaute voller Bestürzung zu ihnen herunter. Sie konnte sich keine Zukunft für ihre Kinder vorstellen und machte sich große Sorgen um sie.

12

Es waren schwierige Zeiten. Während Italien mühsam eine neue wirtschaftliche und politische Ordnung suchte, gewann Marco Honneger seine Energie zurück und bemühte sich, mittels hektischer Betriebsamkeit die Vergangenheit zu vergessen. So blieb ihm keine Zeit, den Erinnerungen nachzuhängen. Er war nach Mailand gezogen, wo er Architektur studierte. Eine nach der anderen bestand er die Prüfungen und zwar mit Auszeichnung. Er hatte wenig Geld, aber er verstand es, damit hauszuhalten. Marta hatte ihn bei sich aufgenommen und behandelte ihn wie einen Sohn. Beide hatte das leidenschaftliche Zwischenspiel in jener lang zurückliegenden Kriegsnacht aus der Erinnerung verbannt. Sie kümmerte sich darum, wichtige Freunde einzuladen, um dem jungen Mann Gelegenheit zu geben, die so brüsk unterbrochenen Kontakte wiederaufzunehmen. »Mailand muß zum größten Teil ganz neu errichtet werden«, sagte Marta. »In dieser Stadt steht dir eine interessante Zukunft bevor.«

Marco sah, wie schreckliche Häuser entstanden, die weder ästhetischen und städtebaulichen Bedürfnissen entsprachen, noch einen Bezug zur Vergangenheit aufwiesen. Grünanlagen wurden zubetoniert und der Asphalt erstickte Bäume und Blumenbeete. Er dachte an seine Jugendjahre zurück, und vor seinem Auge erschien eine geschäftige und lebensfrohe Stadt. Es war ein Mailand mit Brunnen, mit alten Läden, deren Aushängeschilder in Jugendstil-Lettern gehalten waren. Es gab Terrassen und Dachgärten, Patrizierhäuser und in den Arbeitervierteln Reihenhäuser. Vor dem Krieg wuchsen in den Ritzen der alten Mauern blühende Gräser. Die Fensterbretter und kleinen Balkons, die auf die Gassen hinausgingen, zierten im Sommer lackrote Geranien, blaßgrüner Salbei und üppiges Basilikum. In den Innenhöfen wurden die Balkongitter von Efeu und Glyzinien überwuchert. Im Mai erfüllten die Linden mit ihrem Duft die Alleen. Im Herbst übersäten die majestätischen Kastanien den Boden mit ihren grünen Stachelfrüchten. In den Straßen roch man den Duft des Öles, mit dem das Holz der Eingangstore poliert wurde, und den Geruch der Messingpolitur für die Türknäufe. Aus den Läden strömte das Aroma von frisch geröstetem Kaffee und von Gewürzen, der Duft des Brotes, das in den Holzöfen buk, der Geruch von

Hanf und Appretur aus den Büglereien, der stechende Geruch des Mostes aus den Weinschänken und der Gummigeruch aus den Schusterläden. Der Krieg hatte in der Reihe der Adelspaläste genauso Lücken hinterlassen wie in den ärmeren Vierteln, und als nach und nach die Bagger die Trümmer weggeräumt hatten, wurden die Fundamente gelegt, um Gebäude zu errichten, die nur spektakulativen Zwecken dienten.

»Ich werde niemals als Architekt arbeiten«, entschied Marco. »Ich müßte mit Menschen mithalten, die nichts als Gewinn im Sinn haben. Nie würde es mir gelingen, mich durchzusetzen, und ich wäre geschlagen, bevor ich überhaupt angefangen hätte.«

Marta verstand den Standpunkt des jungen Mannes, aber sie fragte sich, wie er der besorgniserregenden finanziellen Lage der Honnegers begegnen wollte.

»Ich habe Freunde, die sich mit der Stadtplanung beschäftigen. Entwickle deine Pläne. Wenn sie gut sind, und daran habe ich keinen Zweifel, werden diese Freunde dich unterstützen«, schlug sie vor.

»Mein Weg ist ein anderer. Ich will die Gobelinwebereien unserer Familie und die Seidenspinnereien meiner Mutter wieder aufbauen«, erklärte er.

»Mit welchen Mitteln denn?« fragte Marta besorgt.

»Die Honneger-Stoffe haben einen historischen und kulturellen Wert. Es waren hervorragende Künstler, die ihr Talent dazu verwendet haben, sie zu entwerfen«, sagte Marco.

Es gab kein Adelshaus, das nicht wenigstens einen großen Gobelin besaß, der die Signatur Giovanni Honnegers trug. Marco erinnerte sich daran, daß D'Annunzio einen kleinen Gobelin mit einem mystischen Motiv in Auftrag gegeben hatte. Die Weber sparten nicht an goldenen und silbernen Seidenfäden und waren monatelang mit der mühevollen Arbeit beschäftigt. Der Dichter beschrieb den Gobelin in einem seiner Werke: »Ein kleiner, sehr feiner flämischer Gobelin, von Gold aus Zypern durchwirkt, auf dem eine Verkündigung dargestellt ist.«

Im Augenblick war aber leider noch nicht einmal Geld vorhanden, um Garn zu kaufen. Was die Seidenspinnereien in Como betraf, so war nur ein Flügel des Gebäudes von den Bomben verschont geblieben, und etwa zehn Arbeiter waren dort beschäftigt. Der Rest der Fabrikanlage war nur noch ein Haufen Schutt.

Marcos Vater war ganz mutlos geworden und unternahm

nichts. Marcos Mutter sandte ihrem Sohn traurige Briefe und flehte ihn an, sich um das Schicksal der Familie zu kümmern.

»Ich werde versuchen, Geldmittel von den Amerikanern lockerzumachen. Sie haben doch den Marshall-Plan beschlossen. Ich denke vor allem an die Seidenspinnereien. Ich habe nämlich den Markt erforscht und gemerkt, daß nach dem ganzen Pomp des Faschismus auch in Italien wieder Bedarf an kostbaren Stoffen besteht. Aus Frankreich bekommen wir Aufträge wie zu den besten Zeiten, aber wir haben kein Geld für Investitionen und lassen der Konkurrenz freie Hand. Ich muß etwas tun, Marta. Wirst du mir helfen?«

»Wie kann ich dir nützlich sein?« erkundigte sie sich.

»Du kennst viele Journalisten und könntest sie dazu bringen, in Frauenzeitschriften auf die Schönheit der Seidenstoffe aufmerksam zu machen. Mama kann mir mit ihren Bekanntschaften in politischen Kreisen dabei helfen, das Geld zu bekommen, um diese Seide herzustellen.«

In dieser Zeit traf er eine ehemalige Freundin aus dem Widerstand. Es war eine junge Zeichnerin, die ebenso wie er ihr Talent dazu benutzt hatte, Papiere zu fälschen.

Sie wurde seine erste Mitarbeiterin.

»Ich werde dir wenig bezahlen können, und das auch nicht immer. Dafür mußt du deiner Phantasie freien Lauf lassen und für die bedruckte Seide ausgefallene Dessins entwerfen. Eines Tages werden wir reich sein, und du wirst einen Prozentanteil an den Verkäufen bekommen«, schlug er ihr vor. Sie schenkte ihm Glauben und nahm voller Enthusiasmus an.

Dann setzte er sich mit seiner Schwester in Verbindung, die nun schon seit zwei Jahren in Los Angeles lebte.

»Ich werde dich besuchen kommen«, sagte er zu ihr. »Bereite mir das Terrain vor. Ich habe ein Ziel: die amerikanischen Frauen sollen italienische Seide tragen; natürlich diejenige, die ich herstelle.«

»Die Filmwelt liegt mir noch nicht zu Füßen«, scherzte sie. »Aber ich kenne die wichtigsten Schneider. Ihre Kleider sollen ausschließlich mit deinen Stoffen hergestellt werden, das verspreche ich dir. Aber vergiß auch nicht unseren guten alten Brokat für die Innenausstattung. Ich werde dafür sorgen, daß die Häuser der berühmtesten Stars voller Gobelins und Brokate von Honneger sind.«

Marco begann zwischen Los Angeles, Rom und Paris umherzureisen. Er schloß Verträge ab. Dann ließ er die Werkstätten von Como wieder aufbauen, wobei er selbst die neue Anlage entwarf. Er brachte die römischen Webereien wieder in Gang und griff auf die alten Dessins zurück. Mit dem Geld des Marshall-Planes kaufte er neue Webstühle, zahlte Löhne, kaufte Seidengarne. Sein Leben bestand nur noch aus frenetischer Aktivität. Das Geld reichte nie, aber ihn hielt die Gewißheit aufrecht, daß er bald die ersten Ergebnisse in den Händen halten würde.

Sein Vater hatte sich in ein kleines Haus in Ansedonia zurückgezogen. Seine Mutter wandte tausenderlei Tricks an, um den Palazzo in Rom nicht gänzlich herunterkommen zu lassen. Sie hatte sich in das letzte Stockwerk zurückgezogen, das riesengroß und wunderschön war. Die unteren Säle vermietete sie für Empfänge und Modenschauen.

»Ich glaube, wir sollten diesen alten Palazzo loswerden«, sagte sie eines Tages zu ihrem Sohn.

»Er ist alles, was uns bleibt. Hier ist das Haus, in dem alle Honnegers geboren und aufgewachsen sind. Ihn zu verkaufen wäre ein Sakrileg«, protestierte er.

Die Frau lächelte ihn an: »Es gibt ein altes Ashantisprichwort, das ungefähr so lautet: Wenn du deine Mutter verkaufen mußt, um Erfolg zu haben, dann tu es. Du kannst sie ja wieder zurückkaufen, wenn du zu Erfolg gekommen bist.«

»Sag mir, ob du ein Angebot bekommen hast. Und von wem«, bat er sie.

»Eine Bank. Sie wollen den Palazzo Honneger zu jedem beliebigen Preis«, verriet sie.

Marco nahm sich Zeit zum Nachdenken. Er mußte die neuen Werkstätten in Como bezahlen und moderne mechanische Webstühle kaufen. Er brauchte weiteres Geld.

»Wir verkaufen den Palazzo, außer dem Dachgeschoß«, teilte er seiner Mutter mit. Die Bank akzeptierte. Von diesem Moment an begannen die großen Investitionen die ersten Ergebnisse zu zeitigen.

Marco gestand sich bisweilen kurze Entspannungspausen zu und besuchte Modenschauen. Es gefiel ihm, die Verwandlung der von ihm hergestellten Stoffbahnen in Kleider zu sehen, die von graziösen Mannequins getragen wurden. Oft gefielen ihm die Mannequins mehr als die Kleider, die sie trugen. Eine von ihnen fiel ihm besonders auf. Nicht nur, weil sie schön war, sondern weil sie Klasse hatte. Sie war nicht so unbefangen wie die anderen und hatte ein reines, frisches Gesicht. In einem smaragdgrünen Kleid, das ihre großen, hellen Augen und ihr flammendes Haar unterstrich, schritt sie über den Laufsteg. Er lächelte ihr zu und sie senkte verlegen den Blick. Am Ende der Modenschau eilte Marco zu den Umkleidekabinen, um die große Stilistin zu beglückwünschen, die die Kollektion entworfen hatte. Sie empfing ihn mit einer Umarmung.

»Mein Lieber, das ist auch dein Verdienst. Deine Seidenstoffe sind die herrlichsten weit und breit.«

»Stellst du mir das Mädchen vor, das das grüne Kleid getragen hat?« fragte er sie.

»Es tut mir leid, sie ist schon gegangen. Aber sie wäre sowieso nichts für dich. Sie ist kein Mannequin, sie ist nur so dabei. Sie hat an meiner Modenschau teilgenommen, um sich zu amüsieren, und weil ich ihr das Kleid als Geschenk für ihre Verlobungsfeier versprochen habe«, verriet ihm die Frau.

»Darf ich wissen, wer sie ist?« bohrte Marco nach.

»Francesca Damiani. Sie ist die Tochter des Generals Damiani, der mit der Goldmedaille der Resistenza. Sie wird den Sohn von General Ricci heiraten, hat ihr Universitätsexamen in Literaturwissenschaft gemacht und unterrichtet an der Mittelschule in der Via Rossi. Jetzt weißt du alles und weißt auch, daß du sie dir aus dem Kopf schlagen mußt.«

An jenem Abend, als er nach Hause kam, horchte er Marta aus.

»Kennst du General Damiani?« fragte er sie.

»Möchtest du ihm eine Lieferung Stoffe für die Militäruniformen vorschlagen?« scherzte seine Freundin.

»Ich möchte seine Tochter Francesca kennenlernen. Stell sie mir doch bitte vor«, bat er.

Anläßlich eines Abendessens machte Marta die beiden miteinander bekannt. Es war Liebe auf den ersten Blick.

Heute

1

Die Urlaubszeit hatte begonnen. In den Krankenhäusern verringerte sich zusehends die Anzahl der Ärzte und des Pflegepersonals, und denen, die geblieben waren, wurden Zusatzschichten auferlegt.

Der Krankenpfleger Grigorij Ulianov arbeitete daher sowohl in der kardiologischen als auch in der orthopädischen Abteilung. Während er gerade dabei war, seinen Rundgang in der Orthopädie zu beenden, dachte er an den Urlaub im September, den er mit Stanis im Haus von Caterina in Meran verbringen würde. Sie waren schon öfter dort gewesen und hatten immer viel Spaß gehabt. Sie verließen das Haus bei Sonnenaufgang, um Ausflüge in die Berge oder die Täler Südtirols zu unternehmen. Sein Freund und er waren sehr gute Wanderer. Sie gingen stundenlang durch dichte Lärchenwälder, konnten das Holz von Schwarz-Rottannen unterscheiden, suchten im Unterholz nach duftendem Thymian, wilder Brunnenkresse und Arnika und drangen bis zu den höchsten Almhütten vor, dorthin, wo die Bauern ihre Kühe auf die Hochweiden trieben und die Touristen Polenta mit frischem Käse, große Portionen Kaiserschmarren mit Preiselbeeren, fein geschnittenen Speck mit Gurken, Meerrettich und Apfelsaft anboten.

Während ihrer Wanderungen redeten Stanis und Grigorij ununterbrochen miteinander und behielten stets den gleichmäßigen Schritt erfahrener Bergwanderer bei. Von diesen sehr einfachen Ferien kehrten beide erholt und mehr denn je ineinander verliebt zurück. Grigorij zählte im Geiste die Tage, die ihn noch von seinem Urlaubsbeginn trennten. In den vergangenen Tagen hatte er eine Prüfung glorreich bestanden.

Er näherte sich dem Bett des jungen Mannes, der Caterina angegriffen hatte, und nahm vom Fußende das Krankenblatt, auf dem Personalien, Diagnose und Krankheitsverlauf verzeichnet waren.

Er las den Namen: Giacomo Meregalli, zweiundzwanzig Jahre. Die Temperatur war in den letzten Tagen auf normale Werte gesunken. Der Blutdruck war vollkommen normal.

»Du heißt also Giacomo. Ich bin Grigorij«, sagte er und beugte sich dabei neugierig zu ihm herab. Man hatte ihm die Haare geschnitten und das Gesicht des Jungen hatte trotz der Schmerzen, die er litt, die grünliche Farbe verloren, die typisch für Drogensüchtige ist.

Offensichtlich war auch die Leber dabei, sich zu entgiften. Zwei große, dunkle, klare Augen beobachteten ihn ängstlich.

»Ich tu dir nichts«, beruhigte er ihn und fügte hinzu: »Ich bin hier, um mich um dich zu kümmern.« Giacomo nickte und senkte die Lider. Grigorij hob das Laken hoch, suchte eine Stelle auf dem Oberschenkel aus, desinfizierte sie mit einem Wattebausch und gab dem Jungen eine Spritze.

»Die wird dir ein bißchen die Schmerzen erleichtern«, erklärte er und lächelte ihm dabei gutmütig zu. Giacomo nickte wieder. Von dem Kollegen, den er gerade vertrat, hatte er erfahren, daß der Junge ein vorbildlicher Patient war. Er beschwerte sich nie und ließ anstandslos alles mit sich geschehen.

»Die Brüche heilen gut, und dein Körper entgiftet sich. Wie fühlst du dich?« fragte er ihn.

Der junge Mann warf ihm einen eindringlichen, leidenden Blick zu.

»Schlecht«, flüsterte er endlich. »Aber es gab Augenblicke, da ging es mir noch schlechter.«

»Wenn es dir bessergeht, schaffen wir es vielleicht, uns ein wenig miteinander zu unterhalten«, versprach der Krankenpfleger. Dann ging er weg.

Die Besuchszeit hatte begonnen. Grigorij begab sich in Richtung Behandlungszimmer. An der Schwelle zur Tür stand eine junge Frau, die aussah, als ob sie auf jemanden warten würde. Sie war klein und zierlich, schlicht, aber geschmackvoll gekleidet. Der Krankenpfleger bemerkte, daß sie eine Rolex-Uhr am Handgelenk trug, an ihrem kleinen Finger glänzte ein Diamant.

»Entschuldigen Sie bitte«, sagte die Frau, als sie ihn sah. »Wissen Sie, wann der behandelnde Arzt der Abteilung Sprechstunde hat?«

Sie sprach mit schüchterner Stimme, fast flüsterte sie.

»Morgens von elf bis zwölf«, erklärte ihr der Russe. »Schauen Sie, dort steht es auf dem Schild.«

»Ich weiß. Aber als ich ihn suchte, um mit ihm zu sprechen, sagte man mir, er sei noch im Operationssaal. Ich habe eine ganze Weile gewartet. Dann hat man mir gesagt, er sei schon weggegangen«, beschwerte sie sich.

»Kann ich Ihnen vielleicht helfen?« erbot sich der Krankenpfleger.

»Ich wollte etwas über meinen Sohn erfahren.«

»Es tut mir leid, aber wir Krankenpfleger dürfen keine Informationen an die Verwandten weitergeben. Sie müssen Geduld haben und warten«, entschuldigte sich Grigorij.

»Ich bitte Sie«, beharrte sie. »Mein Sohn liegt im Bett Nummer zweiundvierzig. Er heißt Giacomo Meregalli.«

Er lächelte sie an.

»Ich werde eine Ausnahme für Sie machen. Ich kenne Ihren Sohn. Folgen Sie mir«, sagte er und ging in das Behandlungszimmer voraus. Er näherte sich einem Aktenschrank, in dem alle Krankenblätter der Patienten eingeordnet waren. Er nahm das des Jungen heraus, öffnete und überflog es.

»Sie sind noch sehr jung, um bereits einen Sohn von zweiundzwanzig Jahren zu haben«, bemerkte er.

»Ich war achtzehn, als Giacomo geboren wurde. Er war kein Wunschkind, aber dann war ich glücklich, ihn bekommen zu haben. Er war ein wundervolles Kind, intelligent und von schneller Auffassungsgabe. Er hatte ein sanftes Gemüt. Dann ... dann veränderte er sich«, sagte sie mit schmerzerfüllter Stimme.

Grigorij wurde klar, daß die Frau weniger an Einzelheiten über den Gesundheitszustand ihres Sohnes interessiert war, sondern sich vielmehr bei jemandem aussprechen wollte.

»Es handelt sich um eine Geschichte, die sich täglich irgendwo auf der ganzen Welt wiederholt. Eine schwierige Jugend, die falschen Freunde, keine Lust mehr, weiter auf die Schule zu gehen, und das, was darauf folgt«, sagte der Krankenpfleger und schaute sie dabei verständnisvoll an.

»Genauso war es. Als Giacomo angefangen hatte, mir Probleme zu machen, war er vierzehn. Ich habe damals die Schuld meinem Mann gegeben, der uns verlassen hatte, um eine neue Familie zu gründen. Später habe ich mir dann gesagt, daß es viele

Scheidungskinder gibt, aber nicht alle kommen auf die schiefe Bahn wie er. Es war ein einziger Leidensweg. Heute morgen hat mich schließlich die Polizei benachrichtigt, daß er im Krankenhaus ist. Das letzte Mal war er vor zwei Monaten zu Hause. Ich habe ihn gerade gesehen. Er schaute mich an und begann zu weinen. Er erinnerte mich an das wundervolle Kind, das er einmal war. Er hat mich gebeten, ihm zu helfen.«

»Ich werde Ihnen eine Sondererlaubnis besorgen, damit Sie ihn sehen können, wann immer Sie wollen«, versprach Grigorij und fügte noch hinzu: »Vielleicht wird Ihr Sohn allmählich erwachsen. Er braucht jetzt Ihre ganze Unterstützung, Signora.«

Er verabschiedete sich. Die Frau verließ das Behandlungszimmer, und der Krankenpfleger nahm seine Runde bei den Kranken wieder auf.

Als ein Kollege kam, um ihn abzulösen, verließ er die Orthopädie und ging zur Kardiologie hinüber. Er war glücklich, denn er hatte die Hoffnung, daß der Angreifer Caterinas es schaffen könnte, sein Leben zu ändern. Das Schicksal schien ihn dazu ausersehen zu haben, Mutter und Sohn einander wieder näherzubringen.

Er dachte über diese Angelegenheit nach, als er auf Valeria traf. Sie saß in einem Rollstuhl am Eingang zur Abteilung.

»Ciao, Kleine«, grüßte Grigorij sie. »Was ist das denn für eine Neuerung? Warum liegst du nicht im Bett?«

»Ich konnte nicht so lange warten, bis du deine Runde machst«, sagte Valeria und streckte ihm die Arme entgegen, damit er sie herausheben konnte. »Ich mußte mit dir sprechen, bevor jemand anderes dich darüber informieren würde«, sagte sie atemlos.

»Was ist passiert?« fragte er, während er sich mit der Kleinen im Arm auf den Weg machte.

»Nächste Woche operieren sie mich. Sie setzen mir hier vier winzige Schläuche ein«, erklärte sie und zeigte dabei auf ihre magere Brust. »Und dann wird es mir wieder gutgehen. Ich werde dich auf meinen eigenen Beinen besuchen kommen können.« Es ging ihr schlecht, aber sie schäumte vor Glück über.

»Das ist wirklich eine großartige Nachricht«, war sich Grigorij mit ihr einig, während er sie in ihr Bett zurücklegte.

»Denk nur, ich werde endlich laufen und springen können, zur Schule gehen und in die Ferien fahren. Ich werde auf Karussells fahren und ins Kino gehen können. Ich werde alles machen können, aber wirklich alles, Grigorij.«

»Jetzt beruhige dich, Valeria. Wenn du dich aufregst, bekommst du einen Anfall«, ermahnte er sie.

»Ich will nur eins wissen. Du wirst mich doch auch auf den Arm nehmen, wenn ich das nicht mehr brauche, nicht wahr? Versprichst du das?« bat das Kind.

»Versprochen«, antwortete der Krankenpfleger erheitert, während er die Hand zum Schwur auf seine Brust legte.

»Stanis hat mir gesagt, daß du nicht auf der Intensivstation sein wirst, dort wo sie mich nach der Operation hinbringen werden. Das finde ich nicht gut«, beschwerte sie sich.

»Aber ich werde dich besuchen kommen. Und bevor du das Krankenhaus verlassen wirst, gebe ich ein Fest für dich. Auch das verspreche ich dir«, sagte der Krankenpfleger und fügte hinzu: »Ruh dich jetzt aus. Ich muß die Übernahme machen und meinen Dienst beginnen. Wir sehen uns später«, verabschiedete er sich von ihr mit einem Lächeln. Er setzte seinen Weg fort und betrat den Raum, der fürs Personal bestimmt war. Er nahm eine Schale mit Obstsalat aus dem Kühlschrank und aß sie in wenigen Minuten auf. Dann ging er in das Arztbüro. Es warteten noch viele Stunden Arbeit auf ihn, aber an jenem Tag erfüllte ihn eine solche Zufriedenheit, daß er nicht die geringste Spur von Müdigkeit spürte. Stanis saß am Schreibtisch und las in einem Krankenblatt. Auf den Gruß des Freundes antwortete er mit einem besorgten Gesicht.

»Ist etwas nicht in Ordnung, Doktor?« fragte Grigorij.

»So ist es«, sagte er, während er die Krankenakte mit einer schroffen Geste zuklappte.

»Darf ich fragen, worum es geht?« forschte Grigorij und seine Gedanken wanderten sofort zur kleinen Valeria. Er befürchtete, eine schlechte Nachricht zu hören.

»Um meine Mutter«, antwortete der Arzt.

»Was gibt es für ein Problem?« fragte Grigorij voller Aufmerksamkeit.

»Sieh selbst«, sagte der Arzt und hielt ihm das Krankenblatt hin, in dem die Ergebnisse einer Reihe von Laboranalysen verzeichnet waren.

Der Krankenpfleger las die Werte und nickte.

»Man muß weitere, umfassende Untersuchungen machen«, schlußfolgerte er und gab Stanis die Blätter zurück.

»Es wird schwierig sein, sie davon zu überzeugen, zu weiteren

Untersuchungen ins Krankenhaus zu kommen«, stellte er fest.

»Hast du ihr gesagt, daß die Ergebnisse nicht zufriedenstellend waren?«

»Noch nicht. Außerdem macht sie den Eindruck, daß sie ihr Gesundheitszustand überhaupt nicht interessiert. Was kann ich tun, um ihr zu helfen?«

Der Freund schaute ihm für einige Augenblicke fest in die Augen und sagte endlich: »Vielleicht hat Caterina keine große Freude am Leben mehr.«

»Wie kommst du darauf?« fragte Stanis argwöhnisch.

»Es ist nur ein Gefühl. Ich hoffe, ich irre mich«, beendete der Russe nachdenklich das Gespräch.

2

In ihrer Praxis auf dem Corso Porta Romano hörte die Psychotherapeutin Diana Laperla der Erzählung eines etwa fünfzig Jahre alten Mannes zu.

»Bis zu dem Zeitpunkt, an dem meine kleine Firma einen sehr guten Gewinn abwarf, war meine Frau die beste Lebensgefährtin der Welt. Als ich wegen der Wirtschaftskrise gezwungen war zu schließen, hat sie unheimlich negativ darauf reagiert und sich in meine Feindin verwandelt.«

Diana hörte zu und nickte, während sie den Mann frei sprechen ließ, ohne ihn zu unterbrechen. »Sie ist eine völlig andere Person geworden. Sie ist nicht mehr die Frau, die ich vor zwanzig Jahren geheiratet habe. Ich begehre sie noch immer, aber sie verhöhnt mich. Gestern war unser Hochzeitstag. Ich habe ihr ein Schmuckstück geschenkt. Sie wollte es nicht haben. Ich kann nicht mehr mit ihr leben, aber ich habe auch nicht die Kraft, sie zu verlassen.«

»Ihre Frau gibt Ihnen zu verstehen, daß sie eindeutige Antworten will«, bemerkte Diana.

»Aber welche? Ich glaube, ich habe all meine Reserven verbraucht. Fünfundzwanzig Jahre lang, seit meinem Abschlußexamen, habe ich mich um die Firma, die Feuerwerkskörper produziert, gekümmert. Ich versichere Ihnen, diese Arbeit hat mir

Befriedigung und sehr guten Verdienst eingebracht. Es lief alles so wunderbar, daß ich weder die chinesische Konkurrenz noch die wirtschaftliche Rezession bedacht habe. Trotz alledem habe ich genug Geld zurücklegen können, um auch weiterhin ein Leben in Anstand und Würde zu führen. Meine Frau allerdings behandelt mich, als ob ich ein Versager wäre. Warum?« fragte er sie leicht verängstigt.

Diana schaute auf die kleine Uhr auf dem Schreibtisch. An diesem Tag schien die Zeit überhaupt nicht zu vergehen. Ohne einen bestimmten Grund dafür zu haben, fühlte sie sich müde und unruhig. Sie bemerkte ein leichtes Unwohlsein, das sie zum Teil der Tatsache zuschrieb, daß ihr Piergiorgio fehlte. Sie hatte ihn schroff abgefertigt, jetzt aber schmerzte sie seine Abwesenheit. Sie wußte, daß es Tage, vielleicht Wochen brauchen würde, bis sie das verlorene Gleichgewicht wiedergewonnen hätte. Um ihm nicht begegnen zu müssen, hatte sie in der Zwischenzeit die für sie einfachste Strategie gewählt. Da sie ihren Vater bei Leda gut aufgehoben wußte, war sie nicht mehr in die Wohnung auf dem Corso Vercelli zurückgekehrt. Sie war vorübergehend in ihre Praxis umgezogen.

»Signora Laperla, hören Sie mir noch zu?« fragte sie der Patient.

»Sicher«, sagte Diana, und nahm den Gesprächsfaden wieder auf. »Ihre Frau hat einen erfolgreichen Geschäftsmann geheiratet, einen Unternehmer, der zwölf Stunden am Tag arbeitete, einen Mann, mit dem man sich vor den Freundinnen rühmen konnte. Jetzt haben Sie Ihr Leben geändert und Ihrer Frau gefällt dies offensichtlich nicht.«

»Das bedeutet also, daß sie mich nicht geheiratet hat, weil sie in mich verliebt war, sondern wegen meiner gesellschaftlichen Stellung«, bemerkte der Mann spitzfindig.

»Wäre Ihre Frau keine erfolgreiche Staatsanwältin, sondern eine einfache Hausfrau gewesen, wären Sie trotzdem ihrem Zauber erlegen?« fragte Diana, um ihn so zum Nachdenken anzuregen.

»Das weiß ich nicht«, entgegnete er nachdenklich. »Mir haben schon immer dynamische Frauen gefallen, aber ich glaube, daß ich sie auch geliebt hätte, wenn sie sich nicht beruflich verwirklicht hätte.«

Diana bemerkte das Rufzeichen der Sprechverbindung.

Normalerweise störte ihre Sekretärin sie nicht während der Sitzungen.

»Was gibt es?« sagte sie in den Hörer.

»Eine Frau will Sie sprechen. Sie hat keinen Termin und will auch nicht ihren Namen sagen. Sie scheint verzweifelt zu sein. Was soll ich tun, Dottoressa?« fragte die Mitarbeiterin.

»Unterhalten Sie sich mit ihr, bis die Sitzung zu Ende ist«, antwortete Diana. Als der Patient die Praxis verließ, ging sie in den Wohnraum. Eine Frau saß auf einem kleinen Sessel vor dem Balkon und hatte ihr den Rücken zugedreht. Diana erkannte sie sofort.

»Cecilia«, sprach sie sie an.

Sie fuhr ruckartig auf und schaute sie verloren an.

»Warum?« fragte sie mit schwacher Stimme.

Mit einer Geste machte ihr Diana ein Zeichen, sich zu setzen und nahm selbst ihr gegenüber Platz.

Cecilia war eine zarte Blondine mit feinem Haar. Ihre Gesichtszüge waren freundlich, die Figur jugendlich und gut geformt.

»Was habe ich Ihnen Schlimmes getan?« flüsterte sie.

»Ich bin es, die dir weh getan hat. Ich bitte dich um Entschuldigung und habe versucht es wieder in Ordnung zu bringen. So hoffe ich wenigstens«, murmelte Diana.

»Wenn ich mir das Benehmen von Piergiorgio vor Augen halte, ist Ihnen das nicht gelungen«, widersprach sie.

»Ich weiß nicht, was dein Mann dir gesagt hat. Was mich betrifft, ist unsere Beziehung definitiv beendet.«

»Piergiorgio hat mich verlassen. Es war mir egal, daß ihr beiden ein Liebespaar gewesen seid, solange wir zusammen waren. Vorgestern hat er mich angegriffen und mir die Schuld an eurer Trennung gegeben. Er hat mich beleidigt und geschlagen. Dann hat er seine Koffer gepackt und ist gegangen«, sagte sie und brach in verzweifeltes Weinen aus.

Cecilia war eine einfache junge Frau. Seit Jahren arbeitete sie als Verkäuferin in einem Schuhgeschäft. Als sie Piergiorgio kennengelernt und er um ihre Hand angehalten hatte, war es ihr vorgekommen, wie auf Wolken zu schweben, denn er war gut aussehend, intelligent und vor allem studierte er an der Universität. Diese Ehe sollte sie auf der sozialen Leiter eine Stufe höher bringen. Sie hatte weiter gearbeitet, um sein Studium zu finanzieren. Als Piergiorgio seinen Doktor machte, war sie glücklich und stolz auf ihn gewesen.

Alles, was Piergiorgio sagte oder tat, schien ihr intelligent und richtig zu sein. Sie hing buchstäblich an seinen Lippen. Die Entscheidungen des Ehemannes waren unanfechtbar für sie.

Ab einem gewissen Zeitpunkt hatte Piergiorgio begonnen, sich mit anderen Frauen aus dem Universitätsmilieu zu treffen. Sie hatte es bemerkt, sich aber nicht beschwert, denn es schien ihr normal zu sein, daß jemand, der die Universität besucht hatte, Beziehungen zu Leuten des gleichen Bildungsstands pflegt. Außerdem kamen diese Eskapaden recht selten vor.

Vor drei Jahren jedoch war Dottoressa Laperla in das Leben ihres Mannes getreten. Cecilia hatte anfangs sehr darunter gelitten, sich am Ende aber fast durch diese Verbindung abgesichert gefühlt. Piergiorgio würde sie niemals wegen einer Frau verlassen, die soviel älter als er war. Sie hatte gehofft, daß Piergiorgio mit der Zeit diesen Wahnsinn einsehen und sich klarwerden würde, wie absurd diese Verbindung war. Sie hatte sogar gehofft, daß Diana ihm hätte helfen können, reifer und verantwortungsbewußter gegenüber seiner Familie zu werden.

»Es tut mir leid«, sagte Diana, »ich konnte nicht wissen, daß es so enden würde.«

»Wirklich? Das glaube ich Ihnen nicht. Haben Sie nicht bemerkt, daß Piergiorgio nur ein egoistisches und besitzergreifendes Kind ist? Anstatt ihm zu helfen, erwachsen zu werden, haben Sie es noch schlimmer gemacht, als es vorher schon war. Warum?«

»Bei ihm konnte ich meine mütterlichen Gefühle ausleben«, gestand Diana betrübt.

»Sie sind nicht besser als mein Mann. Sie sind genauso kindisch wie er. Ich hatte wunderbare Hoffnungen in meine Ehe gesetzt. Sie haben mir meine ganze Welt zerstört.«

»Geh und hol dir deinen Mann zurück«, sagte Diana und hielt ihr dabei den Schlüsselbund hin.

»Also haben Sie mich angelogen. Sie sind immer noch mit meinem Mann zusammen«, versetzte Cecilia.

»Nein. Er ist bei mir zu Hause, aber ich bin nicht mehr dorthin zurückgekehrt. Versuch mit ihm zu reden, aber glaube nicht, ihn überzeugen zu können, indem du von Verzicht und Opfern sprichst. Ich habe mich wie eine egoistische Mutter benommen, aber du genauso. Benimm dich wie eine Frau und erobere ihn dir zurück.«

3

Diana war in ihrer Praxis allein. Die Begegnung mit Cecilia hatte sie stark aufgewühlt. Sie überlegte, inwieweit sie für das moralisch äußerst fragwürdige Verhalten ihres jungen Geliebten selbst verantwortlich war. Sie hatte alles getan, um sich diesen gutaussehenden und ehrgeizigen Jungen gefügig zu machen, ohne über die tieferen Beweggründe nachzudenken, die sie in seine Arme getrieben hatten.

Sie dachte an Lucrezia und Caterina. Ihre besten Freundinnen hatten ihr Urteil zu dieser Angelegenheit durch ein Schweigen ausgedrückt, das mehr als Worte sagte.

Sie hatte Piergiorgio vor die Tür gesetzt. Jetzt mußte sie sich ihren persönlichen Problemen stellen, die tiefliegende Wurzeln hatten.

Sie suchte im Schränkchen in der Abstellkammer nach einem Lappen und begann die Schreibtischplatte zu polieren. Wie lange war es her, daß sie in ihrer Praxis aufgeräumt hatte? Für gewöhnlich überließ sie der Putzfrau die tägliche Reinigung der Räume und begnügte sich mit einer nur oberflächlichen Ordnung.

Diese Abneigung, Ordnung zu schaffen, hatte vor drei Jahren begonnen, genau zu dem Zeitpunkt, als sie Piergiorgios Geliebte geworden war.

Indem sie sich mit Cecilia verglich, entdeckte Diana den tiefen Abgrund ihrer Ängste; die schlimmste war die, älter zu werden. Gleichzeitig war ihr ein lang unterdrücktes Bedürfnis ins Bewußtsein gekommen; das Verlangen nach Mutterschaft. Sie hatte Piergiorgio wie einen zu formenden Sohn behandelt. Warum nur hatte sie sich an der Schwelle zu ihrem sechzigsten Lebensjahr von einem solch absurden Wunsch gefangennehmen lassen? Wenn sie hätte Mutter sein wollen, warum hatte sie dann immer alles getan, um es nicht zu werden?

Einmal, in jungen Jahren, war sie schwanger geworden und hatte so schnell wie möglich abgetrieben. Später dann hatte sie sehr darauf geachtet, daß ihre Liebesgeschichten von vornherein zu keiner Ehe führen konnten. Jetzt wurde ihr klar, daß sie nie einen Ehemann gewollt hatte, um nicht Gefahr zu laufen, Kinder zu bekommen.

Sie drückte den Lappen zusammen und warf ihn weit von sich, so als ob sie sich damit von einem quälenden Schmerz befreien könnte.

Sie legte sich aufs Sofa, schloß die Augen und versuchte sich zu erinnern.

Sie sah ein kleines Dorf, eingeschlossen von den Monti Lattari, den Bergen des Golfs von Amalfi. Es hieß Furore. Dort war ihr Vater geboren. Dort lebte seit ewigen Zeiten die Familie Laperla. Sie war elf Jahre alt gewesen, als die Eltern sie zusammen mit ihren Schwestern dorthin geschickt hatten, damit sie »ein bißchen Fleisch auf die Rippen bekommen würden«, wie die Mutter sagte. Den schwierigen Kriegsjahren waren die noch härteren Jahre der politischen Säuberung gefolgt. Professor Temistocle Laperla war wegen seiner faschistischen Vergangenheit seines Amtes enthoben worden und im Hause herrschte der Hunger.

»Diese kleinen Mädchen sehen grün wie Eidechsen aus«, sagte die Mutter. »Schicken wir sie doch zu meinen Verwandten. In Furore gibt es immer etwas zu essen«, entschied der Vater.

Auf dem Gehöft der Familie Laperla, wo die Großeltern mit ihren anderen Kindern, Schwiegertöchtern, Enkelkindern und Haustieren lebten, aß man besser und viel mehr als in der Stadt. Der Großmutter gelang es mit dem wenigen, das die ausgetrocknete Erde des Hofs abwarf, die ganze Familie satt zu bekommen. Sie erinnerte sich noch gut an den guten Geschmack ihrer »Maccheroni der armen Leute« und an die vielen Tomatengerichte.

Die Großmutter war, wenn sie nicht auf dem Feld arbeitete, in der Küche und paßte auf die Kleinsten auf, indem sie ihnen öfter rechts und links eine Backpfeife gab. Sie schrie häufig herum, denn sie glaubte, daß ihr niemand den nötigen Respekt entgegenbrachte. Wenn sie guter Laune war, sang sie. Und sie konnte reden, ohne Unterbrechung reden, wobei sie nuschelte, denn sie hatte nur noch einen Zahn. Sie sagte, daß sie bei jedem Kind einen Zahn verloren hätte. Es war ihr nur einer geblieben, sozusagen als Erinnerung. Ein Erinnerungsstück, das sie seit fünfzehn Jahren pflegte, seitdem sie das letzte Mal die Tür des Schlafzimmers vor der Nase ihres Mannes geschlossen hatte. Von den vielen Kindern, die sie zur Welt gebracht hatte, waren nur acht zu gesunden und kräftigen Mädchen und Jungen herangewachsen. Alle lebten dort, ein wenig ärmlich, aber respektiert von der Gemeinschaft. Eine Ausnahme stellte nur der Professore dar, der für sie nun wirklich intelligent war, dem allerdings das Unglück passiert war, eine Frau aus dem Norden geheiratet zu haben. Wie alt mochte die Großmutter damals gewesen sein? Vielleicht um die sechzig, so wie sie jetzt. Diana und ihre Schwestern hielten sie für alt, und wenn sie lachte und dabei die dunkle Höhle ihres zahnlosen Mundes zeigte, drehten sich die Mädchen vor Entsetzen weg.

Die Frauen im Haushalt hatten alle einen Bauch. Die einen, weil sie dick, die anderen, weil sie schwanger waren.

Tante Concetta hatte wegen ihrer fortgeschrittenen Schwangerschaft den dicksten Bauch. Ihr Leib war so rund, daß sie sich nicht mehr bücken konnte. Zu Hause sagten sie, daß sie Zwillinge bekommen würde. Diana schaute mit einer Art Abscheu auf all diese hervorstehenden Bäuche, die ihr obszön vorkamen, so wie der zahnlose Mund der Großmutter.

Eines Vormittags setzten bei Tante Concetta die Wehen ein. Die Großmutter schickte die Kinder auf die Felder, um die Frauen zu holen, die dort arbeiteten, und mühte sich mit den Vorbereitungen ab, indem sie Wasser aufs Feuer setzte, Tücher neben dem Bett der Schwiegertochter bereitlegte und kleine Fläschchen mit heiligem Öl und Kampferöl aufstellte. Der älteste ihrer Enkel schwang sich aufs Fahrrad, um ins nächste Dorf zu fahren, wo die Eltern der Tante lebten. Man mußte sie über das bevorstehende Ereignis unterrichten.

In kurzer Zeit verwandelte sich das Bauernhaus in einen Ameisenhaufen voller Frauen. Die Männer und die Kinder wurden alle hinausgeschickt. Dann sperrten sie die Tür ab.

Diana blieb drinnen. Sie hatte sich hinter einer Bauernkommode versteckt. Sie wollte endlich herausfinden, was es denn nun so Mysteriöses bei einer Geburt gebe, daß man alle Männer und Kinder fortschicken mußte. Sie war zwar die älteste Tochter des Professors Temistocle, aber sie war nie dabeigewesen, als ihre Mutter die Schwestern zur Welt gebracht hatte. Irgendwie, auf die eine oder andere Art, war sie immer außer Haus gewesen. Sie wurde zu einer Nachbarin oder zu einer befreundeten Familie gebracht. Wenn sie nach Hause kam, entdeckte sie ein neues Schwesterchen, das an der Brust der Mutter nuckelte.

Die Tante fing an zu schreien. Schreie, die sich wie Röcheln anhörten, drangen aus ihrem Mund, während die Frauen um sie herum nicht aufhörten zu versuchen, sie mit Worten, Ratschlägen und Gebeten zu beruhigen. Im Zimmer war es erstickend heiß. Diana hob den Blick zur Decke. Von den Balken hingen zum Trocknen gebundene Büschel Oregano herab, Knoblauchzöpfe, auf Fäden gezogene Tomaten und Peperoncini, die den Duft der von der Sonne verwöhnten Erde ausströmten, in der sie reif geworden waren. Düfte, die sich jetzt mit den Gerüchen der Geburt, den Schmerzensschreien und den Gebeten vermischten. Die lateinischen Gebete richteten sich an die Jungfrau Maria, und die in Italienisch an den selig gesprochenen Arzt Moscati, von dem sie noch nie vorher gehört hatte, der aber »ein Heiliger, der viele Wunder vollbracht hat«, sein mußte, wenn man dem Flehen und Bitten Glauben schenken konnte. Tante Concetta brachte ihr Kind zur Welt. Ein kurzer Augenblick der Stille unterstrich die Bedeutung des Ereignisses, ihm folgte ein zerreißendes Wimmern. Tante Concetta starb an einer Infektion. Sie war zwanzig gewesen. Diana schwor sich, daß sie niemals schwanger werden würde, niemals sollte sich ihr Leib weiten und aufblähen, nie würde sie mit einem zerfetzten Schoß sterben, um einem Kind das Leben zu schenken. Ihr Bauch würde immer schlank und flach bleiben. Das Ereignis, dem sie beigewohnt hatte, löste ein solches Trauma bei ihr aus, daß ihr Gedächtnis es nach einiger Zeit aus der Erinnerung verbannt hatte. Jetzt tauchte es mit seinem ganzen Schrecken aus den Tiefen des Unterbewußtseins wieder auf. Die traumatische Erinnerung an die gebärende Tante Concetta war so verschüttet gewesen, daß sie, auch während der jahrelangen psychotherapeutischen Behandlung, trotz der geduldigen Nachforschungen ihrer Therapeutin, nicht zum Vorschein gekommen war. Jetzt verstand sie ihre Abneigung gegen die Ehe und gegen die Schwangerschaft. Wenn sie sie vor dreißig Jahren entdeckt hätte, wäre ihr Leben vielleicht anders verlaufen. Jetzt konnte sie lediglich zur Kenntnis nehmen, daß es ihr nicht gelungen war, ihren Mutterinstinkt zu unterdrücken, und daß er im fortgeschrittenen Alter, als sie Piergiorgio begegnet war, explosionsartig hervorgetreten war. Sie hatte geglaubt, ihn sich zum Liebhaber genommen zu haben, dabei hatte sie ihn doch nur wie einen eigensinnigen Sohn verwöhnt und verhätschelt. Es war der Punkt erreicht, ihre Weiblichkeit zurückzugewinnen und sich dementsprechend zu benehmen.

4

Die Via della Spiga war im Leben von Caterina und Marco ein bedeutungsvoller Schauplatz. Hier im Herzen der Altstadt hatten sie sich kennengelernt, hier hatte ihre Beziehung begonnen, der trotz aller Mißverständnisse die Zeit nichts hatte anhaben können.

Das Klima war angenehm. Die Wolken und der Regen hatten die schwüle Juliluft erfrischt.

Sie waren im Kino gewesen und hatten einen lustigen Film gesehen, der sie in gute Laune versetzt hatte. Danach hatten sie im Restaurant *Four Seasons* zu Abend gegessen, und nun schwelgten sie in Erinnerungen, während sie den nächtlichen Spaziergang auf der Via della Spiga genossen.

»Wie oft sind wir diese Straße auf und ab gegangen als wir jung waren«, sagte Marco.

Caterina lächelte.

»Die Erinnerung spielt dir einen Streich. Es ist nur ein einziges Mal passiert. Du warst verzweifelt, aus einem bestimmten Grund. Ich aus einem anderen. Und dann kam mein Vater dazwischen, der so tat, als ob er uns nicht gesehen hätte«, erinnerte sie ihn.

»Ich habe mich schlecht dir gegenüber benommen«, sagte Marco mit Bedauern.

»Mein Verhalten dir gegenüber war auch nicht besser«, bemerkte Caterina hastig. Und fuhr mit leiser Stimme fort: »Es gibt etwas, das ich dir nie gesagt habe.«

»Ich weiß schon, worum es sich handelt. Es ist ohne Bedeutung.«

»Du weißt überhaupt nichts, mein Lieber«, sagte Caterina voller Bedauern.

»Es ist die alte Geschichte meiner Gefangennahme. Auch wenn du damals nicht, ohne es zu wollen, der Koch-Bande den Weg zu mir gezeigt hättest – man hätte mich trotzdem gefaßt. Dich trifft keine Schuld«, versicherte Marco.

Caterina blieb stehen und blickte ihm direkt in die Augen. »Aber wovon sprichst du denn?« fragte sie ihn.

»Ich spreche vom September 1944. Wovon denn sonst?«

»Ich dagegen spreche vom September 1954. Wenn nicht davon, wovon denn sonst?«

»Warum? Was ist im September 1954 geschehen, außer der Tatsache, daß wir uns getrennt haben?«

»Daß du mich verlassen hast«, unterstrich sie und wurde langsam wütend. »Aber das ist es nicht. Was hat das mit 1944 zu tun? Welche Bedeutung hat die Koch-Bande?«

Marcos Worte hatten sie vollständig verwirrt, und sie wußte nicht mehr, ob nun Marco nicht verstehen wollte oder sie ihn mißverstand.

»Laß uns aufhören, Caterina. Es hat keinen Sinn, in der Vergangenheit zu graben«, lenkte er ab, schon ein wenig verärgert.

»Nein, ich will nicht aufhören! Sei bitte so freundlich und erkläre es mir genauer«, griff sie ihn an.

Plötzlich war es, als wären gar nicht so viele Jahre vergangen, denn Marco und Caterina waren dabei, sich mit derselben Wut ihrer Jugend zu streiten. Ihre lauten Stimmen hallten zwischen den Mauern der engen Gasse Mailands wider und stiegen in den blassen Himmel auf, wo stille weiße Wolken schwebten. »Du sagst, es gibt etwas, das ich immer verschwiegen habe. Ich habe es auf die Geschichte mit meiner Tasche bezogen, die mir damals im Laden deines Vaters während der Bombardierung gestohlen wurde. Als ich aus Deutschland zurückgekehrt war und mit deinem Vater sprach, habe ich mir die Einzelheiten selbst zurechtgelegt. In deiner kindlichen Naivität hattest du den Faschisten gesagt, daß die Tasche mir gehörte. Dann haben sie mich festgenommen. Das ist alles«, erklärte Marco.

»Ich habe es noch nicht verstanden«, sagte Caterina, während sie über die knappe Erzählung nachdachte, die ein weit zurückliegendes Drama einschloß. »Ich erinnere mich an die Bombardierung. Wir hatten uns in den Keller geflüchtet. Danach bist du durch die Trümmer weggegangen. Und dann erinnere ich mich noch an zwei Männer, die deine Tasche hatten und sie dir zurückgeben wollten. Ich sagte ihnen: sie gehört Marco Continolo, und war überzeugt, dir einen Gefallen zu tun, denn du hast immer so auf diese verfluchte Tasche aufgepaßt. Jetzt muß ich feststellen, daß ich mich wie eine Spionin benommen habe. Soll das heißen, daß du durch meine Schuld ins Konzentrationslager gekommen bist?« fragte sie bestürzt.

»Nein, so ist es nicht. So oder so wäre ich dort gelandet. Sie hätten mich ein anderes Mal, bei einer anderen Gelegenheit, geschnappt. Sie hatten unser Netz schon aufgedeckt. Das ist es, was ich dir zu erklären versuche«, beharrte Marco.

»Ich verstehe. Das ist eine Seite der Geschichte, die ich noch nicht kannte. Wie soll ich nur mit diesen Schuldgefühlen jemals fertig werden?« sagte sie.

»Caterina, um Himmels willen, dramatisiere doch nicht alles gleich so. Immer rede ich von irgend etwas und du denkst an etwas ganz anderes. Was ist also im September, zehn Jahre später passiert?«

Sie gingen langsam weiter und fingen an, sich gemeinsam daran zu erinnern.

Die Liebe
1954

1

Caterina holte Schal und Mantel von der Garderobe, zog beides an und durchquerte die Eingangshalle der Bibliothek, in der zahlreiche Studenten dem Ausgang zuströmten. Der Abend war hereingebrochen und die Bibliothek wurde bald geschlossen. Ein junger Mann rempelte sie, so daß sie gegen das neben ihr gehende Mädchen stieß.

»Entschuldige«, sagte Caterina zu ihr.

»Das macht doch nichts«, beeilte sich die Unbekannte mit einem Lächeln zu sagen, während sie einen Bücherstapel wieder ins Gleichgewicht brachte, den sie unter dem Arm trug. Caterina erwiderte das Lächeln.

»Aber ich kenne Sie doch«, sagte sie gleich darauf, wobei sie vom Du zum Sie überging.

»Tatsächlich?« fragte die andere gleichgültig.

»Sie sind doch Professoressa Damiani.« Caterina war sich ganz sicher. Sie bewunderte die Eleganz ihrer Erscheinung. Beide ließen sich von der Menge durch den Ausgang schieben und fanden sich auf dem Corso Porta Vittoria wieder.

»Und wer bist du?« fragte die ehemalige Lehrerin von Caterina.

»Ich bin Caterina Belgrado. Erkennen Sie mich wirklich nicht?«

Signorina Damiani musterte die Gesichtszüge des hübschen Mädchens neben ihr. Sie hatte blitzende Augen, eine leicht gebogene Nase, volle rosige Lippen, hohe, ausgeprägte Wangenknochen und eine alabasterfarbene Haut. Die schwarzen, welligen Haare reichten ihr knapp bis auf die Schultern und wurden von einem Samtstirnreif gebändigt. Sie trug einen dunkelgrünen Mantel mit Schalkragen, der in der Taille enger geschnitten war und die schlanke, biegsame Figur unterstrich.

»Aber natürlich erinnere ich mich an dich«, rief Francesca aus, und ihr Blick erhellte sich. »Du warst die perfekte Schülerin. Niemals ein Komma an der falschen Stelle, niemals eine Aufgabe falsch gelöst. Die kleine Belgrado. Mit der Pallavicini und der Laperla befreundet. Ihr wart ein unzertrennliches Trio.«

»Das sind wir immer noch«, versicherte Caterina.

Die beiden blieben an der Ampel stehen. Es war Dezember. Ein eisiger Regen fiel. Eine Straßenbahn fuhr klingelnd vorbei, vollgepfropft mit Menschen, die nach Hause zum Abendessen fuhren. Auf der linken Seite erahnte man gegen den dunklen Himmel die Umrisse der höchsten Zinnen des Doms, der von der Madonnina gekrönt wurde.

»Was macht ihr denn jetzt?« fragte Francesca, mehr aus Höflichkeit als aus wirklichem Interesse.

»Wir sind immer noch am gleichen Gymnasium. Das letzte Jahr. Im nächsten Juli machen wir Abitur«, erklärte Caterina. »Und Sie, wo unterrichten Sie jetzt?«

»Das Jahr mit euch ist das erste und einzige Jahr gewesen, in dem mir das Unterrichten Spaß gemacht hat. Kurz danach habe ich damit aufgehört. Ich hätte noch so viele Prüfungen bis zur festen Anstellung machen müssen. Schrecklich langweilig. Aber erzähl mir von dir: was hast du in der Bibliothek gemacht?«

»Ich bereite ein Referat über Manzoni vor. Ich muß sagen, er interessiert mich mehr als Mensch, nicht so sehr als Schriftsteller. Mir gefällt die Geschichte der Familie Beccaria, der Brüder Verri, die Geschichte von Carlo Imbonati. Fast ein ganzes Jahrhundert wirklich wichtiger Ereignisse. Also, kurz gesagt, ich versuche, die Persönlichkeit Manzonis unter dem Gesichtspunkt zu untersuchen, der mich am meisten anzieht, nämlich dem des familiären Umfelds«, erklärte Caterina mit Begeisterung.

»Ich hoffe, daß du eine Lehrerin hast, die intelligent genug ist, diese Wahl zu billigen«, bemerkte Francesca und fügte hinzu: »Aber ich kann dir nur gratulieren, wie du dich gemacht hast.«

»Wie meinen Sie das?« fragte Caterina.

»Du bist sehr schön. Intelligent bist du schon immer gewesen. Aber jetzt bist du perfekt, gratuliere«, sagte sie. »So, da wären wir.«

Sie war im Toreingang eines Palazzo aus dem vorigen Jahrhundert stehengeblieben.

»Wohnen Sie hier?« fragte das Mädchen, das über die Komplimente errötet war.

»Nur noch für kurze Zeit. Ich werde bald heiraten, und wahrscheinlich ziehe ich dann nach Rom.«

»Dann wünsche ich Ihnen alles Gute«, sagte Caterina.

»Auch dir viel Glück«, gab Francesca zur Antwort, indem sie den Handschuh abstreifte und Caterina die Hand reichte. Caterina sah an ihrem Finger einen wundervollen Diamanten, der ganz wie ein Verlobungsring aussah. Sie schüttelte Francesca die Hand und lächelte.

»Vielen Dank noch einmal für die netten Dinge, die Sie mir gesagt haben, Signorina Damiani.«

Die ehemalige Lehrerin ging unter dem Torbogen hindurch und Caterina setzte ihren Weg fort.

Nach wenigen Schritten hörte sie ihren Namen rufen. Sie drehte sich um und sah Francesca, die ihr gefolgt war.

»Bist du vielleicht an einer Arbeit interessiert?« fragte sie.

»Aber natürlich!« rief Caterina begeistert.

»Seit einigen Jahren arbeite ich für einen kleinen Verlag. Er heißt ›Das Eichhörnchen‹ und gibt Kinderbücher heraus. Wir suchen jemanden zum Korrekturlesen der Druckfahnen. Möchtest du versuchen, uns behilflich zu sein?«

»Glauben Sie, daß ich das könnte? Im Moment gebe ich ein paar Mädchen aus der Mittelschule Nachhilfe in Latein. Damit ich nicht immer meine Mutter wegen jeder Kleinigkeit um Geld bitten muß«, erklärte Caterina.

»Das ist verlorene Zeit. Wenn du in einem Verlag arbeitest, hast du Gelegenheit, einen Beruf zu lernen.«

»Einverstanden. Wann soll ich anfangen?« fragte Caterina strahlend.

»Komm morgen nachmittag in mein Büro. Hier ist die Adresse.« Der Verlag ›Das Eichhörnchen‹ hatte seine Büros in einer kleinen Wohnung am Corso Magenta. Caterina zählte sechs Personen, alles Frauen, alle jung, alle vom Typ Francescas: nüchterne Eleganz, unbefangene Art, angeborene Klasse. Überall waren Bücher: auf den Regalen, auf den Schreibtischen, am Boden. An den Wänden hingen Plakate, Fotografien, Briefe, Postkarten. Auf jedem Tisch stand ein winzig kleiner Blumenstrauß in einer kleinen Vase. Überall standen Kaffeetassen herum, und hier und da Pralinenschachteln. An den Fenstern hingen verspielte Spitzengardinen, und auf den Fensterbrettern standen liebevoll gepflegte Blumentöpfe. In der Luft lag eine seltsame Mischung von Gerüchen: französisches Parfüm, Kaffeeduft, der Geruch von bedrucktem Papier und von Zigarettenrauch. Zwei schöne Frauen tippten an ihren Schreibtischen mit großer Geschwindigkeit auf riesigen, schwarzen Olivetti-Schreibmaschinen und bemerkten nicht einmal, daß Caterina eingetreten war. Francesca hingegen kam ihr entgegen und lächelte dem verloren aussehenden Mädchen, das sich schüchtern umsah, beruhigend zu.

»Häng hier deinen Mantel auf«, sagte sie zu ihr. »Komm, ich möchte dich unserer Verlegerin vorstellen.«

Caterina war aufgeregt. Das Büro erschien ihr wunderbar. Sie fragte sich, worin wohl die Arbeit jener Frauen bestand. Sie hätte niemals gedacht, daß für die Herstellung eines Buches so viele Personen nötig waren.

Francesca klopfte leicht an eine weißlackierte Tür, dann ergriff sie die polierte Messingklinke und öffnete sie. Caterina fand sich in einem Raum wieder, der ein Mittelding zwischen Arbeitszimmer und Empfangssalon zu sein schien. Dort standen ein großer, nüchterner Schreibtisch und zwei bequeme Sessel, an den Wänden hingen moderne Bilder, und überall standen Bücher. Aber was ins Auge fiel war vor allem sie, die Verlegerin. Der erste Eindruck Caterinas war der einer wundervollen, nordischen Gottheit. Die Frau, eine zarte und gleichzeitig eindrucksvolle Erscheinung, trug ein einfaches Kleid aus grauer Vikunjawolle mit einem großen weißen Pikeekragen. Um den Hals trug sie eine dreireihige Perlenkette. Das feingeschnittene Gesicht hatte einen strengen und doch sanften Ausdruck. Die blauen, nicht großen, aber durchdringenden Augen schauten Caterina prüfend an. Ihre kurzen, zu weichen Wellen gekämmten Haare schimmerten golden. Die Frau rauchte eine Zigarette in einer schwarzen Zigarettenspitze. Als sie sie zum Mund führte, bemerkte Caterina ihre große, wohlgeformte und kräftige Hand, an deren kleinem Finger ein großer Ring mit einer weißen und einer schwarzen Perle steckte. Ebensolche Perlen schmückten ihre Ohrringe.

»Das ist das Mädchen, von dem ich dir erzählt habe«, sagte Francesca und schob Caterina auf den Schreibtisch zu. Caterina war so eingeschüchtert, daß sie niemals gewagt hätte, sich von der Stelle zu rühren.

»Dottoressa Claudia Ronchi, unsere Verlegerin«, stellte Francesca sie nun auch vor.

»Guten Tag«, begrüßte sie die Frau. »Setz dich, dann können wir uns ein bißchen unterhalten.«

»Ich lasse euch alleine. Ich muß ein paar dringende Telefonate erledigen«, erklärte Francesca, während sie aus dem Büro verschwand.

»Du heißt Caterina Belgrado«, las Claudia von einem Notizzettel ab, der auf ihrem Schreibtisch lag. »Dottoressa Damiani hat mir gesagt, daß du intelligent, fleißig und genau bist. Das sind unerläßliche Eigenschaften für jemanden, der Druckfahnen korrigiert. Es darf beim Lesen kein einziges Komma übersehen werden.«

Caterina hatte sich auf die Sesselkante gesetzt. Sie hielt den Rücken gerade, als ob sie auf das geringste Gefahrensignal hin flüchten wolle.

»Hab keine Angst, Caterina«, lächelte die Frau. »Es ist nur ein Versuch, für dich genauso wie für uns.« Sie reichte ihr eine beträchtliche Anzahl Druckseiten.

Caterina nahm sie entgegen. Sie suchte nach einem intelligenten Satz, den sie hätte sagen können, aber ihr fiel nichts ein. »Das sind also die Druckfahnen?« fragte sie mit dünner Stimme. Dann errötete sie und gestand: »Ich habe nämlich noch nie welche gesehen.«

Die Frau nickte.

»Die Herstellung eines Buches beginnt mit den Druckfahnen. Sie müssen gelesen und korrigiert werden, damit man dann das Buch drucken kann. Ganz einfach, oder?«

Mit weicher und sanfter Stimme fuhr die Verlegerin fort: »Bis jetzt haben wir die Druckfahnen im Büro korrigiert. Aber die Arbeit wird immer mehr, und meine Mitarbeiterinnen haben kaum noch Zeit. Deshalb hat Dottoressa Damiani beschlossen, diese Arbeit einer Schülerin anzuvertrauen. Sie hat dich vorgeschlagen. Wir werden sehen, was du leisten kannst. Im Moment handelt es sich nur um einen Versuch. Wenn du deine Arbeit gut machst, wirst du angemessen bezahlt werden.«

»Dieses Jahr mache ich das Abitur. Ich weiß nicht, ob ich jeden Tag kommen kann«, wagte Caterina einzuwerfen.

»Das hier ist eine Arbeit, die zu Hause erledigt wird. Du kommst hierher, um die Druckfahnen abzuholen, dann korrigierst du sie und kommst wieder, um sie abzugeben. Diese hier müssen bis nächste Woche fertig sein. Bevor du gehst, solltest du mit Dottoressa Damiani sprechen, die dir zeigen wird, wie man Korrekturen einzeichnet«, schloß Claudia und verabschiedete sie.

Caterina verließ den Verlag voller Angst. Sie fürchtete, ihre ehemalige Lehrerin zu enttäuschen, die anscheinend so viel Vertrauen in sie setzte.

Sie lief eilig die breite Marmortreppe hinab. Sie wollte sofort mit der neuen Arbeit beginnen, aber sie mußte auch noch lernen, denn am nächsten Tag standen ihr zwei mündliche Prüfungen bevor.

Sie lief durch den Torbogen des Palazzos und trat auf die Straße.

Vor ihr stand, an die Motorhaube eines blauen Alfa gelehnt, Marco Honneger. Er trug einen kamelhaarfarbenen Mantel, hatte den Kragen hochgeschlagen, um sich vor der beißenden Kälte zu schützen, und hatte die Hände in den Taschen vergraben. Er schien auf jemanden zu warten.

»Marco!« rief Caterina aus und riß die großen, goldfarbenen Augen auf.

Er sah sie und lächelte sie sichtlich erfreut an.

»Kennen wir uns?« fragte er.

2

Sie blieb verwirrt stehen, als hätte man ihr einen Schlag auf den Kopf versetzt. Sie fühlte, wie sich ihr Magen verkrampfte und kam sich dumm, lächerlich und plump vor. Ihre kindliche Leidenschaft für Marco war in den Jahren des Heranwachsens in den Hintergrund gerückt und hatte sich schließlich scheinbar in Luft aufgelöst. Dennoch geschah es bisweilen, daß sie sich an sein Gesicht, seine Stimme, seine Art und vor allem seine Eleganz erinnerte.

Wenn Diana und Lucrezia wortreich und mit vielen Seufzern über ihre Jungmädchenschwärmereien sprachen, die meistens sowieso mehr erträumt als wirklich waren, lächelte Caterina mit einem gewissen Anflug von Überlegenheit.

»Das ist eine Phase, die ich schon überwunden habe«, äußerte sie und dachte dabei an Marco. Als ihr Vater tuberkulosekrank aus dem Lager zurückgekehrt war, hatte er ihr von jenem jungen Mann erzählt, dem er das Leben verdankte.

»Er ist ein Engel«, hatte Caterina dazu gesagt. »Weißt du, Papa, daß ich ihn geliebt habe? Das ist aber ein Geheimnis. Sag Mama ja kein Wort davon!«

Seitdem waren viele Jahre vergangen, und jetzt stand er plötzlich vor ihr. Marco war noch ganz genauso, wie sie ihn in Erinnerung hatte. Er hingegen hatte sie vergessen. Eine Welt schien für sie zusammenzubrechen. Sie selbst hätte ihn unter Tausenden in einem Fußballstadion erkannt, während er lediglich fragte: »Kennen wir uns?«

»Eigentlich nicht«, antwortete sie zurückhaltend. »Wir haben uns vor langer Zeit kennengelernt, als ich noch ein Kind war. Damals hießen Sie Marco Continolo. Sie haben im Laden meines Vaters am Corso Venezia eingekauft. Ich habe Sie bedient und Ihnen das beste Obst gegeben«, sagte sie mit unsicherer Stimme und fügte hinzu: »Entschuldigen Sie mich. Es war mir ein Vergnügen, Sie wiederzusehen.«

Sie streckte ihm die Hand hin, die Marco zwischen die seinen nahm und festhielt.

»Dann bist du Caterina Belgrado, die Tochter von Alcide. Wie konnte ich denn in diesem wunderhübschen Mädchen das Kind von damals wiedererkennen?« entschuldigte er sich.

»Ach, Sie wissen schon, die Jahre vergehen, und ich bin groß geworden.« Sie lächelte ihm schüchtern zu und fühlte, wie ihr von der Wärme, die von Marcos Händen ausging, schwindelig wurde.

»Und wie du gewachsen bist!« rief er aus und fragte sofort darauf: »Wie geht es deinem Vater?«

»Das Penicillin hat Wunder gewirkt. Papa ist innerhalb weniger Monate gesund geworden. Ohne das Schreiben, das Sie ihm besorgt haben, hätte er es nie bekommen. Papa wird Ihnen deswegen für immer dankbar sein. Und ich auch. Wenn es sich trifft, kommen Sie doch einmal bei uns im Laden vorbei. Papa wird glücklich sein, Sie zu sehen«, versicherte sie, während Marco sich nicht entschließen konnte, ihre Hand loszulassen.

»Wie viele Jahre sind vergangen?« fragte er, als ob er mit sich selbst spräche.

»Neun Jahre, seit dem Ende des Krieges«, erwiderte Caterina.

»In diesen neun Jahren haben sich viele Dinge geändert. Ich habe nicht mehr viel Zeit, um Einkäufe zu machen, so wie damals. Aber wenn ich es recht bedenke, könnte dies der richtige Moment sein. Bist du gerade auf dem Weg nach Hause?« fragte er.

Caterina nickte.

»Dann bringe ich dich heim«, entschied er und faßte sie am Arm.

»Aber ich wollte eigentlich nicht ... ich weiß nicht ... also, Sie haben doch bestimmt etwas anderes vor«, stammelte sie, während Marco schon die Autotür öffnete, um sie in seinen Alfa einsteigen zu lassen.

»Deine Gegenwart hat viele Erinnerungen vom Staub der Jahre befreit. Außerdem habe ich Lust, Alcide wiederzusehen. Alles andere kann warten«, erklärte er und setzte sich hinter das Lenkrad.

»Ich sehe schon die Freude und die Überraschung von Papa vor mir«, rief Caterina strahlend.

»Du kannst dir nicht vorstellen, wie froh und überrascht ich bin«, erwiderte Marco, der beim Fahren mehr auf Caterina achtete als auf die Straße.

Es war das erste Mal, daß Caterina in einem Auto fuhr, neben einem Mann.

Sie fühlte sich wie die Hauptfigur einer der vielen Bildergeschichten, die in *Grand Hotel* abgedruckt waren. Die hatte sie zusammen mit Oma Luigia gelesen, als sie noch ein Kind war. *Grand Hotel* war die Lieblingszeitschrift ihrer Oma. Caterina fühlte sich magisch von jenen Geschichten und den gezeichneten Gesichtern angezogen, deren Schönheit in der Wirklichkeit ihresgleichen suchte. Marco war genauso: er schien nicht wirklich zu sein. Sie konnte es kaum erwarten, Diana und Lucrezia in der Schule von diesem Abenteuer zu erzählen, und die Komplimente zu wiederholen, die Marco ihr gemacht hatte. »Was machst du jetzt eigentlich, kleine Belgrado?« fragte Marco sie.

»Ich bereite mich auf das Abitur im nächsten Sommer vor«, antwortete sie stolz.

»Als du noch ein Kind warst, lag in deinem Blick etwas, was mich an meine Schwester Celeste erinnerte. Heute, als ich dich wiedergesehen habe, dachte ich einen Augenblick, daß sie es wäre, die vor mir steht, obwohl Celeste blond ist, und du hast dunkles Haar. Meine Schwester ist ein wunderbares Mädchen. Sie lebt in

Kalifornien, in Hollywood. Ich werde sie zu Weihnachten besuchen«, erzählte er ihr, als ob Caterina eine alte Freundin wäre.

»Hollywood!« rief sie aus. »Wie wundervoll! Ist Ihre Schwester Schauspielerin?« Der Bericht für ihre Busenfreundinnen reicherte sich mit immer erstaunlicheren Einzelheiten an.

»Sie ist nur die Frau eines Schauspielers. Sie hat Peter Lawson geheiratet«, erklärte Marco.

»Unglaublich! Ich kenne ihn sehr gut. Ich meine, ich habe alle seine Filme gesehen. Dann ist Lawson also Ihr Schwager«, rief sie begeistert aus.

»Caterina, hör auf, mich zu siezen. Ich fühle mich ja fast alt deswegen! Und dabei bin ich noch nicht einmal dreißig Jahre alt. Wenn du so weitermachst, muß ich dich noch Signorina Belgrado nennen.«

»Mama möchte nicht, daß ich Jungen duze. Und Männer erst recht nicht«, verteidigte sie sich, obwohl sie sich von dieser Vertraulichkeit geschmeichelt fühlte. »Aber ich werde es auf jeden Fall versuchen.«

Als sie den Laden betraten, war Alcide mit dem Saubermachen beschäftigt, weil es Ladenschlußzeit war.

»Papa, schau mal, wen ich mitgebracht habe«, rief Caterina.

Der Obsthändler blieb mit dem Besen in der Hand stehen und betrachtete den eleganten jungen Mann. Nur mit Mühe erkannte er in ihm den abgemagerten und kranken Jungen wieder, mit dem er Hunger und Krankheit im Konzentrationslager von Linz geteilt hatte.

»Da soll mich doch der Schlag treffen«, stieß er endlich hervor, ließ den Besen fallen und umarmte ihn. »Du bist Marco, mein Retter. Ich habe nicht geglaubt, daß ich dich jemals wiedersehe.«

Alters- und Klassenunterschied waren wie weggewischt von der Erinnerung an die tragischen Erfahrungen, die sie gemeinsam durchgemacht hatten.

»Nun, ich lasse euch alleine«, sagte Caterina und entschuldigte sich: »Ich habe noch ein gewaltiges Aufgabenpensum vor mir.« Sie wäre am liebsten bei Marco geblieben, aber die Vernunft gebot ihr, sich zurückzuziehen.

»Ich hoffe, daß ich dich wiedersehe«, verabschiedete Marco sich von ihr, der sie fast mit Bedauern weggehen sah.

»Das hängt von dir ab«, antwortete sie mit einem koketten Lächeln. »Unser Laden ist immer geöffnet.«

In diesem Moment erinnerte sich Alcide an die Worte seiner Tochter, als sie noch ein Kind war: »Ich habe ihn geliebt.« Er sah die beiden abwechselnd an, und wenn er auch im Kopf einen Traum hatte, sagte er jedoch mit Nachdruck: »Im Laden bin nur ich. Caterina ist normalerweise oben und lernt.«

An jenem Abend sah Marco beim Nachhausekommen in der Portierloge einen Umschlag.

Der Portier sagte zu ihm: »Ihre Verlobte ist vorbeigekommen und hat ihn abgegeben.«

Im Aufzug öffnete Marco den Umschlag und las das Billett, auf dem stand: »Ich habe lange vor dem Eingang des Verlags auf dich gewartet. Du bist nicht gekommen. Wo warst du? Heute abend sind wir zum Abendessen bei der Verlegerin eingeladen. Vergiß das nicht. Küsse. Francesca.«

Marco betrat die Wohnung und rief sie an.

»Mir ist ganz überraschend etwas dazwischengekommen«, entschuldigte er sich. »Ich ziehe mich um und komme dich in einer halben Stunde abholen.«

»Ich liebe dich«, raunte Francesca ihm zärtlich ins Ohr.

»Ich dich auch«, sagte er, während er mit den Gedanken ganz woanders war, dort wo Francesca Damiani keinen Zutritt hatte.

3

Caterina begann wieder intensiv an Marco zu denken, so wie damals, als sie neun Jahre alt war. Damals hatte Großmutter Luigia versucht, ihr klarzumachen, daß der Altersunterschied zwischen ihnen zu groß war. Eben: damals war er ein Erwachsener, und sie war nur ein Kind. Aber jetzt war sie erwachsen. Sie war eine Frau, und Marco war auf sie aufmerksam geworden.

»Du liebe Güte! Er hat mich angesehen ... ich weiß nicht, wie ich es sagen könnte, aber es war ein Blick ...« erzählte sie Diana und Lucrezia.

»Er hat dich angesehen, als ob er dich ausziehen wollte«, brachte Lucrezia es auf den Punkt.

»Genau so. Von gewissen Themen verstehst du immer etwas mehr als ich«, bemerkte Caterina.

»Wir sind aber sicher, daß er nicht verheiratet ist, oder?« forschte Diana nach. »Ein Mann hat mit dreißig Jahren normalerweise schon eine Frau.«

»Ach was! Er hat meinem Vater alles erzählt. Er ist weder verheiratet noch verlobt. Und jetzt, haltet euch fest, ihr zwei, denn ich habe noch eine sensationellere Neuigkeit. Marco ist der Schwager von Peter Lawson«, erzählte Caterina.

»Von Lawson, dem Hollywoodstar?« fragte Lucrezia ungläubig.

»Das ist zuviel. Das ist eine so unwahrscheinliche Geschichte, daß sie dir keiner glaubt«, erklärte Diana. Die drei saßen auf dem Himmelbett und aßen die Pralinen, die Lucrezia mitgebracht hatte. Sie hatten die Vorhänge des Bettes geschlossen, um den Austausch ihrer Vertraulichkeiten noch intimer werden zu lassen, und sie sprachen im Flüsterton, obwohl Elena mit ihrem Mann unten im Laden war und die drei sich allein in der Wohnung befanden.

»Ist das der Neid, der da aus dir spricht?« stichelte Caterina. »Ihr wißt doch, daß ich keine Lügen verbreite. Seine Schwester Celeste hat Lawson geheiratet und lebt in Hollywood. Marco wird Weihnachten hinfahren.«

»Das ist ja zum Verrücktwerden«, murmelte Lucrezia begeistert.

Beeindruckt von diesen außerordentlichen Enthüllungen schwiegen sie.

»Womöglich ist er auch noch reich«, vermutete Diana.

»Du machst wohl Witze?« gab Lucrezia zurück. »Die Honnegers sind steinreich. Ihr kennt doch den großen Wandteppich in unserem Eßzimmer, den mit der Jagdszene?«

»Mir schien er immer ein bißchen düster und verstaubt«, gestand Caterina mit Unschuldsmiene.

»Du hast ja keine Ahnung. Das ist ein Muster im Stil des frühen achtzehnten Jahrhunderts. Ein seltenes Stück. Und aus dem Hause Giovanni Honneger«, erklärte sie.

»Ich muß ihn mir das nächste Mal, wenn ich zu dir komme, etwas genauer ansehen«, erwiderte Caterina, die ihn jetzt mit anderen Augen sah.

»Du solltest dich lieber ein bißchen informieren«, riet Diana ihr. »Wann wirst du ihn wiedersehen?«

»Vielleicht nie wieder«, sagte Caterina untröstlich. »Er ist über eine Stunde geblieben, um mit meinem Vater unten im Laden zu sprechen. Ihr wißt ja, die Überlebenden aus den Lagern reden immer über die schrecklichen Dinge, an die sie sich erinnern. Von sich selbst hat er nicht viel erzählt, nur, daß er zwischen Rom und Mailand hin- und herfährt. In Rom lebt er im Palazzo seiner Familie, in Mailand hat er eine kleine Wohnung am Foro Bonaparte. Er hat gesagt, daß er sehr viel arbeitet, weil er die römischen Webereien und die Seidenspinnereien in Como leitet.«

»Ich werde mich bei meiner Mutter nach ihm erkundigen. Sie kennt die halbe Welt und weiß vermutlich auch alles über die Honnegers«, verkündete Lucrezia.

»Nein, bitte. Tu das nicht. Die Marchesa würde anfangen Fragen zu stellen, und ich will nicht, daß über diese Geschichte geredet wird«, bat Caterina.

»Ich an deiner Stelle wäre sehr neugierig«, mischte sich Diana ein.

»Ich nicht. Wenn es etwas zu wissen gibt, will ich, daß er es mir selbst sagt.«

»Wann denn? Du weißt noch nicht einmal, ob ihr euch wiederseht«, wandte Lucrezia ein.

»Das Schicksal wird entscheiden«, schloß Caterina das Thema mit tragischem Blick ab.

»Und jetzt, da wir das Kapitel der Vertraulichkeiten abgeschlossen haben, öffnen wir doch das der Philosophie. Hier ist der Text von La Manna. Stell mir Fragen, morgen werde ich mündlich geprüft«, schlug Diana vor.

»Ich lasse euch alleine. Ich muß gehen«, kündigte Lucrezia an und rutschte vom Bett. »Meine Mutter wartet auf mich. Wir müssen Weihnachtseinkäufe machen.« Sie sagte es ohne große Fröhlichkeit, denn sie wußte, daß Diana und Caterina keine Möglichkeit hatten, Geld auszugeben. Die beiden trösteten sich, indem sie derartige Beschäftigungen ihrer adeligen Freundin als dummen Zeitvertreib abtaten, dem sie sich jedoch auch gerne hingegeben hätten, wenn sie die Möglichkeit dazu gehabt hätten.

Sobald sie allein waren, klappte Diana das Philosophiebuch wieder zu.

»Caterina, sag mir die Wahrheit, bist du in Marco verliebt?« fragte sie mit ernster Miene.

Ihre Freundin schien nachzudenken. Sie schloß die Augen, ließ den Kopf gegen das Kopfteil des Bettes sinken und sah den Mann ihrer Träume vor sich.

»Er gefällt mir unendlich«, antwortete sie. »Ist das Liebe?«

»Nehmen wir ein Beispiel. Wenn er heute abend sterben müßte, würdest du dein Leben für seins geben?«

»Was für eine dumme Frage!«

»Gib mir eine ehrliche Antwort«, forderte Diana sie auf.

»Nein. Ich würde nicht mein Leben für seins geben. Was für einen Sinn hätte das? Wir sprechen von Liebe, und du bringst den Tod ins Spiel.«

»Eros und Thanatos. Die Liebe und der Tod sind immer miteinander verbunden, in der Kunst, in der Mythologie, in der Literatur. Für die Liebe kann man sterben. Sich dem Mann hinzugeben, den man liebt, bedeutet, in ihm zu vergehen. Du liebst ihn demnach nicht. Es geht nur um die Oberfläche, buchstäblich. Er berührt dich, und du erschauerst. Aber die Gemeinschaft der Seelen, der Gedanken, der tieferen Gefühle, wo ist sie? Sag mir, wo ist sie?« beharrte Diana.

»Wenn dich meine Oma Luigia hören würde, dann würde sie sagen, daß du eine ›Sophistin‹ bist. Ich habe ihn nur ganz kurz gesehen, habe mich fast nicht getraut, mit ihm zu sprechen. Ich kenne ihn praktisch gar nicht. Ich weiß nur, daß er mir gefällt, und daß ich von ihm umarmt und geküßt werden will. Ich möchte mein Gesicht an seiner Schulter verbergen, um seinen Geruch und seine Wärme zu spüren. Ob er adelig und reich ist, interessiert mich nicht. Er könnte ein einfacher Arbeiter bei Breda sein, das wäre mir genauso recht«, erklärte Caterina.

»Ich verstehe. Hollywood und der blaue Alfa sind die Zutaten für diese Geschichte, die dir so gut gefallen. Aber ich spreche von der Gemeinschaft zwischen Körper und Geist, von Gedanken und Absichten. Das ist Liebe. Der Rest ist heiße Luft«, behauptete Diana mit wissender Miene.

»Du versuchst, es mir auszureden. Aber das wird dir nicht gelingen. Wenn dir oder Lucrezia so etwas zustößt, ist es die große Liebe, und wenn es mir geschieht, wird es sofort eine Geschichte, die nicht ernst zu nehmen ist. Kannst du mir mal sagen, warum?«

»Weil Lucrezia und ich mit den Beinen fest im Leben stehen. Du statt dessen verwechselst Traum und Wirklichkeit. Du bist ausgezeichnet in Italienisch, in Literatur. Aber du bist eine Niete in Mathematik und in Philosophie, und das sind Fächer, in denen die Fähigkeit zur Argumentation und zur Analyse den Vorrang haben vor der Vorstellungskraft«, sagte Diana.

»Für heute habe ich genug von deinem Blödsinn. Ich will dich nicht mehr sehen. Auch, weil ich in diesen Überlegungen eine Spur Gemeinheit erkenne.«

»Dein Problem ist, daß du keine Kritik erträgst, vor allem keine konstruktive Kritik. Zum Beispiel, weißt du eigentlich, was du im Leben werden willst?« fragte die Freundin hartnäckig.

»Nein. Und ich will es auch gar nicht wissen. Mir gefällt der Gedanke nicht, ein Leben in vorgezeichneten Bahnen zu führen. Du wirst Lehrerin. Das ist nur natürlich. Deine Mutter ist Lehrerin, dein Vater ist Schuldirektor. Sie haben dir die Straße vorgezeichnet, der du folgen wirst. Lucrezia wird überhaupt nichts machen. Sie wird einen reichen Mann heiraten und das Leben damit verbringen, Empfänge zu geben, so wie ihre Mutter und ihre Großmutter vor ihr. So gesehen müßte ich Obsthändlerin werden. Diese Arbeit befriedigt mich jedoch nicht. Aber es interessiert mich ebensowenig, Lehrerin zu werden, und ich will auch nicht auf Empfänge gehen. Also weiß ich noch nicht, was ich machen werde. Aber ich weiß, daß ich viel konkreter bin als du oder Lucrezia. Ich stehe mit beiden Beinen auf der Erde und lerne fleißig, ich verdiene mir ein bißchen Geld mit Nachhilfestunden, und vielleicht kann ich als Druckfahnenkorrektorin arbeiten. Wenn ich Zeit habe, helfe ich auch im Laden. Was das Treffen mit Marco anbelangt, habe ich angefangen, einen Traum zu spinnen. Kannst du mir sagen, warum du so gemein bist und ihn mir zerstören willst?«

»Da haben wir's, du hast wie üblich nichts verstanden. Ich habe nur den Versuch gemacht, dich zum Nachdenken zu bringen«, rechtfertigte Diana sich.

»Tu mir einen Gefallen und geh jetzt. Ich muß lernen, und deine Hilfe nützt mir nichts«, erklärte Caterina.

Sie war außer sich, auch weil sie eine Spur Wahrheit in den Worten ihrer Freundin bemerkte. Aber in diesem Moment wollte sie die Wirklichkeit nicht sehen, sie wollte nur träumen und sich auf die mündliche Prüfung des kommenden Tages vorbereiten.

Als sie Diana verabschiedet hatte, warf sie sich wieder aufs Bett und nahm ihr Buch zur Hand. Sie hatte sich mit den Jahren darauf hin trainiert, gut und schnell zu lernen: sie mußte die Zeit finden, um im Laden zu helfen, und hatte sich außerdem den Grundsatz »Was du heute kannst besorgen, das verschiebe nicht auf morgen« zu eigen gemacht. Sie betrachtete die Fächer, die sie weniger mochte als die anderen, als unvermeidliches Übel und begann gerade deshalb mit genau diesen. »Dann habe ich sie hinter mir«, sagte sie zu sich selbst. An diesem Tag tauchte Marco von Zeit zu Zeit in der *Einführung in die Metaphysik* auf. Sie verjagte ihn entschlossen und fuhr rasch damit fort, den Text laut zu lesen und die wichtigsten Gedanken zu wiederholen. Sie war gerade fertig geworden, als aus der Küche das Klingeln der Glocke zu ihr drang.

Mit dieser einfachen Vorrichtung signalisierten ihre Eltern unten im Laden, daß sie sie brauchten. Caterina verließ ihr Zimmer, ging in die Küche und hob eine kleine, quadratische Luke im Fußboden an. Durch die Öffnung sah sie ihren Vater im Laden.

»Du mußt eine Auslieferung machen. Es ist dringend«, sagte Alcide.

»Und wenn ich keine Zeit habe?« brummte Caterina.

»Dann verlieren wir einen Kunden. Mach keine Geschichten und komm runter«, befahl er.

Caterina schloß die Luke wieder, setzte ihre weiße Wollmütze auf, zog den Mantel an und ging in den Laden hinunter. Elena polierte Äpfel mit einem Tuch, während ihr Vater eine Kiste Ananas auswog.

»Bring sie sofort zur Contessa Calderisi«, sagte er und übergab ihr die Kiste.

»Wie viele sind das denn?« fragte Caterina, die das Gewicht nur mit Mühe heben konnte.

»Zehn. Wer weiß, was sie mit so vielen Ananas anstellen will«, bemerkte Alcide.

Er war zufrieden, alle Ananas losgeworden zu sein, aber auch besorgt darüber, bis zum morgigen Tag keine mehr zur Verfügung zu haben. Er öffnete die Ladentür, und Caterina trat auf den Corso Venezia hinaus. Sie bog in die Via Senato und erreichte die Via Marina. Es war nicht weit, aber mit dem Gewicht der Ananas war es auch kein Spaziergang. Die Kälte war beißend. Die Umrisse der Häuser verschwammen im weißen, feuchten Nebel, der im Sonnenuntergang dichter wurde. Sie betrat den Palazzo durch den Lieferanteneingang, nahm den Aufzug und fuhr zum letzten Stock empor. Ein Bediensteter öffnete ihr und zeigte ihr den Weg zur Küche.

»Gut gemacht, Caterina«, empfing sie der Koch, der sie erkannte, und nahm ihr die Kiste ab. »Du hast dich sehr beeilt.« Auf der großen marmornen Arbeitsplatte in der Mitte der Küche lagen zehn küchenfertige Fasanen. Auf dem Herd drangen Dämpfe und Gerüche aus Töpfen und Pfannen.

»Es scheint ein Fest zu geben«, bemerkte Caterina, um etwas zu sagen. Eine Bedienstete wusch im Wasserbecken einen ganzen Berg Austern.

»Es ist das gewöhnliche Weihnachtsessen für die Mitarbeiter des Conte«, erklärte der Koch.

Caterina nickte und wollte gehen. In diesem Moment kam die Hausherrin in die Küche gefegt.

»Oh, meine Ananas sind angekommen. Danke, Caterina-Schatz«, säuselte sie lächelnd mit zierlichen Bewegungen.

Die schöne Soubrette Wanda Osiris hatte es am Ende geschafft. Sie hatte einen reichen Käsefabrikanten geheiratet, der sich den Grafentitel gekauft hatte, und sie war Contessa Calderisi geworden. Sie hatte ihre Theaterkarriere beendet und redete nichtsdestoweniger ständig von ihrer Vergangenheit voller Pailletten und Federn, wobei sie unterstrich, daß man »dem Herzen nicht befiehlt«, und daß sie eben auf dem Altar der Liebe eine Laufbahn geopfert hatte, die sie mit Sicherheit zum Broadway gebracht hätte. Sie hatte aber nicht aufgehört, herumzuflattern, mit der Stimme die Tonleiter vom Lachen bis zum Weinen herauf- und herunterzutanzen, sowie großzügig und nett zu sein.

»Sie wissen genau, Contessa, wenn Sie rufen, komme ich sofort«, antwortete Caterina, die sich verabschieden wollte.

»Weißt du Liebes, heute abend haben wir zehn Gäste. Der Conte hat wie immer ein kleines Geschenk für jeden von ihnen. Mir ist eine geniale Idee gekommen, um dieses Geschenk zu präsentieren. Ich werde jedes Päckchen an eine Ananas binden. Es handelt sich um Juwelen. Die Päckchen sind klein, aber sie werden wie ein Triumph exotischer Früchte auf dem Tisch ankommen. Was sagst du dazu?« fragte sie beifallheischend.

»Wirklich extravagant«, sagte Caterina, die endlich den Grund für die üppige Obstbestellung verstanden hatte.

»Ganz genau, Caterina-Schatz. Du findest für alles immer das richtige Wort«, zwitscherte sie und schob sie in Richtung der

Wohnräume. Es war eine wunderschöne Wohnung, von einem Architekten eingerichtet, der gerade in Mode war. Sie lag im obersten Stockwerk eines neugebauten Hauses, hatte einen großen Dachgarten, ein Schwimmbad und ein privates Kino. Die überschäumende ehemalige Soubrette hatte eine gute Partie gemacht, obwohl sie die Dreißig, trotz etwas angepaßtem Geburtsjahr, bereits überschritten hatte.

»Gefällt dir mein Kleid?« fragte sie.

Sie war reich und wurde beneidet, aber Caterina kam sie nur einsam vor, noch einsamer als damals, als sie noch keinen Ehemann hatte.

»Es ist ein Prachtstück«, antwortete das Mädchen, nicht nur, um ihr zu gefallen, sondern weil sie das wirklich dachte.

»Es ist ein Kleid von Dior. In Paris gekauft«, sagte die Contessa. Sie legte Caterina ihre beringten Hände auf die Schultern und musterte sie.

»Aber weißt du eigentlich, daß du dabei bist, eine richtige Blume zu werden? Caterina-Schatz, dir wird bald eine Schar von Verehrern zu Füßen liegen. Hast du schon einen Freund?« forschte sie sie aus.

Caterina errötete und schüttelte nur den Kopf.

»Na, das dauert nicht mehr lange. So schön, wie du bist! Du hast auch einen sehr schönen Mantel. Feine Wolle, guter Schnitt. Und diese neckische Baskenmütze steht dir sehr gut. Dein ungeschminktes Gesicht gefällt mir weniger gut. Du hast bezaubernde Augen. Eines Tages werde ich dir mal zeigen, wie du sie hervorheben kannst. Jetzt habe ich leider keine Zeit. Danke, Caterina-Schatz. Geh ruhig zur Vordertür hinaus«, schloß die Contessa und begleitete Caterina zur Eingangshalle.

Es war ein riesiger Raum, so groß wie die ganze Wohnung der Belgrados. In der Mitte stand ein rundes Sofa, auf dem zahlreiche Sträuße frischer Blumen lagen, und in den Ecken standen riesige chinesische Vasen.

»Unsere Gäste schicken vorher immer Blumengeschenke«, erklärte die ehemalige Tänzerin. »Dabei habe ich im Benimmbuch gelesen, daß die Blumen nachher geschickt werden sollten, als Dank. Ich kann diese Etiketteregeln einfach nicht verstehen. Nimm diesen Strauß weißer Pfingstrosen. Riech mal, wie sie duften. »Bring sie deiner Mamma. Ciao, Caterina-Schatz.« Mit diesen Worten legte sie ihr die Blumen in den Arm.

Caterina verließ ganz betäubt von den Worten die Wohnung. Sie ging langsam nach Hause, in den Armen den riesigen Strauß weißer Pfingstrosen, die zart mit Rosa durchzogen waren. Der Nebel war dichter geworden, der Himmel war dunkel geworden, obwohl es erst kurz nach vier war. Die Straßenlampen verbreiteten einen blassen Lichtschein. An der Ecke der Via Senata sah Marco im Nebel die geschmeidige Silhouette eines Mädchens. Sie kam ihm entgegen. Die weißen, üppigen Blumen schwankten leicht in ihren Armen. Es war ein fast unwirkliches Bild.

»Ciao, kleine Belgrado«, sagte er zu ihr, als sie wenige Schritte von ihm entfernt war. »Ich war sicher, daß du von irgendwoher auftauchen würdest. Ich bin aber nicht genauso sicher, daß du es auch wirklich bist. Vielleicht bist du nur eine Vision.«

Caterina sah ihn verträumt an. Er war zurückgekehrt. Und zwar früher, als sie gedacht hatte.

4

»Ciao Marco«, begrüßte sie ihn, wobei sie ihre Aufregung zu beherrschen versuchte.

»Wer hat dir denn diese Blumen geschenkt?« fragte er mit einem Anflug von Eifersucht.

»Warum sollte ich dir das sagen?« sagte Caterina kokett und vergrub das Gesicht in dem Meer duftender Blütenköpfe.

»Stimmt, dafür gibt es keinen Grund«, antwortete er kurz. Er streckte einen Arm vor und umfaßte ihre Schultern. Sie hoffte, nicht von irgendeiner Klatschbase gesehen zu werden, denn dann wären ihre Eltern sicher davon unterrichtet worden. »Gehen wir irgendwohin?« fragte sie, wobei sie hoffte, gleichgültig zu erscheinen.

»Ich glaube nicht«, antwortete er etwas verlegen und erklärte: »Tatsache ist, daß ich morgen abreise. Ich werde frühestens in einem Monat zurückkommen. Ich wollte mich von dir verabschieden. Das letzte Mal bist du geflüchtet und hast mich mit deinem Vater allein gelassen.«

Sein Griff wurde fester. Caterina fühlte eine heiße Woge in sich aufsteigen, die ihr den Atem raubte. Dennoch antwortete sie ausweichend: »Ich fühle mich von diesen Aufmerksamkeiten sehr geschmeichelt. Danke, Marco. Jetzt muß ich aber nach Hause.«

Sie bogen in die Via Palestro ein. Ein Parkwächter schloß gerade das Tor zum Park.

»Seitdem ich dir begegnet bin, habe ich nichts anderes getan, als an dich zu denken«, gestand er.

Sie hatten im Schutz des Gitterzaunes angehalten, unter einer Straßenlaterne, die sie in ihr sanftes Licht hüllte. Auf jenem Straßenstück waren keine Passanten zu sehen, es gab kaum Verkehr. Die Straßenbahn, die von der Piazza Cavour kam, fuhr mit kreischenden Rädern vorbei. Der Zeitungskiosk war geschlossen.

»Es ist so hell hier. Ich fühle mich wie auf dem Präsentierteller«, murmelte das Mädchen.

»Ich könnte dich niemals an einen dunklen Ort bringen. Du bist so unschuldig«, flüsterte er ihr zu.

Ihr Atemhauch vermischte sich. Caterina bot all ihre Kräfte auf, um der Faszination jenes Mannes zu widerstehen, der ihr so sehr gefiel.

»Was weißt du denn schon? Ich könnte genausogut ein liederliches und verdorbenes Mädchen sein«, forderte sie ihn heraus. Er lächelte ihr zärtlich zu.

Als er zwei Abende zuvor seine Verlobte zu Hause bei den gemeinsamen Freunden getroffen hatte, war Francesca ihm entgegengekommen und hatte ihm die Lippen zum Kuß dargeboten. Marco hatte sich hingegen darauf beschränkt, ihr mit einem Kuß zerstreut die Wange zu streifen. Es gelang ihm nicht, den Gedanken an Caterina loszuwerden. Während des Essens schweifte er mit den Gedanken ab, und mehrere Male hatte Francesca ihn zur Ordnung gerufen. Alle hatten gemerkt, daß Marco zerstreut und abwesend war. Francesca war verärgert, auch wenn sie versuchte, es zu verbergen. Als sie sich verabschiedeten, flüsterte die Hausherrin ihm zu: »Es muß wirklich eine ganz besondere Frau sein, die dich in diesen Zustand versetzt hat.«

»Was sagst du denn da?« hatte er gestammelt.

»Ich kenne doch die Männer, mein Lieber. Aber gib acht, deine Verlobte ist zäh. Sie wird sich nicht so einfach aus dem Sattel heben lassen«, antwortete sie mit einem komplizenhaften Lächeln.

Im Auto, während er Francesca nach Hause fuhr, war es ihm nicht gelungen, auch nur ein Wort herauszubringen. Auf ihre

Fragen antwortete er einsilbig. Am Ende hatte sie bemerkt: »Du bist völlig abgelenkt. Es muß dir etwas sehr Bedeutendes passiert sein.«

Ihm war wirklich etwas sehr Wichtiges geschehen: er war der Frau seines Lebens begegnet. Caterina war weder schöner als Francesca noch intelligenter oder sympathischer. Sie hatte einfach etwas an sich, das Marco nicht definieren konnte und das ihn unwiderstehlich anzog.

»Vielleicht bin ich ein bißchen müde«, hatte er sich entschuldigt, während er seine Verlobte zur Haustür begleitete.

»Was, willst du nicht mit heraufkommen?« hatte sie erstaunt gefragt.

»Entschuldige, Francesca. Ich bin müde, das habe ich dir doch gesagt.« Er ging fort, ohne sie auch nur zu umarmen. Er war eben zu Hause angekommen, als das Telefon zu läuten begann.

»Wenn du meiner überdrüssig bist, kannst du mir das ruhig sagen.« Francesca weinte am anderen Ende der Leitung.

»Ich bitte dich, hör doch damit auf«, hatte er brüsk geantwortet.

»In zwei Tagen fahren wir in die Vereinigten Staaten. Muß ich die Reise mit einem Mann machen, der undurchschaubar geworden ist?« hatte sie sich beklagt.

»Gute Nacht, Francesca. Morgen wirst du mich in anderem Licht sehen«, hatte er das Gespräch beendet und aufgelegt.

Er hatte sich im Wohnzimmer auf dem Sofa ausgestreckt und das Radio eingeschaltet, das eine Sendung mit klassischer Musik ausstrahlte. Die klaren Töne der Pastorale hatten in ihm das Bild Caterinas heraufbeschworen.

Jetzt, als er sie im schwachen Licht der Straßenlaterne ansah, wurde ihm klar, daß er nicht mehr fähig wäre, sie sich aus dem Kopf zu schlagen. »Du bist einfach ein wunderbares Mädchen«, sagte er und fuhr fort:

»Ich sehe dich noch vor mir, so wie du als Kind warst, mit einem blauen Faltenrock, einem roten Pullover mit Perlmuttknöpfen und einer weißen Bluse mit besticktem Kragen. Du hattest zwei lange Zöpfe mit blauen Bändern und neugierige, lebendige, lachende Augen. Ich sehe noch die Anmut, mit der du das Obst für mich auswähltest. Ich erinnere mich an deine dünnen Beine, die sich streckten, wenn du dich auf die Zehenspitzen stelltest, um an die höheren Regale zu gelangen. Ich war immer gerührt, weil es so schlimme Zeiten waren, und wenn ich den Laden verließ, fragte ich mich immer, ob wir uns wohl am nächsten Tag wiedersehen würden. Letzte Nacht konnte ich nicht schlafen, ich habe immer an all diese Dinge gedacht. Ich habe dich als Kind kennengelernt, und nun finde ich dich als Frau wieder. Du bist wundervoll, strahlend. Und deine großen Augen ...« – er beendete den Satz nicht.

»Meine Augen ...« wiederholte Caterina mit einem schelmischen Lächeln.

»Wie die einer Hexe. Du hast mich verhext«, stellte er fast ärgerlich fest.

»Ich weiß nicht, ob das ein Kompliment ist«, bemerkte sie.

»Ich bin nicht gut darin, Komplimente zu machen, und ich glaube, ich habe bis heute nie so lange mit einer Frau gesprochen«, gestand er.

Caterina war gerührt und erregt von diesen Worten. Sie wußte nicht, ob sie weinen oder vor Freude lachen sollte.

»Bring mich nach Hause, Marco«, sagte sie schließlich nur verwirrt. »Aber nicht bis zum Laden. Papa könnte etwa Schlechtes von uns denken. Dabei haben wir doch nichts zu verbergen, oder?«

»Das scheint mir das Beste zu sein«, erwiderte Marco. »Ich will keine weiteren schlaflosen Nächte verbringen. Ich werde nicht mehr nach dir suchen, kleine, wunderbare Caterina.«

»Das kannst du mir nicht antun«, flüsterte sie verwirrt. Ihre Augen füllten sich mit Tränen.

»Warum?« fragte Marco zärtlich und strich ihr mit der Hand über das Gesicht.

»Bis gestern warst du nur die wunderbare Erinnerung an eine kindliche Leidenschaft. Aber jetzt weiß ich, daß du immer in meinem Herzen und in meinen Gedanken geblieben bist. Wir teilen etwas Schönes, Wichtiges, Einmaliges. Verlaß mich nicht, Marco. Verlaß mich niemals wieder«, flehte sie. »Amore mio«, flüsterte er. Er beugte sein Gesicht über ihres, berührte mit den Lippen ihren Mund und öffnete ihn mit einem sanften Kuß. Die weißen Pfingstrosen, die Caterina im Arm hielt, begleiteten mit ihrem Duft diesen ersten Kuß. Als sie nach Hause kam und die Küche betrat, rührte Elena gerade die Gemüsesuppe um.

»Wo warst du so lange? Dauert es zwei Stunden, um zur Calderisi zu gehen?« fragte sie barsch.

Caterina antwortete nicht. Mit träumerischem Gesichtsausdruck legte sie die Pfingstrosen auf den Tisch. »Von der Calderisi, für dich«, war das einzige, was sie mit leiser Stimme sagte. Sie ging in ihr Zimmer, ließ sich aufs Bett fallen, schloß die Augen und dachte erneut an den ersten Kuß ihres Lebens. Sie hörte wieder die Stimme von Marco, der ihr zuflüsterte: »Amore mio.« Auch sie war verliebt und hatte ihr Herz an jenen Mann verloren, der jetzt auf der Reise an das andere Ende der Welt war. Sie hätte glücklich sein mögen, aber statt dessen weinte sie.

5

Kelly Randall, seit ihrer Eheschließung Kelly Arlington, zog die Schlafzimmervorhänge aus feinstem weißem Musselin vor dem Sprossenfenster in englischem Stil zur Seite. Sie schaute auf die Schneedecke, die die Bäume, die Alleen und Zäune des Central Park bedeckte. Es hatte seit dem gestrigen Tag ununterbrochen geschneit. Durch die weißen Zweige sah man die ersten, schrägen Sonnenstrahlen. Kelly lächelte. Der Schnee zur Weihnachtszeit in New York löste in ihr die unbändige Lust aus, in den Park zu laufen und sich im Schnee zu wälzen, wie sie es als Kind getan hatte. Ihr Lächeln erstarrte, und auf ihrer Stirn zeichnete sich eine senkrechte Falte zwischen den gerunzelten Brauen ab. Ernüchtert trat sie vom Fenster zurück. Bob Andrew Arlington Junior, seines Zeichens Anwalt, hätte eine solch unschuldige Verletzung der Anstandsregeln sicher nicht gebilligt. Statt dessen würden sie in einer Woche nach Aspen in Colorado fahren. Dort, im exklusivsten amerikanischen Skigebiet, würde Kelly Gelegenheit haben, ihre kindlichen Wünsche auszutoben. In New York bekleidete Mrs. Arlington eine Rolle, die anständiges Benehmen erforderte. Kelly hatte Umgang mit den Frauen der berühmtesten Anwälte, auch wenn viele von ihnen älter waren als sie, und schrecklich langweilig dazu. Sie war Mitglied in zahlreichen Wohltätigkeitsausschüssen, ging in den besten Häusern und Geschäften ein und aus, besuchte Ausstellungen und Theateraufführungen, unterhielt sich mit wichtigen Gästen und paßte sich dabei oft an deren geistloses und sich wiederholendes

Geschwätz an. Noch zehn Jahre nachdem sie das Hilfscorps verlassen hatte, mußte sie einer Horde von aufgetakelten Gänsen und ihren wichtigtuerischen Ehemännern beweisen, daß sie wirklich wieder zu Vernunft gekommen war. Und das stimmte tatsächlich, obwohl trotz ihrer fünfunddreißig Jahre in ihr noch immer der Wunsch schlummerte, die Regeln einer moralisierenden und von strengen Dogmen beherrschten Gesellschaft zu durchbrechen.

Kelly hatte sich vor allem aufgrund der kleinen Felicia angepaßt, ihrer Erstgeborenen, die mittlerweile fast neun Jahre alt war, da sie genau sieben Monate nach ihrer Heirat mit Bob im Februar 1946 geboren war.

Ihr Ehemann, ihre Verwandten und ihre Freunde hatten sich überzeugen lassen, daß es eine Frühgeburt war, und sie würden es so lange glauben, wie Kelly sich an den Verhaltenskodex ihrer Welt hielt. Später hatte sie noch zwei Jungen bekommen, die das Geschlecht der Arlingtons weiterführen würden. Der erste, der jetzt sieben Jahre alt war, hieß Robert Andrew, wie sein Vater und sein Großvater. Der zweite, der fünf Jahre alt war, hatte den Namen seines Großvaters mütterlicherseits erhalten, des Professors Harrison Randall. Nach dieser letzten Niederkunft hatte Bob entschieden, daß er und seine Frau in getrennten Schlafzimmern schlafen würden. Ab und zu klopfte er an die Tür von Kellys Schlafzimmer, um die Nacht mit ihr zu verbringen. Es waren Momente von angenehmer Intimität, weil Bob es verstand, rücksichtsvoll und freundlich zu sein. Sie lebten seit dem Tag ihrer Hochzeit in einem dreistöckigen Haus aus roten Ziegelsteinen, das sich in der exklusivsten Gegend Manhattans befand. Sie hatten zwei Bedienstete, eine Köchin und einen Gärtner. Außerdem besaßen sie eine Villa in Connecticut und ein Häuschen in Aspen. Bob hatte sie nie gefragt, ob sie glücklich sei. Im übrigen hatte Kelly das auch nie getan. Mit einem kleinen Unterschied. Manchmal schaute sie ihren Ehemann an, und die Frage lag ihr auf der Zunge. Er hingegen dachte gewöhnlich an andere Dinge, wenn er sie ansah.

Kelly zog ein Hauskleid aus Seidensamt an und klingelte. Das Zimmermädchen trat ein.

»Bereite mir bitte das Bad vor«, sagte Kelly, während sie das Schlafzimmer verließ und in den Korridor hinaustrat. Leise öffnete sie die Tür des Zimmers, in dem die beiden Jungen schliefen. Lautlos trat sie ein und zog ihre Decken hoch, die bis ans Fußende der Betten gerutscht waren. Sie hob Harrys Teddybären vom Boden auf und setzte ihn auf sein Kopfkissen. Sie atmete tief ein. Sie mochte den Duft, den die Kinder im Schlaf verströmten. Auf Zehenspitzen verließ sie den Raum und betrat das Nebenzimmer, in dem Felicia schlief. Hier herrschten zarte Farben vor, hellgelb und hellblau. Das kleine Mädchen schaute sie mit seinen großen, dunklen Augen an, die so sehr den Augen des Mannes ähnelten, von dem sie sie empfangen hatte.

»Ciao, Mammina«, flüsterte sie mit verschlafener Stimme.

»Schon wach?« fragte Kelly.

»Heute ist keine Schule, stimmt's?« wollte die Kleine zur Sicherheit wissen. Kelly trat an ihr Bett, fuhr ihr sanft mit der Hand durch die blonden Locken und lächelte.

»Keine Schule für zwei lange Wochen«, versicherte sie und fuhr fort: »Deine Brüder schlafen noch. Und du, was willst du machen?«

Das Mädchen streckte sich wie eine Katze und lächelte sie an. »Ich will noch ein bißchen faulenzen. Darf ich?« fragte sie.

»Das ist dein gutes Recht«, stimmte die Mutter zu.

»Wo ist Papa?«

»Er ist heute morgen schon sehr früh weggegangen. Ich habe den Fahrer aus der Kanzlei gehört, als er ihn abgeholt hat. Ich glaube, es war sechs Uhr. Ich bin auch noch fast eine Stunde im Bett geblieben. Draußen liegt eine Menge Schnee. Der Park ist ganz weiß, er scheint aus Zuckerwatte zu bestehen.«

Kelly liebte ihre Kinder alle in gleichem Maß, aber für Felicia empfand sie eine besondere Zärtlichkeit. Gegen den Willen ihres Mannes hatte sie darauf bestanden, ihr diesen Namen zu geben, denn das Kind erinnerte sie trotz der Schrecken der Nachkriegszeit an die glücklichste Zeit ihres Lebens: die Zeit in Europa. Dort hatte sie Marco Honneger kennen- und liebengelernt. Felicia erinnerte sie an den italienischen Exhäftling, der so dünn und krank war, aber der dennoch eine große körperliche und moralische Kraft ausstrahlte. Abgesehen von den tiefliegenden Augen hatte ihre Tochter von ihrem Vater den etwas schüchternen Charakter und das burschikose Aussehen geerbt. Ansonsten aber glich sie ihr, Kelly, wie ein Ei dem anderen. Eines Tages, wenn sie alt war und ihre Tochter eine erwachsene Frau, würde sie ihr vielleicht von Marco erzählen. Sie wußte bereits, wie sie ihre Erzählung einleiten würde: »Du bist die Frucht einer kurzen, glücklichen Liebesgeschichte, die wie eine zarte und wunderschöne Blume in einer vom Krieg zerstörten Welt aufgeblüht ist.« Sie dachte mit Freude an Marco, auch wenn sie nicht mehr in ihn verliebt war. In den vergangenen zehn Jahren hatte sie über ihren Vater, Professor Randall, von ihm gehört, der wegen einiger flämischer Wandteppiche mit ihm in Verbindung stand, die er gerne im Metropolitan Museum ausgestellt hätte. Sie hatte nie versucht, mit ihm Kontakt aufzunehmen. Auch Marco hatte sich nie bei ihr gemeldet. Daher wußte sie weder, ob er verheiratet war, noch, ob er Kinder hatte.

»Wir sehen uns später zum Frühstück«, sagte sie zu Felicia und schlüpfte aus dem Zimmer.

Die Badewanne war voll. Kelly gab etwas Salbeiessenz in das Wasser, das sofort einen aromatischen Duft verströmte. Dann glitt sie ins Wasser und überließ sich dem Genuß des morgendlichen Bades.

Sie hatte einen Tag voller ebenso wichtiger wie sinnloser Aufgaben vor sich: die letzten Weihnachtseinkäufe, die Auswahl des Menüs für den Weihnachtsabend, der Termin beim Friseur, der Fünfuhrtee mit einer Redakteurin der *Vogue*. Aber vor dem Mittagessen würde sie mit den Kindern zu ihren Eltern gehen, die nur wenige Häuserblocks entfernt wohnten. Das wöchentliche Mittagessen mit den Großeltern war zu einem Ritual geworden, auf das die Kinder großen Wert legten, weil sie dort ihre zwei Kurzhaardackel sehen konnten, Betsy und Duddy, sowie das Kätzchen Babalu, das Felicia von der Straße aufgelesen hatte. Als sie zu Hause damit auftauchte, hatte Bob sich fürchterlich aufgeregt. Für Tiere hatte er nichts übrig. Nach seinem Wutausbruch bekam er einen heftigen Schnupfen, und der Arzt stellte fest, daß er gegen Tierhaare allergisch war. Daher wurde Babalu den Großeltern anvertraut und lebte jetzt glücklich und zufrieden mit den Dackeln zusammen. Trotzdem betrachtete Felicia ihn weiterhin als ihr Eigentum und brachte jede Woche eine Futterration mit. »Für seinen Unterhalt«, hatte sie gleich zu Beginn betont, um ihren Besitzanspruch an dem kleinen Tier zu unterstreichen.

Das Telefon läutete. Kelly streckte einen Arm aus, von dem duftender Schaum troff, und griff nach dem Hörer.

»Guten Morgen, meine Liebe. Wie geht es dir?« Es war Bob. Immer sehr förmlich und liebevoll. Wenn er früher als üblich ins

Büro ging, wagte er nicht, das Zimmer seiner Frau zu betreten, um sich von ihr zu verabschieden. Er rief sie eine Stunde später an, wenn er sicher war, daß Kelly wach war. »Gut, Liebling«, antwortete sie. »Und dir?«

»Wunderbar. Was machen die Kinder?« erkundigte er sich.

»Sie schlafen noch. Heute ist ihr erster Ferientag, wie du sicher weißt.«

Es geschah gelegentlich, daß Bob, der ganz in seiner Arbeit aufging, die kleinen Dinge des Familienlebens vergaß. »Natürlich«, antwortete er und fuhr fort. »Ich bin auf dem Weg ins Gericht. Heute steht mir eine äußerst schwierige Verhandlung bevor. Daher glaube ich nicht, daß ich es schaffen werde, zu deinen Eltern zu kommen. Umarme sie von mir. Wir sehen uns heute abend.«

»Natürlich, Liebling. Paß auf dich auf«, erwiderte Kelly, bevor sie auflegte. Sie fühlte sich erleichtert bei dem Gedanken, daß Bob zum Mittagessen nicht da sein würde. Wenn er nicht da war, gaben sich die Kinder unbefangener und spielten mit den Tieren, und sie würde genug Zeit haben, um sich mit ihrer Mutter zu unterhalten, im Wohnzimmer vor dem brennenden Kamin, bei einer großen Tasse Kaffee.

In Bobs Gegenwart fühlte Kelly sich nie völlig entspannt. Er war ein guter Ehemann und ein guter Vater. Er verstand es, liebevoll und verständnisvoll zu sein. Mit anderen Worten, er war ein moderner, weitsichtiger Mann. Trotzdem hielt Kelly in seiner Anwesenheit immer den Atem an. Sie bewegte sich vorsichtig und sprach sehr kontrolliert, immer in der Angst, Bob könne sie vorwurfsvoll anschauen, worauf sie sich unbehaglich gefühlt hätte. Es schien ihr, als hielte ihr Mann hinter dem gutmütigen und lächelnden Gesicht ein Gewehr auf sie gerichtet und wäre bereit, beim geringsten Anzeichen von Originalität oder Extravaganz auf sie zu schießen.

Kelly stieg aus der Badewanne, zog den Bademantel an und schaute wieder aus dem Fenster. Die endlose Weite des Central Park, der so weiß und lautlos dalag, erneuerte in ihr die Versuchung, die starren Lebensregeln der Arlingtons zu übertreten. Es war mittlerweile acht Uhr. Auf einmal stürzte sie in die Zimmer der Kinder und rief mit fröhlicher Stimme:

»Aufstehen, Kinder. Seht nur, was für ein wunderschöner Tag! Die Sonne scheint, und im Park liegt viel Schnee. Kommt, wir gehen spielen.« Dann ging sie in den Wintergarten hinunter, um sich zu vergewissern, daß der Frühstückstisch gedeckt war. Sie war glücklich und sang ein Lied vor sich hin, das gerade in Mode war, *Tea for two*, gesungen von Doris Day, dem Star, der von den amerikanischen Frauen am meisten geliebt wurde. Es wurde ein wundervoller Morgen. Sie spielte mit ihren Kindern im Park, so wie früher ihr Vater mit ihr gespielt hatte. Sie bauten einen Schneemann und bombardierten ihn dann übermütig mit Schneebällen. Felicia begann zu weinen.

»Er sah doch fast wie ein Mensch aus, und ihr habt ihn kaputtgemacht«, warf sie ihnen vor. Sie bauten einen neuen, und Kelly nahm ihren Schal, um ihn dem Schneemann um den Hals zu wickeln.

»Jetzt friert er weniger«, stellte das Kind zufrieden fest.

Als sie bei den Großeltern ankamen, waren sie müde, erhitzt, fröhlich.

»Ihr seid spät dran«, sagte Mrs. Randall, die sie in der Halle des alten Hauses empfing.

»Entschuldige, Mama. Wir haben bis vor kurzem im Park gespielt«, rechtfertigte sich Kelly. »Ich habe ein paar dumme Termine sausen lassen und so viel Spaß gehabt wie schon seit Jahrhunderten nicht mehr.«

Die Hunde begannen vor Freude über die Ankunft der Kinder zu bellen. »Ihr riecht so gut nach Schnee«, sagte Mrs. Randall lächelnd, während sie versuchte, ihren Enkeln die nassen Jacken, die Schuhe und die Mützen auszuziehen.

»Wo ist Papa?« fragte Kelly.

»Im Wohnzimmer. Er erwartet euch. Wir haben zwei Gäste aus Italien zum Mittagessen da«, erklärte ihre Mutter. Dann senkte sie die Stimme und fügte hinzu: »Einen von ihnen kennst du bereits.«

An der Schwelle zum Wohnzimmer blieb Kelly stehen. Sie sah Marco und eine schöne Frau mit kupferfarbenem Haar, die neben ihm saß. Ihr erster Gedanke war: »Warum bin ich bloß nicht zum Friseur gegangen?«

6

Kelly setzte ihr strahlendstes Lächeln auf, betrat das Wohnzimmer und streckte Marco die Hand hin. »Willkommen«, sagte sie mit klarer und fester Stimme. Marco nahm ihre Hand und führte sie zärtlich an die Lippen. »Schön, dich wiederzusehen, Kelly«, antwortete er. »Du kennst Francesca Damiani noch nicht, meine Verlobte.« Dann wandte er sich an Francesca: »Das ist Kelly Arlington, eine liebe, alte Freundin.«

Kelly streckte Francesca die Hand hin, die ihr einen festen Händedruck gab. Dann neigte sie sich zu ihrer Mutter und flüsterte ihr rasch zu: »Warum hast du mir nichts gesagt? Ich hätte versucht, mich etwas herzurichten.« Im Vorzimmer hörte man die Kinder unter dem freudigen Gebell der Hunde lärmen, während Mrs. Randall ständig wiederholte: »Kinder, ich bitte euch, schreit nicht so herum. Wir haben Gäste. Was sollen sie nur von uns denken.« Das Kätzchen Babalu schoß mit gesträubtem Fell ins Wohnzimmer, sprang mit zwei Sätzen zwischen den Beinen von Marco hindurch und versteckte sich unter dem Sofa. Die kleine Felicia kam bei ihrer Verfolgungsjagd ins Zimmer gelaufen. Kelly erwischte sie gerade noch, bevor sie Marco umrennen konnte.

»Babalu hat sich erschreckt, weil ihr so laut wart. Jetzt versteckt er sich. Laß ihn ein bißchen in Ruhe«, ermahnte sie ihre Tochter.

Dann wandte sie sich an die Gäste. »Das ist Felicia, meine Älteste. Das Mädchen riß sich zusammen. Sie deutete eine höfliche Verbeugung vor Francesca an, während diese ihr die Hand gab. Dann war Marco an der Reihe, der ihre kleine, dicke Hand ergriff und sie scherzhaft und mit ritterlicher Geste leicht mit den Lippen berührte.

»Es ist angerichtet«, verkündete Mrs. Randall.

Die Kinder beruhigten sich augenblicklich. Betsy und Duddy setzten sich schwanzwedelnd neben sie. Babalu hatte sich nicht aus seinem Versteck gerührt.

»Wann habt ihr euch denn eigentlich kennengelernt?« erkundigte Francesca sich in betont beiläufigem Tonfall, während ein Diener Krabbensuppe servierte.

»Am Ende des Krieges, in Deutschland, das von den Alliierten besetzt war – es scheint mir ein Jahrhundert her zu sein«, versuchte Marco zu scherzen.

»Eigentlich haben wir nur wenig miteinander zu tun gehabt«, warf Kelly ein, der die Feindseligkeit Francescas nicht entgangen war. »Marco war wie alle Lagerhäftlinge in sehr schlechtem Zustand. Ich habe mein Bestes getan, um ihm und anderen zu helfen.«

»Was für eine Hilfe war das?« fragte Francesca mit unangebrachter Bosheit.

»Nahrungsmittel, meine Liebe«, antwortete Kelly. »Sie können sich nicht vorstellen, wie ausgehungert diese Ärmsten waren. Und Kleidung. Sie waren praktisch nackt. Und Medikamente. Alle waren krank, auch Marco. Es war eine Erfahrung, die möglichst viele Frauen machen sollten. Nur so können sie ihren Kindern beibringen, daß der Krieg keine Lösung für die Probleme der Völker ist.«

Die Kinder waren ungewöhnlich still und folgten aufmerksam der Unterhaltung der Erwachsenen. Auch der kleine Harry hörte mit bedrückter Miene zu, die er seinen Geschwistern abguckte.

»Ich entdecke immer etwas Neues im Leben von Marco«, stellte Francesca fest und klagte dann: »Er erzählt so wenig von sich selbst.«

»Zum Ausgleich ist er ein Mann der Tat«, mischte sich Professor Randall ein, um dieses kleine Scharmützel unter den Frauen zu beenden. »Architekt Honneger hat in den letzten zehn Jahren die älteste und wichtigste italienische Fabrik für Gobelins wieder in Schwung gebracht, wodurch er ein künstlerisches Familienerbe gerettet hat, das zur Weltkultur gehört.«

»Was sind Gobelins?« fragte Felicia, obwohl sie dank der väterlichen Ermahnungen genau wußte, daß Kinder sich nie in die Gespräche der Erwachsenen einmischen durften.

»Das sind handgemachte Stoffe, mit Wollgarn, Seidengarn, Gold- und Silberfäden, die auf speziellen Webstühlen gewebt werden. Im allgemeinen stellen sie Figuren und Landschaften dar. Sie werden als Wandschmuck in Wohnungen und Kirchen aufgehängt. Die ersten Exemplare kamen aus der Stadt Arras in Frankreich. Philipp der Gute und Karl der Kühne nahmen, wenn sie in den Krieg zogen, kostbare Gobelins mit sich, um die Feldzelte zu schmücken«, erklärte Marco.

»Nahmen unsere Präsidenten, wenn sie aufs Schlachtfeld zogen, auch Gobelins mit?« fragte Felicia weiter.

»Signor Honneger bezieht sich auf lange vergangene Ereignisse«, mischte sich ihr Großvater ein. »Zu jener Zeit gab es hier, wo wir sind, noch Indianer.«

Nach dem Mittagessen bat Felicia Francesca, ihr bei der Suche nach dem Kätzchen zu helfen von dessen Heldentaten sie erzählt hatte.

Die Verlobte Marcos willigte mehr aus Höflichkeit ein als aus wirklichem Interesse. Der kleine Harry und sein Bruder Bob schlüpften mit Betsy und Duddy aus dem Eßzimmer.

»Bleibst du lange in New York?« fragte Kelly Marco schließlich.

»Heute nachmittag habe ich ein Treffen mit Leuten aus der Modebranche, hier in der Stadt. Ich möchte sie überzeugen, meine Seidenstoffe zu kaufen. Morgen werde ich nach Los Angeles fliegen. Ich werde für drei oder vier Wochen in Hollywood bleiben, dann kann ich ein bißchen Zeit mit meiner Schwester verbringen. Außerdem möchte ich gerne mit amerikanischen Designern zusammenarbeiten. Mein Ziel ist es, den italienischen Brokat und die Seidenstoffe im Mekka des Kinos einzuführen«, erklärte er.

»Deine Geschäfte scheinen gut zu laufen«, beglückwünschte Kelly ihn und lächelte ihm freundlich zu.

Professor Randall und seine Frau merkten, daß es an der Zeit war, ihre Tochter mit ihrem Freund aus Italien allein zu lassen, und verließen mit einer Entschuldigung den Raum. Marco und Kelly blieben einander gegenüber am Tisch sitzen und schauten einander offen ins Gesicht.

»Bist du glücklich?« fragte er.

»Ich führe ein unbeschwertes Leben«, antwortete Kelly. »Bist du denn glücklich?«

»Nein«, sagte Marco mit fester Stimme.

»Sie ist sehr schön«, betonte Kelly.

»Auch du bist sehr schön.«

»Es ist mir nicht leichtgefallen, mich damals in Innsbruck von dir zu trennen«, gestand sie.

»Glaubst du, wir beide hätten uns verstanden?« fragte Marco.

»Wer kann das sagen. Bob ist ein guter Ehemann. Das genügt mir«, versicherte sie. »Wirst du sie heiraten?«

Marco nickte.

»Sehr gut«, sagte Kelly lächelnd. »Weißt du, ich glaube, es ist nicht unerläßlich, verliebt zu sein, um zu heiraten. Ich habe Freundinnen, die verrückt vor Liebe waren, als sie geheiratet haben, und heute sind sie schon geschieden.«

»Genau. Was zählt, ist der gegenseitige Respekt«, bestätigte er mit einem traurigen Lächeln.

»Mein Gott, so weit bist du schon gekommen?« rief sie aus.

»Das hast du doch vor mir geschafft. Oder irre ich mich?«

»Ich war zumindest überzeugt, das Richtige zu tun. Du scheinst dagegen sicher zu sein, daß du eine falsche Ehe eingehst«, wandte sie ein.

»Bei uns in Italien laufen die Dinge anders. Wenn sich eine junge Frau aus guter Familie auf dich eingelassen hat, mußt du sie heiraten«, erklärte er.

»Bist du in eine andere verliebt?« fragte Kelly.

»Ja«, antwortete er freimütig.

»Und würdest du sie heiraten, wenn du nicht Francesca dein Wort gegeben hättest?« bohrte sie weiter.

»Ich bin nicht mutig genug, mich an ein Mädchen zu binden, das keine gesellschaftliche Stellung hat«, gestand er aufrichtig.

»Ihr Italiener seid wirklich kompliziert«, bemerkte Kelly.

»Ich bin lediglich sehr unglücklich. Wie besessen zu arbeiten ist auch eine Methode, um die Probleme des Herzens zu vergessen.«

Die Kinder hatten wieder zu lärmen begonnen, und Kelly erhob sich.

»Es hat mich sehr berührt, dich wiederzusehen. Ich würde mich sehr gerne lange mit dir unterhalten. Aber ich glaube, das geht nicht. Meine Kinder rufen nach mir.«

»Sie sind wunderschön. Besonders Felicia. Ich hätte gerne eine Tochter wie sie«, bemerkte Marco.

Kelly wurde feuerrot.

»Felicia ist ein ganz besonderes Kind«, erwiderte sie und machte Anstalten, das Eßzimmer zu verlassen.

»Ihr seid ja immer noch hier! Habe ich etwa ein wichtiges Gespräch unterbrochen?« sagte Francesca, die auf der Schwelle erschien. Sie hielt die kleine Felicia an der Hand, die ihr Kätzchen im Arm hielt.

»Der Kaffee ist fertig«, verkündete das Kind, wobei sie den Ton einer perfekten Gastgeberin imitierte.

Als sie die Randalls verließen, um ins Hotel zurückzukehren, stand Francesca kurz vorm Explodieren. Sie wurde von Eifersucht verzehrt und mußte ihre ganze Selbstbeherrschung aufbieten, um sich zurückzuhalten. Zu gern hätte sie gewußt, was er und Kelly einander erzählt hatten. Am Ende beschloß sie jedoch, das Thema fallenzulassen. Hoffentlich verließen sie New York so bald wie möglich. Sie war aber jetzt sicher, den Grund für die seltsame Laune ihres Verlobten herausgefunden zu haben. Es konnte nur die Aussicht gewesen sein, die Amerikanerin wiederzusehen. Wenn Francesca es mit kühlem Kopf bedachte, war jedoch klar, daß Kelly keine gefährliche Rivalin war, da sie Familie hatte. Daher bereitete sie sich innerlich auf die Reise nach Kalifornien vor. Sie wußte, wie eng Marco und seine Schwester Celeste miteinander verbunden waren. Francesca war entschlossen, einen guten Eindruck auf ihre zukünftige Schwägerin zu machen, und wünschte sich, daß Celeste ihren Bruder dazu bewegen würde, Francescas und Marcos Verlöbnis, das schon zu viele Jahre dauerte, endlich mit der Heirat zu krönen.

7

»Papa hat dieses Testament hinterlassen«, verkündete Elia Belgrado und zeigte seinem Bruder Alcide ein zerknittertes Blatt, das mit der unsicheren Schrift von jemandem beschrieben war, der weder mit dem Stift noch mit der Grammatik auf vertrautem Fuß steht. »Hier steht wörtlich: ›Das Land, die Bauernhöfe, die landwirtschaftlichen Geräte und die Tiere sollen meinen vier Söhnen gehören, die Weinkooperative meiner Tochter Silvia, und die Häuser und die Läden von Sacile sind für Giovanna und Girolama.‹ Ich halte es für das Beste, wenn wir sofort teilen, aus Respekt vor dem Willen unseres Vaters.«

»Nicht im Traum wird das geschehen«, begehrte Evarista auf und schlug energisch mit der Faust auf den Küchentisch. »Der Selige war, bevor er euer Vater wurde, mein Ehemann. Alles, was er hinterlassen hat, gehört mir, weil ich dafür meinen Schweiß vergossen habe. Bis ich ihm ins Grab folge, bleiben alle Dinge so, wie sie sind. Und wehe euch, wenn ihr versucht, mir auch nur eine Harke wegzunehmen.«

Der Großvater war an jenem Morgen begraben worden, noch bevor Alcide, von Caterina begleitet, in Sacile angekommen war. Elena war in Mailand geblieben. Es war der Tag des heiligen Stefan.

Der älteste Bruder musterte Alcide in der Erwartung, daß er ihn gegen die Mutter unterstützen würde. Alcide dachte bei sich, daß ein Viertel des Landes, der Bauernhöfe und der Geräte ein hübsches Kapital wäre, das eines Tages ihm gehören würde. Dennoch hätte die Verteilung der Güter, die in so knappen Worten im Testament abgehandelt war und nicht bis ins einzelne festgelegt war, sicher zu Streitereien unter den Brüdern geführt, denn es gab gutes und weniger fruchtbares Land, gut geführte Bauernhöfe und andere, die in schlechtem Zustand waren. Alcide überlegte, daß man die Tiere nicht vierteilen konnte, und daß jeder der Brüder den Stier für sich wollen würde, der mehr als hunderttausend Lire gekostet hatte und ein außergewöhnliches Musterexemplar für die Züchtung war. Deshalb erklärte er: »Unsere Mutter hat recht. Das Glück der Belgrados hat sie geschaffen, mit ihren Händen und ihrem Willen. Sie ist es, die darüber verfügen kann, wann und wie sie will. Und um dir zu beweisen, daß ich nicht aus Eigennutz spreche, sage ich dir gleich, daß ich es nicht darauf abgesehen habe, bei der Verteilung berücksichtigt zu werden. Mein Laden in Mailand erlaubt es mir, meine Familie anständig zu versorgen. Ich wollte nie Bauer sein, und ich werde nie hierher zurückkehren, um mich in eure Angelegenheiten zu mischen.

Alle saßen um den großen Tisch herum, in der Küche des Hofes, auf dem Caterina während des Krieges mit ihrer Mutter über ein Jahr gelebt hatte. Nichts hatte sich verändert, außer den Familienmitgliedern. Die Cousinen und Cousins waren ebenso wie sie oder noch mehr gewachsen, die Onkel und Tanten waren gealtert, und Großmutter Evarista war nicht mehr die eindrucksvolle Person, an die sie sich erinnerte: sie war etwas gebeugt und schmaler geworden, aber sie wirkte noch genauso fürchterlich, und ihre Augen erinnerten an glühende Kohlen, jederzeit bereit, denjenigen einzuäschern, der es wagte, sich ihrem Willen entgegenzustellen. In diesem Moment gewann Caterina die Gewißheit, daß nicht nur Gier der Grund war, weshalb die

Söhne auf einmal vorgaben, den väterlichen Willen zu respektieren, sondern der Wunsch, sich endlich dem Joch jener harten und unbeugsamen Matriarchin zu entziehen.

»Das Testament ist rechtsgültig«, beharrte Elia, der älteste und kampfbereiteste der Brüder, und drohte: »Wenn Ihr, Mama, darauf besteht, es nicht respektieren zu wollen, werden wir uns an einen Anwalt wenden.«

Evarista erhob sich vom Tisch, ging zum Kamin, nahm das Gewehr ihres Mannes, das an einem Nagel hing, legte an und zielte auf Elia.

»Wenn du es wagst, noch einmal dieses Thema zu erwähnen, mache ich dich kalt. Ich habe dich auf die Welt gebracht, und ich bringe dich auch unter die Erde«, erklärte sie mit fester Stimme.

Elia neigte den Kopf, und alle Anwesenden taten es ihm nach. Außer Alcide, der Caterina mit Verschwörermiene zuzwinkerte. Es folgte ein Moment der Stille. Dann sprach Alcide: »Da ich nicht rechtzeitig zum Begräbnis angekommen bin, würde ich jetzt gerne zum Friedhof gehen, um am Grab unseres Vaters zu beten. Meine Tochter kommt mit mir.« Er erhob sich, und Caterina folgte seinem Beispiel.

»Wir erwarten euch zum Mittagessen«, sagte seine Schwester Silvia.

»Natürlich nur, wenn die Herrschaften aus der Stadt die Güte haben, sich an unseren armseligen Tisch zu setzen«, fügte Evarista hinzu.

»Ihr, Mama, müßt immer Witze machen«, meinte Alcide kopfschüttelnd, während er von seiner Tochter gefolgt hinausging. Die Straße, die sich zwischen den verschneiten Feldern dahinschlängelte, war schneebedeckt. Caterina dachte daran, wie sie im Schutz der Felder, damals voll wogender, goldgelber Ähren, endlose Gespräche mit ihrer kleinen Cousine Eva geführt hatte. Sie kamen am Wassergraben vorbei, wo leicht und majestätisch die großen Akazien standen. Caterina fand die Stelle, an der sie, das Gesicht zur Julisonne gewandt, die Madonna und die kleine Eva gesehen hatte, die ihr lächelnd zuwinkte. Jetzt war der Wassergraben vereist, der Himmel hatte eine bleierne Farbe, und jene Erinnerungen gehörten einer Vergangenheit an, in der sie sich nicht mehr wiedererkannte.

»Ich will auch das Grab der kleinen Eva sehen«, sagte sie trotzdem, während sie sich dem Friedhof näherten.

»Erinnerst du dich noch an sie?« fragte ihr Vater.

»Ich könnte sie niemals vergessen«, erwiderte sie und fügte hinzu: »Wenn sie noch lebte, wäre sie, glaube ich, Nonne geworden – und eine Heilige. Manchmal habe ich versucht, ihr gleich zu sein, aber es ist mir nie gelungen.« Sie gingen durch die Friedhofspforte. Das Grab des alten Belgrado war leicht zu erkennen, weil die Erde dort aufgewühlt war. Auf die dunkle Erde war ein Kranz Nelken gelegt worden, mit einem breiten, violetten Band mit goldenen Fransen, auf dem stand: »*Von deinen Lieben, zum unvergänglichen Gedenken.*« Caterina fand, daß jenes »*unvergänglich*« etwas unangebracht war, da die Blumen aufgrund der Kälte bereits die Köpfe hängen ließen. Aber sie sagte nichts. Sie sah, daß ihr Vater ein Gebet sprach, und reichte ihm ihr Taschentuch, als sie bemerkte, daß ihm zwei große Tränen über die Wange liefen. Der Tod dieses Großvaters, den sie so wenig gekannt hatte und von dem ihr nur in Erinnerung geblieben war, wie unterwürfig er sich seiner Frau gegenüber verhalten hatte, berührte sie nicht. Es tat ihr leid zu sehen, wie betrübt ihr Vater war. Deshalb legte sie ihm eine Hand auf die Schulter und flüsterte: »Komm Papa, laß den Mut nicht sinken. Wenn du willst, spreche ich mit dir das *Requiem aeternam.*« Gemeinsam beteten sie.

»Ich gehe das Grab von Eva suchen«, beschloß sie sofort darauf.

»Es ist nicht mehr da«, sagte eine Stimme hinter ihnen.

Evarista stand dort, in ein großes, schwarzes Umschlagtuch gehüllt, dessen Fransen fast bis auf die schweren Schuhe reichten. »Seit ihrem Tod sind zehn Jahre vergangen, und im Juli haben sie ihre Knochen ausgegraben. Das Dorf wächst, der Friedhof ist zu klein geworden, und nicht einmal die Toten werden in Frieden gelassen«, sagte sie mit bitterer Stimme.

»Wo sind die Knochen jetzt?« fragte Caterina.

»Im Moment im Beinhaus. Später werde ich sie in die Familiengruft bringen lassen«, erklärte Evarista.

»Welche Familiengruft denn?« wunderte sich Alcide.

Die Alte lächelte mit schlauem Blick.

»Was dachtest du denn? Daß deine Mutter nur daran denkt, Geld anzuhäufen? Ich habe auch für die ewige Ruhe Vorsorge getroffen. Kommt mit«, sagte sie und bog in eine kleine Allee ein, die von hohen Zypressen gesäumt war. »Seht her, hier lasse ich die letzte Ruhestätte für die sterblichen Reste aller Belgrados bauen.« Sie deutete auf eine Art Mausoleum aus grauem Marmor. »In ein, zwei Monaten wird es fertig sein. Dann wird auch dein Vater hier zur Ruhe gebettet. Und wenn die Stunde gekommen ist, werde ich neben ihn gelegt.«

Staunend betrachtete Caterina die frisch eingelassenen bunten Glasfenster, den kleinen Altar, über dem ein Triptychon mit Jesus, der Madonna und den Heiligen Johannes und Paulus hing und die von weißen Marmorplatten geschmückten Grabnischen. Sie dachte, daß der Prunk, der in dem Bauernhaus unbekannt war, an diesem Ort, der dem ewigen Frieden geweiht war, mit vollen Händen verschwendet wurde.

»Dieses Bauwerk kostet mich ein paar Millionen«, erklärte die Großmutter mit Stolz. »Hier draußen werde ich über dem Eingang in goldenen Lettern schreiben lassen: Familie Belgrado.«

Alcide lächelte ihr zu. »Euer Wille soll geschehen, Mama.«

Sie antwortete: »Und jetzt gehen wir nach Hause zum Essen. Dein Vater muß gebührend gefeiert werden. Ein braver Mann, wenn er auch ein Taugenichts war und gerne mal einen über den Durst trank. Aber er hat mich immer mit Respekt behandelt. Jetzt verlange ich von meinen Kindern den gleichen Respekt.«

»Ihr wißt, daß alle Euch lieben«, bemerkte Alcide.

»Alle haben Angst vor mir. Das ist ein ziemlicher Unterschied. Aber ich kenne keine andere Art, mir Respekt zu verschaffen und diesen Haufen Wilder zusammenzuhalten.«

Sie machten sich auf den Weg zurück zum Haus. Caterina folgte ihnen in melancholischer Stimmung. Diese winterliche Landschaft stimmte sie traurig. Sie war unglücklich verliebt, sie wurde von den Kindheitserinnerungen mitgerissen und maß mit dem Blick die endlose, schneebedeckte Ebene, in der sie sich gerne verloren hätte.

»Morgen mußt du mich nach Treviso begleiten. Der Pfarrer hat mir die Adresse eines Notars gegeben. Das darfst du deinen Brüdern nicht erzählen. Ich will mein Testament machen, auf meine Art und Weise. Du mußt mir dabei helfen, weil ich mit gelehrten Leuten nicht umgehen kann und nicht die richtigen Worte finde«, sagte Evarista.

»Morgen muß ich nach Mailand zurückfahren«, sagte Alcide, für den dieser Befehl unvermutet kam.

»Du wirst tun, was ich sage«, sagte seine Mutter hartnäckig.

»Was den Laden betrifft, kann deine Frau auch ein paar Tage ohne dich auskommen. Sie hat es auch geschafft, als du in Gefangenschaft warst.«

»Es geht nicht um den Laden, sondern um Caterina. Sie hat ihre Verpflichtungen und muß morgen wieder zu Hause sein«, erklärte ihr Sohn.

»Meine Enkelin ist fast achtzehn Jahre alt. Sie kann ganz gut allein reisen. Sie wird also abfahren, und du bleibst hier. Ich denke, das wird schon gehen«, erwiderte die Alte, und es war klar, daß sie keinen Widerspruch zuließ. Dann wandte sie sich an ihre Enkelin: »Apropos, mein Fräulein, ich habe gehört, daß die jungen Leute aus der Stadt in die Berge fahren, um dort Ski zu laufen. Was sind das für Sachen! Als ob es hier in der Ebene noch nicht kalt genug wäre. Fährst du auch Ski?«

»Das kann ich nicht. Ich muß lernen und arbeiten. Kleinigkeiten, die mir ein bißchen Geld einbringen, so daß ich nicht immer Mama um Geld bitten muß«, erklärte Caterina.

»So ist es gut. Ich sehe, daß meine Schwiegertochter dich gut erzogen hat. Und ich habe da auch etwas für dich«, sagte sie, wobei sie das Umschlagtuch anhob. Sie steckte eine Hand in den Ausschnitt des Kleides und zog ein zusammengerolltes Bündel von Geldscheinen zu zehntausend Lire heraus. Sie zählte zehn davon ab und reichte sie Caterina.

»Das sind hunderttausend Lire. Für dich. Kauf dir etwas, was dir gefällt«, sagte sie. Caterina machte eine abwehrende Geste.

»Ich danke Euch, Großmutter. Aber ich kann so eine große Summe wirklich nicht annehmen. Ich brauche wirklich nichts, ganz ehrlich.«

Caterina redete ihre Großmutter mit »Ihr« an, so wie es ihr Vater tat.

»Laß dich von mir nicht erst groß bitten, das kann ich nicht leiden. Wenn ich dir Geld gebe, dann hat das schon seine Richtigkeit. Nimm es und sei still«, befahl sie und steckte ihr das Geld mit Bestimmtheit in die Hand.

Dann fügte sie hinzu: »Du kannst auch sofort nach Mailand zurückfahren. Hier auf dem Hof gibt es nichts, was dich aufhält. Aber sieh zu, daß du in der ersten Klasse reist. Eine gebildete Signorina wie du muß sich immer das Beste gönnen. Die Reise bezahle ich.« Sie reichte ihr weitere zehntausend Lire und ging nicht auf Alcides Einwände ein.

Nach dem Mittagessen brachte Alcide seine Tochter zum Bahnhof von Sacile.

»Paß auf dich auf«, sagte er zu ihr. »Wenn sich dir im Zug ein Mann nähert und dir ein Bonbon anbietet, mußt du sagen ...«

»Nein, danke, mein Herr, ich bin ein liebes Kind und nehme von Unbekannten keine Bonbons an«, lachte Caterina.

»Sag Mama, daß ich so bald wie möglich zurückkomme. Du siehst ja selbst, wie schwierig es ist, deiner Großmutter zu widersprechen«, versuchte er sich zu rechtfertigen. Der Zug wurde angekündigt.

»Ciao, Papa«, verabschiedete sich Caterina und umarmte ihn. »Ich bin froh, daß ich deine Familie wiedergesehen habe, und es tut mir wirklich leid, daß Großvater gestorben ist.«

»Gute Reise, Kleines. Paß auf, daß du das Geld nicht verlierst, das dir deine Großmutter geschenkt hat.«

»Ich werde gut darauf aufpassen, auch, weil ich schon weiß, wofür ich es ausgeben werde«, antwortete Caterina, die bereits seit einiger Zeit einen Plan hatte.

Als der Zug in Mestre ankam, gelang es ihr gerade noch, den Anschlußzug nach Mailand zu bekommen.

Wie Großmutter Evarista gewünscht hatte, stieg sie in einen Erste-Klasse-Wagen. Sie zog den Mantel aus und setzte die weiße Baskenmütze ab. Sie trug einen schönen, grau und rosa karierten Rock aus schottischer Wolle, und dazu eine graue Wollweste, die bis zum Hals mit rosafarbenen Knöpfen geschlossen war. Sie war noch nie in der ersten Klasse gereist, und diese neue Erfahrung gefiel ihr. An diesem Feiertag waren wenige Reisende unterwegs, und sie befand sich allein im Abteil. Von Zeit zu Zeit trat sie auf den Gang hinaus, um die Stimmen der anderen Reisenden zu hören.

Mit einem aufdringlichen Klingeln kündigte sich der Erfrischungswagen an. Caterina sah wieder auf den Gang hinaus.

»Heißer Kaffee, Brötchen, Limonade, Schokolade«, rief der Bedienstete. Aus dem Nebenabteil kam ein junger Mann. »Vier Kaffee«, bestellte er.

»Für mich ein Brötchen und eine Limonade«, bat Caterina.

In diesem Augenblick bemerkte der junge Mann sie und lächelte ihr zu, wobei er sie aufmerksam ansah.

»Aber ich kenne Sie doch«, sagte er.

»Tatsächlich?« antwortete Caterina ziemlich verärgert, denn sie hielt ihn für jemanden, der aufdringlich werden wollte.

»Wir sind einander von Ihrer Cousine Annalaura vorgestellt worden. Erinnern Sie sich?« beharrte er. Das stimmte, das Treffen hatte vor wenigen Monaten stattgefunden. Annalaura Gusmaroli, die Nichte der schrecklichen Tante Maria, hatte ihr den jungen Branzi und seine Schwester Arianna vorgestellt.

»Aber natürlich! Sie sind Bernardo Branzi«, rief sie aus, und erinnerte sich, daß sie wegen seiner Ähnlichkeit mit Clark Gable auf ihn aufmerksam geworden war.

»Und Sie sind Caterina Belgrado. Erlauben Sie mir, Sie zu Brötchen und Limonade einzuladen.«

»Ich danke Ihnen, aber das kann ich nicht annehmen. Papa ermahnt mich immer, von Unbekannten keine Bonbons anzunehmen«, zitierte sie ironisch.

Bernardo dachte, daß die Cousine von Annalaura doch sehr anziehend war. Caterina bezahlte, und der Bedienstete nahm seine klingelnde Reise über den Gang wieder auf. Sie biß in ihr Brötchen, und Bernardo sah sie einfach weiter an, mit den vier Kaffeebechern in den Händen.

»Sie haben Augen, die man nicht vergessen kann«, bemerkte Bernardo, der versuchte, Terrain zurückzugewinnen.

»Das sagen Sie nur, weil Sie die Augen meines Vaters nicht kennen.« Es war klar, daß das Mädchen nicht die Absicht hatte, sich den Hof machen zu lassen.

»Reisen Sie allein?« fragte er und wurde auf einmal ernst.

»Als ganz besondere Vergünstigung«, antwortete sie.

»Dann kommen Sie doch zu uns«, schlug er fröhlich vor. Er trat einen Schritt zur Seite, damit sie das Abteil betreten konnte. Bernardo stellte ihr seine Mutter vor, eine Dame, die sicher einige Opfer bringen mußte, um einen zum Übergewicht neigenden Körper in akzeptablem Umfang zu halten, außerdem saßen sein Vater und seine Schwester Arianna im Abteil.

»Das ist mein Clan«, verkündete Bernardo.

»Sind Sie auch in Venedig eingestiegen?« fragte Signora Branzi.

»Ich komme aus Sacile, dem Heimatdorf meines Vaters«, antwortete Caterina, ohne näher darauf einzugehen.

»Wir haben Weihnachten bei den Großeltern verbracht«, warf Arianna Branzi ein, die Caterinas schlichte Eleganz musterte, die so gar nicht zu ihrem Bild paßte, das Annalaura von Caterina entworfen hatte.

»Sie sind doch mit den Gusmaroli verwandt, Signorina, wenn ich recht verstanden habe. Was macht denn Ihr Vater?«

»Papa ist Kaufmann. Das heißt, er hat einen Gemüseladen«, sagte Caterina bescheiden.

Das Ehepaar Branzi konnte eine gewisse Verlegenheit aufgrund dieser Enthüllung nicht verbergen. Arianna beeilte sich, die Situation zu klären.

»Caterina besucht das letzte Jahr des Gymnasiums. Ihr Vater ist der berühmteste Gemüsehändler Mailands. Er hat dieses wunderbare Geschäft im Corso Venezia.«

»Aber natürlich, das kenne ich genau. Es ist der ›Obstgarten Belgrado‹. So heißt der Laden doch, oder?« fragte Signor Branzi. Caterina nickte.

Der Antiquitätenhändler fuhr fort: »Wir werden in den Ferien nach Sankt Moritz fahren. Wohin fahren Sie denn, Signorina?«

»Ich kenne Sankt Moritz, weil eine gute Freundin von mir, Lucrezia Pallavicini, mir davon erzählt hat. Ich fahre aber nirgendwohin«, erklärte Caterina.

»Schön, klug und bescheiden«, kommentierte die dicke Signora Branzi mit einem wohlgefälligen Lächeln.

»Die Familie deiner Cousine Annalaura hat ein schönes Haus in Courmayeur. Hat sie dich nie eingeladen?« fragte Arianna.

»Die Gusmarolis betrachten mich als nicht genügend vorzeigbar. Sie sagen, daß ich zu sehr nach dem Laden rieche. Vielleicht haben sie ja recht«, gab Caterina zurück. Signor Branzi brach in ein herzliches Lachen aus.

»Dieses Mädchen gefällt mir. Aber ich habe den Eindruck, daß sie ein bißchen zu sehr ihre proletarische Herkunft betont.«

»Meine Eltern haben mich gelehrt, stolz darauf zu sein«, erwiderte Caterina.

»Wir könnten sie doch zu uns in die Berge einladen, oder?« schlug Bernardo vor.

»O ja! Ich könnte dir das Skilaufen beibringen«, begeisterte sich Arianna.

Caterina war wie betäubt von soviel Herzlichkeit und wunderte sich, wie umgänglich diese Familie war. Sie kannte den geringschätzigen Dünkel ihrer Verwandten mütterlicherseits und die gutmütige Herablassung der Pallavicini d'Eril. Die Branzis aber waren anders.

»Danke«, sagte sie. »Sie sind wirklich freundlich, aber das kann ich nicht annehmen. Ich habe während der Ferien viel zu tun.«

»Glauben Sie nicht, daß Sie uns entkommen, Signorina«, sagte Bernardo. »Jetzt, wo wir uns näher kennengelernt haben, werde ich mich öfter sehen lassen und voller Ungeduld den Tag erwarten, an dem Sie sich entschließen, ein bißchen zugänglicher zu sein.«

Hätte die Liebe zu Marco sie nicht so gefangengenommen, hätte Caterina wahrscheinlich die ehrliche Herzlichkeit der Familie Branzi eher zu schätzen gewußt. Statt dessen verstärkte die offensichtliche Bewunderung Bernardos und seiner Familie nur die Traurigkeit Caterinas über die Abwesenheit des Mannes, den sie liebte.

Als sie in Mailand ankamen, bestanden die Branzis darauf, sie nach Hause zu bringen.

»Ich werde mich von Sankt Moritz aus melden«, flüsterte Bernardo ihr zu, als er sie bis zur Tür brachte.

»Machen Sie sich keine Mühe. Es lohnt sich nicht«, antwortete Caterina. Sie hätte am liebsten geweint, denn all diese Aufmerksamkeiten wurden ihr von einem Mann dargebracht, der ihr alles in allem nichts bedeutete.

8

»Dieses Mädchen hat etwas, das mich stutzig macht«, bemerkte Elena.

»Das habe ich auch bemerkt«, erwiderte Alcide. »Sie wird doch nicht zuviel lernen?«

»Kann sein«, murmelte seine Frau.

»Sie verkriecht sich immer in ihrem Zimmer«, bekräftigte er.

»Sie liest, schreibt, korrigiert diese verdammten Druckfahnen. Das scheint mir für ihr Alter nicht die richtige Art zu leben.«

»Wir müssen etwas tun«, entschied Elena.

»Du hast recht. Aber was?« fragte ihr Mann.

»Ich weiß nicht mehr, wie ich sie behandeln soll. Wegen jeder

Kleinigkeit ist sie beleidigt und zieht ein Gesicht. Wenn ich etwas zu ihr sage, antwortet sie mir gereizt. Wenn ich versuche, etwas mehr aus ihr herauszubekommen, verschließt sie sich wie ein Igel und redet nicht mehr«, brach es aus der verzweifelten Elena heraus.

»Vielleicht ist sie verliebt«, bemerkte Alcide.

»In wen?« fuhr Elena beunruhigt auf. »Ich versichere dir, daß ich die Augen gut aufhalte, und ich habe noch nicht einmal den Schatten eines Verehrers um sie herumstreichen gesehen.« Es war Nacht. Das Ehepaar Belgrado unterhielt sich im Bett über seine Tochter, die es so sehr liebte.

»Hör auf, dich so hin- und herzudrehen und die Bettdecken zurückzuwerfen. Mir ist kalt«, brummelte ihr Mann.

Elena versuchte, sich zu beruhigen, aber es gelang ihr nicht.

»Wir haben eine seltsame Tochter«, sagte sie bekümmert. »Ich weiß nicht, wem sie eigentlich ähnlich ist. Vielleicht hat sie ein bißchen zuviel Zeit mit meiner Mutter verbracht.«

»Du brauchst immer einen Sündenbock. Aber laß uns jetzt damit aufhören, es ist sowieso nur Geschwätz«, sagte Alcide und rückte näher zu seiner Frau.

Elena fühlte sich angenehm warm an, so daß ihm das Blut schneller in den Adern floß. Er steckte eine Hand unter ihr Nachthemd.

»Laß mich in Ruhe«, wehrte sie ab, aber es klang wenig überzeugt.

»Ist es meine Schuld, daß ich dich nur zu berühren brauche, und sofort durchdrehe?« rechtfertigte Alcide sich und zog sie an sich.

Elena ließ ihn gewähren und stieß einen schmerzlichen, halb resignierenden, halb lustvollen Seufzer aus.

Nach zwanzig Jahren gemeinsamen Lebens war das Verlangen in ihnen noch nicht erloschen, sondern hatte sich zu einer Mischung aus Leidenschaft und Zärtlichkeit entwickelt. Wie immer schützte Elena eine widerspenstige Haltung vor, während es ihr in Wirklichkeit doch sehr gefiel, von ihrem Mann besessen zu werden.

Elena war überzeugt, daß die Ehe der einzige Bereich war, in dem man die Freuden der Intimität genießen sollte. Sie war sich bewußt, daß der Krieg Werte und heilige Gewohnheiten umgestoßen hatte. Und sie war empört, wenn sie gewisse Geschichten von jungen Leuten hörte, die vor der Hochzeit dem Verlangen nachgaben, oder sogar ohne Verlöbnis. Sie war besorgt um ihre Tochter, die, wie sie genau wußte, von Großmutter Luigia und von ihr ein leidenschaftliches Wesen geerbt hatte. Der Gedanke, sie verliebt zu wissen, oder, schlimmer noch, in einem intimen Verhältnis zu jemandem, war für sie niederschmetternd.

Gewöhnlich überließ sie sich nach der Liebe zufrieden und glücklich dem Schlaf, während Alcide sie noch im Arm hielt. Dieses Mal war sie jedoch so besorgt, daß sie sich seinen Zärtlichkeiten entzog.

»Wenn ich Caterina vorschlage, nach Modena zu ihrer Großmutter zu fahren, hat sie sonst immer sofort den Koffer in der Hand und ist auf der Stelle abfahrbereit«, nahm Elena das Gespräch wieder auf. »Dieses Mal war nichts zu machen, sie wollte einfach nicht weg von hier.«

»Ich werde morgen mit ihr sprechen«, entschied Alcide, der gerne schlafen wollte. »Was hältst du jetzt von einem langen und tiefen Schlaf?«

Elena aber hörte ihm nicht zu, so sehr war sie mit ihren Sorgen beschäftigt.

»Heute morgen hat mich Tante Maria angerufen«, fing sie nach wenigen Augenblicken wieder an. Alcide warf mit einer verärgerten Geste die Bettdecke zurück.

»Nun gut. Jetzt stehe ich auf und mache mir einen Kaffee, dann kann ich dein Geschwätz eher würdigen«, seufzte er.

Das ließ sich Elena nicht zweimal sagen. Sie folgte ihrem Mann in die kalte Küche, wobei sie sich die Schultern mit einem Umschlagtuch bedeckte. Alcide hatte eine Decke genommen.

»Wußtest du, daß das Mädchen mit der Familie Branzi von Sacile zurückgefahren ist?« enthüllte sie ihrem Mann.

»Nein. Aber das scheint mir keine anstößige Nachricht zu sein. Wer ist diese Familie?«

»Die Branzis sind die Antiquitätenhändler aus der Via Manzoni. Caterina ist mit ihnen im Zug von Mestre bis Mailand gefahren, und dann haben sie sie mit dem Taxi bis hierher gebracht«, erklärte seine Frau. »Das habe ich von Tante Maria erfahren.«

»Was hat die denn damit zu tun?« fragte Alcide.

»Die Branzis haben eine Tochter, Arianna, die mit Annalaura auf die Universität geht. Und einen Sohn, Bernardo, der im

Geschäft seines Vaters arbeitet. Er spielt ein bißchen den Lebemann, aber im Grunde genommen ist er ein guter Junge. Die Gusmarolis liebäugeln mit einer Verlobung zwischen Annalaura und Bernardo. Weißt du, es wäre eine gute Partie, auch weil das Mädchen nicht gerade eine Schönheit ist. Aber das weiß ich alles von Tante Maria, denn Caterina hat mir gar nichts erzählt«, schloß Elena.

»Und? Ich meine, was gehen uns die Heiratspläne der Gusmarolis und der Branzis an?«

»Aber begreifst du denn nicht? Bernardo Branzi schwärmt für unsere Tochter«, brach es aus Elena heraus. »Er hat sie sogar eingeladen, mit ihnen in die Berge zu fahren.«

»Das freut mich aber, daß mein Mädchen so gutsituierte Verehrer hat«, sagte Alcide stolz.

»Alcide, du bist wirklich blöd. Glaubst du im Ernst, daß zwischen einer armen Familie wie der unseren und diesen reichen Antiquitätenhändlern eine ernsthafte Sache entstehen kann? In was für einer Welt lebst du denn? Die Wahrheit ist eine andere. Während dieser Reise im Zug muß deine Tochter so kokett getan haben, daß sie dem jungen Branzi den Kopf verdreht hat.«

»Wer hat dir denn das gesagt?«

»Tante Maria«, erklärte Elena.

»Jetzt reicht es aber«, fuhr Alcide auf. »Ich billige deine verdrehten Tratschereien mit deiner Tante, dieser Schlange, nicht. Sie ist eine körperlich abstoßende und geistig leere Frau. Hast du etwa vergessen, daß sie alles getan hat, damit wir nicht heiraten sollten? Hast du etwa vergessen, daß du sie angefleht hast, unser Kind während des Krieges aufzunehmen, und sie kaltschnäuzig abgelehnt hat? Hast du vergessen, daß sie am Tag unserer Hochzeit die Frechheit gehabt hat, in unserem Schlafzimmer herumzuschnüffeln, um zu sehen, ob wir zwei Matratzen anstatt vier haben? Ich erinnere mich sehr gut an all diese Dinge. Ich erinnere mich noch, daß sie in der Kirche zu einer Freundin sagte: ›Meine arme Nichte. Sie hat einen Taugenichts geheiratet, der sie Hunger leiden lassen wird.‹ Ich habe all deine verehrten Tanten mit blauem Blut noch nie riechen können. Und jetzt erzählst du mir, daß unsere Tochter eine Verlobung zwischen diesem kleinen Monster von Annalaura und einem reichen Antiquitätenhändler untergräbt? Das wäre schön! Eine Eins mit Auszeichnung für meine Tochter«, schloß er schließlich mit strahlendem Lächeln.

Dann fuhr er fort: »Das könnte doch die Launen von Caterina erklären. Sie wird eine Schwäche für ihn haben, und er ist in die Berge gefahren, um sich mit anderen Frauen zu amüsieren.«

»Er hat ihr Blumen geschickt. Einen Strauß roter Rosen mit einem Brief voller Süßholzgeraspel. Lies nur.« Elena reichte ihm das Blatt, das sie aus der Schublade des Küchentisches gezogen hatte.

Alcide las: »Liebe Caterina, es ist ein wahres Vergnügen gewesen, Sie zu treffen. Sie wiederzusehen, wird mir eine Freude sein. Auf bald. Ihr Bernardo.«

»Und wo sind die Rosen?« fragte Alcide.

»Ich habe sie verschwinden lassen. Caterina darf nichts davon wissen.«

»Also, du bist wirklich dumm. Unsere Tochter hat einen Verehrer, der ihr Blumen und einen netten Brief schickt, ohne Zweideutigkeiten, und du sagst ihr nichts davon? Jetzt ist mir klar, warum Caterina schlechte Laune hat. Es wäre besser, wenn du deine Nase nicht überall hineinstecktest und dir von dieser Schlange namens Tante Maria nicht den Kopf verdrießen ließest, dann wäre Caterina ein ruhiges Mädchen, so wie immer«, argumentierte Alcide.

Elena zog ein Gesicht. »Das mag sein. Aber diese Geschichte ist mir nicht ganz klar. Warum hat sie von dieser Zugbekanntschaft nichts erzählt?« fragte sie mehr sich selbst als ihren Mann.

»Weil sie weiß, daß du eine Nervensäge bist. Du stehst immer mit angelegtem Gewehr bereit und willst wissen, was sie tut, wohin sie geht. Und du wägst immer alle Worte ab, die sie sagt oder nicht sagt. Es gibt kein Vertrauen zwischen euch, und dann wunderst du dich, daß sie dir nichts erzählt«, erwiderte ihr Mann.

»Ich sage dir aber, daß an dieser Geschichte etwas nicht stimmt. Gestern morgen habe ich hunderttausend Lire gefunden, verstehst du, hunderttausend, in einer Schublade ihres Schreibtisches. Sie waren in einem Umschlag zwischen den Seiten eines Buches. Woher kommt dieses Geld?« fragte Elena herausfordernd.

Alcide lächelte.

»Hast du sie danach gefragt?«

»Noch nicht. Das ist eine ernste Sache, und ich weiß nicht, warum dich das zum Lächeln bringt.«

»Weil sie diese kleine Summe von meiner Mutter bekommen

hat, wenn du es genau wissen willst, meine liebe Frau Schnüfflerin.«

»Deine Mutter hat Caterina dieses ganze Geld geschenkt? Warum hat sie mir denn nichts davon gesagt?«

»Weil sie versprechen mußte, niemandem etwas davon zu erzählen. Und sie soll sie so ausgeben, wie sie es für richtig hält. Läßt du mich jetzt schlafen gehen?«

»O Jesus! Ich war verzweifelt, ich wußte nicht mehr, was ich denken sollte! Morgen früh muß ich ihr von den Blumen erzählen und mich dafür entschuldigen, daß ich sie ihr nicht gegeben habe. Du hast recht, Alcide. Ich bin eine verdammte Schnüfflerin, und ich habe mir wieder einmal etwas einreden lassen, von dieser eifersüchtigen Schlange. Warum habe ich nur so gemeine Verwandte!« explodierte sie, wobei sie wie immer anderen die Schuld für ihre eigenen Fehler gab.

Am nächsten Tag war Silvester. Alcide war früher als gewöhnlich in den Laden hinuntergegangen, da viele Hausangestellte die Einkäufe für das abendliche Festmahl machen würden.

Anstatt mit ihm hinunterzugehen, um ihm zu helfen, wartete Elena, daß ihre Tochter erwachte. In der Zwischenzeit deckte sie für sie den Küchentisch mit besonderen Dingen für das Frühstück: Milchkaffee, Panettone, Krapfen, die ihre Mutter aus Modena geschickt hatte. Sie hatte den Tisch mit einem kleinen Tischtuch aus gestärktem Leinen und dem bayrischen Porzellanservice gedeckt, daß sie nur für besondere Gelegenheiten benutzte.

»Guten Morgen, Mama«, sagte Caterina, als sie in ihrem Morgenrock aus schwerer, schottischer Wolle erschien. Ihr Blick war noch verschlafen, und sie fragte: »Was für ein Festtag ist heute?« ohne zu wagen, sich hinzusetzen.

»Der letzte Tag des Jahres. Das sollte man feiern, meinst du nicht?« antwortete Elena zuckersüß.

»Kann ich dann frühstücken?« fragte ihre Tochter, noch immer ungläubig.

»Das ist alles für dich«, sagte Elena stolz. Caterina tauchte eine Scheibe Panettone in den Milchkaffee. Ihre Mutter schaute sie mit verschränkten Armen an die Anrichte gelehnt lächelnd an und suchte nach einem Vorwand, um ein Gespräch anzufangen.

»Was machst du heute?« fragte sie.

»Was ich immer mache. Lernen. Druckfahnen korrigieren. Und

wenn ich noch Zeit habe, komme ich zu euch in den Laden runter und helfe euch«, antwortete sie.

»Meiner Meinung nach arbeitest du zuviel. In deinem Alter hat ein Mädchen das Recht, sich ein bißchen zu zerstreuen. Was weiß ich … ein Kinobesuch … ein Bummel durch die Läden …«, sagte sie, um die Unterhaltung auf verschlungenen Wegen zu beginnen.

»Habe ich mich vielleicht über etwas beklagt?« fragte Caterina leicht gereizt.

»Na ja, man kann nicht gerade sagen, daß du gut gelaunt bist, in letzter Zeit. Vielleicht denkst du ja an jemanden, der dir gefällt«, tastete Elena sich vor.

Caterina wurde rot, die Milch geriet ihr in die falsche Kehle und sie mußte husten.

»Dann ist es doch so wie ich gedacht habe«, schloß Elena. »Du quälst dich wegen jemandem. Also, machen wir es kurz. Dieser Jemand hat dir einen großen Strauß Rosen und einen Brief geschickt.«

»Wo sind die Rosen? Wo ist der Brief?« fragte Caterina erregt und sprang vom Tisch auf.

»Verzeih mir, mein Kind. Tatsache ist … ich wußte nicht. Kurz, die Rosen habe ich weggeworfen. Der Brief ist hier«, gestand Elena voller Reue.

»Wie konntest du dir nur erlauben, Blumen wegzuwerfen, die mir geschickt worden sind?« schrie Caterina und ergriff das Kärtchen.

Sie las es. Für einen Moment wurde sie nachdenklich. Dann lächelte sie Elena an und zerriß die Nachricht von Bernardo.

»Du hast richtig gehandelt, Mama. Die Sache interessiert mich überhaupt nicht«, gelang es ihr zu sagen. Dann flüchtete sie sich in ihr Zimmer und brach in Tränen aus. Für einen Augenblick hatte sie geglaubt, daß die Nachricht von Marco käme. Daß es Bernardo war, der an sie dachte, ließ sie völlig gleichgültig.

9

Die Worte ihrer Tochter hatten sie durcheinandergebracht. Endlich hatte Elena für das Schmollen Caterinas, das Schweigen, die unhöflichen Antworten, die Zerstreutheit, eine Erklärung gefunden: eine Schwärmerei war daran schuld, die, auf den richtigen Weg gebracht, zu einer Verlobung führen konnte, auf die man stolz sein konnte. Aber Caterina schien ja über dieses Blumengeschenk des jungen Bernardo Branzi fast verärgert zu sein, und sie hatte sogar den beiliegenden Brief zerrissen.

»Ich verstehe dich nicht«, bemerkte Elena.

»Es gibt nichts zu verstehen«, gab Caterina zurück.

»Wie? Deine Cousine Annalaura stellt wer weiß was an, um sich diesen Branzi zu angeln, der eine ausgezeichnete Partie für viele Mädchen wäre, und du ... du ... du scheinst beinahe beleidigt zu sein, anstatt dich geschmeichelt zu fühlen.«

»Mama, auf was für Gedanken kommst du denn? Von was für einer guten Partie redest du da? Ich bin noch nicht einmal neunzehn Jahre alt, ich weiß nicht, was ich mit meinem Leben machen werde, und du versuchst, eine Hochzeit zu arrangieren? Wer denkt denn daran, zu heiraten? Und außerdem, wer sagt dir denn, daß ich diesem Branzi gefalle? Und wenn ich ihm gefalle, wer sagt dir denn, daß er mir gefällt? Ich weiß noch nicht einmal, wer er ist«, brach es aus ihr heraus, während sie in ihr Zimmer verschwand.

Elena folgte ihr.

»Offensichtlich weiß er dagegen, wer du bist, da ihr doch zusammen eine Zugfahrt von Mestre bis Mailand gemacht habt. Und du hast mir noch nicht einmal davon erzählt. Ich habe es von Tante Maria erfahren.«

»Na toll, mach nur weiter so, bedien dich nur deiner persönlichen Spionin, um die Sachen herauszubekommen, die nur mich etwas angehen. Wenn ich dir nichts davon erzählt habe, bedeutet das, daß dieser Branzi mich nicht interessiert.«

»Aber natürlich, denn wenn er dich interessierte, hättest du es mir schon gesagt. Stimmt's? Du redest doch sowieso nie mit mir. Für dich bin ich ja nur Luft. Wenn du dich jemandem anvertrauen wolltest, würdest du dich doch an diesen Einfaltspinsel von deinem Vater wenden. Und ich, wer bin ich? Ich bin die Putzfrau für alle. Ich bin gut genug, um dir die heiße Suppe auf den Tisch zu stellen, um deine Sachen zu waschen und zu bügeln, aber ich habe kein Recht zu wissen, was in deinem Kopf vorgeht. So ist es doch!– begehrte Elena auf.

»Ja, so ist es«, erwiderte Caterina mit derselben Heftigkeit. »Mit dir kann ich überhaupt nicht reden. Du stellst mir Fallen wie ein Apache, immer bereit, zuzuschlagen. Du stöberst mit dem Vergrößerungsglas in meinen Papieren herum, wie Sherlock Holmes. Wenn du etwas in Erfahrung bringen willst, benutzt du die verschlungensten Wege. Du bist nicht in der Lage, aufrichtig zu sein. Entweder bist du honigsüß und hinterlistig, oder du wirfst dich zum unfehlbaren Richter auf. Du hast mich mit Gebeten und Allgemeinplätzen aufgezogen. Ein Vaterunser und eine Ermahnung, ein Avemaria und eine Drohung. Welche Tochter würde denn einer Mutter wie dir ihre Gedanken anvertrauen?«

Elena fühlte sich an ihrer empfindlichsten Stelle getroffen und ungerecht behandelt. »Du bist gemein«, sagte sie. »Ich opfere mich auf, damit du lernen kannst, verzichte auf alles, damit du schöne Kleider hast. Ich tue alles, was ich kann, damit du eine aussichtsreiche Zukunft hast, und das ist nun der Dank!«

»Hör zu, ich habe dich nicht darum gebeten, mich in die Welt zu setzen. Meine Kleider bezahle ich selbst, mit dem Geld, das ich selbst verdiene. Außerdem bist nicht du es, die mich lernen läßt. Ich bin es, die hier lernt. Aber schreib nur alles an. Sobald ich kann, werde ich dir auch das Geld für die Hebamme erstatten«, antwortete Caterina rot vor Wut.

Da ging eine Ohrfeige auf sie hernieder und hinterließ auf ihrer Wange den Abdruck der mütterlichen Hand.

Die Glocke aus dem Laden läutete. Elena lief in die Küche und hob die Luke an.

»Was gibt es?« fragte sie durch die Öffnung.

»Also hier im Parkett ist das Publikum ganz Ohr. Wir sind sehr an eurer Unterhaltung da oben interessiert. Nebenbei müßte ich eigentlich auch noch arbeiten. Also, wollt ihr nun damit aufhören?« brüllte Alcide. Elena schloß die Luke, ohne etwas zu erwidern. Sie deckte den Frühstückstisch ab, wobei ihr große Tränen über das Gesicht rannen. Es tat ihr leid, die Hand gegen ihre Tochter erhoben zu haben, die harten Worte, die gefallen waren, taten ihr weh. Aber vor allem hatte sie das Gefühl, daß Caterina sich in großen Schwierigkeiten befand. Die tröstlichen Worte ihres

Mannes wurden durch das Verhalten ihrer Tochter null und nichtig. Sie hatte einige wahre Dinge gesagt, aber auch Dinge, die sie gar nicht so meinte, um die Frustration herauszulassen, die sie seit Tagen mit sich herumtrug, und sie hätte ihr Leben gewettet, daß Caterina ihr einen Kummer verheimlichte.

»Was kann ein Mädchen mit achtzehn Jahren schon im Kopf haben, wenn nicht eine unglückliche Liebe?« dachte sie. Und da es sich hier offensichtlich nicht um den jungen Branzi drehte, mußte jemand anderes im Spiel sein. Aber wer? Und warum litt sie so um diesen anderen? Und wenn es sich um einen verheirateten Mann handelte?

Caterina erschien vor ihr, geschniegelt und gebügelt. Unter dem Arm hielt sie einen dicken Umschlag. Elena wußte, daß er die korrigierten Druckfahnen für den Verlag enthielt.

»Wohin gehst du?« fragte sie sie, während sie sich mit dem Handrücken die Tränen trocknete.

»Zur Hölle, wenn ich könnte«, antwortete Caterina.

»Ist dein Verlag auch am letzten Tag des Jahres geöffnet?« forschte sie nach.

»Siehst du? Es ist stärker als du. Du kannst es einfach nicht lassen, mir hinterherzuspionieren«, sagte Caterina in mitleidigem Ton, bevor sie die Wohnungstür hinter sich schloß.

Elena nahm die Schürze ab, zog sich rasch ihren Mantel an, und als sie sicher war, daß Caterina auf der Straße war, verließ auch sie die Wohnung. Sie war fest entschlossen, herauszufinden, wohin sie ging. Dieser Umschlag mit den Korrekturfahnen konnte schließlich auch nur ein Vorwand sein. Sie folgte Caterina den ganzen Corso Vittorio Emanuele entlang, hielt aber immer genügend Abstand. Sie sah sie die Piazza del Duomo überqueren, die Via Dante einschlagen und schließlich in den Corso Magenta einbiegen. Caterina ging wirklich zum Verlag. Und allein. Von weitem bewunderte Elena ihre ebenmäßige Gestalt, ihr rasches Voranschreiten, ihre gemessene Haltung. Sie bemerkte auch die Blicke der Passanten, die sich umdrehten, um sie zu beobachten. Sie war stolz auf ihre elegante, fleißige Tochter. Fast schämte sie sich für diese Beschattung. Da sieht man, wie tief eine Mutter sinken kann, dachte sie. Dennoch ließ sie nicht von ihrem Vorhaben ab. Sie sah, wie ihre Tochter in einen großen Torbogen einbog. Elena hielt an und entzifferte die verschiedenen Schilder der Büros in diesem Palazzo. EICHHÖRNCHEN-VERLAG las sie. Sie fühlte sich beruhigt. Dann schaute sie um sich und entdeckte fast gegenüber eine Konditorei. Sie trat ein, bestellte einen Kaffee und trank ihn langsam, wobei sie den Eingang des Gebäudes gegenüber im Auge behielt. Sie hoffte, nicht allzulange warten zu müssen, und betete, ihre Tochter möge allein aus dem Gebäude herauskommen und auch alleine den Heimweg einschlagen. Dann wäre sie zumindest für den Augenblick beruhigt gewesen. Aber nach fast einer halben Stunde sah sie sie in Begleitung einer jungen, blonden Frau herauskommen, die sehr elegant und lässig wirkte und eindringlich auf sie einredete. Caterina hatte einen noch dickeren Umschlag unter dem Arm als zuvor. Elena sah, wie die beiden auf einen dunkelgrünen Mini-Morris zugingen, der in der Nähe der Konditorei geparkt war. Die blonde Frau setzte sich ans Steuer, und Caterina setzte sich neben sie.

War das wohl die Verlegerin? Aus der Beschreibung ihrer Tochter schloß Elena, daß es sich um Dottoressa Ronchi handelte. Aber wohin fuhren sie jetzt? Sie konnte ihnen nun nicht mehr folgen. Von tausend Gedanken ergriffen und ganz verwirrt von widersprüchlichen Vermutungen machte sie sich auf den Heimweg.

Als sie nach Hause kam, war Caterina in ihrem Zimmer und blätterte in ihren Büchern. »Schon wieder da?« fragte Elena.

»Ich bin mit dem Auto gebracht worden«, antwortete das Mädchen.

Siehst du, dachte ihre Mutter, wenn ich sie nicht mit eigenen Augen zu der Frau ins Auto hätte steigen sehen, würde ich mir jetzt schon wieder wer weiß was denken. Ich muß mich unbedingt beruhigen. Vielleicht verheimlicht Caterina mir wirklich nichts.

»Die Verlegerin ist sehr zufrieden mit meiner Arbeit. Heute hat sie mir auch die Übersetzung eines Kinderbuches aus dem Französischen anvertraut. Ich kann die Sprache zwar nicht so gut, aber es handelt sich um eine sehr leichte Erzählung. Die Übersetzungen bekomme ich besser bezahlt als die Druckfahnen. Ich habe überlegt, daß ich nach dem Abitur vielleicht ein paar Monate nach Frankreich gehen könnte, natürlich nur, wenn du es mir erlaubst. Ich habe schon etwas Geld gespart. Großmutter Evarista hat es mir gegeben. Deshalb brauche ich dich nicht um Geld zu bitten.«

»Oh, natürlich«, sagte Elena, die plötzlich ein grenzenloses Vertrauen zu ihrer Tochter empfand. Mit leiser Stimme fügte sie hinzu: »Es tut mir leid wegen der Ohrfeige.«

»Ein bißchen habe ich es ja darauf angelegt«, beschwichtigte Caterina sie, ohne nachtragend zu sein.

Elena verließ auf Zehenspitzen das Zimmer. Sie stieß einen Seufzer der Erleichterung aus und machte sich singend am Herd zu schaffen. Die Weihnachtsferien gingen vorüber, die Schule begann wieder, doch die Stimmung Caterinas blieb gleich. Wenn sie nach fünf Schulstunden nach Hause zurückkam, aß sie schweigend, dann zog sie sich in ihr Zimmer zurück, um zu lesen, zu lernen, zu schreiben. Sie ging spät zu Bett, sie stand im Morgengrauen auf, immer schweigend und unergründlich.

Bernardo Branzi hatte ein paar Mal angerufen. Das Telefon war im Laden, deshalb hatte Alcide abgenommen.

Beim ersten Mal hatte Caterina kurz mit ihm gesprochen. Elena spitzte die Ohren, um jede Nuance ihrer Stimme herauszuhören.

»Danke für die Blumen. Sie waren sehr schön«, hatte sie gelogen, denn die Blumen hatte sie ja nicht einmal zu Gesicht bekommen. Dann hatte sie gesagt: »Sie sind sehr freundlich, aber das kann ich nicht annehmen. Glauben Sie mir, ich muß sehr viel lernen.«

Das zweite Mal hatte sie ihren Vater angewiesen: »Sag ihm, daß ich nicht da bin.« Das hatte Elena sehr leid getan. Sie konnte sich mit der Gleichgültigkeit ihrer Tochter gegenüber einem jungen Mann, der soviel Interesse für sie zeigte, nicht abfinden. Wenn sie in irgendeiner Weise eine ernsthafte Geschichte zwischen den beiden hätte fördern können, dann hätte sie es getan, auch weil sie daran dachte, wie sehr Tante Maria das Ganze ärgerte. Elena konnte es kaum abwarten, ihr die vielen Bosheiten mit gleicher Münze heimzuzahlen.

Der Januar ging vorbei, und es begann ein solch eisiger Februar, daß an den Fensterscheiben des Ladens morgens Eisblumen zu sehen waren. Großmutter Luigia rief aus Modena an. Eine böse Grippe hatte sie erwischt, und es ging ihr sehr schlecht.

»Ich komme, um dich zu pflegen«, bot Elena ihr an. Sie fuhr ab, und Caterina und Alcide blieben allein zurück. Die Stimmung des Mädchens hob sich. Alcide war ein liebevoller Vater, polternd, aber gutmütig. In seiner Gesellschaft war Caterina immer guter Laune. Elena rief aus Modena an, um zu hören, wie es ihnen ging, und um von Großmutter Luigia zu berichten. Es ging ihr besser, und Elena wollte sie in der folgenden Woche nach Mailand bringen. Eines Abends, als Caterina das Abendessen vorbereitete, klingelte zur Ladenschlußzeit die Glocke aus dem Laden. Sie hob die Luke an.

»Was gibt's, Papa?« fragte sie.

»Komm in den Laden runter. Hier ist Besuch für dich«, kündigte Alcide an. Caterina ging hinunter. Im Laden stand Marco, sonnengebräunt und lächelnd.

»Ciao Caterina«, begrüßte er sie und schaute sie dabei an, als wäre sie die einzige Frau der Schöpfung.

Caterina brachte kein Wort hervor.

»Mein Freund ist gerade aus den Vereinigten Staaten zurückgekehrt«, erklärte Alcide einigen Kunden voller Stolz.

»Ich habe ein Geschenk für dich«, fuhr Marco fort und reichte ihr ein Paket mit Schallplatten.

»Danke«, flüsterte sie und wurde rot.

»Es sind Sänger, die dort sehr in Mode sind. Sie werden dir gefallen.«

Caterina nickte.

»Ich dachte, ich würde dich nie wiedersehen«, sagte sie flüsternd. Alcide überschüttete die Kunden mit einem Wortschwall, während er Obst und Gemüse abwog.

»Sehen Sie nur diese wunderbaren Bananen. Sie sind erst gestern gepflückt worden, und heute morgen sind sie mit dem Flugzeug in Mailand angekommen. Riechen Sie mal, Signora.«

»Ich habe nie aufgehört, an dich zu denken, Caterina. Ich liebe dich«, sagte er mit leiser Stimme.

Mehr als einen Monat hatte Caterina sich mit der Frage gequält, ob Marco mit ihr gespielt und sie sofort darauf vergessen hatte. Jetzt genügte ein Blick von ihm, um die Ängste, die Unsicherheiten, den Schmerz auszulöschen. Sie lächelte. Sie war glücklich.

Marco verließ den Laden. Er hatte ihr nicht gesagt, wann sie sich wiedersehen würden, aber sie wußte, daß ihr blonder Engel sie liebte. Sie drückte den Stapel Schallplatten, den Marco ihr geschenkt hatte, an die Brust und ging auf die Tür zu, die in die Wohnung führte. Das Telefon klingelte.

»Geh du bitte dran«, sagte ihr Vater.

»Obstgarten Belgrado«, meldete sie sich. Es war ihre Mutter.

»Caterina«, sagte sie mit vom Weinen rauher Stimme. »Schließt den Laden und kommt sofort nach Modena. Ich brauche euch. Großmutter ist tot.«

In diesem Moment erinnerte sich Caterina an die kleine, weiße Feder, die in der Luft schwebte und dann heruntergeschwebt kam, um ihr die Nasenspitze zu kitzeln und sie zum Niesen und zum Weinen zu bringen. Auch dieses Mal verflog das Glück eines Augenblicks in Schmerz und in Tränen.

10

»Caterina-Schatz, was machst du denn bei dieser Hitze in Mailand?« fragte die Contessa Calderisi, die gerade aus einer Parfümerie kam, vor der Caterina stehengeblieben war, um eine Flasche Parfüm von Nina Ricci zu bewundern. Es war eine enorme, bauchige Flasche mit einem eiförmigen Stöpsel. Eine bernsteinfarbene Essenz verströmte exotische Düfte.

»Ich bereite mich auf die Abiturprüfungen vor«, antwortete sie.

»O mein armes Liebes, ihr müßt sogar im Juli dafür lernen!« wurde sie bemitleidet.

Die frühere Tänzerin trug ein Kleid aus gelber Seide mit blauen Punkten. Der Rock war weit geschnitten und fiel in weichen Falten bis auf die Waden herab. Das enganliegende Oberteil unterstrich die üppige Büste. Ein hellblauer Strohhut und eine auffällige Sonnenbrille in Schmetterlingsform verbargen teilweise die feinen Gesichtszüge. Ihre Haut war von einem goldenen Bronzeton, und die Lippen waren in einem blassen Rosa geschminkt.

»In zwei Wochen habe ich alles hinter mir«, versicherte Caterina.

»Das wünsche ich dir, Caterina-Schatz. Du siehst blaß aus. Du brauchst das Meer, Sonne, Landluft, Zerstreuungen. Wenn du jetzt, wo du jung bist, das Leben nicht genießt, wann denn sonst? Etwa, wenn du fast vierzig bist, so wie ich? Aber das bleibt unter uns, seit Jahrhunderten sage ich immer, daß ich erst zweiunddreißig bin. Und bis jetzt hat es funktioniert.«

»Ich schwöre es«, versicherte Caterina und legte im Scherz die Hand aufs Herz.

»Oh, aber du mußt mich entschuldigen. Ich halte dich auf, dabei hast du es vielleicht eilig«, lächelte die Contessa.

»Ich gehe zum Lernen zu einer Freundin, in der Via Cappuccio. Sie hat einen wunderschönen Garten, und unter den Bäumen leidet man weniger unter der Hitze«, erklärte Caterina, die auf dem Weg zu Lucrezia war.

»Darf ich dich zu einem Erfrischungsgetränk einladen?« schlug die Contessa vor und wies auf ein Café, das direkt neben der Parfümerie lag.

»Danke, gern«, nahm das junge Mädchen an.

Seit dem plötzlichen Tod von Großmutter Luigia waren fünf Monate vergangen. Caterina hatte sich die Augen ausgeweint. Dann hatte sie sich nach und nach damit abgefunden, obwohl sie schmerzlich die Leere spürte, die die alte Dame hinterlassen hatte. Eine Freundin, eine Vertraute, ja fast eine Schwester war sie für sie gewesen. Sie dachte mit Freude an sie, vor allem, wenn sie sich an die sorglosen Momente erinnerte, die sie zusammen verbracht hatten. Als sie jetzt die Contessa Calderisi sah, mußte sie wieder an die Großmutter denken, die vor genau einem Jahr für ihr Himmelbett neue Vorhänge aus weißem, rosageblümtem Musselin genäht hatte, um die mittlerweile verblichenen und verwaschenen alten Bettvorhänge zu ersetzen.

»Was wirst du nach den Prüfungen machen?« fragte die Contessa.

»Ich werde für zwei Monate nach Paris gehen. Ich habe mich an das Zentrum für Frankreichstudien gewandt, und ich habe eine Au-pair-Stelle gefunden, in einer Familie«, erklärte sie stolz.

»Was bedeutet: au pair?«

»Diese Familie nimmt mich auf, und ich werde dafür im Haushalt helfen.«

»Caterina-Schatz! Und das nennst du Ferien? Du hast gelernt wie eine Verrückte, und machst so weiter, mit Arbeit? Nein, das geht auf gar keinen Fall.«

»Im Gegenteil, es wird ganz wunderbar gehen. Ich werde von morgens bis abends Französisch sprechen. Und das ist der Sinn des Ganzen. Ich will die Sprache anwenden.«

»Mein Mann, der Conte, hat ein Schloß in der Normandie gekauft. Wir fahren morgen dorthin. Weißt du, wir haben es noch gar nicht gesehen. Du wirst zu uns kommen. In Paris geht man im Sommer vor Hitze ein. Wenn du unbedingt dorthin willst, werde ich dich für ein paar Tage hinbringen. Aber zuerst mußt du zu uns kommen und dich erholen.« Das war keine Einladung, das war ein liebevoller Befehl.

»Das ist ausgeschlossen, Contessa. Sie sollten sich nicht um mich sorgen«, wehrte Caterina ab.

»Caterina-Schatz, ich kenne dich, seitdem du sooo klein warst. Ich fühle mich fast wie deine Mutter. Es macht mir Freude, dich zu sehen. Ich werde mit deinen Eltern sprechen. Laß mich nur machen, ich überrede sie schon«, erklärte sie mit fester Stimme, nachdem sie ihr Glas mit dem eisgekühlten Getränk geleert hatte. »Weißt du was, Caterina-Schatz? Du bist heute das Mädchen, das ich gerne vor zwanzig Jahren gewesen wäre. Du bist so klar und rein wie Quellwasser. Erlaube es nie jemandem, dich zu beschmutzen.«

»Ich verstehe nicht, wovon Sie reden«, erwiderte das Mädchen und errötete.

»Ich weiß schon, was ich sage. Jetzt geh nur zu deiner Klassenkameradin und lerne. Hals- und Beinbruch für deine Prüfungen. Wir werden in meinem Schloß zusammen sein, und wir werden nach Paris fahren, um eine raffinierte Garderobe für dich auszusuchen.«

Caterina kam in unbeschreiblicher Aufregung bei Lucrezia an.

»Ich weiß nicht, ob ich wach bin oder träume. Ihr könnt euch nicht vorstellen, was geschehen ist«, stieß sie hervor, als sie in den efeubedeckten Pavillon kam, der neben einem Springbrunnen stand, aus dem kühles Wasser sprudelte.

»Die Königin des *coup de théâtre* ist angekommen«, verkündete Lucrezia, die mit Diana am Tisch saß, auf dem Schulbücher und Hefte unordentlich herumlagen.

»Sieh mal, wir haben schon damit begonnen, die *Canti* aus dem *Paradiso* zusammenzufassen«, sagte Diana und zeigte auf den Band der *Göttlichen Komödie* Dantes.

»Ihr müßt mir erst einmal zuhören«, wehrte Caterina ab, während sie auf der Granitbank Platz nahm, die um den Tisch lief. Dann begann sie, von ihrem Treffen mit der Contessa zu erzählen.

»Dann werde ich also die Ferien in einem Schloß verbringen, wenn meine Eltern es erlauben. Könnt ihr euch Caterina Belgrado als Schloßherrin vorstellen?« schloß sie lachend.

Diana begann mit nachdenklicher Miene in einem Buch zu blättern. Lucrezia machte eine ungläubige Miene.

»Ihr seid wirklich außergewöhnliche Freundinnen. Vielen Dank für eure begeisterte Anteilnahme«, sagte Caterina schmollend.

»Du mußt zugeben, daß diese ganze Großzügigkeit ziemlich verdächtig ist«, bemerkte Lucrezia schließlich.

»Warum? Was gibt es denn so Verdächtiges?« wollte Caterina wissen.

»Meiner Meinung nach alles«, warf Diana ein. Sie dachte an ihre Ferien, die sie in den Monti Lattari in einem kleinen Bergbauerndorf oberhalb von Furore verbringen würde, wo sie auf ihre drei Schwestern aufpassen sollte. Vielleicht würde sie gelegentlich zum Schwimmen ans Meer hinuntergehen. Aber das war noch keineswegs sicher, denn ihre Mutter hatte ihr gesagt, daß sie nicht genug Geld hatte, um vier Badeanzüge zu kaufen. Und da verkündete Caterina, daß sie die Ferien wie im Film in einem Renaissanceschloß in der Normandie verbringen würde, einer der ältesten und eindrucksvollsten Regionen Nordfrankreichs. Das war wirklich zuviel!

»Diese Contessa ist nicht zufällig ein bißchen… ein bißchen …«, stichelte Lucrezia und ließ das Ende des Satzes offen.

»Lesbisch?« vollendete Caterina. »Wenn du nicht weißt, wie du über eine Frau herziehen sollst, sagst du, daß sie lesbisch ist. Das hast du von mir auch gesagt, erinnerst du dich?«

»Ach du lieber Gott, da sind wir wieder mit dieser alten Geschichte«, seufzte ihre Freundin. Ein Serviermädchen kam aus dem Haus, um ihnen kalten Pfirsichtee zu bringen. Alle drei taten gleichzeitig so, als würden sie konzentriert lernen.

Als das Mädchen gegangen war, nahm Diana den Gesprächsfaden wieder auf. »Was ich nicht verstehe, ist, warum du überhaupt nach Frankreich willst«, sagte sie.

»Scheint dir das ein so extravaganter Wunsch?« fragte Caterina ironisch.

»Ich wüßte gerne etwas mehr über die Calderisi. Tatsache ist aber, daß die Arme so *cheap* ist, daß alle einen großen Bogen um sie machen. Sie würde gerne in die höheren Kreise aufgenommen werden, aber ihr versteht schon … ihr Mann ist Käsehändler, ihre Vergangenheit ist ziemlich fragwürdig … diese ganze Zurschaustellung ihres Geldes, wie bei Neureichen. Also, ich wüßte nicht, wo ich anfangen sollte, um etwas zu erfahren«, schloß Lucrezia.

»Wie ist es nur möglich, daß du immer im trüben fischen willst?« erwiderte Caterina ungeduldig.

»Hör zu, sagen wir es ruhig ganz offen, du bist nicht gerade sehr aufgeweckt. Du bist ein Mensch, der daran glaubt, daß Esel fliegen können. Du schaust die Wirklichkeit mit den Augen der Phantasie an, und biegst dir die Dinge so zurecht, bis sie deinen Wünschen entsprechen. Nimm doch diesen Marco Honneger. Zum Glück ist die Geschichte ja zu Ende. Aber wenn man deinen Worten Glauben schenken dürfte, müßte er ja eine Art Märchenprinz sein«, erklärte Lucrezia.

Caterina wurde über und über rot. Marco war ein Thema, das sie unter keinen Umständen berühren wollte.

Als ihre Großmutter gestorben war und der Schmerz der ersten Tage nachgelassen hatte, war sie wieder zu ihren Freundinnen gegangen, hatte mit ihnen Schallplatten verschiedener amerikanischer Sänger angehört. Die hatte ihr Marco aus den Vereinigten Staaten mitgebracht. Dann hatte sie nicht mehr darüber gesprochen. Auch, weil es nichts mehr zu erzählen gab.

Marco kam gelegentlich im Laden vorbei, wenn sie nicht da war. Er unterhielt sich ein bißchen mit ihrem Vater, fragte nach ihr und ging wieder. Abends kam Alcide dann hoch und sagte: »Heute ist mein Freund Honneger vorbeigekommen. Er läßt dich grüßen.«

Caterina bedankte sich für die Grüße und bemühte sich, keine Gefühle zu verraten. Dennoch hoffte sie glühend, daß er sich bei ihr meldete, anstatt immer nur bei ihrem Vater vorbeizuschauen.

»Was hat Marco Honneger damit zu tun?« erwiderte sie deshalb trocken.

»Er heiratet. Wußtest du das nicht?« antwortete ihre Freundin unbekümmert.

Caterina erbleichte.

»Siehst du, in was für einer Welt du lebst? Du weißt nie etwas. Er heiratet Francesca Damiani. Endlich. Er hält sie nämlich schon viele Jahre hin.«

Caterina wurde von einem Zittern ergriffen.

»Ich fühle mich nicht gut«, murmelte sie. »Ich muß nach Hause.«

11

Lucrezia und Diana betrachteten sie besorgt.

»Caterina, was hast du?« fragte Lucrezia.

»Ich muß nach Hause zurück«, entgegnete Caterina und war schon dabei, den Garten zu verlassen.

»Warte. Ich begleite dich«, schlug Diana vor und hielt Caterina am Arm fest.

Diese machte sich los und schrie: »Laßt mich in Ruhe!« Sie rannte den ganzen Heimweg über, als würde sie von einem Feind verfolgt, und bemerkte nicht einmal, daß sie ihre Bücher auf dem Tisch der Gartenlaube vergessen hatte. Wie eine Furie betrat sie die Wohnung und hätte ihre Mutter beinahe umgeworfen, die auf allen vieren kniend den Fußboden putzte. Auf ihrem Zimmer angekommen, warf sie sich aufs Bett und konnte endlich, den Kopf tief ins Kissen gedrückt, ihre ganze Verzweiflung herausweinen. Nachdem Elena mehrmals vergeblich die Klinke heruntergedrückt hatte, klopfte sie ununterbrochen an die Tür und rief dabei Caterinas Namen.

»Caterina, mach mir sofort auf!«

Caterina schluchzte und hatte nicht die geringste Absicht zu antworten. »Paß bloß auf, daß ich nicht die Geduld verliere. Öffne die Tür, oder ich rufe deinen Vater. Er wird dann die Tür mit Gewalt öffnen«, drohte Elena, die genauso verzweifelt wie ihre Tochter war. Sie hatte das verstörte Gesicht von Caterina gesehen und fragte sich, was wohl geschehen war.

»Geh weg«, schrie ihre Tochter endlich. »Ich habe dir nichts zu sagen. Laß mich in Frieden.«

»Zum letzten Mal, mach diese verfluchte Tür auf«, befahl ihre Mutter voller Angst. Elena wußte, daß ihre Tochter zum Lernen zu Lucrezia gegangen war. Alles hatte sie erwartet, nur nicht, ihre Tochter in diesem mitleiderregenden Zustand nach Hause kommen zu sehen. Was immer ihr auch geschehen war, es mußte etwas Furchtbares sein. Sie wußte nicht, wie sie sich verhalten sollte, und dachte daran, ihren Mann zu Hilfe zu holen.

Endlich öffnete sich die Tür. Caterina hatte vom Weinen ganz verschwollene Augen, die Nase war gerötet, und ihre Brust zuckte bei jedem Schluchzer zusammen.

»Darf ich vielleicht erfahren, was dir passiert ist?« fragte

Elena, die ihre Angst unterdrückte und ihr ein Taschentuch reichte.

Ohne zu antworten kehrte Caterina zu ihrem Bett zurück, um sich erneut darin zu verkriechen. Sie war zu verwirrt, um zu reden. Sie konnte einfach nicht glauben, daß das, was Lucrezia gesagt hatte, der Wahrheit entsprach. Und doch sagte ihr der gesunde Menschenverstand, daß die Dinge tatsächlich so waren. Sie hätte Verständnis dafür haben müssen, daß Marco schon vergeben war. Während der Weihnachtsferien hatte man ihr im Verlagsbüro gesagt, daß die Signorina Damiani in den Vereinigten Staaten sei. Wie konnte sie nur glauben, daß das ein Zufall sei! Jetzt wurde ihr alles klar. Sie hatte Marco nach vielen Jahren am Eingang des Palazzos auf dem Corso Magenta wiedergesehen. Francesca hatte ihr gesagt, daß sie verlobt sei. Also hatte sie der Wirklichkeit nicht ins Auge blicken wollen. Aber wie konnte Marco behaupten, daß er sie liebe, wenn er eine andere hatte? Und diese andere war eine Frau, der Caterina nicht das Wasser reichen konnte, denn Francesca Damiani war schön und elegant, eben eine echte Dame. Sie dagegen war nur die kleine Belgrado, die Tochter von Alcide, dem Obst- und Gemüsehändler, der mit dem Fahrrad die Straßen des Zentrums auf und ab fuhr, um Obst und Gemüse auszuliefern. Wenn sie es recht bedachte, hatte Marco ihr keinerlei Versprechungen gemacht. Ganz im Gegenteil, er hatte ihr gesagt, daß er sie nicht mehr wiedersehen wolle, damals als er sie das erste und einzige Mal geküßt hatte. Aber dann war er zurückgekehrt. Warum? Er hatte ihr zärtliche Worte zugeflüstert. Warum? »Weil er ein Heuchler ist!« schrie sie, während ihre Mutter zu ihr trat.

»Wer ist dieser Heuchler?« fragte Elena mit schwacher Stimme. Sie wagte noch nicht, sich ein dramatisches Geschehen vorzustellen, aber ihr wurde klar, daß es sich um eine ernste Angelegenheit handeln müsse. Bis zu diesem Zeitpunkt hatte sie Caterina noch nie so außer sich gesehen.

»Ich weiß schon, wer er ist«, antwortete Caterina wütend. »Ich muß hinunter in den Laden, um einen Anruf zu machen«, verkündete sie und verließ ihren Zufluchtsort.

»Bist du verrückt geworden? Wen willst du anrufen? Es sind Leute im Geschäft«, ermahnte Elena sie.

»Was gehen mich die Leute an!« schrie Caterina mit hysterischer Stimme, während sie die Treppen hinunterlief.

Sie wußte die Telefonnummer von Marcos Wohnung am Foro Bonaparte auswendig. Sie hatte noch nie vorher dort angerufen, hatte die Nummer aber im Telefonbuch gefunden und sich ins Gedächtnis eingeprägt.

Elena stand an ihrer Seite und versuchte ohne rechte Überzeugung Caterina dieses Gespräch auszureden, denn wenn sie dem Gespräch zuhörte, würde sie endlich den Grund der ganzen Aufregung verstehen.

Plötzlich änderte sich der Tonfall von Caterinas Stimme.

»Guten Tag«, sagte sie überraschend gefaßt. »Mein Name ist Caterina Belgrado, ich möchte gerne mit Marco Honneger sprechen.«

Es antwortete ihr jemand, wahrscheinlich ein Hausangestellter, daß er nicht in der Stadt sei, und daß sie, wenn sie wolle, eine Nachricht hinterlassen könne.

»Danke, das werde ich gerne tun«, begann sie mit klarer Stimme. »Sagen Sie ihm, daß es mein glühendster Wunsch ist, ihn tot zu sehen. Danke.« Damit beendete sie das Gespräch.

Dann drehte sie sich um. Ihre Mutter stand genau vor ihr und blickte sie ungläubig an. Ihr Vater bediente einen Kunden draußen vor dem Laden, denn er hatte verstanden, daß etwas Außergewöhnliches geschah, und wollte kein Aufsehen erregen.

Caterina flüchtete sich in die Arme Elenas und fing wieder zu weinen an.

»Ich war in ihn verliebt, verstehst du? Er dagegen liebt eine andere. Tot, tot will ich ihn sehen«, schluchzte sie.

Mit einem Mal verstand Elena das absolute Desinteresse für den Antiquitätenhändler Branzi und das seltsame Verhalten ihrer Tochter in letzter Zeit. Allerdings hatte sie keine Ahnung, wie und wann diese Leidenschaft für den jungen Aristokraten, dem die Familie Belgrado Achtung und Zuneigung entgegenbrachte, entflammt war.

Alcide schloß die Ladentür und hängte ein Schild mit der Aufschrift KOMME GLEICH WIEDER auf, ging um die Verkaufstheke herum und setzte sich auf einen Hocker.

»Und jetzt erzähl uns bitte alles«, sagte er mit ernster Stimme zu seiner Tochter.

Caterina hatte nur auf diesen Augenblick gewartet, um endlich die Bitterkeit loszuwerden, die sie seit Monaten mit sich herumtrug.

»Lucrezia hat mir gesagt, daß Marco das Fräulein Damiani heiratet. Ich bin in ihn verliebt«, beichtete sie.

»Seit wann?« fragte Elena.

»Seit ich neun Jahre alt bin«, gestand sie und fügte hinzu: »Papa wußte es.«

»Was wußtest du und hast es mir nicht gesagt?« hakte Alcides Ehefrau nach.

»Oh, mein Gott!« schnaubte Alcide. »Es war eine kindliche Schwärmerei unserer Tochter. Was hätte ich dir sagen sollen?«

»Gut, aber jetzt ist sie fast neunzehn Jahre alt, und es scheint sich meiner Ansicht nach hier nicht mehr um eine Schwärmerei zu handeln. Wann hat diese Geschichte angefangen?« sprach sie auf Caterina ein und sah sie dabei direkt an.

Caterina schüttelte untröstlich den Kopf.

»Es hat niemals etwas angefangen«, gab sie traurig zu.

»Ich habe ihn nach langer Zeit wiedergesehen, er war sehr lieb zu mir, und ich … ich habe mir etwas zurechtgesponnen. Das ist alles. Ich muß ehrlich sagen, er hat mir nie Anlaß zu irgendwelchen Hoffnungen gegeben.« Sie verschwieg dabei die Tatsache, daß Marco sie geküßt und gesagt hatte, daß er sie liebe.

»Meine Tochter ist kein Mädchen, das irgendwelche Grillen hat, wenn sie ihr nicht jemand in den Kopf gesetzt hat. Andererseits ist Honneger ein zu gut erzogener Mensch, als daß er die Tugend eines ordentlichen Mädchens nicht respektieren würde. Und ich kann es gut beurteilen, denn ich habe ihn zu einer schrecklichen Zeit kennengelernt, und genau dann erkennt man den wahren Charakter eines Menschen. Honneger ist ein ehrenhafter Mann. Caterina ist ein gescheites Mädchen. Folglich stellt sich die Frage: Was hat dich glauben lassen, daß er in dich verliebt sein würde? Habt ihr euch vielleicht heimlich getroffen?« fragte Alcide.

»Ich habe niemals etwas heimlich getan«, ereiferte Caterina sich.

»Wie auch immer, falls dieser Herr noch einmal in unseren Laden kommt, wirst du gut daran tun, ihm zu sagen, daß er sich nicht mehr bei uns blicken lassen soll«, befahl Elena ihrem Mann. »Und im übrigen, sobald du die Prüfungen absolviert hast, wirst du flugs nach Frankreich abreisen. Die Contessa Calderisi hat mich angerufen, um dich auf ihr Schloß einzuladen. Und ehrlich gesagt, wenn ich vorher meine Zweifel hatte, ob es angebracht sei, ihr Angebot anzunehmen, so bin ich jetzt davon überzeugt, daß du unbedingt wegfahren mußt. Zwei Monate in Frankreich werden dich diese dummen Träumereien vergessen lassen«, erklärte Elena. Dann wandte sie sich an ihren Mann: »Und du, schließe bitte den Laden wieder auf, ich nehme sie mit nach oben und lasse sie eine Tasse Kamillentee trinken.«

Trotz ihres Kummers und der Bitterkeit bestand Caterina das Abitur mit Auszeichnung. Einen Tag vor ihrer Abfahrt ging sie zur Schule, um die ausgehängten Ergebnisse zu sehen. Lucrezia dagegen mußte im Oktober zwei Nachprüfungen machen. Bei Caterina riefen die ausgezeichneten Ergebnisse kein Glücksgefühl hervor. Nachdenklich verließ sie die Eingangshalle des Gymnasiums. Sie konnte sich noch nicht einmal auf die Aussicht freuen, ihre Ferien in einem Schloß verbringen zu dürfen. Die schwere Enttäuschung in der Liebe hatte sie so heftig getroffen, daß sie jeden Optimismus verloren hatte.

»Ich habe deine Nachricht erhalten, Caterina«, sagte Marco zu ihr, der plötzlich neben sie getreten war. »Ich verstehe, daß du mich lieber tot als lebendig sehen willst, aber ich habe nicht die geringste Absicht, deinem Wunsch nachzukommen.«

»Was machst du hier? Warum verfolgst du mich? Hast du die Professoressa Damiani noch nicht geheiratet?« entgegnete Caterina wütend.

»Ich hätte dir sagen müssen, daß ich verlobt war. Verzeih mir. Aber ich hätte dir noch viele andere Dinge gestehen müssen. Zum Beispiel, daß ich, seit ich dich getroffen habe, nicht mehr zur Ruhe komme«, gestand Marco.

»Geh weg. Ich will dich nicht mehr sehen. Hab ich mich deutlich genug ausgedrückt?« griff sie ihn an.

»Ich versuche doch nur, die Dinge zu erklären«, entgegnete Marco. »Während dieser letzten Monate war ich mehr als einmal an dem Punkt angelangt, mit Francesca Schluß zu machen. Nicht, daß ich sie nicht gern hätte, aber leider, ohne zu wissen warum, habe ich mich hoffnungslos in dich verliebt. Du hast mit all dem nichts zu tun. Versteh mich nicht falsch, ich meine damit, daß ich nicht erst aufgehört habe, meine Verlobte zu lieben, seit ich dich getroffen habe. Die Geschichte mit Francesca ist schon seit längerer Zeit für mich zu Ende, schon bevor wir uns wiedergesehen haben. Sie trifft keine Schuld. Sie hat die besten Voraussetzungen, um eine gute Ehefrau zu werden. Ich dagegen weiß genau, daß ich kein guter Ehemann für sie sein kann.«

»Aber du wirst sie heiraten«, stellte Caterina fest.

»Wahrscheinlich. Das heißt, sogar sicher«, stimmte Marco ihr zu.

»Also, was soll das alles dann bedeuten? Was suchst du noch hier? Was willst du von mir? Tu mir den Gefallen und verschwinde. Jedesmal, wenn ich versuche, meinen verletzten Stolz zu vergessen, kommst du daher und reißt die Wunden wieder auf. Was habe ich dir Schreckliches angetan, daß du dieses abartige Spiel mit mir treibst?« fragte Caterina ihn unter Tränen.

»Es gab eine Zeit, in der niederträchtige, gemeine Männer, gestützt durch eine unsinnige Ideologie, auf jede erdenkliche Art und Weise versucht haben, mich zu vernichten. Ich spreche von meinen Gefängniswärtern im Konzentrationslager. Sie wollten mich zerstören, indem sie mir Essen, Wasser, Kleidung und vor allem die Würde und den Willen nahmen. Mein Lebenswille war jedoch stärker als ihre Mißhandlungen. So wie dein Vater und wie viele andere habe ich überlebt, weil mein Wille stärker war als ihre dumpfe Grausamkeit. Und dieser Wille ist untrennbar mit der Ehrbarkeit verbunden. Ich hätte flüchten, betrügen, die Gefühle und Bedürfnisse der anderen ignorieren können. Ich habe es nie getan, war nie in der Lage, es zu tun. Ich wollte mit den anderen und für die anderen überleben und dabei meine Würde behalten. Wenn ich eine Frau verlassen würde, die seit vielen Jahren mit mir verbunden ist, wäre es so, als würde ich meine Vergangenheit auslöschen, als würde ich mich selbst betrügen. Verstehst du das?«

»Was willst du von mir?« beharrte Caterina, die nicht verstehen wollte.

»Nichts. Ich will nichts von dir. Aber du kannst mir nicht verbieten, dich zu lieben. Nicht einmal Francesca kann dies. Ich wollte nur, daß du es weißt. Ich werde dich immer lieben, Caterina«, gab er verzweifelt zu.

»Und ich werde dich für immer hassen, Marco. Ich wiederhole es, ich hoffe heiß und innig, daß du stirbst, denn nur dein Tod wird den Zorn, der mich verzehrt, auslöschen können. Nur die Tatsache, daß ich morgen nach Paris abreise, tröstet mich. Ich werde für viele Wochen sicher sein können, dich nicht zu sehen, zu hören und auch keine Nachrichten über Mittelspersonen zu empfangen.«

»Du fährst nach Paris? Mit wem? Warum?« fragte Marco.

»Was mischst du dich in meine Angelegenheiten? Und außerdem fahre ich gar nicht nach Paris. Ich fahre weiter nach Bayeux und von dort aus zu einem Schloß im Tal der Orne. Leb wohl, Marco. Ich hoffe wirklich, dich nie wieder zu sehen«, beendete Caterina das Gespräch und lief weinend davon.

Am nächsten Morgen, bei Sonnenaufgang, bestiegen die Eheleute Belgrado und deren Tochter ein Taxi, um zum Hauptbahnhof zu fahren. Alcide trug einen großen Koffer, in den Caterina Kleidung und Bücher gepreßt hatte. Der Zug nach Paris füllte sich mit Reisenden. Sie fanden einen Fensterplatz in einem Waggon der zweiten Klasse. Alcide legte den Koffer auf die Gepäckablage. Elena gab ihr einen Korb mit hartgekochten Eiern, Schinkenbrötchen und zwei Flaschen Coca-Cola. »Und vergiß nicht, dich gut zu benehmen«, ermahnte sie die Tochter. In Anbetracht der bevorstehenden langen Reise war sie aufgeregter als die Tochter. »Hast du den Paß auch nicht vergessen? Oder das Geld? Wo hast du die Fahrkarte hingetan? Sei vernünftig, ich bitte dich. Benimm dich anständig bei der Contessa. Wenn sie es mit Geschenken übertreibt, lehne einfach dankend ab. Wenn du kannst, bezahl mit deinem eigenen Geld.«

Caterina konnte nur ständig wiederholen: »Ja, Mama. Ist gut, Mama. Sei beruhigt, Mama.«

Der Zug war im Begriff abzufahren. Ihre Eltern verließen den Waggon und blieben auf dem Bahnsteig unter ihrem Fenster stehen. »Ich bitte dich Caterina, schreib uns einen Brief, sofort, wenn du angekommen bist«, sagte Elena. Die Gegenwart einer älteren Mitreisenden im selben Abteil beruhigte sie auf eine gewisse Weise.

Ein langer Pfiff erklang, der die Abfahrt signalisierte.

»Genieße es«, rief Alcide mit Tränen in den Augen, während sich die Räder auf den Gleisen in Bewegung setzten. Caterina streckte den Arm weit aus dem Fenster und schwenkte ihn heftig hin und her, um ihren Eltern zu winken.

Als sie den Halbschatten des Bahnhofs verlassen hatten, erhellte die Morgensonne das Abteil. Und mit der Sonne erschien auch Marco.

»Ist das dein Koffer?« fragte er, ohne sie auch nur zu grüßen.

Caterina, vor Überraschung wie gelähmt, bekam kein Wort heraus.

»Ja, das ist ihrer«, antwortete die ältere Mitreisende.

Marco holte ihn von der Gepäckablage herunter und ging auf den Flur.

»Was machst du denn da?« stieß Caterina schließlich hervor, während sie ihm auf den Flur folgte.

Der Zug drosselte seine Geschwindigkeit, da man sich dem Bahnhof von Lambrate näherte, dem ersten Haltepunkt.

»Ich bringe dich nach Paris, dann nach Bayeux und danach ins Orne-Tal«, erklärte Marco und öffnete dabei die Zugtür. »Wir fahren mit dem Auto dorthin.«

12

Während der Zug seinen Weg fortsetzte, beobachtete die ältere Mitreisende Caterinas durchs Fenster, wie die beiden jungen Leute die Gleise überquerten. Er hielt in der einen Hand den schweren Koffer und mit der anderen ihr Handgelenk fest umschlossen, fast so, als fürchte er, sie könne flüchten. Sie schüttelte den Kopf und murmelte: »Diese Jugend. Und ich hätte schwören mögen, daß sie ein anständiges Mädchen ist.«

»Du bist so verrückt, daß man dich in eine Zwangsjacke stecken müßte«, schrie Caterina, der es schwerfiel, mit ihm Schritt zu halten.

»Alle Verliebten sind das«, lachte er.

Der blaue Alfa war vor dem Bahnhof geparkt. Es war offensichtlich, daß Marco den Hergang dieser Art von Entführung bis ins Detail geplant hatte. Er legte den Koffer in den Kofferraum und setzte sich ans Steuer. Caterina nahm an seiner Seite Platz.

»Ich habe meinen Proviantkorb im Zug gelassen«, war das erste, was ihr durch den Kopf ging.

»Ich schwöre dir, du wirst nicht vor Hunger sterben«, versicherte er.

Sie war bestürzt, fühlte sich gleichzeitig verwirrt, glücklich und verzweifelt. Der schnittige und rasante Wagen fuhr rasch die Straßen entlang und ließ Tunnel und Kurven hinter sich. Sie erreichten Paris bei Einbruch der Dunkelheit.

»Hier werden wir die Nacht verbringen«, verkündete Marco, der während der Reise nicht sehr gesprächig gewesen war.

Einmal in der Stadt angelangt, fuhr er direkt ins Quartier Latin.

»Wohin fahren wir?« fragte sie.

»In die Rue du Bac, in die Wohnung meiner Schwester«, antwortete er.

»Ist deine Schwester hier?«

»Sie wohnt in Hollywood, hat aber auch eine Wohnung in Paris«, erklärte er.

»Und wann fahren wir zur Calderisi?« Caterina hatte nicht genug Kraft, um sich ihm zu widersetzen.

»Morgen«, sagte Marco.

»Sie erwartet mich heute abend«, warf sie ein.

»Du wirst sie anrufen und ihr sagen, daß du den Anschlußzug nach Bayeux verpaßt hast. Ich bin müde. Ich schaffe es heute nicht mehr, noch weiter zu fahren«, entgegnete Marco, während er den Weg in das enge Straßenlabyrinth im Herzen des alten Pariser Stadtviertels einschlug.

Er hielt vor einem hohen, schmalen Gebäude aus dem achtzehnten Jahrhundert an. Es wurde nur ein wenig durch das rosafarbene Licht einer Laterne erhellt, die angegangen war, während sie am Portal geklingelt hatten.

Eine Frau mittleren Alters tauchte auf. Sie schien das Abbild einer typischen Concierge aus einem der vielen französischen Filme zu sein.

»Monsieur le comte, bien venu«, begrüßte sie ihn mit einem breiten Lächeln, als sie das Tor öffnete.

Während sie in die Vorhalle eintraten, tauschten sie ein paar Höflichkeiten aus. Die Frau schaute verstohlen zu Caterina hinüber, die ihr noch nicht vorgestellt worden war.

»Die Signorina gehört zu mir«, sagte Marco, indem er das Mädchen in den Aufzug drängte.

»Brauchen Sie noch etwas?« fragte die Frau und schloß das schmiedeeiserne Gitter.

»Ich glaube, daß alles im Haus ist«, versicherte ihr Marco.

»Also dann, gute Nacht«, sagte sie und lächelte dabei komplizenhaft.

Von der Wohnung aus blickte man über die Dächer von Paris. Sie war farblich ganz in hellen Grün- und zarten Rosatönen eingerichtet und ähnelte einer Bonbonniere. Die Tapeten an den Wänden trugen provenzalische Muster, auf dem Parkett lagen große, helle Aubusson-Teppiche. Das ganze Mobiliar war im

Empire-Stil gehalten, und im Wohnzimmer standen zwei große gemütliche Sofas. Die Küche war funktional eingerichtet, das Badezimmer ein Traum in Marmor und voller Spiegel. Es gab zwei Schlafzimmer.

»Wo möchtest du schlafen?« fragte Marco kurz angebunden. »Such dir ein Zimmer aus.«

Er hatte Caterina die ganze Wohnung gezeigt, und sie standen nun im Wohnzimmer. Zur Antwort brach sie in Tränen aus.

»Was ist denn jetzt los?« fragte er und schaute sie verstört an, während er Caterinas Koffer und seine Tasche absetzte.

Caterina ging ins Vorzimmer zurück und stellte sich neben die Tür.

»Ich kann hier nicht die Nacht verbringen. Ich will weg«, schluchzte sie.

»Warum?« fragte Marco, indem er zu ihr trat und sie zärtlich betrachtete.

»Weil ... ich weiß nicht ... ich fühle mich hier fehl am Platz ... Ich habe Angst.«

»Wohin möchtest du denn gehen?« fragte er.

»Zur Calderisi. Meine Eltern glauben, daß ich auf dem Weg dorthin sei. Statt dessen bin ich hier, in dieser fremden Wohnung, mit einem Mann, als wäre ich eine ...« Sie beendete den Satz nicht.

»So als wärst du eine, aber du bist keine«, flüsterte Marco. »Ich liebe dich, kleine Belgrado. Ich werde dir nichts Böses tun. Ganz im Gegenteil, ich werde mich um dich kümmern.«

»Ich habe dich auch geliebt. Aber jetzt bin ich nicht mehr so überzeugt davon. Und ich bin mir auch nicht mehr sicher, ob ich überhaupt in die Normandie fahren möchte. Ich will zu meiner Mama. Ich will zu meinem Papa«, sagte sie und fing wieder zu schluchzen an.

»Und ich werde dich zu ihnen zurückbringen«, versprach er ihr, während er seine Tasche auszupacken begann.

»O mein Gott, was machst du?« fragte Caterina und rückte immer näher zur Tür. Marco schaute sie lachend an.

»Ich dusche mich und wechsle mein Hemd. Dann essen wir etwas, nehmen unser Gepäck, und ich bringe dich nach Mailand zurück. Schau, was in der Küche ist und mach uns doch eine Kleinigkeit zu essen«, sagte er, bevor er die Badezimmertür hinter sich schloß.

Caterina schien sich zu beruhigen. Sie ging zögernden Schrittes in die Küche. Der große Kühlschrank war voller Lebensmittel. Es gab Mineralwasser, Erfrischungsgetränke, Eier, Kondensmilch, Fleischkonserven, Käse, Honig, Marmelade, daneben auch frisches Obst und Gemüse. Sie war aufgeregt. Caterina fand ein Glas, füllte es mit Wasser und leerte es in einem Zug.

Dann machte sie sich daran, eine Art Abendessen aus Dosenfleisch, in Essig eingelegtem Gemüse und hartgekochten Eiern zuzubereiten. Sie füllte zwei Becher mit kleingeschnittenem Obst, stellte den Kessel mit Wasser für den Kaffee auf den Herd und zündete sogar eine Kerze an.

Marco tauchte aus dem Badezimmer auf. Er hatte das Hemd gewechselt und trug perfekt gebügelte Hosen. Er hatte sich rasiert und verbreitete einen angenehmen Geruch von Sauberkeit.

»Was für eine wundervolle Tafel«, begann er und schaute dabei auf den Tisch. »Aber wer ist denn diese Fee, die das alles vorbereitet hat?«

Caterina gab keine Antwort auf das Kompliment.

»Möchtest du duschen? Du findest deinen Koffer im rosafarbenen Zimmer. In der Zwischenzeit erledige ich einige Telefonate, und danach essen wir.«

»Rufst du Francesca an?« forderte sie ihn heraus, schaute ihn dabei zornig an und verließ im gleichen Moment die Küche.

»Nein«, antwortete Marco, während er an ihr vorbeiging und in ein sehr feminin eingerichtetes Zimmer trat. Es war voller Bücher, Nippsachen und Fotografien in Silberrahmen.

Caterina schloß sich im Badezimmer ein. Als sie aus der Dusche kam, lief sie in das Zimmer, das Marco ihr zugewiesen hatte, und zog sich schnell an. Dann ging sie in die Küche zurück. Er hatte schon auf sie gewartet und empfing sie nachdenklich.

»Hab ich etwas falsch gemacht?« fragte sie und schaute ihn dabei verstohlen an.

»Es ist meine Schuld«, brummte er. »Ich bin ein Dummkopf.«

»Entschuldige«, flüsterte sie. »Ich weiß nicht genau, was gerade über mich gekommen ist. Ich hatte Angst. Ich habe immer noch Angst.«

»Geh und ruf die Calderisi an. Sie wird sich Sorgen machen, daß du immer noch nicht dort bist«, schlug er vor.

Caterina gehorchte. Kurz darauf kam sie zurück und sah, wie Marco den Kaffee aufgoß.

»Also?« fragte er.

»Ich habe ihr gesagt, daß ich morgen ankommen werde«, sagte Caterina.

»Herrgott noch mal! Hattest du mir nicht gesagt, du wolltest nach Mailand zurückkehren?«

»Ja, das habe ich. Aber ich glaube, daß es nicht richtig ist. Es ist genauso falsch, daß ich die Nacht hier mit dir verbringe. Kurz und gut, sag du mir doch, was ich tun soll.« Caterina war müde und verwirrt.

»In Ordnung. Ich soll entscheiden? Also dann, geh so schnell wie möglich ins Bett. Schlaf dich aus, und morgen bringe ich dich in die Normandie«, befahl er ihr. Und als sie wegging, fügte er hinzu: »Mach dir keine Sorgen, ich werde nicht in dein Zimmer kommen, auch wenn du nicht abschließt.«

Sie sagte nichts. Dann zog sie sich aus, schlug die Bettdecke aus Seide zurück, fragte sich, welchen Nutzen wohl dieses lange Kissen haben könnte, das wie eine lange Salami aussah, und schlüpfte unter die Decke. Während des ganzen Tages hatte Marco sie nicht ein einziges Mal zärtlich berührt und ihr auch keinen Kuß gegeben. Sein Umgang mit ihr war nahezu distanziert gewesen. Warum? Und sie, warum war sie auf wirklich kindische Art so in Panik geraten? War es nicht genau das, was sie wollte? War Marco nicht der Mann ihrer Träume? Sie drehte sich in dem fremden Bett von einer Seite auf die andere und konnte nicht einschlafen. Einige Zeit hatte sie Marco in der Wohnung herumlaufen hören, aber seit einer Weile war alles still. Durch das Fenster, das auf die Rue du Bac hinausging, drang ein blasser Mondstrahl ins Zimmer. Sie stand auf und vergewisserte sich, ob die Knöpfe ihres Blümchenpyjamas auch alle geschlossen seien. Barfuß durchquerte sie das Zimmer und lehnte die Tür nur an. Der Flur war in Dunkelheit getaucht. Sie trat auf das andere Schlafzimmer zu. Die Tür stand offen, und das Bett war leer. Dann ging sie zum Wohnzimmer hinüber, aus dem ein schwacher Lichtschimmer kam. Auf einem Tischchen brannte eine Lampe. Marco, der noch angezogen war, lag auf dem Sofa und las in einem Buch. Er sah zu ihr auf und lächelte.

»Warum schläfst du nicht, kleine Belgrado?« fragte er sie.

»Die gleiche Frage könnte ich dir auch stellen«, entgegnete Caterina.

»Wenn ich schlafen würde, wie könnte ich dann an dich denken?«

»Marco, liebst du mich wirklich?« flüsterte sie.

»Du wirst niemals wissen, wie sehr. Komm zu mir, mein Liebling.« Er machte neben sich auf dem Sofa Platz. »Leg dich neben mich«, forderte er sie zärtlich auf.

Sie schmiegte sich vertrauensvoll an seinen Körper. Er umfaßte mit einem Arm ihre Schultern. Caterina kam sich vor, als würde sie in einem Meer von Zärtlichkeit versinken. Jetzt war sie ruhig und entspannt.

»Was hast du gerade gelesen?« fragte sie ihn.

»Eine Erzählung von Tschechow, *Mein Leben*. Es ist die Geschichte eines gütigen und armen Mannes, der genau weiß, wie er sein Leben verbringen will. Aber er hat nicht mit der Liebe gerechnet, die in sein Leben einbricht wie ein Unwetter. Die Frau, in die er sich verliebt heißt Masa und ist nicht nur wunderschön, sondern auch gebildet und reich. Und er erzählt: ›Mein Leben war so kompliziert, daß ich völlig die Herrschaft darüber verloren hatte und ich wie ein Ballon ziellos dahintrieb.‹ Das las ich gerade und dachte darüber nach«, erklärte er.

»Hat das etwas mit mir zu tun?« wollte sie sofort wissen.

»Ja, meine kleine Belgrado. Bevor ich dir begegnete, hatte ich wenige, aber klare Vorstellungen. Ich treibe auch wie ein Ballon dahin, und nur Gott weiß, wohin er mich bringt«, gestand Marco.

»Was wird aus uns?«

»Ich weiß es nicht. Sei jetzt ruhig und schlaf.«

»Nur, wenn du mir versprichst, auch zu schlafen.«

Marco drückte seine Lippen leicht auf die Stirn von Caterina und deutete einen Kuß an.

»Gute Nacht, mein Liebling«, flüsterte er.

In der darauf folgenden Stille schien es Caterina, daß der Mond und die Sterne sich flüsternd die Geschichte zweier Liebender erzählten, die so taten, als ob sie schliefen, aus Angst, den Zauber jener Julinacht über den Dächern von Paris zu zerstören. Und es schien ihr, daß der Mond und die Sterne Mitleid für sie empfanden.

»Schläfst du?« flüsterte sie nach einer Weile.

»Nein, wenn du nicht aufhörst zu sprechen«, antwortete er.

»Gut, dann werde ich still sein«, versprach sie.

»Was willst du von mir?« fragte er nach einem kurzen Moment der Ruhe.

»Was geschieht zwischen einem Mann und einer Frau, wenn sie sich lieben?« fragte Caterina.

»Das, was uns gerade passiert. Sie liegen Seite an Seite und können nicht schlafen.«

»Nichts anderes?« fragte Caterina.

»So muß es zumindest für uns sein«, antwortete er in abweisendem Ton.

»Marco, ich habe noch niemals mit jemandem geschlafen. Aber nach dem, was ich jetzt bei dir fühle, zu urteilen, muß es sehr schön sein.«

»Das hängt davon ab«, brummte Marco.

»Warum fragst du mich nicht, was ich fühle?«

»Weil ich es nicht wissen will. Caterina, tu mir einen Gefallen, geh ins Bett zurück und laß mich in Frieden«, brach es aus ihm heraus, während er aufstand.

»Glaubst du, ich wäre nicht dort, um zu schlafen, wenn ich ruhig sein könnte? Aber es gelingt mir nicht.«

»Caterina, geh in dein Zimmer«, befahl Marco mit entschiedener Stimme und drehte ihr den Rücken zu.

Caterina stand auf und stellte sich ihm gegenüber. Im Schein der Lampe glänzten Marcos blonde Haare wie Gold. Seine Augen waren düster, tief und leuchtend wie die Nacht.

»Ich will wissen«, sagte sie mit ernstem Ton, »ob du dich mit Francesca auch so benimmst«, provozierte sie ihn.

Marco hob die Hand, als wolle er ihr eine Ohrfeige geben, streichelte ihr aber nur die Wange. Dieses Mädchen war so schön, und allein ihre Unschuld, die ein ganzes Teufelsheer entmutigt hätte, schützte sie.

»Ich habe Francesca gesehen und sie mir genommen. Und sie war Jungfrau, so wie du es bist. Francesca gefiel mir. Und manchmal gefällt sie mir noch immer. Caterina, in dich bin ich verliebt. Ich liebe dich so sehr, daß ich nicht wage, dich zu berühren. Und ich werde dich weder diese Nacht, noch jemals berühren. Habe ich mich jetzt deutlich genug ausgedrückt?« sagte er mit gereizter Stimme und entfernte sich von ihr.

»Werde bitte nicht laut, denn das erlaube ich dir nicht. Du bist zum Bahnhof gekommen, um mich abzuholen, damit ich dir hierher folge. Du hast mich in diese Wohnung gebracht.«

»Vor weniger als zwei Stunden weintest du und wolltest nach Hause zurück. Sag mir doch, wie soll sich ein Mann gegenüber einem Mädchen wie dir verhalten?«

»Ich war erschrocken. Es passiert mir nicht jeden Tag, daß ich jemanden treffe, der mich entführt, mir sagt, daß er mich liebt und nach Paris bringt. Was hätte ich tun sollen? Dir an den Hals springen und zu dir sagen: Nimm mich, ich gehöre dir?«

»Das ist es, was du listigerweise zu tun versuchst. Und ich bin dabei, dir zu erklären, daß ich das nicht kann. Ich schaue auf das wundervolle Mädchen vor mir und denke an das süße und verlegene Kind, das auf dem Corso Venezia im Laden zwischen Apfelkörben und Kartoffelsäcken stand. Wie könnte ich mich auf dieses kleine Mädchen stürzen? Ich kann es nicht. Ich würde mich wie ein Monster fühlen.«

»Aber ich bin erwachsen geworden. Ich bin neunzehn Jahre alt. Schau mich an, Marco. Was für einen Sinn hat unsre Geschichte denn?«

Er trat auf sie zu, zog ihr Gesicht an seine Brust und fuhr ihr zärtlich übers Haar.

»Gute Nacht, Caterina«, flüsterte er ihr zu. »Ich gehe jetzt zu Bett und versuche zu schlafen. Du kannst machen, was du willst.«

Caterina blieb verstört in der Mitte des Wohnzimmers stehen. Sie hörte, wie Marco auf sein Zimmer ging.

Dann legte sie sich auf das Sofa, und ganz unerwartet schlief sie ein.

13

Sie wurde vom grellen Sonnenlicht geweckt, das durch das weit geöffnete Fenster hereindrang. Caterina öffnete die Augen und schaute in eine ihr fremde Umgebung, die ganz anders war als ihr Schlafzimmer zu Hause mit dem Himmelbett. Das Wohnzimmer, in dem sie sich befand, lag in tiefes Schweigen gehüllt, und es roch angenehm. Sie erhob sich vom Sofa und streifte ein wenig durch die Wohnung.

Sie spähte in Marcos Zimmer. Der Gast darin schlief noch fest. Er hatte nur die Hosen seines Pyjamas an. Caterina zog sich zurück und fühlte dabei, wie ihr Herz heftig zu schlagen anfing. Alles, was sie über die Liebe wußte, war wie vergessen beim Anblick dieses unbeweglichen Körpers, der sie anzog, ihr aber auch angst machte. Dann öffnete sie vorsichtig die Tür und trat an das Bett heran. Durch die halbgeöffneten Fensterläden drang Licht und zeichnete helle Streifen in den Halbschatten. Caterina schaute Marco neugierig an und ließ ihren Blick über seinen Körper gleiten. Sie mußte an eine klassische Statue denken. Marco war wunderschön. Sie hoffte, daß er nicht aufwachen würde, während sie sich neben ihn aufs Bett legte und dabei seinem leichten und regelmäßigen Atem lauschte. Sie gehorchte einem natürlichen Gefühl, als sie ihm leicht über die Brust streichelte. Der Mann ließ einen leichten Klagelaut hören, öffnete dann die Augen und schaute ihr direkt ins Gesicht. Noch ganz schlaftrunken lächelte er sie an. Caterinas Körper und Geist bebten, wie zu stark gespannte Harfenseiten.

»Meine kleine Belgrado, was machst du mit mir?«

Er zog sie an sich und begann ihren Pyjama aufzuknöpfen. Es gab keine Worte mehr, als sich ihre Körper zwischen den Seidenlaken in einem nie enden wollenden Spiel liebten. Es war ein gegenseitiges, zärtliches und ausgiebiges Entdecken. Dann wurden Marco und Caterina eins. Sie hielten sich noch lange umarmt, ohne zu sprechen, aufgeregt und glücklich. Als Caterina einschlief, hielt Marco sie fest in seinen Armen und wiegte sie sanft. Erst als die Sonne schon hoch am Himmel stand und man die Julihitze im Zimmer spürte, wurde ihm vollends klar, was geschehen war. Er bekam Angst.

»Was habe ich dir angetan, meine kleine Belgrado?« flüsterte er bestürzt. Caterina führte die Lippen an sein Ohr.

»Nichts, was ich nicht gewollte hätte und was ich nicht für den Rest meines Lebens machen möchte«, flüsterte sie.

In jener Wohnung über den Dächern, im Herzen von Paris, hatte Caterina den Vorhang einer Welt gelüftet, die unter einem Mantel voller Geheimnisse, Scham, Verbote und Drohungen versteckt gewesen war. Der Ort der Sünde, in dem sie das vollkommene Glück gefunden hatte.

Sie liebten sich den ganzen Tag. Der Abend brach an, und es kam die Nacht. Die Liebenden beugten sich aus dem Fenster, schauten zum Sternenhimmel hinauf, und betrachteten das wohlwollende Gesicht des Mondes.

»Dort oben freuen sie sich mit uns«, sagte Caterina.

»Und Paris zu unseren Füßen applaudiert«, entgegnete Marco und schlug vor: »Ich führe dich aus. Paris ist wundervoll bei Nacht.«

»Ich denke überhaupt nicht daran«, erwiderte sie und umarmte ihn dabei.

»Weißt du was, kleine Belgrado?« sagte Marco. »Du bist die erste große Liebe meines Lebens. Und du wirst die einzige bleiben. In dieser weiten Welt gibt es keine andere Frau, die so ist wie du. Du bist unverwechselbar, außergewöhnlich. Ich werde dich immer lieben, vergiß das nie. Was auch geschehen mag, du wirst immer in meinem Herzen sein«, fügte er bedeutungsschwer hinzu.

Es waren schon drei Tage vergangen, als Caterina plötzlich den Bezug zur Wirklichkeit wiederfand.

»Jeden Tag rufe ich die Calderisi an und verspreche ihr, am nächsten Tag bei ihr zu sein. Ich weiß nicht mehr, welche Entschuldigung ich noch erfinden soll«, sagte sie.

»Dann müssen wir also abreisen. Sofort«, entschied Marco. Er blickte sie voller Sorge an. »Aber was werden wir dann machen?« fragte er. Er wollte sie nicht verlieren.

»Ich will gar nicht wissen, was in einer Stunde oder morgen passieren wird. Laß uns nach Thury-Harcourt, ins Tal der Orne fahren. Sollen doch die Dinge ihren Lauf nehmen«, entschied sie.

Sie reisten ab. Auf dem Boulevard St. Germain hielt Marco den Wagen an.

»Warte hier auf mich«, sagte er zu ihr. »Ich bin gleich wieder da.«

Er kam in Begleitung eines Trägers zurück, der eine große Holzkiste schleppte. Marco trug in der Hand einen Strauß weiße Pfingstrosen. »Champagner für die Contessa«, verkündete er. »Und Blumen für dich. Pfingstrosen, so wie die, die du in der Hand hieltest, als wir uns im Nebel trafen.«

Caterina tauchte ihr Gesicht in die duftenden Blüten.

Das Schloß mit den zahlreichen Türmchen erhob sich, eingebettet zwischen Terrassen und kegelförmigen Kuppeln, auf einer kleinen Anhöhe. Caterina hatte aus dem in der Nähe liegenden Dorf die Contessa angerufen, um ihr zu sagen, daß sie nun in Begleitung Marco Honnegers ankommen würde. Jetzt stand die Schloßherrin da und erwartete sie, das aufmerksame Dienstpersonal hinter sich aufgereiht.

»Die Königin präsentiert uns das Heer«, flüsterte Marco ironisch.

Caterina erinnerte sich an den Empfang in Sacile, als sie Kind gewesen war. Großmutter Evarista erwartete sie, indem sie den Besen aus Tamariskenholz wie ein Zepter schwang, und sie hatte damals gedacht, die Großmutter wollte sie davonjagen.

Ein Bediensteter lief ihnen entgegen, um ihnen die Wagentür zu öffnen. Caterina folgte ihm eingeschüchtert.

Die Calderisi trug ein duftiges, blaßrosa Trachtenkleid, und sie war wie eine Madonna über und über mit Juwelen behangen. Sie breitete die Arme mit einer theatralischen Geste aus, die nicht nur ihren Willkommensgruß ausdrücken sollte, sondern auch den Wunsch nach Applaus für ihre gelungene Vorstellung.

»Caterina-Schatz, endlich! Weißt du, daß ich fast soweit war, deine Mama anzurufen?« bemerkte sie verschmitzt.

»Gott sei Dank haben Sie es nicht getan«, atmete das Mädchen erleichtert auf, da sie der Gefahr noch einmal entronnen war. »Später werde ich alles erklären. Erlauben Sie mir in der Zwischenzeit, Ihnen Marco Honneger vorzustellen«, sagte Caterina.

Marco begrüßte die Contessa mit einem vollendeten Handkuß, der sie in Entzücken geraten ließ.

»Honneger, Webereien?« fragte die ehemalige Ballerina und traf sofort ins Schwarze.

Marco nickte. Sie betrachtete Caterina wohlwollend.

»Er ist Conte, nicht wahr?« fragte sie Caterina leise.

»Nennen Sie ihn Architekt. Das mag er lieber«, empfahl ihr das Mädchen.

Die Hausangestellten hatten währenddessen das Gepäck in Empfang genommen, einschließlich der Kiste Champagner. Die Hausherrin führte sie in die riesige Vorhalle, von der eine Treppe in die oberen Stockwerke führte.

»Mein Mann ist heute morgen mit einigen Freunden nach Deauville gefahren. Er wird einige Tage am Meer bleiben«, erklärte sie den beiden jungen Leuten. Jetzt, da sie einen echten Conte zu Gast hatte, wollte sie für ihren Mann nicht den gleichen Titel benutzen. Die Anwesenheit von Marco erfüllte sie mit Stolz und schüchterte sie gleichzeitig ein.

Sie öffnete eine große Tür aus Nußbaumholz, die zu einer Flucht von Sälen führte. Eine große Menge von Teppichen dämpfte das Knarren des alten Dielenbodens.

»Ich erwarte euch im letzten Salon, dort hinten«, sagte sie und zeigte dabei auf einen weit entfernt hellblau schimmernden Punkt.

»In der Zwischenzeit könnt ihr euch auf euren Zimmern frisch machen. Hubert wird euch begleiten«, fügte sie hinzu. Hubert war der Butler.

»Getrennte Zimmer«, flüsterte Caterina Marco zu, als der Diener die Tür zu ihrem Zimmer öffnete.

»Aber sie liegen nebeneinander«, stellte Marco kurz danach fest, als er durch eine Tür trat, die die beiden Zimmer miteinander verband.

Caterina stürzte sich in seine Arme.

»Ich bin in einem Traumland«, rief sie aus. »Hast du gesehen, wie wunderschön mein Zimmer ist? Es gibt sogar ein Bett mit Baldachin. Natürlich ist es nicht so schön wie meines zu Hause, aber es gefällt mir. Schau, vom Fenster aus sieht man den Wald.«

»Du würdest jetzt gut daran tun, die Hausherrin aufzusuchen. Sie stirbt vor Neugierde. Und du wirst eine Erklärung für die drei Tage Verspätung finden müssen«, empfahl er ihr.

»Muß ich ihr die Wahrheit sagen?«

»Sag ihr, was du willst. Aber ich werde dich niemals verleugnen.«

»Muß ich ihr allein entgegentreten?«

»Das ist genau das, was sie wünscht, jedenfalls im Augenblick«, versicherte er ihr.

Caterina ging ins Erdgeschoß hinunter, durch drei große Säle hindurch und erreichte den hellblauen Salon, der mit Sesseln und Sofas im Stil Ludwigs des XV. sowie kleinen Regalen voller Nippsachen eingerichtet war. Im Kamin brannte trotz der sommerlichen Jahreszeit ein Feuer. Die Contessa Calderisi saß in einem Sessel an einer Fenstertür, die in den Garten hinaus führte. Sie stickte und hörte dabei Radio. Wahrhaft meisterlich spielte sie ihre Rolle als Schloßherrin.

»Da bist du ja schon, Caterina-Schatz. Also dann, setz dich doch her zu mir. Erzähle mir alles. Ich bin außer mir: Der Conte Honneger ist mein Gast! O Gott, wenn das gewisse Leute wüßten, die ich kenne, sie würden vor Neid sterben«, fing sie zwitschernd an.

»Ich kenne Marco schon seit zehn Jahren. Er war im Lager in Mauthausen mit meinem Vater«, erklärte Caterina.

»Er? Er war in einem Lager! Ist er Jude?« wunderte sie sich.

»Nein er war Partisan.«

»So jung? Wie alt ist er denn?«

»Neunundzwanzig. Er ist nicht mehr so jung«, bemerkte Caterina.

»Ein Partisan, ein Held, reich, adlig und … unsterblich schön«, sagte sie seufzend und verglich ihn vielleicht mit ihrem fast sechzigjährigen Mann, der ein grobes Benehmen zur Schau stellte und recht unansehnlich war. »Liebt er dich?« fragte sie gleich darauf.

»Ich glaube schon«, antwortete das Mädchen lächelnd.

»Wo seid ihr gewesen? Was habt ihr in diesen drei Tagen gemacht?« fragte sie von einer Neugier getrieben, die sie für berechtigt hielt, da sie den Eltern von Caterina versprochen hatte, sich um sie zu kümmern.

»Es kam alles ganz überraschend. Ich habe nicht erwartet, daß er mich nach Frankreich begleiten würde. Wir sind in Paris gewesen, in der Wohnung seiner Schwester, die allerdings in Hollywood wohnt. Eine Wohnung wie im Märchen in der Rue du Bac. Dort haben wir uns geliebt«, gestand sie offenherzig.

Die Contessa fuhr mit der Hand zum Mund, um einen Ausruf der Überraschung zu unterdrücken.

»Zum ersten Mal?« fragte sie zögernd.

»Zum ersten Mal«, bestätigte Caterina.

»Caterina-Schatz! Ich glaube, ich träume. Was für eine aufregende Geschichte«, rief sie aus, während ihre Augen feucht wurden. »Du weißt nicht, wie wichtig das erste Mal im Leben einer Frau ist. Sich einem Jungen wie ihm hinzugeben, an dem richtigen Ort, sich im richtigen Moment leidenschaftlich zu lieben … Wenn ich eine solche Erfahrung gemacht hätte, wäre mein Leben anders verlaufen. Jetzt, unter uns Frauen, kann ich es dir ja gestehen. Mein erstes Mal war schrecklich. Ich war fünfzehn Jahre alt. Wir waren acht Geschwister und immer hungrig. Du kennst doch ein wenig diese Zustände, denn dein Vater kam auch aus meiner Gegend. Der Bäcker des Dorfs hat mich genommen, für ein Kilo Brot, auf den Mehlsäcken im Hinterzimmer des Ladens. Er war unbeschreiblich brutal. Ich dachte, ich müßte vor Schmerzen, Scham und Demütigung sterben. Er hat mein Leben zerstört, weißt du? Danach bin ich mit einem Zirkus abgehauen. Den Rest kennst du. Meine ehemaligen Kolleginnen vom Varieté beneiden mich und sagen, daß ich Glück gehabt habe. Sicher, ich bin auf meine Füße gefallen. Aber was für ein Gefühl der Trostlosigkeit überfällt mich, wenn ich an meine Jugendjahre zurückdenke, an die erlittene Gewalttätigkeit und an all die verpfuschten Geschichten, die danach gekommen sind. Das erste Mal, Caterina-Schatz, ist im Leben einer Frau sehr wichtig«, bekräftigte sie noch einmal ihre Ausführungen und trocknete sich die Tränen mit einem feinen Batisttaschentuch.

»Es tut mir leid«, sagte Caterina. »Es tut mir wirklich sehr leid für Sie.«

»Ach, begraben wir das und denken nicht mehr daran«, sagte sie und fing wieder zu lächeln an. »Und erzähle mir noch mehr, habt ihr schon von der Hochzeit gesprochen?«

Caterina senkte nachdenklich den Kopf.

»Er ist mit einer anderen verlobt. Wir werden nie heiraten«, sagte sie schließlich.

»Caterina!« platzte die Contessa los. Zum ersten Mal hatte sie ihren Namen ganz allein ausgesprochen. »Du bist mit einem Mann zusammen gewesen, obwohl du wußtest, daß er sich bereits verpflichtet hat und dich nicht heiraten wird? Weißt du überhaupt, was du angestellt hast?«

»Es ist mir bewußt. Aber ich weiß auch, daß es mich gar nicht interessiert. Ich hatte nicht vor zu heiraten«, verteidigte sie sich.

»Das ändert alles. Dein Marco ist ein Musterexemplar von einem Betrüger, laß dir das gesagt sein. Man verführt kein Mädchen, wenn man genau weiß, daß man für die Folgen keine Verantwortung übernehmen kann«, tadelte die Contessa.

»Um die Wahrheit zu sagen, ich habe meinen Teil dazu beigetragen, damit er das getan hat, was er nicht machen wollte. Ich weiß nicht, ob ich mich deutlich genug ausgedrückt habe.«

»Das ist die übliche Vorgehensweise dieser Don Juans. Es gibt nichts Neues auf dem Gebiet der Männer, das du mir erzählen könntest. Ich habe alle Arten von Typen kennengelernt. Ich konnte keine Kinder bekommen, und so ging bei mir alles glatt. Aber du? Wenn du schwanger wirst, was wirst du dann tun?«

»Schwanger? Aber ich will nicht schwanger werden«, protestierte sie.

»Also, es würde mich gar nicht wundern, wenn ein ordentliches Mädchen wie du sich am Ende allein und schwanger wiederfinden würde.«

»Es reicht, Kinder nicht zu wollen, und sie kommen nicht«, behauptete Caterina.

»Und du weißt, wie man es anstellt, keine zu bekommen?« fragte ihre Gastgeberin.

Caterina erinnerte sich an die flüchtigen Gespräche zu diesem Thema mit ihren besten Freundinnen. Von den dreien war Lucrezia diejenige, die am besten informiert war. Einmal hatte sie ihnen enthüllt, daß ein Mann und eine Frau nicht unbedingt Kinder zeugen, wenn sie miteinander schlafen. Wenn sie keine Kinder wollen, reicht die Willenskraft aus, um eine Schwangerschaft zu vermeiden. Daher antwortete Caterina jetzt auch: »Sicher. In meinem Innern weiß ich, daß ich nicht schwanger werden will. Und ich werde es auch nicht.«

Die Contessa schüttelte den Kopf, überwältigt von soviel Naivität, und sah dunkle Gewitterwolken über der rosaroten Gegenwart Caterinas aufziehen.

14

Caterina erlebte Tage und Nächte voller Freude. Die Schloßherrin wachte über das Glück der beiden jungen Leute. Allerdings machte sie sich auch Sorgen. Sie hatte den Eheleuten Belgrado versprochen, auf ihre Tochter aufzupassen. War es richtig, Mitwisserin dieser zum Scheitern verurteilten Geschichte zu sein? Ihre eigene Moral sagte ihr, daß es weder etwas so Schönes noch so Reines geben konnte, wie jene Leidenschaft, die Marco und Caterina gerade durchlebten. Ihr Gewissen dagegen riet ihr, sich von einer solchen Angelegenheit zu distanzieren, die leicht zu einem Drama werden könnte, vor allem da ihre junge Freundin noch nicht volljährig war.

Eines Abends rief der Conte Calderisi an, um ihr zu sagen, daß er am darauffolgenden Tag ins Schloß zurückkehren würde. Sie entschied, offen darüber zu sprechen.

»Ich weiß nicht, was mein Mann von eurer Geschichte halten wird«, sagte sie beim Abendessen.

»Es wird das Beste sein, wenn ich abreise«, stellte Marco fest. »Ich möchte keine Unannehmlichkeiten verursachen.«

Zum ersten Mal bemerkte Caterina die ganze Unsicherheit ihrer Beziehung.

»Das scheint mir eine vernünftige Entscheidung zu sein«, stimmte die Contessa zu.

»Und ich?« fragte das Mädchen mit schwacher Stimme.

»Du solltest hierbleiben«, schlug Marco schweren Herzens vor.

»Ich will mit dir wegfahren«, protestierte Caterina, für die eine Trennung von Marco fast unvorstellbar war.

»Caterina-Schatz, ich verstehe dich. Keiner von euch beiden will den anderen verlassen. Aber wie lange soll das so weitergehen?« mischte sich ihre Gastgeberin ein.

»Solange es möglich sein wird«, erklärte das Mädchen.

Sie fuhren am gleichen Abend zusammen ab. Es folgten noch weitere unvergeßliche Tage des Glücks.

Sie badeten und sonnten sich in Trouville. Sie wohnten in kleinen, ausgesuchten Hotels entlang der normannischen Küste und in den Städtchen im Landesinneren. Jeden Abend, bevor er einschlief, sagte Marco: »Morgen werde ich dich verlassen müssen, kleine Belgrado.« Und jeden Morgen, beim Erwachen, überlegte er es sich noch einmal und verschob den Augenblick der Trennung. Dann, eines Morgens, sagte er: »Ich muß nach Italien zurückkehren«, und er packte seinen Koffer.

»Bring mich zum Schloß zurück«, bat Caterina.

Während ihrer Streifzüge an der Küste hatte Marco eine Reihe von Fotos gemacht. Sie fuhren nach Rouen, um sie abzuholen.

»Darf ich eins für mich behalten?« fragte Marco.

»Du kannst dir eins aussuchen«, antwortete Caterina.

Er entschied sich für eines und steckte es an das Armaturenbrett seines Wagens.

»So hab ich dich immer im Auge, wenn ich unterwegs bin«, versuchte er zu scherzen. Aber er war genauso verzweifelt wie sie.

»Ich rufe dich an«, sagte er, als sie schon in der Nähe des Schlosses angelangt waren.

»Das ist nicht nötig, Marco. Unsere Geschichte endet hier. Es sei denn, du …«

Sie beendete den Satz nicht.

»Du wirst mir fehlen«, antwortete er. Das war alles.

Ihre wundervollen Flitterwochen hatten einen Monat gedauert. Marco würde zu seiner Arbeit und seiner Verlobten zurückkehren, Caterina würde für einige Wochen auf dem Schloß leben, und dabei versuchen, ihr Französisch zu verbessern.

Ende August kehrte sie nach Hause zurück. Sie war noch schöner geworden, stellte ihre Mutter fest. Und auch noch trauriger. Aber das, was die Mutter beunruhigte, war ein neues Leuchten im Blick ihrer Tochter.

»Was wirst du jetzt machen?« fragte sie sie und spielte damit auf Caterinas zukünftiges Leben an.

»Ich werde kein Studium beginnen, wenn es das ist, was du wissen willst«, erklärte sie.

Elena wußte nicht, ob sie über diese Entscheidung erfreut oder betrübt sein sollte. Sie hätte es gern gesehen, wenn Caterina auf die Universität gegangen wäre, vor allem, damit Tante Maria und die anderen Verwandten neidisch würden. Aber sie bedachte auch, daß vier Jahre auf der Universität die Familienkasse stark belastet hätten. Außerdem sprach dagegen, daß Alcide seit einiger Zeit gesundheitlich nicht auf der Höhe war. Er litt an einem schwachen Herzen und wiederholte oft: »Sobald das Kind selbständig ist, gebe ich den Laden auf.« Die Ereignisse überschlugen sich in jenem September.

Caterina fing an, den ganzen Tag im Verlag zu arbeiten. Sie hatte die Stelle von Francesca Damiani übernommen. Ihre ehemalige Lehrerin war im Juni weggegangen, als die Hochzeit mit Marco Honneger bevorzustehen schien. So mußte sie ihr zumindest nicht begegnen.

Im September stellte sie fest, daß sie schwanger war. Sie bekam Angst und versuchte Marco zu erreichen. Gemäß der bei der Trennung in der Normandie getroffenen Entscheidung hatte sich ihr Geliebter seitdem nicht mehr bei ihr gemeldet.

»Ich muß dich sprechen«, sagte sie zu ihm am Telefon.

»Ich dich auch, aber ich habe nicht gewagt, dich zu besuchen«, entgegnete er.

Als sie an jenem Abend den Verlag verließ, wartete Marco unten auf sie. Sie gingen zu Fuß in Richtung Zentrum.

»Du fehlst mir ganz fürchterlich«, gestand er.

Caterina erwiderte nichts darauf. Sie wünschte sich nur, daß er sie umarmen würde, damit sie einen Grund zum Weinen hätte und ihm von ihrer Verzweiflung erzählen könnte. Sie wußte nicht, wie sie mit ihrem Geständnis beginnen sollte. Während sie die Via Manzoni entlanggingen und die Via della Spiga erreichten, sprachen sie über Unbedeutendes.

»Was wolltest du mir sagen, kleine Belgrado?« fragte er endlich mit einem Seufzer.

»Sprich du zuerst«, schlug sie vor, um den Augenblick der Bekanntmachung der schrecklichen Neuigkeit hinauszuschieben.

»Francesca hat dein Foto auf dem Armaturenbrett meines Autos gefunden. Es hat einen Mordskrach gegeben. Sie hat ihren Vater dazu gebracht, daß er sich einmischt, und der hat mich in die Enge getrieben. Caterina, ich muß diese Frau heiraten«, gab er mit trauriger Stimme bekannt.

Caterina blieb stehen. Ihr wurde schwindelig, und es schien ihr, als ob die Erde sie verschlingen wollte. Sie hatte es immer gewußt, am Ende würde Marco Francesca heiraten. Aber irgendwo in ihrem Unterbewußtsein hatte sie gehofft, daß dieses Ereignis nie eintreten würde.

»Viel Glück«, entgegnete sie mit abwesendem Tonfall.

»Ich werde es brauchen, mein Schatz. Manchmal ist es sehr schwer, ein Versprechen zu halten. In diesem Fall ist es schrecklich für mich«, gestand er und schaute sie dabei mit unendlicher Liebe an. Für dieses wundervolle Mädchen fand er nur leidenschaftliche, zärtliche Worte. Er liebte sie allein, und sie würde ihm nie wieder gehören. Er blieb stehen. Während er einen verzweifelten Seufzer unterdrückte, fand er die Kraft, sie anzulächeln und dabei ihr Gesicht zwischen seine Hände zu nehmen. »Du wolltest mit mir sprechen«, sagte er. »Erzähl mir alles.«

Alcide fuhr mit dem Fahrrad voller Kisten vorbei. Er sah sie zusammen stehen und hatte Angst um sein Kind. Er fuhr geradeaus weiter, ohne anzuhalten. Caterina begriff zu jenem Zeitpunkt, daß Marcos Leben durch ihr Geständnis nur noch komplizierter werden würde. Sie verstand ihn und wußte, daß er sie aufrichtig liebte. Stolz entschied sie für sich, ihm nichts von der Schwangerschaft zu sagen.

»Mir wird jetzt klar, daß das, was ich dir sagen wollte, ohne Bedeutung ist. Ich meine es ganz ernst. Dieses Mal weiß ich es genau: Wir werden uns nie wiedersehen.« Sie ließ ihn stehen und lief rasch nach Hause.

Sie betrat den Laden; ihre Mutter war da.

»Mama, ich muß mit dir sprechen.« Sie war verstört und außer Atem.

»Was gibt es denn diesmal wieder?« fragte Elena.

»Hier nicht. Laß uns hinaufgehen.«

»Dein Vater ist unterwegs. Ich kann jetzt nicht nach oben gehen.«

Sie widersetzte sich der Aufforderung, fast so, als ob sie fühlen würde, daß ihr etwas Unangenehmes bevorstand.

Mit einer energischen Geste ließ Caterina den Rolladen herunter und stieg vor ihrer Mutter die Treppe hoch. Als sie sich in der alten Küche gegenüberstanden, warf sie sich Elena an den Hals und fing zu weinen an.

»Mama, hilf mir. Ich bin in Schwierigkeiten«, gestand sie.

Elena trat einen Schritt zurück und schaute sie ernst an.

»Was hast du angestellt?« fragte sie mit rauher Stimme.

»Ich bin schwanger«, erklärte Caterina.

Elena ließ sich auf einen Stuhl fallen, stützte ihr Gesicht in beide Hände und schwieg. Es vergingen schier endlos scheinende Sekunden der Stille. Caterina lehnte am Küchenschrank, blickte auf ihre Mutter in der Hoffnung, daß sie ihren Kopf heben würde, um sie anzuschauen und ihr zu sagen: »Jetzt gehen wir dieses Problem von Frau zu Frau zusammen an.«

Elena dagegen hielt ihren Kopf weiterhin gesenkt.

Irgendwann sagte sie dann: »Habe ich richtig verstanden?«

»Mama, du hast sehr gut verstanden«, flüsterte Caterina mit gebrochener Stimme.

»Wer ist es?« fragte sie.

»Es geht nicht um ihn. Es geht um mich.«

»Ich habe schon verstanden«, drohte sie ihr. »Und ich weiß auch, daß du nicht heiraten wirst. Weißt du überhaupt, was das bedeutet? Es ist eine Schande für dich und für unsere Familie. Es bedeutet deinen Ruin. Nie wird ein anderer bereit sein, dich zu heiraten. Du wirst dein ganzes Leben ein Pechvogel bleiben«, prophezeite sie voller Wut.

Caterina begann zu schluchzen. Ihre Mutter stand auf und begann, wie ein wildes Tier im Käfig, um den Tisch herumzulaufen.

»Es ist meine Schuld. Ich habe dir zuviel Freiheit gelassen. Du hast keinen Anstand. Schlimmer als ein Straßenmädchen. Und ich dachte, ich könnte mich auf deinen gesunden Menschenverstand verlassen. Was wird aus mir und deinem Vater werden, diesem armen Mann, dessen Leben an einem seidenen Faden hängt? Hast du nicht an uns gedacht, bevor du dich so großzügig hingegeben hast? Aber nein! Wie solltest du auch an unsere Ehre, an unseren Ruf denken, schließlich hielten dich deine schamlosen Lustgefühle gefangen!« brach es aus ihr voller Empörung heraus.

»Mama, ich bitte dich, verzeih mir«, flehte Caterina sie an. Trotz allem hoffte sie immer noch auf ihre Unterstützung und darauf, daß sie nach all den fürchterlichen Worten, sie bedauern und ihr helfen würde.

Elena stellte sich vor sie hin und betrachtete sie dabei mit Haß in den Augen. Diese dickköpfige und widerspenstige Tochter hatte sich ihre glänzende Zukunft zerstört.

»Du bist mein Ruin«, sagte sie halblaut und gab ihr mit all ihrer Kraft eine Ohrfeige. »Ich hatte es im Gefühl, daß es so enden würde. Und dieser Einfaltspinsel, dein Vater, der dich für ein offenes Buch hält. Du dagegen bist undurchschaubar wie das Wasser eines schmutzigen Teichs. Mein Gott, was für eine Schande.«

»Mama, hilf mir«, bedrängte Caterina sie verzweifelt.

»Natürlich helfe ich dir. Was sollte ich sonst tun? Geh jetzt in dein Zimmer. Morgen wirst du nicht zur Arbeit gehen. Und wehe dir, wenn du etwas darüber verlauten läßt. Niemand, noch nicht einmal die Wände dieses Zimmers dürfen von unserer Schande erfahren.«

Ein gefälliger Arzt entriß dies beginnende Leben dem Schoß Caterinas, und genauso, wie es Elena entschieden hatte, erfuhr niemand etwas davon. Nicht einmal Alcide. Caterina kehrte einige Tage später zu ihrer Arbeit zurück. Sie schaffte es gerade noch, die Einweihungsfeier des neuen Verlagsbüros zu organisieren. Der Verlag hatte sich vergrößert, die Produktion erhöht und der Verleger hatte angemessene Räume in der Via Cerva gefunden. Caterina hatte die Aufgabe, Claudia Ronchi beim Empfang der Gäste zu assistieren. Auf der Einweihungsfeier des neuen Büros erschienen bedeutende Leute. Als es darum ging, die Einladungen zu verschicken, hatte Caterina fein säuberlich den Namen von Marco und Francesca von der Liste der geladenen Gäste gestrichen. Claudia hatte es bemerkt, aber nichts dazu gesagt.

Beim Einweihungsempfang erschien auch der attraktive Bernardo Branzi. Er kannte alle, und alle kannten ihn.

»Endlich habe ich das Vergnügen Sie wiederzusehen«, rief er mit einem strahlenden Lächeln aus, das anderswo Applaus hervorgerufen hätte.

Caterina trug ein sehr schlichtes, schwarzes Kleid, das von einer falschen Perlenkette belebt wurde. Sie empfing die Gäste und lächelte mit sehr viel Anmut.

»Das Vergnügen ist ganz auf meiner Seite«, antwortete Caterina und hielt dabei seine Hand.

»Wußten Sie, daß ich leidenschaftlich in Sie verliebt war?« flüsterte er ihr zu.

»Ich hoffe, Sie haben es ohne Schaden überstanden«, versuchte Caterina zu scherzen.

»Das dachte ich auch. Aber jetzt, wo ich Sie wiedertreffe, fängt mein Herz wieder an verrückt zu spielen«, sagte er und steckte eine Hand auf Herzhöhe unter die Jacke und fügte hinzu: »Sehen Sie es? Dieses arme Herz ist verrückt nach Ihnen.«

»Signor Branzi, Sie sind wirklich sehr witzig. Wenn Sie mich jetzt bitte entschuldigen würden, aber ich muß mich um die anderen Gäste kümmern«, sagte Caterina und ließ ihn stehen.

»Lassen Sie sich durch mich nicht aufhalten. Ich werde Ihnen folgen und Ihr Schatten sein. Ich werde Ihnen keine Ruhe schenken, bis Sie mir nicht Ihre Zusage gegeben haben«, beharrte er.

»Was für eine Zusage?« fragte das Mädchen.

»Zu einer kleinen Einladung zum Abendessen, damit wir uns besser kennenlernen. Scheint Ihnen das ein interessanter Vorschlag zu sein?«

»Ich würde sagen, ein verlockendes Angebot. Ich werde mein Notizbuch voller Verabredungen durchblättern und es Sie dann wissen lassen«, sagte sie ihm lächelnd und entfernte sich.

Von jenem Abend an begann zwischen Bernardo und Caterina ein liebenswürdiges Gefecht. Er verfolgte sie, und sie zog sich zurück.

Während des Winters starb Großmutter Evarista. In Sacile fand ein feierliches Begräbnis statt, und sie wurde in der Familiengruft beigesetzt.

Alcide erbte einige Millionen Lire. So konnte er den Laden aufgeben, und auf Vorschlag von Elena kaufte er eine große Wohnung in einem Haus in der Via Rossini. Endlich würden Elena und ihr Mann von ihrer Rente leben, in einer Wohnung, die elegant genug war, um darin Empfänge geben zu können.

»Empfänge, für wen denn?« fragte Caterina.

»Zum Beispiel für die Familie Branzi«, schoß es aus Elena heraus.

»Was haben die Branzis damit zu tun?« fragte sie verblüfft.

»Jetzt tu nicht so, als ob du aus allen Wolken fällst. Wenn dich Bernardo heiratet, bist du fein raus«, urteilte ihre Mutter.

»Und wenn ich aber gar nicht heiraten möchte?« forderte Caterina ihre Mutter heraus.

»Versuch's nur. Und ich werde dir den Hals umdrehen.«

»Ist dir nie der Gedanke gekommen, daß man um zu heiraten, verliebt sein sollte?«

»Du solltest die Liebe besser vergessen«, sagte Elena voller Bedauern. »Bernardo ist bis über beide Ohren in dich verliebt. Also wird er bald um deine Hand anhalten. Ich muß zugeben, in diesem Fall hast du dich gut benommen. Mach nur so weiter, und ich werde dir eine unvergeßliche Hochzeit ausrichten.«

15

Bernardo war fast neunundzwanzig, und er schien entschlossen, Junggeselle zu bleiben. Er wurde von den Frauen weniger wegen seines guten Aussehens umworben, das bereits genügt hätte, um ihn attraktiv zu machen, sondern vielmehr wegen seines Rufs als schier unerreichbarer Mann. Viele Mädchen, Annalaura Gusmaroli eingeschlossen, waren bereit, seine Untreue zu ertragen, nur um sich die legitime Gefährtin des bekanntesten, jüngsten und schönsten Antiquitätenhändlers der Stadt nennen zu dürfen. In seiner Wohnung in der Via dei Giardini hatte er kostbare Antiquitäten und eine Gemäldesammlung von unschätzbarem Wert. Er wurde regelmäßig zu den exklusivsten Empfängen in der ganzen Welt eingeladen. Er hatte eine Bronzefigur von Cellini an einen steinreichen arabischen Emir verkauft und verkehrte mit der englischen Königsfamilie. Er war an Bord der *Agamemnon* gewesen, um die griechische Königsfamilie auf einer Kreuzfahrt zu begleiten. Man erzählte sich, er habe eine Liebesgeschichte mit einer berühmten amerikanischen Filmschauspielerin gehabt. Er fuhr oft nach Teheran, wo er Gast des Schahs war. Kurz gesagt, Bernardo Branzi war ein Mythos. Trotzdem bereitete er der eigenen Familie großen Kummer. Sein Vater sagte: »Er führt uns in den Ruin«, und spielte damit auf Bernardos absolute

Unfähigkeit an, die Kunden zum Bezahlen anzuhalten. Seine Mutter seufzte: »Ihm fehlt jegliche Gottesfurcht«, und meinte damit eine außereheliche Verbindung, die Bernardo seit seiner Universitätszeit mit der Frau eines Mailänder Geschäftsmannes unterhielt. Die heikle Geschichte war nur innerhalb der Familie bekannt, wurde aber von den Branzis als Schande empfunden. Die Wahrheit war, daß Bernardo schwierige Angelegenheiten liebte, für ihn war das Leben eine Herausforderung, der man sich jeden Tag neu stellen mußte, und er fand die Frauen, die für ihn schwärmten, fürchterlich langweilig. Caterina Belgrado war da etwas ganz anders. Wenn sie mit ihm sprach, schien sie ihn nicht zu sehen, sie fand regelmäßig neue Vorwände, um seine Einladungen abzulehnen. Sie schien vollkommen von ihrer Arbeit erfüllt zu sein. Bernardo behauptete, Frauen hätten für ihn keine Geheimnisse. Dieses Mädchen bildete die Ausnahme, die die Regel bestätigt.

Seitdem die Geschichte mit Marco in die Brüche gegangen war, führte Caterina ein Leben, das jede andere zermürbt hätte. Sie aber biß die Zähne zusammen und blickte weiterhin mutig in die Zukunft. Ihre Mutter begleitete sie jeden Morgen zur Arbeit, da sie nicht glaubte, daß Caterina Marco nicht doch heimlich treffen würde. Sie wartete mittags am Ausgang, begleitete sie nachmittags zum Arbeitsplatz zurück und holte sie abends wieder ab. Sie erlaubte ihr noch nicht einmal, daß sie mit ihren besten Freundinnen ausging. Diese Art zu leben rieb alle beide sehr auf. Manchmal fragte Caterina: »Wie lange soll diese Quälerei noch weitergehen?« Elena erwiderte: Bis du volljährig bist. Was du danach mit deinem Leben machst, geht mich dann nichts mehr an.«

Caterina gestand ihrer Mutter mildernde Umstände zu, da sie sich wirklich verantwortungslos benommen hatte. Aber diese Verfolgung auf Schritt und Tritt war unerträglich. Hinzu kam die verzweifelte Einsamkeit, die der Verlust von Marco mit sich gebracht hatte. Nur die Arbeit verschaffte ihr ein wenig Trost. Es gab keinen Morgen, an dem sie aufwachte und nicht sofort an ihn dachte. Jeden Abend, bevor sie einschlief, weinte sie vor Schmerz und Wut, da es ihr nicht gelingen wollte, ihn aus ihrem Leben zu streichen. Die Tage und Nächte, die sie zusammen verbracht hatten, waren so schön, so vollkommen gewesen, daß sie unvergeßlich blieben. »Ich werde keinen anderen lieben«, sagte sie unter Tränen. Und doch wußte sie, daß etwas passieren würde, das sie aus diesem unerträglichen Kreislauf, der sie zu ersticken drohte, herausreißen würde.

Manchmal war sie versucht, eine Einladung von Bernardo anzunehmen. Ihre Mutter hätte es ihr bestimmt erlaubt. Aber sie war nicht bereit, sich der Reihe seiner Eroberungen anzuschließen.

Eines Abends lud ihre Verlegerin sie zum Abendessen nach Hause ein.

»Das wird ein Arbeitsessen«, betonte sie.

Als Caterina dort ankam, entdeckte sie einen unerwarteten Gast. Bernardo Branzi.

»Es gab keine andere Möglichkeit, um etwas Zeit mit dir zusammen verbringen zu können«, flüsterte er ihr zu.

Caterina wußte nicht, ob sie sich belästigt oder geschmeichelt fühlen sollte. Bernardo bereitete für ihren Verlag einen eindrucksvollen Band über das Rokoko vor. Es sollte ein Geschenkband für Weihnachten 1955 werden. So war seine Anwesenheit im Hause der Verlegerin durch die Besprechung einiger Details gerechtfertigt.

Sie aßen zusammen zu Abend. Danach führte sie die Verlegerin in ihr Arbeitszimmer und man begann über Abbildungen, Text, Bibliographie, Papierqualität und die Auswahl der Schrifttypen zu diskutieren. Irgendwann verschwand die Verlegerin, und sie blieben allein.

»Warum ist es nur so schwer, dich zu Gesicht zu bekommen?« fragte Bernardo.

»Ich halte mich nicht für eine frei auf dem Markt verfügbare Ware«, antwortete Caterina.

»Da stimme ich dir zu. Dafür habe ich dich auch nie gehalten, für mich bist du das begehrenswerteste Mädchen von allen«, erwiderte er.

»Man kann nicht immer alles bekommen, was man sich wünscht«, flüsterte sie und dachte dabei mit unendlich schmerzlicher Erinnerung an Marco.

»Wenn man aber eine rechtschaffene Person ist und viel guten Willen zeigt, kann man dann hoffen?«

»Wenn du eine Antwort erwartest, mußt du deine Frage deutlicher formulieren«, sagte sie.

»Caterina, du hast etwas, ich weiß nicht was, aber es ist unwiderstehlich. Du spielst die Rolle des zurückhaltenden Mädchens, aber dein Blick sagt alles über die Kraft, die in dir steckt«, stellte er fest und fuhr fort: »Ich habe mich in dich verliebt. Wegen dir habe ich eine alte Geschichte, die kein Ende zu nehmen schien, beendet.«

»Ich habe auch eine alte Geschichte beendet. Aber ich habe es nicht für dich getan«, gab Caterina offen zu.

»Also, dann können wir zusammen von vorne anfangen«, schlug er ihr in aller Offenheit vor.

»Ich war mit einem Mann zusammen, den ich sehr liebte«, gestand sie ohne Umschweife.

»Von einem Mädchen wie dir habe ich nichts anderes erwartet. Ich hoffe nur, daß diese Geschichte wirklich vorbei ist, und daß du deswegen nicht zu sehr gelitten hast.«

»Ich leide immer noch darunter«, gab Caterina zu.

»Jede Liebesgeschichte, die vorbei ist, hinterläßt eine Wunde. Ich bin mehrmals tief ins Herz getroffen worden«, sagte er mit einer gewissen Melancholie und ergänzte: »Möchtest du denn ein solch geschundenes Herz haben?«

»Du hast es mir ja noch gar nicht angeboten«, antwortete sie.

»Es gehört dir schon eine ganze Weile.«

»Wenn ich dir sagte, ich hätte es nicht bemerkt, würde ich lügen.«

»Würdest du mich heiraten?« fragte Bernardo sie.

Als erstes dachte Caterina daran, wie glücklich ihre Mutter darüber sein würde. Sofort danach sah sie in diesem Vorschlag das Ende der für sie demütigenden Untertänigkeit gegenüber ihrer Mutter. Zum Schluß fragte sie sich, ob es richtig wäre, sich an einen Mann zu binden, für den sie nicht mehr als Sympathie empfand. »Du solltest darüber mit meinen Eltern sprechen«, antwortete sie.

»Das werde ich tun«, versicherte Bernardo, der fühlte, daß Caterina nicht in ihn verliebt war. Er wußte aber auch, daß eine Heirat die einzige Möglichkeit war, sie zu bekommen.

Caterina sprach an einem der folgenden Tage mit ihrem Vater.

Anstatt gemütlich im Lehnstuhl zu sitzen, wie er es sich gewünscht hätte, mußte Alcide Belgrado häufig das Bett hüten. Sein Herz, das durch die Gefangenschaft in Mitleidenschaft gezogen worden war, hatte seine Kraft verloren. Dennoch sah und verstand er viel mehr, als seine Frau glaubte.

»Bernardo Branzi hat mich gebeten, seine Frau zu werden«, wandte sich Caterina an ihn.

»Und du, was hast du ihm geantwortet?«

»Daß er darüber mit dir und Mama sprechen soll.«

»Bist du noch nicht erwachsen genug, um selbst zu wissen, was du willst?«

»Ich möchte die Sterne, Papa. Und so sehr ich auch die Arme zum Himmel streckte, ich kann sie nicht greifen«, sagte sie mit leiser Stimme.

»Du bist noch immer in Marco verliebt. Ich weiß es«, flüsterte er.

Caterina schüttelte verzweifelt den Kopf.

»Du darfst keinen Mann heiraten, der dir nicht gefällt«, fügte er hinzu.

Sie schwiegen einige Minuten, denn jeder hing seinen eigenen Gedanken nach.

»Ich glaube, daß er dich nicht genug geliebt hat, um dich so zu behandeln. Die feinen Herren sind komische Leute. Sie tun nie das, was sie wollen, sondern folgen Anstandsregeln, die für uns unverständlich sind.«

»Ich glaube, genauso ist es. Aber ich bitte dich, Papa, laß uns nicht mehr über ihn sprechen«, flehte Caterina ihn an.

»Warum nicht? Ich will doch, daß du über die Geschichte hinwegkommst. Und auch ich leide darunter, denn ich sehe, wie du deine besten Jahre für eine unnütze Liebe vergeudest«, stellte Alcide fest.

»Denkst du, daß meine Ehe mit Bernardo gutgehen wird?« fragte sie.

»Wie soll ich das wissen? Ich wünsche es dir von ganzem Herzen. Deine Mutter erzählt mir großartige Dinge über die Branzis. Ich jedenfalls finde, daß meine Caterina etliches zu bieten hat. Du bist schön, ehrlich und intelligent. Du hast Klasse, was auch immer deine Tante Gusmaroli sagen mag. Du hast die Statur deiner Großmutter Evarista, die eine großartige Frau gewesen ist, auch wenn sie ungebildet war und kaum ihren Namen schreiben konnte«, sagte Alcide mit Stolz.

»Großmutter Evarista ist eine echte Persönlichkeit gewesen. Wenn ich Schriftstellerin wäre, würde ich ihr Leben erzählen.«

»Hast du wirklich an etwas so Schönes gedacht?« fragte er sie, und seine Augen füllten sich dabei mit Tränen.

»Ich will lernen, wie man Bücher schreibt, Papa. Ich möchte, daß du eines Tages stolz auf mich sein kannst.«

»Das bin ich schon und bin es auch immer gewesen«, gestand er und fuhr ihr dabei zärtlich über den Kopf.

Alcide starb in aller Stille einen Monat vor der Hochzeit von Caterina Belgrado und Bernardo Branzi.

Über diese Hochzeit wurde in der Stadt viel gesprochen. Lucrezia Pallavicini d'Eril und Diana Laperla waren Caterinas Brautjungfern. Während der kirchlichen Feierlichkeiten vergoß die Contessa Liliana Calderisi so viele Tränen, daß all ihre Taschentücher aus feinem Batist naß wurden. Die Familie Branzi hatte viele bekannte Persönlichkeiten eingeladen. Für die Brautleute kamen Geschenke aus allen Teilen der Welt. Nur die Verwandten Gusmaroli glänzten auf dem Fest durch Abwesenheit. Tante Maria hatte diese Hochzeit als Farce verurteilt, die sich früher oder später in eine Tragödie verwandeln würde. Ihre Nichte Elena erlaubte sich zum ersten Mal, ein passendes Sprichwort zu zitieren: »Wer's glaubt, wird selig, und wer nicht, kommt auch in den Himmel.«

Die Hochzeitsreise machte das Brautpaar auf der Jacht der Familie Branzi. Sie lagen in vielen Mittelmeerhäfen vor Anker, nahmen an Essen und Empfängen teil. Als sie zurückkamen, war Caterina schwanger.

In ihrer neuen Wohnung, in der Via dei Gardini, stand auch ihr Baldachinbett.

»Das ist mein Zufluchtsort«, hatte sie zu ihrem Mann gesagt. »Hier werde ich mich nicht so fremd und allein in dieser für mich zu eleganten Wohnung fühlen, wenn du nicht da bist.«

Roberto erblickte das Licht der Welt.

Bernardo schenkte Caterina ein Diamantkollier, um ihre neue Rolle als Mutter zu feiern. Die Schwiegermutter und die Schwägerin ließen ihr jegliche denkbare Fürsorge zuteil werden. Caterina fühlte sich wohl in dieser einnehmenden und großzügigen Familie. Aber es ging ihr auch gut, weil sie es endlich geschafft ahtte, eine gewisse Distanz zwischen sich und ihrer Mutter aufzubauen. Caterina konnte nicht vergessen, wie unbarmherzig Elena mit ihr umgegangen war.

16

Für Caterina folgten nun ruhige Jahre. Die Tage, die sie an der Seite von Marco verbracht hatte, wurden zu einer immer weniger schmerzhaften Erinnerung. Ihr Sohn gab ihr Selbstvertrauen und Kraft.

Wenn Bernardo auf seine endlos langen Reisen ging, immer auf der Suche nach großen und kleinen Schätzen für den Handel mit Antiquitäten, benutzte Caterina die Gelegenheit, um sich den zahlreichen gesellschaftlichen Verpflichtungen zu entziehen und ganz ihrem Sohn zu widmen.

Eines Tages fing sie zu schreiben an.

Sie entwarf eine Geschichte, indem sie sich die beeindruckende Gestalt der Großmutter Evarista in Erinnerung rief. Beim Schreiben wurde ihr allmählich klar, wie schwierig dieser Beruf war, aber sie erkannte auch, daß sie auf eine unendliche Menge von Erinnerungen zurückgreifen konnte, die nur darauf warteten, zu Papier gebracht zu werden. Zudem gelang es ihr, Klarheit in das Chaos ihrer Gedanken zu bringen. Jede Erinnerung rief eine andere hervor, und sie füllte Seite für Seite einer nie enden wollenden Geschichte.

Die strenge Großmutter Evarista, die mit knorriger Hand den Besen aus Tamariskenholz schwang, der Waffe und Zepter zugleich war, rief in ihr die Erinnerung an goldgelbe, wogende Kornfelder hervor, an Kriegsflugzeuge, die mit Leuchtkugeln den nächtlichen Himmel erhellten. Ebenso kam ihr der Schrecken der Bombenangriffe in den Sinn, die herzzerreißende Trennung vom Vater, die schmutzigen, aber schlauen Gesichter der ständig hungrigen Cousins, die geheimnisvollen Worte der kleinen Eva, das verzweifelte Weinen von Elena und die warme Stimme ihres Vaters, der ihr an den Winterabenden Abenteuerromane vorlas.

Als der kleine Roberto ein Jahr alt wurde, bereits die ersten Worte brabbeln konnte und auf allen vieren durch die Wohnung krabbelte, überreichte Caterina ihrer Verlegerin ihren ersten Roman. Claudia Ronchi gab den Roman zwei Freunden zu lesen, da sie befürchtete, daß ihre Freundschaft zu Caterina es ihr schwermachen würde, ein unparteiisches Urteil zu fällen. Die Kommentare waren übereinstimmend: die Belgrado hatte eine schöne Geschichte geschrieben.

»Ich wußte schon immer, daß du begabt bist. Aber ich hätte nicht gedacht, daß du zum Schreiben geboren bist. Von jetzt ab solltest du nichts anderes mehr tun. Nur noch schreiben, schreiben und schreiben. Dein Herz will sich ausschütten, und es gibt Tausende von Lesern, die große Lust haben, einer aufrichtigen Stimme zuzuhören.«

Mit den Jahren würden aus den Tausenden von Lesern Millionen werden. Das wußte Caterina damals aber noch nicht. Sie hatte niemals eine sehr hohe Meinung von sich selbst gehabt. Die Erziehung, die sie von ihrer Mutter erhalten hatte, war nicht spurlos an ihr vorübergegangen. Wie oft hatte Elena ihr gepredigt: »Wenn du etwas falsch machst, schrei deinen Fehler in die Welt hinaus, damit dir jemand helfen kann, ihn zu korrigieren. Wenn dir etwas gut gelingt, glaube nicht, du seist ein Meister. Oft war es nur ein glücklicher Zufall.«

So schrieb sie denn auch den sofortigen Erfolg ihres Romans, den sie ihrem Vater gewidmet hatte, einem günstigen Zufall zu. Sie war sich so sicher, keine weitere annehmbare Geschichte schreiben zu können, daß sie ihre Olivetti-Schreibmaschine in den Schrank einschloß und wieder dazu überging, sich um die Bücher anderer zu kümmern.

Natürlich begeisterte dieser Erfolg die ganze Familie. Caterina bekam Blumen, Briefe von begeisterten Lesern, Anrufe und Glückwunschtelegramme. Sie erhielt auch einen großen Strauß weißer Pfingstrosen mit einer Karte, auf der geschrieben stand: »Ich wußte schon immer, daß du etwas Besonderes bist, meine kleine Belgrado.« Eine Unterschrift erübrigte sich.

Bernardo wollte ihr zu Ehren ein Fest geben und lud zu diesem Anlaß ungefähr hundert Personen in ein berühmtes Restaurant der Stadt ein. Caterina willigte ein um ihn nicht vor den Kopf zu stoßen, aber es war nicht gerade eine jubelnde Menge, nach der ihr der Sinn stand. Während sie sich für den Empfang zurechtmachte, betrachtete sie ihr Sohn Roberto, der nun anderthalb Jahre alt war, mit ernsten Augen, schlug seine kleinen Babyhände zusammen und sagte: »Schön, Mama.«

»Was willst du mir denn sagen?« fragte sie und beugte sich zu ihm hinab.

Sie verstand nicht, ob ihr kleiner Sohn die Hände zusammengeschlagen hatte, um ihr zu applaudieren, oder um sie anzuflehen, nicht wegzugehen.

»Meine Mama«, brabbelte er.

»Diese Bitte soll erhört werden«, nickte Caterina. »Die Mama gehört wirklich nur dir allein. Alle diese Leute, die dein Vater eingeladen hat, um mich zu feiern, interessieren uns zwei doch überhaupt nicht.«

Sie zog ihr Kleid aus, nahm ihren Sohn in den Arm und legte sich ins Himmelbett. Sie sprach lange mit ihm, mit ihrer ein wenig zauberischen Stimme, die ihn zum Einschlafen brachte.

Als Bernardo von der Feier zurückkam, die nun ohne die Hauptperson stattgefunden hatte, fand er seine Frau und seinen Sohn eng umschlungen im Bett schlafend vor. Er wagte nicht, sie zu wecken. Vielmehr dachte er, daß man Caterina so akzeptieren mußte, wie sie war, denn er hatte keine Hoffnung mehr, sie ändern zu können.

Er verkroch sich in sein Schlafzimmer und fühlte sich sehr einsam. Damals, als er sie heiratete, hatte er geglaubt, sie erobern zu können. Nun wurde ihm klar, daß er sich geirrt hatte.

Er rief Giovanna, seine ehemalige Geliebte, an.

»Was machst du heute abend?« fragte er sie.

»Das, was ich jeden Abend mache, wenn mein Mann nicht da ist. Ich warte auf dich«, antwortete die Frau und fügte hinzu: »Ich warte schon fast drei Jahre auf dich.«

Sie verbrachten die Nacht zusammen.

Aus unterschiedlichen Gründen waren Caterina und Bernardo am nächsten Tag bester Laune, beide wollten sich beim anderen entschuldigen.

In der folgenden Zeit war Bernardo immer häufiger außer Haus. Caterina achtete nicht darauf.

Wenn sie sich wiedersahen, allein oder mit Freunden, waren sie strahlender Laune wie immer.

Eines Tages kam Lucrezia mit der üblichen Packung Pralinen und kleinen Geschenken für Roberto zu Besuch. Der Kleine war vor kurzem drei Jahre alt geworden.

»Ciao, Tante Lucrezia. Was hast du mir mitgebracht?« begrüßte sie der Junge.

»Buntstifte und einen Zeichenblock. Es wird Zeit, daß du zu malen beginnst«, antwortete Lucrezia.

»Und die Wohnung zu beschmieren«, entgegnete Caterina ironisch.

Es war ein langweiliger Sonntagnachmittag. Der Novembernebel machte die Dinge und die Seele grau.

»Und wo ist dein Mann?« fragte Lucrezia.

»Keine Ahnung. Ich glaube, er müßte in London sein. Er hatte vor, auf eine wichtige Versteigerung bei Sotheby's zu gehen«, erklärte Caterina. Und fragte dann: »Wolltest du ihn sprechen?«

»Ich wollte nur mit dir ein bißchen plaudern«, antwortete die Freundin.

»Komm, wir machen es uns auf meinem Himmelbett bequem«, schlug Caterina vor.

»Ja, auf dem Bett von Mama«, juchzte Roberto und ging, bewaffnet mit Buntstiften und Papier, ins Zimmer seiner Mutter voran.

Schon seit Monaten machte Caterina sich im ehelichen Bett rar, denn sie schlief lieber in dem Himmelbett aus ihrer Mädchenzeit, das sie gern mit ihrem Sohn teilte. Während der seltenen Male, bei denen sie mit ihrem Mann im selben Zimmer schlief, wurde sie regelmäßig vom Weinen ihres Kindes geweckt. Sie ging dann in sein Zimmer und beugte sich zu ihm herab. Sofort hörte er zu schluchzen auf.

»Mami, komm, wir gehen schlafen«, flüsterte er ihr zu und kniff sie dabei zärtlich in die Wange.

Caterina nahm ihn dann in den Arm und legte sich mit ihm in ihr Himmelbett.

Roberto streckte sich jetzt, mit dem Bauch nach unten, am Fußende des Bettes aus und verstreute überall die Buntstifte. Lucrezia und Caterina rückten die Kopfkissen zurecht, um sich anzulehnen und die Schachtel Pralinen zu verzehren, die in ihrer Mitte stand, so wie sie es immer als Mädchen gemacht hatten.

Diese Zeremonie wurde nicht mehr oft vollzogen, denn auch Lucrezia hatte geheiratet, und Maxi nahm fast ihre ganze Zeit in Anspruch. Genauso ging es Diana mit ihrer Abschlußarbeit für die Universität. Sie hatte wenig Zeit für die Freundinnen, da sie sich auch um ihre Familie kümmern mußte, seitdem ihre Mutter nicht mehr da war.

Kurz gesagt, die drei Freundinnen sahen sich selten. Zum Ausgleich dafür hatten sie dann viele Neuigkeiten zu besprechen, wenn sie sich trafen.

»Wie läuft es mit Maxi?« begann Caterina das Gespräch.

»Er wartet immer darauf, daß ich ihm einen Erben schenke. Es gelingt mir aber nicht. Heute morgen habe ich mich wieder einer dieser unzähligen Untersuchungen unterzogen. Der Frauenarzt meint, es sei alles in Ordnung. Wie kommt es dann, daß ich nicht schwanger werde? Er hat mir erklärt, daß ich zu nervös sei, daß ich mich entspannen und ja nicht glauben soll, niemals Mutter werden zu können. Kurz und gut, es ist meine Schuld. Immer sind die Frauen schuld, verstehst du? Wenn etwas Gutes passiert, ist es das Verdienst des Mannes. Wenn etwas nicht seinen normalen Gang geht, ist es immer die Schuld der Frau. Was für ein Reinfall. Wenn ich noch einmal geboren werde, will ich ein Mann sein.«

»Offensichtlich machst du dir ein bißchen zuviel Sorgen. Als Mädchen schienst du mir ruhiger«, stellte Caterina fest.

»Ich möchte dich an meiner Stelle sehen. Du hast deinen Sohn schon bekommen und wirst nicht mehr behelligt. Die Familie Valli aber läßt mich nicht in Ruhe. Jedesmal, wenn sie mich sehen, wiederholen sie den gleichen Refrain: Wann schenkst du uns ein Enkelchen, meine Liebe? Meine Eltern haben inzwischen den Verdacht, daß es Massimilianos Schuld sein könnte. Bei uns zu Hause wird über nichts anderes mehr gesprochen als über fruchtbare Tage, Untersuchungen der Eileiter und den Eisprung. Allmählich ertrage ich das alles nicht mehr«, brach es aus Lucrezia heraus.

»Beruhige dich, meine Liebe. Je weniger du es erwartest, desto schneller wirst du dich mit einem riesigen Bauch wiederfinden«, versprach ihr die Freundin.

»Und wenn es nie eintritt?«

»Dann hast du immer noch einen Ehemann, dem du dich ganz widmen kannst. Im Grunde genommen sind die Ehemänner doch nur wie ein bißchen zu groß gewordene Kinder. Hast du das noch nicht bemerkt?«

»Ich habe vor allem bemerkt, daß sie große Schwerenöter ohne Schamgefühl sind. Ich spreche natürlich nur von meinem. Ich habe den Kopf noch nicht ganz umgedreht, da ist er auch schon woanders. Maxi ist bereit, für all meine Freundinnen den Don Giovanni zu spielen«, beschwerte sie sich.

»Mit mir hat er es noch nie gemacht.«

»Warte nur ab, du kommst auch noch dran. Diana, die sich damit brüstet, eine Expertin zu sein, was das Verhalten von Männern angeht, vertritt den Standpunkt, daß ich meinen Mann nie verlieren werde, da er der Faszination der Familie Pallavicini erlegen ist. Das kann mich aber auch nicht trösten, oder was meinst du? Und es ist auch nicht gerade angenehm, daß er versucht, mit allen Frauen, denen er begegnet, ins Bett zu gehen.«

»Ich könnte das nicht ertragen«, kommentierte Caterina in aller Offenheit.

»Na ja, wenn man es nicht weiß ...« deutete Lucrezia an.

»Gibt es da vielleicht etwas, das ich wissen müßte?« fragte Caterina in eisigem Ton. Roberto flüsterte zu ihren Füßen mit sich selbst, während er die Blätter mit Kritzeleien ausfüllte.

»Wenn es so wäre, von mir würdest du es nie erfahren«, entgegnete Lucrezia und riß dabei ihre berühmten Rehaugen weit auf.

»Du bist eine Schlange«, stieß Caterina hervor und stand mit einem Ruck vom Bett auf. »Du konntest es kaum erwarten, mir endlich zu erzählen, daß Bernardo eine Liebschaft hat. Gut, jetzt weiß ich es. Danke für die Information.«

»Wenn es nur eine kleine Geschichte wäre ...«, fuhr Lucrezia unbeirrt fort und kaute dabei ruhig auf einer Praline.

»Na los, sag mir alles, was du weißt«, schnaubte Caterina nervös.

Lucrezia brannte offensichtlich vor Ungeduld, die pikanten Neuigkeiten loszuwerden.

»Er hat wieder angefangen, mit Giovanna Modiano zu verkehren. So, jetzt weißt du endlich, was bereits alle in der ganzen Stadt wissen.«

»Ich danke dir für diese schöne Nachricht«, sagte Caterina und fügte hinzu: »Aber jetzt geh bitte.«

»Wer ist Giovanna Modiano?« fragte der kleine Roberto unschuldig.

»Eine gute Freundin von Papa«, antwortete ihm Caterina lächelnd.

Sie war erstaunt darüber, daß die Neuigkeit, die sie soeben von ihrer Freundin erfahren hatte, sie überhaupt nicht berührte. Niemals wäre sie auf die Idee gekommen, daß Bernardo sie mit seiner ehemaligen Geliebten betrog. Sie hatte ein langes, ruhiges Eheleben erwartet, das vielleicht noch durch weitere Schwangerschaften belebt worden wäre, durch ihre Arbeit und die unauffällige Anwesenheit eines Ehemannes, der nur allzusehr ihre wechselnden Launen ertrug. Sie hätte nun entrüstet, beleidigt und eifersüchtig sein müssen, aber sie empfand gar nichts.

An jenem Abend kam Bernardo nach Hause. Wie immer war er strahlender Laune. Wie immer hatte er eine Menge Geschenke für sie und den kleinen Roberto mitgebracht.

Sie aßen zusammen zu Abend und tauschten die jüngsten Neuigkeiten aus. Die Versteigerung war ein Erfolg gewesen. Er hatte einige fein ausgearbeitete Handschriften aus dem zwölften Jahrhundert ersteigert, für die er bereits einen sicheren Kunden hatte. Außerdem hatte er einen Zwischenstop in Wales gemacht und dabei das Schloß eines gewissen Lord Bullingham besucht, der einige Bilder aus dem achtzehnten Jahrhundert verkaufen wollte. Und dann hatte er mit einer englischen Prinzessin und deren jungem Freund zu Abend gegessen.

»Und du? Was hast du in den letzten Tagen gemacht?« fragte er, während er aufstand, um ins Wohnzimmer zu gehen, wo die Hausangestellte den Kaffee servieren würde.

»Ich habe vor allem zugehört«, antwortete Caterina und setzte sich aufs Sofa, ihrem Mann gegenüber.

Sie betrachtete ihn aufmerksam. Er war wirklich ein gutaussehender Mann, auch wenn er in letzter Zeit ein wenig zugenommen hatte. Bernardo aß eben für sein Leben gern. Sein berühmter Blick, der die Frauen nur so dahinschmelzen ließ, war voller Zärtlichkeit, wenn er sie anschaute. Er war ein zuvorkommender und einfühlsamer Lebensgefährte.

»Was hast du denn Schönes gehört?« fragte er sie.

»Eine Geschichte über dich und Giovanna Modiano«, sprudelte Caterina hervor.

»Ich verstehe«, nickte Bernardo und fuhr fort: »Erwartest du, daß ich es leugne, oder möchtest du lieber, daß ich es dir bestätige?«

»Ich möchte nur gerne wissen, ob es wahr ist. Es scheint, daß alle außer mir davon wissen«, sagte sie mit ruhiger Stimme.

»Ich hatte gehofft, es dir nie sagen zu müssen. Ich halte dich für eine tadellose Partnerin. Ich habe dir nichts vorzuwerfen. Aber ich hatte von Anfang an das Gefühl, daß du nicht zu mir gehörst. Ich glaube, daß dein Herz weit weg von mir ist. Weißt du, ich glaube, daß ich wieder mit Giovanna zusammen bin, weil ich mich einsam fühle.«

»Es scheint mir nur plausibel, daß du für deine Seitensprünge eine Erklärung geben willst. Aber es scheint mir auch klar zu sein, daß wir zwei uns nicht mehr viel zu sagen haben«, stellte Caterina fest.

»Du irrst dich, Caterina. Wir haben ein wundervolles Kind, das allein reicht schon, um uns zusammenzuschweißen. Und dann darfst du auch nicht vergessen, daß ich dich sehr gern habe und meine Familie dich anbetet. Für mich bist du die ideale Lebensgefährtin«, widersprach er ihr ohne große Überzeugung.

»Bernardo, du warst nicht dafür geschaffen, eine Familie zu gründen. Du hast es nur getan, um deine Eltern glücklich zu machen. Im Grunde bist du ein unverbesserlicher Junggeselle. Ich passe nur deshalb gut zu dir, weil ich dir alle Freiheiten lasse. Du hast mich geheiratet, weil ich die einzige Frau war, die dir nicht zu Füßen lag. Ich habe es nicht getan, nicht weil ich tugendhafter oder schlauer als die anderen war, sondern nur, weil ich einen anderen liebte. Und ich liebe ihn immer noch«, gestand sie.

»Du meinst Marco Honneger?«

»Ich dachte, du wüßtest nicht, wer es ist«, wunderte sich Caterina.

»Wie du immer sagst, in dieser schwatzhaften Stadt erfährt schlußendlich jeder alles von allen. Ich weiß auch, daß ihr euch nicht mehr gesehen habt und auch nicht versucht habt, Kontakt zueinander aufzunehmen. Aber das reicht nicht aus, um die Gefühle auszulöschen.«

»Genau, so ist es«, Caterina schüttelte den Kopf und schien untröstlich.

»Und, wie stellst du dir unsere Zukunft vor?« fragte Bernardo.

»Wir werden uns trennen. Natürlich ohne Eile. Ich brauche Zeit, um eine andere Wohnung zu finden.«

»Das hier ist deine Wohnung. Ich werde gehen.«

»Nein, sie ist zu aufwendig für mich. Und dann will ich auch mehr arbeiten, denn mir gefällt die Rolle der getrennt lebenden Ehefrau nicht, die ihrem Mann auf der Tasche liegt.«

Bernardo nahm ihre Hand und führte sie an seine Lippen.

»Stolz und offen, wie immer«, bemerkte er.

»Verrückt und unvernünftig wird meine Mutter sagen.«

Sie lachten beide. Trotz allem waren sie doch sehr gute Freunde, und das würden sie auch für immer bleiben.

Heute

1

»Also man kann nicht gerade sagen, daß dies eine Nacht wie jede andere ist«, bemerkte Marco, der ganz von den Erinnerungen erfüllt war.

»Ich habe dir, mir und diesem ungeborenen Kind etwas Fürchterliches angetan. Jetzt weißt du es. Das war es, was damals im September 1954 passiert ist«, flüsterte Caterina.

»Wenn ich an jenen Tag zurückdenke, erinnere ich mich an einen dunkelroten Sonnenuntergang am Ende der Straße. Wir zwei standen hier, an der gleichen Stelle wie jetzt, vor demselben Haus. Ich war verzweifelt bei dem Gedanken, daß ich dich nie wieder sehen würde, weil ich Francesca heiraten mußte«, erinnerte er sich.

»Du hast mir erzählt, daß Francesca mein Foto auf dem Armaturenbrett deines Wagens gefunden und deswegen ein Höllenspektakel gemacht hatte. Du fühltest dich gezwungen, einer Verpflichtung nachzukommen. Mir hattest du nie etwas versprochen. Wenn überhaupt, habe ich dich ermuntert, auf mich zuzugehen«, sagte Caterina.

»Du warst nur ein junges Mädchen. Ich hätte auf den gesunden Menschenverstand hören müssen und dich in Ruhe lassen sollen. Dabei habe ich dich fast entführt. Mich für das, was daraufhin geschehen ist, schuldig zu fühlen, gelingt mir jedoch nicht, meine kleine Belgrado. Du hattest mich gefangengenommen, und dieses Gefühl hat mich während der ganzen letzten vierzig Jahre begleitet«, erklärte Marco.

Caterina hatte zu jenem weit zurückliegenden Drama mittlerweile eine ziemliche Distanz. All die Eifersucht, Angst und die Furcht vorm Verlassenwerden, waren längst vergessene Gefühle.

Manchmal hatte sie sich gefragt, ob ihre Liebesgeschichte mit Marco anders verlaufen wäre, wenn sie ihm gestanden hätte, daß sie schwanger war. Dann fiel ihr ein, daß sie damals geschwiegen hatte, weil sie gefürchtet hatte, eine noch bitterere Erfahrung machen zu müssen.

»Eine Frau zu heiraten, während ich eine andere liebte, ist die größte Dummheit meines Lebens gewesen. Ein Fehler, für den ich einen hohen Preis bezahlt habe«, fuhr Marco fort.

»Ich dagegen glaube, du hast das einzig Mögliche getan. Die Tochter eines Obst- und Gemüsehändlers hatte keinerlei Chancen, sich Zugang zur Familie Honneger zu verschaffen«, überlegte Caterina laut.

Sie wußte, daß ihr die Türen der vornehmsten Salons weit offen gestanden hätten, wenn sie mit zwanzig eine so berühmte Persönlichkeit wie jetzt gewesen wäre. Aber sie war sich nicht sicher, ob sie dort überhaupt einen Fuß hineinsetzen wollte. Wenn sie von sich und ihrer Familie sprach, stellte sie immer mit Stolz fest: »In der Familie Belgrado hat es noch niemals eine Mitläufermentalität gegeben. Sie will zu keiner bestimmten Herde gehören.«

Auch heute noch gab Caterina der Einfachheit ihrer kleinen bürgerlichen Welt den Vorzug vor den oft sterilen Gesprächen der Intellektuellen.

Marco fühlte sich erschöpft und setzte sich auf den Rand eines Blumenkübels, der in der Mitte der Straße stand.

»Ich glaube, im Hause Honneger sind noch nie Liebeshochzeiten gefeiert worden. Die Wahrung der sozialen und wirtschaftlichen Interessen hat immer die Oberhand über die Gefühle gehabt«, stellte er betrübt fest und fügte hinzu: »Aber wenn ich damals nur die leiseste Idee davon gehabt hätte, daß du ein Kind erwartetest … wer weiß.«

»Du hättest mir geraten abzutreiben. Genauso wie es meine Mutter getan hat. Vor vierzig Jahren war eine Abtreibung die einzig mögliche Abhilfe in einer solchen Situation«, bemerkte Caterina scharfsinnig.

»Es ist in Paris passiert, nicht wahr?« fragte er.

»Oder in der Normandie. Es war eine wunderbare Zeit. Ich träumte mit offenen Augen. Ich habe es nie vergessen«, seufzte sie.

»Ein Traum, der mit einem bitteren Erwachen für beide endete«, flüsterte er.

»Wenn man einen Preis für ein zerrüttetes Leben stiften würde, bekämen du und ich eine Goldmedaille«, gab Caterina zu.

»Dieser ungeborene Sohn wäre heute neununddreißig Jahre alt«, rechnete Marco mit entrückter Stimme nach.

»Vielleicht war es eine Tochter. Wir werden es nie erfahren.«

»Caterina, hör auf. Lassen wir unsere Fehler in Frieden ruhen«, sagte er. Er stand auf und nahm ihre Hand. »Komm, ich bring dich nach Hause«, fügte er hinzu, während sie zu seinem Auto gingen.

Wenig später hielt der Wagen vor dem Haus von Caterina. Dann stiegen sie zusammen aus. Eine weibliche Stimme rief Caterina. Marinella kam auf sie zu, sie war dabei die Straße zu überqueren. Caterina erkannte sie und grüßte.

»Ich habe mich noch immer nicht bei dir und Clotilde dafür bedankt, daß ihr mir zur Hilfe gekommen seit«, sagte sie.

»Das ist doch nicht der Rede wert, Caterina. Wenn es nötig gewesen wäre, hättest du das gleiche für uns getan«, spielte die Prostituierte den Vorfall herunter.

»Ich bin euch auf jeden Fall unendlich dankbar«, beharrte Caterina und fragte, indem sie sich umschaute: »Wo ist Clotilde?«

»Um dir die Wahrheit zu sagen: Clotilde ist zu Hause. Sie hat ein geschwollenes Gesicht wie eine Wassermelone.«

»Was ist ihr denn zugestoßen?«

»Sie ist die Treppe heruntergefallen, wie man so schön sagt.«

»Ist es meine Schuld?«

»Schuld hat ihr Kerl. Als er erfahren hat, daß sie die Arbeit im Stich gelassen hat, um dir zu helfen, hat er sie geschlagen.«

Diese Nachricht schmerzte Caterina, und sie fühlte sich unbehaglich, denn sie wußte, daß sie nichts tun konnte, um der Ärmsten zu helfen.

»Wenn du sie siehst, sag ihr, daß ich sie gern habe«, flüsterte sie.

»Wir sind arme Teufel, Caterina. Wir führen ein Sklavenleben«, entgegnete die Frau bitter.

Marco wohnte diesem schwierigen Gespräch schweigend bei.

Im Licht der Straßenlaternen sah Caterina auf den Wangen von Marinella die Spuren der schwarzen Wimperntusche, die sich mit ihren Tränen vermischte.

»Meine arme Freundin«, sagte sie und umarmte sie spontan.

Im gleichen Moment schien der Weltuntergang auszubrechen. Blitzlichter gingen auf die Schriftstellerin und die Prostituierte nieder und blendeten sie in ihrer Umarmung. Marco stellte sich schützend vor sie, in der Absicht den beiden Frauen zu helfen, auch wenn er weder wußte, vor wem noch wovor.

»Hau ab, Caterina! Hau ab«, schrie Marinella. »Wir werden fotografiert!«

Die Blitzlichter leuchteten ununterbrochen und kamen aus einem Auto, das halb auf dem Bürgersteig geparkt war.

»Sie haben uns ausgetrickst«, sagte Marco, während das Auto aus dem die Fotos gemacht worden waren, mit quietschenden Reifen davonfuhr. Er war sicher, daß hinter diesem unangenehmen Vorfall seine Frau steckte.

2

Caterina parkte ihren cremefarbenen Volvo vor der Eingangstür des Hauses in der Via Rossini, in dem ihre Mutter lebte. Vor vierzig Jahren hatten ihre Eltern Elena und Alcide von der Erbschaft der Großmutter Evarista eine schöne Wohnung in einem Haus aus dem vorigen Jahrhundert gekauft. Die Großmutter hatte ihren Kindern und Enkelkindern etliche Häuser sowie Grundbesitz, antike Möbel und zinsbringende Anlagen hinterlassen.

Elena hielt diese Wohnung für das Symbol dessen, was sie erreicht hatten, das greifbare Zeichen des Wohlstands, den man zur Schau stellen konnte, vor allem gegenüber der Tante Maria Gusmaroli, die im angrenzenden Haus in der Via Vivaio wohnte. Endlich konnte Elena ihr beweisen, daß »dieser Hungerleider Alcide«, wie die Tante ihn nannte, sich eine ebenso vornehme Wohnung wie sie leisten konnte.

Zu jenem Zeitpunkt hatte sich Tante Maria schon an die Demütigungen gewöhnt, die ihr die Familie Belgrado beibrachte. Als Caterina Bernardo Branzi heiratete, hatte sie lediglich den Kopf geschüttelt, so daß ihre schlaffen Wangen zu wackeln begannen, und nur einen kurzen Kommentar abgegeben: »Die Welt ist auch nicht mehr das, was sie früher einmal war.«

Wenn sie Elena traf, die elegant gekleidet aus der Tür des Hauses trat, brummte sie: »In was für einer Welt leben wir bloß?! Jetzt tragen schon die Gemüsehändlerinnen ein Hütchen.«

Sie war mit fast hundert Jahren in einem Altersheim für alleinstehende Frauen gestorben, ihre Kinder und Enkel hatten sie dort nie besucht. Nur Elena und Caterina, die Mitleid mit ihr hatten, vergaßen sie nicht. Sie brachten ihr Blumen und Bonbons, die sie mit Würde annahm, ohne die beiden deshalb für etwas anderes als zwei arme, von Unvernunft gezeichnete Frauen zu halten, eben Nachkommen ihrer hitzköpfigen Schwester Luigia. Waren sie jedoch gegangen, wurde der hochmütige Blick der Alten traurig, und ihr kamen die Tränen.

»Ich habe mein ganzes Leben dafür gekämpft, das Ansehen meiner Familie zu steigern, und jetzt bin ich niemandem mehr nützlich. Sie haben mich in dieses Altersheim für Reiche eingeschlossen, in dem es mir an nichts fehlt, außer an Zuneigung.« Sie trocknete sich die Tränen mit einem kleinen Taschentuch aus Seide und gab am Ende zu: »Die wenigen schönen Augenblicke, die mir noch geblieben sind, verdanke ich euch. Danke, daß ihr gekommen seid. Gott wird es euch danken.«

Jetzt wohnte in Tante Marias ehemaliger Wohnung eine ihrer Enkelinnen, Annalaura, die genauso alt war wie Caterina. Sie glich der Großmutter aufs Haar: sie war genauso hochmütig und geringschätzig. Als sie Kinder waren, hatte sich Annalaura allenfalls dazu herabgelassen, Caterina zu grüßen, denn die Großmutter ermahnte sie: »Annalaura, Gott mag keinen Hochmut. Man verachtet die einfachen Leute nicht. Gib der armen, kleinen Caterina ein Küßchen.«

Caterina empfand diese auferlegte Herzlichkeit als die schlimmste Demütigung von allen, aber trotzdem gab sie sich Mühe, nett zu sein, und lud Annalaura zum Spielen ein.

»Nein danke«, antwortete das Mädchen. »Ich will mir nicht das Kleid schmutzig machen«, erklärte sie, während sie mit der rundlichen Kinderhand über das geraffte Oberteil ihres rosafarbenen Taftkleides fuhr und auf das einfache Kleidchen Caterinas schaute, das geflickt und nicht immer das sauberste war.

Mit zwanzig sah sie aus wie ein aufgeblasener Hefekloß und sie tat weder etwas, um ihre Neigung zur Fettleibigkeit einzudämmen, noch um den dunklen Haarflaum auf ihrer Oberlippe zu entfernen.

Caterina war dagegen ein auffallend gutaussehendes Mädchen, dessen Schönheit auch die einfache Kleidung nichts anhaben konnte.

Wenn sich die beiden Cousinen auf der Straße begegneten,

grüßten sie sich und tauschten hastig ein paar Höflichkeiten aus. Annalaura versuchte immer zu sticheln. Caterina lächelte nur und ging dann weiter.

Einmal trafen sie sich zufällig auf dem Corso Vittorio Emanuele. Die Cousine befand sich in Begleitung zweier Freundinnen und eines jungen Mannes, der einen Schnurrbart wie Clark Gable trug.

Annalaura sah sie, schien sie aber dennoch ignorieren zu wollen, woraufhin Caterina schnurstracks auf die kleine Gruppe zuging.

»Ciao, Annalaura«, rief sie und fing dabei unbekümmert den giftigen Blick auf, der einen hätte töten können. »Ich bin's, deine Cousine, erinnerst du dich an mich?« beharrte sie mit einem Lächeln, das ihre vollen, weichen Lippen und die schönen Zähne zur Geltung brachte.

»Zweiten Grades«, präzisierte Annalaura in einem hochmütigen Ton.

Dann mischte sich der gutaussehende Junge ins Gespräch ein: »Warum hast du denn dieses herrliche Wesen vor uns geheimgehalten?«

Annalaura war gezwungen, sie einander vorzustellen.

So erfuhr Caterina, daß der gutaussehende junge Mann der letzte Sprößling der Mailänder Familie Branzi war. Sie handelten seit 1819 mit Antiquitäten und besaßen ein Geschäft in der Via Manzoni und weitere in Rom, Cortina und Santa Margherita Ligure. Sie erfuhr, daß er Bernardo hieß, an der berühmten Mailänder Bocconi-Universität studiert hatte und der ältere Bruder von Arianna war, der besten Freundin von Annalaura. Keiner von ihnen hätte sich damals vorstellen können, daß er ihr Ehemann werden würde. Eine Tatsache, die bei der Familie Gusmaroli großen Verdruß hervorgerufen hatte, denn sie hatten große Hoffnungen auf eine zukünftige Verbindung mit Annalaura gesetzt.

»Erzähl doch mal von dir«, warf Arianna Branzi ein, als Caterina an die Reihe kam. Die junge Gusmaroli ergriff die Gelegenheit, um die Hinzugekommene wie gewöhnlich zu kränken.

»Caterina ist unsere Welt ein wenig fremd«, erklärte sie mitleidig.

»Was soll das heißen?« fragte Bernardo voller Neugier.

»Meine Cousine«, unterbrach Caterina, »versucht euch klarzumachen, ohne mich dabei beleidigen zu wollen, daß ich arm, aber stolz bin, nicht immer die Messe besuche, abends mit Freunden ausgehe, und daß ich ein plumpes und grobes Benehmen habe. Kurz gesagt, ich bin keine Person, mit der man verkehren sollte. War es nicht das, was du sagen wolltest, Annalaura?«

Die Cousine wurde rot wie eine Tomate.

Trotzdem sagte sie: »Wie könnte ich das Gegenteil behaupten?«

Jetzt, nach vierzig Jahren, während sie den Wagen in der Via Rossini parkte, erinnerte sie sich mit einem Lächeln an diesen Streit aus längst vergangenen Jugendtagen. Auch später noch, wenn sie ihrer Cousine zufällig in der Via Vivaio begegnete, hörte sie sie brummeln: »Die Dirnen haben alle unverschämtes Glück«, womit sie auf die Tatsache anspielte, daß sie selbst eine alte Jungfer geblieben war. Caterina betrat die Eingangshalle im Haus ihrer Mutter. Die Portiersfrau erkannte sie.

Sie kam aus ihrer Portiersloge heraus, um sie zu begrüßen und ihr den Fahrstuhl zu holen. Neugierig betrachtete sie Caterina.

Sie suchte auf Caterinas Gesicht nach den Spuren der Gewalt, von der die Zeitungen geschrieben hatten, sah aber nur einen kleinen bläulichen Rand unter der dunklen Sonnenbrille hervorscheinen.

Caterina läutete an der Wohnungstür, und Milgrado, die Hausangestellte aus El Salvador, öffnete ihr. Unter Lachen und einem Schwall von Worten sagte sie ihr, wie sehr sie sich freue, sie gesund und munter zu sehen, und daß Signora Elena sehr launisch und ungehörig gewesen sei: »Sie will die Medikamente nicht nehmen. Sie sagt, sie sei nicht krank, aber sehr traurig, weil ihre Tochter sie nie besuchen kommt.«

Caterina schenkte den Worten der Frau keine große Beachtung. Milgrado war seit zehn Jahren bei ihrer Mutter und wiederholte jedesmal die gleiche Litanei. Elena saß auf einem Korbsessel vor der weit geöffneten Tür, von der man auf die blütenübersäte Terrasse blickte.

Ihre zerbrechlich wirkenden, mageren Finger hantierten nervös mit Garn und Häkelnadel. Sie häkelte weiße Deckchen in jeder möglichen Form und Größe, die sie als Geschenke an die Enkelkinder und an die wenigen Freunde verteilte, die sie noch besuchen kamen. Ununterbrochen lief das Radio. Ihr Gehör war schwächer geworden, daher konnte sie den Sendungen nicht mehr folgen, aber die Geräuschkulisse leistete ihr Gesellschaft.

Mit den Jahren war sie gebeugt und hager geworden. Sie machte den Eindruck eines verletzten Vogels, und Caterina wurde manchmal traurig, wenn sie daran dachte, was für eine energische und willensstarke Frau sie gewesen war. Nichts erinnerte mehr an das schöne Mädchen, das von Alcide leidenschaftlich umworben worden war, oder an die strenge Mutter, die sich mehr als einmal entschieden in ihr Leben eingemischt hatte. Einzig und allein die vollen und seidigen Haare, die inzwischen weiß wie ihre ohne Unterbrechung gehäkelten Deckchen waren, erinnerten an ihre frühere Schönheit. Sie hatte sogar das zwanghafte Beten des Rosenkranzes aufgegeben. Meßbücher, Heiligenbildchen und kleine Weihwasserbecken hatten ihren Platz den Zeichnungen der Enkel und Urenkel überlassen müssen; diese bunten Kritzeleien rührten sie.

Caterina fragte sich oft, wie nun der wirkliche Charakter ihrer Mutter beschaffen war: war es der weise und gelassene von heute oder der strenge und besitzergreifende von früher?

Im Radio wurde Musik gesendet. Elena, die mit dem Gesicht zur Terrasse gewandt dasaß, häkelte wie immer. Ihr Blick fiel auf üppig wachsende Petunien in allen Farben.

»Ciao, Mama«, grüßte Caterina sie.

Im Spülbecken benetzte ein feiner Wasserstrahl ein großes Stück Wassermelone. Auf dem Küchentisch stand eine Schüssel mit eben gedünstetem Gemüse, von dem noch der Dampf aufstieg.

»Was hast du denn diesmal schon wieder angestellt?« waren die ersten Worte Elenas als Antwort auf die Begrüßung.

Caterina überhörte die Frage.

»Mama, hast du schon Kaffee getrunken?« fragte sie. »Ich hätte gern welchen«, ergänzte sie und beugte sich hinunter, um der alten Frau einen Kuß auf die Stirn zu geben.

Elena beobachtete sie durch ihre dicken Brillengläser.

»Warum hast du dich wie ein indischer Betbruder angezogen?« fragte sie kalt. Caterina hatte eine leichte Tunika aus weißer Seide mit langen, engen Ärmeln an. Dazu trug sie schmale Hosen aus dem gleichen Stoff und flache Sandalen mit einer goldenen Zierleiste.

Alles war von einer Schlichtheit, die beinahe aufgesetzt wirkte. Erneut ignorierte Caterina die provozierende Frage ihrer Mutter.

»Du bist immer noch sehr schön«, bemerkte Elena mit Anerkennung in der Stimme. »Man sieht dir dein Alter nicht an.«

»Danke, Mama«, lachte Caterina.

»Jetzt macht uns Milagro gleich Kaffee«, ordnete die Mutter an.

»Ich habe gesehen, daß sie dabei ist, die Fenster im Wohnzimmer zu putzen. Laß sie in Ruhe arbeiten.« Caterina schloß die Tür zur Küche.

»Immer muß man alles so tun, wie du es willst«, brummte Elena und legte ihre Handarbeit nieder.

»Ich wollte nur ein wenig mit dir allein sein«, erklärte Caterina, während sie das Espressokännchen auf die Gasflamme stellte.

In der Mitte der Zimmerdecke hing ein alter Ventilator, der es allerdings nicht schaffte, ein wenig frische Luft ins Zimmer zu bringen. Caterina gab den Zucker in die kleinen Tassen, während der Kaffee langsam aus dem Filter tropfte.

Die alte Frau schaute auf den Ventilator, als ob er ein Feind wäre: »Mach das Radio aus – und dieses verfluchte Ding da, von dem ich noch eine Lungenentzündung bekommen werde.«

Caterina gehorchte. Dann rückte sie einen Hocker an den Sessel ihrer Mutter heran, stellte die kleinen Tassen auf ein Tischchen und setzte sich neben sie.

Elena hatte ein Kleid aus Wollstoff an, trug schwarze, dicke Strümpfe, Winterpantoffeln und einen hellblauen Schal um die Schultern.

»Wenn du willst, hole ich dir auch eine Decke«, bemerkte Caterina lächelnd.

»Warte nur, bis du in mein Alter kommst, dann kannst du kritisieren«, belehrte sie sie.

»So viele Jahre trennen uns ja gar nicht.«

»Das Geburtsdatum hat überhaupt keine Aussagekraft«, protestierte Elena.

»In deinem Fall ist das richtig. Deine Gesundheit läßt noch jeden neidisch werden«, stellte Caterina fest.

»Hör auf mit den Komplimenten. Erzähl mir lieber, was dir dieses Mal wieder passiert ist«, wiederholte sie.

Caterina lächelte.

»Mama, ich dachte, du würdest mich fragen, wie es mir geht. Deine besondere Fähigkeit ist dagegen der Angriff. Du bist einfach nicht von der Überzeugung abzubringen, die dich nie verläßt daß ich in meinem Leben nur Fehler machen kann.«

»Das ist nicht wahr, und das weißt du auch. Aber du bist wie das Obst, das sauer vom Baum fällt und danach nicht mehr nachreift. Du bist sechzig Jahre alt, aber dennoch ein junges Mädchen geblieben«, entgegnete Elena mit Gelassenheit.

Caterina stieß einen Seufzer der Resignation aus, dann leerte sie ihre Tasse Kaffee. Die Beziehung zwischen ihr und ihrer Mutter war immer schon konfliktreich gewesen, wobei sie sich gegenseitig die Schuld dafür gaben. Caterina hätte gern eine Mutter gehabt, die ihr beistand, Elena eine Tochter, die fügsam und nachgiebig war. Beide spürten das nie erfüllte Bedürfnis, in den Armen der anderen Trost zu finden und sich zu sagen, wie gern sie sich hatten. Aber immer wenn eine von beiden ein Zeichen der Annäherung gab, zog sich die andere um so mehr zurück.

Im Lauf der Jahre entdeckte Caterina an sich selbst eine Härte, die an Großmutter Evarista erinnerte, so wie Elena eine gewisse Rauheit zeigte, die sie wohl von den Tanten mütterlicherseits geerbt hatte.

»Mama, hast du nicht wenigstens einmal ein nettes Wort für mich?« warf ihr Caterina vor.

»Du gibst mir keine Gelegenheit dazu«, protestierte Elena. »Glaubst du, ich habe mich über die Nachrichten gefreut, die ich in der Zeitung über dich lesen mußte? Wenn du mit deiner Mutter zusammenleben würdest, wie jede alleinstehende, anständige Frau, wärest du nicht solchen Gefahren ausgesetzt. Trotz deines Alters hast du noch Lust, die Welt auf den Kopf zu stellen. So wie ich mich in deiner Kindheit um dich gekümmert habe, solltest du dich um mich kümmern, jetzt wo ich alt geworden bin. Du dagegen verkehrst mit deinen unvernünftigen Freundinnen und hast keinen Ehemann, der sich deiner annimmt. Und jetzt weiß nur Gott allein, was du mit diesem Marco Honneger anstellst, die Begegnung mit ihm hat dir schon damals nur Schaden eingebracht.«

Caterina stand abrupt auf und ging auf die Terrasse. Sie war wütend. Die mütterlichen Klagen, oft wiederholt und daher eigentlich wirkungslos, hätten sie gleichgültig lassen sollen, aber sie trafen sie wie Dolchstiche ins Herz. Sie stellte sich neben einen Lavendelstrauch, der üppig in einem großen Tontopf wuchs, und atmete den Duft der kleinen violetten Blüten ein. Sie schaute auf den Innenhof. Balkontüren und Fenster waren geschlossen. Die Nachbarn im Haus ihrer Mutter waren in die Ferien gefahren. Im Grunde genommen hätten auch bei ihr Diebe eindringen und sie sogar umbringen können. Auch Elena hätte das passieren können, was ihr passiert war. Warum versteifte sich ihre Mutter so darauf, sie zu beschuldigen?

Sie ging in die Küche zurück und griff sie mit Worten an.

»Findest du nicht, man sollte endlich aufhören mit dieser Geschichte von Marco Honneger? Mama, ich bin alt. Ich weiß nicht, ob du das schon bemerkt hast. Vielleicht bin ich sogar älter als du. Ich habe genau wie du ein Anrecht darauf, in Frieden gelassen zu werden und ein freundliches Wort oder eine zärtliche Geste zu bekommen. Ich bin nicht wie du. Ich bin nie so gewesen. Und ich werde es auch nie sein. Ich habe Fehler begangen, das ist wahr. Aber du, bist du sicher, dich nie geirrt zu haben?« forderte sie Elena heraus.

»Ja, davon bin ich überzeugt. Aber ich habe nur einen Mann kennengelernt, und den habe ich geheiratet. Du hast viele kennengelernt, zu viele ...« Elena beendete den Satz nicht.

»Das ist es also, was du von mir denkst? Und um dich in deiner Meinung bestätigt zu sehen, hast du dir eine Moral zurechtgestrickt, die üble Nachrede, Mißbräuche und Gewalttaten toleriert, aber kein unehelich geborenes Kind.«

Caterina schwieg, von der Gewalt ihrer eigenen Worte überrascht.

Elena nahm mit einer langsamen Bewegung ihre Brille ab und wischte eine Träne ab.

3

»Es tut mir leid«, flüsterte Caterina.

»Das sind schreckliche Vorwürfe, die du da gegen mich erhebst«, schluchzte Elena.

»Ich weiß«, entgegnete die Tochter leise.

»Ich hatte keine Wahl. Damals war es untragbar, daß ein Mädchen seinen guten Ruf verlor, und die Pflicht der Mutter war es, auf sie aufzupassen. Ich fühlte mich schuldig, weil ich dir nicht genug Beachtung geschenkt hatte. Andererseits hätte Marco dich nie geheiratet. Ich fühlte mich – stellvertretend für dich – verletzt und beleidigt, weil du nur ein amüsantes Abenteuer für einen reichen Jungen gewesen warst. Wir wagten damals nicht, der Meinung der Leute zu trotzen. Und wir waren auch nicht so arm, als daß wir auf das Mitleid der Nächsten hätten zählen können. Kannst du dir überhaupt vorstellen, was für ein Leben du als ledige Mutter hättest führen müssen? Dachtest du wirklich, ich hätte allein gegen die Vorurteile der Welt ankämpfen können? Ich hätte dich nach Sacile, zu Großmutter Evarista schicken können. Sie hätte dich vielleicht aufgenommen. Aber du, hättest du das Leben einer Bäuerin führen wollen? Und dann, sei ehrlich, wolltest du dieses Kind wirklich?« fragte Elena sie und schaute ihr tief in die Augen.

»Nein, ich wollte es nicht«, gab Caterina zu. »Ich wollte nur den Mann, den ich liebte und den ich für immer verloren hatte.«

Eine Amsel setzte sich auf das Geländer der Terrasse und bewegte neugierig den Kopf, während sie zur den zwei Frauen im Halbschatten der Küche hereinschaute. Die Pendeluhr im Vorzimmer schlug elf Mal. Das Telefon klingelte. Caterina stand auf, um abzuheben.

»Laß es läuten«, sagte Elena und hielt sie dabei am Arm fest. »Das Telefon ist eine der unpassendsten Erfindungen unserer Zeit. Es unterbricht solch bedeutende Augenblicke wie diesen jetzt. Wenn du wüßtest, seit wie vielen Jahren ich darauf gewartet habe, mit dir darüber zu sprechen. Ich hatte die Hoffnung fast aufgegeben. Du hast dich mir so selten anvertraut«, bedauerte die Mutter.

Das Telefon schwieg und die Amsel ließ sich auf einem Blumentopf mit Oleander nieder und pickte in der Erde herum.

»Es war nicht einfach«, sagte Caterina. »Ich wollte deinen Beistand, während du dich mir gegenüber immer wie ein strenger Richter verhalten hast«, beklagte sie sich.

»Du hattest doch eine Großmutter, die immer auf deiner Seite stand«, erinnerte sich Elena. »Reichte dir das nicht?«

»Mit dir habe ich nur in meiner Kindheit einige vertrauliche Augenblicke erlebt, damals, als wir nach Sacile geflüchtet waren. Du fühltest dich allein und suchtest meine Hilfe. Weißt du noch, wie traurig du warst? Da habe ich versucht, dich zu beschützen. Das waren die schönsten Tage zusammen mit dir. Die kleine Eva hatte mich mit ihrem Mystizismus angesteckt«, sagte Caterina und fügte hinzu: »Ich lebte abgehoben zwischen Himmel und Erde.«

»Vielleicht war es auch der Hunger, der dich aufsteigen ließ«, scherzte Elena und lachte sie dabei an.

»Dann kam Papa nach Mauthausen. Du mußtest Tag und Nacht arbeiten und hattest nie Zeit für mich.«

»Die Ängste und Sorgen ließen mir keine Ruhe«, rechtfertigte sie sich und ergänzte: »In den seltenen ruhigen Augenblicken, wenn ich dir ein wenig Aufmerksamkeit schenken konnte, warst du mit deinen Gedanken ganz woanders. Gott allein weiß, woran du dachtest! Deine Gedanken waren eine Art Bunker, unangreifbar.«

»Du wolltest mich immer nur bremsen. Du konntest nur nein sagen.«

»Selbstverständlich. Es reichte ja schon die Nachsicht deiner Großmutter«, beharrte Elena.

»Ich hätte sie von dir gewollt«, beschwerte sich Caterina.

»Du hast immer deinen Kopf durchgesetzt. Und du hast recht bekommen. Du bist reich und berühmt geworden.«

»Das sieht nur so aus.«

»War es nicht das, was du wolltest?«

»Ich weiß es nicht. Mir ist es nie gelungen, meinem Leben einen Sinn zu geben. Tatsache ist, daß ich mich nicht leiden mag und auch nie leiden mochte. Ich halte nicht viel von mir selbst. Ich fühle mich als eine Frau ohne Eigenschaften.«

Elena schaute mit zärtlicher Verwunderung auf ihre Tochter.

»Was hättest du denn machen wollen?« fragte sie.

»Ein gutes Buch schreiben, zum Beispiel. Aber dazu bin ich nicht fähig. Ich denke dabei an vom Wind verwehte Heidelandschaften, an sonnenverbrannte Steppen, an stürmische Meere, an die Sonnenblumen der Provence, an Nordlichter und an ergreifende Orgelklänge, die sich in der Weite eines Kirchenschiffs verlieren. Ich denke an all die Autoren, die in der Lage gewesen sind, so etwas in glühenden Farben zu schildern. Und dann sehe ich meine mittelmäßigen Fähigkeiten, meine armseligen Schwächen, meinen Mangel an Großmut vor mir und denke: Ich werde nie ein gutes Buch schreiben, denn ich bin in allem nur durchschnittlich«, gestand Caterina.

»Früher oder später wirst du es schreiben«, machte ihr Elena Mut. »Ich glaube, du hast das Talent dazu.«

»Das Talent für kleine Dinge. Mir gelingen keine echten Handlungen, keine Gedanken von denkwürdiger Einfühlsamkeit.«

»Was heißt denkwürdig? Viele Leute würden ihr Leben gern mit deinem tauschen. Ich bin immer eine einfache Frau gewesen, habe ein einfaches Leben gelebt und werde vor Gott für meine Sünden einstehen. Das ist alles. Was kann es Denkwürdiges in einem Leben geben, außer der Tatsache, daß man geboren wird und stirbt? Sei zufrieden mit dem, was du bist, und bringe in Frieden die Zeit zu, die dir noch bleibt«, riet ihr Elena zärtlich.

»Amen«, entgegnete Caterina mit einem Lächeln. Wieder einmal, trotz der gegenseitigen Bereitschaft, hatten sie einander nicht verstanden.

Die Hausangestellte klopfte an die Küchentür. Caterina stand auf, um zu öffnen, und in genau diesem Augenblick spürte sie einen stechenden Schmerz im Kopf. Sie hielt sich am Tisch fest, um nicht zu stürzen. Der Schmerz war so stark, daß sie nur mit Mühe ein Klagen unterdrücken konnte.

»Signora, fühlst du dich schlecht?« fragte Milagro.

Der Schmerz legte sich, und Caterina deutete ein Lächeln an.

»Es ist nichts«, sagte sie. »Mir war nur ein bißchen schwindelig«, spielte sie den Vorfall herunter.

»Du Arme, du bist ganz blaß«, bemerkte die Frau.

Wieder fing das Telefon zu läuten an. Milagro ging in die Diele, um zu antworten.

»Es ist Doktor Stanis«, verkündete sie. »Er will mit dir sprechen, Signora.«

»Da bin ich, mein Sohn«, sagte Caterina, während sie zum Hörer griff.

»Ich hoffe, ich habe dich nicht gestört. Bijou hat mir gesagt, daß du bei Großmutter bist, und ich wollte dich fragen, ob du Lust hast, mit mir zu essen. Nur du und ich, allein«, schlug Stanis vor.

»Was ist los? Bist du nicht im Krankenhaus?« fragte Caterina argwöhnisch.

»Genau. Du könntest vorbeikommen, und dann führe ich dich aus. Aber vorher würde ich gern die Gelegenheit nutzen und dich richtig untersuchen. Immer wieder entwischst du mir!«

»Ist etwas nicht in Ordnung?« fragte sie und erinnerte sich dabei an das plötzliche Unwohlsein von gerade eben.

»Wie kann ich dir eine Antwort geben, wenn ich dich nicht untersuche?«

Caterina kannte die verschiedenen Stimmlagen ihres Sohnes.

Jetzt bemerkte sie in seinem Tonfall eine gewisse Sorge. Sie beschloß, ihm entgegenzukommen.

»Was für eine Art von Untersuchung?«

»Eine Computertomographie zum Beispiel. Erinnerst du dich, du bist mit dem Kopf auf die Treppenstufe aufgeschlagen? Kurz gesagt, ich will nur sichergehen, daß meine Mama in bester Form ist.«

»Also da kannst du ganz beruhigt sein, denn mir geht es sehr gut«, log sie. Caterina haßte Untersuchungen im Krankenhaus und war fest entschlossen, jede Art von Untersuchung abzulehnen. Sie hörte, wie ihr Sohn einen Seufzer der Resignation ausstieß.

»Wie du willst«, sagte er zu ihr. »Die Einladung zum Essen bleibt aber weiterhin bestehen.«

»Es tut mir leid. Laß uns das an einem anderen Tag machen. Heute habe ich schon etwas vor«, zog sie sich aus der Affäre.

»Und wie geht es Großmutter?« beharrte Stanis.

»Blendend. Alle Medikamente, die du ihr verschreibst, wirft sie weg. Vielleicht hat sie deswegen die achtzig schon überschritten«, scherzte sie.

»Grüß sie von mir und sag ihr, daß ich in den nächsten Tagen vorbeikommen werde.«

»Danke, Stanis. Wir sehen uns bald. Umarme auch Grigorij von mir«, beendete Caterina das Gespräch.

Sie blieb gedankenvoll neben dem Telefon stehen. Dann erinnerte sie sich an die Blutprobe, die Stanis bei ihr durchgeführt hatte. Vielleicht hatte ihr Sohn einige besorgniserregende Werte entdeckt.

4

Rechtsanwalt Baraldi betrachtete eine Reihe von Fotografien, die des Nachts auf einem von Bäumen gesäumten Bürgersteig geschossen worden waren. Dann legte er sie mit einer Miene auf den Schreibtisch, die offen zeigte, wie sehr sie ihn anwiderten.

»Das kannst du ihm nicht antun«, sagte er zu Francesca, die ihm gegenübersaß. »Das hat Marco nicht verdient.«

»Wenn ich mich entschlossen habe, die Scheidung einzureichen, bedeutet das, daß ich schwerwiegende Gründe habe, meinen Mann nicht mehr zu wollen. Diese Fotos sagen viel mehr als Worte«, widersprach die Frau.

Der Anwalt warf einen mitleidigen Blick auf sie. Er dachte, daß Schönheit kein Alter kennt, so wie der Groll keine Grenzen, und kam zu der Erkenntnis, daß es Frauen in fortgeschrittenem Alter gab, die ihre Schönheit einem regen geistigen Austausch verdankten; andere dagegen, wie Francesca, schöpften Kraft aus dem Bedürfnis nach Genugtuung für erlittenes Unrecht, gleich, ob es sich dabei um wirkliches oder eingebildetes handelte.

»Diese Fotos«, beharrte er, »sind ideal für zweideutige Interpretationen, die aber keinerlei Bezug zur Realität haben. Das weißt du doch ganz genau.«

»Ich weiß nur das, was ich sehe. Und alle werden es bald sehen. Ich habe das Fotomaterial einer Zeitungsagentur übergeben. Ich sehe schon die Schlagzeilen vor mir: der Architekt Marco Honneger, die Schriftstellerin Caterina Belgrado und die Prostituierte, zusammen auf den Straßen des Lasters«, sagte Francesca betont langsam und mit triumphierender Stimme.

Rechtsanwalt Baraldi wurde wütend: »Ich dachte, ich sollte mich um eine Scheidungsklage kümmern, und nicht um einen persönlichen Rachefeldzug.«

Es schien so, als ob Francesca ihn nicht hören wollte.

»Ich habe schon mit einem Verlag Kontakt aufgenommen, um eine Art Biographie zu schreiben: Geschäfte, Liebschaften und blaues Blut. Ein guter Titel, meinst du nicht? Ich habe einen Sack von Geschichten voller Intrigen über meinen Mann und seine Geliebte zu erzählen. Es wird ein Bestseller werden«, fuhr sie befriedigt fort. Der erfahrene Rechtsexperte sah ein, daß es keine Möglichkeit gab, seine Klientin zur Vernunft zu bringen.

»Francesca, es tut mir leid«, sagte er schließlich, »Marco ist ein Freund von mir. Er ist ein ehrlicher und aufrichtiger Mann. Was mich betrifft, bin ich ein ernsthaft arbeitender Anwalt, und kein Spion, der durch Schlüssellöcher schaut. Es schmerzt mich zu sehen, wie der Neid deine Sinne so vernebelt hat, daß du auf derart kleinliche Mittel zurückgreifst. Ich habe dich immer für eine zartfühlende und verständnisvolle Frau gehalten. Plötzlich erkenne ich dich nicht wieder. Bei dieser Klage werde ich dich nicht vertreten können. Ich habe mich immer korrekt verhalten.« Er erhob sich vom Schreibtisch und öffnete die Tür seines Arbeitszimmers. Es schien ein Abschied für immer.

Francesca, die sich fast mit Verachtung gestraft sah, entbrannte vor Wut. Sie stand ihrerseits auf und baute sich vor dem Anwalt auf.

»Was schmutzige Spiele betrifft, ist deins so alt wie die Erde: man nennt es Männlichkeitswahn. Du und Marco seid schmutzige Machos, immer bereit, sich auf die Seite der Nutten zu stellen und dabei die grundlegenden Rechte der Ehefrau mit Füßen zu treten. Ich brauchte Beweise, um meinen Mann wegen seiner Untreue festzunageln. Deswegen habe ich einen Privatdetektiv engagiert, der ihn mit der Geliebten und der Prostituierten erwischt hat. Es war die Gelegenheit, auf die ich schon lange warte. Aus welchem Grund sollte ich sie nicht nutzen? Ich habe schlecht daran getan, mich an dich zu wenden. Um meine Rechte verteidigen zu lassen, muß ich mir eine Frau als Vertreterin suchen«, sagte Francesca mit sich überschlagender Stimme und verließ die Kanzlei, wobei sie die Tür fest zuschlug.

Unten auf der Straße wartete der Chauffeur auf sie, der sie zum Palazzo Honneger zurückbrachte.

Francesca flüchtete sich in ihr Schlafzimmer, übermannt von den widersprüchlichsten Gefühlen. Sie fühlte sich im Recht, aber ihr gingen auch die Worte des Anwalts Baraldi nicht aus dem Kopf, der immer ein guter Freund gewesen war.

»Gut! Das, was ich gerade tue, gefällt mir auch nicht gerade«, brach es aus ihr heraus, während sie den Umschlag mit den Fotos in eine Schublade schloß. »Aber was soll ich anderes tun, damit ich mich nicht ständig gedemütigt fühle?« schrie sie die Wände ihres Zimmers an. Sie fühlte auf sich das ganze Gewicht ihres Scheiterns lasten, nicht nur als Frau, sondern ebenso als Gattin. Vielleicht war sie noch nicht einmal eine gute Mutter gewesen, da ihre Töchter eine offene Sympathie für Marco zeigten, während sie ihre Bitterkeit einfach nicht zur Kenntnis nahmen.

Jetzt war es soweit. Sie hatte ihr Ziel, das im Lauf der Jahre langsam gereift war, beinahe erreicht. Marcos Krankheit war ein wichtiger Schritt beim Erreichen dieses Ziels gewesen: Sie wollte ihn gedemütigt, ohne Kraft und am Boden zerstört sehen. Dann würde sie ihm vielleicht die Hand reichen, um ihm aufzuhelfen. Sie wollte seine Dankbarkeit, um jeden Preis. Sie wollte für ihn so unentbehrlich wie die Luft zum Atmen sein.

Denn sie liebte ihn immer noch. Sie wollte ihn beherrschen. Sie wünschte sich, daß Marco sie noch verehren würde wie vor vielen Jahren, damals als sie jung waren und sie aus Liebe zu ihm eine Hochzeit hatte platzen lassen: für alle war es damals ein Schlag vor den Kopf gewesen, und sie hatte sich damit die Sympathie ihrer Eltern und vieler Freunde verscherzt. Aber sie war bis über beide Ohren in diesen gutaussehenden und attraktiven jungen Mann verliebt gewesen, den zudem noch der ruhmreiche Glanz eines Kriegshelden umgab.

Sie erinnerte sich an die erste und einzige Modenschau, an der sie als Mannequin teilgenommen hatte. Damals war sie fünfundzwanzig gewesen. Sie führte ein ungestörtes, ruhiges und abgesichertes Leben. Sie hatte eine tadellose Familie, war Lehrerin und hatte gute Aussichten auf eine vortreffliche Eheschließung mit einem jungen Mann ihrer Gesellschaftsschicht, der die traditionsreiche Militärkarriere eingeschlagen hatte.

Alles war in Ordnung. Alles, wie es sein sollte. Ihre Wohnung am Sitz der Militärakademie in Livorno war bereits bezugsfertig. Mit den Jahren hätte es dann Versetzungen gegeben, Beförderungen, eine gewisse Anzahl von Kindern, die üblichen Empfänge und die Anwesenheit bei Militärparaden. So war es zu erwarten, ein Lebenslauf, der in der Familie väterlicherseits gang und gäbe war.

Francesca trug damals, als sie den Laufsteg entlangging, ein smaragdgrünes Kleid und hatte im Publikum, bestehend aus Einkäufern, Journalisten, Damen von Welt und Intellektuellen, ihn entdeckt. Er stach unter den anderen nicht nur durch sein etwas verlegenes Verhalten hervor, sondern vor allem durch seine golden schimmernden Haare, seinen ausdrucksvollen, außergewöhnlich lebendigen und leuchtenden Blick, mit dem er sie betrachtete. Nach der Modenschau war sie sofort nach Hause geflüchtet, dem einzigen Ort, an dem sie sich vor jeder Beunruhigung sicher fühlte.

Aber sie hatte die Rechnung ohne Marco gemacht. Er schaffte es, ein Treffen zu arrangieren, und sie verliebten sich sofort ineinander. Francesca vergaß ihren Verlobten, alle Prinzipien, die ihr Leben bis dahin bestimmt hatten, und gab ihrer Jungfräulichkeit, wohlgehütet für die Hochzeitsnacht, den Abschied.

Sie drückte Marcos nackten Körper an sich, und es schien ihr, die ganze Welt in den Armen zu halten. Sie strömte über vor

Lust und dem Bedürfnis nach Zärtlichkeit, als sie in der kleinen Wohnung von Marco auf der Piazza Cordusio erschienen war. Bevor sie ihn, diese Art blonden Engel getroffen hatte, war Sex etwas Unverständliches und Mysteriöses gewesen, über das man sich lang und breit mit den Freundinnen unterhielt, aber die Praxis war ihr völlig fremd. Vier Jahre an der Universität und der Abschluß in Literaturwissenschaft hatten ihr die Geheimnisse der Grammatik enthüllt und sie spitzfindige Interpretationen von Gedichten und Briefen verstehen lassen, aber absolut nichts von der Liebe. In der zweijährigen Verlobungszeit mit dem stattlichen Marineoffizier war es ihr nur gelungen, sich hinter dem Rücken ihrer Mutter küssen zu lassen. Weiter als bis dahin hatte der zukünftige Ehemann nicht vorzudringen gewagt. Marco hatte sie beim zweiten Treffen in seine Wohnung gebracht, und sie hatte sich ihm, zwar unter Tränen und Seufzern, aber ohne langes Bitten hingegeben.

»Ich kann Federico nicht mehr heiraten«, hatte sie ihren Eltern sofort danach verkündet.

Sie hatte diese Mitteilung zweimal wiederholen müssen, denn ihre Eltern weigerten sich, sie zu verstehen. Das Haus war schon voller Hochzeitsgeschenke, die Einladungen waren schon abgeschickt, und das Aufgebot hing in der Kirche und im Rathaus aus.

»Warum?« hatte der General ungläubig gefragt.

»Mir ist klargeworden, daß ich ihn nicht liebe«, hatte sie geantwortet.

Daraus war ein Drama entstanden. Ihr Vater hatte wegen der Schande mit Selbstmord gedroht. Ihre Mutter nahm ständig Riechsalz in Anspruch, denn sie wurde wiederholt ohnmächtig. Sie war sich sicher, daß hinter der plötzlichen, aufsehenerregenden Weigerung, den jungen Federico Ricci zu heiraten, ein anderer Mann stecken müsse. Francesca leugnete hartnäckig. Ihre Mutter stöberte daraufhin zwischen den Briefen herum, die ihre Tochter bekam, und fand die Beweise für eine intime Liebesbeziehung. In jenem Moment begann das eigentliche Drama. »Was für ein Skandal, welche Schande!« flüsterte die arme Frau und lief dabei im Haus herum, wie ein Tier in der Falle. Sie mußte diese Entehrung vor dem Gatten verstecken, denn sonst hätte sie selbst die Konsequenzen dafür tragen müssen.

Am Ende beschloß Francesca, der Mutter ihre verzehrende Leidenschaft für Marco Honneger zu gestehen.

»Dem Himmel sei gedankt«, atmete die Frau erleichtert auf. Zum Glück handelte es sich um einen jungen Mann aus bester Familie. »Er wird es wieder in Ordnung bringen, indem er dich heiratet«, entschied sie.

»Jetzt noch nicht, Mama. Nicht bei all den Verpflichtungen, die er hat. Ihm würde die Zeit dazu fehlen«, erklärte die Tochter.

»Wenn er die Zeit hatte, dich zu entehren, wird er sie auch haben, um sich um eine Hochzeit zu kümmern«, entgegnete die Frau des Generals. Sie gewann ihre übliche Entschlossenheit zurück und erschien selbst wie eine Generalin in der Wohnung von Marco. In jenem Moment endete sein Verliebtsein in Francesca, und es begann die Tortur der auferlegten Verlobung.

Francesca verstand, daß Marco sich unbehaglich fühlte, und versuchte die Situation zu retten. »Es ist nicht notwendig, daß wir heiraten. Auf jeden Fall nicht sofort«, sagte sie zu ihm.

Sie war die sanfteste und nachgiebigste junge Frau, der Marco jemals begegnet war. Er wußte nicht, daß sie auch einen eisernen Willen besaß.

Während ihrer langen Verlobungszeit tolerierte sie die häufigen Seitensprünge Marcos. Nur ein einziges Mal verlor sie ihre Ruhe: als sie die Geschichte mit Caterina Belgrado entdeckte. Caterina war eine ihrer Schülerinnen gewesen, und Francesca hatte sie wegen ihrer Aufrichtigkeit, ihrer geistigen Lebhaftigkeit und ihrer entwaffnenden Unschuld geschätzt. Ein paar Jahre später hatte sie sie zufällig wiedergetroffen und war von ihrer Schönheit und ihrem in angenehmer Weise mysteriösen Blick beeindruckt gewesen. Sie hatte die starke Persönlichkeit dieses Mädchens gefühlt und ihr die Türen zu einer faszinierenden Welt geöffnet: der des gedruckten Wortes.

Diese kleine Schlange, die zehn Jahre jünger als sie war, hatte sich gegen sie gewandt und sie verraten.

Francesca bemerkte sofort, daß man hier eine wirkungsvolle Maßnahme ergreifen mußte. Aus diesem Grund ließ sie ihren Vater, den General Damiani, einschreiten. Der Militärangehörige war auch ein feiner Diplomat. Er verstand die Situation auf den ersten Blick und übte mit einem Appell an das Ehrgefühl Druck auf Marco aus. Die junge Rivalin wurde unverzüglich in die Flucht geschlagen, und Francesca trat als Siegerin vor den Altar. Es war ein harter, langer und aufreibender Kampf gewesen, aber am Ende war es ihr gelungen, Signora Honneger zu werden. Am Ziel angelangt, so dachte sie, würde ihr nun niemand mehr den Ehemann wegnehmen können. Aber es brauchte nur wenig Zeit, und es wurde ihr klar, daß niemand ihr einen Mann wegnehmen konnte, der ihr noch nie gehört hatte.

Ihr Mann hatte im Kopf und im Herzen nur für eine Frau Platz, und das war Caterina. Francesca kämpfte auch mit siebzig Jahren noch immer gegen sie. Jetzt endlich war ihr ein Schlag gelungen, der den Sieg versprach.

Baraldi hatte recht: Ihr Spiel war ein schmutziges Spiel, aber in vierzig Jahren hatte sie noch kein besseres Mittel gefunden, um ihren Mann zu bestrafen.

Sie würde einen anderen Anwalt finden, der sie im Scheidungsprozeß vertreten würde, doch einstweilen konnte sie es kaum erwarten, zu sehen, was geschehen würde, wenn die Fotos von Marco und Caterina, die eine Prostituierte umarmten, in den Zeitungen erschienen.

5

Alle waren da, geschlossen und solidarisch hatten sie sich bei Caterina eingefunden.

Die Familie hatte sich ganz spontan versammelt, ohne vorherige Absprache. Sie waren einer nach dem anderen in ihrer Wohnung eingetroffen, denn zum ersten Mal waren es nicht sie, die Caterina brauchten, sondern sie hatte ihre Unterstützung nötig. Diese liebevolle Anteilnahme war eine absolute Neuheit und sehr angenehm.

Stanis war als erster gekommen. Dann folgte, braungebrannt und übermütig lärmend, Nicoletta mit ihren beiden Kindern. Zum Schluß war noch Roberto mit der kleinen Ginevra aus Rom hinzugekommen.

Auch Bernardo Branzi, ihr erster Ehemann, war erschienen. Die Liebe zu Caterina hatte ihn dazu gebracht, das ruhige Dorf bei Bergamo zu verlassen, wo er die heißen Sommermonate verbrachte.

Caterina kam ihm entgegen und umarmte ihn.

»Du solltest kein solches Risiko eingehen«, murmelte sie, denn sie wußte, wie schlecht die schwüle Mailänder Luft für seine Gesundheit war.

»Hört, hört!« entgegnete Bernardo. »Die Jahre vergehen auch für dich, meine Liebe, aber deine Unbesonnenheit ist immer noch die gleiche«, fügte er hinzu und kniff ihr dabei in den verlängerten Rücken.

Caterina warf ihm einen vorwurfsvollen Blick zu und gab ihm einen freundschaftlichen Hieb auf die aufdringliche Hand.

»Schäm dich, Bernardo«, tadelte sie ihn. »In deinem Alter hast du immer noch nicht gelernt, auf deine Hände aufzupassen!«

Dann lächelte sie ihm gutmütig zu, hakte sich bei ihm ein und führte ihn zum Wohnzimmer hinüber, wo sich die anderen aufhielten.

Aber bevor sie die Türschwelle überschritt, sagte sie ihm noch: »Marco Honneger ist auch da. Laß dich bitte nicht zu unpassenden Bemerkungen hinreißen.«

»Wißt ihr, an was ich denken muß?« fing Bernardo an, als er die ganze Familie vereint sah. »Mir kommen die typisch italienischen Beerdigungen in den Sinn, bei denen die ganze Familie zusammenkommt, wenn es einen lieben Verstorbenen zu beweinen gibt.«

Ginevra lief ihm entgegen, um ihn zu umarmen.

»Opa, ich bitte dich«, flüsterte sie. »Benimm dich anständig, oder ich laß dich nie mehr in der guten Gesellschaft verkehren«, drohte sie ihm mit dem liebevollen Tonfall eines kleinen, weisen Fräuleins.

»In Ordnung, Fräulein Naseweis«, entgegnete der Großvater, fuhr dem Mädchen mit der Hand durch die schwarzen Locken und zerzauste sie dabei ein wenig.

Caterina betrachtete Bernardo, ihren Sohn Roberto und die kleine Ginevra. Sie hatten viel Ähnlichkeit miteinander: die eindrucksvolle Nase, die hohen Wangenknochen, die tiefliegenden hellen Augen und das willensstarke Kinn. Es waren die typischen Züge der Langobarden, von denen auch sie abstammte. Ihre beiden anderen Kinder, Stanis und Nicoletta, hatten feiner geschnittene Gesichter und erinnerten mehr an die französische Familie der d'Ormesson.

Die arme Bijou mußte ständig zwischen Wohnzimmer und Küche hin- und herlaufen, um Fruchtsäfte, Mineralwasser und Eistee zu servieren. Es schien ihr, als hätte sie noch nie soviel gearbeitet, wie an diesem Tag, und sie erwartete sehnlichst das Ende des Nachmittags, um abhauen zu können.

Caterina faßte sie am Schürzenband und zerstörte so alle ihre Hoffnungen.

»Heute abend wirst du länger bleiben müssen«, befahl sie ihr im Flüsterton. »Und schnaube jetzt nicht und verdrehe die Augen«, fügte sie in einem Ton hinzu, der keinen Widerspruch duldete.

Dann kehrte sie ins Wohnzimmer zurück, wo Bernardo alle unterhielt.

»Ich hatte ein paradiesisches Fleckchen Erde gefunden, und dann ist es die Hölle geworden«, erzählte er. »Das Haus am Bach, die Flußkrebse für meinen Risotto, aromatisch duftende Kresse und Eimer voll Schnecken nach jedem Platzregen. Ganz zu schweigen von den Pilzen, Beeren, der Katzenminze und den wilden Nelken. Aber dann kamen sie. Und es handelt sich bei ihnen um eine ganze Armee, mit Autos, Bussen, Megaphonen, Verkaufsständen, Plastiktüten und Getränkedosen, und dazu noch die Standarten, die Trompeten und Versammlungen. Da hatte es ein Ende mit der Ruhe und dem Frieden, den mit Blumen bewachsenen Wiesen und den stillen Tagen.« Er deklamierte mehr, als daß er sprach.

»Aber von wem redet er denn?« fragte Nicoletta ihre Mutter leise.

»Er hat doch ein Haus in der Nähe von Bergamo, und zwar genau oberhalb von Pontida, der Wiege der Lega Nord«, erklärte Caterina belustigt.

»Entschuldige bitte, Bernardo«, Nicoletta erhob ihre Stimme, um diese Reihe von Klagen zu unterbrechen. »Wir haben doch andere Dinge zu besprechen, oder nicht?«

»Aber ja«, stimmte Bernardo ihr zu. Dabei schaute er zu Marco hinüber, der etwas abseits saß und dem man die Verlegenheit eines Menschen ansah, der eigentlich lieber woanders sein wollte, anstatt an diesem Gespräch teilzunehmen. Bernardo lächelte ihm zu. »Weißt du überhaupt, wie fotogen du bist! Im ersten Moment habe ich dich gar nicht erkannt. Du siehst wie ein junger Mann aus«, sagte er, und in seiner Stimme schwang ein wenig Neid mit.

Die Anspielung auf das kompromittierende Foto, das in einigen Tageszeitungen erschienen war, führte die Anwesenden zu dem Grund der Familienversammlung zurück.

Während des Sommers, wenn es an brisanten Nachrichten mangelte, diente auch der Name Caterina Belgrado in Verbindung mit einem überaus zweideutigen Bild dazu, die Leser zu fesseln. Die Schriftstellerin war in dem Moment überrascht worden, als sie eine Prostituierte umarmte, während Marco Honneger sie anschaute. Die Zeitungen hatten die Nachricht mehr oder weniger folgendermaßen betitelt: »Die Wahrheit über die Königin der Liebesromane.« Man bezog sich damit auf den wenige Tage zurückliegenden hinterhältigen Überfall, um den Verdacht zu erwecken, daß Caterina und ihr Freund enge Beziehungen zur Welt der Prostitution hätten.

»Es müssen sofort gerichtliche Schritte eingeleitet werden«, forderte Nicoletta. »Mamas guter Name darf keinesfalls durch Berichte und Fotos dieser Art beschmutzt werden.«

»Aber was hat das für einen Sinn? Die Namen Belgrado und Honneger sind über jeden Verdacht erhaben. Als ich die Zeitung sah, mußte ich lachen und dachte mir, daß es für den Roman von Caterina, der in zwei Monaten erscheint, keine bessere Werbung geben könnte«, kommentierte Bernardo den Vorfall.

»Ich bitte dich, Papa! Laß uns keinen Unsinn reden«, entgegnete Roberto wütend.

Ginevra stand neben dem Sessel, in dem die Großmutter saß, und hatte ihren Arm auf die Lehne gestützt. Ihr entging kein Wort des Gespräches. Die Kinder von Nicoletta dagegen hockten auf dem Teppich und waren offensichtlich in einen Phantasiekrieg vertieft, denn sie schrien sich zu: »Ich erschieße dich!«

»Könnte sich vielleicht jemand um diese Kinder hier kümmern?« fragte Caterina.

»Kinder, geht nach nebenan«, befahl die Mutter und fügte hinzu: »Ginevra, geh bitte mit hinüber und behalte sie im Auge.«

Das Mädchen warf einen fragenden Blick auf die Großmutter, die eine größere Autorität besaß.

»Tu, was dir Nicoletta gesagt hat«, bat Caterina.

»Ich frage mich, wer diese Angelegenheit eingefädelt hat und wer so entschlossen sein kann, unserer Mutter schaden zu wollen«, sagte Stanis, kurz nachdem die Kinder den Raum verlassen hatten.

»Zum Opfer ausersehen war eigentlich ich«, mischte sich Marco ins Gespräch. »Man verfolgte und beobachtete mich, um mich in Schwierigkeiten zu bringen.«

Die Blicke der Anwesenden hefteten sich auf den Mann, der im Leben von Caterina schon immer eine geheimnisvolle, unklare, manchmal sogar beunruhigende Rolle gespielt hatte.

»Marco meint Francesca Damiani, seine Frau. Sie ist es, die ihn beschatten ließ«, erklärte Caterina.

»Sie hat es vermutlich kaum glauben können, daß sie, wie man so schön sagt, zwei Fliegen mit einer Klappe geschlagen hat«, bekräftigte Marco seine Worte.

»Warum?« fragte Bernardo.

»Sie will die Scheidung und tut alles, um mich in schlechtem Licht erscheinen zu lassen. Sie wollte beweisen, daß Caterina meine Geliebte ist. Jetzt kann sie die Dosis noch erhöhen. Ihr Ziel ist es, meine Entmündigung zu beantragen«, erklärte er betroffen.

»Um dich ist es wirklich schlecht bestellt«, kommentierte Bernardo.

»Das ändert überhaupt nichts. Wir müssen auf jeden Fall gerichtliche Schritte einleiten«, entgegnete Nicoletta, der die Probleme Marcos völlig gleichgültig waren.

»Ich glaube, daß Mutter nichts und niemandem etwas beweisen muß«, unterbrach sie Stanis. »Wenn die Zielscheibe Marco gewesen ist, wird die Sache mit Mutter schnell in Vergessenheit geraten.«

»Ich bin nicht deiner Meinung. Man versucht, sie in Verruf zu bringen, indem man ihr einen zweifelhaften Umgang andichtet. Ist dir das nicht klargeworden?« griff Roberto ihn an.

»Nein, das ist mir nicht klargeworden«, antwortete Stanis ruhig.

»Na, das ist ja klar, wie könntest du auch?« provozierte Nicoletta ihn.

»Kannst du bitte etwas deutlicher werden«, erwiderte Stanis gereizt, und sein Gesicht färbte sich purpurrot.

»Das ist wohl nicht nötig. Du hast sehr gut verstanden«, behauptete Roberto.

»Roberto hat recht. Gott bewahre, du bist unser Bruder, und jeder, der dir etwas tut, bekommt es mit uns zu tun. Aber unter uns können wir es ruhig sagen: Du bist nicht gerade ein Musterbeispiel für ein ordentliches Leben«, ergänzte Nicoletta.

Caterina preßte die Finger fest in die Sessellehnen und wappnete sich innerlich, dem Schwächsten zu Hilfe zu eilen.

Aus der Küche drang gedämpft das Lachen der Kinder.

»Wenn ihr von musterhaftem Leben sprechen wollt, rate ich euch, besser vor der eigenen Tür zu kehren«, sagte Stanis ruhig. Und er fuhr fort: »Ich bin homosexuell. Na und? Ich besuche keine Pornokinos, ich treibe es nicht mit Straßenjungen, ich stelle keinen Kindern nach. Ich habe einen Freund, mit dem ich mich, Gott sei Dank, gut verstehe. Ich habe eine Arbeit, der ich voller Leidenschaft nachgehe und die mir sehr viel Befriedigung verschafft. Außerdem habe ich eine phantastische Mutter, an die ich mich weder wegen Geld noch wegen anderer Gefälligkeiten wende. Jetzt schaut euch im Spiegel an und beurteilt euch selbst«, brach es aus Stanis heraus, während er abwechselnd strenge Blicke auf Roberto und Nicoletta warf. Die Geschwister schwiegen. Er hatte sie an ihrer empfindlichsten Stelle getroffen. Nicoletta konnte ihren Lebensstandard nur dank der großzügigen Unterstützung Caterinas halten. Roberto verstand die Anspielung auf sein nicht gerade glückliches Eheleben. Erst vor einem Jahr hatte er während einer Geschäftsreise nach Paris einen Unfall gehabt. Als seine Frau in Begleitung von Caterina ins Pariser Krankenhaus kam, hatte sich herausgestellt, daß in den Unfall auch eine junge Frau verwickelt gewesen war, die mit Roberto reiste. Es handelte sich dabei jedoch um keine Geschäftsreise, sondern ein romantisches Liebesabenteuer. Die darauf folgende eisige Atmosphäre wurde durch die ruhige Stimme Caterinas durchbrochen.

»Stanis, erinnerst du dich, als du klein warst und Roberto dich zur Schule brachte? Du gingst in die erste Klasse. Roberto war schon auf dem Gymnasium. Morgens stampfte er ungeduldig mit den Füßen, weil du nie rechtzeitig fertig warst. Du warst immer todmüde und bist fast beim Frühstück eingeschlafen. Weißt du das noch?«

Stanis erinnerte sich, wie sein großer Bruder ihn bei der Hand gepackt hatte. Es fiel ihm schwer, mit ihm Schritt zu halten. Er merkte, daß sein Bruder ihn mitfühlend ansah, und so sagte er zu ihm: »Komm, heb mich auf deine Schultern.« Es gefiel ihm, huckepack auf den Schultern seines Bruders getragen zu werden und von oben auf seine Mitschüler herabzuschauen.

Roberto erinnerte sich, wie seine Freunde, denen er auf dem Schulweg begegnete, ihm frech zuriefen: »He, Branzi! Wieviel bezahlen sie dir, damit du die Kinderfrau spielst?«

Diese provozierenden Rufe berührten ihn nicht weiter, denn er hing sehr an seinem kleinen Bruder. Er erinnerte sich an all die Nachmittage, die sie zusammen verbracht hatten. Er saß in seinem Zimmer am Schreibtisch und lernte Abschnitte aus der Äneis auswendig, auf Lateinisch. Stanis hörte ihm zu und wiederholte mit ihm zusammen die rhythmischen Verse einer Sprache, die er zwar nicht verstand, die ihm aber gefiel.

»Nicoletta, erinnerst du dich, wie du mit deinem kleinen Freund in den Eispalast gingst und Stanis mit dir kommen mußte, damit ich mir keine Gedanken machte?« fuhr Caterina fort.

Nicoletta dachte daran, wie sie ihrem kleinen Bruder ständig Wundertüten mit kleinen Figuren geschenkt hatte, damit er den Mund hielt, bis er einmal zu ihr sagte: »Ich will nicht belohnt werden. Ich habe dir einen Gefallen getan.«

Stanis erinnerte sich an die vielen Male, die Nicoletta ihn an sich gedrückt hatte, um ihn mit Küssen zu überhäufen. Sie hatte ihm den schmutzigen Schokoladenmund abgewaschen, seine Locken gekämmt und ihm geduldig die Schuhe zugebunden.

»Ich bitte euch um Entschuldigung«, sagte Stanis endlich.

»In Wirklichkeit sind wir nur alle ein bißchen durcheinander wegen dem, was unserer Mutter passiert ist. Sie hat immer alles für uns getan, was in ihrer Macht stand. Jetzt ist es an uns, ihr zu helfen. Dies gilt vor allem für mich, denn ich habe ja keine familiären Verpflichtungen.«

»Eigentlich ist es meine Aufgabe, mich um Caterina zu kümmern. Ich war mit ihr verheiratet, und ich bleibe weiterhin ihr bester Freund«, mischte sich Bernardo ein.

»Aber sie muß immer aufbegehren. Von niemandem nimmt sie Ratschläge an, und vor allem möchte sie nicht, daß man sich in ihr Leben einmischt. Wir können ihre Entscheidungen nicht mit allgemeingültigen Maßstäben beurteilen. Es würde mich nicht wundern, wenn sie sich in dieser peinlichen Situation noch wohl fühlen würde. Wir dürfen nicht vergessen, daß Caterina voller Widersprüche steckt.«

»Ich habe noch nicht genau verstanden, ob ihr meine Wohnung belagert, um mir zu helfen, oder um mir den Prozeß zu machen«, warf die Betroffene ein.

»Der einzige, der ihr helfen und beistehen kann, bin ich«, sagte Marco schließlich. Und er fügte noch hinzu: »Ich bin der Auslöser für diesen Skandal. Ich habe noch eine alte Schuld bei ihr zu begleichen, und ich werde alles tun, damit sie in Ruhe leben kann.«

»Was ist das für eine alte Schuld?« fragte Nicoletta neugierig.

»Nicoletta, hör auf damit. Die Angelegenheit geht dich nichts an. Und außerdem ist es unnötig, jetzt abzuschweifen. Laß uns lieber zu unserem Problem zurückkehren. Der Artikel in der Zeitung hat mir Herzflimmern verursacht. Es hat mich sehr froh gestimmt, daß ihr alle gekommen seid, um mich zu unterstützen. Aber ich muß euch auch sagen, daß ich mit Stanis absolut einer Meinung bin. Ich lasse diese Sache einfach fallen. In meinem Alter kann ich es mir erlauben, über gewisse Unterstellungen hinwegzusehen. Und außerdem, es ist mir völlig egal, was mir noch passieren kann«, gestand Caterina.

»Was sagst du?« fragte Marco erstaunt, während auch die anderen sie ungläubig anblickten.

»Ja, meine Herrschaften. Die Wahrheit ist, daß ich müde bin. Alles, was das Leben mir an Schönem und Häßlichem hat bieten können, habe ich bekommen. Um genauer zu sein, muß ich sagen, daß ich mir die Freuden hart erarbeitet habe, während ich die Schmerzen mehr oder weniger als kostenlose Zugabe des Schicksals erhielt. Ich bin des Lebens müde. Ich habe keine Lust mehr zu kämpfen oder mich zu verteidigen.«

Das Schweigen, das den Worten Caterinas folgte, wurde durch ein Schluchzen unterbrochen, das hinter der Wohnzimmertür zu hören war. Caterina stand ruckartig von ihrem Sessel auf und trat auf den Flur.

Die kleine Ginevra stand dort an die Wand gelehnt und weinte.

»Was ist denn mit dir los?« fragte Caterina voller Besorgnis.

»Ich habe alles gehört«, antwortete die Enkelin und schaute sie mit verzweifeltem Blick an.

»Was alles?« fragte die Großmutter.

»Wenn du keine Lust mehr zu leben hast, heißt das, daß du sterben willst«, sagte Ginevra und umarmte sie fest.

6

Caterina wurde klar, daß Ginevra den Sinn ihrer Worte vollkommen begriffen hatte. Sie wußte, daß sie im Leben der Kleinen einen wichtigen Bezugspunkt darstellte, und sah ein, daß sich ihre Enkelin nun verlassen fühlen mußte.

»Ich glaube, wir sollten mal fünf Minuten allein sein und uns dabei tief in die Augen schauen«, sagte Caterina, während sie Ginevra fest an sich drückte.

»Das nützt nichts. Du hast diese schrecklichen Dinge gesagt und dabei gedacht, daß ich sie nicht hören würde. Ich laß mich jetzt nicht von ein paar dummen Worten ablenken«, protestierte Ginevra.

»Du bist zu intelligent, als daß dich jemand, wie du sagst, ablenken könnte. Ich will nur mit dir sprechen«, entgegnete Caterina in zärtlichem, aber ernstem Ton.

»Ach, laß mich in Ruhe«, wehrte sich das Mädchen und befreite sich dabei aus der Umarmung seiner Großmutter.

»Ich denke gar nicht daran. Dieses Thema ist zu wichtig, als daß man es einfach unter den Tisch fallen lassen könnte«, beharrte Caterina. Sie faßte sie am Arm und führte sie aus der Wohnung hinaus.

»Wohin gehen wir?« fragte sie, während die Großmutter auf den Knopf für den Fahrstuhl drückte.

»In die Eisdiele. An einem so heißen Tag wie heute gibt es nichts Besseres, als ein Rieseneis zu essen, wenn man sich Geständnisse anzuvertrauen hat«, versicherte Caterina in einem feierlichen Ton.

»Sollen wir ihnen nicht Bescheid sagen, daß wir weggehen?« fragte das Mädchen, während der Fahrstuhl ins Erdgeschoß fuhr.

»Sollen sie doch ihre unnützen Gespräche zu Ende führen. Sie werden zu dem Schluß kommen, daß deine Großmutter, im Gegensatz zu gutem Wein, mit dem Alter immer schlimmer wird. Wenn sie sich dann beruhigt haben, werden wir zurückkommen«, erklärte sie, während sie auf die sonnenüberflutete Allee traten.

An der Ecke der Piazza gab es eine Eisdiele mit Klimaanlage. Großmutter und Enkelin betraten das Lokal, dessen mit Kletterpflanzen bemalte Wände die Illusion vermittelten, in einem Garten zu sitzen. Die angenehm frische Luft, die lackierten Eisentischchen und die kleinen Korbsessel verstärkten diesen Eindruck noch. Zwei junge Kellnerinnen, ganz in Hellblau gekleidet, standen hinter der Theke und diskutierten leise über die Arbeitszeit und das Trinkgeld. Der kleine Saal war wie ausgestorben. Die beiden unterbrachen ihr Gespräch, und eine der Kellnerinnen brachte ihnen die Eis- und Getränkekarte.

»Guten Tag, Signora Belgrado«, sagte sie. »Sie sind bei dieser Hitze noch in der Stadt?«

»Wenn Sie hier sind, kann auch ich hierbleiben«, antwortete Caterina.

Die Kellnerin hatte wie alle anderen auch die Fotos von Caterina in der Zeitung gesehen. Sie versuchte nun mit aller Kraft, ihre Neugier zu bremsen, um keine indiskreten Fragen zu stellen.

»Zwei Becher mit Vanille- und Schokoladeneis«, bestellte die Schriftstellerin, ohne einen Blick in die Karte geworfen zu haben.

Die Kellnerin entfernte sich, und Caterina betrachtete das Mädchen, das ihr gegenübersaß.

»Ginevra, du bist wirklich schön«, sagte sie ihr lächelnd. »Ich würde gern die Zeit anhalten können, damit du immer so bleiben könntest, so wunderbar vollkommen, von den Jahren noch unberührt, nicht vom Leben gezeichnet«, murmelte sie und streichelte dabei ihre weiche und seidig glatte Wange.

»Aber ich möchte erwachsen werden, Großmutter. Ich möchte Schriftstellerin wie du werden«, widersprach Ginevra.

»Ich weiß nicht, ob ich ein nachahmenswertes Beispiel abgebe«, wandte Caterina ein.

Die Kellnerin kam zurück und stellte zwei große Eisbecher und zwei Gläser Wasser auf den Tisch. Den Kassenzettel steckte sie unter ein Glas. In dem Moment wurde Caterina bewußt, daß sie das Haus ohne Geld verlassen hatte.

»Signora Belgrado, machen Sie sich keine Sorgen«, lächelte ihr die Kellnerin zu. »Dann zahlen Sie eben das nächste Mal.«

»Siehst du, welche großen Vorteile man hat, wenn man berühmt ist?« hob das Mädchen hervor. »Meine Mama hat nirgendwo Kredit.«

»Das sind nicht die Dinge, die wirklich zählen«, sagte Caterina melancholisch.

»Oma, warum bist du denn so sehr müde?« fragte Ginevra, bevor sie einen Löffel voll Eis zum Mund führte.

»Da du an der Tür gelauscht hast, hast du doch auch meine Erklärung gehört«, antwortete sie.

»Ich habe sie aber nicht verstanden«, sagte sie hartnäckig.

»Ich will versuchen, es besser zu erklären. In meinem Alter passiert es, daß man sich schwach fühlt. Du glaubst, ich wäre unfehlbar. So ist es nicht. Ich fühle mich unsicher und zerbrechlich. Was machst du nun mit einer Großmutter, die so durcheinander ist wie ich?«

»Sehr viel. Du bist meine Lieblingsoma. Du bist außerdem die unterhaltsamste Person, die ich kenne. Ich habe dich unheimlich lieb«, flüsterte Ginevra.

»Ich habe dich auch sehr lieb«, versicherte Caterina.

»Also, dann schwöre mir, daß du mich nie verläßt.«

»Das kann ich leider nicht. Großmütter sterben, alle«, entgegnete Caterina.

»Aber nur, wenn sie so alt sind wie Urgroßmutter Elena. Du bist fast noch so jung wie ich. Meine Mama sagt immer zu meinem Papa: ›Deine Mutter muß einen Pakt mit dem Teufel geschlossen haben. Mit sechzig sieht sie noch aus wie ein junges Mädchen.‹ Meine Mama hat Cellulitis an den Oberschenkeln«, erklärte Ginevra in einem Ton, der Caterina Kraft geben sollte.

»Das sind nur Äußerlichkeiten. In Wirklichkeit fühle ich mich innerlich so, als ob ich tausend Jahre alt wäre, und das sind zu viele Jahre für jeden von uns. Wenn der richtige Moment kommt, werde ich gehen, so wie auch meine Lieblingsoma gegangen ist. Weißt du, ich hatte auch eine Lieblingsoma«, erzählte Caterina.

»Sie hieß Luigia. Ich weiß. Das war meine Ururgroßmutter. Dann gab es noch die Ururgroßmutter Evarista. Die mochtest du nicht so gern. Sie hatte lange Hände und eine rauhe Stimme. Sie war so geizig, daß sie dich Hunger leiden ließ«, fügte Ginevra hinzu.

»Wer hat dir diese Dinge erzählt?«

»Mein Papa. Er sagte, du hast ihm diese Geschichten als Kind erzählt.«

»Dein Vater hat die Dinge etwas durcheinandergebracht. Es war Krieg, und alle mußten Hunger leiden. Und dann ist es auch nicht ganz richtig, daß ich Großmutter Evarista nicht mochte. Sie war eine tüchtige Frau. Eine echte Matriarchin, wie es sie heutzutage nicht mehr gibt«, stellte Caterina klar.

»Meiner Meinung nach hast du ein Leben wie in einem Roman

geführt. Wie gern würde ich die gleichen Erfahrungen machen«, rief Ginevra begeistert, während sie den Boden des Eisbechers auslöffelte.

»So gern ich dich habe, mein kleines Mädchen, aber ich wünsche dir von ganzem Herzen ein Leben, das weniger verworren ist als das meinige. Ich war nur eine große Pfuscherin. Und jetzt, glaube ich, ist es besser, wir gehen nach Hause«, schlug sie vor und stand dabei vom Tisch auf.

»Du hast recht, denn wenn sie merken, daß du weggegangen bist, werden sie sicher sagen, du suchst wieder neue Schwierigkeiten. Nicht wahr, Oma?« sagte Ginevra lächelnd mit einem verständnisvollen Augenzwinkern.

»Richtig. Aber sie werden unsere Abwesenheit noch gar nicht bemerkt haben, so sehr, wie sie in ihr Gerede vertieft sind.«

»Oma, warum kommst du nicht zu uns, nach Rom?« fragte sie und fügte hinzu: »Ich wäre darüber sehr glücklich.«

»Ich ein bißchen weniger. Ich muß so leben, wie ich es immer getan habe: auf meine Weise«, erklärte Caterina.

Die beiden schlenderten nach Hause.

»Oma, darf ich heute nacht bei dir zum Schlafen bleiben?« bettelte Ginevra.

»Da fragst du mich noch? Natürlich darfst du das.«

»Wir werden ganz dicht nebeneinanderliegen, und du erzählst mir deine Lebensgeschichte, aber die echte. Versprichst du mir das?«

»Versprochen. Aber du darfst sie niemandem weitererzählen.«

»Ganz im Gegenteil, wenn ich eine Schriftstellerin so wie du geworden bin, werde ich sie allen erzählen.«

Caterina betrachtete ihre Enkelin amüsiert.

»Ich hoffe, du meinst das nicht ernst, was du gerade gesagt hast«, bemerkte sie, fügte aber hinzu: »In Ordnung. Ich werde dir genügend Material liefern für eine herzzerreißende Geschichte.«

7

Caterina verbrachte den Abend mit ihrer Lieblingsenkelin, und sie unterhielten sich die ganze Zeit. Es war schön, offen mit diesem Mädchen zu sprechen, das zuhören konnte, ohne zu verurteilen.

»Es tut mir leid, daß Opa und du nicht mehr zusammen seid. Ich habe viele Fotos von euch gesehen. Ihr wart ein schönes Paar«, bemerkte Ginevra und fuhr fort: »Opa ist sehr nett. Schade, daß er sein ganzes Geld verloren hat und jetzt arm ist.« Ginevra lag ausgestreckt im Himmelbett neben ihrer Großmutter und gähnte zwischendurch immer mal wieder.

»Er ist aber nicht so arm, wie du denkst. Er hat noch das schöne Haus oberhalb von Pontida, und ab und zu gelingt es ihm, ein teures, antikes Möbelstück zu verkaufen. Eigentlich geht es ihm ganz gut«, erklärte Caterina und verschwieg dabei, daß sie ihn finanziell unterstützte. Dann sagte sie: »Und jetzt, meine Kleine, machst du die Augen zu und schläfst. Es ist fast Mitternacht, und wir haben einen anstrengenden Tag hinter uns.«

Sie hatten sich zusammen ins Bett gelegt, nachdem die Verwandten, ohne eine Entscheidung getroffen zu haben, gegangen waren.

»Du hast mir noch gar nichts über den Großvater erzählt, den ich nie kennengelernt habe: den Franzosen, wie du ihn nennst«, warf Ginevra ein und versuchte dabei, ihr Gähnen zu unterdrücken.

»Über d'Ormesson gibt es wirklich wenig zu sagen. Er ist wie ein Wirbelwind in mein Leben getreten und hat es auf Zehenspitzen wieder verlassen. Zum Glück. Er ist der unbeständigste Mann, den ich jemals kennengelernt habe. Aber er hat mir zwei wunderbare Kinder geschenkt: Tante Nicoletta und Onkel Stanis. Dafür bin ich ihm dankbar. Weißt du, Ginevra, ich hätte gerne viele Kinder bekommen. Am liebsten acht oder zehn, so wie Großmutter Evarista. Es gefiel mir, schwanger zu sein und das Leben in meinem Schoß zu fühlen, das Tag für Tag wuchs. Alle meine Gedanken und Gefühle waren auf das kleine Wesen konzentriert, das in mir Gestalt annahm. Die Mutterschaft ist eine der größten Gaben Gottes, ein Wunder, über das ich nie zu staunen aufhören werde. Aber eines Tages war d'Ormesson verschwunden. Er brach zu einer von seinen verrückten Abenteuerreisen auf, und niemand hat ihn mehr gesehen. Man sagt, er sei in Afrika gestorben, aber sein Körper ist niemals gefunden worden. Vielleicht haben ihn die Löwen in der Savanne oder die Flußkrokodile gefressen. Vielleicht hat er auch eine andere Frau geheiratet. Es ist komisch, aber ich denke nie an ihn. Andererseits ist er fortgegangen, als Nicoletta und Stanis noch sehr klein waren, und sie haben sich daran gewöhnt, Bernardo als ihren Vater zu betrachten. Er war immer für sie da und sehr großzügig. Im Leben sind nur die Freunde und die Familie von Bedeutung. Die Freunde kannst du an den Fingern einer Hand abzählen. Die Familie bleibt bestehen, wenn einem die Liebe und der gesunde Menschenverstand helfen, das richtige Gleichgewicht zu schaffen.«

Sie drehte sich zu ihrer Enkelin, um ihr übers Haar zu streichen. Ginevra war eingeschlafen. Caterina lächelte und hing weiter ihren Gedanken nach. Sie fragte sich, ob sie auch Marco zum Kreis ihrer wichtigen, echten Freunde gezählt hätte.

Viele Jahre lang war er der Mann ihrer Träume gewesen. Und ausgerechnet jetzt, wo die Flamme der körperlichen Lust schon erloschen war, stellte sie fest, daß sie allmählich wichtigere Dinge als die Leidenschaft an ihm entdeckte: Verständnis und ein Gefühl von Zusammengehörigkeit.

Dies und die wunderschönen Erinnerungen halfen ihr dabei, das schmerzhafte Gefühl der Leere zu überwinden, das sie befallen hatte.

Caterina sagte sich, daß das Leben in Wirklichkeit nur aus dem besteht, woran man glaubt, was man denkt und was man in die Tat umzusetzen versucht. Es ist wie ein Sonnenstrahl, dachte sie, eine duftende Blume, die Umarmung eines Kindes, eine heiße Tasse Schokolade mit Sahne, die Melodie eines Lieds, das man gern hört, die Verse eines Gedichts, das einen berührt. Das alles ist Liebe.

Nachdenklich betrachtete sie ihre kleine Enkelin, die ruhig neben ihr schlief. Dann schlüpfte sie lautlos aus dem Bett. Sie öffnete den Eckschrank, dessen Fächer mit Nippsachen vollgestellt waren. Ihr Blick fiel auf die kleine Dose aus Malachitstein. Sie nahm sie heraus und öffnete den Deckel. Die Schlaftabletten waren noch darin. Sie ging ins Badezimmer und schüttete sie in die Toilette. Sie brauchte sie nicht mehr, dessen war sie sicher. Dann verließ sie das Badezimmer. Am Ende des Flurs sah sie aus dem Gästezimmer, in dem ihr Sohn Roberto schlief, Licht schimmern.

Sie stellte sich vor die nur halb geschlossene Tür. Er sprach leise am Telefon. Als er seine Mutter erblickte, unterbrach er das Gespräch und rief sie zu sich.

»Ich dachte, du würdest schlafen«, sagte er beinahe entschuldigend.

»Sag bloß, du hast um diese Nachtzeit mit deiner Frau telefoniert«, bemerkte sie mit sanfter Stimme.

»Mama, was ist los mit dir?« fragte Roberto und forderte sie dabei auf, sich neben ihn auf die Bettkante zu setzen.

»Mein lieber Junge, was willst du mit deinem Leben anfangen?« fragte sie ihn und wich so seiner Frage aus.

»Ich bin fast vierzig Jahre alt. Wenn ich mein Leben jetzt nicht ein wenig in Ordnung bringe, tue ich es nie mehr. Ich kann nicht mehr mit meiner Frau zusammenleben. Schon seit Jahren haben wir uns nichts mehr zu sagen. Wir sind trotzdem zusammengeblieben, wegen Ginevra. Aber das Kind wird jetzt langsam groß, und die Trennung ihrer Eltern wird für sie nicht mehr so traumatisch sein. Was meinst du dazu?«

»Ich sage gar nichts dazu. Das sind deine persönlichen Probleme.«

»Vor einem Monat mußte ich mein Büro schließen, und ich bin ohne Arbeit«, gestand er.

»Das wußte ich nicht«, sagte Caterina mit Bedauern.

»Ich habe darüber mit Nicoletta gesprochen. Wir wollen eine Firma gründen und die Arbeit von Papa in Mailand wieder aufnehmen. Er hat gesagt, es würde ihn glücklich machen uns zu helfen. Seit Ende des neunzehnten Jahrhunderts sind Branzis Antiquitätenhändler gewesen. Warum sollen wir nicht diese Tradition fortsetzen?«

»Genau, warum nicht? Aber als du zwanzig warst und Bernardo dich in diesen Bereich einführen wollte, sagtest du, daß dich all dieses Gerümpel nicht interessieren würde«, erinnerte ihn seine Mutter.

»Die Dinge haben sich geändert. Mit zwanzig verliebst du dich in einen Menschen und glaubst, es wäre der richtige. Dann wird dir klar, daß es nicht so war. Meinst du, ich schaffe es, noch mal neu zu beginnen?«

»Aber sicher, mein Junge. Wichtig ist nur, daß du davon überzeugt und dazu entschlossen bist. Es freut mich, daß du und Nicoletta zusammenarbeiten wollt. Und ich wünsche dir ebenso, daß die Frau, mit der du gerade telefoniert hast, die richtige ist. Wegen deiner Frau brauchst du dir keine Sorgen zu machen, sie wird es überleben. Alle Frauen überstehen den Untergang einer Ehe. Für Ginevras Erziehung wird eine gesittete Trennung besser sein als ein scheinheiliges Zusammenleben«, versicherte Caterina, bevor sie ihrem Sohn gute Nacht wünschte.

Ihre kleine Enkelin schlief fest und hatte das ganze Bett mit weit ausgestreckten Armen belegt. Um sie nicht zu wecken, ging Caterina ins Wohnzimmer und legte sich aufs Sofa. Sie deckte sich mit einer leichten Decke zu und schlief ein.

Sie träumte von ihrer kleinen Cousine Eva. Sie stand aufrecht auf einem großen, grauen Stein, am Rand des Bewässerungsgrabens zwischen den Feldern von Sacile. Ihre blonden kleinen Locken, die in der Sonne glänzten, ließen sich auch durch Zöpfe nicht bändigen. Sie trug ein hellblau kariertes Kleidchen aus grober Baumwolle; ihre Füße waren nicht zu sehen, da sie in einer Mulde im Stein verschwanden.

»Schau, Caterina«, rief sie ihr zu. »Hier, wo meine Füße jetzt stehen, hier hat auch die Madonna gestanden und ihre Abdrücke hinterlassen.« Während sie sprach, bewegten ihre Zöpfe sich wie eine Schaukel im Wind. Dann sah Caterina sich selbst als Kind. Sie trug ein Kleid, das ihr zu eng und zu kurz war. Sie versuchte, auf den Stein zu klettern und in die Abdrücke zu treten, die Eva hinterlassen hatte, aber es gelang ihr nicht.

8

»Signora, geht es dir gut?« fragte Bijou, während sie ihre Herrin mit besorgter Miene wachrüttelte. Caterina öffnete die Augen.

»Natürlich geht es mir gut«, antwortete sie und richtete sich dabei auf dem Sofa auf, wo sie die Nacht verbracht hatte.

»Du hast gestöhnt«, sagte die Hausangestellte. »Geht es dir schlecht, Signora?«

»Mir geht es wunderbar. Danke.« Die Bilder des Traumes standen ihr noch frisch vor Augen.

»Du hast viel geschlafen, Signora«, warf Bijou ihr vor. »Es ist schon Mittag. Signor Roberto und die Signorina Ginevra sind schon abgereist. Das Telefon immer klingelte, und es sind viele Nachrichten drauf. Willst du baden? Ich gehe einkaufen, denn Kühlschrank ist leer«, faßte sie alles in ihrer gebrochenen Redeweise zusammen.

»Ich möchte nur meine Ruhe«, entgegnete Caterina, um dem Gespräch ein Ende zu setzen.

Bijou verließ das Wohnzimmer in ihrer üblichen müden Gangart.

Die Vergangenheit rief Caterina mit der Stimme einer sirenenhaften Zauberin. Sie war entschlossen, darauf zu reagieren. Sie stand auf, raffte ihren Morgenmantel zusammen und knotete den Gürtel zu. Dann ging sie in die Küche, um sich Kaffee zu machen. Sie süßte ihn mit einem Löffelchen Honig, und mit der kleinen Tasse in der Hand ging sie in ihr Arbeitszimmer hinüber.

Sie setzte sich auf den Sessel hinter dem großen Schreibtisch aus alter Eiche, auf dem ihre alte Schreibmaschine thronte. Auf der vom vielen Gebrauch unansehnlich gewordenen Tastatur lag ein Zettel von Ginevra: DANKE, DASS DU SO EHRLICH WARST. ICH HAB DICH LIEB. Sie hatte ihre Unterschrift mit einer Wolke ummalt. Caterina faltete das Blatt zusammen und legte es in eine Schublade. Während sie an ihrem Kaffee nippte, schaute sie auf das blinkende, rote Lämpchen des Anrufbeantworters, das die Anzahl der Anrufe anzeigte. Sie hörte, wie im Badezimmer Wasser in die Wanne lief. Obwohl sie lange und tief geschlafen hatte, fühlte sie sich immer noch müde. Ein lauwarmes Bad würde sie munter machen. Sie ließ ihren Blick durch das Zimmer streifen, das ein wenig das Herz der Wohnung bildete. Dies war der Ort, an dem sie arbeitete, an dem sie nachdachte, an dem sie lange, einsame Stunden verbrachte, die so wichtig waren, um neue geistige Kraft zu schöpfen. An den Wänden standen hohe Bücherregale. Auf den Regalen verstreut lagen die verschiedensten kleinen Dinge, die sie an lang zurückliegende Zeiten und auch an die jüngste Vergangenheit erinnerten. Da lag etwa der vertrocknete Granatapfel, den sie vor einem halben Jahrhundert bekommen hatte. Ihr Vater hatte ihn ihr an einem Wintermorgen geschenkt, als sie mit einer lästigen Mandelentzündung im Bett lag. Die glänzende, riesengroße rötliche Frucht war an einer Stelle aufgeplatzt und enthüllte rubinrote Kerne, die nach Honig dufteten. Alcide wollte, daß sie den Granatapfel aß, denn er hätte geholfen, die Halsschmerzen zu lindern. Sie hatte es nicht getan. Die Frucht war damals für einige Zeit auf dem Nachttischchen liegen geblieben, und später hatte sie sie auf ein Bücherregal gelegt, um sie schließlich ganz zu vergessen. So war die Frucht vertrocknet und hatte dabei ihren Glanz verloren, nicht aber ihre Farben. Es stand auch ein kleiner Schwan aus mundgeblasenem Glas im Regal, den ihr Roberto von einer Klassenfahrt nach Venedig mitgebracht hatte. Während der Busfahrt hatte er das zarte Ding zwischen seinen Händen gehalten, damit es nicht zerbrach. Caterina hielt es nach wie vor für das schönste Geschenk, das sie jemals erhalten hatte.

Es fand sich auch eine kleine Kommode aus bemaltem Nußbaumholz, deren Schublädchen voller bunter Bänder waren, um Zöpfe zu binden. Großmutter Luigia hatte sie ihr zum ersten Weihnachtsfest nach dem Krieg geschenkt.

Es gab eine Unzahl von Fotos von ihr und ihren besten Freundinnen, mit den Kindern und Enkelkindern. Erneut betrachtete sie das leuchtende Lämpchen des Anrufbeantworters, und sie beschloß, die Nachrichten abzuhören.

Sie hörte die Stimme von Lucrezia: »Ich reise ab«, sagte sie. »Ich mache eine Kreuzfahrt mit den Arlingtons. Ich habe mich entschlossen, Maxi zu verzeihen. Er weiß es nicht, und ich will ihn noch ein paar Tage im ungewissen lassen. Aber im Grunde genommen, was hätte das Leben für einen Sinn ohne ihn? Insgesamt betrachtet ist er nicht schädlicher als Alkohol oder Zigaretten, und ich bin eben ›Maxi-abhängig‹. Du verstehst mich schon, nicht wahr? Wir sehen uns dann im September. Mach dir einen schönen Sommer und laß die Klinke in deinem Badezimmer reparieren.«

Caterina lächelte und dachte dabei, daß Lucrezia die richtige Entscheidung getroffen hatte. Die zweite Nachricht war von Stanis. Am Abend fand ein Konzert mit klassischer Musik im Castello Sforzesco statt, und er lud seine Mutter ein, ihn dorthin zu begleiten. »Ich hole dich vor dem Abendessen ab«, sagte er und fügte hinzu: »Es sei denn, du bist schon mit Marco verabredet.«

Der nächste Anruf war von Diana.

»Schläfst du oder bist du weggegangen?« begann sie und fuhr dann fort: »Ich werde nach Schottland fahren. Rate mal mit wem! Ich weiß schon, was du denkst, aber diesmal irrst du dich. Ich fahre mit meinem Vater. Kannst du dir vorstellen, was Professor Laperla und ich alles anstellen werden? Na ja, er wollte unbedingt dort hinfliegen, und ich erfülle ihm jetzt diesen Wunsch. Ich freue mich sehr darauf. Ich rufe dich in jedem Fall bald an und erkläre dir alles genauer.« Die Stimme von Diana klang freudig erregt. In diesem Moment schellte das Telefon. Caterina nahm rasch den Hörer ab. Es war Marco.

»Wie geht es dir?« fragte er sie.

»Besser denn je. Und dir?«

»Wenn ich deine Stimme höre, kleine Belgrado, hüpft mein Herz vor Freude«, antwortete er und fügte hinzu: »Heute morgen habe ich meine Untersuchungsergebnisse abgeholt. Der Arzt meint, ich sei glänzend in Form. Also, laß uns über ernste Dinge sprechen. Willst du mit mir in Urlaub fahren?«

»Wohin?«

»Nach Paris. So wie das letzte Mal.«

»Es hat doch nur ein einziges Mal gegeben«, korrigierte sie ihn. »Und seitdem sind mehr als vierzig Jahre vergangen«, betonte sie.

»Meine Wohnung in der Rue de Bac ist immer noch dieselbe. Meine Schwester hat jetzt allerdings eine Klimaanlage einbauen lassen. Es gibt zwei große Schlafzimmer, und ich könnte dir einen Gutenachtkuß geben, bevor ich mich in meines zurückziehe.«

»Weißt du was, Marco? Ich habe gelernt, daß man nie an den Ort zurückkehren sollte, an dem man glücklich gewesen ist. Ich habe eine so deutliche und kostbare Erinnerung an Paris.«

»Wir könnten sie zusammen wiederaufleben lassen. Ich würde gern mit dir über jene Tage sprechen. Wir werden voller Zärtlichkeit an die jungen Leute denken, die wir einmal waren, und werden über ihre wundervolle, unglückliche Leidenschaft weinen. Diese beiden haben unseren Respekt verdient. Wir sollten sie nicht vergessen.«

»Vielleicht hast du recht. Vielleicht sollten wir diese Reise wirklich machen. Aber morgen will ich nach Meran fahren. Ich war schon so lange nicht mehr dort.« Das hatte sie erst in dem Augenblick beschlossen, denn sie brauchte eine Ausrede, weil ihr Marcos Vorschlag angst machte.

»Und ich werde dich begleiten. Warum fahren wir nicht auf der Stelle los?«

»Es macht keinen Unterschied, ob wir heute oder morgen fahren«, stellte sie fest. Dann rief sie nach Bijou, damit sie ihr beim Packen der Reisetasche half.

Caterina hatte die Jugendstilvilla in Obermais gekauft, als ihre Kinder noch klein gewesen waren. Sie liebte den italienischen Teil von Tirol. Die langen Schulferien ihrer Kinder wurden in einen kurzen Aufenthalt am Meer und zwei Monate in Obermais eingeteilt. In Meran hatte sich Caterina vor langer Zeit wegen einer dringlichen Angelegenheit in die Hände eines sehr guten Zahnarztes, Doktor Fritz Singer, begeben. Seit damals hatte sie den Zahnarzt nicht mehr gewechselt. Wenn ihre Zähne mit sechzig Jahren immer noch in einem perfekten Zustand waren, hatte sie dies ihm zu verdanken.

Wenn sie also jetzt nach Meran fuhr, würde sie sich einer Kontrolluntersuchung bei Freund Singer unterziehen.

Außerdem würde sie das Haus auf den Besuch von Stanis und Grigorij vorbereiten können. Und schließlich gab es auch noch einen anderen Grund, der sie zu dem Entschluß gebracht hatte, diese Reise zu machen. Auf der Hin- oder Rückfahrt würde sie einen Abstecher nach Sacile machen können. Es gab dort niemanden, den sie unbedingt zu treffen wünschte. Die Verwandten aus der Familie Belgrado, die immer noch in der Umgebung dort lebten, waren für sie Fremde. Die Cousins und Cousinen und deren Kinder würden sie vielleicht noch nicht einmal wiederkennen. Sie wollte aber die Straße wiedersehen, die zum alten Hof führte, wo sie als Kind gelebt hatte. Diese rauhen Ortschaften, in denen einfache Leute wohnten, hatten nichts mit ihr zu tun, aber sie spürte auf irgendeine Weise ihren Zauber. Sie dachte, schließlich bin ich eine Belgrado, und das Blut, das in meinen Adern fließt, ist mit dieser Erde verbunden.

Sie reiste zusammen mit Marco ab. Er war noch immer ein außergewöhnlich guter Fahrer, er fuhr so schnell und umsichtig wie mit dreißig.

Er sprach wenig, wenn er am Steuer saß. Er hörte lieber klassische Musik aus der Stereoanlage. Caterina schloß ihre Augen, lehnte sich vertrauensvoll in den Sitz zurück und gab sich ganz der Melodie der Mondscheinsonate hin, die sie an Marco und an die glücklichen Jugendjahre erinnerte. Sie kamen am späten Nachmittag in Meran an.

»Wir haben noch Zeit, einen Spaziergang auf den Tappeinerweg zu machen«, sagte Caterina.

»Oder entlang der Winterpromenade. Ich mag das Murmeln des Wassers zwischen den Steinen der Passeier«, schlug Marco vor, dem nicht danach war, auf einen Berg zu steigen, und der einen ruhigeren Spaziergang vorzog.

»Oder wir gehen einfach nur im Café König Teetrinken«, warf sie ein, denn sie hatte die Wünsche ihres Begleiters verstanden.

»Da wird es vor lauter deutschen Touristen nur so wimmeln. Den Tee, den mache ich dir jetzt. Und danach machen wir einen Spaziergang an der Passeier entlang«, entschied er.

»Oder ich könnte auch in der Praxis von Dr. Singer anrufen und nachfragen, ob ich nicht sofort kommen kann«, meinte Caterina.

»Ich habe verstanden. Du weißt zwar nicht, was du willst, aber du willst es sofort«, witzelte Marco, während er die Zimmer durchstreifte, um sich mit dem unbekannten großen Haus vertraut zu machen.

»Du hörst auch nie auf, mich zum besten zu halten«, sagte Caterina lächelnd, während sie die Fenster weit öffnete. »Ich war nur gerade dabei, den heutigen Tag zu planen, damit wir den morgigen Tag ganz für uns haben«, fügte sie hinzu und ging zum Telefon.

In der Küche hatte Marco den Wasserkessel aufs Gas gestellt.

»Ich gehe sofort zum Zahnarzt«, sagte Caterina und trat an die Küchentür.

»Zuerst der Tee«, sagte er. »Danach werde ich dich begleiten.«

»Auf keinen Fall. Du wirst hierbleiben und auf mich warten. Ich brauche keinen Assistenten, um mir die Zähne kontrollieren zu lassen«, bemerkte sie, während sie am Tisch vor einer Tasse Lindenblütentee saß, der ihr besonders gut schmeckte. Marco willigte ein, denn eine kleine Pause kam ihm gerade recht.

Caterina verließ das Haus, überquerte die alte Römerbrücke über dem Fluß und trat in die ans Ufer angrenzenden Gärten, die bis ins Zentrum der Stadt führten. Das schräg einfallende Licht des Sonnenuntergangs schaffte es nicht, die Blätterkronen der mächtigen Bäume zu durchdringen. Die Blumenbeete sahen wie auf dem Rasen verteilte große bunte Taschentücher aus. Sie hörte das Geräusch des Wassers, das ungestüm zwischen den großen Granitsteinen des Flusses entlangrauschte. Sie atmete den harzigen Duft der Pflanzen ein. Sie war ausgeglichen und heiter. Dann blieb sie vor der Statue der österreichischen Kaiserin stehen. Es handelte sich um eine lebensgroße Skulptur, und Caterina betrachtete lang das zarte Profil, die harmonische Linie der Schulterpartie, die vor dem Schoß verschränkten Arme, und die Hände, die einen Becher umfaßten, in dem ein Strauß frischer Blumen steckte. Einige Touristen, die müßig im Garten umherschlenderten, drehten sich nach dieser Frau in Jeans und Bluse um, die mit einer gleichaltrigen Frau aus dem letzten Jahrhundert, die ein langes und züchtiges Kleid trug, Zwiesprache zu halten schien.

Caterina nahm ihren Weg wieder auf, indem sie die Brücke mit dem goldverzierten, schmeideeisernen Geländer überquerte. Sie war selbst überrascht, als sie sich leise singen hörte, während sie sich mit jugendlichem Schritt Doktor Singers Praxis näherte.

Es war eine kurze Untersuchung, und als sie nach Hause kam, schlief Marco im Sessel vor dem laufenden Fernseher. Sie weckte ihn.

»Du weißt, daß das Schlafen im Sessel dir nicht guttut. Dieses Haus hat so viele Schlafzimmer«, warf sie ihm sanft vor.

Er lächelte ihr zu, nahm ihre Hand und führte sie an seine Lippen.

»Hat dir der Zahnarzt weh getan?« fragte er.

»Überhaupt nicht. Die Singers verstehen sich auf ihre Kunst«, versicherte sie ihm.

»Es ist fast dunkel«, bemerkte Marco.

»Zeit fürs Abendessen«, stellte sie fest. »Geh duschen, zieh dich um und dann gehen wir aus.«

»Wohin willst du?«

»Essen gehen. Ich führe dich nach Schloß Rundegg. Einfache Küche, leicht und schmackhaft. Bei den Nachspeisen läuft dir das Wasser im Mund zusammen, wenn du sie nur ansiehst. Ich rufe in der Zwischenzeit den Gärtner und die Putzfrau an, sie sollen morgen kommen. Außerdem sollen sie die Einkäufe erledigen. Nein, doch nicht, die Einkäufe können warten. Vielleicht gibt es etwas Dringenderes, aber ich weiß nicht was«, sagte sie zu sich selbst, während sie vom einen Ende des Wohnzimmers zum anderen schritt. Im Gehen stellte sie eine Vase an ihren richtigen Platz, machte eine Lampe an, schüttelte die Kissen auf.

»Bitte, Caterina, hör auf damit«, sagte Marco und hob dabei die Stimme.

»Womit soll ich aufhören?« fragte sie erstaunt.

»Du bist aufgeregt. Du gönnst dir keine Ruhe. Was ist denn nicht in Ordnung?« fragte Marco.

»Nichts. Alles ist unter Kontrolle. Es ist nur ... ich muß von hier wegfahren«, gestand sie.

Marco schaute sie fragend an.

»Ich weiß, was du mir sagen willst«, griff sie ihren Gedanken wieder auf. »Daß wir gerade erst angekommen sind, und daß ich doch diejenige bin, die nach Meran wollte. Tatsache ist, ich möchte nach Sacile fahren.«

»Jetzt?«

»Morgen früh. Paßt dir das?« fragte sie zögernd.

»Aber warum willst du dorthin? Und warum so plötzlich?«

Marco schien etwas aus der Fassung gebracht.

»Ich weiß es nicht. Das heißt, ich weiß es, aber ich weiß nicht, wie ich es sagen soll. Es ist so, als ob mich eine Stimme rufen würde. Ja sogar nicht nur eine, sondern viele. Mein Vater, Großmutter Evarista und meine Cousine Eva. Ich weiß auch, daß ich mir wünsche, mit dir dorthin zu gehen und mit niemand anderem sonst. Wirst du mich hinbringen, Marco?«

Ihr Freund umarmte sie. Er war müde und hatte nur Lust zu schlafen, aber für sie hätte er alles getan.

»Natürlich werde ich dich dorthin bringen, kleine Belgrado«, flüsterte er und drückte sie fest an sich.

9

Durch das Valsuganatal erreichten sie Sacile. Caterina wollte, kaum angekommen, sofort zum Friedhof gehen. Die Grabkapelle der Familie Belgrado lag im Halbschatten, wo es angenehm frisch war, nachdem sie die in der Mittagssonne liegende Zypressenallee entlanggegangen waren.

Marco und Caterina sprachen leise miteinander. »Da ist sie, Großmutter Evarista«, sagte sie und zeigte dabei auf eine in Emaille gebrannte Fotografie. Man sah ein faltiges Frauengesicht.

Es fiel der intelligente und harte Blick ins Auge, dem eine feine Ironie zu eigen war. Die Lippen waren klein, sie hatte ein willensstarkes Kinn und lang heruntergezogene Ohrläppchen, an denen schwere Ohrringe hingen.

»Sie ist mit achtzig gestorben«, bemerkte Marco, während er die in den Marmor gemeißelten Daten las.

»Sie ist in ihrem Leben keinen einzigen Tag krank gewesen. Man könnte sagen, daß sie diese Welt in bester Gesundheit verlassen hat«, stellte Caterina leicht belustigt fest, während sie mit einem Taschentuch eigentlich nicht vorhandene Staubkörnchen entfernte. »Und das ist der Großvater«, fügte sie hinzu und wies dabei auf das violettgetönte Bild eines bärtiges Mannes, dessen Stirn zum Teil von einer dunklen Hutkrempe verdeckt war. »Es schien damals, als hätte er keinerlei Autorität in der Familie gehabt. Und doch behauptete sogar die Großmutter, daß er der Herr im Hause wäre. Er hat seine Tage mit Arbeiten und Trinken verbracht. Wenn er betrunken war, wurde er sehr lustig und machte über alles Witze, und die Großmutter wurde sehr wütend. Ich hatte nie eine enge Beziehung zu ihm. Ich kannte ihn ja kaum. Ich liebte nur diese beiden, sagte Caterina und zeigte dabei auf das Grab ihres Vaters und auf das von Eva. Es gab kein Foto der Cousine. Es stand dort nur das Geburts- und Sterbedatum geschrieben.

»Zu jener Zeit machte man auf dem Lande nur dann Fotografien, wenn man heiratete, und später noch einmal, wenn der Tod nahte. Als man erfahren hatte, daß die kleine Eva an Tuberkulose erkrankt war, weigerte sie sich, ins Dorf zum Fotografen gebracht zu werden. Ihre Mutter bat sie inständig: ›Wenn du stirbst, was bleibt mir dann von dir?‹ Und sie antwortete: ›Meine Zöpfe und die Erinnerung an mich.‹«

»Zwischen dir und deinem Vater gibt es eine große Ähnlichkeit. Wenn man genau hinschaut, entdeckt man auch etwas von dir in dem Gesicht der Großmutter. Sie muß zu ihrer Zeit sehr schön gewesen sein«, kommentierte Marco die Familienbilder.

»Die Belgrados sind auffallende Typen«, lachte sie und setzte sich dabei auf eine kleine Holzbank gegenüber dem Altar. »Es gibt noch andere Verwandte, siehst du? Einen Onkel und eine Tante, an die ich mich nicht erinnere, einen Cousin, den ich nie kennengelernt habe. Dieses Familiengrab, das auf Wunsch meiner Großmutter errichtet wurde, wird eines Tages auch mich aufnehmen«, sagte sie leise und gefaßt.

»Und um mir diese heiteren Dinge zu sagen, hast du mich bis hierher geführt?« scherzte Marco.

»Natürlich. Wenn ich nicht mit dir über diese Dinge spreche, mit wem sollte ich es dann sonst tun?« antwortete sie ihm lächelnd.

Sie verließen die Grabkapelle und gingen langsam zur Zypressenallee zurück.

»Laß uns zum Bauernhof fahren«, schlug Caterina vor. »Es ist warm, ich weiß. Aber es ist nicht weit zu fahren, er liegt hinter dieser Kurve.« Dann sah sie ihn auch schon. Überrascht stellte sie fest, daß der Bauernhof restauriert und in eine rustikale Trattoria verwandelt worden war.

»Wir können hier essen. Was hältst du davon?« schlug Marco vor.

»Wir haben keine andere Wahl, fürchte ich. Es ist fast Mittag, und ich habe Hunger«, antwortete sie. Es war ihr gleichgültig, ob der Hof vielleicht verkauft worden war, oder ob die Besitzer immer noch aus der Familie Belgrado stammten. Sie setzte sich mit Marco an einen Tisch mit einer Wachstuchdecke, unter einen Laubengang, der mit Weinreben bewachsen war. Es waren noch weitere Gäste da, die aßen und sich angeregt unterhielten.

Ein Junge kam, um die Bestellung aufzunehmen. Er zählte die Tagesgerichte auf: Polenta mit Würstchen, Polenta mit geschmortem Kaninchen, Polenta mit Käse und Polenta mit Schweinefleisch.

»Alles leichte Kost, für empfindliche Mägen«, stellte Marco ironisch fest.

»Polenta und ein bißchen von allem: Käse, Schweinefleisch, Würstchen und Kaninchen«, bestellte Caterina. Sobald der Junge sich entfernt hatte, sagte sie: »Hätte ich nur alle diese Köstlichkeiten als Kind gehabt! Statt dessen gab es immer nur Polenta mit Polenta und auch davon noch sehr wenig.«

Sie stieß einen Seufzer aus, während sie sich neugierig umschaute.

»Du siehst glücklich aus«, bemerkte Marco.

»Das bin ich auch. Es ist, als wäre ich in meine Kindheit zurückversetzt. Ich werde es dir nie genug danken können, daß du mich hierher begleitet hast. Siehst du das kleine Fenster da drüben? Ich schlief dort mit der Mama während der Kriegszeit. Und da unten, wo jetzt das Schutzdach für die Autos steht, war der

Schweinestall. Die Großmutter hielt dort einige Schweine, so dick wie Kälber. Und wie gut sie sie ernährte. Kartoffeln, weiß, mehlig und duftend, soviel sie wollten. Dahinter lag der Hühnerstall. Habe ich dir jemals erzählt, wie die Großmutter mich überraschte, als ich ein Ei austrank? Und schau, dort unten floß der Bach.« Sie zeigte auf eine Stelle, an der Grenze eines Felds, wo sich in ihrer ganzen Eleganz und mit leuchtenden Blättern große Akazienbäume erhoben. »Es war der Ort der mystischen Vertraulichkeiten zwischen mir und der kleinen Eva«, fügte sie hinzu. »Hier in der Umgebung hat sich nichts verändert«, redete sie weiter. »Ich will sehen, ob es noch den Bewässerungsgraben gibt. Ich gehe nur schnell übers Feld, schaue mich um und komme dann wieder zurück.« Sie stand vom Tisch auf.

»Ich komme mit«, sagte Marco.

»Nein«, wehrte sie ab, »es ist so warm heute. Zu heiß für dich. Ich bin sofort wieder da.«

Marco sah sie weggehen und im hohen Gras verschwinden.

Caterina bahnte sich ihren Weg durch einen Insektenschwarm. Die Zikaden auf den Akazien schienen verrückt geworden zu sein. Sie hörte das Wasser des Bachs rauschen und kam am begrünten Ufer an. Sie war wegen der Anstrengung und der Hitze ganz außer Atem. Es ging kein Luftzug. Da waren ja die Büsche mit den erblühten Calla, die Enten mit dem regenbogenfarbigen Gefieder, die lautlos über die Wasseroberfläche glitten, und die überall am Ufer wachsenden Schilfgrasbüschel. Caterina lächelte, versunken in die Erinnerung.

Sie kniete nieder, um einen Schilfhalm zu pflücken, und versuchte, darauf zu blasen, so wie Eva es ihr beigebracht hatte. Auf einmal entfuhr ihr ein Schrei: Vor ihren Füßen lag ein grauer Stein, der dem Stein aus ihrem Traum sehr ähnlich sah. Er hatte sogar zwei längliche Furchen, die wie Abdrücke kleiner Füße aussahen.

»Das ist doch nicht möglich«, murmelte sie ganz verstört. »Diesen Stein habe ich nie gesehen, als wir Kinder waren.« Sie berührte ihn mit der Hand. Er war warm von der Sonne. Die Schwüle war unerträglich. Caterina atmete schwer. Sie versuchte, sich zu entspannen, aber ihre Beine gehorchten ihr nicht mehr. Ein stechender Schmerz schoß durch ihren Kopf, und sie fiel rücklings auf die Wiese.

»Caterina!« schrie Marco und beugte sich auch schon über sie. Er hob sie auf und trug sie in Richtung Bauernhof, wobei er mit lauter Stimme um Hilfe rief.

Eine Gruppe von Leuten kam ihnen entgegen.

»Sie ist ohnmächtig geworden«, sagte er, noch ganz erschrocken. »Sie braucht einen Arzt.«

»Die Julisonne ist tückisch. Es wäre besser, sie ins Krankenhaus zu bringen. Es ist hier in der Nähe«, sagte der Kellner aus dem Wirtshaus.

Jemand legte Caterina ein mit kühlem Wasser befeuchtetes Taschentuch auf die Stirn.

Ein Gast führte Marco zu einem Auto, das unter einer Laube geparkt stand.

»Steigen Sie mit der Signora hinten ein. Ich bringe Sie zur Erste-Hilfe-Station im Krankenhaus«, erbot er sich.

Einige Minuten später hielt der Wagen vor dem Eingang eines modernen Krankenhauses. Zwei Krankenpfleger kamen mit einer Tragbahre heraus, hoben Caterina aus den Armen Marcos und legten sie sanft auf die fahrbare Liege.

»Sie ist ohnmächtig«, erklärte Marco mit gebrochener Stimme. »Ich habe gesehen, wie sie umgefallen ist. Ich weiß nicht, was ihr passiert ist.«

»Wer sind Sie?« fragte einer der beiden Krankenpfleger.

»Ihr Ehemann«, antwortete er, ohne zu überlegen.

Die Tragbahre, auf der Caterina lag, wurde in die Ambulanz geschoben. Ein Krankenpfleger verbot ihm den Zutritt.

»Bleiben Sie hier«, sagte er. »Gleich kommt jemand, um Sie unseren Fragebogen über die Patientin ausfüllen zu lassen.«

Tatsächlich tauchte kurze Zeit später eine Krankenschwester auf, der Marco die persönlichen Daten Caterinas nannte. Außerdem erzählt er, was geschehen war.

»Sie ist nur ohnmächtig geworden«, wiederholte er. »Wie geht es ihr jetzt?«

»Ich weiß nichts. Warten Sie hier; sobald es möglich ist, werden wir Sie informieren«, versicherte sie ihm.

Ab und zu schaute Marco auf die große Wanduhr. Die Minuten verstrichen, und bald war eine halbe Stunde vergangen. Er entschied sich, an der Tür zur Ambulanz zu klopfen. Niemand antwortete ihm. Er öffnete den Türflügel ein wenig. Der Raum war leer.

»Sind Sie der Mann von Signora Belgrado?« fragte eine Stimme hinter ihm.

Marco drehte sich um und blickte in das Gesicht eines Arztes.

»Sie ... sie ist nicht mehr hier drinnen!« rief Marco bestürzt.

»Man hat sie ins Untergeschoß gebracht, um eine Computertomographie zu machen«, erklärte der Doktor.

»Warum? Ist es etwas Ernsthaftes?« fragte Marco erschrocken.

Der Arzt bot ihm einen Stuhl an und setzte sich dann zu ihm. »Warten wir doch das Ergebnis der Computertomographie ab. In der Zwischenzeit erzählen Sie mir ganz genau, was passiert ist, als die Signora ohnmächtig geworden ist.«

»Ich habe keine Ahnung. Wir waren in die Trattoria gegangen. Bevor das Essen serviert wurde, sagte Caterina, daß sie ein wenig auf die Wiese gehen wollte. Ich bin ihr kurze Zeit später gefolgt und habe sie auf dem Boden knien sehen. Gleich darauf ist sie wie eine Marionette, deren Schnüre man durchgeschnitten hat, ins Gras gefallen. Der Platz war der prallen Sonne ausgesetzt. Ich nahm sie auf den Arm und brachte sie hierher. Das ist alles«, erzählte Marco.

Der Arzt nickte.

»Leidet Ihre Frau an Bluthochdruck?« fragte er.

»Nicht, daß ich wüßte. Sie ist eine gesunde Frau, das kann ich Ihnen versichern.«

»Gut«, sagte der Arzt. »Machen Sie sich keine Sorgen. Nach der Computertomographie wissen wir genau, was die Ohnmacht ausgelöst hat.«

Marco war wieder allein. Er fühlte sich unwohl, und ihm fiel ein, daß er seine Tabletten nicht eingenommen hatte. Er dachte, daß er Stanis informieren sollte, und suchte sein Handy in der Jackentasche. Er fand es aber nicht und erinnerte sich, es beim Wirtshaus im Auto gelassen zu haben.

Im unpersönlichen und sterilen Wartesaal gingen die Leute ein und aus. Nur wenige warteten wie er.

Ein Mann trat ein und schaute ihn an.

»Sind Sie der Mann von Signora Belgrado?« fragte er.

Marco nickte.

»Kommen Sie bitte mit mir«, sagte der Mann und führte ihn dann einen langen Flur entlang, der von kaltem Neonlicht beleuchtet war. Am Ende des Ganges öffnete er eine Tür und führte ihn in das Sprechzimmer eines Arztes. Es empfing ihn der gleiche Arzt, mit dem er vorher gesprochen hatte.

Er sagte: »Die Signora Belgrado ist tatsächlich ohnmächtig geworden, aber nicht unbedingt wegen eines Sonnenstichs, sondern vielmehr wegen zu hohen Blutdrucks.«

»Und wie geht es ihr jetzt?« fragte Marco beunruhigt.

»Entschieden besser. Trotzdem möchte ich sie für zwei Tage im Krankenhaus behalten. Bluthochdruck ist keineswegs ein Problem, das auf die leichte Schulter genommen werden sollte«, fügte der Arzt hinzu.

»Ich verstehe. Könnte der Vorfall sich wiederholen?« erkundigte er sich.

»Alles, was ich Ihnen sagen kann, ist, daß die Signora sich einer ärztlichen Behandlung unterziehen und ihren Blutdruck innerhalb akzeptabler Werte halten muß. Die Medikamente, die ich ihr verschrieben habe, haben geholfen, die Krise zu überwinden. Morgen möchte ich einige ergänzende Untersuchungen durchführen, um so die Medikamentendosis bestimmen zu können«, beendete er seine Ausführungen.

»Kann ich sie sehen?« fragte Marco.

»Natürlich. Sie liegt im ersten Stock. Die Krankenschwester wird Sie zu ihr bringen.«

Es handelte sich um ein kleines, ganz in weiß gehaltenes Zimmer, das im Halbschatten lag. Es gab zwei Betten, von denen das eine leer war. Im anderen, neben dem Fenster, lag Caterina. Sie schien eingeschlafen zu sein. Marco stellte einen Stuhl an das Kopfende des Bettes, und in dem Moment öffnete sie die Augen und schaute ihn an.

»Meine kleine Belgrado, da hast du mir aber einen bösen Streich gespielt«, flüsterte Marco und lächelte ihr zu.

»Das ist mir klar«, antwortete Caterina mit schwacher Stimme.

»Wie fühlst du dich?« fragte er, nahm ihre Hand und führte sie an seine Lippen.

»Erschöpft. Und du, mein junger Löwe, wie fühlst du dich?« versuchte sie zu scherzen.

»So wie einer, der nicht erwartet hatte, seine Ferien im Krankenhaus zu beginnen«, versuchte er scherzhaft sich zu beschweren.

»Ich verspreche dir, ich werde dir diese Art von Streich nie wieder spielen.«

»Wußtest du, daß du einen so launischen Blutdruck hast?«

»Eigentlich schon, aber ich wollte daraus kein Drama machen. Genauer gesagt, ich hatte keine Lust, mich darum zu kümmern«, gestand Caterina.

»Vielen Dank. Ich hatte mir eingebildet, einen ausreichend wichtigen Grund darzustellen, damit du sehr gut auf dich aufpaßt.«

Caterina hob eine Hand und streichelte ihm das Gesicht. Marco schaute sie voller Liebe an.

»Meine kleine Belgrado, noch nie bist du so schön gewesen. Du bist die Frau meines Lebens. Nichts und niemand kann mich mehr von dir fernhalten. Ich weiß nur zu gut, daß wir nicht mehr jung sind, aber wir sind auch noch nicht so alt, daß wir dem Leben den Rücken kehren müssen. In meinem Kopf habe ich immer noch das wundervolle Mädchen, das mir an einem Winterabend entgegenkam, einen großen Strauß weißer Pfingstrosen fest an die Brust gedrückt. Du schienst eine kleine gemalte Figur von Renoir zu sein. Apropos, ich habe nie erfahren, wer dir damals diese Blumen geschenkt hatte. Wir haben uns viele Dinge zu erzählen und noch mehr zusammen zu erleben. Du bist eine großartige Frau. Die Jahre haben dir nichts anhaben können. Wenn du mir versprichst, mich nicht damit aufzuziehen, dann gestehe ich dir, daß ich mich, wenn ich bei dir bin, manchmal wie der Junge von damals fühle.«

Er beugte sich über sie und küßte sie sanft. Caterina weinte.

»Du bist der erste Mann gewesen, der mich geküßt hat. Und du wirst auch der letzte sein«, flüsterte sie, während sie ihn umarmte. Marco hielt sie fest an sich gedrückt und wiegte sie dabei in seinen Armen.

»Ich habe ein komisches Gefühl«, murmelte Caterina. »So, als ob ich mich dem Leben nach einer langen Krankheit wieder zuwenden kann. Du und ich, endlich vereint.« Und sie fügte noch hinzu: »Marco, ich bin glücklich.«

Sie löste sich von ihm und sah sich um.

»Was suchst du denn?« fragte er sie.

»Eine kleine weiße Feder. Aber ich sehe sie nicht«, antwortete sie gedankenvoll.

»Das verstehe ich nicht«, bemerkte er.

»Das macht nichts. Es handelt sich um eines der vielen Dinge, die ich dir noch erzählen werde.«

Danksagung

Ich bin Piero Stucchi Prinetti dafür dankbar, daß er mir seine schreckliche Erfahrung als Deportierter im Lager von Mauthausen erzählt hat.

Ich danke auch Viviane S. und Margherita M. für das, was sie mir anvertraut haben. Ein liebevoller Gedanke an zwei Personen, die nicht mehr bei mir sind: mein Vater Achille und meine Großmutter Luigia. Ihnen verdanke ich viele Geschichten.

Vielen Freunden bin ich zu Dank verpflichtet: Donatella Barbieri, Bruno Arcurio, Annamaria Andreini Arisi, Serena Ageri, Serena Foglia und den Mitarbeiterinnen meines Verlages.